國家社科基金重大招標項目
國家古籍整理出版專項資助項目
北京師範大學中華文化研究與傳播學科交叉平臺項目

杜桂萍 主編

清代詩人別集叢刊

郭曾炘集

謝海林 點校

人民文學出版社

圖書在版編目（CIP）數據

郭曾炘集/謝海林點校. —北京：人民文學出版社，2018
（清代詩人别集叢刊）
ISBN 978-7-02-014747-2

Ⅰ. ①郭… Ⅱ. ①謝… Ⅲ. ①古典詩歌—詩集—中國—清代 Ⅳ. ①I222.749

中國版本圖書館 CIP 數據核字(2018)第 278427 號

責任編輯 葛雲波
裝幀設計 黄雲香
責任印製 任 禕

出版發行 人民文學出版社
社 址 北京市朝内大街 166 號
郵政編碼 100705
網 址 http://www.rw-cn.com

印 刷 三河市西華印務有限公司
經 銷 全國新華書店等

字 數 650 千字
開 本 880 毫米×1230 毫米 1/32
印 張 27.125 插頁 3
印 數 1—2000
版 次 2018 年 12 月北京第 1 版
印 次 2018 年 12 月第 1 次印刷

書 號 978-7-02-014747-2
定 價 120.00 圓

郭曾炘照片

郭曾炘手迹

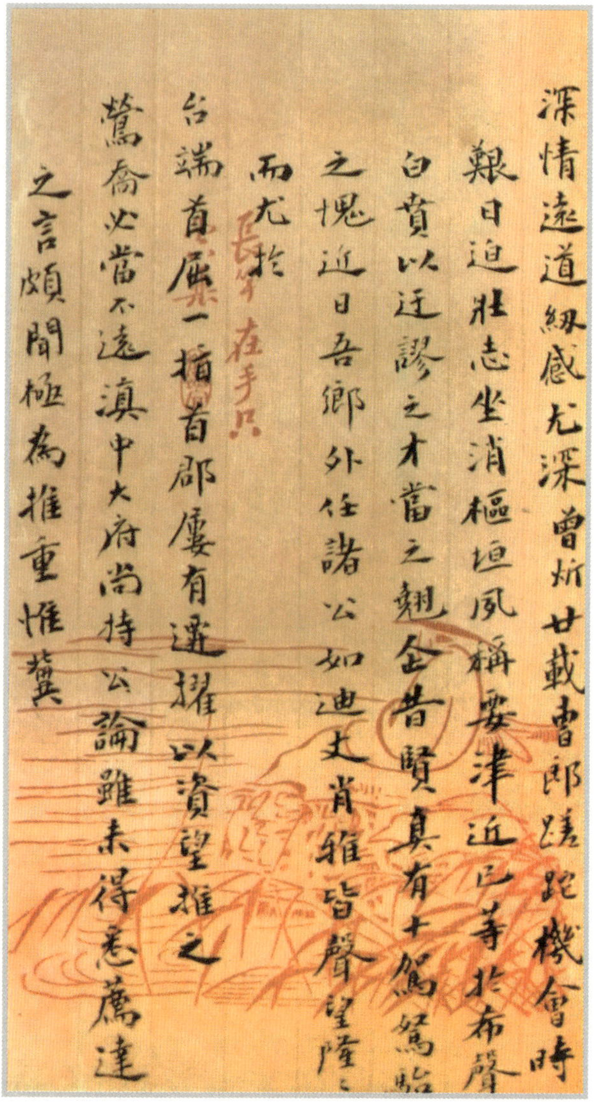

深情遠道綴感尤深曾炘廿載曹郎蹉跎機會時
艱日迫壯志坐消樞垣夙稱要津近已等於布聲
白賁以迂謬之才當之翹企昔賢真有十駕駑駘
之愧近日吾鄉外任諸公如迪丈肖雅皆聲望隆
而尤於
台端首屈一指首郡屢有遷擢以資望推之
鶩喬必當不遠滇中大府尚持公論雖未得悉薦達
之言頗聞極為推重惟冀

清代詩人別集叢刊總序

杜桂萍

昔人謂『文以興教，武以宅功』。古時國家以興學崇教爲首務，議禮以定制度，考文以興禮樂，乃有文治彬彬稱盛。於今文化强國，亟需傳承弘揚優秀傳統文化。古籍整理作爲其中關鍵之一環，具有極爲重要的意義。近三十年來，古籍整理日趨興盛，已經成爲學術研究的時代熱點和文化傳承的日常内容。各類型的整理工作可圈可點，各維度的文獻整合則又增添了别樣的景觀。新世紀以來，明清文獻整理和研究異軍突起，引人注目，無疑是古籍整理領域的重頭戲。

清代詩文文獻的整理受到日益成爲重點，並非始於當下。相比於清代戲曲、小説文獻的整理，清代詩文獻的整理工作開始並不算晚，幾乎與清詞的整理同步啟動。可惜的是，儘管有好古敏求之士多次倡導，皆因時機不夠成熟等原因而没有形成規模和氣候。其中主要的因素，當與清詩數量巨大直接相關。據估算，清人各種著述總約有二十萬種，其中詩文集超過七萬種，存世約四萬種，有作品傳世的詩人約十萬家，有詩文集存世的作家當在萬人以上，詩歌作品近千萬首。其收藏情況尚需進一步調查，有不少文獻散藏民間，以及相關文獻狀態駁雜不易辨析等因素，也是很多工作難以輕易展開的重要原因。總之，難以一時匯爲全璧，始終是《全清詩》文獻整理難以提上日程的最爲直接的因素。

儘管如此，相關的學術準備始終在進行著，且日見規模。譬如，上世紀由上海古籍出版社出版的《中國古典文學叢書》、中華書局出版的《中國古典文學基本叢書》（以别集論，前者約收一百二十種，後者約收九十種),都包含了一定數量的清代詩人别集(至二〇一六年,前者共收九種,後者共收四種)。新推出者新意頗多,如陳永正《屈大均詩詞編年輯校》(上海古籍出版社二〇一七年版),而一些修訂重版者則顯爲精進,如俞國林《呂留良詩箋釋》(中華書局二〇一五年初版,二〇一八年再版),從不同維度爲清代别集文獻的整理和研究提供了新的理念和視野。其他出版機構也在留意清人别集的整理和研究,如國家圖書館出版社影印出版《清代家集叢刊》(徐雁平、張劍主編)、鳳凰出版社陸續推出《中國近現代稀見史料叢刊》(張劍、徐雁平、彭國忠主編)等。人民文學出版社也在高度關注這一重要領域,先後出版推出《明清别集叢刊》、《乾嘉詩文名家别集叢刊》等,集中力量於明清文人别集的整理和研究,實有後來居上之勢。凡此也表明,學界和出版界皆已體現出高度的學術自覺,意識到清代詩文文獻的重要性。尤其是人民文學出版社,已不僅僅著眼於名家之作,對那些於文學史、文學生態等發生重要影響的文人及其文獻遺存也予以關注,這既符合文獻整理的基本原則,又有利於彰顯文學研究的開放性視角以及多維度的路徑拓展。

正是在這樣的學術語境中,我擔任首席專家的國家社科基金重大招標項目《清代詩人别集叢刊》於二〇一四年獲批,有計劃的系統性的清代詩人别集整理工作得以展開,相關成果陸續成編,彙爲《清代詩人别集叢刊》。

我們並没有選擇原書影印的整理方式,而是奉行了『深度整理』的基本原則。以影印方式整理,固然可以使研究者得窺作品之原貌,也有利於及時呈現和保護一些珍稀古籍版本,如上海古籍出版社出版的《清代詩文集彙編》、國家圖書館出版社出版的《清代詩文集珍本叢刊》等,都具有重要的學術價值。不過，點校、注釋、輯佚等整理方式無疑更能體現出古籍整理的學術深度。事實上，隨著文化語境的改變和學術研究的深入，文獻整理的功能也在不斷拓展，不僅應提供基礎性的文獻閱讀，還應具有學術研究的諸多要素，即在學術史的視野中呈現文獻生成的複雜過程和創作主體的生命形態，而這正是《清代詩人别集叢刊》選擇『深度整理』方式的理念和前提。

『深度整理』指向和强調『整理即研究』的古籍整理思想與學術精神。以窮盡文獻爲原則，以服務於學術研究爲目的，於整理過程中注入更明確、豐富且具有問題意識的科學研究内涵，使古籍整理進一步參與當代學術發展。也就是説，在一般性整理的基礎上，借助於多種方法的綜合運用，爬梳文獻，考證辨析，去僞存真，推敲叩問，完成一部既收羅完備、編排合理，又在借鑒以往研究成果基礎上推進已有研究、表達最具前沿性的科研創獲的詩人别集整理本。這既是古籍整理基本要義的延伸和拓展，也符合與時俱進的學術發展訴求，應是整理工作之旨歸所在。

如是，《清代詩人别集叢刊》突出了以下幾個方面的整理工作。

一、前言。『前言』的撰寫，不事泛泛介紹作者生平和創作的一般狀況，而注重於文獻、文學、文化等視角，對著者生平進行考述，對著述版本源流加以梳理，對别集的文學價值、影響進行具有文學史意義的判斷。『前言』應是一篇具有較强學理性、權威性和前沿性的導讀佳作。

二、版本。别集刊刻與存世情況往往因人而異，或版本複雜，或傳本稀少。『必先定其底本之是非，而後可斷其立説之是非。』（段玉裁《與諸同志書論校書之難》）廣備衆本，謹慎比對，選出最佳的工作底本和主要校本，讓新的整理本爲學界放心使用，成爲清詩研究的新善本和定本。

三、輯佚。清代文獻去今未遠，除大量别集、總集外，清人手稿、手札、書畫題跋等近年時有發現，散存於方志、家譜的各類佚文亦在不斷披露中。故以求全爲目的，盡力輯佚，期成完帙，並合理編纂。務使每一種整理本成爲該詩人作品的全本，這也是提升整理本學術含量的重要舉措。

四、附録。附録豐富與否是新整理本學術含量高低的重要標誌，實爲另一種形式的研究。如年譜簡編以及從族譜方志、碑傳志銘、評論雜記中勾稽出的相關研究資料等，對全景式展現詩人生命歷程十分必要。然有時文獻繁雜，需經過精心淘擇和判斷，强化『編纂』意識，避免文獻堆積，又能充分體現深度整理的學術含量。

古籍文本生成於歷史，負載了豐富的歷史文化信息。對於整理者而言，不僅應使古籍文本能夠被有效閲讀，還應借助閲讀活動等促其進入公共和現實視域，成爲當下文化結構的有機組成部分。也就是説，整理活動本身應始終處於在場的文化狀態，立足於學術史，並直面其所處之研究領域的一些難點、疑點和熱點問題，進而通過整理過程中的辨析、考論解決文學演進中的某一方面或幾個方面的問題，形成專題性研究，這是深度整理應達成的重要目的。所以，整理活動其實是一個思維創新的過程，指向的是知識和觀念整合的結果。考訂史實，發現文本之間的各種意義和多層面内涵，使之成爲當代人可閲讀的文本，並參與歷史文化建設，其實也是在回答我們進入歷史的方式。

總之，以窮盡文獻、審慎校勘爲路徑，以堅實、充分的文獻史實研究爲基礎，通過對文獻的慎用和智用，借助歷史的、邏輯的思路甚至心靈的啟迪，系統、全面地收集、篩選史料，勾連、啟動其内在聯繫，從而將古籍整理與史實研究深度結合，强化了整理性學術著作的研究内涵，是一種真正包含了主體自由性的學術實踐活動。這種由專門研究完善古籍整理、由古籍整理深化專門研究的深度整理方式，對整理者的研究意識和整理本的學術含量都提出了更高的要求，不僅標示了整理觀念和方法上的更新，更是當代學術發展的必然訴求。我們願努力嘗試之，並推出一系列具有較高水準和重要學術意義的整理成果。

前言

郭曾炘百餘首論詩絶句《雜題國朝諸名家詩集後》，其子則澐所撰二十四卷詩話《十朝詩乘》，向爲研治清詩者所徵引。夏孫桐《〈十朝詩乘〉序》稱前者『綜括一代，論斷精嚴，有裨風教』；後者『專重紀事』，補史闕，訂訛謬，可與曾炘好友楊鍾羲《雪橋詩話》『同時媲美，足掩前人，非過譽也』。《十朝詩乘》今有單行本和《民國詩話叢編》本，已爲學界所習用。而郭曾炘集僅見家刻本（其中日記另有鈔本），深藏館閣，查找不便，傳播未廣，迄今尚未點校印行，詩文、隨劄、日記中所藴含的豐富資料和重要價值亟待揭櫫宣揚，以推助清代文學、文學批評史、晚清民國史諸多領域之研究。

一

郭曾炘（一八五五—一九二九），生於咸豐五年八月二十二日（一八五五年十月二日），卒於一九二九年一月四日。祖籍山西汾陽，唐懿宗咸通年間（八六〇—八七三）遷入福建福清，是爲始祖郭嵩。後衍至諱志龍，再遷省垣。六傳至曾祖郭階三（一七七八—一八五六），字世敦，號介平。嘉慶二十一年（一八一六）舉人，歷任連城、同安縣學教諭。生有五子，皆登甲科，一時傳爲佳話，家族日益壯大。長子郭柏心（？—一八六七），道光十二年（一八三二）舉人，曾知廣東某縣。次子郭柏蔭（？—一八八四），字遠堂，一字彌廣，號蔭堂、古傷心人、石泉，室名天開圖畫樓。道光十二年（一八三二）進士，選翰林院庶吉士，授編修，累官至湖北巡撫，署湖廣總督。光緒元年（一八七五）歸居福州，先後主講清源玉屏書院、福州鼇峰書院。著有《天開圖畫樓文稿》、《嘐嘐言》、《續嘐嘐言》、《變雅斷章衍義》、《石泉集》等。三子郭柏蔚，道光十四年（一八三四）舉人，今存增訂明人陳鳴鶴《東越文苑》。四子郭柏蒼（一八一五—一八九〇），又名彌苞，字蒹秋，又字青郎，道光二十年（一八四〇）舉人。酷好藏書，蒐羅甚富，尤多珍本秘笈和鄉邦文獻。又覃學能詩，著述等身，編有《烏石山志》、《竹間十日話》、《三元溝始末》、《新港開塞論》、《福州浚湖事略》、《閩會水利故》、《百一錄》、《海錄》、《閩產錄異》等；著有《鄂跗草堂詩集》、《柳湄小榭詩集》；所撰《全閩明詩傳》五十五卷，徵引羣籍，頗爲賅博。五子郭柏薌，咸豐元年（一八五一）舉人。

郭氏乃福建侯官望族，簪纓世家。柏蔭一支尤爲顯赫，累世科名。柏蔭生有五子。長子式昌（一八三〇—一九〇五），字穀齋，咸豐九年（一八五九）舉人，歷任肇慶、溫州、杭州等地知府，官浙江金衢嚴道，署按察使。編有《湖州府志》，著有《說雲樓詩草》等。次子兆昌。三子名昌。四子傳昌，字子治，光緒二十年（一八九四）進士，官工部主事，改博羅知縣，著有《惜齋吟草》、《惜齋詞草》、《惜齋吟草別存》。五子瑋昌。式昌長子曾炘、次子曾準、三子曾程及曾炘子則澐，均在光緒年間進士及第。

郭曾炘譜名親繩，原名曾炬，字春榆，號匏庵、遯叟，晚號福廬山人。幼聰穎過人，過目成誦，時譽爲神童。年十六，補諸生。光緒元年（一八七五）恩科鄉試，中何咸德榜第四十八名舉人。六年（一八八〇）會試中吳樹芬榜第二百五十五名貢士，殿試二甲第十名進士，旋選翰林院庶吉士。九年（一八八三）散館授主事，改官簽分禮部儀制司，參修會典。十九年（一八九三）充軍機章京，升禮部員外郎，遷郎中，晉三品冠服。三次京察皆爲一等，尋擢內閣侍讀學士。二十五年（一八九九），轉太常寺少卿，超升光祿寺卿。二十六年（一九〇〇）庚子事變，慈禧、光緒西遷長安，冬馳赴行在，授通政使，仍直樞府。回鑾後，予侍郎銜。旋署工部左侍郎，調禮右，兼署户部左、右侍郎，樞直如故。三十一年（一九〇五），丁父憂。服闋，授郵傳部左丞，旋署右侍郎，調禮部左侍郎，次年補禮部右侍郎。宣統元年（一九〇九）充實錄館副總裁。辛亥（一九一一）改設典禮院，授副掌院學士。清亡，仍追隨溥儀，每歲時趨朝。民國二年（一九一三），奉命自備館費修纂《德宗本紀》。書成，頒御書匾額。十七年（一九二八），值裕陵、定東陵被盜，祭奠歸居，感憤致心痛疾，十一月二十四日（一九二九年一月四日）卒於京城，終年七十四歲。溥儀詔贈太子太保，派貝子溥伒奠醊，照一品官議恤，謚號文安。

郭曾炘清勤廉慎，剛正不阿。入直樞垣，密計玄策，當權者多關決於公。久在禮曹，一時修訂典制，匡持政教，簡拔上進，多由其手草。關心國是，條奏新政，端除舊弊，深中肯綮，切直可行。又學通中西，主經世致用，與嚴復論析東西學術，質疑辨難，稱爲摯友。尤愛士重才，人有一善，揄揚不已。所薦嚴修、楊鍾羲、張鳴岐、葉景葵、林紓諸輩，後多通顯。一生交游頗廣，與政界、學林之耆老名流，如沈瑜慶、梁鼎芬、冒廣生、王樹枏、楊守敬、傅增湘等多有往來。

郭曾炘工詩，初不多作。辛亥後始致力風雅，常追憶往事，悼懷故友，與諸遺老陳寶琛、樊增祥、孫雄、李宣倜、丁傳靖等唱酬賡和，時稱詩壇名宿。又家學深厚，累代能詩。樊增祥曾贊曰：『石泉中丞（指祖郭柏蔭）之啟文安（郭曾炘），猶審言之啟少陵也。文安之嗣說雲樓（指父郭式昌），猶黃庭堅之嗣黄庶也。』『郭氏自中丞公以至蟄雲學使，一門四世，簪纓相接，風雅相承，將來家集刊成，以視北宋錢氏「騆馬」、《錦樓》之集，何多讓焉！』（樊增祥《説雲樓詩草跋》）平生推崇詩教，惓懷故國，『於杜詩涵詠最深』（葉恭綽《〈讀杜劄記〉序》），徐世昌《晚晴簃詩話》曰：『此於其性情見之，實則深於杜詩，不必規規趨步而神與之合。』加之熟諳掌故，精於考訂校讎，選材隸事，典切工雅；見聞翔實，寓史於詩。陳寶琛跋其詩，謂『婉至似元好問，沉厚如顧炎武』，誠『一代獻徵之所寄』。汪辟疆《光宣詩壇點將録》將之譽爲『地强星』。今存詩集《匏廬詩存》九卷、《匏廬賸草》一卷、《再愧軒詩草》一卷，另有文集《郭文安公奏疏》一卷，學術劄記《樓居偶録》一卷，日記《邴廬日記》二卷。郭曾炘於詩浸淫尤深，於學謹嚴不懈，好讀書窮理，辨正舛誤，另撰有《施注蘇詩訂訛》、《五臣本〈昭明文選〉注校誤》、《讀杜劄記》。

二

郭曾炘所著詩集、奏疏、雜著、日記，與祖郭柏蔭、父郭式昌、叔郭傳昌之撰述，由其子郭則澐輯録彙刻成集，今有民國二十四年（一九三五）侯官郭氏家集彙刊本（下簡稱『家集刻本』）。一九六六年十月，臺灣文海出版社敦請沈雲龍主持纂輯『近代中國史料叢刊』。侯官郭氏家集彙刻本，也被收録在内。郭曾炘詩集、奏疏、筆劄、日記，史料豐富，價值不菲。對其全面的整理一直付諸闕如。今僅見其學術筆劄《讀杜劄記》有上海古籍出版社一九八四年整理本。此次點校整理，除日記兼録手鈔本外，均以家集本爲底本。現在主要來談一談郭曾炘集所收諸本的撰寫時間和刊佈情况。

《匏廬詩存》九卷　含《亥既集》、《徂年集》、《雲萍簏稾》，乃郭曾炘晚年所著，手自删定。《亥既集》，顧名思義，所收篇什作於辛亥年（一九一一）之後。據卷首自序，此集由詩人芟汰舊作十之三四，編次而成，迄於民國八年（一九一九）冬。《徂年集》、《雲萍簏稾》則收録自民國九年（一九二〇）至十五年（一九二六）之作。詩人有作於民國十六年（一九二七）三月之《徂年集自序》，其曰：『比年以來，檢篋中零稿，復不下數百篇……兒輩乞付鈔胥，姑徇其意鈔輯。甫竣，師鄭（孫雄）吏部適以《落葉詩》見示，因和其作，即署爲「徂年集」。邇者往來津、沽，間有所作，友朋復慫恿存之，續編爲《簏稾》附後。』孫雄序中稱，是年正月郭曾炘親攜《匏廬詩存》八卷，登門請序。又，《邴廬日記》（影印手鈔本）民國十六年（一九二七）正月二十五日（二月二六日）云：『師鄭書來……並乞其作《匏庵詩序》。去年溎兒曾代向弢老乞序，慨允，云將脱稿。去冬病，入醫院。因不復提。病癒後，溎又再請。雖已允而出稿，仍無期，不得已乞師鄭亦作一序。如弢老未作，有此一篇，亦可敷衍。』推之，《匏廬詩存》於民國十五年（一九二六）已由詩人編次成稿，先後敦請陳寶琛、孫雄題序，今家集本卷前録陳序，卷尾有孫序，於民國十六年（一九二七）三月付梓刊行。《亥既集》、《徂年集》、《雲萍簏稾》，諸集均釐爲三卷，共計九卷，而孫雄序稱其八卷，不知何故？

『曩輯《亥既集》以中多噍殺之音非詩家正軌，恒不輕示人』（《徂年集自序》），此固詩人之謙辭。因爲郭曾炘平生酷嗜吟詠，雖自言『詩學不進，而無聊牽率之作亦終未能謝絶』，《匏廬詩存》最終還是將之輯録刊行於世。詩壇宿老陳寶琛的揄揚，加之詩人自身的名望，使得詩集甫一刊佈，前來索書的知友詩朋絡繹不絶。觀日記所載，像吴渭漁、宋仲、冒鶴亭、黄嘿園、林朗谿、陳徵宇等名流，先後前來索取詩集。僅過數月，單七月初五日（一九二七年八月二日）所記：『連日知交以箋面索書者，不下十數處。』十二月三十日（一九二八年一月二十二日）『履齋送來初印本《匏廬詩》二十部』。到了閏二月二十五日（四月十五日），孫師鄭來信，『仍乞將《匏廬》初印本先致一部，但現在只餘兩部矣』。居然連詩人庫存也告急，只好在六月二十四日（八月九日），『復校續刊《匏廬集》，復簽出十餘處，函送理齋付梓』。三月十二日（五月一日）寄呈樊樊山《匏廬集》。七月二十四日（九月七日）又寄孫師鄭《匏廬集》三部。九月初三日（十月十五日）陳巖孫滬上來書，特意爲林雪舟乞《匏廬集》。初八日（十月二十日）又致沈筍玉信，附《匏廬集》。就在郭曾炘在去世前一個月的十月初七日（一九二八年十一月十八日），『得理齋信書，續印《匏廬集》八十部已齊』，爲的是酬贈各位詩友。由此可見，《匏廬詩存》在詩侶友朋間流傳頗廣。而《匏廬詩存·徂年集》中的論詩絕句《雜題國朝諸名家詩集後》百餘首，更是蜚聲詩界。據日記所載，詩集付諸剞劂的當月，三月十五日（四月十六日）即稱『漪竹來索《論詩絕句》，檢數冊付之』。四月初一日（五月一日），陳子衡雖初次謀面，亦索取《論詩絕句》。可知《論詩絕句》另有單行冊子傳世。

《匏廬賸草》一卷《再愧軒詩草》一卷　據則澐輯後所撰跋語，《匏廬詩存》於民國十六年（一九二七）三月刊佈，次年十一月郭曾炘辭世。此二卷乃則澐『比檢叢帙，得《匏廬賸草》一卷，蓋近作之未定者。又《再愧軒詩草》一卷，則辛亥前酬贈之作，以存詩斷自壬子未編入集者』，『爰並錄付梓，附於集後。其《賸草》中《夜坐》一律，蓋最後所作，見於《邴廬日記》者，謹爲補列』。按詩作繫年而言，《再愧軒詩草》作於辛亥（一九一一）前，《匏廬詩存》承其後，收錄民國元年至十五年（一九一二—一九二六）之作，《匏廬賸草》最晚，所輯錄的是詩人去世前兩年即民國十六、十七年（一九二七—一九二八）之篇什。據《邴廬日記》(影印手鈔本)摭録之詩,《夜坐偶成》一詩作於一九二九年元旦(夏曆十一月二十一日),四日後詩人病逝。將《邴廬日記》與《匏廬賸草》比勘,日記所載多屬草就之篇,和《匏廬賸草》中輯録的詩作在字句上稍有差異。『姑録之,俟後細改』一類的話,在日記中隨處可見。其中之差異,當是詩人親手删改所致。《邴廬日記》(影印手鈔本)六月十二日(一九二八年七月二十八日)有記爲證:『暑窗無事,取去年後所作詩覆閲一遍,多不足存,姑芟汰録出,計不及百篇,數日可了也。』十六日(八月一日)日又云:『日來鈔近作已完,稍愜意者不過二三十首,警策之作尤少,衰老無能爲役,可以休矣。』九月十一日(十月二十三日)又『將去年以後詩稿重鈔一過』。《再愧軒詩草》、《匏廬賸草》二卷,乃郭則澐在郭曾炘卒後掇拾輯校而成,完於民國十八年(一九二九)三月。

《郭文安公奏疏》一卷 據卷末跋語,此卷仍由郭則澐整理校録,於民國二十二年(一九三三)三月蕆事,夏孫桐署籤,卷首尾分别有作於閏五月的楊鍾羲和朱彭壽序跋。卷内所收,皆爲郭曾炘署理儀曹、典禮院時所上的十餘篇奏摺。

《樓居偶録》一卷 此爲郭曾炘寓居天津時,所撰之學術隨筆。卷前有民國十八年(一九二九)夏長沙郭宗熙題序。其曰:『侯官郭文安公,今儒宗也。平生治學,一以存誠主敬爲歸,又終其身爲禮官,兢兢於先哲之教,思措諸天下,而範之以繩尺。卒丁世變,不克竟其所施。時論惜之。』『余受而讀之,蓋採集吾儒身心之學,散見羣籍者,言之不朽者也。』可知此書縱横羣籍,上下前賢,擷衆説,厚道德,察時變,聊可裨補郭曾炘政治、思想之研究。

《邴廬日記》 此爲郭曾炘晚年所撰日記。據卷首所載郭曾炘作於民國十六年(一九二七)正月的自序，名曰『邴廬日記』，實乃『欲還吾初名，慮駭耳目，因以邴廬自署，取根矩之姓而隱藏其字，用志窮則返本之思』。今有家集刻本與手鈔本兩個版本。家集刻本扉頁，有楊鍾羲題籤，卷前載郭曾炘自序，後有則澐輯録之附卷及跋識。手鈔本今見於李德龍、俞冰主編《歷代日記叢鈔》（學苑出版社二〇〇六年版）第一八三册，乃民國間鈔本。此本有兩種不同筆跡，當爲兩人所抄録。據筆者比對，手鈔本與家集刻本存在明顯的差異。一是時間上有先後之别，手鈔本在前，家集刻本在後；二是内容上互有增損改益，因家集刻本在後，對手鈔本倒乙修正之處俯手即拾；三是卷帙、字數上有多寡之分，手鈔本今釐爲七卷，遠遠超過二卷的家集刻本，此乃家集刻本删汰過重所致。手鈔本也經郭曾炘手自删削。民國十六年（一九二七）十一月二十一日（十二月十四日）有記爲證：『日來無聊之極，間取此日記，略删汰其冗蔓者。……膏火久熬，恐終不能久於一世，聊存此冗散筆墨以留吾真於萬一，後之人容有悲其遇而哀其志者，未可知也。』

據自序，『自去冬始爲日記，旋復遺失，今春又續爲之』。大概郭曾炘於次年正月十一日（一九二七年二月十二日）才開始留意，幾乎每天寫日記，僅見民國十七年（一九二八）二月初八日（二月二十八日）缺載，而四月十六日（六月三日）竟有一日兩記，直到易簀之日民國十七年十一月二十四日（一九二九年一月四日）仍筆耕不輟，留有數語。而民國十五年（一九二六）冬所撰日記未能悉心保存，以致有遺失之憾，後來則澐傾筐倒篋，精心輯佚，得十六篇，附於家集刻本之末，名曰『過隙駒』，爲手鈔本所無。家集刻本卷末附有則澐跋識，於民國二十四年（一九三五）夏六月上旬，全部輯校完畢。此日記爲家集刻本中最晚者。家集刻本扉頁上，夏孫桐題『侯官郭氏家集彙刊』，署『甲戌四月』，即民國二十三年（一九三四）四月，此乃則澐敦請夏孫桐題籤之時，而粗識者多誤以此爲刊行之期，卻不知彙刊本竣工之日實爲次年夏六月。

三

郭曾炘向以詩人名著於世，其詩集有十一卷。陳寶琛序曰：『予嘗謂君詩婉至類遺山，沈厚類亭林。然亭林老諸生，遺山官京朝未期月，君則爲禮官垂三十年，兼直樞要。朝章國故，與夫人才世運陵替變嬗之所繇，皆所身歷手經。道盡文喪，邪說蠭起，十倍於楊墨，不盡人爲禽獸不止，禍有甚於亭林所云者，則又不僅黍離之悲、陸沈之痛已也。君若錄所聞見以爲史料翔實，豈遺山所及？顧性樂易，不輕臧否人，故非大奸憝匙所刺譏，蓋深於溫柔敦厚之教。如此，讀者以意逆志，固一代獻徵之所寄矣。至其取材隸事，典切工雅，流輩所重者，特筌蹏耳。君然之乎？』此認爲郭曾炘熟悉朝章國故，後遭際陵谷更替，對杜甫詩又有精深的研究，爲詩善於取材隸事，典雅精切，大體簡要地括出了郭曾炘詩的內容、風格和價值。

無論是感時傷世還是自憫獨憐，無論是歌詠山水還是題畫酬贈，郭曾炘詩清勁樸老，沒有過多的辭藻雕飾，沒有過多的技巧炫弄，語言樸質，感情深摯，善於將一己心境與時代基調相揉合，並用細膩的筆觸訴諸於眼前所詠之物。

比如《翁文恭公生日師鄭吏部邀同人陶然亭爲瓶社第一集並出遺墨傳觀敬賦長句》（《匏廬詩存》

卷三)這首長詩記錄的是對一代帝師翁同龢的深深追懷。孫雄展出翁氏遺墨，廣邀同社詩友作詩紀念。郭曾炘率作此長句。是詩引經據典，以詩作史，將翁同龢一生的主要事蹟和歷史成就作了『蓋棺論定』。『忠佞於今已昭昭，揮戈不挽虞淵逝』，賢人已逝，故國如夢，歲月似歌，一句句喟歎融入了深深的歷史追憶之中。而作爲世間的冷眼觀者和見證人，卻感慨『吾儕苟沽真幸民』，回想當初『我亦春風座下人，雲臺夙昔聆高議』，無盡的自責迸然而出，恰恰反襯出對翁同龢的無限緬懷，希望『魂兮大鳥儻歸來，此舉年年宜勿廢』。

又如《檢藏書感賦》(《匏廬詩存》卷一)組詩，由四首小詩組合而成。其一點題，總括得書藏書之不易。愛書而藏書，藏書而讀書，本自情性。然而身歷喪亂，哪有立錐之地，何況長安米貴，居大不易！溫飽尚難解決，談何精神食糧。但由於是適情所致，情願『腹枵』『贅疣』，也要購書藏書。墨點书卷，丹黃涂乙，心中蘊藏多少寄慨。情感跌宕起伏，而一氣流轉，沉鬱勃發。其二追溯本家藏書的歷史沿革。從皇帝賜書到自己逛書肆買書，從遠宦歸來盡是書到退居林下飽詩書，明知藏書是費盡『萬錢』的『窮途』，仍然矢志不渝。其三專談自己收書藏書之艱辛，進一步抒寫嗜書如命猶似『搬家盡是書』的孔夫子，晚年卻像『喪家狗』，遭逢世變，東奔西走，無宅可安居，有書伴殘軀，以一個命運多舛的讀書人形象來突顯時世變遷的大背景，以小見大，張力無限。其四諷今論古，由藏書而及世事。一個不解事的迂儒，目睹比暴秦還要酷烈的時代，只有掩卷而悲，猶如曲江邊上吞聲哭的少陵野老。全詩深得杜詩神韻。敘事中夾以議論，感情激切而不放肆叫囂。事典中融入真情，形象貼切而不輕浮孟浪。錯綜的社會現實，複雜的思想情感，在洗煉的語言和嚴密的結構中，得到了很好的融匯，風格沉鬱頓挫，感情悲慨深厚。也難怪乎陳寶琛、葉恭綽等人認爲郭曾炘學杜甚深。

他如《杏城侍郎以次韻樊山秋柳詩見示仍次原韻奉和》（《匏廬詩存》卷二），全詩寓情於景，不露聲色地『移情』於眼前景物，從『秋柳』到『江潭』，從『丹楓』到『殘月』，從『雪霜侵』到『悲搖落』，從『滿目秋』到『逐水流』，從王粲登樓的傷時憫亂到柳永的風曉月殘，無不層層渲染世事變幻，前途渺茫，而在曲盡闌珊之時還不忘『猶盼回黄轉綠時』，一個感懷時亂、憂國憂民的老詩人的形象躍然紙上。

此外，誠如《晚晴簃詩匯》所説：『至其見聞翔實，寓史於詩。一代獻征之所寄，誠篤論也。』郭曾炘詩歌中保存了大量的歷史史料，這一點姑可稱郭氏學杜的第二個特徵——以詩爲史。比如，寫於一九一三年的長篇敘事詩《癸感事三十首》，用一己之詩從空間的廣度、思想的深度記錄了辛亥革命以來的社會大變遷。這正是郭曾炘詩史料價值之所在。至於郭曾炘一百三十餘首的論詩絶句，其文學批評價值毋庸贅言。尤其是《雜題國朝諸名家詩集後》、《續題近代詩家集後》評論了從順治迄同光年間的百餘位詩人，用獨特的方式展示了有清一代的詩史風貌，其詩史意識之鮮明，評論水準之精當，至今廣爲學人所稱引。

而作爲當時『儒宗』的郭曾炘，長期供職禮曹，其奏疏、筆劄主要涉及的是國家禮制、心性命理之類。郭曾炘奏疏雖僅存十六篇，但其中不乏重要之史料。楊鍾羲《郭文安公奏疏序》稱他『於典章制度多所該洽，清望冠一時』。張之洞曾對人説：『百年以來，禮臣能識大體者，一人而已。』（王樹枏《郭文安公神道碑》）奏疏所涉之重大事件，朱彭壽《郭文安公奏疏序》概之甚詳：『居官實與容臺相始終，熟識舊典，考訂精詳，議禮者奉爲杓焉。今讀公奏疏各稿，如《議准從祀文廟諸儒摺》，或以昌明正學，或以啟發新知，顯微闡幽，獨見其大。《議覆畫一滿漢服制摺》，援證經史，義正詞嚴，卒使旗員悉從漢制，有功於世道人心者甚鉅。《議駁各神封號摺》，當拳匪肇禍之後，防微杜漸，用意至深。《請褒卹死事大員摺》，表揚忠節，公論昭然。厥後，許、袁五公之得蒙追謚，實自公發之。其《謹陳管見摺》，則更言人所不敢言。所舉五大端，指陳積弊，振飭頹風，剴切詳明，語長心重。自餘諸折，亦無不綜核名實，參酌古今。』

四

郭曾炘縱横羣籍，捭闔古今，觀察時變，研求性理，世間萬象與個人體驗悉訴諸筆端。其《邴廬日記》內容覆蓋面廣，大體涉及朝政時聞、讀書論藝、人物品藻、交游宴集，誠如其自序所説：『日記之大旨有四，一省愆尤，二輯聞見，三紀交游，四則傾吐胸次之所欲言者。』郭曾炘日記具有豐富的文獻史料和重要的學術價值，彌足珍視。下面擬舉其犖犖大者，以嘗鼎一臠。

其一，議朝政，廣時聞。　日記作爲私密性較強的歷史書寫體式，記録得更爲隱密，也更加直露。第一個即是轟動朝野的民國十七年（一九二八）七月軍閥孫殿英盜掘清東陵案。損毁、勘查、複葬個中詳情，今多倚賴於耆齡《東陵日記》、寶熙《於役東陵日記》、陳毅《東陵紀事詩》等，李蓮英侄李成武的《愛月軒筆記》則注重記録被盜寶物，而遜帝和舊臣遺老的祭奠情況、報紙的刊載時間卻語焉不詳，郭曾炘日記對此可補缺載之憾。他如疏請『晚明三大家』（顧炎武、黄宗羲、王夫之）從祀事件，夏曉虹、秦燕春〔二〕等學者對此多有探討，因郭曾炘掌管禮部多年，日記記載頗詳，仍可補夏、秦之闕。面對數番鼎革世變，如末帝遜位，洪憲登基，張勛復辟，軍閥混戰，民初遺老們的心路歷程、出處行世，郭曾炘日記均有詳細的記載，猶堪珍視。

其二，結詩社，集雅會。　郭曾炘詩集、日記中還記載著晚清民初囊括政界權要、詩壇文士雅集結社的重要文獻。這些遺老、名士們經常定時定地聚集在一起，結社團，賞名物，游勝景，鬥才學，詩酒風流，效法前賢。單據《邴廬日記》所載，有名有號的詩社就有燈社、冰社、瓶社、合社、荔香吟社、榕社、丁卯詩鐘社、蟄園社、稊園社，其中蟄園社集有近百期之盛。期期有人輪流主課，分韻賦詩，每次到會者大概有幾十人之多。而且，在雅集結社的時間、地點、内容、人物上已經儀式化、制度化，有的還將詩作結集成冊，刊行於世，如荔社吟稿凡二十餘冊。《邴廬日記》對詩社的成立、發起以及命運記載詳實，可作爲詩社、詩人群體等研究的重要史料。

其三，評詩衡藝，談古論今。　衆所周知，郭曾炘向以論詩詩著稱於世。《邴廬日記》中載錄了大量評論詩人詩藝的文獻，既涵蓋了前輩諸賢，也涉及當時同好，從中可窺探出郭曾炘的詩歌旨趣以及當時詩壇的風向。比如對浙派的尊崇，一九二七年二月初八日（三月十一日）、四月十一日（五月十一日）日記對浙派詩人的推源溯流以及與當下詩壇風貌的比較，以慨嘆今昔之别。又如郭曾炘喜好『宋

〔二〕　參見夏曉虹《明末『三大家』之由來》，《瞭望》一九九二年第三五期；秦燕春《清末民初的晚明想像》第一章《從江湖到廟堂：晚清的『晚明三大家』》，北京大學出版社二〇〇八年版，第三九九頁。

詩派』,《邴廬日記》中載有數則關於程恩澤(春海)的重要史料。程恩澤是近代『宋詩派』的宣導者,影響深遠。『同光體』中的閩派對程氏青睞有加,這幾則即其師法源流的重要書證,從中窺見民初詩壇遺老雅集賦詩之取向。作爲閩籍詩人,郭曾炘雖然寓居京城多年,但十分熟諳閩籍詩羣的源流沿變。一九二八年二月二十八日(三月十九日)、八月十六日(九月二十九日)、九月二十八日(十一月九日)均有詳細的記載,議論極其精到。這可作爲詩歌地域流派的珍貴史料來讀。

其四,品藻人物,輯錄掌故。《邴廬日記》還記載了郭曾炘對一些朝野名流的評語,多涉及不爲常人知曉的舊聞逸事。比如一九二七年正月二十八日(三月一日)康熙朝重臣徐乾學、李光地、陳夢雷、熊賜履諸人學問與人品的點評。作爲有當今『儒宗』之稱的郭曾炘,善發議論,尤其擅於月旦人物,對於清代學派諸家的論斷還可在一九二七年七月十三日(八月十日)的日記中看到,後來《匏廬賸草》也收錄此詩,稍有改異。是詩從乾嘉時期的阮元、程瑤田開始,一直説到道咸年間的張穆、鄭珍,宛如簡明的清中後期思想流變史。他如一九二七年四月初三日(五月三日)論前清內務府重臣慶小山,七月初三日(七月三十一日)縱論民國初期軍閥吳佩孚、張其鍠,以及林長民、邵飄萍、林白水三位中年殞命的進步人士,可謂深中肯綮,言簡義賅。他如張元濟在滬被綁票、王國維自沉之事,日記多有細節披露。

其五,網羅散佚,蒐集遺逸。日記中保存了部分重要作家的集部文獻,有著不可忽視的輯佚價值。縱覽侯官郭氏家集彙刻的郭曾炘集,卻沒有專集專冊的古文、辭賦一類作品。並不是説郭曾炘不善作文,大概平時未有留意,因而大多已散佚。《邴廬日記》載錄了郭曾炘數篇重要的詩序,如《陀庵詩序》、《居易齋集序》、《弢庵太傅七十壽文》、《恐高寒齋詩集序》,等等。對於瞭解郭曾炘的詩學思想、交游事蹟，這些序文有著不可替代的作用。另一方面，《邴廬日記》還輯錄了他人的文學作品，如一九二七年八月二十八日（九月二十三日）所錄的曾克耑（履川）《弢老七十壽文》、九月二十九日（十月二十四日）所記南雲的數首遺詩，以及一九二八年四月十九日（六月六日）抄錄的數篇樊增祥詩詞，保存了作家作品之原始風貌，可補詩史之闕。

一言以蔽之，郭曾炘詩集、奏疏、隨劄、日記，內容豐贍，材料賅備，議論精當，考證詳實，涉及晚清民初的諸多層面，尤其是那些關涉重大事件和人物的文獻記錄，有著不容小覷的史料價值，自然會隨著研究的深入而逐步彰顯出來。

自癸巳年（二〇一三）春徐雁平老師命我點校《邴廬日記》及其詩集、雜著至今，倏忽已逾數載，其中甘苦冷暖，不勝感慨。《郭曾炘集》內容豐富，尤其是日記手鈔本乃由數人抄撮而成，難免有魯魚亥豕之訛、脱漏倒乙之誤，因此在整理過程中，對日記、隨劄等文中所抄引的文獻、涉及的人物，多方查閱，改正錯訛，並出校記。惟學識譾陋，定多乖舛疏漏，敬請方家不吝賜教。

在整理過程中，得到中國社會科學院文學所張劍研究員、南京大學徐雁平教授的熱心關懷和悉心指導，高情厚誼，銘記在心。責任編輯葛雲波先生以古典文學的專業學養和對學術著作編輯高度的敬業精神，爲提高本書質量付出良多，在此一並致謝！同時，非常感謝杜桂萍教授將此集納入其主持的國家社科基金重大項目『清代詩人別集叢刊』。郭曾炘圖像與手札照片由郭曾炘裔孫郭可譓先生及郭久祺先生、張莊先生提供，特此鳴謝。總之，這次整理郭曾炘集，是我人生中一段美好的記憶。

二〇一八年五月謹識於南海千聚齋

凡例

一、詩集、奏疏、筆札均以郭氏家集彙刻本爲底本。《邴廬日記》今有手稿本和家集刻本，後者删削過甚，故并録。家集本所附《過隙駒日記》附録於後。手稿本日記中所載詩文，未收入詩文集者均予以輯出，無題者皆據文意編加，並標明日記的年月示出處；又自郭則澐《舊德述聞》卷五輯得《論中西學術》一文，并列爲『補遺』。郭曾炘《讀杜劄記》已由上海古籍出版社刊行，兹不復收入本集。

一、正文標點與夾注標點各自獨立，夾注原爲雙行小字，今改爲小五字體單行排印；所示敬之抬頭，如今上、先考功之類所空格、餘行，則一概删去，改爲接排。

一、底本的衍、訛、脱、倒處，一律出校；與底本有異文或有參考價值者，一律出校。凡形近致誤者，如己、已、巳之類，徑改本字，不出校；凡異體、通假、古今字，除生僻者外，均不出校。異體字、俗體字，如仝同之類，一律徑改爲正體。避諱字，如玄、弘等，出現缺筆、改字者，一律改回本字。凡字跡漫漶不清、空缺而無法校定者，缺字用□標示。日記中人名有誤者，如和珅誤作和坤、朱竹垞誤作朱竹坨，則徑改，不出校記。

一、詩集、筆札的校記置於本篇之左。日記的校記置於每月之末。日記誤而已校改之處，詩集參校日記時，則不再寫於校記中。

一、日記在原年、月、日後增加西元紀年，以圓括號()標注於後。

目錄

卷三　亥既集下

卷六　徂年集中

卷七　徂年集下

卷八　雲萍箎藁上

卷九　雲萍簏藁下

匏盧賸草

再愧軒詩草

郭文安公奏疏

詩文補遺

詩

輓聯　壽聯

文

樓居偶錄

邴廬日記

附錄

附録三　郭曾炘主要交游人物小傳

匏廬詩存

匏廬詩存序

陳寶琛

匏庵辛亥後，始常爲詩。《亥既集》既印行，比年所作益夥，則裒爲《徂年集》，合而付鐫，督序於予。予嘗謂君詩婉至類遺山，沈厚類亭林。然亭林老諸生，遺山官京朝未期月，君則爲禮官垂三十年，兼直樞要。朝章國故，與夫人才世運陵替變嬗之所繇，皆所身歷手經。道盡文喪，邪說蠭起，十倍於楊墨；不盡人爲，禽獸不止，禍有甚於亭林所云者，則又不僅黍離之悲、陸沈之痛已也。君若錄所聞見以爲史料翔實，豈遺山所及？顧性樂易，不輕臧否人，故非大奸慝歭所刺譏，蓋深於溫柔敦厚之教。如此，讀者以意逆志，固一代獻徵之所寄矣。至其取材隸事，典切工雅，流輩所重者，特筌蹏耳。君然之乎？丁卯三月，陳寶琛序。

亥既集序

福廬山人

近作詩一帙，無格律無家數，觸緒成吟，一覽易盡，不待通人之嗤點也。顧嘗聞虞廷之論樂，曰：『詩言志。』而孔門之教小子，則曰：『興觀羣怨，邇事父，遠事君。』漢、魏、唐、宋以來，詩家浩如淵海，吾粗涉焉，而莫窮其涯涘。若四子、六經之訓，則童而誦之矣。孔門之教亦未易踐，而志則盡人所能言也。人心之不同，如其面焉。吾之志不能盡同於衆人之志，則吾之詩庸求當乎古人之詩？昔黄梨洲自序《詩歷》，謂『師友既盡，孰爲定文？但按年而讀之，横身苦趣，逼真紙上』。梨洲何敢望，乃身世固有相類者。寒窗無事，略爲編次，並芟汰其什三四，題之曰『亥既』，以皆作於辛亥以後，姑取干支一字爲識，以别於舊作，且以志吾哀焉。己未冬日，福廬山人自序於燕邸之瓶花簃。

匏廬詩存卷一

亥旣集上

和畏廬夢謁梁格莊梓宮作

爝火星星遽燎原，酸心板蕩此乾坤。苞桑痛念先皇計，因果終疑佛氏言。黄髮不遺虚顧命，蒼生何罪劇煩冤？杜鵑再拜千行淚，淪落詩人自感恩。

津門省家和橘叟薑齋正月十二夜作

翦紙誰招逆旅魂，夜闌秉燭似羌邨。幾多畫棟成焦土，尚想銀花作上元。檻虎縱之寧有意，池魚殃及復何言。可憐駢死桓東者，豈識侯門仁義存。

和薑齋海棠花下置酒作

邂逅花時本不期，猩紅滿樹已紛披。買鄰得此真無價，走馬來看尚未遲。何用金盤薦華屋，且留石墨記苔綦。綠章已斷通明奏，報答東皇賸有詩。

隆山觀察同官禮曹多年不知其能詩也南歸有日出詩冊相質並枉贈七律二章次韻奉答

橫流無計更堙洪，杼柚悲歌大小東。聚鐵六州真鑄錯，徙薪上客枉輸忠。每嗟世變餘孤憤，忽展君詩若發蒙。讀到白雲謠一曲，海山歸去夢乘風。

十年郎署老馮唐，此日寧煩出處商。漢禮久應陋緜蕞，楚歌聊可託滄浪。成章觸手皆雲錦，懷寶何心炫夜光。慙愧殷勤問津意，絕潢斷港不堪航。

熙民松孫避地蘆臺有卜鄰之約用淨名庵韻奉寄代簡

驀地狂瀾起，彌天浩劫鍾。中流失操檝，流火遽燔琮。齊物非莊叟，謀身愧曼容。支離爭攘臂，磊塊苦填胸。迴日無三舍，瞻天邈九重。分旛猶漢臘，抱器奈周宗。行邁皆離黍，盤桓賸撫松。登臺惟慟哭，閉戶益疏慵。幾輩魚濡溼，流年鵩告凶。艱難謀粒食，容易散萍蹤。古帙縱橫亂，春衣顛倒縫。齋居悟禪悅，生計雜流庸。自與竹林別，不聞蓬徑跫。恢臺經孟夏，蟄伏似窮冬。欲濯滄浪水，還尋縹緲峰。此身同幕燕，何處逐雲龍。世運寧終否，吾生自不逢。武陵如有路，準擬挈家從。

檢舊篋見前議三儒從祀疏藁感賦

梨洲倡民權，船山區種族。匹夫任興亡，亭林志尤卓。諸賢生不辰，采薇踵芳躅。危言或有激，大旨無踳駁。禮官議從祀，抗疏紛抵觸。吾獨不謂然，反復再補牘。專制數千年，本沿秦政酷。世變窮則通，安能終抱蜀。濂洛信正大，學子已倦讀。欲振頑懦風，此或置郵速。魏公始扶漢，正色秉鈞軸。杜斷破羣疑，豎儒皆讋伏。詔墨猶未乾，嗚呼舊社屋。誰歟借箸謀，搆此累棋局。崑山重行己，廉恥盡朒縮。衡陽述西銘，胞與自屠戮。證人有緒言，良知久已牿。邈矣三先生，遺書孰寓目。豚蹏何足歆，神州且沈陸。煌煌宣尼宮，行見茂草鞠。《風懷》矢不刪，竹垞乃先覺。九原誰與歸，泫然披故簏。

旅居無聊嘿園間日一來與弟姪兒輩爲扶乩之戲韻語酬答頗足破悶即事得四首

仙壇詩作介，即景是詩題。季野渾臧否，東方雜滑稽。飄飄想笙鶴，擾擾笑醯雞。爲問紅塵客，青雲孰許梯。

澒洞人間世，傷心讀短章。鄧林彌望落，湘草幾時芳。酒乏消愁力，詩真愈瘧方。驚呼李天下，一笑破天荒。

快閣題涪叟，蘭亭敘右軍。一時成雅集，二妙並高文。嘿爾何無語，髯乎故軼羣。看君揮醉墨，隨意幻煙雲。

屯雲憂亢旱，一雨快哉謠。未暇謀來日，猶能永此宵。飣盤摘檐果，種紙長窗蕉。檢點心頭地，仙源或未遙。

禮部舊有韓文公祠南來軍士借駐毀爲馬廄感賦

韓公道德師百世，兩廡位在先賢次。翰林土地祀已褻，劉井柯亭久湮廢。春曹祠宇肇何時，數典無徵亦其例。我忝秩宗近十稔，香火歲時親展拜。去年榱桷甫一新，廟壁貞珉待撰記。容臺禮樂重專司，壽草長春尚繞砌。鵲巢鳩居彼何人，趙壁一朝易漢幟。石龕作槽馬草堆，栗主爲薪煙煤棄。王師昨者臨漢臯，釜底游魂誰汝貫。無端南北講弭兵，怒馬鮮衣各自恣。公文元氣入肝脾，公神如水流萬派。騎龍來往白雲鄉，豈戀區區一席地。凝碧管絃自古悲，平津車庫等閒事。滄桑陵谷何所無，安用金仙苦垂淚。

隆山瀕行復用前韻告別次韻答之

句漏將毋訪葛洪，臨安猶可老江東。豈能桑下無餘戀，便有葵心孰效忠。宦味久拚雞肋棄，劇場冷看虎皮蒙。霍童山色遙迎櫂，正好黃梅舶趠風。

觥觥鴻筆步三唐，不厭臨歧舊學商。好纂遺聞追夾漈，豈惟妙語契滄浪。摶沙再聚知何日，炳燭相期惜寸光。留取冰廳風味在，只攜行卷厭歸航。

夏夜小集步仙壇枇杷詩韻分賦南方果實

飛騎進荔支，一時矜寵遇。漁陽鼙鼓來，長安變塵霧。尤物爲瘡痏，榮華亦朝露。誰言紅雲宴，轉眼枯樹賦。故侯五色瓜，近在青門路。布衣可終身，何必將軍樹。

丹橘生江南，曲江爲感遇。踰淮化爲枳，不如老瘴霧。吾聞蘇耽井，酈泉比甘露。亦有李荊州，千絹供歲賦。招搖璧人車，擲果傾道路。楚客獨何爲，惓惓念皇樹。

書廓軒竹枝詞後

廿載鋒車不暫閒，威名猶在賀蘭山。睢陽應是死爲厲，定遠再難生入關。玉宇瓊樓渺天上，零縑斷楮落人間。河梁一別成終古，感舊空餘涕淚潸。

實錄館同人攝影留題

猶是城南尺五天，觚稜回首共淒然。三年滄海無窮事，九死丹心未了緣。洛社衣冠元祐後，陶詩甲子義熙前。淮南雞犬誰相訊，淪落人間亦散仙。

示仲起弟

遠遊澤畔逍遥旨，晏起遼東懺悔詞。豈爲厄窮輕感憤，政從顛沛見修持。天機感召皆人事，往哲襟期足我師。莫作商歌怨長夜，雞鳴風雨未愆時。

津沽旅館夜坐疊前韻

鏖吟苦鬬尖叉韻，退省終多侘傺詞。詩思當從驢背覓，酒杯誰共蟹螯持。舊人失笑沈家令，風子從呼楊少師。獨倚危欄看乾象，小樓寂寞夜深時。

過眼興亡了可知，試將舊史譜彈詞。千燈瞥爾魚龍變，一局紛然鷸蚌持。笑指海山餘息壤，悟知田水是真師。嗣宗枉發登臨歎，豎子英雄亦有時。

再疊前韻和无離

尋尋覓覓幽期地，去去行行訣別詞。擲米成珠原是幻，將荷作鏡豈堪持。五雲樓閣多仙子，百戲魚龍恣偃師。誰識風塵通德在，殘燈擁髻記當時。

信有新歡勝故知，微波何事浪通詞。夢魂行雨應猶憶，裙衩隨風不自持。北里豪名思舉舉，南鄉惡曲妒師師。禪心我是沾泥絮，奈此紅愁綠慘時。

夏日雜感用即事詩原韻

周餘生已贅，夏五集聊題。不識天胡醉，猶能古與稽。夢爲漆園蝶，談有宋窗雞。大好元龍臥，登樓任去梯。

容易花時過，通明斷綠章。逍遥觀物化，蕪穢惘年芳。引睡呼黃嬭，論交絕孔方。故園報消息，三徑亦全荒。

白面誰年少，蒼頭盡異軍。未成東海蹈，苦憶北山文。結習餘談藝，端居自樂羣。莫令符命作，投閣悔揚雲。

是非存柱史，哀樂付衢謡。開徑來今雨，題門懺昨宵。高文惟頌橘，賸墨懶彈蕉。一枕南窗下，羲皇尚未遥。

倒疊前韻和无離

王郎工險語，石棧搆天梯。羊質時蒙虎，犀光欲駭雞。指禪多妙悟，心史備參稽。陋室誰談笑，無妨但月題。

窮年操筆耒，肯信硯田荒。儘有哦松興，曾無辟穀方。酒樓高太白，詩國渺陳芳。斫劍哀歌罷，翻風動豫章。

逝景看嵫日，閒緣寄嶽雲。夢愁嘑血魄，行避吠聲羣。替戾猜鈴語，瘢疷訂鼓文。曙星三五在，猶足張吾軍。

林臥抛新曆，春歸忽已遙。清談惟一拂，輭飽或三蕉。斗室焚香地，重門聚柝宵。瑤池無八駿，休憶白雲謠。

津沽旅次再疊前韻和无離

出門何所適，得句即留題。偶逐風輪轉，無煩日記稽。身如秋社燕，夢斷曉籌雞。天上瓊樓在，高寒那可梯。

句吳行采藥，贏飾憶周章。孰謂九夷陋，非無十步芳。桑田變東海，苓隰美西方。尹姞衣冠舊，傷哉盡遜荒。

絕域初通市，臨淮此駐車。中興思再造，重譯化同文。安得水犀手，盡驅妖鳥羣。直沽七十二，日極是愁雲。

蘭臺餘舊侶，麥秀入新謠。相語堯年雪，難忘乙火宵。賜衣仍細葛，焚藁對叢蕉。聖德神功牘，真成望古遙。

旡離復倒疊前韻見和依韻答之

十載郎潛老，君無策與梯。不乘緱嶺鶴，空守甕天雞。故態供叢笑，殊鄉豈久稽。淒涼凝碧句，泚筆向誰題。

羣雄方角逐，我輩信傖荒。狡兔身三窟，翩鴻態萬方。桐惟相待老，蘭以不言芳。碌碌孫曹輩，安知盛孝章。

博辯瓶翻水，仙機錦織雲。嘔心知幾許，矯首欲空羣。山谷百家體，耆卿三變文。老夫慚對壘，欲斂鸛鵝軍。

詩筒頻往復，隔巷故非遙。知味蟲甘蓼，忘懷鹿覆蕉。驅車畏塵堁，伏枕昧昕宵。誰謂憂心苦，我歌方且謠。

寄熙民兼訊松孫病況

東飛伯勞西飛燕，咫尺風塵如避面。浮萍聚散不自由，何況白雲蒼狗變。城南禊飲曾幾時，新廚櫻筍已堪薦。傳聞窮巷過高軒，袖有新詩出行卷。掩鼻爭爲洛生吟，登壇直驅市人戰。平原十日不盡歡，浮屠三宿應餘戀。柏臺散盡朝夕烏，笑指甘棠是鄉縣。吾儕生遘陽九辰，不作逸民歸何傳。漆園物我久已齊，搶榆豈復培風羨。相從漁父鼓拏音，尚有夢婆識哨遍。如皋令君尤骯髒，四十頭顱負謝掾。因君寄聲道相思，且覓丹砂與竹箭。

檢藏書感賦

人生貴適情，長物皆爲累。讀書不在多，安用羅篋笥。長安號人海，自昔居不易。矧經喪亂餘，豈有立錐地。饋貧亦虚言，腹枵難煮字。飢驅匪自由，顧此焉舍置。一身已贅疣，四海方糜沸。複壁無深藏，兼兩重勞費。兒曹惜手澤，甲乙爲標識。誰知丹墨痕，中有滄桑淚。

吾家黄璞里，通德存賜書。遠宦偶歸來，什九飽蠹魚。先疇無一畝，安得帶經鋤。春曹三十載，退食雞栖車。閲肆掠賸殘，累積寸與銖。一日未釋卷，寢饋與之俱。亦知玩物戒，聊勝博弈娱。甬東天一閣，吴下士禮居。小大相絜較，潢潦於江湖。萬錢愁塞屋，措大真窮途。

延秋夜嚎烏，達官盡避走。栖栖復皇皇，可笑喪家狗。妻孥亦何知，作計隨人後。旅瑣悲焚巢，自貽復誰咎。失火賀參元，吾思柳子厚。區區保叢殘，無異千金帚。長恩獨何事，殷勤爲我守。炳燭念餘光，雅意寧忍負。歲除修闕典，會當酹杯酒。泊宅無安居，此願竟償否。

歐風日東漸，學説競趨新。莘莘黌舍子，六籍誰復親。《法言》久覆瓿，《論語》可代薪。迂儒不解事，矩矱守先民。莊生嘗竊笑，章甫適文身。徒然抱殘缺，終恐委灰塵。祖龍恣焚坑，孔壁未盡湮。吾觀今日事，酷烈甚暴秦。浮生無百年，遘此大化淪。成毁何足道，掩卷潸悲辛。

嘿園枉贈綠淨亭詩四十韻次韻奉答

黃郎磊落才，萬言可日試。孝穆石麒麟，摩頂聞寶誌。抱璞久未售，寤歌矢獨寐。傳家十硯齋，橫枝推法嗣。幾年江海別，所詣益深邃。風騷振餘響，莩甲出新意。浸淫百氏書，糟粕例吐棄。扶桑萬里游，蓮幕一枝寄。落霞秋水詞，傾倒洪都帥。承平養士恩，酬知賸文字。明經應制科，奮起還拔幟。餘樽婪尾春，冷署迴翔地。退食殊蕭閒，飽攬西山翠。郵亭僧舍間，題壁墨常漬。晉安風雅遺，得君重鼓吹。斷句間流傳，遺秉與滯穗。龍蛇忽起陸，坐見虞淵墜。敝廬隔人境，舊雨誰復至？惟君勤過存，相訪月數四。茅亭僅容膝，補葺亦造次。乞鄰得桃栽，斬徑除棘刺。清談恒徹宵，一榻爲君置。銜杯稱聖賢，抱甕泯機智。袖詩亟索和，譬釣懸鉤餌。出匣見龍泉，神鋒何銳厲。獎借或過情，敷陳皆古義。蚓竅强學吟，敢附洞簫謚。餘生況苟活，豈復關世事。相對欲何言，舉目山河異。蘇程老弟兄，窮旅眷親懿。我已懷遯思，君當守默識。世變未可知，待時且藏器。矍鑠聽水翁，晚節彌沖粹。淵源早得師，杖履仍日侍。籍湜在韓門，餘子三舍避。羣雄尚鬭爭，四郊多烽燧。潛淵有驚鱗，摩霄無健翅。東陽吾所欽，郊居方息累。墩名詎敢爭，澗飲期無愧。濤園在江右，於藩署築亭，亦以綠淨署額。朗吟金玉章，蒼茫恨天醉。

送楊小村前輩歸大梁

鵲噪鴉鳴併一喧，燕郊道上共風飧。臣心叱馭無夷險，國手臨棋有覆翻。去冬同于役東陵，出都日正聞漢陽捷報。行矣先生莫回首，黯然此別最銷魂。玉衣鐵馬靈如在，歸掃清溪釣石溫。

黄石齋赤壁後游圖爲黎潞庵太史題

墨妙因緣一斷碑，平生忠讜見風期。大難隆武支殘局，始信熙豐是盛時。橫槊休驚一世雄，江山風月古今同。乾坤正氣勤收拾，只在寥寥尺幅中。

綠淨亭夜坐

炎熇苦夏長，安得良宵永。佳月來何遲，忽放光明境。小園無半畝，花石亦修整。盆荷時送香，庭槐交弄影。平生悲憫懷，中夜常耿耿。世變非人謀，百念坐灰冷。隙駟已莫追，風鶴未息警。餘生憂患中，有此須臾景。更深風露涼，庭宇益清迥。便思乘雲車，一陟蓬萊頂。

典禮院移交事竣將赴津門留別合署同僚

襆被蕭然出國門，卅年回首舊巢痕。多慙僚友勤攻錯，及見輿臺長子孫。執手路歧餘老淚，隨身書局亦君恩。刧餘插架叢殘帙，故事漁洋莫更論。春曹故事，同人有遷調者，留書一部爲別，相傳始漁洋先生。往時，祠祭司廳事庋藏多至數千卷，庚子之亂散失略盡，此舉亦廢。

司直出示公定前輩舊臨裴公碑並庚寅元旦開筆楷書一則適行篋攜有廠肆所得文勤公家書數紙因並歸之附志二絶

晉帖唐臨真意存，從容翰墨想西園。歲朝圖美慈闈健，攜袖天香尚自溫。

行卷信披述德詩，繼勤堂構念遺基。寶章併付君家集，記取珠還璧合時。

偕朗谿至蘆臺訪熙民叔姪邨居

咫尺桃源得問津，不知門外有風塵。横流長恐栖無地，空谷今纔見似人。岸上牽舟疑可住，籬根分井便爲鄰。芋羹豆飯茅柴酒，草草杯盤一味真。

題蘆台聶中節祠

尚有荒江廟貌留，同時淮將已無儔。鼓鼙今日思應晚，萋菲盈廷死亦休。朝士可憐黃菜葉，路人猶唱白鳧鳩。英靈不泯知遺恨，坐看支祈鼓濁流。

留別松孫

鑿坏真欲逃顔闔，裹飯誰還過子桑。醉裏商歌出金石，夢回漁笛在滄浪。終知土偶嗤桃梗，尚有寒號傲鳳皇。記取東坡居士語，安心是藥更無方。

壽幾道六十

舊隱思君通德里，新知餉我積書巖。依依歲晚餘蒼檜，浩浩江流閲過帆。世外尚堪侶黃綺，眼中那復論荊凡。五千經注渾無用，鴻寶相思發秘函。

景屏自閩來都有詩見寄次韻奉答

衰翁不復閒愁擔，閉門懶過三眠蠶。殊鄉竄迹伍傭販，何異虞翻居日南。春明門外别時柳，霜風吹盡綠毿毿。開緘忽覩新詩什，快如覿面聆高談。直沽沮洳兼涸凍，更乏林壑供幽探。柴煙糞火溷晨夕，對此珠玉空懷慙。與君交期非一日，此心不隔月印潭。長安舊雨未寥落，想見蔣徑日開三。相思命駕豈待速，石鼎把筆吾猶堪。臘鼓聲中春草動，玉梅窗下苞正含。婁東七子舊壇坫，閩派亦不卑二藍。歲除酒脯例當報，殘膏丐我休嫌貪。

除夕感懷示旡離

新曆已改歲，舊歲今方除。歲行終有盡，强留亦斯須。時態日趨新，棄舊如土苴。迂生尚沿習，古風守鄉閭。旅居斷人事，久已忘居諸。今夕獨何夕，爆竹喧吾廬。童稚自歡樂，迎笑各牽裾。我亦聊酩酊，痛飲傾屠蘇。夜闌燈燭灺，兀坐猶擁鑪。默數一年事，喟然增感吁。上元遘兵火，家具蕩無餘。盛夏離京塵，轉徙未定居。荒廚無宿食，敝篋惟殘書。同志僅三兩，窮魚相呴濡。此身已疣贅，舉足皆榛蕪。不怨天公醉，但哀黔首愚。春陽方啟蟄，萬彙咸噓枯。云何閶闔間，怨氣慘不舒。舊歲終已矣，新歲復奚如。登高望四極，目斷仍愁予。廟堂凜朽馭，揖讓希唐虞。羣小各擁戴，猛虎猶負嵎。含沙有射蜮，篝火有鳴狐。爲劉與爲呂，袒臂爭一呼。周衰裂七國，晉亂興五胡。瓜分與豆剖，安能量前途。牆東王君公，避世真吾徒。一官棄敝屣，不受俗塵汙。閉戶日課詩，孤憤聊自攄。神姦鑄禹鼎，盡態供描摹。唱和有錢劉，詩債劇追逋。但矜珠玉富，未問儋石無。人言窮坐詩，廢詩何以娛。懸知此時節，向壁猶咿唔。東方漸啟明，門戶換新符。願迴愁苦思，破涕爲歡愉。勞生無百年，流光如隙駒。吾儕幸偷閒，世亂偶全軀。此心自太平，世路任崎嶇。夢中有樂國，相與尋華胥。

景屛將南歸疊前韻贈別

崎嶇世路皆左擔，端居窘甚繭縛蠶。萬方一槩吾道苦，眼中豈止哀江南。故園一別忽十載，相看衰鬢各毿毿。滄桑事往無可說，連宵且作風月談。嗟君抱道久不試，囊底餘智誰曾探。龍荒桑梓昔人歎，纓冠弗救心滋慚。朅來萬里冒鋒鏑，自言窮薄輕江潭。京華冠蓋亦何有，棋局翻覆已再三。十羊九牧恣掊克，哀此孑遺何以堪。君爲鄉閭任保障，窮黎始有生機含。向來瓣香固有在，益陽胡與漳浦藍。羲和均筦衰世法，願君剔蠹先懲貪。

癸丑感事三十首

長白山頭王氣雄，𥻦燈松屋想家風。九朝寶訓垂丹扆，八部威棱震紫濛。賓鐵竟成强弩末，橫流誰障大江東。辨亡豈待書生論，青史千秋有至公。

高拱君門遠九重，滔滔江漢自朝宗。誰知越國尸居氣，錯認征南武庫胸。樂府乍歌《楊叛曲》，扁舟莫問董逃蹤。吳頭楚尾烽煙接，正似銅山應洛鐘。

回首瑤池阿母窗，碧桃花影尚幢幢。山靈久已移銀甕，詞客猶聞賦石淙。武帳珠襦悲末命，後庭玉樹變新腔。水天閒話承平事，滅火吹沙恨未降。

四貴無王事可知，更堪燕雀處堂嬉。耕奴織婢寧當問，劣虎優龍迥自奇。七載金縢思刱業，一門花萼豔連枝。老臣遺疏誰曾省，淚盡香山諷諭詩。

樞軸無謀坐失機，倉皇遺將咎誰歸。只愁淮右貙羆據，肯信河邊羖䍽飛。往事休歌千里草，成功正待一戎衣。分明破竹堪乘勢，垂下齊城又解圍。

宵衣日盼刺閨書，風鶴驚傳豈盡虛。玉几頻煩詢國是，金花絡繹佐軍儲。擁兵無奈陳玄禮，草詔空勞陸敬輿。宮禁豈知帷幄事，區區握璽待何如。

一家胡越忍相屠，九廟神靈詎可誣。銜命乍聞馳北使，義旗早已建南都。探符盆子真多幸，對局虬髯自決輸。草草敦槃盟約定，三軍解甲聽歡呼。

一封勸進表初齎，聞說長安笑向西。共覩天門開詄蕩，定知民望慰雲霓。虛名多是陳驚座，佐命居然楚執珪。誰料上元燈火夕，漁陽驀地動征鼙。

僕射恩私部曲懷，不應所守化狼豺。烽煙傳警連三輔，邏卒周巡遍六街。誰縱爪牙驕魏博，重新壁壘見臨淮。只憐一劫紅羊後，漂泊哀鴻是處皆。

天策堂皇帥府開，攀龍附鳳已偕來。命官次第頒虞典，入彀英雄借楚材。儘有奇姿麟閣畫，可無大賚鹿臺財。都亭夜失留丞相，公案重重卻費猜。

符命文章盛美新，黄金如土莫愁貧。九州職貢多空籍，百萬軍聲待指囷。食客盈門盡珠履，公車累牘更蒲輪。雁行債主無人見，挹彼爭誇富以鄰。

痛飲黄龍共策勛，南强北勝付誰分。殺胡妙手金刀讖，張楚虚聲露布文。雌兔出門驚火伴，短狐射影避人羣。武成數策流傳在，真使拘儒詫異聞。

鎖鑰何人掌北門，龍庭萬里昔屏藩。未消内訌金甌奠，已動邊氛羽檄繁。舊德休言天倚漢，奇談真見佛稱尊。請纓壯士知多少，十萬横磨敢大言。

鐵券丹書拜將壇，論功五等陋躬桓。復仇九世非無説，約法三章豈不刊。怨李黨牛難共命，朝秦暮楚正多端。强鄰久蓄鯨吞志，袖手方爲壁上觀。

萬方更始誓書頒，開國規模見一斑。附會名詞徵汲冢，推翻學案首尼山。多方泛駕求奇士，曲法吞舟縱巨姦。白虎諸儒論同異，非驢非馬足嘲訕。

遨遊二帝笑文淵，胏腑相輸總枉然。供張駷徒真過望，同舟勝侶盡如仙。青梅煮酒英雄話，白馬刑牲信誓堅。一段鴻門留故事，可無月表史家編。

一枝容易借鷦鷯，虚説巢由願避堯。許下已成爐火踞，河西猶費璽書招。論都有客誇能賦，競渡何時看奪標。枕畔惡聲爭起舞，不堪風雨閏殘宵。

甘陵兩部久分茅，辯口徒令黑白淆。周勃入軍皆左袒，鄭莊置驛遍諸郊。議郎攘臂爭諧價，俠客忘軀肯借交。一鬨已成相斫市，莫教瓜蔓更連抄。

破碎河山望補牢，中原極目盡神皋。未知泗鼎何時出，但見謻臺累日高。猰貐磨牙爭弱肉，鳳皇戢羽學寒號。萬家懸磬生機盡，龜背誰從更刮毛。

三舍知無返日戈，洗兵猶待挽銀河。蒼生自是須安石，黄屋何心羨尉佗。海内九州元混一，眼中數子等么麽。不知疑塚漳濱望，孰與征西表墓多。

水晶殿闕月輪斜，零落金蟬怨孟家。且幸深居存漢臘，遽驚晚出罷宫車。愁雲慘澹蒼梧野，淚雨繽紛白柰花。真贋誰明衣帶詔，一篇哀誄自高華。

一旅休談夏少康，過戈有鬲事非常。空聞白馬歌王子，略勝丹楊徙讓皇。論道經邦慙保奭，執言仗義詫淮張。宫中黄纙終誰屬，家耄無情早遯荒。

淒涼鐘簴憶收京，國恥猶存城下盟。端禮穹碑自深刻，元豐新制但紛更。特科枉復登風漢，武庫真成借寇兵。一瞬興亡兒戲局，只如春草鬭輪贏。

空山無用抱遺經，芻狗人間已不靈。掃地衣冠效胡服，司天正朔廢堯蓂。彎弓豈落蚩尤燄，鑄鼎難摹罔兩形。震旦千年文物祖，不圖吾世見飄零。

魯史將爲亂賊懲，是非今日正無憑。綠林作贊陽秋寄，甘露磨碑功德稱。已斥建州儕索虜，何妨天國祖金陵。青城償博尋常事，誰禁梟雄草澤興。

吠堯桀犬肆吹求，竊國由來例竊鉤。怨府豈關文字獄，窮途多爲稻粱謀。真王終不歸陳勝，穢史何須辨魏收。一失東隅圖已晚，金鑾灑涕記房州。

五噫悽斷伯鸞吟，躑躅誰憐去國心。門戶建章猶昨夢，管絃凝碧總哀音。空留瓊島愁難剗，相對銅仙淚不禁。輸與烏朝知早晚，可真擇木是佳禽。

憔悴南冠七不堪，魯連蹈海亦空談。巨公早計營三窟，逋客何情借一庵。藕孔避兵容有地，草間偷活豈勝慙。百年枉抱伊川恨，蠻語參車已熟諳。

宮錦猶叨歲賜沾，傳師殘課落風檐。殺青未竟蕉園藁，垂白空慙彩筆尖。宣室有神儼前席，鼎湖無路更攀髯。崇陵卅載傷心局，實錄當爲萬代瞻。

沈舟側畔看千帆，有口長悲石闕銜。蠶尾自編詩甲乙，馬肝寧識味酸鹹。曲江舊錄存金鏡，本穴遺聞付鐵函。一枕華胥塵夢醒，衹餘熱淚在朝衫。

无離與宗武愔仲諸君唱和用東坡正月九日答鮮于子駿詩韻已五疊矣頃復見示不寐一詩次韻和之

居夷時節乖，謝客戶庭悄。幸無邑犬猜，尚厭隣蛙鬧。百念灰已寒，寸心月自皎。書淫付嘲訕，詩魔故纏繞。變雅誦于皇，獨漉懷元孝。閉關久沈冥，過墟一憑弔。醒眼長觀醉，飢腸空夢飽。埋憂地終無，悔禍天不稍。窮山雙鳥囚，滄海一粟渺。勉續漆室吟，寧見扶桑曉。

諸君又有效東坡饋歲別歲守歲三詩亦依韻擬作

膢臘遺以水，山居取相佐。濫觴及末流，苞苴籠百貨。十瓶瓜子金，塞屋驚措大。豈無號寒者，誰恤袁安臥。財多信善賈，品卑宜下座。朱門幾爲墟，歲月蜡旋磨。羈居竄窮海，差喜無督過。尚苦酬答煩，敲門詩索和。

少壯不樹立，聞道今已遲。榮華飄風過，急起誰能追。世情如轉燭，吾生況有涯。借問道旁客，乾坤此何時。食蛀常苦瘦，食熊常苦肥。同居此歲中，卒歲異歡悲。安得游太清，永與濁世辭。殘羹與冷炙，飲食豈扶衰。

入市輒聞虎，下牀復畏蛇。衡門兩板外，泥水聊自遮。人情盡厭故，戀戀獨如何。殊方節物異，禁夜寂無譁。帷燈照不寐，微聞戍鼓撾。杜陵過四十，已驚暮景斜。吾今壽爲戚，豈願補蹉跎。堂花何絢爛，獻歲方爭誇。

送嘿園赴南寧幕府

山頭共拜杜鵑魂，握手臨歧朎淚痕。吾道固應來曠野，當年真悔入修門。眼中雞樹誰能久，袖裏驪珠尚自溫。陽朔最推巖壑勝，且尋詩料遣朝昏。

題健齋尚書登岱圖

碧雲一宿記游蹤，負土橋山涕滿胸。錯被旁人羨腰脚，萬松頂上策吟筇。
猶聞日觀唱天雞，御帳坪高舉目悽。七十二君休遠溯，壁間新有阜昌題。

津門旅居寥寂寡歡曩日親知相繼徂謝感愴世變作四哀詩

曾叔吾觀察丈

童稚情親盡一哀，飄零若爲哭君來。仙槎博望心猶壯，丈室維摩念已灰。老眼偏留桑海閱，游蹤空記竹林陪。鑑亭遺址今難問，祖硯摩挲日幾回。君娶余姑。先大父主鼇峰講席，余與君隨侍最久。辛亥之亂，書院燬於兵火，名蹟皆不可復問矣。

林梅貞觀察

文賦年時豔彩毫，游驄慣逐五陵豪。詞場跌宕經三變，郎署栖遲見一毛。行在麻鞵成往躅，孤城鐵甕撼驚濤。信陵醇酒甘心殉，何處招魂續楚騷？辛丑扈蹕西安，與君及廉孫、弼俞同寓吾鄉會館。二君久下世，今君又逝，無與談往事者矣。君分巡常、鎮，京口失陷，僑居滬上，終日縱酒。政府招之，不來，竟以酒病歿。倘亦叔孫祈死意耶？

周松孫員外

肝膽論交每照人，酒狂誰識次公真。堯肌如腊談垂涕，漢臘難存厭食新。茅屋耦耕虛有約，楓林入夢豈無因。鏡花一瞥都成幻，墜落休論溷與茵。君宰如皋有循聲，德宗久疾求醫，大吏以君薦。供奉內廷僅兩閱月，述起居甚悉，並言德宗服食極儉薄，幾於所謂監門之養者，病中猶手不釋卷。余嘗屬其手記一冊備送史館，因循未就。國變後，屢欲自殉，卒侘傺以歿，亦可哀已。

王司直太守

萍蓬會合豈前期，楚望烽煙舉目悲。暫喜劇談能永夕，那堪絕筆讀遺詩。烏衣玉樹推長度，淥水紅蓮見杲之。卅載枝官無報稱，因君重觸九原思。君夙依張文襄幕，余在禮曹，議滿漢通行三年服制及三儒從祀疏，又爲許文肅諸公請謚。文襄皆極嘉許，嘗語君禮曹有風化之責。時論方欲議裁，得此數篇文字可爲容臺壯氣，其實亦賴文襄居中主持也。

除夜讀蘇詩用東府感舊韻寄南雲

勞生行六十，世難殊未央。念我同懷侶，會短離別長。羈居寡朋舊，蕭寂如僧房。沈吟東府作，悵觸北風涼。書來正歲暮，瞻望知陟岡。昔年誓墓志，魂夢豈嘗忘。采榮愧商老，積懶成嵇康。跬步即荊棘，千里安聚糧。眉山生盛宋，伯仲雄文章。我老百無成，攬鏡淒鬢霜。孰云蔗境佳，懸膽今方嘗。

短章不盡意，心旌何由降。

媿室丁未試御史報罷余贈别有當代南雷人不識之句子益方哀集其生前酬唱之作書來屬補録附此追輓

易簣丁寧願竟虚，横流一決遂淪胥。南雷若使生今日，應廢明夷待訪書。
新亭舉座皆周顗，魯國當年一孔融。留得題襟詩卷在，九原家祭有餘恫。

長少白制府見訪話舊

三十六城老都護，傾蓋初逢訝如故。生芻一束見君情，候尉相望斷書素。皋蘭玉節控萬里，誰知海内風塵起。贏得籌邊雙鬢霜，恨不臧洪同日死。建威銷萌豈無策，老謀不用長太息。君長兵部，以議新軍制不合，復出爲伊犂將軍。漢家九鼎重如山，夜壑移舟一夫力。三徑就荒歸去來，大招挂壁生塵埃。海濱不遇田横客，獨禮文殊上五臺。

畏廬集同鄉舊友爲耆年會並繪圖作序各題一詩

澒洞乾坤百感新，誰言人海足藏身。殘年共有鄉關思，彩筆疑回杖履春。皺面觀河同一笑，窮鱗呴沫暫相親。香山洛社承平事，比擬前賢恐未倫。

自題集遺山律句百首後

曹毗一片光明錦，白地裁爲負販衣。偶借酒杯澆磊塊，九原可作幸無譏。轉喉易觸當途諱，學步但增餘子羞。儘把精神費無益，東塗西抹幾時休。

上巳日樊山前輩集同人十刹海修禊分韻得猷字

羈居倦人事，鍵戶苦拘囚。盈盈淨業水，咫尺慳良游。頳顔對妍春，所辦惟詩愁。樊叟江南至，泥客時唱疇。跫音慰瀟晦，接席皆英流。嬉春有故事，曰爲禊事修。羣賢各嘯侶，一老作遨頭。招邀出湖湄，湖柳綠未稠。平橋轉石牐，縱眺得高樓。列坐雜少長，有酒恣拍浮。即事賦新詩，日昃忘迴輈。名區溯舊聞，過者不可留。詩龕久寂寞，抱冰亦山丘。風景曾不殊，感涕悲神州。皇綱往解紐，同室操戈矛。論都肆旁魄，黍離誰愍周。凶渠暫掃蕩，遺黎始有鳩。稍還承平象，共卜林塘幽。良辰得假日，放浪容吾儔。蘭亭去千載，繭紙重琳璆。東晉雖偏安，綱紀猶綢繆。畢羅盛羣雅，黼黻爭新猷。斯文儻未喪，來軫今方遒。

哭陸文端師

事三如一聞經義，今後無師益愴然。病臥兼旬疏請謁，交論四世最纏縣。金甌名字寧關讖，梁木摧殘莫問天。頭白汗青期不負，七年史局忝隨肩。己酉夏，與吾師同拜實錄總裁之命。歷朝本紀例歸史館恭纂，不屬實錄館。遜政後，史館已撤，而景廟本紀亟待成書，溫毅甫諸君議，願由各纂修分任，紙墨繕寫之費皆自捐貲。藁成，各拜文綺御書之賜，仍命師與弢庵師傅覆勘，嗣又添派及余。定本粗就，而師已不及見矣。此亦館中一段故事，故附誌之。

匏廬詩存卷二

亥既集中

杏城侍郎以次韻樊山秋柳詩見示仍次原韻奉和

柔條豈耐雪霜侵，忍見飄零萬縷金。攀折行人朝復暮，蹉跎芳序昨成今。江潭何限悲搖落，海水分明閲淺深。回望扶桑麗朝旭，菀枯難與問天心。

烏桕丹楓滿目秋，傷時王粲怕登樓。尚餘舞態臨風見，何似浮蹤逐水流。大樹功名虚玉帳，劇棋光景變金溝。亦知代謝尋常事，不奈言愁我欲愁。

曉風殘月唱屯田，爭及城南尺五天。閣道添星深得地，羲和敲日不停鞭。前途黯慘仍愁暮，舊夢迷離盡化煙。休説十圍親手植，也應憔悴異當年。

陶令門前盡日垂，闌珊情緒有誰知。流紅得句聊題恨，傅粉何心學弄姿。一曲秋娘歌獨絶，十年春夢覺應遲。上林故事渾疑信，猶盼迴黄轉緑時。

熙民五十初度同人集其寓齋鬬詩即景賦呈時川滇方交兵也

傾蓋論交患難同，勝衣坐看長兒童。久聞美政能馴雉，更聽行人唱避驄。東海揚塵堪幾見，南柯説夢總成空。一樽試索梅花笑，猶及新醅臘酒紅。

筆牀茶臼舊生涯，眼底風光且遣懷。長壽杯斟對眉案，太平庵署學心齋。居鄰花市春常好，節過燈宵月自佳。知有德星銷彗孛，夜闌高唱徹天街。

題橐園謎話

令壺老柏相爲隱，信口能翻布縠瀾。注我六經真陸子，遜卿卅里笑曹瞞。逢場可但供游戲，嘗臠猶堪掠賸殘。掩卷因君嗟世局，悶葫蘆破一何難。

漁溪前輩今年六十念平生宦迹最親晚途落寞益復相似世俗頌禱虚詞無所用之追述往事成四章奉正

舊夢華胥不可尋，因緣再世感苔岑。廣寒宫裏登科記，曾費姮娥組織心。余與君同舉乙亥恩榜，仲弟少萊又與亞蘧會榜同年，兒子則澐復與伯寅、仲平會榜同年。

墜落紅塵怨謫仙，前程屢逐祖生鞭。一論出處捫心愧，忠孝多君得兩全。余長君兩歲，而在詞垣、樞桓俱爲後輩，嗣歷卿寺、領銀臺皆踵君後。君歸里養親十年，還朝授副都統，國變後杜門不出。

萬里星軺夢嶺雲，屏居今是故將軍。綠沈金鎖無人問，自愛聽詩靜夜分。

餘皇一燼誤兵機，坐長鯨鯢海水飛。篋衍金鑾存密記，直廬官燭影依依。乙未中日宣戰，詔旨樞廷，諸老皆不肯當筆，强以屬君。君知浪戰必敗，未幾，即乞養歸。

重九前三日薑齋約同熙民爲翠微之游徧歷諸勝晚宿龍泉庵追憶舊游漫成二章

山游宜秋晴，出郭曠心目。輕裝趁飆輪，俄頃達山麓。小憩得泉頭，暫洗塵纓濁。名蹟檢圖經，略數得五六。畢景期前躋，尋徑欣舊熟。絕澗無眞源，崩厓有古木。禪林半已荒，碑記聊可讀。茲山邇郊畿，軒蓋日往復。登頓雖不勞，取意常在俗。我來弔滄桑，感歎別有觸。十年闊游蹤，勝侶偶然續。健齋惜不與，憶此對牀宿。當時一夕話，枯棋忍重覆。回輿已黄昏，前途歸鳥逐。茫然萬古心，澆愁付醽醁。

薄醉不成眠，還起步庭樾。落葉墜我襟，仰見林際月。缺月猶未弦，孤光自可悅。倒浸潭上泉，泉聲益清澈。此時盤陀坐，蕭然萬感寂。因悟浮生理，俯仰盡陳迹。前朝四百寺，存者未什一。何用弔金元，吾身亦過客。不知奸諛輩，抵死竟何得。漸臺空抱斗，滈池早遺璧。西陵奏伎散，霸圖隨銷滅。悠悠青史事，一部從誰説。茅庵如可借，十年願面壁。危厓東南傾，淒涼望城闕。浩歌答松風，且復陶今夕。

枕上和薑齋

弔古傷今無限情，共爲閒客此閒行。攀蘿尚可誇腰腳，題壁何須記姓名。霜葉自裝秋後景，風泉不斷夜來聲。招提一宿知緣分，翻羨榆園早落成。

連日山游即事成吟歸寓後綴録之以代游記共得四十首

聯騎來從西郭門，停車近指小黄村。横圖先見全山景，董巨丹青欲細論。

椅子平肩强縛輿，較論代步不如驢。青鞵誤我還山夢，猛憶東華薄笨車。

直從山麓陟山椒，越澗穿林不覺遥。未識禪扃何處叩，臥游一閣倚岧嶤。臥游閣爲龍泉庵最高處。

絶愛松聲間水聲，龍王堂下一泓清。靈泉似欲句人住，流出山門便不鳴。龍泉庵俗呼龍王堂，連日借宿於此。

平坡拾級上丹梯，禁扁昏金認御題。香界重來如臥佛，桫欏無語亦含悽。香界舊名平坡寺，山中惟香界與臥佛爲官寺。曩游臥佛，荒涼不堪，而香界較修整。兹來則殘僧散盡，闃寂略同，惟桫欏俱無恙。

梵唄鐘魚總寂寥，四山落木晚蕭蕭。荊榛塞路殘虹臥，策杖愁經念佛橋。念佛橋在寶珠洞下。

興亡世外略無關，寺冷翻饒老衲閒。飢喫困眠齋課了，不須拾得伴寒山。香界、龍泉皆止住持一僧，諸寺多者二三僧而已，晨鐘暮鼓絕無聞矣。

禪牀四大本來空，一壑能專讓寓公。黝黑洞天難久駐，莫嘲乘興太悤悤。至寶珠洞，寺僧以無坐處卻之。

歷劫虛誇不壞身，茫茫塵海盡迷津。一場螘穴王侯夢，古佛無言笑向人。寶珠洞佛像相傳爲坐化肉身。

虬髯一叟已龍鍾，世態猶能作倨恭。記與高軒留款洽，同光朝事頗羅胸。西人丁韙良僦居洞後小樓，尋常游客不得上。丁未歲，與健齋同來，寺僧爲先容，款待極周至，談時事亦中窾要。相隔十年，宜其不相識矣。

問訊平安久不通，琅玕欣見舊時叢。毗盧閣迴攀躋倦，借得涼棚坐晚風。香界與大悲寺皆有美竹數叢。

八里浮圖表帝畿，五雲宮闕尚依稀。危欄看下虞淵日，獨立蒼茫重感欷。山前望八里莊，慈壽寺一塔獨高迆。東望都城，九門三殿，皆約略可指。

馬首遙青萬疊堆，祠官歲歲謁陵來。薊門煙樹盧溝月，默數征軺幾往迴。在禮曹，每歲赴東、西陵，多或三四次，皆循山麓行。

擾擾塵闤等聚蚊，到來聊喜遠埃氛。風林纖月無多景，猶爲聽泉坐夜分。

微聞鳥哢起清晨，萬慮初澄耳目新。忽似黃山看雲海，推窗白氣浩無垠。

一徑斜穿草棘叢，樹頭旭日正曈曨。出村稍見簪花嫗，過澗時逢拾橡童。

天太圖經未有名，村翁導引指前程。重岡迴抱疑無路，忽地莊嚴湧化城。

文殊寶相近傳疑，外戚賢王盡有碑。見說村氓盛祈福，列朝功德耐人思。天太山距翠微十餘里，檢志乘，俱不載其名。山中惟慈惠一寺，建於乾隆時。廡下有額駙福、隆安二碑。又有同治年間恭忠親王所立碑，碑文有『偏見僾聞』之語，頗費索解。殿中佛像，寺僧謂即章皇五臺真身。其説固荒誕不經，然香火極盛。寺前伽藍、彌勒諸殿方在修葺，丹堊猶未竟也。

擬看漫山火齊奇，今年霜信故遲遲。疏林尚雜青黄色，翻惜來先十日期。

儘多亂石少泉流，澗壑秋晴潦盡收。墝埆山田方渴澤，前峰誰問水源頭。水源頭，見《春明夢餘録》，亦名水盡頭。

真見秦頭壓日偏，孤亭突兀倚層巔。碧雲已鏟衣冠墓，此地誰知别有天。内監劉連印墳院，俗呼獅子窩。其地適當玦口，長廊宛轉，一亭建其巔下，臨萬壽山，昆明湖一覽可盡，壁間自署『碧雲天』。劉爲光緒初年總管，宫中呼爲印劉，聲勢在李蓮英之上，宜其無復忌憚也。

昆明左瞰右渾河，滿目蒼涼盡逝波。爲問新亭名士輩，循廊百轉意如何。廊下題壁，時見舊人姓字。

尼山教澤已陵遲，羣吠狺狺掩耳時。誰信中璫能衛道，晏公石室尚遺基。晏公祠故址在香山左近，舊有古聖賢石像。此游所未歷，偶感近事及之。

悠悠世事幾滄桑，方志從知語不詳。約略盧師止船處，河流猶隔數重岡。祕魔厓亦稱盧師山，相傳隋仁壽中有僧名盧，從江南櫂船來，止厓下，因就住錫。竹垞《舊聞》又引《唐書·韋挺傳》『挺遣司馬王安德行渠，作漕艫轉糧，自桑乾水抵盧思臺』，疑盧師即盧思之誤。然今桑乾距厓甚遠，陵谷變遷，固無從考證矣。

百尺龍潭水自渟，危厓猶作偃芝形。山頭要看天紳挂，行雨應煩大小青。祕魔厓對面峭壁，夏雨時，觀瀑最佳。

謝傅遭時良獨難，退休早已愛林巒。廿年溫樹傷心隱，賸與詩人賦《暮寒》。讀壁間松禪師《和偶齋》詩，有感海藏樓《暮寒》一詩即爲松禪作也。

疥壁千篇類可芟，漫勞輕薄肆譏讒。布衣古度無人識，獨許三賢占鳳銜。橘叟、畏廬並有和偶齋詩。末句乃無名氏跋語，三賢指寶公及翁、陳二傳。

題名墨蹟儼如新，謝舅何甥盡古人。卻憶故山登石鼓，翩翩裙屐少年身。石壁上有戊戌年陳幼獬及林廉孫、季鴻昆季題名，審爲廉孫手蹟。

古殿靈光劫火餘，清池猶愛碧芙蕖。曼卿石室曾游處，惟見胡琴載後車。

百年傳舍誰當主，一死丘山得已多。散盡明誠《金石錄》，游人猶說舊行窩。靈光寺爲偶齋常止宿處。庚子之亂，殿舍盡燬，端忠敏於池頭搆歸來庵數楹。是日適有攜伎樂者住此，僅在泉上小憩。

轉盡螺峰路欲迷，偶從巖罅見招提。道旁試覓雙泉蹟，廢圃無人滿蒺藜。雙泉寺不在翠微。道旁有小刹，亦題雙泉，叩關無應者，不知何時建。

荒庵小榭特幽偏，坐聽松風一灑然。近寺可游尋略徧，晚晴餘興且流連。三山庵在山麓，亦荒涼。旁有精舍，尚可遠眺。

石甕還來帝里貧，休疑奪主竟喧賓。年年結夏來胡客，都算沙門護法人。山中寺產鬻賣略盡，旅京西人夏月多避暑於此，寺僧倚僦直爲生活，僅得自存，亦可慨已。

避人除是首陽岑，入得山來恨不深。感槩誰爲小高隱，終南佳處古猶今。龔定庵有《說翠微山》一篇，爲嘉道間朝士言之。壬癸以後，所謂鉅人者，偶不快意，輒託詞來此養疴，當局曲意羈縻，徵問之使絡繹於道。蓋不止終南之捷徑而已，與定庵所說相似而又不同矣。

碧油紅旆遼東集，傳誦雞林走賈胡。靦面煙嵐負游屐，茲來端爲了詩逋。此游，菫齋得詩獨多。

胡牀覓句兀如癡，太朴河聲出苦思。一事足誇韓吏部，寫詩阿買故能詩。熙民、次郎、士觀隨侍同來，亦有和作。

準擬雲峰取次探，鏖吟頗損夜眠甘。壁間失笑梅酸句，苦怕酬詩密似蠶。夜來索詩，不寐，見録宛陵此句於屏間者，爲之一粲。

閒雲野鶴偶相於，後約猶期勇賈餘。爲問槐樓樓上客，朝來爽氣復何如。徵宇先有約同來，屆期未果。

煙雲朝暮儘能奇，小住當爲旬月期。解説茲山真面目，松寥後只偶齋詩。張亨甫住山讀書最久，山中諸詩幽微深至，向來游者皆未能道及。

買山虚想卜菟裘，依舊紅塵撲馬頭。清景追逋亡八九，歸來還似未曾游。

悼某君

杜厲報莒敖，處死豈容易。平日司馬公，養汝竟何爲？極知非由衷，姑以誑當世。財多焉有饜，技癢還一試。人皆快君死，吾忍更訾議。楚臣盡名籍，念君猶識字。世無羅昭諫，孰明春秋義。黄鷂矜爪嘴，得時亦肆志。

覆輯景廟本紀告成呈螺江太保

京塵卅載逐騶騑，我始登朝公已歸。心冷局棋傷再覆，腕疲制草記親揮。豈期蛩距餘生附，漸覺鵷鴻舊侶稀。同時纂修諸君多已離館。成事因人真忝竊，固知補報亦涓微。

宫鄰金虎忍深論，野史傳聞或不根。一代興衰疑有數，當時恭默本無言。蒙塵事往悲行在，種樹人歸話寢園。到得遺黎思漢德，孤臣掩卷幾聲吞。

景廟本紀告成紀恩志感

篆墓他年或勒珉，傳家長物此稱珍。尋思往事渾如夢，報答蒼穹在一貧。猶勝告身徒换醉，翹瞻天語當書紳。牢愁孤憤都無謂，且養心田盎盎春。賜扁爲『温仁受福』四字。

大雪連日與樊山沈觀笏卿橘叟熙民諸公飲城南酒肆樊山出示喜雪詩次韻奉和

六出花開誰翦水，不見攢苞與敷蕊。催雪得雪詞有靈，假我文章須大塊。今年三白久愆期，赴壑修蛇行没尾。朔風一夜捲飛霙，知度龍沙幾千里。凍縮都拳牛馬毛，埋深定殄蝗蝻子。老農望澤久懸耒，倦客閉門方掃軌。堆瓊積素浩無垠，徹夕連朝勢未已。光明大放豁塵翳，疵癘盡消化瘡痏。便應飯甕歌老坡，惜少畫圖寫顛米。興至聊爲汗漫期，座中欲盡東南美。天琴詩老問何闊，忽展新詩羣失喜。好語如穿九曲珠，傳觀已貴三都紙。相呼白戰奮先鋒，想見忍寒呵凍指。與公京國共羈栖，舊日巢痕誰復理。堯年鶴語但增悲，瞻望橋山猶尺咫。偶從園綺游橘中，只合陰何撥灰裏。天公作戲付詩料，破涕爲歡賴有此。不嫌布鼓傍雷門，正恐陽春乖里耳。

雪霽樊山復疊韻見貺仍疊前韻奉答

沍寒連日凍瓶水，迎歲梅花纔破蕊。快雪時晴亦復佳，不似霪霖輒破塊。酸儒生活絕可憐，只愛尋詩控禿尾。殘年衾被幾知交，今日鶯花非帝里。重茵行酒知有人，著屐過街定誰子。天時朝暮紛變態，人事閒忙非一軌。偶鬭尖叉亦費才，譬如博弈猶賢已。先生風雅久主盟，流俗譏彈妄生痏。詞律共推柳三變，詩名未數盧八米。佳章枉贈慰羈孤，獎借齒牙多溢美。昨者玉龍戰已休，杲日臨窗鵲聲喜。新詞定復放瓊琚，退筆舊傳書繭紙。一窩安樂足容身，萬象華嚴入彈指。淩寒松檜轉蒼姿，展畫芭蕉得禪理。江亭暇日時登臨，覿面西山近有咫。安排酒脯祭歲除，收拾光陰歸卷裏。梁園授簡祇寓言，党帳銷金那辦此。和章更迭走郵筒，懸知積甲齊熊耳。

橘叟熙民枉過各出新詩見示再疊前韻奉呈並簡蕫齋索和

客居詩思清如水，豈有心葩發意蕊。雪窗連日恣鏖吟，只當借杯澆磊塊。舊人自怕看新曆，不記年頭與歲尾。蟄居坏戶忽三冬，歸夢重山逾萬里。長安舊雨近益稀，晨夕素心祇數子。忍寒自笑客無氈，命駕何期車接軌。太丘重德今滇翁，周子苦吟類無己。眼看出手盡珠璣，那更磨光索瘢痏。瀛臺明日慶歲朝，吾廚自煮雙弓米。今年臘八爲新曆元旦。聊吟因憶西山游，季秋風日正清美。樂全居士豪於詩，定知見獵猶心喜。可無妙句寫銀鉤，浣花新製桃花紙。小別初爲旬日期，僂計還轅已輪指。煖閣梅花應盛開，小園菜甲須鋤理。比來談藝數過從，每喜鄰居近盈咫。玉蝀金鼇下直餘，斜街花市閉門裏。瓊瑤開出詩世界，難得德星俱聚此。騷壇一幟待公張，守元寧羨車生耳。

橘叟再示疊韻詩四疊前韻奉和

子輿辟邪譬洪水，二客論都神自蕊。麻姑狡獪亦何用，坐視東海揚蓬塊。自從豺虎亂中原，不獨幽人占遯尾。兵戈旱潦歲相仍，往往赤地連千里。天生下民作之君，大君實惟天宗子。三綱既淪九法斁，因之天行失其軌。桑林祈禱古有事，念切恫瘝非得已。聖人動念與天通，每召和甘起瘡痏。卿雲賡唱集夔皋，快雪留題玩蘇米。承平盛事邈難追，沖主猶承家法美。公爲國老侍講筵，灑翰親覩天顏喜。退食沈吟想大庭，不覺纏緜詞累紙。塚中枯骨何足論，漸臺已被千夫指。一陽固知剝必復，萬事或由亂致理。皇天無私日鑒臨，徵諸感應知天咫。杜陵詩外有事在，肯落尋常窠臼裏。莫赤匪狐莫黑烏，豈但夏蟲難語此。擁寒聊寫病中吟，放論仍防垣有耳。

題沈雁南詩瘦集

竹林花萼聞名久，嶺海相望忽到今。萬事從頭難說夢，殘年何意得傾襟。酒邊諫果論餘味，霜裏寒梅抱古心。莫歎壓裝無片石，猶應享帚直千金。

舊政務處海棠花下追懷壽州長沙二老

二老風流不可親，庭隅負手獨逡巡。青油日看宣明面，知有花枝解笑人。酹酒難忘手植辰，名花也是劫餘身。東風嫁盡新桃李，未恨無香媚路人。

壽螺江太保

葵藿傾太陽，恥與蕭艾類。鸞鳳翔九霄，俯視蜉蝣輩。公早登玉堂，敷陳皆古義。黑頭負公望，建節甫壯歲。林臥三十秋，弈棋看世事。修門晚再入，空灑鼎湖淚。先皇宵旰心，繼述待後嗣。講幄徵鉅儒，願君堯舜致。潢池忽弄兵，皇綱失旒綴。支廈竟無人，宗老廿抱器。誕保我沖人，此責無旁貸。憶昔賦皇華，星軺再奉使。命題試多士，已見平生志。事變豈豫知，晚節若符契。己卯典試甘肅，題爲『君子』、『人與』二句；壬午典試江西，題爲『歲寒』一章。杖國始今年，稱觴亦古義。偕老有令妻，諸郎並儁異。河汾門下材，不止通六藝。春秋正佳日，懸門粲弧帨。紀述多鴻文，侑飲期一醉。賤子辱下交，敢以卮言贅。古稱聲聞壽，王澤抑其次。彥回著名德，期頤反爲累。公於板蕩餘，力挽綱常墜。一陽存碩果，扶植關天意。深宮自高拱，聖學日淵懿。徇齊固天縱，亦賴勤納誨。三公職論道，周官不必備。昭代無幾人，真除特破例。天語瞻璇題，尚方拜珍賜。載稽摘輔圖，側想黃農世。

丁巳上巳樊山前輩同實甫書衡亞蘧掞東穎人重集同人十刹海修禊分韻得楚字

喪亂厭餘生，積與世俗迕。客子常畏人，嘉招難固拒。禊游追永和，茲會已數舉。今年值春閏，花柳更媚嫵。良朋間闊多，難得一堂聚。循廊撫履綦，忽再更寒暑。臥龍與躍馬，轉盼皆黃土。卻留羈泊身，歲時話荊楚。羣公信好事，餘勇並可賈。豈知巢幕燕，漂搖畏風雨。燕都剏金元，建邦咸師古。隄防一潰決，橫流浩莫禦。蒼生日喁喁，所願安環堵。鬩牆尚交爭，遑言外禦侮。吾徒爲世棄，荒讌固其所。獨恨客懷惡，搜腸無好語。一歡掣電逝，未來忍逆覩。崦嵫返照餘，臨流幾延佇。

上巳後十日玉甫復集同人陶然亭爲展禊之會分韻得世字

春序漸已闌，修禊仍展禊。江亭所熟游，重來如隔世。蘆漪一水明，泛艇小車至。西山猶向人，撲面湧晴翠。書生結習耽，相從只談藝。齋廚供蔬筍，盡掃酒肉氣。城南此勝區，承平盛冠蓋。滄桑一彈指，禪宇亦荒翳。石林東道主，同曹昔聯襼。祖硯有家傳，蜚聲自綺歲。直廬讀題名，風流緬前輩。南園五子間，瓣香見宗派。吾生苦不辰，艱虞丁晚季。九重舊巢痕，回首餘夢寐。羈居長鍵戶，叢積惟詩債。强爲一日歡，重感流年逝。郊原新雨餘，旱苗需一溉。㲼潭撫遺蹟，下泉滋歎愾。

題力軒舉醫隱廬圖

花市街南卜一廛，到頭萬事見幾先。華胥夢短人間世，苦記經營斷手年。

壯游破浪憶乘風，誰念郎潛老寓公。不隱山林隱城市，青囊聊試濟人功。

歲歲園陵展謁還，畫師著意寫蕭閒，霜紅龕裏汀芒喚，惟有寧人契傅山。君以醫供奉內廷，出處本末具詳畏廬撰序。此圖亦其所繪。畏廬每歲謁崇陵，有亭林之風。

抱蔓黄臺歎再三，房州事往忍重談。冬郎亦有金鑾記，故篋摩挲尚淚含。

雨後與熙民過榆園

一雨何當爲洗兵，簾櫳相對不勝清。曇花偶現猶疑夢，杯酒重拈且壓驚。幕燕翻飛渾未定，池蛙怒聒底難平。晚晴景色無多子，愁聽斜陽鼓角聲。

丁威起舍人屬題令外祖歐齋先生遺照

解組歸來鬢未蒼，摳衣彷彿記登堂。淀園每話承平事，龍壁多傳唱和章。十子湖山新俎豆，七峰花樹幾滄桑。開元生晚思前輩，過烏年光黯自傷。

弢園惠書宣紙屏幅走筆奉謝

夢想嵩陽何處樓，烏雲一片尚含愁。懸知長日臨池興，不爲驚雷破柱休。守駿固應與時左，戲鴻元自任天游。横流徧地愁無筏，安得從容論藝舟。

送濤園南歸

三度金臺訪舊過，問君此別意云何。周餘猶是陽人聚，顛蹶嬴劉只剎那。

華清宮觀尚餘基，飛蓋追隨彼一時。誰道春蘭遜秋菊，錦囊本事有新詩。

洪流畿甸劇懷襄，聞說三吳歲正穰。飽飯殘年吾事足，不勞畏壘祝庚桑。

槧鉛事業老猶親，文獻鄉邦忍就湮。了得一重公案大，故應左海許功臣。

團欒家讌報歸期，請爲先生進一巵。放眼千秋誰尚友，會昌文集義熙詩。

後院蓼花盛開以蓼窗自署臥室並誌以詩

長安貴游競賞花，花事一春忙未了。秋花後時誰肯愛，點綴聊堪傍籬沼。潁濱往作園中詩，采摭嘗聞及葵蓼。蜀葵入詠始溫公，抱冰老人微爲表。士宣墨蓼得詩意，宣和絹素傳已少。我昔扁舟客吳越，慣逐煙波狎魚鳥。水荇簇簇映漁莊，只與柁樓供晚眺。豈知老作閉關人，天涯悵望江湖渺。閒園雜植無異花，游龍幾株特夭矯。愁霖騎月根不爛，闌暑已開逮秋杪。迎風作意媚晴曦，浥露含姿絢清曉。小窗長日擁書坐，似對絳仙飢可療。蓼蟲食苦吾自甘，蝸殼寄居國無小。蕭山韻事世罕知，作杖猶供陟雲嶠。

寄平齋

隔年詩債未曾還，敢怨河鱗尺素慳。想見使君中隱趣，捲簾長日對西山。白鷺未驚鉤黨獄，黄龍大有策勛人。邇來心事從誰説，不夢東周不帝秦。

壽濤園中丞

山公語嵇郎，四時有消息。如何王光禄，老壽翻爲戚。我生亦云晚，猶及中興日。束髮游搢紳，已聞話先德。黄巾起風塵，東南殘半壁。金陵久淪陷，侵尋及閩越。湘鄉提義兵，祁門方困阸。信州控要害，寇氛遽見偪。睢陽守雖堅，賀蘭師誰乞。登陴誓存亡，授命志已決。中饋有同心，大義伸巾幗。間道馳蠟書，執爨躬樵汲。孤城卒以完，旁郡亦遮遏。九重旌賢勞，不次頒節鉞。南昌古都會，襟帶江湖闊。遙資犄角勢，終掃豺虎窟。禄山既天誅，慶緒亦獻馘。杲日如再中，金甌故無缺。策勛世賞延，家廟藏劍舄。承平久銷兵，邊患漸牙蘖。將帥誰枕戈，廟堂且輕敵。餘皇熸可悲，珠厓棄何惜。跋浪驕鯨鯢，開山憶藍篳。艱難締造功，孤注供一擲。政書奏牘存，讀者爲嗚咽。公矢許國身，中外久歇歷。才力應時須，初不緣勛閥。渥洼生有種，凡馬自辟易。秦淮六代都，滕閣三王蹟。墜淚留羊碑，承家仍魏笏。往者庚子變，皇綱且中絶。强鄰交責言，都市親喋血。敢辭冒不韙，所計安社稷。重申清酒誓，屢抗斜封敕。南服得弭兵，西巡見旋蹕。決機出羣帥，公實首畫策。成功初不言，直道幾三黜。夜郎萬里天，開府初建節。難迴長沙袖，空運陶公甓。謀鼎方猖狂，委裘誰輔弼。白首抱丹忱，耿耿長望闕。爝火忽燎原，大盜真移國。誓師起勤王，投袂固無及。未能蹈魯連，安肯從霍弋。橫流無安栖，遺民分浮宅。本穴居未改，月泉社新結。平生未了心，猶夢爭王室。故山兵火餘，父老望歸檝。志乘久叢殘，湖山須潤色。史裁訂凡例，詩龕圖主客。社酒强爲歡，人民已非昔。春明再握手，沈憂得暫豁。樽前舊雨多，劇談每連夕。霜風動驪唱，催歸未煖席。卻思少壯游，光景如一瞥。世事换滄桑，吾儕亦衰白。覽揆數佳辰，平頭恰六秩。相送鶴南飛，登堂負腰笛。臨風致遙祝，且願康眠食。江南小陽春，卉木未黃落。舉網松江鱸，傾筐洞庭橘。長筵會親賓，爭獻瓊瑤什。諸郎各成名，文通而武達。玉雪稱家兒，牽衣歡繞膝。小築非平泉，位置饒花石。大隱即鹿門，傴僂拜龐葛。浩歌望神州，往事那可說。洶洶猶不定，湯湯矧方割。閉戶鬬鄉鄰，纓冠非吾責。德水杜亭題，征南左氏癖。舊藏萬卷書，足支卅年墨。消閒林下棋，選勝花間屐。春蚓與秋蛇，興酣恣落筆。召公所茇舍，甘棠戒翦伐。白傅富詩篇，名山待藏集。書錦亦何榮，丹砂猶可覓。投詩博一笑，俚語無藻飾。雖慙白雪詞，或補蘭臺佚。報章佇北轅，挹斗望南極。田盤有後期，花紅更來覲。

書鈔本杜詩後

杜陵際喪亂，每飯不忘君。許身稷與契，世尤駭其言。豈知此老胸，固在憂黎元。稷契佐唐虞，得以康斯民。君民實一體，君仁莫不仁。所以企中興，戀闕心拳拳。肅代雖孱主，西極猶自存。陵夷逮懿昭，讀史足辛酸。豈惟涷雀悲，清流亦投淵。羣盜起如毛，什百巢與湓。所過恣屠掠，千里無人煙。五季遞興仆，十國更剖分。迴思天寶日，何異羲皇前。九州戴共主，繼體豈皆賢。神器要有屬，自然息闇干。風騷本忠愛，千載思靈均。楊墨無君父，率獸終食人。民彝既汩亂，天道無幸全。此語非臆造，吾聞自船山。見《讀通鑑論》第二十七卷。

杜公稱詩聖，衆體無不備。大雲贊公房，乃與選詩類。向來信口讀，未測意所謂。近覽杜園說，乃如豁蒙翳。當年陷賊中，此爲竄匿地。去來與信宿，蹤迹皆可識。複壁藏趙岐，北海侔高誼。巾履及醍醐，衣食兼賙濟。脱身有天幸，麻鞋達行在。右丞與司戶，誤被羅網致。託疾以自全，亦未僞職試。台州竟死謫，輞川亦坐廢。少陵屢贈詩，湔祓至一再。後儒顧不諒，執此爲訾議。見《養一齋詩話》。往者粵寇亂，名臣若湯戴。皆無效死責，慷慨輕就義。承平重氣節，清議猶可畏。道咸去豈遠，風尚乃大異。紛然鳥獸散，咄咄真怪事。

虞山箋杜詩，畢生萃心力。以視旹鶴輩，較然分黑白。稼堂與義門，糾繆紛指摘。芟薙其榛蕪，十猶八九得。獨解勃律章，乃援奘師說。衣毛譏鳥言，比類强區別。書生守兔園，繁徵疑奧僻。龍門謗史心，狡獪故難測。我因讀此箋，重感世變亟。通市逾百年，蕃舶來如織。鄒衍所常談，甘英未盡歷。條支四海頭，環峙皆勍敵。連雞鬬爪觜，未易雌雄決。馬主雖中微，賓鄉益繁殖。盛衰初無常，誰能外夷狄。震旦號昭明，文物迥非昔。仁義苟不存，政恐難立國。即敘徵夏書，大言得無怍。牧翁豈及料，瀾翻恣筆舌。

過御河某廢宅偶感

綸邑興復纔一旅，失策幾成孤注賭。淮西生貙復生羆，東方爲虎今爲鼠。爰居避風欲安之，精衛銜石徒自苦。紛紛蠻觸幾時休，翻手成雲覆手雨。

移居題壁

又搬乞椀裏偷氈，拈到蘇齋句莞然。前輩風流猶可想，吾生去仕只隨緣。未須拂筴謀詹尹，賸可爲圖寫稚川。稍遠囂塵甘湫隘，一龕聊當鳥窠禪。

傳舍光陰石火敲，秋風三見燕辭巢。暫時牆屋猶須葺，咫尺觚棱未忍拋。壘土自題新筆冢，繞庭細數舊花梢。春明何事非陳迹，瑣尾狐裘亦任嘲。

蕭然環堵似郊扉，巷僻翻欣轍迹稀。東閣虛勞賓館闢，南村幸木素心違。仍陪銅鉢詩盟續，敢厭烏皮生事微。掃銼糊窗吾事了，休論今昨是耶非。

龍漢焉知劫運終，問天呵壁尚夢夢。移梅便擬招三益，縛柳無勞送五窮。一夕歷陽化魚鼈，六軍穆滿幻沙蟲。瓜牛可隱吾何陋，安得蒼生衽席同。

題善化許雪門先生詩草後

雪門先生守禾興，我從問字猶髫齡。時方執筆學制義，教誦十子追西泠。鴛湖煙雨樓初搆，每侍先子偕揚舲。湖旁花柳皆新植，灑壁處處墨花馨。公歸道山已二紀，文孫觀政來京邸。得從槧本見全詩，恍憶昔年親杖履。詩編三集終上元，集皆有序自弁言。平陂往復三致意，願附太史陳輶軒。當時東南甫戡定，萬方額手中興慶。安知甲子未一周，還見神州淪巨浸。讀公兵間吟，蟲沙浩劫傷人心。讀公郡齋作，利病周咨切民瘼。黃堂滿秩老不徙，辛勤手撫瘡痍起。希文常先天下憂，少陵自成一家史。寒燈展卷感兒時，老大蹉跎負夙期。誦到柳州先友記，風流耆舊邈難追。

上巳修禊同人仍循故事集陶然亭拈江亭二字爲韻余今歲獨無詩春暮無事偶成二章

帝京景物盡，水部尚稱江。往事悲僧塔，住持一盲僧，每逢讌集輒在山門肅客，十年前常見之，今亡久矣。深居羨客窗。門人王韌廬養痾於此。柳髡廉墅萬，松冷顧祠雙。猶有疏槐在，能供繫馬樁。

羣賢仍曲水，此地即新亭。魏晉知何世，彭殤等寓形。蛇年忽過已，鶴姓漫疑丁。擲珓傳神語，蒼茫豈有靈。術者推余壽不逾六十，已過數年矣。亭旁舊祀文昌，是日曾往祈籤。

過瘉埜堂幾道方點勘漁洋精華録將以寄其次郎叔夏率成長句奉質

綠槐陰合雨新霽，首夏風日猶清快。入門聞誦漁洋詩，令我神游順康際。漁洋延譽始虞山，端能擺落骨髓穢。紅橋修禊方少年，西川南海頻奉使。承平司寇魯東家，扢雅揚風別無事。吉人妙楷紅豆箋，膏馥士林幾沾丐。乾嘉以還盛考據，餘事作詩罕專詣。北平青浦盡詞宗，後起風流終不逮。聲音之道與政通，五行詩妖著班志。往時怕讀南宋詞，今日分崩劇五季。江湖小集閒流傳，大抵槎枒沿宋派。《中興間氣》久寂寥，清碧《谷音》但愁思。君自學人非詩人，胸中百氏九流匯。天章待制書萬言，覆瓿《太玄》同一喟。收拾波瀾入小詩，論詩亦復徹三昧。羚羊香象已陳芻，什襲獨收人所棄。過庭豈爲一家私，隱几直將百事廢。丹黄安得徧傳鈔，且爲未來關風氣。貞元世運若循環，吾儕老矣恐難待。丹山拭目雛鳳皇，一吐和聲鳴盛世。

先中丞公癸酉鄂闈擬墨原藁澐兒裝潢成冊敬題其後

三度文衡總向隅，九重溫語念寒儒。傳家別有燕支筆，手澤猶堪一集都。公在詞林，三次考差均未獲，簡授甘涼道。召見，宣宗嘗垂詢及之。在鄂，再監文闈。廉訪公宦浙，亦屢充提調監試。家藏闈中手札日記甚多。科場條例，典試用墨筆，監臨以下皆紫筆。

點鐵成金有化工，敢將小技薄雕蟲。當時曾感孤寒泣，一念憐才出至公。在闈值首場，放牌得一卷，三藝皆佳，而試帖詩不稱，爲指疵累，令改正，竟獲雋。鄂人傳爲佳話。

模楷非徒多士資，公忠默與古人期。一朝功令興亡係，劇憶中書抗議時。是科題爲『公叔文子』一章。公權督兩湖時，仁和王文勤相國方爲臬司，嘗密疏論薦。不逾年，即開府湘中，與臣僎同升事相類。文勤晚年在政府簡默自晦，有伴食之稱，獨於廢科舉一事持異議，至以去就爭之，當時又有笑其迂者。

乞骸疏草背人揮，蒓菜秋風早見幾。一疏回天私自慶，驚聞哀詔倍欷歔。時公已決退志，於闈中具草陳情，並家人亦不之知。既得俞旨，適有奸人李光昭報效圓明園木植之事，川楚諸帥約連名諫阻，或謂已開缺，可勿與聞。公毅然曰：『茲事所關甚大，吾在官一日，即當盡其言責。』卒列名入奏，事竟止。解職後，就養吳興郡署。聞穆宗升遐，感憤時事，一病幾殆。

秋柳明湖記夢痕，都堂燈燭不堪論。文身章甫知無用，且寶先芬付後昆。

壽節庵同年六十

去年壽螺江，飽讀畫松贊。風霜寫盡歲寒姿，公亦堂堂今鐵漢。玉堂通籍俱少年，江湖流落豈關天。焉知一朝萬柱折，白頭二老相周旋。承平養士三百載，衮衮諸公竟安在？美新符命亦無靈，空使金甌成瓦解。橋山手植十萬株，願充園戶給掃除。法宮高拱憺無事，敢沃正復資名儒。我忝簪毫供史職，歲時幸接鵷鴻翼。霓裳迴憶大羅天，曙後一星炯芒色。清都延閣日從容，俯視大千真蔑蒙。終扶天柱立人極，願公壽與南山崇。

幾道賦梅蘭竹菊四詩以清風徐來爲韻書來索和

修到癯仙定幾生，空山獨立不勝清。梨雲一覺難尋夢，梔貌誰家浪得名。豈惜陳根供作冶，猶儲佳實付調羹。微之才盡連昌什，曾見初陽照九英。

國香忍使翳蒿蓬，濁俗誰堪臭味同。紉佩輒遭羣吠怪，援琴豈達九天聰。當門名士鋤憂及，無土遺民畫更工。眼底荃茅都化盡，敢將憔悴怨秋風。

鬱鬱紅塵歎久居，此君一日可容疏。多生食筍仍餘債，故事彈蕉本子虛。吳下漫游休問主，湘江遺恨渺愁予。炎官火繖方司令，安得清風入座徐。

桃李榮華盡儻來，黃花晚節始胚胎。不嫌籬下生涯寄，難得樽前笑口開。松徑未荒聊作伴，萸囊雜佩可消災。坤裳正色人間少，珍重金精護寸荄。

匏廬詩存卷三

亥既集下

大暑後二日偕巴園薑齋又點夷俶嘿園爲戒壇潭柘之游橋叟先一日往行陀後至在山中凡再宿雜記所歷率成四章

西山拱神京，實惟太行陘。岡巒互起伏，隨俗自爲名。玉泉分一脈，下匯爲昆明。六飛歲駐蹕，草木皆光晶。我從屬車後，西郊路熟經。淀廬七峰石，正挹遙嵐青。禁直罕休暇，恨未窮幽扃。衰慵天所放，遂此丘壑情。徂暑非不憚，腰腳猶足勝。聯鑣得勝侶，夙駕及新晴。崎嶇十八盤，歡喜見化城。入門撫松栝，陡覺心神清。卻輪聽水翁，鼓勇已前征。

戒壇多異松，遠或千歲壽。舊聞活動松，幾時付薪槱。羣松尚森立，虬枝互蚴蟉。偃松獨僵臥，旁出成左紐。松下龐眉翁，禪關已三扣。爲我述舊游，說松不去口。昨來甫經宿，新圖早脫手。傳觀及四座，驚歎未曾有。蒼官嚴冷面，歲寒但自守。一笑若解顏，寫真須此叟。乃知天緣合，茲游蓋非偶。爲松添故事，豈但資談藪。

既躋千佛閣，因謁選佛場。石壇廣數丈，結搆信殊常。寺僧侈檀施，指點說賢王。高座久寂寥，像設徒輝煌。古洞未暇訪，圖志類荒唐。孫龐鬼谷徒，佳兵實不祥。馬陵適先斃，臏足寧無傷？壁間南厓偈，開山紀特詳。戒壇本唐慧聚，朱文正有碑記，嵌在牆隅。所載塔記語，可據以補舊志之闕。赫赫張韓公，爲唐捍邊疆。三城靜無警，象教力表章。袈裟發宏願，海會來十方。華嚴諸法界，湧現白毫光。應真五百像，公靈倘在旁。遼金逮有明，過眼幾興亡。衆生尚淪劫，苦海思慈航。

潭柘去戒壇，尚距廿里許。凌晨度層嶺，到寺已亭午。紺殿極崇閎，近山殆無伍。靈壇迹久湮，二龍自來去。九峰各獻狀，扆立向櫩宇。清泉竹間流，聽之欲忘暑。翠微炫靚妝，正似倚門女。緇徒利儻直，反客幾爲主。兹游歷雙刹，稍見清淨土。住持謹筦鑰，法供亦時舉。壁詩紗尚籠，藏經櫝猶貯。佛堂展拜甎，靜室瞻病虎。隨喜且流連，俯仰成今古。平生桑宿意，欲別更延佇。何時遂幽栖，依山結茅宇。咫尺桃源村，知有避秦侶。山下有小桃源村。

潭柘寺大銀杏歌俗呼帝王樹

吳都作賦摭方志，平仲君遷以類次。歐梅始詩鴨脚珍，百箇時新勞遠寄。潭柘初因柘得名，未有幽州先有寺。到今千柘無一存，此樹乃以帝王貴。我昔聞名未及覩，但怪紛紛説讖緯。兹來入寺得縱觀，磊砢輪囷信自異。殿廊聳立百圍身，直上蒼穹蟠厚地。一幹旁分八九柯，柯葉紛綸蓄深翠。六時獻果供法筵，九夏垂陰滿香界。老松避立猶逡巡，凡卉羅生直自鄶。因從老衲證舊聞，爲指寶坊見題字。康乾壽寓邁羲軒，翠華此地嘗屢至。老幹不知何代遺，駢枝特表熙朝瑞。侍臣載筆紀嘉徵，歲月分明皆可識。承平過眼如風燈，五柞長楊幾興廢。山頭無復駐旌旗，林際微聞飄梵唄。憑欄佇立久躊躇，恨生已晚開元世。浮雲世事難具論，靡零桔梗時爲帝。窮陰碩果幸自完，造物於兹得無意。后土瓊花已劫灰，嵩山老柏空圖繪。化身儻自障持來，父老猶勤杜鵑拜。荊凡休問孰存亡，椿菌詎堪齊小大。風塵彌望惡木陰，駕言舍此吾安稅。作詩請質杜陵翁，未信元精難倚賴。

謁圖曹二先生祠祠在戒壇洗心殿右，祀圖裕軒學士、曹慕堂宗丞。

寄巢野圃蹟都湮，夢想乾嘉一輩人。誰料滄桑殘劫後，椒漿來此拜荒榛。

花甲差排一月遲，當年游屐每肩隨。後生莫被前賢笑，皓首方圖作塾師。恭邸兩弟寓寺中，不下山數年矣，屬橘叟覓教讀師。余戲語巴園：『此席殊不惡。吾二人幸皆無事，若能分番更代而以休日游山，則可以終老於斯矣。』裕軒小慕堂一月，見覃溪所作壽詩。余小巴園僅數日，適相類也。

小黄村有皇姑寺兩度經此皆未及訪剛兒自永定河勘工還言曾借宿寺中作此示之

澶淵孤注盡知危，不分旌忠及老尼。國有元戎能決戰，虜無大志但居奇。城隍雨帝當時讖，朽木燈檠異代悲。天意未亡明社稷，爭梨奪棗一家私。

與夷俶孟純同游北海

五年禁地又重來，似對胡僧話劫灰。游女只誇新世界，詞人空弔古妝臺。殘荷疏柳渾無賴，佛屋仙宫半就隤。慙愧江花零落盡，拈毫慣寫黍離哀。

秋暑索居案頭惟亭林南雷兩家詩時復展玩各題一章

桑海多傳變徵音，鉅篇誰解讀亭林。依然清廟明堂體，未肯亡明一寸心。

忠孝艱屯萃一身，梨洲世不數詩人。刊餘華藻無寧拙，掬盡衷腸只是真。

又題顧黄二家詩後

憶嘗瀏覽明餘集，安得羣賢共一堂。獨漉長歌多古意，茶村苦語出飢腸。天機物外傳青主，經術田間錢飲光。輸入肝脾盡元氣，休論禰宋與宗唐。

題項琴莊詠物詩冊

國初詩派推浙西，竹垞查山相提攜。項生晚出慕前躅，一官僚底猶卑栖。橫流汶汶彌六合，未忍揚波汩其泥。示我百篇詠物作，篇篇用意超恒蹊。吾聞號物數有萬，肖翹飛走隨天倪。巢居知風穴知雨，揆諸人性終難齊。聖人使人别禽獸，禮防萬古真金隄。嗟彼夸毗當路子，冥行罔顧天方懠。祥麟威鳳不復見，但見鳥迹交獸蹏。君詩託興在詠物，假物喻人本借題。興觀羣怨孔門教，多識豈以文滑稽。太冲作序得玄晏，燭怪洞若溫嶠犀。序爲陸君頌襄作。齊物平等闢莊釋，流風所扇推禍梯。幾希夜氣牿亡盡，哀哉横目同睽睽。輪迴十道甘墜落，到頭豈免供屠刲。證人存人書故在，聖域賢關任人躋。且爲下流人說法，《原人》試讀方望谿。

題廢藤榻

樓居忽忽度流年，雙膝當時幾坐穿。忍共短檠牆角棄，吾家此亦一青氈。

重九前四日風雨晝晦偶覽樊榭集有病中詩三首皆以滿城風雨近重陽爲起句枯坐無聊亦效爲之

滿城風雨近重陽，萬事年來付坐忘。玉壘浮雲經幾變，虞淵墜日久無光。國人望歲誠知急，熱客乘時各自忙。見説黄金能買鬭，二矛河上尚翱翔。

滿城風雨近重陽，愁眼登臺怕望鄉。佳氣三山傳福地，名城十郡峙巖疆。兵端誰造紅羊劫，霸業猶思白馬郎。萬落千村雞犬盡，避災難問費長房。

滿城風雨近重陽，援筆還成感逝章。海上寓公漸寥落，今年旭莊、濤園相繼殂謝。宣南陳迹劇思量。越吟此後邀誰和，郢質吾生亦久亡。目極愁雲昏八表，《大招》歌罷獨悲涼。

重九日陳公俌昆仲陳子復楊子遠招陪節庵同年畿輔先哲祠登高和樊山前輩作

京塵留滯年復年，同光已是羲皇前。滄桑萬事都非故，春秋佳日猶依然。城南禊飲沿癸丑，重陽多負黄花酒。陶然亭榜偶留題，爭及斯堂人不朽。梁髯門下皆俊偉，折簡相邀陪杖履。主客圖成四十賢，不著屠沽尤可喜。眼中突兀百尺樓，何必太華之峰頭。危欄斜日恣憑眺，西山紫翠紛迎眸。百年粤學有根柢，廣雅風流接學海。尚留翰墨話因緣，摩挲彷彿精靈在。題糕本事入新詩，首唱還推樊宗師。都將麥秀黍離感，併入山丘華屋悲。八表經營意念恢，古來黃髮係安危。翠華佳氣久寂寞，不堪重問軒轅臺。文襄《登牛首山》詩，論燕都形勝，有『大險惟有軒轅臺』之句。

答黃石孫見寄小影

圍城昔共困，玉貌猶依稀。荏苒二十霜，吾老君亦衰。玄黃一翻覆，往事那忍思。開緘忽驚喜，見此古鬚眉。頻年竄海曲，薇蕨未療飢。道義自戰勝，豈在食熊肥。臨淄十萬戶，戶戶口有碑。歡呼我使君，所至便如歸。京洛塵汙人，素衣盡成緇。冥冥天外鴻，側翼何由追。

壽林皞農丈

橫流無畔岸，衆濁同一渾。惻怛古循良，誰識道州元。吾道有卷懷，大圭中粹溫。處身夷惠間，何地非丘樊。英英珠樹輝，雛鳳各飛翻。一室自融怡，穆然見羲軒。籬花爛漫開，可以侑清樽。招邀三壽朋，齒德皆達尊。潛修希往哲，積慶貽後昆。美意自延年，不在養生言。

秋陰

蟄居養就嬾心情，似覺秋陰較勝晴。遠樹含雲饒畫理，微風戰葉作吟聲。攤書自揀明窗坐，對菊還將濁酒傾。莫道衰翁無箇事，飯餘叉手一詩成。

窗下木芙蓉盛開聞兒輩談衢州官廨舊事

芙蓉生秋江，爛漫無拘束。移根來北地，强以盆盎蓄。愛護非不勤，生意終局促。霜威忽淒凜，欲吐先萎縮。今年偶盛開，正值秋氣燠。臨風競靚妝，若爲媚幽獨。憶昔省親庭，上溯桐江綠。三衢多此花，高者或過屋。茅亭晚始葺，未得侍游矚。兒曹尚能說，常時戲彩服。五年太末城，信義馴異族。庚子衢州之亂，東南互保之局幾爲搖動。先君時已引疾閒居，爲疆帥强起。萑苻次第清，人和歲豐熟。花前每置酒，斕斑映叢菊。甘棠猶在否，峴首見陵谷。緜緜家國痛，衰盛一轉燭。對花翻悲悽，吟罷淚相續。

陸子欣新刊許文肅遺集索余請謚疏稾將以附刻感懷前事拉雜成章前一首乃追錄舊作

忠魂龍比久相從，尺詔褒旌出九重。衮鉞大權臣敢與，時平封事得從容。疏上時，監國嫌其切直，逡巡未能決，賴張文襄力爭，請以特旨下，始允。烏號莫挽涕空零，夢裏驚呼若有靈。記得山樓焚草夕，窗櫺斜月一燈青。德宗梓宮暫安梁格莊，余以禮臣襄事，宿山後寺樓，夜不成寐，因起具草，次日還京上之。

眼見妖氛逼紫宸，時危何暇更謀身。宮車倉卒甘泉火，僥倖猶爲脱網鱗。拳匪熾時，某翰林連名請殺合肥、新寧、南皮三帥，呈軍務處代奏。徐相推樞府領銜，余言於禮邸，力阻之。又某侍御請派義和團，搜查内外城官宅奸細。余擬旨削其語，但交順天府五城酌辦，並留其奏不發鈔。皆爲亂黨所深忌。幸未久而聯軍入城，得免羅織。前一事雖代奏未必能行，後一事則所全者多矣。

木稼嘗聞怕達官，廟堂手滑有開端。前因後果何須説，只恨虞淵返日難。庚子之難原於戊戌，其明年又有懲辦禍首之事，二百餘年來朝官駢誅之慘所僅見者，而國脈亦從此不振矣。

失策聊爲城下盟，汾陽單騎自精誠。如何一曲青頭鴨，慷慨當筵唱不成。拳匪之亂，項城在山東抵拒最力，亂党尤忌之，累次矯詔趣入衛，袁以守土爲詞，未墮其計。李文忠之入都，議款也，屢請回鑾，不報。聯軍酋帥有勸其北京自立政府者，文忠但一笑而已。

萋菲南箕赤舌紛，當時執手語誰聞。老臣死不忘君國，抉目東門笑伍員。文肅就逮時，親檢經手鐵路洋款簿據，及交涉祕密檔送署，赴東市，尚呼某司員，諄諄致意，無一語及私。

聯徐先友舊齊年，晚識桐廬獲比肩。獨有許君慳一面，附名集尾亦前緣。余在樞垣，杜門寡交，都中大僚有多年未識面者，文肅亦其一也。

舊日巢痕誌瓣香，五公不爲屏山王。卻因曾讀名臣傳，也賺忠貞兩字光。外交部新建四忠祠，祀徐、許、袁、聯而不及立山，以其未歷譯署也。立以恩倖起家，驟擢長户部，自恐不孚衆望，略園相國勸其多讀名臣傳，卒以諫拳匪事罹禍。

挽梁巨川

人生誰不死，死有輕鴻毛。嗟君抱孤憤，祈此非一朝。當時璇宫詔，白日懸青霄。遜讓誠美德，衆議安敢撓。焉知洪流潰，一沸如怒潮。黄農忽然沒，舉世成蠻髦。瞋目爭國論，忍心朘民膏。綱維盡已弛，廉恥日以消。兵戈無寧歲，寰宇皆驛騷。哀哀孑遺黎，飲泣蒼天號。書生不自量，手無尺柄操。東風吹馬耳，强聒猶呶呶。獨善固不難，奈此歲月滔。古人重處死，析義極秋毫。疊山隱橋亭，絶命憫忠寮。蕺山從潞藩，不殉弘光朝。兹事豈有例，神明已久要。作書訣親友，義正詞尤高。處分神不亂，諄勗及兒曹。小樓孤坐夕，想見寒燈挑。龔生夭天年，老父爲號咷。此心行所安，豈恤世訾謷。死能激薄俗，砥柱功不祧。死而遂泯滅，浩氣還泬寥。神州果陸沈，苟活將焉逃。盈盈净業湖，中有苦葉匏。湖旁老柳枝，猶挂昔日瓢。一亭題止水，濁流不能淆。下從彭咸居，無勞歌《大招》。九朝養士澤，成就一末僚。風塵亘六合，誰辨鸞與梟。平生范巨卿，肝膽見論交。遺書後死責，萬本願傳鈔。

送孟純之官懷柔

承平重秋獮，此地達灤河。朔漠皇威遠，長城古蹟多。亂山茅屋帶，匹馬石槽過。懷袖覃谿句，臨風感若何。

昔賢不可作，治譜尚人間。靈壽如三代，羅田阻萬山。世方儒術賤，君豈吏能嫺。學道絃歌化，匡居見一斑。

次韻敬和幼培叔七十述懷作

吾宗敢擬漢韋賢，簪紱相承亦百年。篋裏紅絲猶祖硯，爨餘綠綺失君絃。餘生健在翻悽絕，舊事沈思但惘然。竇桂里門載嘉話，當時一領廣文氈。

夢裏鄰霄百尺臺，故山已是劫餘灰。飄零骨肉楹書散，荏苒年華鬢雪催。鄉里漫思少游語，江關難寫子山哀。發函伸紙情何極，失喜羈懷乍一開。

勞生擾擾等奔波，得失乘除去幾何。運去雷還轟薦福，時來冰已合滹沱。神仙老我壺中隱，富貴看人枕上過。未必蒼天無意在，默將年壽補蹉跎。

種豆南山起拂衣，烏烏莫悵賞音稀。殘年細字猶能勘，新進陳人且任譏。瓠葉時修爨序典，松枝閒傍講筵揮。草堂鄂不存遺躅，跂想雲天化鶴飛。烏麓鄂跗草堂，爲先君早年偕蒹秋叔祖讀書處。

黄伯樵招飲席上遇謝柱卿刺史談相戲酬其語

辛苦窮邊久荷戈，生還重認舊山河。陰符韜篋猶塵網，濁酒當筵且醉歌。休矣浪呼前進士，皤然相對老頭陀。同席有翁弢夫前輩與蕫齋。炊粱一夢無痕覓，百歲光陰復幾何。

歲暮晤愔仲

一局殘棋爛後柯，怕聞逸史説荊駝。勝猶不武祇爲笑，初既成言忽有他。寧共石頭袁粲死，是何垓下楚人多。思君豈止三秋隔，想見山中長薜蘿。

己未元旦試筆

無端小極損宵眠，起趁雞鳴病霍然。萬事迴思皆定數，餘生彈指又今年。强纏彩勝終羞鬢，笑檢荷囊有賜錢。地下難呼惲學士，須臾隸籍亦神仙。去歲班行中，嘗爲薇孫學士誦定庵詩語。

與平齋論養生之法以善睡爲上書來極承印可復推廣其義爲俚語十二章寄之

盤澗詩人尚寤歌，兔爰翻欲寐無訛。與君共溯生初日，逝矣東隅可若何。

百年三萬六千場，强半銷磨在睡鄉。悟得浮生都若夢，奔波何苦逐人忙。

東華塵土閱流年，常及雞籌唱曉先。補我蹉跎天有意，衰慵勅賜日高眠。

攤飯猶餘六尺牀，南窗高枕即羲皇。任他燕蝠爭晨暝，栩栩都忘蝶與莊。

故紙蠅鑽大可哀，六經眼見燼秦灰。牀頭幾卷叢殘在，黃嬭聊供引睡媒。

安知魏晉孰爲今，夢裏桃源尚許尋。卻笑宋人太癡絕，苦言事滿五更心。

舜蹠幾希片念爭，孳孳各自趁雞鳴。睡王睡相從訕笑，也自瞢騰過一生。

摶沙捏作睡嵇康，修夜青霞實可傷。苦厭當關呼不置，卻貪煅竈柳陰涼。

貝州破賊見精神，潞國華夷一異人。猶有流傳譙鼓句，黃紬被裏放衙頻。

一枕沈酣百不知，魏公心學豈予欺。修成聖佛黃漳浦，真有橫陳嚼蠟時。

苦海茫茫未有涯，造因生果定誰爲。慈航難度眾生厄，我佛津梁也自疲。

五龍甘臥即神仙，可惜希夷譜不傳。一覺蘧廬寧有意，陳橋笑見太平年。

韌盧見示雪中諸作

越雪相傳到地稀，南人何事不南歸。僑居塵海如蓬島，日拓僧窗對翠微。瞥眼鴻濛開異境，狂吟跌宕出天機。老夫只學袁安臥，盼取今年二麥肥。

薑齋今歲六十見示知稼軒續刻詩奉題長句爲祝

詩人享大耋，唐稱韋白宋陸楊。君詩瓣香在玉局，亦復奄有諸家長。少年樂事那可數，尚憶踏月宣南坊。朝官閒暇恣嘯詠，擲箋刻燭夜未央。一麾去江海，三節還故鄉。轉頭四十年間事，浮雲一別成滄桑。曩讀洞庭遼東集，宦游歷歷詩具詳。風流從政古所羡，想見畫戟凝清香。春明邂逅疑隔世，吟興未減當年狂。袖中又出新詩本，令我熟復神飛揚。芙蓉出水去雕飾，驊騮歷塊皆康莊。馬工枚速復兼擅，郊寒島瘦安敢望。王風委蔓草，迹熄詩幾亡。夢中麟篆有天授，非君大雅誰扶將。富何必作八州督，貴何必坐中書堂。但乞江山風月長無恙，盡收三才萬象歸吟囊。桃紅柳綠重三好時節，陳芳國裏歲歲把酒壽詩王。

讀畏廬致某君札

退之八代扶衰手，壓卷終推《原道》篇。舉世方淪洪水厄，大書真可國門懸。把茅佛祖能訶罵，寸管乾坤看轉旋。茹鯁因君聊一快，年來噤口似寒蟬。

與夷俶城南看花

嫣紅姹紫競芳妍，風景何曾屬老顛。並轡同來寧有約，搴帷一笑若爲緣。劉郎觀裏思前度，崔護門中憶去年。等是傷春情緒別，卻從空色悟真禪。

平齋復有書再寄答之

惘惘春明夢，分襟又六年。亂餘增酒量，愁裏積詩篇。賸可商文字，頻勞問食眠。童時朋好盡，相望兩頑仙。

校子冶叔遺詩書後

拙宦坐詩窮，窮工益自喜。詩帶梅翁酸，實得杜陵髓。緣情間有作，要不傷綺靡。綴以樂府詞，夙嗜師飲水。刼火之所遺，卷葹心不死。病中自寫定，别裁有深旨。遺言重託付，録副待鋟梓。卻憶就塾初，青燈夜並几。展卷不能終，感歎頻坐起。疑有吟魂歸，閲音修篁裏。東甌郡署西園閲音山館，吾叔姪少日讀書處。

過嶺慕隱之，貪泉手自酌。頻年蹋衙鼓，銅墨初綰握。羅浮在管內，官居亦不惡。軍書正旁午，敝賦愁悉索。催科書下考，幸釋塵纓縛。三徑仍無貲，一枝強棲託。歸來話府主，痛甚朱鳥噣。潮守陳君兆棠辛亥之難，死事甚烈。脱身虎口餘，有生終靡樂。昔種桃李街，今淪蛇虺壑。空餘春陵行，遠繼次山作。

往在宣南居，高朋常滿座。石林最豪邁，出語躡郊賀。偶爲盼雪吟，同聲索應和。消寒九九圖，排日急詩課。旗亭推首唱，好事競流播。吾鄉前輩《擊鉢吟》始道光初年，前後成十一集，葉稚愔侍御始倡爲七律，别爲律集。焉知朝市更，黃壚愴重過。歡聲一聚塵，飄風日揚簸。竹林昔游侶，槐樓餘一箇。堯年相偶語，楚調入哀些。雒誦子桓書，悲來真無那。

聞晦若得謚文和

不易三公介，何傷柳下和。榮名洵曠典，舊好豈私阿。鄉里寒支集，君自言，國初爲汀州籍，行篋常以《寒支子集》自隨。英靈小海歌。祠堂應配食，龍爪認行窩。龍爪槐故址新祀張文襄畫像，君奉命赴歐西考察憲政時，嘗寓此治裝。

讀史雜言

四民各有業，戰國始養士。卓哉簡齋言，士少天下治。
儒以文亂法，俠以武犯禁。涓涓初不塞，滔滔成巨浸。
蘇張迭縱橫，餘耳終凶隙。五交生三釁，循環難究極。
摴蒱百萬貲，女樂三千指。丈夫有屈伸，得志當如是。
檀公卅六策，事急猶有走。南越與北胡，逋逃足淵藪。
二戶養一兵，元和亦已憊。廟堂尚有人，再舉平鄆蔡。
曼胡短後衣，語難競瞋目。健兒時脫巾，司農但仰屋。
賊過已如梳，兵過忽如篦。幾時見太平，鑄戟作農器。

抱薪以救火，飲酖姑止渴。避債已無臺，更問民膏血。
謀鼎聚暉臺，人思一染指。宰肉如何均，試問陳孺子。
按劍起定從，兩言可徑決。天下本一家，何所區南北。
螳螂方捕蟬，不知黄雀伺。鷸蚌兩相持，但爲漁人利。
項籍觀秦王，謂可取而代。垓下聞楚歌，騅兮奈不逝。
置君如弈棋，閲人此傳舍。好官但自爲，豈恤衆笑駡。
相忍以爲國，指楹惡可去。夷狄尚有君，中夏竟無主。
牛李樹黨援，遞起秉鈞軸。復社一天如，亦能持朝局。
晉陽甲一興，太學幡再舉。和解多邠卿，規矩誰伯武。
願言俟河清，人生幾何壽。廢疾入膏肓，和緩亦束手。
撫后虐則仇，民情可覆按。大夫自劇秦，遺黎終思漢。
管子言四維，不張國乃滅。祖龍雖恣睢，猶有嶧山刻。
世已沒黄虞，何地容巢許。嚴陵一釣臺，亦幸逢光武。
首陽歌采薇，豈爲風頑懦。叩馬亦恒言，所難在忍餓。
一縣山陽公，能存漢禮樂。當時從者誰？史傳惜疏略。
三歎起廢書，嚴叟笑規我。譬如博塞嬉，遮眼何不可。

翁文恭公生日師鄭吏部邀同人陶然亭爲瓶社第一集並出遺墨傳觀敬賦長句

神龍反正語多祕，元祐改子亦稱制。梁公溫公時不同，苦心要爲宗社計。公傅冲主歷兩朝，遭際之隆古莫媲。中書當筆無所讓，安知身與危機會。溫樹不言心自悲，文采風流特餘事。鄭齋晚得衣鉢傳，遺書綴輯篤風義。遠溯歐蘇近顧王，生朝補祝舉成例。城南亂後車馬稀，惟有西山猶故態。暫借團蒲締古歡，自循漢臘脩私祭。流傳翰墨已豪芒，尚與平原堪作替。我亦春風座下人，雲臺夙昔聆高議。陸氏舊莊久就荒，冬郎敝篋空留記。載酒難尋門外蹤，撫箏重感筵間涕。宮鄰金虎竟始終，空山枉喚奈何帝。有人唳鶴痛華亭，幾輩牽黃憶上蔡。竄身猶得老江湖，壞事何須嗔鬼怪。忠佞於今已昭昭，揮戈不挽虞淵逝。吾儕苟活真幸民，莫厭相從飲文字。魂兮大鳥儻歸來，此舉年年宜勿廢。

早起獨游三貝子園

但有間關鳥喚晨，長廊寂寂不逢人。淒涼御宿吟誰望，俯仰山陰迹亦陳。癸丑修禊之會，在津未與。趺坐暫容芳草藉，意行自與瘦筇親。年來漸悟逃虛理，丘壑何時著此身。

景德甆瓶歌和樊山前輩作

有虞聖迹興河濱，尚陶始聞考工篇。陶人旊人雖備官，以前民用非飾觀。越窯實開柴汝先，宋明而後品乃繁。永厚宣薄論脆堅，繪畫終遜古月軒。自從市舶通瀛寰，賈胡碧眼尤識真。多方仿造未能臻，重價不惜巨金懸。兔豪蟹爪百圾紋，碎片猶敵千璵璠。此瓶胡爲落市闤，龍飛年號猶宛然。當時符命爭美新，進奉船逐勸進箋。浮梁置官前代沿，何物駔儈工夤緣。持以方駕康雍乾，駸駸欲度驊騮前。吾宗將種亦可人，借花獻佛不自珍。廁之鐵厓七客間，願附詩史垂不刊。我獨摩挲增感歎，中華帝系緜萬年。但存守府不猶賢，金甌一破無復完。散沙滿地誰控摶，區區一器何足云，哀哉泗鼎終沈淪。

師鄭見示生日述懷詩走筆奉和

瓶社開先集勝流，遺書百軸出精讐。河汾將相多門下，入室還當讓薛收。
詩史千家庋閣成，憂吁感逝不勝情。紫藤廳事空陳迹，紅豆孫枝有繼聲。
康成伯厚不生今，千載遥遥印此心。未用疑年書亥字，詩家日曆自堪尋。
同日生天足美談，兩賢並世靳如驂。等身自壽名山業，退谷梅村晚節慚。師鄭與絅齋生辰同日。

過南半截胡同故居有懷潘耀如丈

趨曹伏案判忙閒，分占東西屋數間。猶見當壚懸酒望，每偕結夏款禪關。嘗黿宦味論甌北，似蠹書叢感耳山。豈待虞淵聞笛愴，前塵一筆總句刪。

觀棋

一子中原定，羣蠻左角爭。何曾規遠勢，兀自坐愁城。赤壁雄安在？空坑敗亦榮。我心在鴻鵠，冷眼自分明。

壽沈觀同年

三紀雲萍錄，前塵付夢華。梁園初接席，瀛海正歸槎。邊鎖紓籌策，天池竟黽蛙。相逢遼鶴語，未覺故情賒。

揖讓中天事，寧當咎放勛。圖强終剌謬，變本益紛紜。丹穴求知晚，蒼生望苦殷。向來飢溺抱，深念獨何云。

泊園無數畝，花竹自長春。大國能張楚，餘波尚照鄰。依然虚白室，何礙輭紅塵。碩果天留在，横流要此身。

詩境當前在，人間重晚晴。衣冠敦古處，雅頌見承平。腐鼠成滋味，閒鷗有舊盟。猶聞勤進德，懿戒爲君賡。

謁顧祠

亡國一姓私，憂在亡天下。先生發此言，豈惟痛明社。菰蘆託扁舟，關塞走羸馬。匹夫與有責，所志未嘗舍。天意屬興朝，五德有代謝。前言幸不中，潔身老耕稼。三徐已鼎貴，一老自遯野。著書待其人，十手不供寫。容城盩厔外，峻節孰能亞。後賢景芳蹤，香火就蘭若。禊事集簪裾，生日陳琖斝。道咸猶盛時，士夫重儒雅。承平不可思，震旦即長夜。我來弔荒祠，空持淚盈把。世變日驅人，賢愚共一冶。再拜誦遺言，寧無念亂者。

七夕與家人話汾陽王故事

汾陽昔未遇，銀州一偏裨。洎平安史亂，年已七十垂。平生兩知己，皆在微賤時。青蓮謫仙人，具眼固已奇。天孫日七襄，禄籍豈所司。良宵瓜果筵，兒女爭致詞。防秋牙帳寂，雲軿降爲誰。英雄方侘傺，偶亦申私祈。居然神貺答，真若左券持。稗官傳此段，聞者或然疑。我獨信天道，吉語非有私。唐至肅代後，皇綱已陵遲。方鎮多逆黨，禁衛付奄兒。僕固本雜胡，觖望亦其宜。臨淮抱公忠，晚節猶蒙疵。當時獨令公，天下視安危。然且沮奸倖，韜略未竟施。時平遣就第，事亟起視師。西京再舉復，朔方獨力支。心肝奉明主，寵辱匪所知。回紇大人拜，朝恩長者推。非公誠動物，豈免蹈險巇。堂堂家傳在，一一臣軌貽。庸福誰不羡，令名乃全歸。神仙非盡無，惑之成貪癡。柳州反乞巧，處困真良規。

題哭庵同年廣州集

久聞井水唱屯田，過嶺囊裝復此編。三世張靈數才子，當時孫喜詑飛仙。少微求死終無分，婺尾尋春轉可憐。中有春陵哀痛淚，遺民能說使君賢。

客座偶成

悠悠來日渾難問，汎汎虛舟信所之。隱几自憐吾喪我，問津更識子爲誰。敢期帶索猶三樂，伯起辭金有四知。菜肚試捫餘底物，此中無一合時宜。

盆中蘭桂同時盛開

素心失喜逢良友，金粟猶疑現佛身。客土護培殊不易，同時氣味總相親。漫持廟市論高價，自愛蕭齋絕點塵。滋畹馨山勞夢想，錦城哀玉亦無倫。

宣武門橋停車口占

碧柳依依淺水灣，天然畫本落塵寰。未嫌一雨妨塗轍，洗出城頭數笏山。

題徐晴圃中丞從軍圖

睿皇初政誅驩共，諒陰不言言乃雍。川湖逋寇猶隳突，障日修羅坐養癰。詔遣重臣提禁旅，鐵騎三千盡貔虎。親承天語授機宜，妙選軍諮開幕府。舍人早直承明廬，於時讀禮亦家居。金革無避古有訓，起應徵辟從馳驅。往來黍雪冬徂夏，躍馬橫戈不遑舍。轉戰曾過隴阪西，捷書頻奏甘泉夜。唾手方看掃穴巢，含香雞舌還趨朝。幾載迴翔依省闥，重來開府擁旌旄。樞垣始因西師設，頗牧時聞禁中出。平臺籌策出耘菘，征緬郵程紀蒲褐。紫光圖畫比雲臺，拓地開疆逾九垓。潢池盜弄小醜爾，昔何其盛今何衰。我亦簪毫舊從事，每讀題名想前輩。屬車豹尾屢追從，行在麻鞵餘涕淚。開元生晚羨承平，百二秦關尚苦兵。渭水終南如在眼，暮年蕭瑟庾蘭成。此圖寫真近神品，况復名賢富題詠。神武猶堪想廟謨，流傳豈但光家乘。玉軸裝池手澤新，時艱未放退耕身。陸沈重挽神州起，整頓乾坤匪異人。

與樞直舊友追話諸老軼事因誌其語

圖讖說淳風，禍唐知不免。鄉曲老書生，乃亦妖夢踐。前生故渺茫，置身忽鼎鉉。私印默自鐫，畫禪且游衍。

南厓非奸相，門下乞削籍。謬種孰流傳，亦被春秋責。和戰處兩難，羣矢期中的。智哉衛足葵，急流能勇決。

少年馮涿州，晚慕傅春和。推賢亦下士，贍智猶足多。調護骨肉間，披誠無婞阿。咄咄雙桂軒，退食誰見過。

烽火照甘泉，宫車急西邁。七十秃老翁，抱印趨行在。八議首懿親，青蒲偶獨對。吕端不糊塗，沈默姑養晦。

藏地連西南，全蜀藉屏蔽。維州已歸順，廟謨忍輕棄。桑榆猶及收，薦賢亟自代。碧血埋萇弘，誰理西康議。

初度感懷

滄溟一粟太倉稊，賦分生天萬不齊。芳草自驚鶗鴂喚，青松坐閱蟪蛄啼。頗聞莊叟談溝斷，懶效樊南賦井泥。袖裏衍波箋幾幅，曉寒記夢尚淒迷。

石孫挈令郎孝平來京並以詩文見質東歸不日賦此贈別

伏龍遼海能爲腹，老鳳丹山復見雛。木榻十年穿欲透，桐花萬里路仍紆。荃茅滿目惟哀郢，牛馬聯裾豈望符。太息喬于俱宿草，茂萱、晦若二君。有誰故態識狂奴。

隘園侍講五十初度奉和元作

臚唱爭傳奏五雲，當年軒鶴見雞羣。夢華一覺知何世，畏友平生獨有君。藜火尚能輝竹牒，白衣終不屈元纁。新詩自寫柴桑興，冷眼金臺看夕曛。

清選和聲久寂寥，毅廟《實錄》，寶文靖爲監修，刊同館唱和之什爲《清選和聲集》。多慙衰朽得聯鑣。神功聖德真難罄，白石青松有久要。詩曆手編存甲子，君恩彀說向漁樵。嶺南逸老吾能數，學海淵源故未遙。

題張少溥所藏傅青主墨蹟

衡言不革方知革，此老元來介亦通。螺江太保所藏青主手蹟，有此一段語。漢法偶傳三世遠，晉詩猶冠四家雄。客皆棘吻愁難字，誰與探懷掬苦衷。碎玉零金收不盡，寒窗掩卷起清風。

雜詩

蛣蜣工轉丸，寒蟬但飲露。匪惟所性殊，能事亦天賦。壽陵學邯鄲，乃反失其故。弈棋志鴻鵠，兼營終兩誤。八極何茫茫，出門即歧路。甕中有天地，章亥不能步。

利欲中人心，若火始啖啖。福善禍淫理，衰時或不驗。君子道其常，束身凜圭玷。父師所提詔，旦明儼昭鑒。謹微猶恐忽，縱暴安有饜。彼昏坐不知，吾儕懼天厭。三復望谿言，頑軀足鍼砭。

國風終曹檜，戰國遂無詩。漢魏稍萌芽，齊梁益卑卑。治少亂日多，雅頌亦已微。千載一詩王，牛酒不飫飢。後人論皮骨，流派彌紛歧。無病而呻吟，世猶疑繼之。白賁本無色，大樂貴聲希。寂寞誰與娛，《谷音》或庶幾。

春服亦既成，舞雩偕童冠。及門各言志，聖有與點歎。古來賢豪士，出身當世難。晚節尤難持，百里九十半。幼安老依遼，孔明卒扶漢。泉石豈本懷，風雲要長算。商歌望南山，長夜何時旦。寧詒狂夫狂，毋爲漫叟漫。

分利日以衆，生利日以微。往在承平日，已有人滿疑。客從故鄉來，欲語先涕洟。小民勤四體，未贍八口飢。兵火所摧殘，敲剝及膏脂。重以災疫繼，道路皆積尸。迴視顯宦輩，纍纍擁金貲。富者力兼併，貧者無立錐。物窮有必反，勿謂彼蚩蚩。吾亦游食徒，内愧當語誰。一飯無兼味，一緼無餘衣。且辦一身瘠，敢問天下肥。

題内子西山道上小影

萬壑煙霞一短筇，翛然林下見丰容。幾時跨虎相從去，覓取仙壇最上峰。

樂毅墓示孟純

良鄉城南三尺墳，居人能説望諸君。望諸垂老尚依趙，豈知丘首仍在燕。憶昔昭王禮賢士，劇辛郭隗後先至。登壇親拜上將軍，一時際遇空千載。全齊未下僅二城，誰使嗣王信讒毁。交絶終不出惡聲，純臣心事當如此。燕齊事往無復言，不見後來岳家軍。黄龍方飲金牌召，奸細只誤太師秦。五國宫車空悵望，兩河忠義盡聲吞。孱宋不亡天幸耳，謬醜差非莽卓倫。我過棲霞山下路，南枝鬱鬱尚餘怒。亦讀柳州弔樂文，獨欠停驂一澆土。黄金臺上白日寒，人間俯仰成今古。歷室故鼎終不還，瀛館帝丘在何許？道將表墓君有心，儻亦得詩爲歎憮。

山陽潘四農養一齋集巴陵吳南屏柈湖詩文録二十年前常置案頭庚子亂後久不見忽於敝簏得之漫題寄意

東坡南遷攜二友，截斷衆流取陶柳。定庵自敍《三別好》，《百川經義》已芻狗。讀書不讀漢後書，明人高論吾無取。平生心折者兩賢，山陽潘翁柈湖叟。潘詩力探李杜源，吳文恥落歸方後。公車聲名滿都下，累試春官終不售。儀徵禮羅近莫致，湘鄉石交晚逾厚。即論人品亦峻絶，微獨著書能不朽。論衡枕祕竊自珍，持質同人或然否。急裝草草出國門，安得五車挾之走。已作銀杯羽化看，豈知蓋篋塵埋久。久别相逢味勝初，讀蘇嘗聞説廷秀。半生汎濫竟何得，返觀祇益吾顔忸。素書一卷有餘師，不必名山探二酉。邇來復愛杜黄岡，飢鳳哀鳴更無偶。

自題詩册後

捫胸無宿墨，吾敢附詩流。多愧風人旨，聊爲勞者謳。舊聞《唐會要》，近事《晉陽秋》。目送滔滔水，誰堪話此愁。

喪亂疑天意，鶯花賸酒悲。塒雞孤月口，櫪馬北風思。支枕溫殘夢，挑燈覆舊棋。年年毛竹長，虛負故山期。

匏廬詩存卷四

亥既集附

津門旅次集遺山句和山陽太史集唐近作

依舊雲門望太平，昨非今是可憐生。從教上界多官府，誰遣春官識姓名。水落魚龍失歸宿，歲寒松柏見交情。商餘說有滄洲趣，戎馬何時道路清。

安穩藜牀坐欲穿，龍頭誰識管寧賢。只知終老歸唐土，獨恨無人作鄭箋。血肉正應皇極數，典型猶見靖康前。漫漫長夜浩歌起，百感中來只慨然。

古錦詩囊半陸沉，得詩何啻得南金。浪翁水樂無宮徵，謝客風容映古今。滄海忽驚龍穴露，雲山惟覺玉華深。淹留歲月無餘物，未要千人作賞音。

憔悴經年臥澗阿，逢君聊得慰蹉跎。飢烏得食爭相喚，拙燕歸來只舊窠。倦客不知行路遠，壯懷猶見缺壺歌。秋風一掬孤臣淚，事去英雄可奈何。

草堂西望渺煙霞，暫爲紅塵拂鬢華。隨俗未甘嘗馬湩，鍊顏應自有丹砂。一篇華衮中書筆，萬古詩壇子美家。總道木庵枯淡好，殘僧隨分了生涯。

弈棋翻覆見來頻，袖手風簾閱市人。老我真成鐵鑪步，與君同醉杏園春。成名豎子知誰謂，滄海横流要此身。十九桃符傍門戶，素衣空染洛陽塵。

窈窕朱絃寂寞心，羇懷鬱鬱歲駸駸。養生有論人空老，避俗無機日見侵。四海歡聲沸簫鼓，千年山岳控喉襟。憑誰細向蒼蒼問，玉壘浮雲變古今。

爛醉玄都有舊期，卷中陳迹畫中詩。虛傳庾信淩雲筆，何似湘纍去國時。結習尚餘三宿戀，得君重恨十年遲。神仙不到秋風客，種下蟠桃屬阿誰。

飄零無物慰天涯，賸著新詩到處誇。世外衣冠存太僕，醉來肝肺出枯槎。平泉漫作窮愁志，晚節今傳好事家。裁斷瓊綃三萬匹，筆頭留看五雲花。

眼處心生句自神，一回拈出一回新。雷轟寶劍無留迹，金入洪鑪不厭頻。陣馬風檣見豪舉，巖姿洲景盡天真。陽春不比黃荂曲，留在秦音已可人。

百年奎壁照河東，冠蓋龍門此日空。誰謂華高吾豈敢，人知麟山道將窮。白頭歲月黃塵底，六尺笻枝滿袖風。海內斯文君未老，酒尊能得幾回同。

出處殊途聽所安，不妨傳法到黃冠。登車攬轡名空在，坐榻無氈客益寒。貧裏虀鹽知節物，亂來史筆亦燒殘。神功聖德三千牘，抱向空山掩淚看。

雪屋燈青客枕孤，朝吟竹隱暮南湖。嶔崎歷落從人笑，排比鋪張特一途。未辦青雲新活計，卻來閒處費工夫。水南水北相逢在，不但君迂我更迂。

富貴榮華一歎嗟，幾年桑梓變龍沙。邯鄲枕上人初覺，玉女車邊日易斜。禹貢土田推陸海，吳兒洲渚記仙家。哀歌不盡平生意，驚見芳叢閱歲華。

敗筆成丘死不神，書林頭白坐吟呻。青黃大似溝中斷，蟣蝨空悲地上臣。臧獲古來多鼎食，詩家所得是清貧。柴門老雨青苔滿，寂寞相求有幾人。

真見金人泣露盤，九層飛觀儘高寒。南楊北李閑中老，懦楚孱齊機上看。瘴海漸添春浪闊，孤城惟覺暮煙攢。麗川往事渾如夢，憶著分明下筆難。

潦倒何堪翰墨場，故人相念不相忘。空勞結伴歸蓮社，兩辱攜詩過草堂。三徑他年望羊仲，通家猶得似南陽。松枝麈尾山中滿，重與青燈約對牀。

慘澹經營有許功，新詩無補玉川窮。洞天花落秋雲冷，泗水龍歸海縣空。槐火石泉寒食後，畫欄桂樹雨聲中。憑君撥置人間事，美酒良辰邂逅同。

蕭蕭春色是他鄉，茅屋寒多且閉藏。流水浮生幾今昔，長星配月獨淒涼。百年世事並身事，前度劉郎復阮郎。保社追隨有成約，此回歡笑重難忘。

哀樂中年語最真，棲遲冷落轉情親。金初宋季聞遺事，盧後王前盡故人。開道無煩謝康樂，服膺先就屈靈均。仙舟共載平生事，知水仁山德有鄰。

望斷西城碧玉環，綠雲紅雪擁三山。市聲浩浩如欲沸，官柳青青此重攀。秘閣圖書疑外府，去年名姓在窗間。卷中大有題詩客，卻見明昌玉筍班。

關塞相望首重搔，厭逢豺虎欲安逃。承平舊物霓裳譜，閬苑仙人白錦袍。去國衣冠有今日，向來山岳總秋毫。忘憂只有清尊在，共舉一杯持兩螯。

藜羹不糝日欣欣，血戰紛華老策勳。司命果能還舊觀，皇天久矣付斯文。苦心亦有孟東野，後世何須揚子雲。見說懸泉好薇蕨，一枝青竹願隨君。

依樣葫蘆畫不成，棘端毫末幾人爭。褐衣擾擾皆三窟，風馭翩翩渺獨征。冀北已空天下馬，長安正有五侯鯖。西園春物知多少，瘦殺寒梅枉自清。

不須辛苦賦囚山，元氣遺形老更頑。人世難逢開口笑，微官枉負半生閒。野情自與軒裳隔，詩卷長留天地間。一片青衫衡霍重，南風迴首暮雲還。

朔吹崩奔萬竅呼，兩年清坐記圍鑪。傷時賈誼頻流涕，秣驥王良已問途。四葉名家今日盡，九州膏血一時枯。世間正有明堂柱，草靡波流見古儒。

不愁錦繡裹山川，作計千年復萬年。但見觚棱上金爵，爭教漢水入膠船。枯槐聚螘無多地，坎井鳴蛙自一天。過眼空華只如此，果誰烈焰與寒煙。

昨日東周今日秦，太虛空裏一遊塵。青氈持去故家盡，白髮歸來世事新。三月阿房已焦土，百城降虜盡王臣。窮途老阮無奇策，樓上元龍莫笑人。

慘澹龍蛇日鬭爭，亂來歌吹失歡聲。多生曾見江湖樂，何物能澆磊塊平。骨肉他鄉各異縣，干戈滿眼若爲情。陸機舊有三間屋，鄉社荒殘住不成。

萬里雲山一敝裘，爭教塵土走東州。村墟帶晚鴉噪合，林壑經霜虎跡稠。白髮纍臣幾人在，黃金浮世等閒休。洛陽見說兵猶滿，驛路旃車不斷頭。

一軍南北幾扶傷，蝗旱相仍歲已荒。劫火有時歸變滅，長星無用出光芒。投林鳥雀不暇顧，撼樹蚍蜉自覺狂。大地嗽嗽困炎暑，世間原有北窗涼。

疏疏衰柳映金溝，物色無端生暮愁。豐沛帝鄉多將相，神仙官府在瀛洲。只知灞上真兒戲，爭信中朝有楚囚。東闕蒼龍西白虎，鳳皇樓畔莫迴頭。

睡徹東窗日影偏，官街塵土霧中天。只應畫戟清香地，不到柴煙糞火邊。弱水蓬萊三萬里，景星丹鳳一千年。故都喬木今如此，慚愧韋家祖德編。

暮雲樓閣古今情，萬戶千門盡有名。林影池煙設清供，良辰美景記昇平。已占介福歸王母，真向華嚴見化城。禁苑又經人物散，只疑來處是前生。

白塔亭亭古佛祠，百年人事不勝悲。貞元朝士今誰在？燕市歌歡有此時。楊柳攙春出新意，桃花臨水弄妍姿。風光流轉何多態，木石癡兒自不知。

富貴浮雲世態新，定知誰妄復誰真。黃楊舊厄三年閏，玉樹初含二月春。聳壑昂霄今已信，風吹雨打旋成塵。圍棋場上猪奴戲，笑殺中原逐鹿人。

滄海橫流卻是誰，一波纔動萬波隨。傷心鸚鵡洲邊淚，不見房陵道上時。事去恍疑春夢過，人間那有後天期。英威未覺銷沉盡，四客翩翩最受知。

厝火誰能救已然，暗中人事忽推遷。輔車漫欲連吳會，草詔空傳似奉天。華表鶴來應有語，考槃人去亦堪憐。千秋萬古金銀闕，素月流空散紫煙。

總說清流解致君，乍賢乍佞日紛紜。焦頭無客知移突，出粟何人與佐軍。綠水紅蓮慚大府，白衣蒼狗看浮雲。華胥夢破青山在，世事都消酒半醺。

坐想風雲入鼓鼙，茫茫野色動清悲。室方隆棟非難搆，人各爲家枉自私。白骨又多兵死鬼，阿婆真是木腸兒。劉郎著手乾坤了，西虎東龍總伏雌。

瀚海風煙掃易空，不須誇說蔡州功。一時豪傑皆行陣，六國孱王走下風。百草千花過春雨，浮雲流水易西東。騎驢虧殺吟詩客，猶向春陵望鬱葱。

南北爭教限大江，書生技癢愛論量。虛勞裴相求白傅，輕比韓彭作李陽。虎視鷹揚何處在？雄蜂雌蝶爲花狂。金沙一散風雨疾，不救飢寒趨道旁。

三尺堯階竟屬誰，及時娱樂恨君遲。雌雄自決已無策，報施言之尤可疑。未分持刀買黄犢，不應遭網廢元龜。中州豪傑今誰望？奮翼澠池空爾爲。

渭水秦關得意秋，功名場上早抽頭。從教不入麒麟畫，更與倒翻鸚鵡洲。落落久知難合在，漫漫長路幾時休。麤疏潦倒今如此，莫向瓜田認故侯。

翠幙青旗笑語譁，平岡迴合盡桑麻。長江大浪如横潰，破屋疏煙卻數家。喬木他年懷故國，高城落日隱悲笳。并刀不翦東流水，汲到中泠未要誇。

去國虞翻骨相屯，當年曾見漢儀新。風流五鳳樓前客，辛苦凌煙閣上人。棠棣有花移舊巧，兔葵今日到殘春。窮途自覺無多淚，意外荒寒下筆親。

長淮千里燕巢林，隴水東流聞哭聲。紫氣已沉牛斗夜，月明空照漢家營。孤居無著竟安往，一片傷心畫不成。三十六峰長劍在，壯懷空擬漫崢嶸。

耆舊能談相國賢，荒祠重過爲淒然。景星明月歸天上，暮號朝虞只眼前。花柳得時俱作態，衣冠今日是何年。萬牛不道丘山重，抱蔓無人更可憐。

赤縣神州坐陸沉，王孫真有五湖心。十年紫禁煙花繞，六月貂裘風雪深。不見連城沽白璧，更須同輩夢秋衾。悠悠華屋高貲意，地底中郎待摸金。

絕幕誰招萬里魂，中臺良選到名門。血讎此日逢三怨，生氣曾思作九原。世故驅人真有力，春風過水略無痕。米狂雄筆照千古，秦火驚看片紙存。

一寸名場心已灰，更堪寥落動淒哀。書難盡信何如默，水到頹波豈易迴。世外元無種香國，眼中惟欠繫舟嵬。仙翁相見休相笑，天上材官老不材。

曾笑明妃負漢恩，白頭誰解記開元。十年幾度山河改，九死餘生氣息存。杜曲舊遊頻入夢，宋州新事不堪論。多情丹杏知人意，留著殘妝伴酒尊。

空門名理孔門禪，去去南華有內篇。神聖定須償宿業，參旂亦自遇災年。高談世事真何者，卻望西山一泫然。大藥誰傳軒后鼎，肉身那得盡飛仙。

挑盡寒燈坐不明，燈前山鬼淚縱橫。諸儒久已同堅白，晚學天教及老成。孫況小疵良未害，鄭虔三絕舊知名。蒼生此日知誰誤，重爲斯文惜主盟。

白髮承平一夢過，百年孤憤竟如何。六鼇只解翻溟渤，高鳥長憂挂網羅。汲冢遺編要完補，孟公詩律費研磨。山林鐘鼎無心了，春草輪贏較幾多。

悠悠誰了未生前，晚節風塵私自憐。方爲騷人箋楚些，空將衰淚灑吳天。北風夜半歌黃鵠，望帝春心託杜鵑。休道西山不留客，一庵吾欲送華顛。

邂逅詩翁得勝遊，仙壇倒影鳳麟洲。七重寶樹圍金界，一道雲光抽素秋。下界新增養蟾戶，西風安得釣魚舟。賦家正有蕪城筆，留得才情趙倚樓。

南風穩送北歸船，遠客游人動數千。世事且休論向日，殘生何意有今年。高門大屋垂楊裏，瘦蝶寒螿晚景前。老眼不應隨境轉，題詩端爲發幽妍。

信馬都門半醉醒，短長亭是斷腸亭。夢中望拜通明殿，雲際虚占處士星。滅沒燕鴻下平楚，悠揚飛絮攪青冥。黄塵憔悴無人識，一解狂歌且自聽。

絳闕遙天霽景開，上階絶境重徘徊。忽驚此日仍爲客，更向何鄉養不才。從事舊慚三語掾，禍基休指九層臺。御屏零落宣和筆，曾見金書兩字來。

常並虚危候德星，東南人物未凋零。玉壺冰鑑藏胸臆，鶴髮松姿餘典型。白帽枉教淹晚節，絳帷無復與横經。龍頭突出海波沸，共愛移山入渺冥。

霧廓雲開病未能，扁舟蕭散亦何曾。世間安得如川酒，身外休論有髪僧。僅得羈銜脱疲馬，即今癡鈍似秋蠅。鏡湖春好無人賦，羡殺吴中張季鷹。

風沙昨日又今朝，喧寂何心計一瓢。轉石猶能起雷雨，倚梯從昔望煙霄。天圍平野莽無際，春動長陵紫未消。卻恐哦詩太愁絶，小紅燈影莫相撩。

暮去朝來萬化途，一般花木各榮枯。張巡許遠古亦少，石父晏嬰今豈無。少日漫思爲世用，詩家新有入關圖。百年遺藁天留在，兒輩從教鬼畫符。

汙潔難將一理推，敢從窮達計前期。衰顔明鏡兩寂寞，老眼天公誰耦畸。狗盜雞鳴俱有用，鼠肝蟲臂亦何辭。寢皮食肉男兒事，慚愧家人賦扊扅。

無心舒卷付皇天，熱惱消除佛作緣。土銼疏煙惟一粥，朱門食客自三千。淒涼古驛人煙外，滅沒孤帆落照邊。寒食明年定何許，歸心長與雁相先。

枉著星翁比少微，此心安處是真歸。萬金良藥移造化，一束空書不療饑。靜坐且留觀眾妙，刺天何暇計羣飛。臨流卜築平生事，會有鄰牆白版扉。

不離城市得幽棲，《秋水篇》中物已齊。義士龍沙原咫尺，將軍桃李自成蹊。只知河朔歸銅馬，未要坊名改碧雞。飯顆不妨嘲杜甫，本無心學浣花溪。

巷語街談總入詩，詩仙詩鬼不謾欺。一甌春露香能永，百過新篇卷又披。故國煙花重迴首，半生歌笑幾伸眉。人間聽得霓裳慣，千古朱絃屬子期。

故紙塵昏枉乞靈，案頭多負讀書螢。自驚白鬢先潘岳，曾見青山養伯齡。舉世盡從愁裏過，一瓢誰識醉中醒。十年弄筆文昌府，未分枯槎是客星。

擾擾長衢日往回，樓中舒嘯亦悠哉。驚烏繞月枝難穩，老雁叫羣秋更哀。黃菊多情留小飲，白雲何處不歸來。掣鯨漫倚平生手，早晚乾坤入釣臺。

世路羊腸乃爾難，更教空負老來閒。離愁鬱鬱理還亂，鞍馬悤悤去復還。多病所須惟藥物，深居那得似禪關。登高望遠令人起，興在青林杳靄間。

圖畫堯民太樸存，松亭竹屋數家村。且從少傅論中隱，更約田家共老盆。黃帽非供折腰具，青衫今有讀書孫。野麋山鹿平生伴，一夕西庵笑語溫。

舊向韋編悟括囊，殘年袖手亦何妨。衣冠正了渾閒在，知見薰來有底香。膏火自焚良可痛，渠儂六鑿日相攘。孤燈靜照寒窗宿，夢裏江聲撼客牀。

掃地焚香樂有餘，非魚誰道子知魚。丹房藥境平生了，闊劍長槍不信渠。蕩蕩青天非向日，茫茫神理竟何如。安時處順吾儒事，廓達靈光見太初。

心遠由來地自偏，世間何限好林泉。舊時詩禮聞家學，是處雲山有靜緣。晚節浮沈疑未害，名場馳逐亦徒然。對談石上維摩在，寄謝諸方五味禪。

六街燈火鬧兒童，四壁寒齋只病翁。鄉社歲時容客醉，冠巾收斂定誰公。栽花種柳明年了，宴坐經行一體同。青眼高歌今老矣，世間馬耳過春風。

翁仲遺墟草棘秋，茅齋原更小於舟。長虹下飲海欲竭，一鳥不鳴山更幽。萬落千村滿花柳，平沙細草散羊牛。燕南只道丹青好，畫裏風煙繞一漚。

疊巘沈沈轉素蟾，隔溪遥見玉簾苫。酒兵易壓愁城破，宫漏誰將海水添。貧裏有詩工作祟，世間除睡更無甜。青山未得攜家去，說著浮名夢亦嫌。

百道懸流注夜光，蜀山青翠楚山蒼。丹青寫入梅溪筆，愛玩除教寶繪堂。衣上風沙歎憔悴，畫中亭榭亦清涼。山間曾見漁樵說，勸我移家來水旁。

野桃山杏兩三枝，雨過横塘水滿隄。賸賞休言隔今昔，醉鄉初不限東西。春風和氣隨詩到，桀日湯年一理齊。解道田家酒應熟，葫蘆今後大家提。

赤日紅塵夢已空，人間無路問天公。眼中誰復承平舊，畫裏初逢避俗翁。平地青雲一鑪藥，五花驕馬四蹄風。黄金甲第知何限，鶴蓋成陰著處同。
富貴空悲春夢婆，可憐出處兩蹉跎。錦官羽葆今何處，青鏡流年似擲梭。蓮社舊容元亮酒，漢宮曾動伯鸞歌。憑君莫話前朝事，告朔羊存得已多。
不見經年百感并，脊令兼有急難情。暫同寢飯聊堪喜，暗數存亡只自驚。白首共傷千里别，虚名不值一錢輕。相逢定有池塘句，安得芳尊與細傾。
月旦今誰許與陳，紫髯落落照青春。謝公每見皆名語，王翰何緣與買鄰。詩酒共尋前日約，典型依舊老成人。竹林未恨風流減，里社追隨分更親。
金馬衣冠一夢中，龐眉書客感秋蓬。長門有賦人誰買，祖道無詩鬼亦窮。萬事自知因懶廢，凡今誰是出羣雄。汝南他日先賢傳，爭信譙元有素風。
晚歲鄰居定有緣，蔡邕書籍待渠傳。翰林風月三千首，東國人門幾百年。寄食且依嚴尹幕，相思休泛剡溪船。若爲化作江鷗去，水宿雲飛共一天。
詩卷何緣唱和曾，清時有味是無能。春風去後瑶草歇，山月飛來夜氣澄。六合空明一蓮葉，四更風雪短檠燈。胸中所得知多少，藥裏關心恐未應。
一點青燈兩鬢絲，煮茶聲裏獨支頤。歡悰已向杯中減，時事先教夢裏知。潦倒本無明日計，殷勤留看歲寒枝。小詩擬寫春愁様，恰到湘君淚盡時。
慷慨歌謠絶不傳，風流誰占探花筵。座中佳客無虚日，筆底銀河落九天。名姓定應書小錄，蓬萊未擬問羣仙。長衫我亦何爲者，莫著新銜惱必先。

五百年中一樂天，幾人針芥得心傳。松身鶴骨詩千狀，玉友金昆世共賢。富貴已經春夢後，功名欲占冷巖前。胸中自有西風扇，和氣朝來已沛然。

憔悴京華苜蓿盤，漫勞兒女勸加餐。老來行路先愁遠，世外閒身也屬官。通德里門傳故事，文昌除目入驚看。遺編綴緝非吾事，只有東溪把釣竿。

星斗龍門姓字新，西園此日盛徐陳。紛紛暗被兒女笑，碌碌翻隨十九人。老計漸思乘款段，古來何物是經綸。南山正在悠然處，酒榼書囊浩蕩春。

依然夢裏語繁華，世路悠悠殊未涯。骯髒誰能作樓護，迴旋我亦笑長沙。樊籠不畜青田鶴，蜀錦驚看佛鉢花。惆悵朝陽一茅屋，曾將心事許煙霞。

天上河源地上流，且看渠待幾時休。棋中敗局從誰覆，風裏秋蓬不自由。精衛有冤填瀚海，神龍失水困蜉蝣。布囊歸去詩千首，付與煙波著釣舟。

深谷高陵萬事非，五陵裘馬自輕肥。從來聖牘褒忠義，此日孤生足罵譏。置屋懸崖儘堪老，枯槎八月未成歸。一龜早晚搘牀了，角逐文場早決機。

正史風流二百年，唱酬無復見前賢。晴窗弄筆人今老，石穴留書世不傳。喬木未須論巨室，明珠真見抵深淵。承平故事耿猶在，重覺英靈賦予偏。

百年那與世相關，苦被詩魔不放閒。叔夜呂安誰命駕，江東渭北此追攀。龍蛇大澤變風景，花木禪房時往還。尊酒相陪有今夕，衡茅終擬共青山。

馬足車塵漫白頭，高天厚地一詩囚。流波意在誰真識，連句才多筆不休。滄海幾經塵劫壞，白雲空望帝鄉秋。東園花柳西湖水，似爲良辰散客愁。

鬪靡誇多費覽觀，乾坤清氣得來難。三年浪走空皮骨，萬古騷人嘔肺肝。銀燭對談辭館夜，碧天無際海波寒。人間不買詩名用，寄與同聲別後看。

匏廬詩存卷五

徂年集序

福廬山人

曩輯《亥既集》，以中多噍殺之音非詩家正軌，恒不輕示人，間以質吾鄉滄趣翁，謬承獎借，而言外之意似猶憾其芟薙未淨。比年以來，檢篋中零藁，復不下數百篇，詩學不進，而無聊牽率之作亦終未能謝絕。迴思老成敦勉之言，衹增愧汗。顧私念余行年七十矣，星紀一周，而世患尚未有艾。自今以往，方當守括囊之戒。兒輩乞付鈔胥，姑徇其意。鈔輯甫竣，師鄭吏部適以《落葉詩》見示，因和其作，即署爲『徂年集』。邇者往來津、沽，間有所作，友朋復慫慂存之，續編爲篚藁附後。知我罪我，聽之後來。以言詩，則猶門外漢也。丁卯三月福廬山人識。

徂年集上

別西城寓宅

傳舍光陰歲又闌，露車身世敢求安。燕巢暫寄元如客，蛙廩無多也屬官。鑿井分教隣舍汲，種花付與後人看。壁間留得山薑句，拂拭猶疑墨未乾。

卜地當時爲避喧，早將蓬戶例朱門。榜廬恰稱巢居子，悟筆時看屋漏痕。長夏樹陰隨就憩，窮冬鑪火易爲溫。城隅一片行吟地，春草還應入夢魂。

題師鄭新輯名賢生日詩冊

大賢不世出，間氣偶鍾毓。後生慕前哲，何由接芳躅。嶽降溯生辰，瓣香志私淑。禮有以義起，盥薦詎云黷。此舉孰開先，向來闕著錄。當代孫興公，故事胸爛熟。瓶社嘗數典，上推蘇玉局。臘筵筮盍簪，共泛杯中醁。探懷出鉅編，次第若貫肉。經師表一尊，詩派匯羣瀆。提倡盡名流，咳唾成珠玉。千載十數公，靈爽如在目。禮箋詩史外，餘興猶不俗。緊余舊學荒，餘光慙炳燭。學山等螘垤，飲河譬鼷腹。一瓻容借鈔，尚友茲已足。

題沈苞九自繪琴舟月夜圖

畫手李思訓，琴心汪水雲。竟虛彲虎夢，來狎鷺鷗羣。明月真無價，南風久不聞。扁舟吾亦辦，鼓枻願隨君。

高潁生新葺烏龍先廬環翠樓落成有詩屬和

人生有幸生太平，讀書奉親外無營。千鍾未足傲三釜，萬卷直可當百城。君家舊德吾耳熟，有道不仕真高躅。懶看梅花大庾春，自就家園蓺梧竹。一方祖硯尚傳孫，身退何妨道自尊。大地有時岸爲谷，窮陰萬事葉歸根。憶昔聯牀共燕邸，狂歌痛飲圍城裏。意氣飛揚方盛年，主憂臣辱輕生死。我踏麻鞵赴秦關，君行飽看浙西山。廿載星霜彈指頃，中更離合雜悲歡。離合尋常何足道，山川滿目傷懷抱。曲江宮殿半蒿萊，更問柳湖與松島。君今收身老一樓，白雲蒼狗真悠悠。汐社過從猶幾輩，幔亭著錄足千秋。吾廬亦在九仙麓，荒徑無人問喬木。杜宇年時苦喚歸，相思空谷人如玉。

橘叟約同又點赴月華貝勒邸看梅至則謝矣貝勒以所著燕梅花候記見贈即步卷中用東坡和秦太虛梅花詩韻作寄謝

西梅復蘇東梅槁，左右如扶醉人倒。廿年手植見齊檐，愛花那計被花惱。封姨連日肆雌威，有約尋芳恨不早。仙姿終是與衆殊，但賞殘妝亦自好。輭紅塵裏得幾本，桃李紛紛直可掃。主人好客復好詩，風流不減樗軒老。急呼瀹茗佐清談，更與探懷出吟草。明年花候須記牢，領略春光及晴昊。

笏齋前輩惠寄文恭師瓶廬詩藁刊本敬誌二章

一斥羣飛事可吁，發蒙振落不斯須。曾將識畫評書眼，默數中州士大夫。

《三都賦》豈煩玄晏，甘露碑終累裕之。斬斷葛藤真快事，龍門百尺本無枝。

弢園主人出示其先王父九九消寒圖手蹟屬題

十日一水五日石，崑崙方壺侈真迹。不如渲染没骨圖，裝堂鋪殿精楷模。怒氣作竹喜氣蘭，風枝雨葉來無端。不如流傳《喜神譜》，小蕊大開足意趣。九九諺出田家志，翦紙調脂近游戲。誰歟運腕妙寫生，展卷雅人見深致。一陽來復天地心，次第春光靜可尋。瑤草琪花石供古，重茵複幕畫堂深。東南半壁烽煙靖，榮光出河通瑞應。雲臺上將數高勛，官閣水曹自清興。五十年來手澤存，摩挲故物重瑤琨。曾供乙覽睿思殿，好伴新圖水竹村。燦爛雲章親弁首，子子孫孫當世守。渡江又見歲華新，珍重亭前舊垂柳。亭前垂柳句爲南齋消寒故事，見《鰻㪾亭詩注》。

泊園讌集觀移疏與芝洞對局戲示移疏

不能擔糞能著棋，君視逋仙似勝之。圍棋中正古亦有，胡不賭取宣城守。開關延敵百二秦，六國當之輒逡巡。羣公自作壁上客，我比宋五尤坦率。一局未了日易斜，放下棋子且看花。花間雜坐恣談謔，亦復不減商山樂。世事而今滿盤錯，可憐國手儘閒卻。

題成竹山澹庵圖

澹庵當南渡，聲名動金虜。竄迹落炎荒，坐與秦奸忤。黎渦暫一醉，感激入詩語。瘴海雖云遙，猶是宋家土。君豈慕其風，亦以澹自署。枉道恥干時，抗心獨希古。强臺已垂上，翩然棄簪組。一庵於何託，横流遍區宇。敢望胡邦衡，方從謝皋羽。畫師殊有意，染筆翻新譜。琅玕似高人，芙蕖若靜女。松石各清奇，雲林相媚嫵。紅塵所不到，別自成洞府。日對古人書，閒邀樵牧侶。迴視酣豢場，鴳雛笑腐鼠。人生何必同，大節觀出處。隆中無玄德，此身肯輕許。澹泊足明志，天地一逆旅。

楊雲史寄示癸丑北游詩草

智井沈涵君始出，孤燈兀坐我誰親。閉門合轍初無意，斫劍高歌似有神。歷歷都成過去史，茫茫孰測未來因。江南獨羨家山好，草長鶯飛又幾春。

碧海歸槎悔壯游，人間何處鳳麟洲。六朝花月渾如夢，萬里江山獨倚樓。肯信英雄造時勢，但知骯髒勝伊優。漢家九葉皆全盛，賸與銅仙暗淚流。

書瞿文慎言臆詩後

樞垣簡重臣，所職在承旨。明良一德孚，諸城代有幾。興元昔播遷，内相恩不訾。時非元豐盛，事甚會稽恥。琴瑟有更張，舊防烏可毀。老成持重心，翻爲衆集矢。猖狂白梃徒，佻達青衿子。一夫忽夜呼，亂者遂四起。公然鼎問周，倏爾天崩杞。迴溯去闕時，未逾五稔耳。公言實蓍蔡，公神在箕尾。可嗟負國流，乃將氣數諉。往者不可追，敬用告來史。

烏石山道山觀後院有壁畫怪松一株壬申歲與亡友劉紹庭同游各戲題一絕其下乙巳旋里訪之畫與詩剝蝕殆盡惟紹庭作首二句尚約略可辨偶然憶及爲演成律句示孟純

獨樹號風聲不哀，虬枝何日更西迴。豈知寫照成今我，尚憶重游一拂埃。鼎鼎百年同向盡，沈沈萬念漸成灰。山公愁對嵇延祖，近況誰從報夜臺。

譚生步溟蓄舊簫一云係國初物爲其師曹姓所貽者乞詩紀之

伶倫截管應鳳鳴，黄鍾萬事從此生。子淵賦手已不作，況起后夔奏九成。康熙天子開太平，律呂正義通神明。手定樂章薦郊廟，師聰匠巧争效能。慈母山中選珍篺，宫商吻吭一一諧韶鍈。流傳市肆人不識，曹君得之愛玩忘寢興。廿年師授有神悟，持以相贈意匪輕。邇來胡樂亂人耳，侏僸儫佅難爲聽。願君寶此永無斁，當與鐵厓鐵笛並壽千秋名。

次韻和樊山前輩喜雨作

鵓鳩連日報佳音，遍地枯苗正渴霖。泥輸當門甘裹足，檐聲到枕乍清心。已愆𪍿麥初番信，新展芭蕉幾尺陰。遥助老農歌飯甕，詩翁敢惜墨如金。

秦中宦蹟難忘處，何止扶風志喜亭。老去灌園聊食力，誰歟築野應圖形，好蘇凋瘵如蘇槁，盡洗氛霾更洗兵。一雨豈惟助詩料，憂時自寫寸心誠。

日來雨仍未足疊前韻呈樊山

阿香喚起鼓雷音，久旱方需三日霖。忽地催詩疑有意，到頭潤物似無心。滂沱虚想月離畢，膚寸依然雲斂陰。安得天瓢一翻倒，盡令焦壤變黄金。

社屋已荒舊壇墠，乾封更説古云亭。馬鬃涓滴曾何濟，蝗孽埋藏但未形。雒水嘗聞軒后醮，昆陽猶助漢家兵。桑林六事當誰責，太極無爲只一誠。來詩及大内祈禱事。

和養知書屋船具十詠

孤蓬何處泊，長路正漫漫。幾費湘筠織，聊將海粟觀。遮頭焉可少，容膝固能安。誰識舟中客，臨江集百端。蓬。

青冥吹忽上，一幅挂當空。高駕蓬萊浪，潛驅閶闔風。沈舟看汝過，破蒙豈天窮。可惜隋宮錦，迴搊聽未終。帆。

艅艎愁失水，篠簜亦因材。旁岸紛交錯，盤渦幾溯洄。豈堪濟滄海，安得鑿離堆。臢有蜂窠眼，勞閱去來。篙。

七尺舟能制，論功亦不微。黃頭多狎習，青翰借光輝。擊楫心猶壯，迴橈勢欲飛。端陽簫鼓競，果否奪標歸。槳。

使船如使馬，南客夙稱能。舸艫容潛伏，呀吭豈易凌。乘流互鴉軋，搖夢入瞢騰。爲問僧珍輩，千張辦可曾。櫓。

大廈資梁棟，風波況涉川。孤舟真渺爾，一柱獨巍然。樸樕知難倚，都盧或善緣。留人憐語燕，何似舊堂前。檣。

神山不可即，碕岸復多歧。幾輩爭津要，何人任繭絲。重煩繒錦費，虛意綍縭維。坐看東隅逝，苞桑計已遲。纜。

狂瀾期共挽，其奈峽程艱。當道防豺虎，徵材到蒯菅。全身牽一髮，前路阻千山。估客偏饒樂，攤錢白晝閒。百丈。

泛泛終何適，茫茫未有涯。長歌悲小海，失計鎖支祈。夜壑輕移去，中流坐鎮誰。同舟皆敵國，聚鐵枉鑪錘。椗。

胥溺能無懼，安危仰舵工。把持須定力，轉捩見神功。入甕愁人鮓，迷津誤海童。橫流何所屆，吾欲叩蒼穹。舵。

次韻和樊山端午日作

客中節物益蕭然，休說城南尺五天。已見烽煙彌楚澤，正憂暵旱似湯年。小詩姑付《題襟集》，急鼓何心競渡船。角黍蒲觴只隨例，呼童檢取畫叉錢。

寒鑪灰裏撥陰何，禊飲年年續永和。過眼流光如激箭，賜衣故事感香羅。生非胡廣難諧俗，畫對鍾馗肯啖魔。滿蘸雄精寫王字，且看繞膝戲寅哥。

觀弈次師鄭韻

試憑方罫看山河，四面而今盡楚歌。謝傅虛誇鎮物度，鄭莊猶戒上人多。消將長日能無事，急矣南風可奈何。成敗英雄原不計，只憐方寸自焚和。

橘中坐隱興方長，豈意修羅劫未央。已辦丸泥塞函谷，直將銅柱倚扶桑。馬須歷塊知材劣，魚誤吞鉤爲餌芳。撫枕可勝宣武恨，何勞局外更評量。

青坂陳陶無限悲，卻思黑白未分時。上流隱具建瓴勢，閏位元爲歸扐奇。此去黄龍期痛飲，即今烏鵲失安枝。逢蒙學羿真高足，莫怪矛爲陷盾持。

堂堂赤縣舊黄圖，變作蠶叢鳥道紆。遙起江東成勁敵，梟鳴稷下漫多儒。終場方悟從頭錯，當局寧甘斂手輸。龍鳳累成皆死子，曙天寥落一星孤。

明燈空局夜垂殘，感激徒摧壯士肝。賣塞但爲奴輩利，上天至竟蹇人難。頭風展檄聊爲快，口血要盟固易寒。清泚金溝總陳迹，莫教井水再波瀾。

是非難掩晉陽秋，休説中興第一流。洛汭忍聞歌五子，易京坐據有千樓。計窮强借神叢博，事去誰爲肉食謀。天道好還君識否，前因後果盍推求。

夏日遣興

寸許金鱗魚，可翫不可食。蓄之盆池中，戲藻亦自得。

屋角搆蜂窠，時聞午衙閧。窗紙何關渠，鑽成千百孔。

兒童散塾回，羣聚觀蝗鬬。但見伏屍橫，不知孰勝負。

虛堂乍上燈，青蟲撲無數。流螢獨倐然，自度竹間去。
齋壇老道人，聞名未曾覿。蹁躚胡爲來，與汝俱失職。

熙民見示高曦亭前輩寧河唱酬詩札書後

民勞思衆母，世亂薄迂儒。傾蓋歡如故，鳴琴道不孤。時無魏環極，誰識陸當湖。父老猶能說，棠陰舊酒壚。

宋漫堂太宰六十六歲小影裔孫子元參戎乞題

翩翩宰相子，宿衛猶未冠。敭歷盡亨衢，晚更膺殊眷。三吴財賦區，開府難其選。坐鎮逾十年，清德被閭閈。西陂魚麥堂，退休懸夙願。南巡再迎鑾，江天拜宸翰。葡萄已垂實，君恩終戀戀。平生慕坡仙，侍側圖婉孌。元之嘉泰本，補葺完斷爛。當時風雅場，肯讓漁洋擅。此圖出誰手，未共楹書散。想見公退餘，官齋坐清晏。聖清一四海，康熙比貞觀。明良不可作，盥手祇讚歎。

涵萬閣坐雨次樊山韻

驕陽炙背苦牆東，難得佳期賞雨同。遙想大田歌有渰，豈無征士怨其濛。閒翻晉帖黄庭本，似泛吳船碧浪中。歸路墊巾還不惡，夜涼添得課詩功。

奉敕題内府舊藏錢舜舉右軍觀鵞圖敬遵純廟御製原韻

題扇流觴韻事多，傳神畫史妙如何。書家臆斷終穿鑿，指勢懸猜撥水鵞。

燕京壇廟廨邸花木見於前人記載者滄桑歷劫或存或亡涉歷所及雜記所見得八首

庶常館老桑見《肙齋詩注》。相傳洗眼最效。

王人微在諸侯上，殿體摹書愧末工。老託青盲吾亦得，漫思乞葉洗雙瞳。庶常初入館，館吏例送認啟單，列應謁前輩，科分次第，及與中外大僚相見禮節，末有『王人雖微在諸侯上』之語。

社稷壇胡桃樹見《薙石齋集》。樹在壇之巽隅，近太常齋宿處。壇今爲公園，惟古柏數百株無恙，其他花木皆非舊植矣。

三桃舊著安仁賦，雙樹猶傳薙石詩。說與游人應不省，朝衣手攬記年時。

内閣楮樹陳澤州有詩，嘗屬禹慎齋爲之圖。戊戌冬以讀學到閣，詢之吏役，皆莫知所在，惟大堂後有一二朽株，不知即澤州所詠者否也。

九重歷歷記巢痕，散木難忘雨露恩。清絶楮窗塵不到，我來猶及見陳根。

吏部藤花藤花有兩處，在司廳者未獲覩，吳文定所植在穿堂右偏，爲吏部各堂治事之所。據《紀河間集》，文定舊植已燬於火，乃後人補植者。辛亥春以會考揀選舉人至此，唐文簡太宰爲置酒其下，流連竟日。

弘治追懷手植年，匏庵畫卷落誰邊。春光半去寧能料，空記論文一段緣。

禮部壽草詳見紀文達《筆記》、梁退庵《南省公餘録》。曹文恪長禮部時，改名長春草，並屬陳約齋員外爲圖，天澤堂榜額及楹聯亦文恪所書。禮部舊址今改設郵政局，一切文物掃地盡矣。

花如火齊實如珠，后土瓊花二本無。天澤已隨堂榜燼，倩誰重寫約齋圖？

太學再生槐有刊壁圖及純廟御製詩。庚子聯軍入京，日本軍帥首先謁聖，並派兵守護成均，故物賴以保存。而民國初建東省軍隊，乃有議斫鬻孔林樹木者，可慨已。

枯幹重榮事絶奇，慈寧上壽值昌期。孔林幾有樵蘇厄，似爾孤根亦可危。

極樂寺海棠前人題詠甚多。光緒初元猶及見其盛，近來殿宇拆毁略盡，海棠亦無幾株，惟東偏舊題國花堂扁尚存。

計車逐隊謁龍津，帝里風光領略新。莫悵國花淪宿莽，舊游裙屐總成塵。

增壽寺柰花亦見《揅石齋集》。實蘋婆花也。全謝山嘗辨蘋婆非柰，未知如何。丁亥歲，殯先室馮夫人於此。

此生未作稽山土，猶爲尋春策蹇經。四十年前營奠地，兩株玉雪尚亭亭。

薄薄酒和樊山作

薄薄酒，莫笑平原督郵醜，醜婦亦有諸葛黄頭。人生萬事皆定分，執鞭富貴寧可求。貴無過秦皇漢武，富無過猗頓陶朱。長城築怨輪臺悔，計然十策亦區區。千年令威化鶴返，人民城郭迴望但嗟吁。而況造化忌滿，人事無常。高位疾顛，多藏厚亡。郿塢積貲，不救然臍。鄴臺故伎，猶聞賣履。上蔡憶牽黃，華亭悲唳鶴。主父太橫終遭五鼎烹，鄧通到死不得一簪著。秋壑愁聽杭州歌，鈐山老向卑田託。青史昭昭炯鑒懸，後車不戒前車覆。胡爲乎取快須臾，耽耽逐逐。佩六國印，豈如富春江上擁羊裘。聚五侯鯖，豈如紫陽山中飯脫粟。清河錄書畫，平泉記草木。豈如蘭成小園，杜陵茅屋。君不見，北方亢旱春徂秋，紅女停機農釋耜。東連兖豫西晉秦，赤地縱横幾千里。草根樹皮都罄盡，鬻到牛驢及婦穉。飢驅沿路空呼號，野宿蓋棚暫棲止。霜風轉盼已戒寒，凍餒終知同一死。監門之圖繪不盡，司農仰屋但坐視。鳳城詄蕩九門開，甲第連去車流水。千金一笑狹邪遊，百萬一擲摴蒱齒。越羅楚練照耀輿臺軀，無非吮取閭閻之膏髓。天道好還，出爾反爾。銅柱有時傾，冰山能久倚。儒之言曰節欲，老之言曰知足，佛之言曰修福。三教雖殊旨則同，誰能喚起沈迷使夢覺。薄薄酒，休厭濁。且飲一杯歌一曲，猿鶴蟲沙滿地飛，至竟中原誰得鹿。

生日避客師鄭送詩四章率筆奉酬

天荒地老一遺民，大患都緣有此身。石建未忘書馬譴，時校勘《實錄》黃綾本甫畢。微生重愧乞醯鄰。今年與親友約，勿以酒食見饋，有移以助賑者。草鋪稻藁談鄉俗，杭俗以八月二十四日爲稻藁生日，閩人冬月用以薦牀，有『金鋪銀鋪不如草鋪』之謠。橦竹梅花感戰塵。覓句閉門聊遣日，淒涼懷抱向誰陳。

壇坫當年迭主盟，覃谿推重獨新城。來詩引漁洋、覃谿，皆八月生日。偶拈肌理追神韻，爰變丹青本玉瑩。殘燼四朝勞掇拾，賡歌諸老陵承平。逢君只恨吾生晚，把卷空深望古情。

潘四農論前代佐命謀臣歷舉留侯武鄉魏鄭公劉誠意又謂武鄉以後必推誠意余謂武鄉一心扶漢雖屈志三分要爲三代下第一流人物不得相提並論鄭公讜論始顯於貞觀無佐命之可言若論佐命則趙中令亦有不沒者然三公心迹不同遭際亦有幸有不幸偶抒所見恨不起四農而質之也

子房初結客，志在復韓仇。邂逅遇沛公，言皆水石投。韓仇非獨秦，更有楚沐猴。嬴顛項亦亡，天意屬炎劉。丈夫志願遂，何用萬戶侯。辟穀謝人事，請從赤松游。皦然方寸心，可以質千秋。

清流擒暉鳳，學究起窮村。吾疑陳橋事，普也實預聞。雪夜驚叩扉，家人語何親。僭偽以次除，算定無逡巡。五季適厭亂，生民願息肩。兵權釋杯酒，方州用文臣。魯論致太平，不盡是空言。

青田抱奇略，非能終養晦。逆策張陳亡，如燭照數計。明祖用其謀，陽尊實陰忌。既登九五尊，乃不共天位。論相及汪胡，彼哉斗筲器。談洋蕞爾地，何足言王氣。誰誦《郁離》書，流傳僅讖緯。

題徐駿修封翁山居課子圖

長白寶幢亘萬里，松花江魚尤雋美。百年窩集成通塗，人言風景江南似。徐君丘壑性所耽，明時抱道甘龍潛。挂瓢每從巢父飲，插架獨有鄴侯籤。當時膝上置文度，駒齒龍文早騰譽。持節今看衣錦行，繫舟舊憶讀書處。翠壁丹梯照眼明，深衣道貌儼平生。畫圖付與荊關手，想見終身孺慕情。

九月朔日師鄭集同人拜王船山生日敬賦

明祚遘陽九，賢者歌戹屯。南有顧與黃，北有李與孫。天將開昌運，俾之扶彝倫。聖朝亦寬大，不强就元纁。衡陽最枯槁，聲光獨闃然。石船土室中，兀兀能窮年。中興起楚材，遺著始就刊。湘鄉序其書，首揭禮與仁。廡祀躋三儒，廷議猶齗齗。容臺迹已掃，疏藁亦封塵。開雲見天柱，惜哉崦嵫昏。船山著黃書，意在區華裔。豈如九州外，島國猶鱗次。中華數千年，禮教實維繫。自從市舶通，征撫頻失利。淺夫見眉睫，侈語富强計。旁搜畫革書，六經芻狗棄。徒長民氣囂，中權失宰制。天運迭循環，盛衰無常勢。兵禍一開端，環球皆鼎沸。横流日滔滔，未知其所屆。畫虎竟何成，爲戎但可涕。誰振三極維，欲起九原質。

世變難究談，無已姑談詩。夕堂永日話，別裁亦吾師。旁通及經義，祕旨誰復知。詩源出《三百》，齊魯說已微。廣義本韓嬰，曼衍非支離。鄭齋老劬學，强記獨無遺。拈出夏屋章，四座咸解頤。周官重樂語，植德在初基。彬彬二雅材，皆可備周咨。孰令庠序廢，乃使游士滋。

大酺連三日，五色旗飄揚。杜門久不出，見此心旁皇。云是重十節，舉國皆若狂。今年復明年，此日不可忘。宋徽宗以十月十日生，號是日爲重十節。今民國紀念據西曆，適與之合，然徽宗乃北宋失國主，是日實非吉日，改重爲雙，彌不合典矣。吾曹獨何事，相尋寂寞鄉。尚友思古人，安得見羹牆。迴溯九載中，兵火連災荒。竭澤魚尾赬，戰野龍血黃。將弔更相賀，無乃反天常。微吟雁字詩，船山《雁字詩》前後各十九首。秋色正蒼涼。東周終已邈，噩夢誰能詳。

耿伯齊戶部以令外祖張溫和公小重山房詩集見貽並附詩三章寄和

天瓶家法婁東派，珍重遺編手盥薇。詩史即今資考信，祖庭在昔溯傳衣。先祖戊子鄉舉，出溫和門下。不虛宅相陽元在，尚憶坊居次道依。莫向長安問棋局，五湖煙水足忘機。

日本文學士諸橋轍次持江叔澥書來謁並以其師竹添光鴻所著毛詩會箋見貽走筆報謝

金絲孔壁出秦餘，海外猶多古逸書。絕學幾人實津逮，橫流今日恐淪胥。跫然空谷甦蓬藋，莽絕神州念輔車。通德尚存門下士，瑤華折贈感何如。

題鄧守瑕禮塔園圖

射洪不作眉山逝，當代吾猶見鄧侯。向誦新詩輒低首，不知梵行早精修。

一葦何時渡達摩，萬松爭拜老頭陀。買隣千萬無逾此，恰傍當年窣堵坡。

治國治心語不煩，從容一錄具淵源。湛然地下應微笑，副墨今傳洛誦孫。

曾過吳門訪網師，平泉花木有微辭。浮屠三宿寧初意，滄海横流此一時。

句漏丹砂不可求，移家未若住閻浮。雙峰七祖知何指，蒙叟箋詩亦刻舟。

倚樓看鏡壯心消，禪板香燈自暮朝。南北一家爭底事，路人休唱塔兒謠。

靜聽鈴音轉相輪，種松待看作龍鱗。求詩問法都無礙，誰是宗雷入社人。

朱門非復舊青藤，園爲徐尚書會灃故宅。瞥眼興亡風裏燈。付與遺聞編日下，故應傳寫遍霜繒。

弔黃孝子唫池

孝子松江人，早孤，無兄弟，業經章以養母。母病，稱貸求醫，醫言不可爲。刲股和藥，不效。又刲其兩臂，母竟死。孝子亦投繯殉。鄉里感其孝，爲經紀其喪。有謝姓者，前夕夢孝子爲母求棺，因購棺以賻。張逸少明經有文紀其事，並爲徵詩。

五倫廢其一，大亂已如此。孤蓬生麻中，奇哉黄孝子。孝子無室家，亦不通書史。託業溷市廛，傭身供甘旨。母身即兒身，微命相依倚。殉生或近愚，未可責常理。自從新學興，禍有烈洪水。倡言敢非孝，吾聞欲掩耳。其愚乃至誠，誠至感神鬼。鄉閭爭助葬，此邦亦仁里。人生非空桑，詎忘岵與屺。嗟彼梟獍徒，云胡不遄死。

客有談嚴灘之勝者偶感舊游率筆書此

越中山水吾遍歷，扁舟尤愛富春江。大癡畫筆有不到，煙嵐幅幅當篷窗。勿論七里七十里，無風有風皆可喜。春山畫眉聲不斷，秋林紅葉如錦綺。咄咄嚴子陵，何修而得此？婦翁爲神仙，故人作天子。萬古灘頭一釣臺，漁兄漁弟敢爭隈。謝翺枉復招魂哭，葉李也曾充隱來。

橘叟招同絜齋畏廬巴園薑齋又點諸公釣魚臺雅集即席賦呈

近郭無數里，佳辰約屢愆。入門瞻御藻，坐石接談筵。鳥雀新晴語，松蘿太古煙。西郊池館遍，都遜此幽偏。

舊德尊經席，新恩賜鏡湖。壞渠源自活，敧棟手重扶。勝日宜休沐，遙嵐似畫圖。漫牽聽水夢，人境有方壺。

題秋岳甥所藏王阮亭手批鈐山詩選

愛好漁洋是夙心，鈐山十載感何深。渭城忍俊流傳句，跋尾猶容拾碎金。

青詞唾罵滿人間，侈紀恩榮不汗顏。苦覓箇中冰雪語，大都少作已從删。

百泉序又升庵序，壇坫當時幾盛名。匹似醉書綾襪字，白頭金齒可憐生。

心畫心聲總失真，遺山昔已誚安仁。纍纍贓貫冰山録，此本翻爲庋閣珍。

松筠諫草賸虛堂，不獨慈仁寺址荒。文武即今憂道盡，休論遺臭與流芳。

題吳芝潭大令銅鼓圖手卷

笵銅爲鼓孰權輿，伏波名先諸葛著。南海廟中傳有二，何時其一已飛去。子才早歲客桂林，幕府知名由此賦。後來名流借署齋，更以收藏相矜詡。厥初冶鑄殆千百，歲久沈埋稍出土。廉州有塘欽有村，爲嶺爲潭難僂數。或鳴集衆或樂神，蠻俗相沿敢輕侮。粵人爭誇銅柱功，蜀人自愛綸巾度。物惟以罕逾見珍，名從其朔詎忘祖。此鼓得從劍江湄，五溪源流近可溯。渡瀘軍行疑未經，證爲伏波非莽鹵。我但見圖未覩器，咫聞略記先朝事。黔居西南萬山中，行省始自晚明置。犬牙相錯盡苗疆，叛服無常勞控制。啟禎末造益陸梁，國初猶用羈縻計。憲皇御宇席重熙，西林首畫歸流議。詔稱天賜褒奇臣，金印煌煌手鐫畀。始於長寨終古州，天兵所加咸震悸。一時之勞萬世功，盡變犵榛襲冠帶。二百年來文化濡，遂與中原齊風氣。庚戌橋通萬里郵，丹江麥獻雙歧瑞。當時奏牘據圖經，故有諸葛屯營在。吳侯治行古人期，惜乎生晚太平時。能將忠信行蠻貊，未改書生結習癡。歸裝攜此聊自賀，同官好事皆能詩。葛耶馬耶吾莫贊，爲君泚筆起長歎。君不見，辛壬之際皇綱絕，海內騷然無寧日。滇黔險遠獨負嵎，近亦操戈起同室。陳倉石鼓委榛蕪，渭水銅仙餘嗚咽。紛紛自大井底蛙，茫茫天意三分策。黃圖赤縣莽烽塵，過眼空花總陳迹。摩挲古澤自堪親，何用拘牽考來歷。

新正八日鉢社吟集以盆花作獎品樊川闇公各有詩紀事並索和

浮雲世事逐時改，萬古江河有不廢。承明風雅久寢聲，赤手扶輪屬吾輩。長安花事趁歲朝，不待及時出窨賣。累車連擔向誰門，但賺貴游與駔儈。豈知輭紅塵坋中，別有蕭閒詩世界。人日初過穀日來，甕破臘醅盤生菜。風雨不愆汐社期，少長咸集蘭亭會。衆香國裏辟吟窩，刻燭攤箋夜未艾。僞周南宋摭遺聞，駱檄汪琴寄遙慨。是日所賦爲駱賓王、汪元量故事。月泉生面又重開，苦吟不落江湖派。牙牌分榜費平章，玉尺互持隨殿最。斷無飲墨困難題，儘許奪標歸滿載。闇公强識復博聞，羞學玉溪事獺祭。樊山廣大今香山，雲夢胸吞不蔕芥。三元連掇傲孫楊，一氣相投真沆瀣。已欣懷袖得驪珠，更與于喁賡鳳籟。長歌紀事興有餘，急索和章倚馬待。十年此調久不彈，自笑陋邦比曹檜。閩中京僚擊鉢之會始道光初年，辛亥後已不復舉。巢痕天上掃都非，臣筆雖慙臣酒在。昨者里社鬭春燈，又得御園好圖繪。吞聲猶見曲江春，掩淚還從杜鵑拜。是日余所得有杜鵑花一種，上元同鄉燈社又得畏廬所繪頤和園圖。摘髭科第世方嗤，過眼風光天不貸。貞元朝士幾健存，不覺沈吟增感喟。聯珠五緯已無靈，去歲陳仲騫重唱鉢集，嘗以聯珠名社。或冀德星銷彗孛。

樊山次韻見和前作疊前韻奉酬

韓碑清廟可塗改，鄭學穀梁能起廢。斯文薪盡火更傳，不妨後生喚先輩。異時嘗笑杭大宗，老將破銅爛鐵賣。竈炊牆築言不售，稗販猶思傲牙儈。平生學止小乘禪，愧未華嚴窺法界。揚雲少作悔雕蟲，嚴陵求益嗤買菜。樊山詩老老斲輪，大才槃槃一都會。宗工世久仰山斗，龐福天還俾耆艾。早從莊叟悟逍遙，不似靈均專感慨。世人自競洛蜀爭，詩家本無唐宋派。別裁僞體還清真，甄綜羣流得要最。醉翁門下雜遝賢，往皆垂橐歸捆載。玉川枉爲月蝕悲，浪仙苦辦歲除祭。豈如此老常陶然，豁達胸中無纖芥。安樂窩裏不睡龍，飽嚼金英餐玉瀣。時時弄月復吟風，吹萬不同盡天籟。郵筒纔往報章來，對客揮毫不少待。論才豈止三十里，信知大楚殊小鄶。玉山圭塘幾壇坫，典型已邈風流在。春明此會不可忘，安得好事張圖繪。年來百事儘疏慵，低頭只下詩龕拜。廿四番風次第來，天將歲月閒人貸。舞雩童冠相詠歸，千載如聞宣聖喟。雞林儻有購詩人，餘瀝從公丐酥孛。

鈔吳野人陋軒詩一冊書後

陶杜而還有此詩，漁洋確士未真知。苦吟落得身貧賤，殘燼應關鬼護持。上座敝衣名士會，荒丘宿草故交悲。篝燈錄罷重尋諷，益信潘翁不我欺。潘四農《詩話》謂野人詩字字入人心腑，殆天地元氣所結。

三月五日理齋集同人鏡清齋修禊分韻得曲字

大澤起狐鳴，堯心厭黄屋。當塗覬代漢，焉知大命促。羲和失曆官，槐火十鑽木。人情日遠忘，萬事如轉燭。兹辰肇上古，義本取釁浴。秉蕳鄭溱洧，置酒秦河曲。永和迹亦陳，蕭選偶闕錄。樂游與芳林，應制猶累牘。時和及萌生，事往悲陵谷。祇今曲江頭，蒲柳爲誰緑。農田猶屯膏，隔林聞布穀。賡歌想承平，何時下黄鵠。

去年登塔山，緣坡紅紫簇。今年花信晚，山桃纔吐馥。歡場如搏沙，盛會難爲續。但呼我輩人，幽賞亦自足。拏舟出中流，魚鳥漸相熟。還石得湖黿，銜花隨野鹿。即景恣流連，雜坐忘拘束。笑攬化人裾，醉歌小海曲。攝入牟尼珠，羣仙同繪幅。人生屐幾兩，世事棋一局。閒客此閒行，幸無官謗速。開軒及晚晴，且罄樽中醁。

理齋得新拓唐甎美人像屬同人分題

翩鴻留片影，誰剔古苔蒼。畫史寧無意，甎文惜未詳。盤匜中饋職，巾褶内家裝。莫話臨邛事，唐陵草亦荒。當壚圖

吳帶曹衣外，殘甎獨自完。不知羅黑黑，何似李端端。乍醒巫山夢，如聞漆室歎。人間寶瓴甋，猶作洛神看。欠伸圖

理齋又出唐甎美人像二幅屬補題

雀舌采靈芽，蟹眼候文火。肯學金屋人，妝成熏香坐。量珠買傾城，不如樵青婢。欲喚杜于皇，爲君說茶喜。煎茶圖

雖非解語花，也算調羹手。稚長可監廚，愧彼巾幗否。鯉尾與猩唇，雋味知誰好。溉鬵懷西歸，令我傷周道。烹魚圖

次韻和陶廬方伯七十自壽作

兵塵弗戢歲仍飢，世局依然似亂絲。油素空持三寸管，干將未抵兩錢錐。長歌車下嗟衰鳳，失笑泥中看墜鴟。萬里玉關生入苦，知公回首尚西悲。

七十平頭不稱老，天倫奇福復誰齊。早研絶學成麟角，晚契玄言悟馬蹏。縹帙春生書帶草，冰壺晨飯薩波齏。韓豪一代文章伯，賸有閒情賦鬭雞。

落花二十四首效王船山體

驀地罡風爾許狂，青春受謝去堂堂。分明玉宇前身夢，懊惱金樓半面妝。海上琴心傳止息，雨中鈴語怨郎當。倡條冶葉東西陌，一曲燕臺枉斷腸。

披香殿下錦千株，幻相留看没骨圖。黄胖登場紛土偶，玉腰作賊是家奴。放來風箔終朝盡，賭罷瀛塵幾局輸。翦紙鏤金儘兒戲，欺人赬壤笑空糊。

亂飄曲檻拂低檐，一片辭枝可得黏。羽服微聞歸後語，蜜房至竟爲誰甜。相憐河畔青青草，莫唱江南昔昔鹽。九十風光彈指去，坐看紅日下西崦。

十萬金鈴穩繫梢，禁他雀啅與鶯捎。將離芍藥空持贈，一現優曇亦幻泡。湘管漫徵榮辱志，翟門真見死生交。餘分黿紫方乘運，寂寞元亭詎解嘲。

錦繡河山坐陸沈，青銅曾照去來今。豈聞糞壤開黃玉，誰遺湖州悵綠陰。長日蘄園惟醉臥，三年息國或陽瘖。追蹤輪與狂夸父，投杖猶能化鄧林。

豈待胡僧話劫灰，傷春有淚化瓊瑰。迴風旖旎猶依草，伏雨闌珊又送梅。度索山荒餘鬼窟，沈香亭倚想仙才。錦棚宴罷賓雲杳，留與人間唱可哀。

影事冬郎篋衍編，金牀玉几想當年。海棠初上黃昏月，茸母長愁寒食煙。鳥喚奈何難共命，蟲號且過豈能天。殘紅狼藉無人管，扶醉誰來拾墜鈿。

神仙豔說蕊珠宮，須信高枝易惹風。萬國傷心簪白柰，十番得氣憶紅桐。紛紛但見隨流水，咄咄何從問太空。怪殺鶴林殷七七，非時强欲奪天工。

開已蹉跎落更輕，是因是果不分明。彌天兜率刀成雨，當日摩訶錦裏城。蛛隱終憐龔勝夭，蝶飛都學魏收驚。東風自長蓬蒿力，安得遮藏見太平。

青陽陽九戹方丁，棊卜筳占總不靈。幾許橘林隨蠹化，一般荔殼坐猩刑。遺黎有恨編《南燼》，商女何知唱《後庭》。休問華林興廢事，舉杯聊可勸長星。

判斷從誇羯鼓能，封姨作劇忍憑陵。瑤池可待三千歲，閬苑虛傳十二層。擣麝香塵知不滅，荓蜂辛螫盍前懲。蜉蝣偶趁幽陰出，楚楚衣裳也自矜。

去日安知來日難，休言春水甚卿干。無多邸錦寧禁割，失笑劉棉卻耐彈。碧海未填精衛恨，青冥恐貫望舒團。仙山聞有桃都樹，可許扁舟拂釣竿。

曾見當筵舞態新，那堪生意屬流塵。研羅唐苑山香舞，金帶揚州婪尾春。廣樂鈞天渾一夢，重陰舊圃倏爲薪。折枝留向猩屏看，百子圖中費寫真。

紫陌青雲有後期，阿婆忍說少年時。直廬隙晷量甎迅，負郭生涯學圃遲。已掃燕巢成獨往，賸從鳳紙寄相思。愁人萬點風飄盡，爛醉何須物理推。

只道搬遮有散場，孰知苦海更茫茫。前溪舞女悲黃葛，夜殿詞人籲綠章。藕孔那尋逃劫地，榆錢癡想療貧方。晚晴幽草終無俚，大好江山易夕陽。

豔陽轉眼變蕭辰，花史傷心訖獲麟。濺淚忍談天寶事，尋源仍誤武陵人。脂流盡汙劉輿膩，錦障難遮庾亮塵。大地總無乾淨土，不應墜溷羡飄茵。

一般雨露舊承恩，轉燭人情莫更論。夜壑負舟真有力，春風試翦了無痕。雲中虛想飛香訴，海畔猶聞逐臭繁。滿眼紅愁兼綠怨，巫咸肯下問銜冤。

舊苑荒臺舉目悲，迷陽郤曲欲安之。芳塵一霎忙游騎，殘月無情叫子規。杜牧鬢絲傷去日，韓翃名字噪當時。劫餘記取陳根在，還仗東君好護持。

暇豫優歌託烏烏，可能集菀勝於枯。偷桃故智兒殊狡，嫁杏年光人盡夫。皂莢黃塵費料理，白衣蒼狗不須臾。癡心卻笑褵褷鶴，猶伴寒梅守舊株。

居士今成槁木形，已將心事付鴻冥。舊題但月空銘座，新寵涵春且玩瓶。荏苒年華看逝水，循環天道數周星。鐵函珍重陽秋筆，自剔殘燈課殺青。

戴盆奈此視夢夢，參透禪機色即空。九老新圖蓮結社，八公舊隱桂留叢。已應上苑無全樹，一任荒郊逐轉蓬。和露倚雲勞想像，門前溝水各西東。

蜂喧螘聚亦何求，算到收場盍少休。金谷盛時誇石友，木棉末路泣循州。文章九錫多慙筆，日月雙丸赴急流。共道四時有消息，端居誰省杞天憂。

鉛華刊落悟知希，丹素何須論是非。肉眼風塵無正色，草頭富貴有危機。且從剝後觀來復，肯向泥中怨久微。青士蒼官爭晚節，前途霜霰正霏霏。

掃除曾許隸仙壇，愁雨愁風有萬端。劫外人天皆草腐，夢中國土自槐安。傾陽不信葵難奪，縞夜焉能李獨完。傳語麻姑肯相顧，桑田留眼更須看。

闇公扇頭見毅夫手錄庚申紀事詩其一面爲胡瘦唐侍御所書

玉音問答記邦衡，別去觚棱夢尚縈。袞袞衣冠朝士盡，區區芹曝野人誠。山中可得安雲臥，天末相思幾月明。更想百花洲畔客，一臺二妙舊齊名。

鉢社以神武門殘荷命題限於篇韻未能盡意枕上不寐偶憶連年畿輔戰事復成此章

神武門前萬柄荷，花時幾度斷經過。殘紅猶奪明霞色，淨緑遥分太液波。鶴唳兵聲連草木，烏朝詩句怕吟哦。衰遲未忍衣冠挂，輸與漁兒獨速蓑。

匏廬詩存卷六

徂年集中

讀困學紀聞

夏桀放南巢，史不詳究竟。周書載佚篇，乃有旅巢命。巢居江淮間，其地非幽敻。義不戴殷商，始終奉夏正。湯孫逮中葉，六七作賢聖。度外能置之，亦見商德盛。從來忠義士，人定天可勝。古籍闕有間，何用求左證。不見鄭延平，終身稱賜姓。

秦士夙已賤，儒坑偶逃刑。董公四皓輩，其實無足稱。心爲牧羊子，帝號何所承。沛公起亭長，於楚固無情。縞素勸發喪，但可欺愚氓。商山采芝叟，一出亦已輕。爲劉與爲呂，心迹未分明。士生當亂世，惟默可全貞。青門自種瓜，蕭相事干卿。面諛規叔孫，吾取魯兩生。

新莽覬代漢，舉朝咸結舌。劉崇與翟義，抗者旋殄滅。郅惲獨何人，乃敢虎鬚捋。取天還以天，陳義殊唐突。所言據經讖，莽亦不能殺。祖伊擬非倫，當在叩馬列。後來張邦昌，果納馬伸說。手頒隆祐制，南渡基始立。迷復猶不遠，厥功未可沒。偽楚與偽齊，讀史勿概括。

魏碑紀受禪，歐史傳六臣。纍纍列名氏，千載不能湔。徒言知天命，先未識人倫。欒亡而幸災，彼豈無心肝。厚齋當宋季，龜鑑得文山。抱節終貞晦，著述垂不刊。顧黄承其緒，薪盡火更傳。文明啟休運，皎如日中天。焉知今日事，禍有烈秦燔。三綱遂可廢，掩卷吾何言。

弢園見示所橅王廉州煙樹晴巒横卷屬題

老生有常談，無欲觀其妙。覃谿借評畫，下士皆大笑。豈知至人心，如鏡常皎皎。燕處謝榮觀，超然塵壒表。四王擅名家，古逸惟元照。晴窗偶展卷，借題抒腹藁。疏林帶茅屋，風帆逐飛鳥。一重一掩閒，煙雲互縈繞。直與造化游，匪矜神貌肖。曠林日干戈，庸流空自擾。扁舟者誰子，危坐方持釣。

題庭中夾竹桃花亦名柳葉桃

柳葉桃開也自紅，稱名底必渭川蒙。三春昔夢隨流水，九夏閒緣伴寓公。莫笑亂頭更麤服，曾禁伏雨與闌風。小園花事無休歇，更看霜英長故叢。

九日團城作

也了登高事，憑欄一放歌。團城從俗喚，古栝閱人多。奎藻深垂誡，罇尊想飲和。蓮臺留幻相，我佛意云何。

簪毫吟曉直，龍壁舊留詩。故事今無考，吾生晚自悲。宸居成傳舍，傖父雜妖姬。爲憶西園讌，誰曾東閣窺。

鈔彭秋士詩與舊鈔野人集合裝成卷書後

野人精飲荈，秋士喜飲煙。赤貧皆至骨，獨此未能捐。一當鼎革際，一值太平年。生世迥不同，乃同一迍邅。昔聞野人名，遺書購乏緣。一瓻昨借得，愛玩忘食眠。晨書兼暝寫，密點復濃圈。遍覽並時作，幾無可差肩。篋中秋士集，舊得自吳船。雖然邊幅窘，愛其天真全。合鈔成一冊，尚覺臭味聯。平生不解詩，安敢論前賢。顧於煙與荈，亦有癖嗜偏。兩君復愛菊，詠菊詩連篇。東籬正敷英，把卷坐其前。金薰吹管馥，花乳浮甌圓。菊影畫四壁，秋聲詩一天。二語秋士原句。臨風時諷誦，百慮爲之湔。可爲知者道，難與俗人宣。

平齋新刊擊鉢吟贛集見寄謂仿鄂集之例並錄題後詩索和

二別江流匯澤東，滔滔世變感何窮。廣陵此散今垂絕，大雅扶輪仗數公。

故國槐柯付十空，敢將傳硯侈家風。披函重觸鴒原痛，夜雨傷神念老同。

郵箋往復數鱗鴻，樽酒論文恨不同。私印鎸成聊自慶，月泉猶忝教官充。吾鄉某公嘗得『月泉吟社考官』小印，斷爲謝皋羽物。

燕寢凝香畫戟雄，哦松誰說事非公。茯苓消息真堪待，地下難呼葉紹翁。

中興無復望咸同，賸有花洲廟貌崇。頗憶船司空故事，居然横槊建安風。沈文肅奉命渡臺，先一夕，集船政幕僚酣吟達旦，材官鵠立以俟。聯唱畢，更戎裝，升礮登舟而去，一時傳爲盛事。

壽畏廬丈七十

閩士爲名拙，前修數鉅儒。翠庭深理窟，左海富經郛。誰造歸方室，相從穆柳徒。當今林古度，著論過潛夫。

九度崇陵謁，先朝老孝廉。昔嘗聞顧怪，君自契梁髯。不恤羣兒笑，何曾寸禄霑。貞松有本性，要在歲寒覘。

廿載懷前事，春明握手初。西泠談勝集，先子適閒居。投袂三衢急，銘幽特筆書。鮮民慙負荷，話舊輒欷歔。

特科羅俊乂，世已遠康熙。豈足汙元子，空能説項斯。枉詩猶齒及，衛道許心知。閲盡荃茅化，滄江一老遺。

畫筵邀宸賞，春條賚御書。緬懷高士傳，自署野人廬。幾輩穿門限，他年重石渠。通衢紛列戟，數過已成墟。

言訪龍湫勝，新年尚出游。户庭輕萬里，述作已千秋。問字酒肴客，浮家虹月舟。揲爻占蠱上，自足傲王侯。

集韓撰楹語，迴溯杖鄉年。忽地驚傳警，無因致祝延。兵塵猶澒洞，吾道合迍邅。湖海元龍氣，相看未改前。

耆年諸社侶，次第古稀臻。齒序歡無間，鄉情久益親。劫餘桑海録，世外葛天民。引滿休辭醉，籬花正及辰。

病足初愈偕次薇公園閒步

秋杪寒猶未，游人乃爾稀。偶來散腰腳，彌復感芳菲。祀廢壇壝在，池荒雁鶩饑。静推衰盛理，吾敢詡知幾。

章曼仙招集寓齋賞菊

天上巢痕掃不留，城南卜宅自清幽。猶能豪飲歡今夕，未遣黄花笑白頭。風月無如談藝樂，江山安得洗兵休。壁間盾墨淋漓氣，想見中興第一流。齋中懸曾文正、彭剛直楹帖，皆軍中所書。

客有詢近作者書此示之

唐宋藩籬略未窺，狂歌自寫此心悲。吾生不幸多言中，天意終無厭亂期。臨水登山行已老，吟風弄月復偕誰。思量何物供詩料，還學毗耶杜口宜。

輓嚴幾道

中歲相知晚始親，臨分苦語絶悲辛。豈期小别成終古，直爲寰瀛惜此人。世變儻非君所料，遺書借問世誰珍。羣言淆亂今爲極，潦盡潭清始見真。

明時相望濟艱難，海内聞人若箇完。故紙堆中成坐老，枯枰側畔慣閒看。江頭廟貌重新否，門下哀辭卒讀酸。君嘗鳩貲重修陽崎陳忠肅祠。没後，門人侯疑始有行述，語極悽惋。淒絶陽崎山一邏，霜鴻影外橘初丹。

夜起

羣動此時寂，中宵顧影清。窗虚風四射，院静月孤明。青史黄農没，殘棋楚漢爭。預愁明日事，莫放曉雞鳴。

病痔遣懷

萬端過去復何思，一得元無亦自知。正借微痾便嬾散，羞從流俗較狂癡。宵吟靜索寒蛩和，朝暮閒看野馬馳。容易光陰消病榻，秋風又負菊花期。

吴兔牀明經小桐溪山館圖爲小汀學士題

有清中葉藏書家，吴有黄翁歙鮑氏。並時復得海昌吴，能與二家爲鼎峙。兔牀先生生承平，覃思汲古無他營。陶舫收羅付蘇閣，芸香三世清風承。誅茆占斷桐溪曲，縮取雲煙歸尺幅。陽元宅相生長斯，故事外家猶耳熟。桐溪水接畫溪流，門外常停訪戴舟。弓父竹汀商考訂，簡莊松靄互賡酬。當時已歎紅羊劫，什一留遺委塵篋。名園非復曠亭題，殘燼空攜昔緣帖。此圖何年別顧廚，豫章之劍合浦珠。山丘華屋風流盡，寸草春暉涕淚俱。洞庭連天波浪遠，容臺接席曾未煖。銅駝陌上重相逢，世外桃源若在眼。乾嘉題後到而今，百宋千元總陸沈。不須侈説瑯環秘，只此溪山何處尋。

晚晴簃同人爲弢園生日補祝次樊山韻

茶隱清風師節性，蘭言小集借謨觴。偶陪鷗侶分茵席，自笑狙公畏服裳。閱世誰如霜檜老，逢辰況有晚花香。舉杯且爲三農祝，得酒明年不乞漿。

風味寒窗記斷齏，後先憂樂故難齊。元和關樣矜新腳，婆律薰香惜老臍。一笑雲翻還雨覆，未妨月抹與風批。曲江追話承平事，難得羣仙尚聚奎。

樊山見示冬窗即事詩並疊韻諸作次和

南天憂潦北憂晴，儉歲寧論范甑清。乍可逍遥吟白醉，誰能辛苦覓黄精。同舟在昔多仙侶，幽谷相求只友聲。獨寄愁心望雲漢，東山何計拯蒼生。

農圃相從課雨晴，依然心迹白鷗清。書叢跌宕聊忘老，詩律研磨不厭精。手版新亭紛背汗，兵威淝水盡風聲。酬公只有柴桑句，嘯傲東軒得此生。

月夜過東華門

絳幘雞籌夢已賒，猶驅羸馬過東華。天章虛佇條時政，丙午會議官制，朗潤園撤後，移就項城私邸，又兩月始畢。博浪微聞中副車。辛亥十月事。不見長虹横輦道，空餘冷月照隄沙。道旁草舍青帘影，略記壺天舊酒家。街南舊有黄酒館老屋數間，僅可容膝，潘文勤在南齋下直常過飲，間或留宿，榜以壺天。李文正再直樞廷，亦嘗賃此爲憩息之所，常以白事至其處，囂塵湫隘，極不可堪，而諸老處之怡然，可想見其風度也。

平齋熙民久宦不樂皆有退志詩以訊之

何肉周妻兩不妨，高牙大纛屹相望。狎鷗且讀澄公傳，逐鹿休談廣武場。畫棟飛雲江渺渺，穹廬低草野茫茫。秋風已過蒓鱸候，儻爲梅花憶草堂。

德宗景皇帝實録尊藏皇史宬禮成恭紀

衣冠拜表上彤墀，九廟神靈鑒在茲。伏案頭童纔蕆役，攀弓淚盡總銜悲。金鑾故事空留記，玉几羣公孰受遺。蠛蠓微臣慙報稱，賸從家乘紀恩私。

御河路轉小南城，典守猶餘老禁兵。兩翼分排金鐀燦，九霄上燭玉虹明。檢書供奉長歌壯，受印親藩異數榮。欲證舊聞遺老盡，文謨武烈想承平。皇史宬舊藏《永樂大典》及經史諸書。康熙朝高槎客待詔直內廷，嘗奉敕入宬檢書，賦檢書行述，規制甚悉。今宬中只藏列聖實録，其《永樂大典》據乾嘉諸老考證，與翰林院所藏者别是一部，不知後移何處。又奉命大將軍印，乃太宗授睿親王以入關者，亦藏於此。咸豐己未以授惠親王督師畿輔，王嘗繪受印圖，遍徵朝士題詠，今印亦不知所在。

壽移疏方伯六十

我年弱冠舉秋賦，計偕實始交長公。澄江官舍拜父執，君時舞勺初成童。應官先後來闕下，相依奚啻蟨與蛩。伯霜仲雪並華省，獨君蹭蹬名場中。玉堂通籍亦未晚，中州持節旋西江。大才盤錯無不可，鵬圖暫息仍搏風。四十年光如一夢，兒女婚嫁俱成翁。中間人事更乖迕，罡風吹折荊樹叢。君痛哲兄吾哭弟，信州城下愁雲重。汴泗交流古都會，黄樓坐嘯聽落洪。祠官久不與朝議，側身長望南飛鴻。兩宫晏駕國無主，嗣皇繼統齡方冲。狐鳴篝火一朝起，在廷諸公若發蒙。長江天塹落誰手，金陵渠帥君華宗。彭城京口兩重鎮，傳檄謂可望風降。任盦幾蹈常山禍，君猶力抗平原忠。天不祚唐大事去，空拳赤手難爲功。滄桑變幻忽十稔，孰知天醉長夢夢。平生所願專一壑，草堂舊構匡廬峰。横流遍地無安處，南檣北轍徒倥偬。緬昔毅皇初登極，講幄妙選儒臣充。道南一脈承遺緒，梁村以後惟文恭。汲直不容坐斥外，攀號竟殉軒湖弓。易名得請歸告墓，天章親勒穹碑崇。人生大倫祇君父，往事已矣空椎胸。我今衰疾百事廢，長年墐戶如寒蟲。引觴何以爲君祝，逍遥善保金玉躬。兩間患氣非一日，滔滔世變會有窮。功名邂逅付兒輩，眼中驥子皆荀龍。華燈四照春宵永，且須痛飲傾千鍾。

澐兒書室懸有趙雪江人物畫幅款署崇禎乙酉偶誌一詩

甲申明祚盡，順治已開基。北闕迎降恥，南都擁立疑。雲煙元幻境，筆削有微辭。素壁終朝對，心知畫史悲。

蟄園雪中鉢集次韻酬樊山

長安斗米珠論價，天上玉龍呼不下。一冬奇暖過陽春，虛費梅圖九九畫。行酒誰談中令家，銜枚或盼蔡州夜。窮儒掩耳厭世事，辦作詩囚不望赦。大槐癡夢國已焚，苦筍硬差官久罷。頻年人海混魚龍，只似天隨觀蠹化。社集偶援月泉例，園居安得水繪亞。羣賢聯袂各如期，一老主盟夙定霸。笑談陋室皆鴻儒，傳唱旗亭亦佳話。向來年事占三白，開歲園鑪賞猶乍。樓臺平地化瓊瑤，滕神若爲光輝借。六出紛飛真玉戲，八叉急就盡吾炙。遙知槁壤慶來蘇，卻憶齋壇時祀謝。老松擎重惜退閒，桃杏深藏方待嫁。酣吟不覺冰生髭，歸路爭看銀壓胯。詰朝登閣眺西山，乘輿還思白鳳跨。

次韻和樊山都門春興

尺五城南最近光，莊開紅豆巷青棠。掖垣分列東西省，闤市勻排左右坊。轉海倉儲艫接舳，款關貢使馬如羊。鯫生猶及中興日，近溯元和與會昌。

承平時節等閒過，閶闔天開即大羅。湛露九霄多異數，卿雲八伯共賡歌。含元花柳爭迎仗，太液樓臺舊影娥。宴鎬游汾饒勝事，儒冠何用歎蹉跎。

風月南宮藻思催，漢廷側席待鄒枚。姓名千佛經爭拜，咫尺三山櫂卻迴。中禁簪毫宵漏永，西巡扈蹕雨鈴哀。祠官頭白甘樗散，拭目羣公匡濟才。

荏苒虞淵日易西，鯤鵬斥鷃分難齊。顛狂恣看風中絮，衰醜相憐凍後梨。當代文章幾星鳳，暮年事業只鹽齏。幔亭此際花如繡，夢繞家山九曲溪。

上巳三貝子園修禊分韻得隄字

癸丑羣賢吾未與，九年一瞬極悽迷。心期可飲惟文字，耳熟生憎是鼓鼙。小放桃腮猶隔樹，新蘇草甲已緣隄。閉門十日春寒緊，初就郊原試杖藜。

續落花八首

一片紅情化綠蕪，玉池遙憶舊根株。炊粱易醒游仙夢，鬬草安尋捨佛鬚。憔悴相憐金馬客，飛揚今屬黑雲都。月中留得山河在，桂粟飄殘影亦孤。

早開眼見有先零，避面還如妒尹邢。番信到頭愁苦楝，橫流無地著浮萍。蔦蘿施柏爭新附，荃蕙爲茅失故馨。鵶餂犢褌誰免俗，贏教阮籍笑劉伶。

狂雨蒙風總咎徵，碧翁長是醉瞢騰。貴游豔說移春檻，短晷從無繫日繩。瓊樹俄空餘腐草，金甌拚碎況生菱。履綦莫覓經行迹，大道而今盡葛藤。

千紅萬紫委芳菲，休說潛溪最後緋。雨帝訛言成讖記，水仙別調入琴徽。擲梭隔樹忙鶯羽，曬粉空階冷蝶衣。寂寂黃昏消得幾，愁吟何計絆餘暉。

遲暮春情付冷灰，吹臺不信是愁臺。蟠桃漢殿羣仙讌，腰鼓涼州百面雷。東海綠桑猶待種，西風黃菜劇堪哀。洛陽盛日誰曾見，肯數尋常錦被堆。

載酒西園話昔游，年時風景只牽愁。黃天不管蒼天死，丹鳥羣歆白鳥羞。歷亂鴻溝迷楚漢，婆娑雞樹閱孫劉。臺隅蔽景非今日，絕倒彈文沈隱侯。

空山蘅芷自懷芬，無那恒河沙劫紛。浮螘當爲千日醉，攘羭豈問十年薰。玉堂故事談春在，丈室新居署我聞。夢裏彩毫亦垂禿，不堪書葉寄朝雲。

陳編俯仰弔興亡，恩怨從頭漫忖量。噩夢春蘭訊秋菊，辨鋒北勝鬬南强。已沈滄海珠誰覓，曾奉平明帚亦香。莫爲杜鵑悲望帝，錦官猶是好收場。

杭州超山梅花爲浙西第一奇景游者多未及知吉士令仁和時嘗於花時偕賓從來賞以港流淤塞捐俸濬治溉腴田近千頃相隔二十餘年鄉人追念前績爲置栗主於山中香海樓亦身後一段佳話也爲賦長句紀之

使君手疏畎澮時，豈意魂魄終戀茲。孤山已被林家占，咫尺超山人未知。超山種梅始何代，傳聞尚有宋梅在。五百年前香火因，閲道玉潛相把臂。香海樓舊祀趙清獻及唐義士。吾生蹤迹半九州，夢寐獨憶吳越游。溪山處處盡堪隱，悔不早計營菟裘。滄桑萬恨向誰語，鸞漂鳳泊成窮旅。仲蔚相尋蓬蒿居，曼卿今作芙蓉主。海山兜率只空言，不及桐鄉遺愛真。萬樹梅花鼻功德，想君被髮跨麒麟。

橫街吳柳堂侍御祠題壁

尸諫蒲城尚有徒，罪臣自分殉龍胡。猶留祠宇當官道，恐被時流謚至愚。統嗣一家何足論，傾頽九廟竟誰扶。馬伸橋畔孤墳在，想見東風長綠蕪。

題固始吳亦甦先生生日家誡冊

往聞阮文達，生朝恒避客。茶隱自諷詩，屢見揅經集。覃溪初度辰，示客彌月冊。深述鮮民痛，華茵謝文飾。兩公世魁儒，年並臻大耋。陳義雖各殊，清風如一轍。今披此家誡，心長語彌質。溯從幼學初，以逮强艾日。里爲冠蓋遺，庭有芝蘭茁。何家山大小，阮宅巷南北。天倫樂方長，寇氛俄見偪。四十九年非，撫景傷今昔。儒官容就養，滫瀡亦子職。偶觸刀机悲，恍見心頭佛。吉人有天相，竟蠲无妄疾。中興見太平，杖鄉行杖國。科名迭踵武，孫曾已繞膝。泚筆述生平，前塵俱歷歷。屬當懸弧旦，預戒長筵設。子輿論遠庖，東坡勸止殺。藹然仁人言，遐哉君子澤。世俗踵事華，稱壽亦其一。未知誰濫觴，末流益縱佚。祝延特其名，獻賄乃其實。降辰皆甫申，考行或蹻跖。大官日恣睢，下走爭朘削。纍纍冰山錄，孰非民膏血。生靈尚煩冤，物類更奚恤。先生遘斯辰，當更滋慘戚。晏楹無恙在，作求徵世德。安得廣傳鈔，家喻而戶說。

寓中無隙地栽花獨西院海棠兩株爲百餘年舊物每歲盛開欲作詩張之累易稾皆不稱意姑誌一律以俟異日

一株春一國，誰敢議無香。華閥承西府，佳人冠北方。朝霞疑失彩，晚照更添妝。安得生花筆，收之古錦囊。

題杜茶村先生遺像

熟睡深山計未成，寓公老客石頭城。可憐心事希夷異，猶及康熈見太平。

張風寫像悔翁題，腹痛梁髯墓草萋。橫目而今心死盡，君親大義再休提。篋中舊藏黄岡沈氏《變雅堂集》重刊本，爲節庵所贈，有張風繪像，與此相彷彿。茶村《悲哉行》云：『世之亂不在於刀兵水火，而在斯人之哀樂喜怒，皆失其正而倒用其情，其得之則喜，失之則悲者，惟勢與利，而漠然於吾君親。』語極沈痛。『熟睡深山』，亦茶村跋鄭肯巖小傳語。

海棠開時約畏廬季友移疏來賞移疏適攜周君景瞻所藏茶村畫像索題檢變雅堂集有康熙乙丑二月二十二日與李惕齋鄧秋水會飲熊青岳寓園海棠花下故事是日乃不期而與之同蓋相距二百三十七年矣既題畫幅復成此章呈諸公

四周甲子欠三春，把酒看花復此辰。偶爲芳叢徵掌故，卻從畫軸想先民。朋簪邂逅緣非偶，帝里风光迹已陳。門外戰雲都莫管，且拚一醉藉苔茵。

題第四女葆薏遺畫

生小深閨薄綺羅，長年几席苦研摩。清才賦與天何意，玉隕蘭摧一刹那。
老翁百念俱灰槁，不作人間無益悲。結習但思文字託，偶傳遺語念渠癡。

園中即目

桃李都無旬日妍，循廊惟見草芊芊。鼠姑枉擅花王號，不及高楸媚遠天。

洪幼寬久客京邸以書畫自給近復取康節河洛數效橋亭故事有詩索和

鄭虔三絕詩書畫，骯髒風塵奈若何。未肯因人終碌碌，不妨賣藝益多多。晝長自得垂簾暇，興至猶能擊壤歌。我亦杜陵一野客，得錢沽酒會來過。

題朱謙甫秋樹倚聲圖

擊楫雄心老據梧，郎潛身世一潛夫。閒情欲傲迦陵叟，更寫填詞第二圖。
搖落何關秋士悲，蘇辛姜史益多師。長槍闊劍多名號，醉拍紅牙總不知。

題郭潄霞所藏孫仲容徵君贈別詩橫卷詩作於甲辰年，潄霞時赴兩湖考察鑛冶

廿年忽忽河梁語，楚尾吳頭一席風。殷鑒豈當懲萬曆，周官坐惜誤元豐。興儒跂想他山益，徵君嘗集同志爲興儒會。詁墨湛思斷港通，誰起德人泉下夢。黄金虚牝總成空。

次韻題梁稚雲大令申江話別詩卷

志士寧知舉世非，白雲舒卷自天機。高空已作冥鴻逝，絮語猶憐雛燕依。昔日酒壚誰健在？即今海水尚羣飛。十年聚散兼存沒，獨羨柴桑早賦歸。

符笑拈司馬久羈滬上比聞屈身爲某僑商書記偶於報紙上得讀近作感念舊游悵然成詠

腳根山水窟，夢寐在台溫。亂世文章賤，清時簿尉尊。居夷誰謂陋，哀郢不堪論。寥落西江派，憐君尚健存。君爲雪樵大令子，以佐貳累參戎幕。當時浙中楊古醞、秦散之、梅鷺臣皆以詩人沈淪下吏。余少時猶及接吟席，湖山嘯傲，自足風流，視今之爛羊侯尉，殆不可同年而語也。

雨夜不寐雜取案頭書讀之

萬感何來迸似潮，披衣强起亦無聊。古人傳者皆糟粕，獨夜悽然此晦瀟。永憶對牀隔黃壤，猶疑聽漏近丹霄。耳根徹夕琅琅響，知碎庭隅幾葉蕉。

題合肥張勇烈公遺像

金田盜起東南鬨，承平禁旅悉無用。湘軍奮爲天下雄，三河覆沒實奇痛。顯皇手詔褒忠靈，申甫祈天願再生。淮淝一旅乘流下，海內始震二張名。靖達晚爲國柱石，犄角行間公有力。髮逆雖殲捻未平，崎嶇轉戰南復北。前軍遽爾大星墜，擒賊擒王志不遂。江山雖改丹心懸，披圖懍懍猶生氣。卷中題詠皆偉人，袍澤指臂同一身。想見忠義相感激，力扶九鼎迴鴻鈞。人生所重丘山死，中興事業今已矣。凌煙閣畫委灰塵，賸有六臣汙歐史。

室人周甲生朝承諸君子以詩文見貺率成四章奉謝

容易秋風感，塵勞閲鬢霜。北征他日淚，西笑少年狂。春廡高蹤邈，冰廳滋味長。明星今夕影，弋雁憶翱翔。

石泉家集在，束髮誦先芬。變雅深傷亂，中興及策勳。先祖遺著有《變雅斷章衍義》。承明生苦晚，潛確老無聞。敢辱泥塗問，方從麋鹿羣。

三老嘗師事，樊山、鳳孫、晉卿並有詩。羣公並雅材。不圖明月盡，猶見夜珠來。結習知難懺，斯文儻未灰。眼中清淺水，勿復話蓬萊。

弱肉憂刀机，餘生念縞綦。客書規止殺，周君秉清書來，勸以蔬食欵客，謹遵其教。吾炙只論詩。風雨同聲集，江山急劫棋。挽河思壯士，何日洗瘡痍。

書養知書屋集後

賈生不用荊舒用，漢日猶中宋忽南。三代之英終未逮，九州以外枉夸談。賀唐遺著成芻狗，曾左元勛失靳驂。今日横流遍寰宇，孰從海上敂仙龕。

華壁臣閣丞見贈尊甫屏周先生自繪白描小影敬題

治生不求富，讀書不求官。先生抱全德，伏處甘泥蟠。庸行初無奇，倫常日用間。五十以學易，覽鏡猶壯顔。一朝事變起，奮身當險艱。信行蠻貊化，亂定閭里完。承家有令子，不獨遺以安。揚雄悔投閣，逢萌早挂冠。凜然義方訓，大哉名教閑。哲人不可作，誰歟挽狂瀾。展像當座銘，聊以訂吾頑。

戊午仲夏禮部同人聶獻廷寶琛多介臣福耆介眉壽張瀚溪則川蘇本如源泉楊文甫其煥嵩公博堃呂翃伯吉甫汪珏齋兆鸞曹纕蘅經沅招同城南雅集以螺江太傅嘗總裁禮學館亦邀與會公博繪春曹話舊圖王橋庵謝家爲序橋庵山左門下士亦禮部舊僚也卷端五字則太傅所題纕蘅攜以見示距曩集已四年矣爲題二律歸之

阮亭故事退庵錄，一散誰知絕廣陵。舉餞留書足嘉話，長春連理並休徵。漁洋《春曹儀注》：『同僚升任出衙門者，各留書二三部爲別，掌印斂分四錢舉餞讌。』又署中有連理槐、長春草，俱見梁退庵中丞《南省分餘錄》。漫提酒肆人間世，等是雲堂旦過僧。猶有子安能作序，老夫衣鉢愧和凝。

忠門文采屬名駒，浣筆先成曲水圖。恍聽昨游談武子，已驚長逝失元瑜。謂獻廷。巋然魯殿標吟卷，貯向曹倉拓畫廚。求野他年容有取，未應章甫薄迂儒。

次韻酬黃摶九

袖手枯棋欲嬾看，相知恨晚罄交歡。急烽鄉國新傳警，病葉園林早戒寒。失喜發函雲錦爛，沈思何地露車安。開天遺事休重説，賸有尊前熱淚彈。

聞福州亂

閩居山海陬，中原遠懸隔。自從耿藩後，久不見兵革。粤寇逼劍津，省垣猶屹立。馬江嘗挫師，虜仍怯深入。東鄰再搆釁，珠厓始議割。犀軍精鋭盡，鯤身外府失。唇亡齒遂寒，人滿土實瘠。水患復頻仍，承平尚艱食。何堪十年中，再覩紅羊劫。巍巍恪靖祠，中興想盛烈。

辛亥禪詔下，事乃出倉卒。馳書告鄉人，綢繆宜早計。龍蛇方起陸，天意猶茫昧。漸臺終無成，且徐觀其弊。開門奉正朔，瑯琊有成例。忠謀不見省，疑爲北游説。反覆終何名，坐召客軍至。樂安下中材，但可執鞭弭。謬假節鉞權，黔驢實無技。朘削供軍儲，爪牙據要地。節度盡褢樣，效尤豈爲罪。拔釘且勿喜，戰禍恐未艾。

養兵以衛民，兵反爲民殃。潰軍鳥獸散，剽掠固其常。剽掠亦何得，貪吏早遠颺。輕齎挾金寶，飛渡便舟航。獨念吾親故，什九無宿粮。縱免鋒鏑及，終爲溝壑尪。餘生成久客，丘首豈嘗忘。年年中秋節，望月恒思鄉。今年月更好，樂飲勉盡觴。焉知榕陰下，舒慘殊景光。殘兵尚轉鬭，消息苦未詳。補牢念先務，救死與扶傷。

禍發有遲速，驕淫必惡終。風俗與理亂，息息恒相通。邇者畏廬叟，言之有餘恫。嗟彼夸毗子，豈聞先正風。信美西湖水，杭潁論雌雄。宛在奉詩龕，荷亭拜二忠。詁經仿西泠，刱始寶應公。何期桑海變，翻爲腥穢叢。傖奴侈玉食，游女矜冶容。汲汲相顧景，談笑漏舟中。徒觀金碧炫，孰恤膏血窮。崑岡炎烈火，哀哉玉名同。昔時歡讌地，轉眼成蒿蓬。痛定試迴思，安得咎蒼穹。

閩人自治閩，及今言已晚。要爲自衛計，決機似難緩。黄雀方捕蟬，伺者更挾彈。聲討各有辭，未知誰逆順。羣公念桑梓，感激出義憤。當馳域外觀，勿囿甕中算。鄉兵雖無幾，手足自相捍。龍驤子弟軍，猶足爲聲援。規恢在人爲，得寸吾之寸。勿云恃民氣，民氣終易渙。暴徒爭僨興，治絲乃益亂。太阿況授人，客主形儼判。未論勝負機，已憂供臆困。峽水阻三巴，燧烽連五管。縱觀過去事，借鑒殊非遠。目斷南飛鴻，臨風默長歎。

陳鼎丞見示五十初度書感詩書此勖之兼示海六

蘇門數巨擘，文潛與無己。吾非玉局翁，晚交獲二士。張生篤內行，如玉瑩表裏。陳生尤狷介，束躬勤礪砥。旁通九流學，不獨足文史。明月遭按劍，干將用補履。卑栖就斗升，傷哉爲貧仕。變雅念我辰，騷人溯覽揆。詠懷步兵淚，樂志仲長旨。作詩抒胸臆，自序非怨誹。吾衰與世棄，屏居等畏壘。高歌青眼情，東風吹馬耳。世患無津涯，河清諒難俟。幸食舊德遺，名勉前修企。壁間同心蘭，莫逆笑相視。今秋承寫蘭見贈。男兒有千秋，無爲歎蓬纍。

樾千太保出示先德夢蓮先生夢迹圖敬題

人生若大夢，事過皆陳迹。夢時不自知，覺後恍如失。夢華東京編，夢粱南渡輯。船山與退谷，說夢尤纖悉。彼皆丁世變，俯仰傷今昔。先生際盛明，何者關夢憶。溯從束髮初，趾離早獻吉。便笱發天葩，冠字因表德。仕履雖屢遷，根塵元不隔。寺鐘催讀辰，庭雨論文夕。東謁瞻橋陵，西征歷沙磧。侍節習戎裝，出牧當畿赤。康功舉墜典，嘉瑞彰循績。因圖以留夢，夢幻迹皆實。旌節已傳家，丹青未改色。梁園詞客多，風雅爭揚扢。崦嵫忽匿景，四紀風花瞥。佐夏遺臣靡，匡周仗保奭。競爽信多賢，貽謀實作則。賓筵忝嘉招，拜觀祇歎嘖。樓臺花樹叢，山水煙霞窟。疑與化人游，可望不可即。

郯城孫氏兩世鄉賢事蹟冊爲花樓大令題

廿年光景若輪奔，秋柳明湖賸夢痕。近聖人居長嚮往，知君子澤有淵源。論交忝綴科名草，薰德咸推孝友門。遠辱徵詩到衰朽，承家猶喜季方存。

唐文簡尚書吴石蓮侍郎故居皆在校場衚衕津沽避地迄未過從暇日偶經其處不勝山丘之感車中口占得二章

郎曹忝從事，忘分復忘年。窮巷常迴轍，輶軒屢枉箋。黨碑名竟脱，史注本誰傳。通介時人詫，徐公要自賢。

橋公知孟德，叔夜絶山濤。具眼微時獨，全身晚節高。古心留篆刻，餘響接風騷。覿面西山爽，平居憶馬曹。

雪中赴移疏觀弈之約

謝墅來游好，滕神作劇何。舞空憐皓鶴，滑路怨疲騾。急劫紛紛是，新正草草過。入門且呼酒，酩酊不知他。

新歲鉢集樊山前輩復有長篇見貺久未答和偶見羣賢燈夕諸作輒借用其韻爲律句奉酬江花才盡殊自恧也

魁柄誰能握太阿，游光但見逐飛蛾。南强北勝渾兒戲，西抹東塗自阿婆。豈止新昌壓元白，從知正始誤王何。六更不信蝦蟇盡，試聽洪音振巨鼉。

平齋僦居滬上有詩見懷次韻答之

簿書叢裏急抽身，東路飄然羨角巾。竿木逢場元是戲，海桑何處不生塵。袖歸廬阜新行卷，憶到燕臺舊酒人。誰識年來嵇嬾甚，高春睡足尚頻申。

十丈紅塵兩板扉，灌園久已息吾機。習知學子談天演，不覺行年並古稀。大雪昨來聞鶴語，雜花此際想鶯飛。相思只有加餐勸，今是都休問昨非。

鳳孫爲賨臣都護撰碑時流有規其失辭者輒抒所見奉質

國手當觀終局棋，罪魁功首尚然疑。但私所事士誠隘，苟濟斯民吾敢訾。公是苦爭瞠眼傳，歸潛難洗鄭王碑。𪓐沙大石尋常辨，死豹何勞更畫皮。

師鄭寄示寒夜聞聲雜詠十三首書後奉正

鄭齋老居士，行年垂耳順。家在江鄉可枕流，胡爲旅食長安困。長安九衢塵土紛，問君何見復何聞。披函驚覩寒夜什，令我一讀一酸辛。朔風卷地霜團屋，此聲未斷彼聲續。誰道吳兒木石腸，無端百感紛來觸。一歌哀窮黎，再歌痛兵禍。長歌間短歌，詠笑雜涕唾。撥盡哀箏絃十三，若與羣籟相應和。君歌良已悲，聽我畢其辭。國初定鼎承明運，愛民勤政家法貽。九重宵旰切求治，小廉大法孰敢曠職司。文謨武烈具方策，風同道一遵王之路無偏陂。北辰所居眾星拱，但見康衢擊壤含哺鼓腹樂熙熙。吾儕生晚全盛日，詩書猶食舊德遺。同光以還國多故，大經大法未陵遲。周家玉步一朝改，兵爭不決今十載。首善翻爲眾惡歸，无首羣龍吁可駭。欲決千秋名教防，遂令毒痡偏四海。漫漫長夜如何其，想見篝燈呵筆時。少陵無人梅村往，且留詩史鑒來茲。

師鄭次韻見和前作疊前韻奉答

亂世全生姑委順，幽谷株林笹得困。眼中棋劫尚紛紛，端居安得屏見聞。從來目論那有定，是丹非素甘忌辛。曳裾抵掌徧華屋，狗尾無難將貂續。未須廣武論英雄，一鬨之場等蠻觸。封殖不鑒郿塢禍，縱橫爭拾鬼谷唾。漫叟《春陵》杜《石壕》，獨絃哀歌索誰和。路歧可泣絲可悲，定哀載筆多微辭。孤臣自抱本穴痛，感君珍重瓊玖貽。十年清切鄰曹司，叔度汪汪千頃陂。禮堂定本待商榷，詩中日月猶義熙。皇天有意哀孑遺，讀經救國今豈遲。澗松偃臥色不改，老桑烹龜悔多載。是中消息故難言，莊論徒滋流俗駭。八王自壞好家居，安知挾彈劉元海，彼人是哉？子何其時乎，會當有變時。深寧東發跂公等，宣聖有語文在茲。

次葆之擊鉢二十四韻

竹林從嵇康，蘭臺聚任昉。樓前紙成堆，堂上筒答響。相尋文字飲，聊勝屋梁仰。近市苦囂塵，小齋自幽敞。拏爪槐依檐，同心蘭出盎。龍爪槐、同心蘭皆嘗命題。玲瓏對硯山，突兀開書幌。斯會本真率，當歌各慨慷。班馬佐薰香，杜韓倩搔癢。龍標一曲絕，容齋萬首廣。愛好詎病王，能速終推蔣。隨園謂心餘詩能速不能遲，亦才人一病。三馬慶貴多，十禽獲匪强。小技疑雕蟲，全力儼搏象。務掃陳陳言，間入非非想。昭回星聚奎，邂逅天造榜。金谷罰近苛，月泉例竊仿。祕思互抽乙，變體時兼兩。戰場過眼迷，水鏡披胸朗。龍頭屬老成，牛耳迭雄長。飄零國秀遺，寂寞谷音賞。都堂夢已賒，汐社期無爽。避世乏仇池，求仙渺方丈。南海方僭佗，晉陽正憂鞅。揮戈悵日車，舉扇弆塵坱。竿木戲逢場，知有旁撫掌。

六橋都護板廠衚衕新居相傳爲文文忠故宅春日杏花盛開招客讌賞樊山前輩即席有詩援筆繼和

病夫疏嬾習成性，尋常避俗如避穽。閉門睡過九十春，年年辜負花時盛。勝集難得賢主人，特爲羊求開三徑。沙隄傳是故相家，玉立先覩仙人杏。是日暄暖無纖雲，粉抹初匀絳蠟凝。衆香繞砌正紛敷，一樹淩霄自孤夐。相將移席就花陰，互舉舊聞共印證。憶昔毅皇卜金甌，半壁東南初龕定。宣勞中外兩文忠，瀋陽名與花縣竝。騎箕一去國是紛，元祐規模變紹聖。旋馬已非太祝廳，甘棠自起後人敬。都護盛年擁節旄，籌邊胸有朔方乘。懷賢青史終悠悠，戀闕丹忱猶耿耿。五年同聽長樂鐘，竝轡花驄記拜命。賀厦相隨鶯燕來，挽鬚喜動兒童迎。劇談未倦酒力醒，不覺金鴉已翻暝。天琴詩老首唱成，一曲陽春壓衆郢。風氏園松呂氏藤，劫餘埋没幾榛梗。正直自是神明扶，且當酹酒爲花慶。綠梅絳杏盡佳題，待補舊圖編新詠。樊山作《紅梅》七律數十首，六橋嘗仿其體爲《綠梅》詩，時有『紅梅布政綠梅都護』之稱。

前詩成後晤弢庵太傅謂文忠故宅在兵部窪身後改爲家祠外此更無別業當係傳者之誤太傅爲文忠門下士較知其詳六橋亦謂詢之鄰右乃某文相國子姓嘗居之非文忠也復作是詩正之

思人愛樹得無情，晚學吾猶及老成。且可留詩付箋正，益徵尚德出真誠。傳衣門下能增重，驚坐湯頭失問名。晁具茨《魯山溫泉》詩：『征夫問路說湯頭，可憐亦是陳驚坐。』丞相祠堂都護宅，好添故實錄春明。

題六橋尊甫鋆溪先生牡丹長幅

十錦湖山對畫叉，自將忠愛寫天葩。展圖我亦先芬憶，有美堂前日未斜。畫署庚寅年，正先君子守杭日。中台愁誦鶺鴒詩，竝轡春風已後期。且共楹書珍手澤，遮藏儻見太平時。

連日風霾悶坐偶成

洪範占休咎，恒風是曰蒙。大聲飄屋恐，婪尾掃花空。野曠迷沙礫，天昏但霧雺。爰居無避處，墐戶作寒蟲。

穎生新自南來與偕游江亭橋叟閬谿繼至作竟日談穎生有詩見示走筆和之

一握爲歡尚故吾，風塵無地著潛夫。不堪重説經過事，賸可相尋寂寞娱。鸚塚久荒迷斷碣，鼂潭半涸長新蒲。東山未倦登臨興，茶話淹留到日晡。

是日復偕訪龍爪槐舊蹟謁抱冰堂遺像

龍樹前塵記，歸途更駐騑。人亡金鏡在，燕去畫梁非。不戢兵猶火，交征國豈肥。横流今滿眼，誰見履霜幾。

同穎生閬谿蔚岑游翠微兼訪玉泉香山諸勝穎生不日南歸雜錄所見即以贈别

江亭昨對山，西山猶雅故。乘興遂鼓儳，吾亦忘蹇步。一酌趵突泉，屢撫娑羅樹。僧窗月明多，悔未攜臥具。

西山諸精藍，多出中璫建。璫禍遂亡明，棟宇自巍煥。布金給孤獨，猶勝豺虎豢。誃臺累九成，蒼蒼復誰問。

左徒昔被放，畫壁留遺草。籠紗殊可人，愛惜及鱗爪。于喁相和歌，亦各有懷抱。貞元朝士盡，天幸遺一老。祕魔厓壁間偶齋詩及松禪、滄趣諸和作，李釋戡以烏絲界之，跋云：『取籠紗之意。』

白果石根蟠，修篁霜幹勁。松寥讀書處，一一入幽詠。松寥自有閣，江天極清迥。誰令金臺淚，苦爲歌兒迸。亨甫讀書在隱寂寺，山中惟隱寂、平坡未遭兵火，花木皆無恙。

曩偕董齋來，虛有買山約。董齋忽已亡，榆園亦蕭索。沈沈青豆房，梵尾粲紅藥。尚想伏案吟，魂歸或栖託。

三山若跗蕚，常時佳氣浮。承平拓靈囿，非止奉宸游。廢興屬天運，豈不在人謀？君看演武場，矗立猶碉樓。

五季鬬干戈，希夷在驢背。混沌譜不傳，一笑偶驚墜。雲堂臥者誰？仙佛有同契。安得捏嵇康，來此鼾齁對。

南天常苦雨，北地偏苦風。風沙妨游事，遠目愁易窮。憑欄送落日，下視紛蠛蠓。忽憶交蘆中，煙水敧烏蓬。乙巳秋與穎生同泛西溪。

庚子困危城，日飲城南肆。鄭五與魏三，黃壚幾感逝。瀛海信壯游，湖山亦仙吏。流萍還合并，休問人間世。蔚岑新自海外歸。

平齋昨有書，云自西湖還。西湖譬西子，掩鼻爲長歎。萬方今一概，何土清淨完。寄聲報故人，吾久習閉關。

題沅叔學使家藏元興文署胡注通鑑

至元精槧本，完璧到而今。經進遺天祿，歸裝勝鬱林。貽謀先澤永，聚好古緣深。儻續鄱陽刻，誤觴得徧斟。

涑水閒歸洛，身之不仕元。治平前序重，寶祐大科尊。龍爪多刊正，蠖居誰過存。茂陵應有詔，難起鹿庵論。此書卷端有王磐序，不言胡注，石遺以爲疑。按，身之卒於丁亥，爲至元二十四年，注成於乙酉冬，距興文署之設皆不甚遠，不知何以能蒐訪及之。元初稽古右文，可見一斑。近人盛斥胡元，殆不足深辨。王序不載年月意者，作序時注尚未出耶？沅叔近又新收百衲本《通鑑》，當有足資考證者。姑誌所見於此。

前門月城大士廟相傳明莊烈聞洪承疇殉難建祠以配關公嗣知已降清撤之奉佛其事不甚可信順天府志亦載之今年端午鄉人重修荔香故事拈此命題作數首皆無意義偶閱鮚埼亭集亦有是作皆就文襄立論輒仿其意爲之借杯澆塊工拙所不計也

十三壇祭太悤悤，忽地降旗捲北風。誰遣貳臣汙史傳，本來菩薩是儒童。

何不精藍仿憫忠，當時部曲半沙蟲。卻留紅杏青松卷，白首皈禪痛朴公。
九蓮感夢早神恫，淨土還留地一弓。遼鶴歸來城郭在，降臣何面見江東。
千古蹉跎一念中，儻知王氣屬天聰。蓮臺贏得拈花笑，臣節君恩兩不終。
五等崇封不屬公，施黃惡少盡元功。滇黔辛苦班師日，悟否因緣水月空。
奏對如聞啟聖聰，前身鎖骨定玲瓏。城南誰覓洪莊蹟，一片倡條冶葉中。文襄西莊遺址在金魚池側，向爲流妓所聚。

匏廬詩存卷七

徂年集下

悝吾以新刊勤恪公政書見貽敬題奉簡

勤恪督楚時，吾祖同疆寄。大難適初夷，急在培元氣。撫臣職治民，地與益陽異。推賢本公忠，剛柔亦互濟。不爭赫赫名，豈恤悠悠議。奏牘茲具存，經畫皆至計。兩湖奏牘多半連銜，蓋同城督撫定制如此。國家建行省，命官有深意。元豐議省併，祇以便專恣。荊襄據上流，承平慎擇帥。奈何任無賴，輕舉江東棄。始信古人言，將亡必多制。與君籍金閶，通家逮四世。白首役汗青，同舟話故事。連楹賜書在，駿烈甦弗嗣。傾陽一寸心，何補東隅逝。萬方困虐政，生民日憔悴。豈獨峴山碑，過者爲墮淚。

夏日曝書得舊鈔名家制義殘本書後

五百年功令，當時體自尊。因端推世變，衷聖折羣言。可作歌行讀，寧知龜鑑存。故人今宿草，樽酒共誰論。往歲在薑齋座上，與一二舊友論八股文，余背誦陶庵、耘渠、句山文數篇，於今日時事皆若燭照，數計相與，擊節不已。

答子瑜來書語

曼胡短後爭瞋目，溲溺儒冠分固宜。一紙能賢書敢吝，萬間待庇廈誰支？祇愁粟肉仍難繼，若問兵戈未了期。三命循牆吾亦哂，君房語妙想當時。

題黄宣庭星使所藏熙王兩祭酒便面書畫手蹟

聯軍陷都城，成均獨無恙。大哉聖人道，殊俗知嚮往。當時號鉅儒，乃爲妖亂倡。一瞑詎塞責，至今叢眾謗。嶽嶽兩司成，並負人師望。鑾輿逼西幸，百司同搶攘。誰知六齋生，絃誦未輟響。主辱臣宜死，義不關職掌。闔門赴重泉，大節昭天壤。銜恤有難言，熙文貞父壽山督部先殉北倉之難，以聯軍責言未邀卹典。絕命特慨慷。王文敏有絕筆書一紙。人亡遺墨在，豈但供鑒賞。黄君世勛閥，早歲登蓬閬。遠馳英蕩函，歸潔白華養。娱親惟雅言，感舊增遐想。殘縑出燼餘，聯璧付裝潢。頻年望修門，北游阻溟漲。隨身獨此卷，意重千金享。徵題到鄙夫，執手話疇曩。璇宫嘉禮成，覃恩同拜貺。錫羡及雙親，天書備矜獎。資敬理則同，兹行庶不枉。舉世習同塵，吾道終安放？還著老萊衣，持壓米家舫。愛日堂冲融，鈞天夢惝怳。從他鬼畫符，魑魅雜罔兩。

和荊公三品石

謀亡未與誰當諒，補漏無功也自羞。長共銅駝臥荊棘，不如溝斷去隨流。

感事偶成

人火爲火天火災，春秋書法謹一字。祝融回祿本無情，鬱攸作威豈擇地。黄屋久矣非堯心，鵷鶵何用苦猜忌。大盜竊國小竊鉤，下流矧屬薰胥輩。委巷俚談無足辨，士夫一言爲不知。運窮眢井難復炎，時至流烏且爲瑞。君不見越巫陳方盛漢時，萬户千門誰敢議。

忠武張公輓詞

我昔始識公，公方典禁衛。屬車豹尾間，往往得聯轡。湘淮宿將盡，鵲起滁暮氣。頗牧出禁中，聖心早簡在。遼海行備邊，徐方旋移旆。老羆當道臥，目笑貉子輩。潢池動干戈，事急方謀帥。金陵開府尊，授鉞破常例。謂當驅虎旅，一舉清江介。敵國起同舟，中書坐奸細。背城猶可借，進止由中制。此時公可死，死爲睢陽厲。然而一旅存，忍死宜有待。

共和始建國，公猶握兵柄。彭城南北衝，控制淮與潁。石頭重恢復，威名日以盛。舉足有重輕，舊恩終耿耿。介圭已錫爵，辮髮尚垂領。漸臺竟不終，天池沸蛙黽。人義激同仇，歃血要盟定。漢日行再中，楚風知不競。渡河呼宗澤，收京待李晟。草草奪門功，咄咄討逆令。前途遽倒戈，孤軍絶援應。此時公可死，死得平陵正。然而少主在，徒死責未竟。

逝水不可回，鄧林逼日晏。陽秋千載筆，蓋棺宜定論。擬公王保保，奇男或嘆羨。擬公鄭延平，窮島猶征繕。古今事勢殊，豈在强同傳。獨憶平生交，心敬迹殊遠。屏居廢人事，多年闕書問。邂逅內右門，一揖無再面。微聞伏枕吟，負國有餘恨。自叙累萬言，拚付鐵函殉。九重震悼深，飾終猶矜慎。傷哉君臣誼，遘此艱虞運。微生忝恩私，苟活祗愧汗。

古聞勸進箋，不聞勸禪表。連名促遜位，此義吾未曉。遜讓自美德，時勢在人造。果能奠生民，豈必私大寶。誰知秦鹿失，中原益紛擾。横征罄膏血，苦戰塗肝腦。人人懷大欲，如火餤方燎。定光不出世，劫運恐未了。公惟戴一天，豈止庸中佼。砥柱當横流，疾風餘勁草。孤掌縱難鳴，寸衷終自皎。我作蒿里歌，實爲蒼生弔。銜闕猶口中，詩成幾易藁。

過故相榮文忠東廠舊第感賦

沙隄舊蹟未全蕪，猛憶遺言重感吁。作柱持荷嘲太枉，成圍種柳計終迂。蛟龍豈是池中物，螻蟻先爲地下驅。今日朱門誰是主，夥頤富貴亦須臾。項城初任直督時，即求兼領山東。公詢余故事，余舉年羹堯、鄂爾泰、李衛以對，且云此康、雍時事，非今日所宜援。公首肯，因言：『慰庭志願甚奢，吾常裁抑之，然環顧無人，異日恐終當執持朝局。』又辛丑回鑾後，中外復競言變法，孝欽亦欲藉此鎮羣議。公時已抱病，間談及，謂：『茲事體大，非吾力所能任，其成其敗，幸病軀當不及見耳。』言次，皆歎息不已。此外人所未盡知者，彼道子、國寶輩何曾見及？

書張隱南部郎所撰玉岑尚書殉節記後

籍甚天潢儁，容臺憶珮琚。冲懷終受善，公在禮曹，與吾鄉張文厚意見多齟齬。滿漢服制議，公惑於旗員之説，欲强漢人從滿俗，相持不決者累月。文厚去，余承其乏，手具疏草，援據經史，發六不可之論，公無以難，即署奏。忠悃託傭書。德廟實錄館中供事不敷，繕寫添雇書手，公閒居欲自効，以贋名報充。竹滬殘生痛，明宗室術桂事，見《臺灣志》。鷗波赭汗餘。闌幽門下筆，華衮惜猶虚。

文敏文貞外，誰爲吾榜光。後塵輪捷足，晚節表孤芳。庚辰同榜躋九列者，惟公一人。小海歌悽咽，橋陵樹鬱蒼。因公增感逝，後死獨彷徨。晦若殁於吴江舟次，或言爲某當局所忌，至今疑莫能明。節庵躬任崇陵種樹之役，於陵旁預營葬地，卒如其志。吾榜今所存者，惟余與韻珊京兆猶羈館職，餘則相望若晨星矣。

晚晴遣興

積雨不成雪，斜陽開晚晴。正愁枯坐寂，忽放小窗明。滌硯催僮課，鈔書了日程。循廊詩未就，已覺瞑煙生。

師鄭見示生朝感賦四章並索和

昭代數人文，海虞當首屈。君承舊德遺，生及中興日。樸學亦韓師，高文玉芝匹。發篋出緒餘，猶堪壽金石。

壯歲掇巍科，玉堂負清望。中年歷華省，抗顏作師長。虞淵忽西沈，白日見罔兩。漆室自哀吟。苦心誰與諒。

窮陰極於剝，碩果陽已萌。風雨雖如晦，不能噤雞鳴。儒生方寸地，萬世開太平。舜華自旦暮，安知大椿齡。

我詩曹檜邦，君才大國楚。郵筒屢往復，雷門慙布鼓。平生道義交，不作世俗語。故事或可援，杜集編嚴武。

冬至前五日季友集同人釣魚臺賞雪攝影徵題

老松百十株，聳立參天高。遠自金源植，近亦康雍遭。野人指賜莊，坡迴如伏鼇。望海樓已圮，天藻留丹毫。西山互馳道，軒蓋爭娭敖。胡爲命儔侶，樂此空虛逃。隆冬昨始雪，雪霽風猶饕。幸無俗物擾，況有清尊陶。延賞對壁畫，散步隨亭臯。仰睇林表明，側聽空中濤。尋幽趣自永，望古思彌勞。閲人問蒼叟，顧影慙猿猱。

題沈文肅公奏藁手蹟後

誓死危城早致身，還憑隻手斡鴻鈞。湘淮衮衮推賢路，箕尾悤悤惜藎臣。遥想篝燈勤午夜，即論翰墨亦天人。中興事業浮雲散，展卷焚香一愴神。

題劉健之觀察新收蜀石經三種

黄初刊石踵開成，唐刻猶輸蜀刻精。空使後人悲露電，即今片羽重連城。《弇山集·開成石經聯句》：「蜀經成露電，宋刻亦榛荊。」

節度謳思在兩川，過庭鯉對想英年。鄴侯家學繁能嗣，插架重添一段緣。

題金拱北摹沈石田山水長卷

萬壑與千巖，奔湊赴腕底。石田得意筆，似此亦無幾。曠代接精神，摩眼歎觀止。

拱北又見示縮臨新羅山人小景畫冊冊共十二幅，每幅皆有葵霜甲寅年題句，正崇陵種樹時也。

濁世誰爲離垢人，毫顛入妙似兼神。眼前有景輸崔顥，宿草懷賢又幾春。

幽居遣懷

蕭然丈室老瞿曇，嵇嬾非徒七不堪。祇合當門書䊸字，用《霜紅龕集》中語。有時隔牖覓雞談。人情但自看雲習，世味都輸食蓼甘。强把一樽排萬慮，乍欣卯飲得微酣。

百劫茫茫賸此軀，鏡中那復識今吾。科頭晏起真供狀，挑耳勘書古畫圖。日曆久忘新晦朔，煙蓑長憶舊江湖。小車洛下無人問，牛馬相遭總任呼。

山經海錄儘無稽，遣悶時還一卷攜。漸愛負暄知老境，稍從習靜見天倪。秋花自嫵供憑檻，寒菜能香促灌畦。未必牆東容避世，扁舟何處武陵溪。

已分高軒絕往還，深居何事復相關。打門詩債從人索，倚壁笻枝對我閒。諫草糊窗經斷爛，誥綾裝帖喜斕斑。臥游恣看蓬壺景，一角猶餘馬遠山。

上巳三貝子園修禊得可字

迂頑視世途，鑿枘無一可。惟有朋簪歡，逢辰未嘗左。禊游例有詩，邇來益嬾惰。今年春苦寒，閉門但枯坐。飛廉更作威，巾車怯塵堁。樊叟習晏眠，晨興乃先我。太傅紫絲韁，退食從青瑣。洎園亦簡出，袖詩粲珠顆。更憐海藏翁，樓居足久裹。題名雜少長，名流亦已夥。紫泉想盛時，處處煙霞鎖。此地屬弄田，雜植饒花果。御宿遺金牀，一樓未傾陊。壁紗訪舊題，癸丑禊集詩冊，昨始得見。石泉試新火。是日值清明節。迴思十年事，但供一笑歌。漸臺安在哉，餘子等么麼。天道窮周星，或者今悔禍。

壽毅齋觀察七十

同甲論儕輩，如翁信樂全。巖松生自直，圃菊晚逾鮮。長史書幾聖，香光畫亦禪。家風惟孝友，吏事獨精專。火色宜騰上，雲程屢折旋。秋曹觀政始，天語紀恩鐫。犯座占熒惑，鄰居憶嬾眠。暫推公瑾宅，相勗祖生鞭。侍從欣還蹕，朝堂亟改絃。抽毫慚虎僕，出匣羨龍泉。風月吳山最，煙波楚澤連。一麾猶小試，六察已優遷。允愜中臺望，還資內助賢。珩璜能佐治，荊布只隨緣。本穴天難問，菟裘老自便。故交逢汐社，墜日歎虞淵。斷夢《春明錄》，玄談《秋水篇》。人瞻通德里，花放豔陽天。門子笙詩補，耆英繪事傳。新歌諧鳳吹，舊誥疊鸞牋。歐俗金婚紀，萊庭彩舞翩。婺輝並南極，幢引話東川。

趙管前身是，荀陳世澤緜。頻羅徵故事，會看杖朝年。

季湘新得道光壬辰進士榜裝潢見示敬題其後

紹興寶祐登科錄，重以徽公與信公。昭代右文軼前史，宣皇御宇日方中。西蕃獻凱邊無事，五旬慶榜登俊乂。乾嘉以後數巍科，前惟己未後丁未。九重側席切疇咨，湘陰江陰最受知。鹿牀丹青特餘事，籒經直諫震當時。海氛乍定黃巾起，在天遺恨留玉几。中興再造賴儒臣，花縣聲名壯南紀。百年豈料陵谷更，眼看文物委榛荊。俄空紅本殘官庫，那復金經問佛名。省郎昔日同視草，天上巢痕都已掃。劫灰拾出斷爛餘，匪僅國聞備參考。君家蘭州古循良，持節曾搴湘水芳。能知沂國真名世，不數崔家得美莊。湟中更遠西涼郡，同歲同官舊驂靳。季湘從曾祖吉齋觀察，與先大父皆以是科館選同列諫垣，復同官甘隴，湘鄉侯相甲午鄉舉即出觀察門下。樞垣及事恭慎公，每話先猷辱垂盼。雲萍四世溯交期，祖德君恩念在茲。不堪重說承平事，金水橋頭滿目悲。黃榜例懸挂金水橋南三日，藏内閣庫。

翁文恭師生日瓶社同人集城南拜像分韻得蘋字

手挹寒泉薦藻蘋，當筵謦欬尚如親。遙知碧落精靈在，重感黃壚涕淚新。子培於客歲歿，君實、伯英、子修諸老復於舊臘新正相繼下世。龍漢劫灰餘澒洞，鷲峰宰樹想輪囷。篋中日記何時出，好共遺詩槧本珍。

題賀履之溪山秋霽圖

摩詰詩中有畫在，香光畫更通於禪。顛米迂倪兩寂寞，麄文細沈知誰賢。從來畫家貴心得，妙手不必前人沿。平生耳熟賀梅子，官曹邂逅嘗接聯。豈知白首同濩落，前塵如夢隨飛煙。君家雲夢七澤連，我思幔亭武夷巔。故山烽火阻歸思，長安非復舊日邊。丹青何處得此境，神游似在羲皇前。紅塵不到白日靜，奥曠别是一山川。霜林幾簇帶茅屋，溪橋是處通釣船。一重一掩具肺腑，取勢妙以紆徐妍。就中人物略可數，商山之皓句漏仙。想見解衣磅礴羸，丘壑自寫胸中天。晴窗十日展卷坐，青鞵布襪知無緣。顧廚神物且祕惜，援毫欲贊慙言詮。

雨後視新種竹

好竹思之久，新移得數窠。頗憐葉憔悴，驟喜雨滂沱。硯土連根潤，驚雷出筍多。碧陰終日對，不減在巖阿。

雜題國朝諸名家詩集後

有清二百餘年，作者林立，即以詩論，卓然名家者奚啻千數。余少不學詩，亦不知所謂詩派。泛覽所及，間摭一二本事以韻語代劄記，聊從談助而已。夏雨連旬，索居無俚，稍取而編次之。同光以後，年代較近，世變之亟，有不忍言者，概從芟焉。凡得若干首，別裁風雅，匪云多師；俯仰興衰，總成陳迹。孟元老《夢華》之思，楊盈川點鬼之簿，過而存之，知不值方家之一哂爾。

王李鍾譚變已窮，嶺南江左各宗風。六家詩繼三家起，盛世元音便不同。

人物相隨桑海更，史家斷代有公評。哀猿絕島淒涼曲，蒼水還仙殿有明。

字字流從肺腑真，乾坤清氣幾遺民。更生別具千秋眼，前數寧人後野人。明季遺民能詩者至多，皆宇宙不可磨滅文字，當求其安身立命所在，不當僅於格調字句間第其優劣。更生齋《論詩截句》首標顧、吳，自是具眼。但以金石氣稱寧人，似猶未盡。吳野人《陋軒集》，潘四農《詩話》亦甚推之。若論原本忠孝，無一贅詞，則寧人之詩，並時似無能幾及者。周介存教授謂其直接浣花，乃確論也。

北地殷張偶鼂孟，南都邢顧契于皇。采薇末節慚臣靡，苦語吾思李杲堂。

梨洲苦趣說身經，枕上雞鳴不忍聽。七十二潭老漁父，勞歌相答有桴亭。

霜紅苦調太槎枒，亥豕烏焉校每差。絕怪夕堂存《緒論》，《落花》諢體費箋家。

一般謗海坐鳴蛙，浪迹翁山異牧齋。晚近禁書纔稍出，都教紙貴洛陽街。

降箋早附忻城伯，水榭重逢丁繼之。《有學》《秋槐》始編集，不應偏佚《北征》詩。《有學集》自《秋槐》始，實丙戌之秋。近人輯佚叢，載牧齋《甲申感懷》十四首，未知真贋。然兩年中所作必不止此，蓋有不可示人者而燬之矣。

鉅公晚節事羈縻，逸老江湖半故知。櫟下較賢泚水否，暮年焚藁意堪悲。隨園與某君論茶村文，謂『鼎革時諸名士江湖結社，其諸老先生多晚節不臧，爭羅致噢咻，冀免清議』云。其言頗傷輕薄，然亦微中當時情事。所謂諸老者，即指櫟園、芝麓數公也。櫟園罷官後，自悔爲虛名所誤，取平日詩文雜著盡焚之，見本集年譜。

重入修門鬢已斑，駿公虛想白衣還。《清涼讚佛》猶疑案，應制諸篇類可删。

殘藁誰收四憶堂，也曾學杜得津梁。《哀辭》獨爲舒章諒，相惜惺惺倘自傷。朝宗《九章哀辭》以李雯次死節諸君子後，自言如少陵之於司戶，未免不倫。但朝宗父恂，始降闖，繼降清，其應舉也，安知非迫於父命？觀於平日規止梅村之出，則可知矣。哀舒章，實不啻自哀也。

山史天生共唱酬，亭林垂老愛西游。打船風惡秦人怯，何不歸眠太華頭？亭林久客關中，晚歲卜居華陰，盛誇其綰轂山河之勝。孫豹人在邗上，亦嘗服賈，三致千金，隨手散盡，溉鬻西歸，終成虛願。志士窮途，鬱鬱無所試，《遠遊》、《懷沙》，皆以寓其牢愁，非必彼善於此也。

向郭錢盧擬不倫，正夫差識杜亭真。鈍吟墓下稱私淑，爭及南村灑掃人。盧德水箋亭注杜，覃谿因漁洋『山谷錢盧』之句，遍求其注本不得，疑未成書。其實德水人品甚高，絳雲並稱，猶嫌儈伍。漁洋初不重其詩，《感舊集》只錄一首。秋谷、山薑，皆與漁洋異趣。秋谷崇拜二馮，山薑獨服膺德水，有『南村若有先生在，小子甘爲灑掃人』之句。

哦松古寺懷天玉，《洗露》離筵和固齋。七子並時峙壇坫，即庵奇氣更無儕。閩中國初詩人，牧齋、漁洋亟稱二許。同時尚有高固齋兆、曾即庵燦垣，與天玉並稱七子。繼起者又有平遠社諸子。吾家兼秋叔祖《竹間十日話》備錄其詩，足證董浦《榕城詩話序》之謬。固齋《洗露紅詞》爲毛大可游閩時作。《即庵集》同治年始出，皆不落晉安十子窠臼。

藏簿官庖漫笑訕，石莊能起竟陵孱。『楚人門巷瀟湘色』，斷句流傳僅一斑。方植之嘗目胡石莊《繹志》

爲庫藏簿大官庖。石莊詩浩博淵雅，猶在顧黄公、杜于皇之上，近日泊園始爲刊刻。

羅浮香雪寄吟魂，獨漉其如泥水渾。扶杖太平身老矣，一程不惜送留村。國初疆臣當以吳留村爲第一，讀元孝贈別詩，知當日遺老亦未嘗不厭亂思治也。

瑣尾餘生痛客兒，雲林少日共披緇。毘陵六逸傳高詠，未許儒臣笑畫師。惲正叔少時與姚端恪皆嘗寄迹靈隱。隨園述諦暉和尚之評，固是戲語。然正叔以其父效忠亡明，終身抱節，自儕遺民之列，其品概殊不可及。毘陵六逸，正叔名與楊起文埒。

孝廉軼事或傳訛，《海若爰書》痛逝波。遺藁飄零先後甲，縐雲片石獨嵯峨。查伊璜《海若爰書詩》，爲魯藩入海作，掩抑吞吐，別有絃外之音，足爲蒼水諸賢知己。伊璜粵游歸，以聲伎自豪，既乃聚徒講學，晚復皈禪，在遺民中蹤迹最爲詭奇，而晚途之狼狽亦可想。自藏園以鈕玉樵《鐵丐傳》譜入傳奇，遂無復深考其始末者。

團扇《宮詞》淚暗彈，彥升末路可長歎。黑頭共羨高陽相，誰識蛾眉學畫難？陳素庵《宮詞》、《宮怨》諸詩，似作於未罷相前。李文勤《宮詞》亦有『斟酌蛾眉畫愈難』之句。大抵順治初基，朝局屢變，素庵雖不足道，或猶賢於馮銓、金之俊一流也。

朝陽一鳳振先鳴，朽骨歸終感聖明。尚有同懷滄葦在，圜扉夢裏弟呼兄。季天中以言事謫遼左，其《關前志別》諸作，及其弟滄葦《在獄述夢中與兄絮語詩》，阮文達俱錄入《廣陵詩事》(一)。國初素封家稱南季北亢。季氏藏書之富，尤海內豔稱。乃天中兄弟俱以直聲顯，幾與前明二姜相抗。是時小腆猶未悉平，而新朝人物已多能以風節自見。此反商由舊，成周之所以興隆歟？

燕許同朝手筆推，澤州相業最無疵。平生不苟雷同處，想見垂紳正笏時。澤州自序《午亭集》，謂平日詩文得力於阮亭、鈍翁，然不欲苟同者，將以求吾道所安也。

北宋南施抗手難，翩翩司李早登壇。紅橋當日多名士，肯信《談龍》論不刊。

敦厚溫柔古性情，湖西不減道州行。雲菘卻目愚山腐，豈爲平居講學名？

才名王宋豈齊驅？合刻山人序近諛。開府尚書皆鼎貴，千金爲壽亦區區。尚書開府一絕，漁洋集不載，僅見《山左詩鈔》，至謂牧仲以千金乞得者，斷非事實。

皮毛范陸笑吳儂，步武三唐揭正宗。百輩橫山奉初祖，一時諍友獨堯峰。

百苦吟餘炭墨痕，留山忍淚別家園。武曾虎口猶天幸，一曲《鷓鴣》總斷魂。李武曾嘗從曹濬餘於貴陽，其《鷓鴣怨》詩，爲弔濬餘作。濬餘死難，官書與私家紀載互歧，國史終入之《逆臣傳》，恐猶是傳疑之筆。

一卷《黔書》問俗親，能從鍛鍊出清新。當時無分陪雕輦，牆腳山薑欲笑人。

窮薄江潭付《大招》，《秋笳》聲不入鈞韶。西堂可是真名士，天語親褒歷兩朝。吳漢槎自塞外歸，未幾，過吳江，覆舟歿。梁汾《金縷》一曲，能感動明太傅父子，而無救於波臣之厄。木陳禪師對世祖造命之說，以漢槎例之，西堂要未爲不遇也。

按部課農賢守事，亂山殘夢去官情。『三風』誰及吳菌次，能使名流意盡傾。

私擬新安後一人，榕村門下孰傳薪？洞游偶和蘆峰韻，晉帖唐臨亦逼真。《榕村語錄》有論詩數則，甚精。

荷衣纔脫換朝衫，丹壑門風迴不凡。博望甘陵無限事，道旁自署散人銜。李丹壑以相門子宮詹謝病，未及中年，疑於當日黨局及廢儲事，有見幾之哲。其《道旁散人集》，正康熙甲申至乙未十年中所作。

水繪園林禊事修，玉山異代想風流。其年幾爲雲郎死，誰信功名似馬周？

貪多何損竹垞名，稍惜《風懷》惑後生。私印自鐫老年作，故應得失寸心明。

西河博辨近縱橫，發覆難逃甬上評。排斥蘇詩容有說，區區鵝鴨又何爭？西河學術人品，經謝山論定。

何願船嘗取其全集細核生平，亦主全說。乾嘉以後，文士矜狂之習，實自西河開之。

獻賦爭嗤野翰林，穄堂也感二毛侵。嵩巔岱頂留題遍，能解鴒原隱痛深。穄堂兄力田死莊史之禍。其被徵赴闕，亭林一再寄詩，末章云：『嘗披《秋興》篇，欲作東皋計。聞有二毛人，年纔三十二。』穄堂罷職後，遍游名山，陳文貞欲薦起之，賦《老馬行》以謝，其有感於亭林之言歟？

《延露詞》工近曼聲，《鶴徵》首錄冠羣英。『夕陽』『秋水』尋常語，方駕劉郎果定評。彭羨門集中亦有佳什，當時爭推其《滕閣》一詩，殊不可解。

宵燭依光等可憐，子湘祗解笑松圓。壽陵故步何曾失，嗤點還須畏後賢。邵青門之依漫堂，猶賢於程孟陽之託牧齋，後人以不滿於宋，並加詆毀。漫堂雖起貴介，頗能提倡風雅，開府吳中，亦多政績可紀。青門詩格不高，然視《綿津集》亦未多讓，何至於亦步亦趨？耳食相沿，隨聲附和，竊所不取。若其刪補施注，私心自用，則誠無可解說也。

得髓禪宗總費猜，共言蒲坂是天才。蓮洋幾卷麻沙本，果否龍宮大索來？漁洋刪定天章集，久未就刊。秋谷謂阮翁耄忘，又有『大索蛟龍宮』之句。據《四庫提要》，其集實已歸吳氏。而洪北江詩注則謂近人刻天章詩，於一字二字，皆注存疑。豈《蓮洋集》迄無定本耶？

知己殘年哭玉峰，談經花下詫奇逢。潛邱竟應龍蛇讖，雪壁猶餘醉墨濃。潛邱客雍邸時，已抱病，故輓章有『花下談經無兩月』之句；『辰巳徵夢』，亦輓章中語。是詩御製集不載，《嘯亭雜錄》因力辨其非。考是時諸王多通賓客，以憲廟之英明，或爲後代防微計，而故諱其事歟？

草木園中賦子由，宸章壓卷傲詞流。懷清豈害貪泉酌，李漢編詩惜濫收。西厓在翰林，進呈《文光果詩》，聖祖特賜和，以之弁集。其視學豫中事，詳見《謝山集》。

恪勤遺愛在吳民，詩案烏臺偶見伸。翻爲虎丘增故實，虧他幕府捉刀人。

長短何須較放翁，悔餘不止白描工。釣徒宣喚驚殊寵，執贄何堪爲凱功。初白館自怡園，凱功實從受經。

洎爲院長，反執贄門下。此或沿詞館故事，乃和詩中亦有老門生之語，亦殊自貶矣。凱功身後被嚴譴，且以『不忠不孝』等字，勅鐫墓石。而初白晚遘家難，獨荷憲廟矜憐，得免連坐，則又不幸中之幸也。

詩酒徜徉吏亦仙，歸裝十硯伴嬋娟。《秋江》神韻無人會，輕薄爭傳《香草箋》。

花市斜街記爪痕，俠君舊隱愛吳門。百家手輯元人集，曾感精靈入夢魂。顧俠君秀野草堂，本其父松交吏部秀野園舊蹟，在都寓宣武門三忠祠內，顏其室爲小秀野。道光時張石洲屬祁文端補題，懸之祠偏。以三忠皆晉人，藉誌鄉邦故事。文端『草堂』、『花市』一聯，亦緣此而起。後來寓斜街者，爭相假借，皆未深考。其選輯元詩，亦在家時事，竹垞記可證。

過去未來誰得料？英雄出語只天真。章佳勛業西林匹，結習都能風雅親。『看來四十猶如此，便到百年已可知。』鄂文端《詠懷》作，『四十九年前一日，世間原未有斯人。』阿文成《五十自壽》句，隨園、北江盛稱之，實尋常口頭語耳。按，文端歇歷中外，所至扶持善類，任蘇藩時，建春風亭，會諸名士，並進《南邦黎獻集》，晚年有『多生結習只憐才』之句。文成少受業沈果堂之門，滇、緬軍中，與璞函、述庵、冲齋諸人，時多唱和。國朝文治武功，震鑠前古，極盛於雍、乾之際。如二公者，不可謂非應運而生也。

味和家世席韋平，《白燕》沈吟懼獨清。崛起夢堂儕九列，頗疑相度遜詩名。八旗詩家，芙沼而後，論者皆推夢堂。文良一門貴顯，而謹畏過於寒儒，溫柔敦厚，詩如其人。文肅起下僚，不十年超躋政地，微時多車笠之交，驟貴後頓立崖岸。《蒲褐詩話》即有微詞。洪稚存『申、韓刻深』之喻，似亦不專論詩。

禪語何嘗禁入詩，天瓶早受九重知。南齋自足迴翔地，白面談兵復咎誰？

『祥和忠厚』豈虛諛？香樹平生盡坦途。二石家書能述祖，仆碑身後痛歸愚。『一種祥和忠厚意』，蔣心餘輓文端句。

三《別裁》偏擯宋元，魣溪自囿一家言。百年風氣誰能料，萬本傳鈔黃葉村。

遼左家聲習控弦，鷹青自以布衣傳。窮交三老相酬答，難得山深造化全。

皓首窮經尚下帷，偶然理趣溢爲詩。亦韓自有千秋在，豈許南沙鄉曲私？陳亦韓捷南宮，蔣文肅許以大魁，遂不應廷試而歸。其舉經學，年垂八十，或疑其著述不多，秦文恭獨據此事力爭，謂不得陳某，則大科爲無光。虞山百年間前有受之，後有亦韓，與韓敬事正遥遥相對。

蘋洲新曲寫吳綾，束筆三朝忍未能。誰道彭城竟傖父，疏狂容得鮑長興。鮑辛浦宦浙最久，三任長興令。嘗與樊榭同賦《白蘋洲曲》，大宗、襄七、壽門皆常唱和。謝山爲作墓誌，傾倒甚至。謝山又載李衛督浙時，將以賦詩列彈章，辛浦對幕客之語，亦可想其風趣。

街南老屋水西莊，嬾漫無心謁選郎。泉路歸來尋月上，交蘆還占好溪光。堇浦哭樊榭詩有『泉路定應尋月上』之句。

道古宏詞數典精，長輿癖累亦恒情。『竈炊』『牆築』言無補，猶覬餘年詠太平。大宗南巡，迎駕奏對，許周生所撰《别傳》載有『臣尚要歌詠太平』一語，與定庵逸事狀微不同。其生卒年月，經後人考證甚悉。定庵所云即夕卒者，亦係傳聞之誤。

表章忠義前朝事，鼓吹休明《聖德詩》。麥飯蔥湯真味在，謝山出處世安知？謝山通籍不仕，集中多闡揚明季抗節死難之士。曩見某學報謂其不屑臣事異族，引集爲證。按，《鮚埼亭集》開編即爲《聖清戎樂詞》與《三后聖德詩》，凡數十章，宣德抒情，何嘗有菲薄當代之意？他如詠淮張事，且痛斥明祖之重賦，而歸美本朝。若輩信口誣攀，直躋之呂留良、曾静一流，地下有知，恐當呼冤不置。

中郎留集付香閨，倔彊冬心首肯低。薑桂蒸梨終自别，何須拾唾謗鄰雞？

花天月地恣遊遨，解佩何心戀漢皋。老向郡齋吟五課，不堪宦海閲驚濤。商寶意白玉墜一事，載《隨園詩話》。述庵作墓誌，他事蹟皆略，獨詳此段，不解其義例所在。

喝韻成篇漫擅場，南華畫品次三王。論思自是詞臣職，可少從容法戒章？

廿載纖疆老建牙，《燕香》一集晚傳家。團焦風雪微時事，尚有殘僧護壁紗。方恪敏《燕香》、《薇香》集，述庵序謂鴻篇鉅製，多關朝章國典。其壯歲從軍塞外雜詩，於西域諸部形勢風俗，考證尤詳。不獨清涼慈航，微時飄泊蹤迹，足供談柄也。

感知石笥懷香谷，傳法循初奉檜門。險語韓豪能力敵，長篇蘇海更瀾翻。

盤空硬語出涪皤，奏御能諧喜起歌。猶有劂工識心苦，蘭泉蘀石本殊科。《蘀石齋詩》，戛戛獨造，近人尤盛推之。少年頗多清婉之作，不以入集，間見於詩注中。乾隆朝，詞臣賡和多揣摩御製，亦惟蘀石最擅長。嘉善某劂工，嘗親見其手稾，改竄塗乙，往往不能辨識。《蒲褐詩話》乃以率然信手爲譏，此與其《論詩絶句》抹殺都官參知，同一謬解。

岱嶽刊詩絕頂摩，南金東箭盡收羅。午塘短折同容若，贏得孤寒涕淚多。

欺世亨山死抱冤，淒涼殘客自銜恩。博陵詩事燕霞散，獨有耕南惜海門。鮑海門少受知於尹元孚侍郎，爲梓其集。亨山之獄，尹氏所刊書籍悉遭燬禁。劉海峰輯詩選，於並時人只錄海門一家，不無深意。

爲民請命一官拋，賣藝餘閒手自鈔。幾闋《道情》熟人口，打油釘鉸莫輕嘲。鄭板橋《道情曲》自云屢抹屢更，迄十餘年，始付梓。板橋詞勝於詩，其題畫諸詩亦自饒風趣。

小倉風月老逍遙，廣大無難教主標。臺閣山林能自擇，羨君飽閱太平朝。

小傳名家考證詳，早將妙悟闢滄浪。經餘稗販皆詩料，左海前驅有荔鄉。

三世傳經紅豆莊，研谿衣鉢出漁洋。徵君《訓纂》仍家學，豈與金榮較短長〔二〕？

鴛鴦煞費度人鍼，畢竟覃谿汲古深。刪卻評碑題畫作，披沙往往得精金。

韡雅流風被八閩，重來蘇嶺悵參辰。盤陀晚歲惟談道，士論猶聞惜竹均。

四庫胸羅過五車，河間博涉恥名家。《鏡煙十種》多刊正，不獨評蘇舌粲花。

題跋詩文一一精，石庵晚自悔書名。可真專詣妨兼進，難起東洲質默卿。劉文清自謂詩第一，題跋次之，書又次之，見《饅飣亭詩注》。何猨叟嘗題伊墨卿與文清合裝詩卷，有『韻語秘惜不謂足，慧力風趣書之餘』。『藝雖兼進有偏勝，難排公論矜私譽』句，則仍推重其書也。

簡齋孟浪笑詩符，越縵雌黃亦舉隅。此事寧須枵腹辨，竹汀西沚盡經儒。簡齋嘗譏韓門、襄七爲學人詩，其『詩癡』一絕似爲覃谿作。李愛伯有論經儒詩，獨舉沃田、述庵、次仲、北江。其實本朝經師輩出，以詩名家者，不勝枚舉也。

湖海論交到白頭，談天一律誤蒙求。九能自擅山川說，半在戎旃半使輶。

注史金門待補完，《恩餘》《經進》稾分刊。燈聯儷語人傳誦，『獺祭』『鯨呿』較孰難？彭文勤《注五代史》，有『方知史事鯨呿廣，不似詩家獺祭尋』之句。

汪楊三盛夙游從，說孝談忠耿耿胸。揖趙拜袁自風氣，不應圖裏著清容。

七子婁東有代興，瑜珈薦度列三乘。忠魂萬里魚通路，風馬雲車返可曾？嘉慶初，婁東輯《詩派》成，爲諸詩老設道場，並考生平行誼，分上中下三壇。汪杏江庶子嘗與其事，有詩追詠。趙損之殉難金川，爲魚通長官司屬地。

五嶽分標每卷中，靈巖花石竟俄空。盧曾前後論宏獎，春夢終場復不同。

飛檄文雄老未降，《陔餘》探討佐吟窗。持籌曾笑王光祿，筦庫寧煩洪北江。『牙籌不諱手親持』，甌北晚王西莊句。洪稚存爲甌北題照，亦有『黃金十萬』之嘲。甌北答詩，一再反詰，末有『向來只服君能詩，不謂才可兼筦庫』云云。今更生齋不載和作，想以游戲而刪之矣。承平退宦，倚文字爲生涯，隨園一生，即喫著不盡，何論餘子？劉叉諛墓之譏，杜陵義取之說，各明一義，正無庸爲賢者諱已。

噉名豈願攀東澗，好客猶傳似笥河。西笑載書終不返，蕺園志事竟蹉跎。魚門少時讀蕺山《人譜》，因以蕺園自號，嘗作《正學論》，斥時人之詆毀程、朱。晚年爲債累所迫，客死西安。隨園嘗勸魚門刊集，有『足下詩才幾抗絳雲』之語，恐非魚門所心折也。

二應曾誇供奉才，老翁七十豈童騃。解嘲自比鄱陽謔，失足回頭亦可哀。吳白華序其弟泉之集，謂唐人有二應體，應試、應制也。白華《歸田詩》有『鄱陽暴謔坐失官』之句，即指其薦王曇事。

姬傳文得震川醇，偶爲荷塘微旨申。市井嘵嘵兒女媚，不知指目屬何人。

嶽色河聲擬似不，南園獨立故無儔。未論風節論風雅，也是詩家第一流。

探源五柳闢淫哇，插架猶贏七百家。清祕槐廳多故事，一龕自老小西涯。

銀鉤繭紙貴當時，詒晉齋中只自怡。若踵香嬰《宸萼集》，天人也合冠臨菑。

亦師郊賀亦彭澤，光潔自成秋士真。落落臺山大紳外，相尋寂寞更無人。

《唐音十選》輯夫于，中晚仍遺《主客圖》。師友一門高密李，幺絃未恨賞音孤。

樊川箋注踵樊南，施顧還容一席參。當代桐鄉名父子，居然具體木峰三。

香火湖樓奉老坡，瞻園松石對吟哦。凌滄東浦風流接，政事文章並不磨。

華林先見思東武，《秋柳》吹毛到阮翁。中葉漸疏文字禁，黃金合鑄韞山功。乾隆末，某尚書嘗摭漁洋、初白、竹垞詩及薗次詞語，指爲誹謗。韞山時在樞垣，爲分晰入奏，得免議，見所作《紀事詩》。先是《四庫全書》之輯，劉文正極不謂然，比訪書詔下，而書禁以起，韞山詩有『方思先見劉東武，弗善華林《七略》書』之句。韞山劾和珅未遂，世多惜之，即此一事，亦足覘其所守。

紀事圍城百韻拈，貲郎垂白歎猶潛。對牀《荊圃》編餘集，只許黃門和子瞻。

綺懷風調玉溪親，太白樓頭論主賓。自有驚人奇句在，刪除可信少精神。

小閣卷施歲祭詩，天山入夢似前知。賜環百日恩恩甚，成就才人一段奇。

《長離集》附岱南傳，《吳會英才》刱例編。避席中年逃考據，孰知兵備是天仙？

老船詩格似袁絲，莫怪邯鄲學步疑。賴有梅花親寫照，孤高從未合時宜。

典冊高文似馬卿，儒官分不入承明。一軒寫韻人如玉，自譜《西陬牧唱》聲。王惕甫自序，謂『官不挂朝籍，而朝廷大典禮未嘗不操筆』。竊與惕甫在京師，客董文恭邸最久，文恭雅負德望，文學非其所長，故枚卜時有『彭、紀讀書多而不明理』之論。方是時，八旬萬壽，及授受大典，皆史冊希見之盛，而以一書生任代草，雖不遇，亦足以豪已。其《西陬牧唱》十六章及《馬蘭》諸詩，亦相從諸公扈蹕所得。

祭酒英詞想珮琚，玉堂晚入惜芙初。補蘿依舊秋風感，應羨湖山奉板輿。

學古誰能風教持？清談極欲痛陳隋。瑟人彥輔如冰炭，斂手都推宋左彝。宋茗香《詩論》，力持風化之說，痛斥六朝流弊，與章實齋論詩話一則，同爲有功詩教。茗香詩學太白，龔定庵《題學古集》：『杭州几席鄉前輩，靈鬼靈山獨此聲。』潘四農《塵定軒論近人詩》：『如何六十年來客，獨數卑官宋左彝？』四農講宋學，與定庵學派迥不相入，而於茗香皆推服無間。

鳴鶴曾傳禁苑圖，留春詩學本庭趨。一麾再起維揚守，及與三賢俎豆俱。伊雲林早歲從雷貫一講學，與默卿父子同朝，繪《禁苑鶴鳴圖》。默卿在揚州，官職聲名遠不逮德州、南城，身後獨配食平山，可見文章、政事，自有本原，而遺澤之入人，固在此不在彼也。

八甎館裏聯吟句，萬柳堂前補種圖。茶隱年年深避客，尋經餘事亦通儒。

造句爭如造意艱，粵風誰許二樵班？藥房早退魚山逝，絕迹飛行讓芷灣。

瓶水天真思不羣，梧門手錄表三君。仲瞿跅弛終傷格，要是蒼頭特起軍。

垂老黔西乞一州，舍人梅隱幾生修。不知海外詩龕佛，何似桐江九里洲？

『遠猶辰告』謝公思，晚近誰能起積衰？試讀《印心》《雲左集》，偉人何必不傳詩。

萬卷《謨觴》恣挹斟，甘亭老未換青衿。蘭鯨早貴非同調，祇有頻伽共命禽。彭甘亭《與吳韻皋書》有五弊三惑之說，與梅伯言序集自箴語，皆以儷語論詩，深中晚近詩家通病。甘亭以沈博絕麗之才，而久困場屋，同時惟《靈芬館集》差可頡頏。

布衣掉罄幾公卿？自信山泉本質清。四種安吳晚刪定，述書何若說詩精？包慎伯編其出山後詩爲《濁泉集》，其論詩文及評書好持高論，要不無英雄欺人語。

《碧城》風月舊平章，少作重刊《頤道堂》。至竟文禽惜毛羽，《香奩》未肯嫁冬郎。

北馬南檣迭往來，定庵胸次九流該。如何紅日柴門裏，翻羨承平好秀才。

『臺閣名公各範模，江湖名士衆繁蕪。』南山心苦成《徵略》，鱗爪都非頷下珠。張南山輯《徵略》，於國初以來詩家，尚多遺漏，最近如嚴冬友即不應失錄。其每家綴以摘句，雖仿漁洋圖愚山之例，實則漁洋於愚山亦只得其鱗爪也。『臺閣』二語，借用潘四農句。

巢經樸學闢鴻濛，更有何張笙磬同。中壽共爲春海惜，殘膏沾丐已無窮。

黃閣清風迴絕塵，壽陽早遂退閒身。署亭自訂《䃨𧮫集》，賺盡門前問字人。

毒草西來杼柚空，鴻臚一疏動宸聰。騷壇晚歲推牛耳，輸與談文柏峴翁。道光末年，都下主詩盟者，推陶鳧薌、黃樹齋兩侍郎；講古文之學者，爲曾文正、梅伯言郎中。伯言爲惜抱高足，至今桐城派奉爲泰斗。樹齋身後聲名寂寞，其《論鴉片漏卮》一疏，當時且有咎其發難者。文正《答賀耦庚書》中間一段，似即指此。

《李杜本經》、《詩比興》，尋常談藝等醯雞。玉樓早召公車困，蘄水山陽命不齊。潘四農嘗欲輯李、杜詩爲《詩本經》，未就。《詩話》內外別有李、杜一卷。同時陳太初殿撰著《詩比興箋》。四農右太白而詆嗣宗、子昂；太初於《詠懷》、《感遇》諸作，箋證特詳，又力爲辨雪。兩公皆學行純懿，所撰著並宗旨嚴正，非尋常詩話箋注家所及，獨此儼成聚訟。平心論之，太白之從永王，與嗣宗、子昂之於典午、武氏，皆不免失身之悔，未容抑此伸彼。前乎此者有子雲，後乎此者有遺山、京叔，文人不幸，遭值亂世，後之人哀其遇可已。

竹帛功名傳者幾？山川阨塞過能詳。杜陵每飯難忘處，千載心期獨邵陽。《古微堂集》有《讀國史列傳》及西北山水諸詩。

半生骯髒走塵埃，亨甫終爲有數才。留得詩魂傍忠愍，誰憐殘淚盡金臺？亨甫《金臺殘淚記》多頹唐率筆，近人有爲刊行者，亦不幸而傳也。

扇子河頭六月風，七峰殘石委榛叢。滁樓定甫皆詞伯，想見歐齋拜像同。樞垣酬唱之作，始咸豐朝，同直尚有錢萍矼、邵位西諸公，皆一時名宿。方軍事旁午時，廷寄諭旨，多能剴切詳盡，非後來所及。中興之治，亦其嚆矢也。

矇誦進陳弘德殿，潛郎甘老釣魚磯。望湖相憶同袢叟，漆室幽吟識者希。王子壽比部於同治初元，進呈經論及應詔陳言疏，奉旨留覽，故有『矇誦』句，吳南屏有和其《望湖吟》。南屏古體胎息陶、韋，與子壽之研摩杜律絕不近，而皆能翛然於名利之外。

黑頭宧海早抽帆，句律臨川獨謹嚴。幕客休將官樣誚，儒林一傳未容芟。江弢叔《答小湖學使問詩作》末述李語，有『君詩非官樣』云云，恐不然，弢叔自以官樣目李耳。小湖自江蘇學政乞病，留主鍾山講席，曾文正欲薦起之，遣人諭意，答書甚兀傲，非徒工官樣文字者。

朱門旅食歎窮途，正雅南樵志亦迂。鴻雪因緣皆幻迹，尚留《半畝訂詩圖》。

落花春在證靈根，一席皋比老尚溫。妙悟多從讀經得，曲園終不近隨園。近人有以曲園擬隨園者，故及之。

三家淝水推西叔，一老桑根署薛廬。誰似復堂篤風義，縣齋餘俸但刊書。譚復堂宰合肥，刻《淝水三家集》。薛慰農《藤香館詩鈔》亦復堂選刻。

半壁東南墜劫灰，幾人辛苦賊中來。行間功罪陽秋筆，椒雨吟成一倍哀。

兵火飢驅幾卷存，不過道俗妙文言。肝脾元氣人深入，伏敌差堪配陋軒。

惇史爰書赫赫懸，陶堂及賦《中興篇》。舊人尚有王湘綺，東閣前塵共惘然。

掀天事業本尋常，求闕遺聞弟子詳。舉世大名震文正，何人三復《忮求》章。

校記

〔一〕《廣陵詩事》未收入季氏兄弟二詩。此乃郭氏誤記，當指《淮海英靈集》，今有清嘉慶三年小琅嬛僊館刻本。季開生《關前志别》、季振宜《夜夢亡兄書寄柩前用代酹酒》二詩均收錄《淮海英靈集》丙集卷一。

〔二〕『金榮』，底本誤作『金林』。金榮，字林始，撰有《漁洋山人精華錄箋注》。

落葉四首和師鄭

徂年何事不堪悲，忍見霜飆捲擇飛。汾水雁猶傳舊曲，津橋鵑已兆先幾。悤悤翠被寒誰念，寂寂烏朝景盡非。未必摧殘出天意，剝廬看取一陽微。

鐵園山繞蒺藜多，嚬鳥真呼帝奈何。騷客愁心臨北渚，癡人噩夢說南柯。流紅溝水無消息，轉綠年光亦刹那。生小菱枝原自弱，可堪前路盡風波。

金枝玉葉總飄零，撼樹何來鬼手馨。檮木無光輪爝火，楊花有恨逐流萍。風威似挾昆陽瓦，雨點疑攙蜀道鈴。借問蒼髯巖畔叟，故應未改舊時青。

騷壇累載忝追陪，紅豆花時稱意開。影事傷心吟藥轉，鐃歌失笑唱檀來。梧桐秋邸愁詩獄，楊柳春旗惜賦才。且共桑田留眼看，遲君高浪駕蓬萊。

續落葉四首再和師鄭

飛廉作劇太騷騷，急景無端又見侵。黄竹哀歌天子傳，青蒲伏哭老臣心。十空總入華胥夢，獨漉其如泥水深。至竟荊凡誰得喪，蒼茫真宰苦難諶。

周阿碧樹與珊瑚，誤盡才人侈論都。李下故蹊休更問，橘中殘局分全輸。不黄此日知何草，莫赤當風孰匪狐。借問斗車向誰指，夜闌歷歷望星榆。

式微且莫怨泥中，悟到虚舟任轉蓬。泮水鴞音何日革，豫且魚服有時窮。種桃少待三千歲，采藥寧須五百童。休聽優歌説枯菀，扶桑曉旭正曈曨。

悲秋楚客鬢毛斑，偷活沈吟在草間。紅豆相思空有子，綠林以外更無山。且從佛果參三昧，漫意仙丹乞九還。但月一庵聊送老，采芝何處問商顔。

匏廬詩存卷八

雲萍籠藁上

乙丑二月出都車中口占

西笑真成夢，東流未有垠。偷生餘故我，觸處感前塵。卉木猶含凍，風沙苦趁人。此身安住著，滿目足悲辛。

靜聽車輪轉，吾腸與萬周。把書姑引睡，呼酒不澆愁。促坐知誰某，微吟自唱酬。平生江海興，左計負扁舟。

美服人爭指，空名盜亦憎。當關多猛虎，掠野盡飢鷹。衰朽慙筋力，承平想股肱。悠悠青史事，神理久無憑。

津門晤李星冶丈

老翁八十健如孩，三徑年深不翦萊。過市小車邀便去，臨池退筆積成堆。宦囊半爲窮交罄，笑口時逢好友開。舉世競售梔澤僞，對君疑對古樽罍。

題師鄭詩史閣第四圖

開元法曲渺霓裳，小雅雍雍到靖康。獨探驪珠窮赤水，親捫麟篆拜陳芳。三層貞白松風裏，五夜更生藜火旁。曾見黄庭初寫本，乳山林叟惜云亡。

徂年落葉入哀吟，未死卷施一寸心。魯史訖今成絶筆，牙琴何意許知音。居鄰吾谷青山在，目送虞淵落日沈。莫歎王風委蔓草，是間猶可隱雲林。

題吴蓮溪太史福延行窩圖

異時竊怪商山老，采芝長年顔色好。晚爲留侯招出山，與人家事亦草草。君家乃在山之陽，當時流寓猶傖荒。神區福地不終閟，天假靈怪開其祥。考槃未恨去人遠，有竹萬竿杉百本。挈伴雖無綺季儔，遺安自稱龐公隱。舊德先疇近百年，路人豔説玉堂仙。小别北山拋蕙帳，重來東海换桑田。秋風憶否明湖柳，玉佩雲山共杯酒。新亭舉目風景非，陸氏荒莊復何有。某水某山舊釣游，蹉跎歸計負菟裘。安樂漫希邵康節，丹青姑付李營丘。爲君重唱紫芝曲，高舉幾時見鴻鵠。福廬我亦故居存，夢想懸崖結茅屋。

江亭禊集分韻得沙字

十年聚散幾摶沙，每對青春感鬢華。蘭上遺風沿上巳，宣南陳迹賸南窪。卻看世事猶天醉，肯信人才有歲差。且共登臨趁時節，酒龍詩虎尚堪誇。

南海譚玉生先生七十一歲荷鋤遺照令孫瑑青部郎屬題

縞袂羅浮夢已醒，不鋤明月倘鋤經。前身合是杜陵叟，但欠山猿吟翠屏。

藏山萬卷早編排，識字耕夫署亦佳。頗怪當年顧金粟，儒衣僧帽道人鞋。

蒲磵臨分記舉觴，耆英留得魯靈光。江山又換紅羊劫，遺語重思程侍郎。道光壬辰，程春海侍郎典試粵東，榜後諸名士讌集雲泉山館，程語座客：『後二十年亂從粵起，將徧天下，吾輩皆不之見。』及見者止譚子耳先生，常爲人道之。

五十五年彈指頃，鯫生亦過古稀齡。江花零落懷中管，慙愧新陰託鯉庭。先生哲嗣叔預按察，爲余庶常館教習師。

閏浴佛節燕孫招同人陪木齋中丞廣濟寺雅集用杜工部大雲贊公房詩分韻得果字

卅九年光疾飛笴，記事探懷珠一顆。三官賓谷本借題，萬柳廉馮何彼我。名場也自有衣缽，儒門凝質禪粲可。玉堂金馬總陳迹，仙棗靈椿同證果。燕孫甲午春闈出木齋門下。木齋時僦居寺中，其以廣濟爲花之。邵伯絅、周退舟諸君已證其誤。仙棗、靈椿俱見《廣濟寺志》。灌頂重逢佛誕辰，題襟仍集名流夥。今雨相續舊雨來，四大牀空隨宴坐。鈞天一夢墜渺茫，勞生苦逐風輪左。還尋初地得回向，細認前塵話香火。新詞雪客和者誰？疑義漁洋訂亦頗。羣公逸興各龍騰，老蹇追蹤慙鼈跛。禊飲休誇蘭上游，咫錄待補燕下脞。擘窠看取榜書懸，未遺東坡嘲嵬騀。

和魏若世兄淀園雜興用東坡和子由園中草木作原韻

我生及中興，釋褐陪羣彥。焉知垂盡年，飽閱桑海變。壯游半九州，老矣筋力倦。閉門人海中，歲月銷行卷。漫爲勞者歌，竊愧風人婉。亦知悲無益，觸緒難自遣。離離黃臺瓜，屢摘驚抱蔓。猗猗本穴蘭，託根向誰畹。鶗鴂先秋鳴，悵然念歲晚。

大隱隱朝市，小隱隱山林。所性各有適，未用相夸矜。鄉山滿烽火，退耕知弗任。京洛塵汙人，何處滌煩襟。爰居畏鐘鼓，麋鹿愁冠簪。褊性自寡諧，避俗苦不深。青城如償博，反覆幾替興。機心亦安事，抱甕吾猶能。

翽鳳集高梧，巢成枝已老。罡風來無時，平地忽吹倒。寰海厭兵戈，浩劫知誰造。吁嗟蹻跖徒，乘時亦云巧。玄黃大果蓏，百蠹迭攻耗。東山竟何如，遠志成小草。

荊榛防礙步，非種亟須拔。晚花儘娛人，膽瓶隨意插。搴芳當及辰，去惡勿留蘖。蕭齋日無事，次第課僮約。午窗攤飯餘，花乳濃如潑。殘客亦不來，冠佩從倒落。

丈室何用廣，收身一團蒲。少壯已蹉跎，矧今霜鬢鬚。一笑謝優歌，集菀豈如枯。此心自浩蕩，何地非江湖。濁醪得輭飽，瞑坐忘飢劬。誦君金玉章，恍見桃源圖。

患氣匪一朝，知幾恨不早。癡頑自作傳，達哉長樂老。夥頤富貴場，牖下笑黃槁。負乘不稱器，王侯等輿皁。俯仰念生平，幸未虧素抱。家園手植梅，夢見仙袂縞。

廿年忝儤直，橐筆依頭廳。江頭宮殿閉，禁扁餘故釘。澄懷諸老宿，習聞述過庭。文慤師通籍直南齋，已在圓明園被燬之後。每談及澄懷諸老故事，深以未與其盛爲憾。堯年忽已邈，雙鶴語竛竮。辛丑行在，與君同直政務處，回鑾後仍同園直。槐柳不成列，甕山空自青。祇應昆明水，彷彿似西泠。

承平便拙宦，樂事數宣南。趨曹日多暇，近寺泉尤甘。下窪盛葭葦，淺水明鏡涵。江亭時一上，短杖隨都籃。黃壚已陳迹，嵇嬾七不堪。臨風痛逝者，後死但懷慙。

盆池蓄小魚，未減濠上游。林鳥高下鳴，猶疑在巖幽。連旬好雨過，急溜喧瓦溝。葡萄已垂實，筍萌亦怒抽。千錢買松羔，歲久或蟠虬。尋思還自笑，吾生亦暫偷。

故鄉不可歸，風景終在目。先人別業遺，近在三山麓。老榕半參天，叢篁森似玉。圖畫自天開，一樓攬萬綠。陵谷有變遷，遑問荒松菊。茫茫家國恨，悲歌付燕筑。園綺不我期，惆悵紫芝曲。

昔人傷世亂，萇楚樂無知。橫流有胥溺，銜闕誰語悲。河冀信爽塏，江介豈湫湄。八表竟同昏，澄清渺難期。物情徇憎愛，菉葹妒江蘺。具茨尚迷野，敢怨於陵饑。

畏廬曾許余作山水巨幅以病未就伯桓述乃翁遺命檢舊畫一軸見贈題耑有無盡前朝興廢感斜陽杜宇不堪聽之句若預知有來日事者感賦成二絶

題句分明在上頭，千金一諾到彌留。不知有意還無意，今日真成杜宇愁。

贈銜猶及表新阡，甲子休論以後天。不獨畫圖成絶筆，春王已訖獲麟篇。國初，趙晉作『伯夷隘』三字制義，有『甲子以前有天，甲子以後無天；首陽之中有地，首陽之外無地』語，爲時傳誦。

題胡勿庵所藏杭大宗粵中海錯圖橫卷海錯凡四十餘種，並詳注其名狀，梁節庵又有添注。

肉食紛紛但可鄙，一物不知儒之恥。中令坐汙瓜子金，司徒幾爲勸學死。當代詞宗杭太史，鶴徵曾應制科起。秦亭老去作閒民，口腹累人詎得已。平生游迹始八閩，風土竹枝粗有紀。灘程來去太悤悤，略寫奇石及異卉。歸裝畫冊拉雜題，定庵所錄尚累紙。此圖意匠又翻新，披抉泥沙出奇詭。演雅羞續山谷章，寫生妙盡登封技。宋登封袁羲善畫魚蟹，見《宣和譜》。端溪喜值張高要，偶爲嘉魚動食指。自云廢箸久忍饑，盤餐可口蓋無幾。今觀跋語殊不然，朵頤盛誇海鮮美。雍乾正是極盛時，書院古猶祠祿視。行廚竹裏有逢迎，野店沙頭間投止。汪洋涵泳非一族，儘佐談鋒揮麈尾。門生鮔議何關渠，宋嫂魚羹姑舍是。戲將墨瀋幻餘波，寧必黃封羨乾胏。珠江一笑三年留，篋詩以外僅有此。破銅爛鐵不值錢，差勝謝山采芣苢。髯也于思來何暮，小謫蓬山同忤旨。欣然命筆爲補白，旁證紛綸亦可喜。勿庵與我如距邛，閩粵家山各萬里。金鑾舊事不堪記，山陽哀笛猶在耳。辨作尋常飲食人，扁舟何處玄真子。愁霖十日坐荒齋，苦對橫圖忍饞水。

臥病月餘遠近徵詩文爲壽者堆積盈几以不了了之戲成一律

暑雨連旬藥裹親，起看几硯半凝塵。豈能急就成章草，且乞支離恕病身。廣座儘多腰笛客，夜臺重憶捉刀人。往年酬應之作多孫希孟、王義門二君代草。彭殤旦晚終同盡，坦率何妨任我真。

竹窗漫興

案頭書數卷，窗外竹百竿。杜門無一事，偃息於其間。可以滌俗慮，亦可忘饑餐。老夫久頹放，賦與天所慳。未能逐時好，且復尋古歡。狂歌時拊几，小憩或憑欄。風來竹自笑，晝倦書還攤。何知在城市，即此是深山。

西郊道上望碧雲寺憶迦陵集有此作漫和志感

臺省當年半義兒，生墳特起配生祠。青編遺臭應千載，漆炬迎新又一時。弔客何來挂名籍，髠徒但解利檀施。迴車敢慕前賢躅，記取僧牀夜語悲。丁未秋，與林文直同宿此，近廿稔矣。

徵宇杰士先後枉過作長談

寂寥蔣徑久慵開，不速翩然二客來。今雨人情如轉燭，浮雲世事付銜杯。猶堪裝點圖三笑，未擬登臨賦七哀。掌故宣南儘羅縷，可憐都是劫餘灰。

曾履川以近作詩文見質並枉贈古風四章適閱蘇詩即用集中呈試官韻賦答

清源無濁流，豐年有高廩。文章非小技，能事亦天稟。八家出茅選，學子讀之稔。祇供麟楦嘲，陋哉鼷腹飲。帖括事揣摩，餘波等拾瀋。南豐老孫子，人門俱上品。隨宦蠶叢鄉，流光惜荏苒。弱齡已媚學，擿埴途未審。桐城得大師，當代名藉甚。嚌胾許升堂，探懷授餘錦。豫章具梁棟，夜光出沙磣。高足爭要津，矩步疑踔踸。恭惟君子澤，中斬恒凜凜。御李幸登龍，羞逐魚鮪淰。曄曄扶桑枝，遺此一寸葚。慘綠在末座，名輩咸斂衽。述德有新篇，蜀人思翁朕。重是大父行，作歌辱來諗。豈知藜莧腸，荒庖久失飪。昏眼試摩挲，斐然兼任沈。方今王澤微，雅頌聲已寢。東閣殿板書，右文緬精鋟。沸耳紛蜩螗，吾衰口欲噤。相勖在千秋，世事邯鄲枕。

輓陳公荊兼慰石遺丈

黿紫方乘運，穹蒼更忌才。逝川徒昔歎，直木必先摧。詩是君家事，生應有自來。雞羣瞻鶴立，驥子實龍媒。花市街西宅，昆池劫後灰。庭聞猶省記，旅食久邅回。拙宦難諧俗，深居類鑿坏。古心東野孟，麤服宛陵梅。山水隨模範，風騷待別裁。羞從三語辟，誰識九流該。滄海歸帆穩，佳辰壽讌開。荔陰容結夏，蘭葉想循陔。出入荀輿奉，登臨謝屐陪。驪駒憎整駕，鵩鳥怪言災〔一〕。石鼓題名在，春明續夢纔。錦囊幾許血，玉樹一朝埋。垂暮西河痛，斯文北斗魁。紀羣交自昔，顏跖理難猜。嘒嘒蜩鳴柳，紛紛螘聚槐。比鄰誰二仲，愚魯或三台。惻愴山陽笛，尋常花底杯。益恩仰家學，文度惜門材。白日淪秋駕，青霞鬱夜臺。斜川附蘇集，終不沒蒿萊。

校記

〔一〕『鵬』，底本作『鵰』，據詩意改。

題宋桐珊尊慈篝燈課讀圖

昭代傳賢母，錢洪最著稱。經帷兼夜紡，機石對寒燈。孝治人文起，遺聞畫史徵。登朝君已晚，三歎撫霜繒。

廿載郎潛老，雲萍迹久非。離居來舊雨，孺慕說春暉。烏哺猶銜痛，鴻文足表微。短檠無恙在，莫問海塵飛。

八月初十夜孟純招同樊山石遺書衡夷俶嘿園寄今公園水榭賞月即景口占

半規初月上林端，微暈生風已戒寒。飲次八仙無俗溷，談鋒一老最神完。胎禽倘亦悲華表，灌木依然翳古壇。鬢影衣香何處散，夜涼閒煞好紅欄。

午飲方醺衝口成詠醒而録之

殘年十事九蹉跎，孤飲誰同且放歌。擾擾中原多鐵騎，纍纍新塚雜蓬科。千秋政可寸眸瞭，一醉何辭雙頰酡。倦把陳篇兀然睡，真鄉我已入無何。

前詩録竟窗下悶坐復成此章

小窗夕景已無多，睡起頻將病眼摩。略遣閒愁惟竹葉，那尋墜夢向槐柯。斷鴻天末如聞語，瘦蝶籬間肯見過。去住誰能來日計，心安樂處即行窩。

毅齋丈招同人自青樹雅集即席賦呈

君昔守餘杭，曾作湖山主。持節來三湘，巴園因自署。眼閱東海塵，老向京華旅。歸耕無薄田，故山渺何許。養志有賢郎，南陔什能補。赤手開荒畬，奉親兼學圃。昆吾御宿川，神皋古鄠杜。離宫莽榛蕪，劇驂日馳騖。自青義何居，内足無外慕。捲幔山翠來，引渠泉脈注。魚苗方待種，霜蔬行可茹。叢篁宿雨餘，濃緑罨窗户。落成亟觴客，周覽忘日暮。小艇繫籬根，茶煙出深樹。平生仝浩筆，勝賞即目遇。會當拓新圖，滿寫滄洲趣。

與友人談粤中近事感而有賦

大小桀揞克，東西秦抗衡。黄天先折柱，赤舌竟燒城。鬼訝胡行速，蟲緣物腐生。懸癰終一決，可痛是蚩氓。

少樸中丞輓詞

遼海歸來鶴，長鳴意激昂。誰言萬夫稟，竟爾一棺藏。不朽遺吟草，餘生等夢粱。泊園迴望處，雲木尚蒼蒼。

壽有兼歡戚，惟公鑒我深。去歲辱贈詩有『壽兼歡戚事』句。昔言猶在耳，後死亦何心。來日期家祭，神州久陸沈。新亭殘淚盡，感逝重沾襟。

李次贛得滄趣老人畫松長幅索題

杜陵東絹尋常有，放筆誰能直幹爲。真品不蕲流俗賞，窮陰僅此後彫姿。擎天遠勢餘盤鬱，聽水閑緣付夢思。乞與蕭齋障塵壒，春風猶似侍經帷。

君庸以山園所植朱薯見饋並索詩

君家故事憶蹲鴟，新闢郊居課土宜。連蔓昔從番舶至，珍珠近得御泉滋。羣芳列譜誰爲頌，先畬論功舊有祠。朱薯産呂宋，明萬曆中始入中國，詳載《羣芳譜》、櫟園《閩小紀》及何喬遠所作頌。又閩垣有先薯祠，不知建自何時。疏栗休文慙儉腹，報瓊無物强裁詩。

福廬山下舊茅茨，每憶先疇聚族斯。閩中種薯爲糧者，尤以福清一邑爲多。余祖籍邑之澤郎鄉，嘗歸謁宗祠，彌望皆薯田也。求闕庭聞深可味，《曾文正集》述其先德星岡公之言，謂『凡菜茹手植而手擷者，食之彌甘』。安吳農譜顧多遺。包慎伯《齊民四術·農政篇》遍列果蓏諸品，獨遺此。晨興尚記開鍋喚，都中曩時鬻此者多在清晨，沿街喚開鍋白薯，趨直常遇之，久不聞矣。晚計真嗟學圃遲。賸可分甘佐餘話，高堂一笑想伸眉。

題鄭叔問同年冷紅簃圖卷

大鶴山人騎鶴去，海上仙龕渺煙霧。樵風曾識鄭家涇，兵火半殘吳苑樹。吳中自昔擅名都，花石林泉取次娛。瘦碧幽栖窮宛委，小紅低唱醉氍毹。承平暇日盛文讌，焉知陵谷眼中見。井水誰家尚按歌，微雲有壻能傳硯。恩榜龍飛五十秋，舊人零落幾山丘。橫圖覓取壺天影，暮雨瀟瀟愴昔游。

潁人重葺稊園落成分得删韻

通隱何嫌近市闤，閉門花石自蕭閒。居仍陸氏東西屋，客有淮南大小山。渡海新添行卷富，娛親還著彩衣斑。十年樹木成名節，尚憶留題在壁間。

津門度歲

最後屠蘇琖，無歡亦勉持。淒涼溫樹話，留滯賈胡疑。赴壑驚蛇迅，巢林識燕危。行年愧迂叟，槎客竟安之。溫公《和景文七十一偶成詩》：「當如海上乘槎客，維楫都無任所之。」

平齋除夕得曾孫聞將挈家旋閩走筆寄賀

經歲慵無尺素通，喜聞吉語報郵筒。書紅大可張元旦，鑷白將毋笑太翁。閒裏課孫餘舊草，歸歟攜袖只清風。老饕無分陪湯餅，猶盼榕陰一醉同。

人日栩樓雅集分韻得望字

豺虎亂中原，寓公多海上。賴茲朋樽歡，風雅未淪喪。王春重授時，歷官久失掌。巧勝空向人，明時苦懷曩。少陵酬蜀州，感逝餘慨慷。退之游城南，放懷從坦蕩。吾生後古人，與世成漫浪。水擊阻南圖，陸沈傷北望。盍簪及令辰，陽春聆高唱。江花寸管殘，安得干氣象。

題楊味雲貫華閣圖

楞伽早逝梁汾壽，一夕清談迹太奇。留得茅庵佳處在，待君荊棘手重披。
無錫邦寧有錫爭，黄圖何日見銷兵。南巡故事從誰話，惟有山泉依舊清。

題蘖庵都憲拜鵑圖圖爲畏廬所繪

杜公每飯心，忠憤隨地溢。再賦《杜鵑行》，浩歌彌激烈。豈重古帝魂，重在明臣節。君臣大義定，背此皆爲逆。人有不如鳥，讀之足太息。君今寫爲圖，抒懷亦紀實。春陵樹鬱葱，武功天咫尺。故山朱鳥外，歸夢不復憶。天意雖蒼茫，人紀無終絕。不見崔段徒，未久旋誅滅。莽卓但遺臭，鼇令更何物。古來精衛志，填海事方畢。獨惜老畫師，丹青成絕筆。

栩樓次韻和熙民作

丙寅二月，熙民訪舊來津，戰事再起，道梗不得歸，留栩樓一月餘。長日無聊，藉吟詠以互遣愁思，前後疊韻至二十餘首。稍删其牽涉時事者，得若干首。勞者自歌，非所論於工拙也。

山桃已謝丁香綻，一昨新寒又陡加。賴有小詩堪遣日，苦無急鼓與催花。卅年影事渾如夢，十口危城尚憶家。滿耳子規行不得，愁看萬幕列平沙。

再和熙民

飄泊安知在海涯，朋簪續續有新加。暫聯情話聊樽酒，已悟塵緣盡幻花。世外衣冠猶古處，雲中雞犬自仙家。吟邊覓取安身地，試誦蕘夫與白沙。

近畿戰事猶未息示熙民

巨浸稽天尚有涯，如何兵禍逐年加。桃源虚搆陶彭澤，錦里難容杜浣花。佛説菩提本非樹，客歌萇楚樂無家。與君留命桑田看，細算恒河劫後沙。

熙民二子自歐西取道西伯利亞返國得郵書知不日可到猶以京師爲念書此慰之

雙鯉傳來紅海涯，老翁失喜一餐加。已回春色關門柳，倍觸歸心陌上花。露布方騰公異筆，丹臺無恙稚川家。憑高莫悵非吾土，且署茲樓作望沙。

平齋寄示近詩有罪言憤言諸作走筆和之兼示熙民

百歲終知生有涯，萬鍾於我亦何加。拔心未死卷施草，瞥眼都成優鉢花。大地瓜分幾不國，此身蓬轉孰爲家。素書一卷今無用，讀史長懷博浪沙。

讀王船山遺興諸詩效其體乞熙民和

放浪山巔與水涯，冥鴻久謝網羅加。衛公只問平安竹，湘子能開頃刻花。罵鬼文奇聊玩世，游仙詩幻不成家。閉門習得嵇康嬾，睡態無妨付捏沙。

蘖庵談水西之勝約游未果

直沽春望渺無涯，虛想乘流一葦加。官道半摧髡柳樹，荒墳自放野棠花。樓船寂寞思賢相，銅鼓飄零惜故家。咫尺游蹤猶阻絕，更論片席占鷗沙。

書少陵畫鶴畫馬詩後呈聽水海藏二老

芝田供養足生涯，獨立何愁霰雪加。舊侶偶逢華表語，空山自守歲寒花。修成丹頂千年壽，冷看烏衣百姓家。真骨赤霄誰解寫，未嫌粉墨黯塵沙。

神駒來自渥洼涯，豈屑尋常羈勒加。立仗終羞三品料，騰身猶散五雲花。孫陽未遇誰知己，曹霸能圖只畫家。眼底早空凡馬輩，幾時一騁靖龍沙。

栩樓夜飲書乩仙詩後

齋心未若安心好，《乩仙》原句。舊雨何妨今雨加。破甕尚儲新歲酒，閒園仍發去年花。東西龍虎空雙闕，南北東書本一家。武士劍端辯士舌，可憐攪盡滿盤沙。

都寓海棠方開寄家人

雙棠手署幽齋額，歲歲相看豔有加。禊飲又臨三月節，客游易負一春花。去歲花時亦在津。圍城玉貌知誰子，高燭紅妝有幾家。烽火連天消息斷，西風目極盡塵沙。

寄題窗下竹

林下清風無恙否，春來新翠想交加。南窗坐對堪終日，北土殊宜甚護花。已分阮狂難偶俗，更無樵婢共浮家。眼中虛幌分明是，睡起空驚月在沙。

雨後登樓

一冬無雪春無雨，天意寧慳尺澤加。轉綠待蘇焦後麥，洗紅似惜燹餘花。寥空海氣連兵氣，戰地千家賸幾家。滿想雲霓慰農望，大風烈烈又揚沙。

李公祠

盱衡人物同光史，微管論功豈有加。歷劫風霜餘廟柏，嬉春士女雜鑾花。猶聞單騎盟回紇，可料當塗覆漢家。華衮易名同論定，少年應悔賈長沙。

費宮人故里在天津故城內

萬歲山頭恨未涯，猶能手刃逆酋加。玉鉤數遍宮人草，檀板歌闌帝女花。青石不磨貞烈字，朱門誰主武安家。中原流寇今逾昔，願借靈風一撒沙。

愔仲用加沙韻賦張園海棠奉和

兩度逢春在海涯，芳姿未減客愁加。已知逝景難追日，還仗輕陰爲護花。晚豔猶應超衆卉，餘暉端不借鄰家。南强北勝爭矜詡，正可冥觀閱界沙。

弢丈亦以和作見示再和

客春誦和蒼虬什，絶唱知難轉語加。夢逐游絲長繞樹，顧慙枯管不生花。錦官故事誰還問，空谷佳人自可家。欲倩畫圖寫高格，承平重憶蔣南沙。

子有集同人新河泛舟

討春有約歡重續，搜句無功債又加。曲港迎潮催進艇，密林沿岸恣探花。舊游吳趙縈詩夢，小景倪黄問畫家。舟中暢話江南之勝，同游栗齋、峻丞皆畫家也。笑倚清流照塵鬢，灘頭羡煞鷺拳沙。

送熙民還京師

浮屠信宿能無戀，吟到臨分興轉加。歸去草堂攜近草，及從花市賞餘花。黄農想望今何世，元白賡酬儼一家。小冊留題誌鴻爪，不須金屑苦披沙。

舜卿姪新自閩來亦有疊韻和作即題其後

中年喜汝詩功進，久別知余愁鬢加。篋衍爲搜名輩藁，晚晴簃選録閩詩，曾屬覓鄉先輩曾即庵、丁雁水、謝甸男、林范亭遺藁。酒邊細訊故園花。元機了澈真忘世，冷節閒過倍憶家。一角小樓聊徙倚，長安西笑莽風沙。

澐兒集同人加沙疊韻作得二百餘首題爲栩樓酬唱詩册書後

老退敢誇臣筆在，狂吟難解客嘲加。牢愁何處堪銷酒，漫興無題偶借花。歸鶴相招丁令語，擘麟同醉蔡經家。月泉水繪俱千古，莫笑歡場一聚沙。

題徐善伯所藏梁文忠病中與長素手札末附沈乙盦同年手蹟十餘字，亦病中筆。

首丘魂自依先帝，病榻情猶眷故人。寐叟一行同絶筆，吉光片羽愈堪珍。

李伯芝竢園禊集分韻得中字

東流大絜猶行古，西笑長安莫惱公。水繪招尋人境外，瓊華想像戰塵中。衣冠及見貞元盛，觴詠誰追正始風。未忍娵隅作蠻語，扶桑何日掛琱弓。

是日弢傅以腰疾未到呈詩奉候仍用中韻

年年禊飲幾爲例，歲歲風光復不同。每話昨遊王武子，已成見慣杜司空。朅來汐社人猶舊，安得虞淵日再中。更約後期陪杖履，扶腰一笑起詩翁。

都中書來上巳日闓公亦約稊園諸友公園水榭禊集並代拈承字屬賦

東游汗漫念吟朋，尚憶江亭昨歲登。樊叟論文卑逸少，賀公作繪擬休承。危城盡室將安避，曲樹臨流尚可憑。說與健兒應不解，銅山自有洛鐘應。

前題滄趣畫松障子公雨見而喜之亦出滄趣畫冊屬書然前詩意殊未盡復成此章應之

老松飽風霜，色茂節彌苦。滄趣墨如金，神契一漳浦。莫但賞蒼姿，易地思嬰杵。畫史徒紛紛，夏蟲安足語。

悼无離

幕府知名早，春明說夢過。三生狂杜牧，一榻老維摩。顧影宜無戀，遺詩或不磨。悲君還自念，苟活復如何。

百萬圍城裏，傳書絕羽翰。相知誰裹飯，一慟失憑棺。小閣藥煙冷，空齋瓶水寒。米庵真鑒在，錦軸半叢殘。

茂陵秋病久，空復想羲農。有道曾無鳳，何人信是龍。徒言采薇蕨，果否主芙蓉。嗚咽丁沽水，重來悵舊蹤。

塊獨秦聲缶，時新楚製衣。游光還自殪，槁項要全歸。可待題圓碣，何須應少微。百年元露電，終惜此才稀。

題文叔瀛侍郎手鈔近思録後

北學有艮峰，吳竇相羽翼。中興見鳳麟，薪盡火亦熄。侍郎長白彦，緒論及接席。服膺五子書，同列疑迂僻。立朝四十年，平進俱亢職。廷議日沸羹，卷懷甘蓬蓽。邪蒿任梁柱，大廈遂傾折。鏊楹幸無恙，心畫遺此册。璽紙白如霜，鍾王備楷則。抗心有千秋，公退惟一室。想見伏案劬，暮年猶矻矻。平生仰止私，獨恨未親炙。世交忝晚進，承家話五一。魯論方供炊，學子習畫革。展卷但咨嗟，深冬兹絺綌。

偕游北海和立之

羲皇以上休迴溯，濠濮之間尚此游。列石攢峰忘是假，密林成幄坐疑秋。談詩味永能移暑，曳策行遲試喚舟。我慣避人君避世，不妨蹤迹溷閒鷗。

題婁真人畫像真人籍江陰，明季諸生，入閩，殉唐藩之難。

擾擾羣生方寸地，茫茫浩刼百千場。中黴寢室無餘物，只有關西一瓣香。
神仙自在人間世，忠孝寧爭死後名。垂白自憐聞道晚，沈吟偷活愧先生。

匏廬詩存卷九

雲萍簏藁下

重九日毅齋喬梓招集自青榭登高次韻君庸作

宿雲忽解駁，命駕及晨曦。主人有嘉招，座客皆故知。燕都王氣盡，往跡去如馳。昔人歎廣武，吾道屬明夷。舞雩聖與點，老圃君師遲。翳然濠濮想，笑謝北山移。黄花豈嫌晚，紅葉自知時。長風任吹帽，短策猶支危。

蟄園雅集即席次日本奎堂子爵韻即送其南游

峻望扶桑第一流，還來中土作遨頭。蓬門喜賦《高軒過》，菊琖閒酬老圃秋。排日不離文字飲，普天但願甲兵休。孔林禹穴從容訪，更有新詩紀壯游。

魏若復以疊韻諸作見示仍次前韻和之

勇退君能及急流，憂時空白鏡中頭。謻臺昔已愁王赧，殘局今誰號弈秋。覘國人歸知齒冷，負嵎虎鬬肯心休。東南未息烽煙警，回首湖山愴舊游。

顧君伯華屬題陸文烈父子手札遺蹟

韋公晝戟想凝香，雛鳳清聲踵玉堂。留此遺芬亦千古，無人更譜桂林霜。

次韻和太夷李園登高作

秋光歲歲去還來，舉國猶狂豈暇哀。此日寓公無樂土，當年幕客亦雄才。成功事會常相待，獎亂天心卻費猜。如許江山淪浩刦，萬牛筆力挽寧回。

盆菊

廟市攜來菊數株，小窗點綴也相須。孤蹤久與時睽絶，俗眼徒爭種細麤。瓦盎霜姿彌嫵媚，紙屏月影試描摹。白衣不見東籬至，無酒壚頭亦可沽。

鶴亭見示和樊山雙十節作次韻和之

廿年閲盡海波翻，更讀君詩淚暗吞。篋衍《燈詞》塵舊藁，山陵社飯愴遺言。戊申歲，樊山入覲，在都值景皇萬壽，撰《燈詞》數十章，和者甚衆，余亦有作。及冬，而兩宫先後晏駕，每披舊藁，不知涕之何從也。已虚隆祐中興望，忍把宣和後事論。猶有語寒堯鶴在，茫茫八表奈同昏。

灊若得熊襄愍獄中賦顛倒行送滿冏卿朝薦南歸殘藁敬步襄愍原韻書後

明至天啟無足論，但有委鬼跳天閽。熊公偉略備文武，亦共楊左沈冤魂。公之奏議幼習誦，洋洋灑灑累萬言。《襄愍集》，同治初湖北書局曾爲重刻，余隨侍節署，得其初印本。獨其手蹟未獲覩，乃此圜扉片楮存。

當時遼局誤非一，敵國告天憾有七。經略再出事益非，矧復羣小陰忌疾。廣甯之敗由撫臣，留公或挽東隅失。封疆門戶兩不容，坐贓者名誰考實。對山號救胡能爲，可憐斷爛留絕筆。國步方傾朝綱舛，到此英雄真氣短。武穆南枝自棲神，伍胥東門徒抉眼。任分閫外動牽掣，獄急朝端更偏袒。一腔熱血七尺軀，至今讀之爲憤懣。從來失國由失人，晚明非必無藎臣。思陵手定逆奄案，亦憑憎愛爲笑嗔。高陽終廢崇煥戮，國狗之瘈猶齗齗。詔獄圜城同一慘，祇餘姓字光星辰。公雖茹憤歌咄喈，自有成勞在記籍。魯公兵解理或然，真帖流傳宜珍惜。吁嗟乎！爲君不易爲臣難，刑賞失柄來闌干。沅有芷兮澧有蘭，湯湯江漢騰狂瀾。殷鑒昭然有如此，四鎮幸完五忠死。拳匪之亂，朝士竟有聯名請殺合肥、新甯、南皮三帥者，項城亦被召入衛，抗命不至。山頭廷尉反掌間，後者辛亥前庚子。

樊山前輩開九初度以鄉舉周甲奉頒賜耆英瑞事扁額同人皆有賦詩敬成四章

槐安夢裏話槐黃，接武南陳與北張。前歲甲子，鄉舉周甲有弢庵、安圃二老。此日耆英奎藻寵，當年姓字榜花香。驪珠猶見新程墨，津門諸子作『不降其志』制義，君爲評定甲乙，並擬作一篇，謂題眼在『降』字，老人似有一日之長。鶴氅差宜古道裝。蔣心餘賀熊滌齋重宴瓊林，有『今披鶴氅更精神』句，隨園譏之，見所著《詩話》。今則前朝官服已廢，君平居喜作道裝，竊謂此二字用之恰宜。誰分含元仙仗散，泚毫尚許紀恩光。

九旬開始正懸弧，禁扁光增家慶圖。大集渭南傳務觀，遺黎江左祝夷吾。賓筵鳴鹿詩雖廢，勝具游龍杖可扶。湯文端晚年以水蓼枝製杖，有《游龍杖歌》，文端亦曾重預鹿鳴宴。五葉一堂誰眼見，斕斑彩舞上氍毹。

一夔已足重巍科，四美還聯趙呂柯。丁卯同舉者，尚有次珊、鏡宇、鳳孫三老。比擬揚州金帶瑞，于喁商嶺紫芝歌。偶拈朝字思元祐，君於雙十節日賦詩，謂『中曆是日爲孝欽后萬壽節』，有『朝字書成此日生，女堯宵旰致承平』句，自注：『朝字乃十月十日。』肯信霓裳渺大羅。看取天邊南極朗，寰瀛會見戢兵戈。

扈巡回憶翠華西，讀詔興元感涕齊。置局三司初草創，識荊尺地許攀躋。庚子行在，詔草多出君手。次年設政務處，以君爲提調，曾炘忝從共事。君嘗以政務處擬元豐條例司，以所議多變制事也。北扉久歎巢痕掃，南省猶能掌故稽。學壽從公應未晚，杏林他日阮追嵇。阮文達初入詞垣，朱文正引謁嵇文恭，謂『嵇公事事可學，第一先學壽』，文達因以『學壽』顏其齋。

題率溪程氏烈婦合傳冊程爲休甯望族。粵寇之難，一門婦女先後殉節者六人，馮蒿庵曾爲作傳，東南名流題詠甚夥。

嗚呼！天下之生一治一亂，古往今來可勝歎。赤眉黃巾之禍何代無，所賴乾坤正氣有人扶。讀聖賢書明大義，女子何不如丈夫。洪楊難作吾生初，吾鄉福地幸完區。髫齡隨宦歷吳越，正是紅羊劫燹餘。江南金粉成灰燼，名城什九皆荒墟。事定流亡稍歸復，每話家室猶欷歔。承平那識亂離慘，朝野從容更歡娛。大盜移國國瓦解，封狼平地又長貔與貙。無年不戰廣武歎，無地可避桃源圖。昔日黃童今白首，盛衰轉眼纔須臾。有人傳得深閨絕命詞一紙，云乃拾自鄂州圍城裏。可憐累葉詩禮家，眼見闔門溝壑委。長江萬頃碧血流，不知無名死者似此復凡幾。新安程氏事已遙，難得遺嗣存宗祧。一刻千古壯哉石齋語，一門六烈允矣彤管標。沈淵蹈刃各得所，皦皦大節上與日星昭。羣公闡幽盡椽筆，何勞贅語更續貂。吾嘗忝禮官，風化職所司。旌閭名籍每歲以千計，猶聞窮鄉僻壤多所遺。熙朝教澤久涵育，令人慨想二南詩。舊京尹姞不可見，錢塘湖畔乃有河間彼婦之崇祠。一姓興亡姑弗論，三綱且絕終誰維。人道不立陷禽獸，豈止中夏變於夷。崒山自峻極，崒水自漣猗。烈婦生前不幸蟲沙罹浩劫，烈婦身後猶得坊表及明時。君不見曹盱女王凝妻，疊山讀碑爲之慷慨死，長樂自序但供笑罵資。

及門邱瀣山自越中惠寄近刻書數種賦謝

南面何須侈百城，異書老眼若爲明。已無脈望成仙想，重感嚶鳴求友聲。畫革旁行人毀聖，曼胡短後歲憂兵。釣游劇憶童時樂，鏡水稽山負舊盟。

栘疏新得改七薌一樹梅花一放翁畫箑酷肖其貌遍示同人索題爲俳體應之

南渡詩家陸務觀，海棠顛被蜀人唤。蓮花博士酒千壺，夢中除授知有無。詩人愛花動成癖，花與詩人宜莫逆。但疑博取近不廉，更想化身作千億。梅花最數孤山岑，梅妻故事傳至今。一樹一翁誰撮合，君儻前身處士林。七百年來幾傳寫，玉壺晚出尤無價。古人不見見今吾，座客臨觀各驚詫。放庵集早放翁偷，畫手今無顧虎頭。冰玉湖山真妃偶，家家團扇足風流。鄧尉頻年足欲繭，昨聞瘦馬朝天返。爲君還誦劍南詩，酬得清貧是長健。君每歲花時必游鄧尉，新自津門來。『瘦馬朝天』及『清貧長健』，皆放翁詩語。

枕上讀五代史偶成〔一〕

五朝太悤悤，長樂那便死。猶恨不假年，留眼看天水。天生一王朴〔二〕，復生一趙普。驢背著希夷，樂哉混沌譜〔三〕。

校記

〔一〕此詩初稿載手鈔本《郘廬日記》丁卯年三月十六日。

〔二〕『王朴』，《日記》作『王樸』。

〔三〕『樂哉』，《日記》作『且覓』。

恭題先大父中丞公手鈔十三經後

白紙坊西冷官宅，度隴歸來擁講席。晨書暝寫日有程，閱二十年功始畢。鴻都石本尚聚訟，伊洛心源惟主一。籀經執友雙經師，低首自任鈔胥役。徵書再起翊中興，鈐閣蕭然一逢掖。盟心但飲長江水，壓裝並少鬱林石。平生嗜好百無有，晚歲猶復勤書冊。石泉集外詩文藁，雜纂韻書及經說。當時縑素亦見珍，柳骨顏筋具風力。憶自弱齡弄翰初，奉杖將輿日侍側。甲科忝綴與清選，拜覲重闈喜動色。玉堂四紀夢猶溫，故事詳徵勖臨别。首言國恩未酬報，次言先緒望繼述。無物遺汝矧籯金，喜汝名場早奮翮。睢州遺語人重官，匪重詞華重經術。豈知傳硯竟虛期，蓬山風引望難即。一官留滯歷崎嶇，歸謁松楸空灑泣。詞頭紙尾事塗抹，卻尋舊學茫若失。白頭更遘滄桑變，烽火年年望鄉國。禮堂定本半飄零，刦餘僅此猶完璧。邇來邪說更横流，洪水禍逾秦火烈。琳琅壁府散雲煙，豈止牛弘悲五厄。斯文竟喪非天意，不見東瀛羅古逸？文身章甫疑無用，經訓菑畬必有穫。藏庋仍開圖畫樓，拜陳敢忘庚子日。丁寧還語洛誦孫，勉服先疇思舊德。

雪中遣懷

作骨南風昨夜猜，褰帷只見白皚皚。窗光大好供攤卷，爐火呼誰共把杯。庭下玉龍猶自舞，竹間瓦雀尚能來。陳言鹽絮羞摹擬，且任家僮掃作堆。

徵宇亦見示雪中近作次和

越雪嘗聞驚越吠，堯民只自説堯年。應憐吾輩蹉跎老，不及蒼頭混沌天。抽祕騁妍無一稱，淺斟低唱故爲賢。龍門久絶風流賞，更問錢王買夜錢。來詩有『閉門三日雪未止，老僕能言宣統年』及『一寒將奈社燈錢』之句，皆依其語答之。

夢中得前四句醒而續成

今日非昨日，過去安可追。明日非今日，未來誰復知。晨餐兩塊齏，暮啜一盂糜。青氈吾故物，青燈似兒時。展卷古人在，到門俗客誰。此外惟有睡，睡美忘輖飢。旬來雪盈尺，歲晏風淒其。起視窗下竹，未改蒼蒼姿。

題扆丹府丞疏藁

玉堂儲相地，一鑑豈尋常。北狩懷前事，中興望我皇。因悲石林葉，稚愔侍御。更憶曲江張。鐵君侍郎。大夢俄先覺，滄塵復幾揚。

題賀孔才印存

旁行畫革走重溟，一變佉盧再臘丁。坐看六書委榛莽，獨持寸鐵戰風霆。文何以後紛流別，倉史而今邈典型。斗室閉門有千古，人間富貴等秋螢。

丁卯元旦書懷〔一〕

一醉屠蘇萬事忘，晨光促起攬衣裳〔二〕。海東遥望紅雲拜，香案猶疑近玉皇。

斗室焚香宴坐清，水仙相伴有梅兄。歲朝亦自堪裝點，只費朱提兩餅贏。

宜春無字可書門〔三〕，三五服交尚過存〔四〕。客散閒庭還寂寂，亂書堆裏又黄昏〔五〕。

劄記重新訂日程，譬如昨死譬今生。喧天鉦鼓從他競，學得龜堂心太平。去冬始作日記，今歲仍繼續爲之。〔六〕

喬木通賢憶里居〔七〕，高曾規矩豈忘諸〔八〕。前修何敢希龍腹〔九〕，聊誌咳名自署廬。余生於通賢里祖宅，曾王父猶在堂，以初得曾孫，取班賦語命名，嗣應試展轉改今名，新歲特自署邴廬。太史公作《屈原列傳》，謂：『天者，人之始；父母者，人之先，人窮則反本。』蓋竊取斯義云〔一〇〕。

校記

〔一〕此五首詩作初稿載手鈔本《邴廬日記》丁卯年正月二十日。

〔二〕『裳』，《日記》作『忙』。

〔三〕『宜春』，《日記》作『宣卷』。

〔四〕『三五』，《日記》作『三王』。

〔五〕『亂書』句，《日記》作『瓦溝殘雪照黄昏』。

〔六〕《日記》此處無小注。

〔七〕『喬木』，《日記》作『老屋』。

〔八〕『豈忘諸』，《日記》作『忘諸生』。

〔九〕『龍腹』，《日記》作『龍尾』。

〔一〇〕小注文字與《日記》文字有所出入，意同。

上元冰社雅集分韻得橋字即席賦成並呈愔仲〔一〕

餘生蹤跡付萍飄，燈火還能共此宵〔二〕。舊雨隔年思倍摯，堂花一笑意爲消。眼中東海猶三島，夢裏西泠遡六橋〔三〕。過去未來都莫説，散愁酌我有長瓢。

校記

〔一〕此詩初稿載手鈔本《邴廬日記》丁卯年正月十六日。

〔二〕『火』，《日記》作『月』。

〔三〕『邈』，《日記》作『渺』。

題張季易小雙寂庵勘書圖〔一〕雙寂庵爲宋人張子固舊居。

茅庵佳處誰留在？竊比前賢不礙同〔二〕。儘有笑人來鄧禹，豈無投閣悔揚雄？一官辨作龍蛇蟄，吾道寧因兕虎窮〔三〕。文獻毘陵近寥落〔四〕，佇君述作踵孫洪〔五〕。

校記

〔一〕此詩初稿載手鈔本《邴廬日記》丁卯年正月二十一日。

〔二〕『不』，《日記》作『未』。

〔三〕『因兕虎』，《日記》作『爲虎兕』。

〔四〕『落』，《日記》缺。

〔五〕『佇』，《日記》作『看』。

感事次師鄭元旦詩韻〔一〕

禍福何須談北叟，興亡亦莫問南翁。老懷只戚吾生壽，彝訓空慙少日聰。起陸龍蛇彌大澤，識家雞犬戀新豐〔二〕。九枝未落扶桑景，失笑逢蒙射羿弓。

浯溪及見中興年〔三〕，休話共球舊幅圓〔四〕。天上挽河難洗甲，海東駕石儘驅鞭。習聞許子神農說〔五〕，新注莊生《盜跖》篇〔六〕。安得扁舟同放浪〔七〕，五湖煙水白鷗前。

校記

〔一〕此二詩初稿載手鈔本《邴廬日記》丁卯年正月二十六日。

〔二〕『戀』，《日記》作『念』。

〔三〕『浯溪及見』，《日記》作『浯碑想望』。

〔四〕『休』，《日記》作『忍』。

〔五〕『習聞』，《日記》作『誰傳』。

〔六〕『新注』，《日記》作『且誦』。

〔七〕『安得』句，《日記》作『苦憶童時遊釣處』。

師鄭書來促刊近作先以舊稿呈正次前韻〔一〕

著書我愧聱隅子〔二〕，樂志君應桑苧翁。迴望鵷班成昔夢，徒令蛙井聒吾聰〔三〕。露車暫宿行安適，破硯能耕報已豐〔四〕。程馬孳生寧有種〔五〕，莫將事始論《檀弓》〔六〕。

龍拏虎鬬劇年年〔七〕，鏡裏山河月自圓〔八〕。蓮鍔當筵驚說劍〔九〕，梔膚入市看售鞭〔一〇〕。雪香憑弔私家錄〔一一〕，天寶呻吟變雅篇〔一二〕。敬禮定文知不斬，未論身後及生前〔一三〕。

校記

〔一〕此詩初稿、二稿載手鈔本《郋廬日記》丁卯年正月二十五日。

〔二〕『著書』句，《日記》初作『屏居我慕鶡冠子』，二稿作『著書我愧聱隅子』。

〔三〕『迴望』二句，《日記》初作『自信神交如沆瀣，不妨俗耳任聾聰』；後又改『令』为『聞』，改『聒』爲『亂』。

〔四〕『已』，《日記》初作『已』，二稿作『未』。

〔五〕『程馬』句，《日記》初作『世變都非吾輩料』，二稿作『掃地忍看文物盡』。

〔六〕『莫』，《日記》初稿、二稿均作『難』；『論』，《日記》初作『叩』、二稿作『究』。

〔七〕『龍拏』句，《日記》初作『寰中烽火閱連年』，二稿改同此。

〔八〕『鏡』，《日記》初稿、二稿均作『月』；『月』，《日記》初稿、二稿均作『鏡』。

〔九〕『蓮鍔』句，《日記》初作『據險尉佗爭擁纛』，二稿改同此。

〔一〇〕『梔膚』句，《日記》初作『斷流草付直投鞭』，二稿作『扼膚入市笑售鞭』。《日記》載：『第二首次聯，本用「壯士挽河難洗甲，神人駕石漫驅鞭」，稍嫌其俗。』

〔一一〕『雪香』句，《日記》初作『靖康播越傷心史』，二稿改同此。

〔一二〕『呻吟』，《日記》初作『艱虞』，二稿改同此。

〔一三〕『身後』，《日記》初稿、二稿均作『後世』；『生』，《日記》初稿、二稿均作『身』。

師鄭惠題拙集並錄前後疊韻詩見示仍次前韻奉酬〔一〕

執經共隸韓門籍，攬鬢俱成白社翁〔二〕。尚有神交論沆瀣，不妨俗耳任聾聰。鄉心各夢懸吳越〔三〕，王氣迴瞻黯鎬豐。安用杞憂念來日〔四〕，到頭天道看張弓。

京塵旅食感頻年，方鑿深知不受圓〔五〕。偶託嚶鳴賡《伐木》，重慚駑鈍辱加鞭。弁言敢擬《三都》例，瑤札驚傳八米篇〔六〕。落葉淮南無限恨〔七〕，可堪春思又花前。

校記

〔一〕此二詩初稿載手鈔本《邴廬日記》丁卯年正月二十九日。

〔二〕『鬢』，《日記》作『鬚』。

〔三〕『各』，《日記》作『如』；『懸』，《日記》作『馳』。

〔四〕『安』，《日記》作『何』。

〔五〕『受』，《日記》作『變』。
〔六〕『札』，《日記》作『於』。
〔七〕『恨』，《日記》作『感』。

都門新詠三首

故宫博物院〔一〕

麥秀何人念舊都，但論文物亦區區。已教大力負舟去〔二〕，只當羣盲評古圖。公等豈忘盟府在？他年政恐故釘無。傷心神武門前過，猶有殘荷未盡枯。

校記

〔一〕此詩初稿載手鈔本《邴廬日記》丁卯年二月初九日。
〔二〕『已教』，《日記》作『誰令』。

北海公園〔一〕

中央開放又城南，遜此風漪百頃潭。儘把纖腰宫柳鬭，久無法駕渚蓮參〔二〕。水嬉逐逐拏舟趁〔三〕，御膳津津説餅甘。留在瓊華終古淚，遺山不作共誰談。

校記

〔一〕此詩初稿載手鈔本《邴廬日記》丁卯年二月初九日。

〔二〕「久」,《日記》作「人」。

〔三〕「趁」,《日記》作「去」。

和平門〔一〕

十二通門又闢門,和平高揭義何存〔二〕?白宮羅設今無主,熛闕灰飛已燎原〔三〕。利市側肩爭捷徑,形家指掌悔多言〔四〕。香車逛廠來如織,聽說金吾展上元。門對琉璃廠,今年特展廠市十日。〔五〕

校記

〔一〕此詩初稿載手鈔本《邴廬日記》丁卯年二月初八日。

〔二〕「和平」句,《日記》作「和平取義費評論」。

〔三〕「熛闕」句,《日記》初作「碧瓦窯荒舊是村」,後改改同此,並有對「熛闕」二字的注解。

〔四〕「悔」,《日記》作「漫」。

〔五〕《日記》無句末自注。

樊山書言新正以來除擊鉢不計外共得詩詞二十餘首並録讀孟子詩見示奉答代簡〔一〕

仙翁八十尚童顔，煉句亦如丹九還。萬首劍南慚數富，一窩洛卜恣消閒。大年坐閲雞廱帝，衆喙難爭鴂舌蠻〔二〕。讀孟忽興名世想，先生志事本尼山。樊山近又作『顔淵季路侍』一章四書文，索同人共作〔三〕。

校記

〔一〕此詩初稿載手鈔本《邴廬日記》丁卯年二月初五日。

〔二〕『鴂』，詩集底本作『駃』，《日記》作『鴂』。據詩意，當作『鴂』。

〔三〕《日記》詩末注曰：『皆搬掇來書中語也。』與此注不同。

題陸賡南麋硯樓填詞圖〔一〕

吾宗祥伯翁，詩得宋賢髓〔二〕。亦傳蘅夢詞，嚌胾及姜史。浮眉樓何處？留在行看子。百年嗣響希，君復生同里。蘆墟水一方，園植富花卉。坐擁圖書豪，不獨鰕菜美〔三〕。石交有陶泓，曾伴眉公几。時爲側帽吟，足供點墨使〔四〕。云胡賦遠游〔五〕，悲歌向燕市〔六〕。陽春調自高，奈不入里耳〔七〕。頻年南北爭，兵戈罕寧晷〔八〕。頗聞具區旁，林立皆戰壘。故廬無恙否〔九〕，滿目烽煙是。畫圖出行篋〔一〇〕，室遠人則邇。吳中吾舊游，經行多可紀。每談湖泖勝，猶贏見獵喜。幾時還太平〔一一〕，相將歸櫂理。柳岸風月遺，葭洲煙雨裏〔一二〕。秘帙發遵王，精律孹蕘斐。白紵醉中翻，紅闌高處倚〔一三〕。天河洗甲餘，倒注入硯水。爲君縱豪語，聊博一粲齒〔一四〕。

校記

〔一〕此詩初稿載手鈔本《邴廬日記》丁卯年二月二十一日。

〔二〕『賢』，《日記》作『人』。

〔三〕『美』，《日記》作『羹』。

〔四〕『足供』句，《日記》初稿作『自埽閉門軌』，後改『足供磨墨使』。

〔五〕『云胡』，《日記》作『胡然』。

〔六〕『向』，《日記》作『來』。

〔七〕『陽春』『奈不』二句，《日記》初作『牙絃孰知音，跌宕聊適己』，後擬改爲『雜縣避風災，固知非得已』，並說明此句亦不妥。

〔七〕『罕』，《日記》作『無』。

〔八〕『否』，《日記》缺。

〔九〕『出』，《日記》作『載』。

〔一〇〕『幾時』，《日記》作『安得』。

〔一一〕「精」，《日記》作「細」。

〔一二〕「白紵」「紅闌」二句，《日記》無。

新甫侍讀八十誕辰與德配花燭重諧敬步自述詩原韻奉祝〔一〕

華閥金哥二百年〔二〕，斗南人望尚巍然。鱣堂幼日曾傳硯，螭陛薰風久絕絃。晚節娛情惟水石〔三〕，前塵過眼盡雲煙。閻浮五濁今何世？獨握牟尼照大千。

虞淵墜日已難留〔四〕，寰宇何時戰劫休？虎口全生知默相〔五〕，鳳毛濟美見貽謀〔六〕。閒雲史局仍遥領，舊雨吟箋迭互酬〔七〕。美意延年徵古訓〔八〕，丹砂句漏豈須求。

青廬佳話亦堪欣，記取鳴雞視夜勤。花甲重周賡旭旦，貝多雙捧禮慈雲〔九〕。誥綾裝帖彌矜寵，篝紡傳經共述聞。一水鴛湖接明聖，頻羅老福許平分〔一〇〕。

恭勤雅望媲文端〔一一〕，國士蒙知愧授餐。庭訓飫聞因習鯉，巢痕易掃失棲鸞。心香懷舊終身爇〔一二〕，腰笛逢場一笑歡。喬木清陰無恙在，漫將棋局問長安〔一三〕。

校記

〔一〕此詩初稿載手鈔本《邴廬日記》丁卯年三月初三日。

〔二〕「金哥」，《日記》作「相承」。

〔三〕『節』，《日記》作『景』；『惟水石』，《日記》作『只丘壑』。
〔四〕『墜』，《日記》作『逝』。
〔五〕『虎口』句，《日記》作『虎口餘生終脱險』。
〔六〕『濟美』，《日記》作『繼起』。
〔七〕『箋』，《日記》作『簡』。
〔八〕『徵古訓』，《日記》作『君自有』。
〔九〕『雙』，《日記》缺。
〔一〇〕『老』，《日記》作『晚』。
〔一一〕『媿』，《日記》作『繼』。
〔一二〕『舊』，《日記》作『往』。
〔一三〕『漫』，《日記》作『莫』。

上巳日北海漪瀾堂臨時禊集未與仲雲代拈託字韻屬補作〔一〕

緑楊十里揚州郭，一字紅闌跨略彴。翩翩司李初登壇，酒半酣歌金戟拓〔二〕。于皇倔强陳髯嫵，座上衆賓都不惡〔三〕。雅集重逢水繪園，豪吟更上湘中閣。尚書北斗世所瞻，山人終憶江湖樂。益都門下盛桃李，玉峰弟兄豔花萼。遂園禊事踵亦園，萬柳堂又名亦園，見《西河集》。畫卷流傳未落寞〔四〕。此地由來屬禁籞，金元遺址堪約略。康熙天子邁軒義〔五〕，戡定三藩舉鴻博。離宮暇日奉宸游，唐之九成漢五柞〔六〕。龍亭相望講幄開，儒臣時有矢音作。十全紀勝啟神孫，文治武功彌震鑠。快雪嵌石摹鍾王，紫光繪像列褒鄂。燕都八景入御題〔七〕，島上春陰常漠漠。萬年有道宜久長，紈干飛去枝頭雀。蓬萊弱水幾清淺，猶有瓊華未剗卻〔八〕。兔兒山話兔兒年，人事天時吁可愕。東南烽火遠連天，北地沍寒風雪虐〔九〕。病夫經旬掩關臥，獸炭不溫駝裘薄。良辰邂逅失前期，急札何來詩債索。春明十度際祓除，城南城北倏如昨〔一〇〕。新亭無限風景悲，晚計漫期文字託〔一一〕。不祥第一是佳兵，聚鐵知誰鑄此錯。亂離不說說承平，竊比船山書夢噩。

校記

〔一〕此詩初稿載手鈔本《邴廬日記》丁卯年三月初九日。

〔二〕『翩翩』二句，《日記》原作四句：『銀燈宮舫賦冶春，酒半酣歌金戟拓。翩翩司李初登壇，出乎新篇見標格。』

〔三〕『都』，《日記》作『俱』。

〔四〕『遂園』二句，《日記》無。

〔五〕『邁軒』，《日記》作『軒輿』。

〔六〕『柞』，《日記》作『祚』。

〔七〕『八』，《日記》作『十』。

〔八〕『瓊華』，《日記》作『西山』。

〔九〕『沍』，《日記》作『苦』。

〔一〇〕『城南城北』，《日記》作『城北城南』。

〔一一〕「計」，《日記》作「契」；「期」，《日記》作「思」。

遐庵復集同人畫舫齋展禊分韻得陌字

桃杏綻紅柳舒碧，幾日妍韶回暖陌。塔山四面游人多，此間較喜入林僻。千齡閱世存古柯，一勺分波亦太液。重逢勝侶集簪裾，未恨前游疏履屐。人生及時行樂耳，萬緣過去皆陳迹。璇題猶是苑囿非，況溯夷陵舊遷客。當下聊參玉版禪，再來莫值牡丹厄。蕭閒輸與天琴翁，高春睡起方岸幘。

續題近代詩家集後〔一〕

丙科廷對記聯翩〔二〕，詩和崑崙疊錦箋。誰意尹邢終避面〔三〕，晚俱書畫寄閒緣〔四〕。《瓶廬集》有疊韻、和遲庵諸作〔五〕，文恪自中日戰後即謝病，亦常以書畫自遣。

眾女蛾眉謠諑繁〔六〕，荃蘭哀怨兩王孫。偶齋自得孤游趣，幾輩傾襟爲意園。

塞上風雲遷客悲〔七〕，陳濤功罪尚然疑。《辨奸論》在無人見〔八〕，泚筆閒評閨秀詩。簣齋自謫所歸〔九〕，疊《上高陽書》〔一〇〕，極論某君不可任。令子仲炤曾錄進御。

忠肅前身話夢中，一生低首爲壺公。漸西不作村人老，應羨嚴陵有婦翁。〔一一〕

鄒衍談瀛妄聽之，百年世變孰前知？一廬人境小天下，新曲愁歌今別離〔一二〕。人境廬《今別離曲》爲時傳誦〔一三〕，其《戊庚感事》諸作亦可供詩史。

荆舒變法竟如何？一鼓横流動萬波。不謂閉門范伯子〔一四〕，也曾奮筆諍東坡。范肯堂作《東坡生日詩》，極推崇荆公，而斥坡公之不附新法，此自當時士大夫風氣。使尚在今日，不知作何感想也？

校記

〔一〕此詩初稿載手鈔本《邴廬日記》丁卯年三月二十一日。

〔二〕『丙』，《日記》作『兩』。

〔三〕『意』，《日記》作『道』。

〔四〕『晚俱書畫』，《日記》作『俱將詩話』。

〔五〕『疊韻』，《日記》作『疊崑崙關韻』。

〔六〕『衆』，《日記》作『家』。

〔七〕『塞上風雲』，《日記》作『絕塞風沙』。

〔八〕『人』，《日記》缺。

〔九〕『謫』，《日記》作『戍』。

〔一〇〕『疊』，《日記》作『累』。

〔一一〕《日記》詩末注曰：『袁重黎太常爲薛桑根婿。』

〔一二〕『歌』，《日記》作『聞』。

〔一三〕『離』，《日記》作『雅』。

〔一四〕『范伯子』，《日記》作『范當世』。

匏廬詩存後序

孫　雄

黍離稷穗，靡靡行邁之悲；蕙樹蘭滋，鬱鬱宗臣之痛。思肖作畫，嗟無地以託根；甯人謁陵，慕遺弓而獨往。撫今追昔，事有同符；借酒澆愁，情非得已。匏庵宗伯前輩，國之耆獻，邦之典型。久掌容臺，早參密勿。議顧黃從祀，嶽麓齊光；表袁許孤忠，丹青留照。更復精研服制，博考儒書，薄漢文之短喪，箋卜商之右傳。羣言力折，孝治重光。同僚服其肫誠，時相嘉其遠識。迨遘黃巾之厄，潛移赤伏之符。張楚聲虛，興周夢杳。慨狐鳴之徧野，憫魚尾於遵墳。作俑誰階，效尤滋厲。宗伯憂深漆室，憤託杜陵。誦汨羅《九辨》之吟，摛同谷七歌之怨。翠微徧歷，香界重來。俯卓立之危厓，弔無言之古佛。論窮齊物，妙契莊生；詩和暮寒，追懷謝傅。江亭修禊，刹海吟秋。認舊句於籠紗，拜名賢之畫像。雄也時陪杖履，樂侍琴尊。過東華而指酒壚，望南省而尋壽草。靈和人柳，倦春眼之三眠；神武殘荷，碎秋心之萬點。南柯說夢，亭話沈香；北渚縈愁，聲驚隕蘀。予懷薜荔，同賡《山鬼》之謠；彼美榛苓，不賦伶官之什。生猶並世，未慨蕭條；交附忘年，休論行輩。惠子知我，居然魚樂之相忘；嗣宗《詠懷》，各憶鱸鄉而寄慨。在昔瓌奇之彥，生逢否塞之辰。類多棲谷枕巖，飲瓢洗耳。逸情雲上，焦先則廬結瓜牛；野性風疏，和靖則眷攜梅鶴。鑿坏高士，入山恐其不深；考槃碩人，避世躭其獨寐。今也萬方一概，八表同昏。夢中難覓桃源，宇內無非萑澤。竊鉤竊國，誇存義於侯門；勞力勞心，煽並耕之瞽說。烈焰更酷於秦火，孑遺孰恤夫周黎。信天墜之真逢，譬舟流之靡屆。慨其歎矣，謂之何哉？歲在彊圉，月紀孟陬。宗伯前輩親攜《匏廬詩存》八卷，枉過敝廬，命爲喤引。愧藩籬之粗涉，詎堂奧之能窺？請避席而陳詞，擬詠歌而舍瑟。夫在心爲志，發言爲詩。經義炳乎日星，詁訓昭乎雲漢。將順匡救，鄭君肄雅之箋；譎諫主文，楚客《招魂》之闋。《北征》、《諸將》，旨同零雨繁霜；《垂老》、《無家》，義取民勞板蕩。落月棲烏之曲，能泣鬼神；渡河香象之奇，詎同寒瘦？奚事祧唐而祖宋，徒譏入主而出奴。惟元氣深浹夫肝脾，斯正聲長留夫天地。彼夫絺章繪句，鏤月裁雲。江總多側豔之章，鄭五工歇後之體。大率聲流滌濫，義悖風騷。未可同年，方斯等語。憶不才墮地之歲，正令祖中丞公撫吳之年。棠舍春濃，荔香秋郁。提印慕生申之盛，幼沐慈仁；撝戈驚周甲之臨，老誇矍鑠。自逾弱冠，迄屆耆齡。結交徧於老蒼，聯吟洽乎縞紵。閩中詩人，如弢庵、燮君、蕫齋三前輩，暨石遺、太夷、幾道、畏廬、濤園諸君，俱從捧手，謬許知音，而與宗伯投分尤殷，過從最密。磨礱獲荊山之玉，繩削資郢人之斤。附驥蠅馳，登龍鯉奮。槃槃大集，藝林都丐其殘膏；落落神交，蓬島同嗟夫垂翅。續社吟於平遠，嗣響高曾；挹清氣於乾坤，靳驂吳顧。推爲絕唱，信無愧詞。俟世運之河清，卜耆英之耋壽。節高正叔，允儕毘陵之六賢；齡邁歸愚，再序會昌之一品。丁卯夏正孟春之月，館晚生常熟孫雄師鄭氏謹序。

匏廬賸草

春寒〔一〕

東風宜解凍〔二〕，驀地又凝寒。花信灰心問，綦雠縮手看〔三〕。乍教爐火撤，陡覺毳裘單。斗室無多地，猶愁應付難。

校記

〔一〕此詩初稿載手鈔本《邴廬日記》丁卯年二月初一日。
〔二〕『宜』，《日記》作『當』。
〔三〕『雠』，《日記》作『枰』。

次韻和樊山上巳遣悶〔一〕

禊游又屆重三節，芳訊猶慳百六春〔二〕。老我亂離天賓世，從他裝點永和人。臨流側想羣賢集〔三〕，覓句先愁一字貧〔四〕。安得黃緜齊送暖〔五〕，南榮來就偓佺倫〔六〕。樊山先有《三月朔寒甚》一首，未和。

校記

〔一〕此詩初稿載手鈔本《邴廬日記》丁卯年三月初五日。
〔二〕「慳」，《日記》作「檻」。
〔三〕「集」，《日記》作「樂」。
〔四〕「覓」，《日記》作「酬」；「先」，《日記》作「仍」。
〔五〕「齊」，《日記》作「同」。
〔六〕「就」，《日記》作「覓」。

次韻和樊山卸裘〔一〕

小雪清明殊未斷，頗聞鬧市寂花兒。及兹北陸寒纔斂，重惜東皇去莫羈〔二〕。貰醉豈論狐白價，尋芳好趁牡丹時〔三〕。陂塘買夏宜何處？便與蒲葵訂後期〔四〕。

校記

〔一〕此詩初稿載手鈔本《邴廬日記》丁卯年三月二十五日。
〔二〕「重」，《日記》作「已」。

〔三〕『好』，《日記》作『且』。

〔四〕『陂塘』二句，《日記》作『詩翁三昧隨游戲，真樂何曾損啟期』。

次韻和樊山涉園〔一〕

陳柯幾日換青蔥〔二〕，亦有餘花炫彼穠〔三〕。脱襁竹萌行軋茁，鋪茵苔髮已茸鬆。風光漸暖趨長夏〔四〕，雪片橫飛記一冬。喚取童孫從捧杖，小樓徙倚當登峰〔五〕。

校記

〔一〕此詩初稿載手鈔本《邴廬日記》丁卯年三月二十五日。

〔二〕『換』，《日記》作『遍』。

〔三〕『炫』，《日記》作『問』。

〔四〕『長』，《日記》作『初』。

〔五〕『喚取』二句，《日記》作『隔絕軟塵門外路，猶疑石隝住堯峯』。

有以亭林畫冊乞題者疑贋作也然無以證之聊綴二詩其後

大儒不名藝，流落此丹青。偶爾臨摹及，誰爲呵護靈。玉瑛祇博笑，雪个共遺馨。太息微言絕，空留畫史型。

款署敦牂歲，先生再入秦。偶聞特科詔，因念二毛人。中有一幅爲贈稼堂者。春雨哦詩罷，寒松寫照親。傳疑留考證，箧衍且須珍。

題同鄉葉女士所藏幾道臨晉人帖手蹟〔一〕

曾聽天驕說鳳麟，匡居竟老著書身。墨池一勺留餘瀋〔二〕，猶是人間希世珍。

符命方興競美新，凌雲題榜又何人〔三〕。毛錐只當漁竿把〔四〕，想見狂奴故態真。君以籌安會事被謗，侯疑始嘗爲力辨。洪憲紀元，項城改易三殿名，書榜者亦吾鄉名流，事後竟無及之者。時論之不可憑，類如此。〔五〕

一篇《天演論》推陳，不是乘槎浪問津。晉帖唐臨看晚筆，依然矩矱守先民。

宿草陽崎秋復春，仙山今隔幾由旬。壁間短幅龍蛇走〔六〕，尚記談詩一段因〔七〕。君手書《見和論漁洋詩》七古一章，至今猶懸齋壁。〔八〕

校記

〔一〕此詩初稿載手鈔本《邴廬日記》丁卯年四月初二日。

〔二〕『留』，《日記》作『皆』。

〔三〕『凌』，《日記》作『陵』。

〔四〕『只』，《日記》作『且』。

〔五〕小注，《日記》文字與此稍有出入。
〔六〕『走』，《日記》作『舞』。
〔七〕『因』，《日記》作『緣』。
〔八〕小注，《日記》文字與此稍有出入。

許苓西避兵北來出示西湖别墅影片〔一〕

我久不作西湖夢，君來袖出西湖圖。西湖勝處説不盡，何人知有臥龍廬。墅在臥龍橋側，苓西因自署臥龍廬〔二〕。湖隄花柳幾春風，野老吞聲哭曲江〔三〕。人生會合那可料，惆悵桃源是畫中。

校記

〔一〕此詩初稿載手鈔本《邴廬日記》丁卯年四月初四日。
〔二〕『墅』，《日記》作『圖』，無『苓西』句。
〔三〕『聲』，《日記》闕。

石孫觀察七十初度奉懷〔一〕

握手金臺又十秋，思君應亦雪盈頭。清時坐惜疏長孺〔二〕，舊部猶知愛細侯。玉宇瓊樓餘夢想，青鞵布襪恣行游。朱陳晚歲添新契，安得村居二頃謀？

封胡羯末數門材〔三〕，玉樹庭階著意培。樽酒過從仍北海，笙詩更迭補《南陔》。廉泉但酌明湖水〔四〕，癭木依然故國槐。君晚年別號槐癭〔五〕。領略魏城春月語，逢辰且看百花開〔六〕。

校記

〔一〕此詩初稿載手鈔本《邴廬日記》丁卯年正月二十三日。

〔二〕「惜」，《日記》作「見」。

〔三〕「封胡羯末」，《日記》作「伯霜仲雪」。

〔四〕「廉泉」句，《日記》作「難移獨性彌傾藿」。

〔五〕「癭木」句，《日記》作「自託□辰比癭槐」，並且《日記》無小注。

〔六〕「逢辰」，《日記》作「吉筵」。

釋戡寓宅藤花盛開集同人讌賞屬半丁爲圖寫之即題其後〔一〕

紫雲垂處認行窩〔二〕，暢好風光卓午過。入座端憑詩作介〔三〕，當軒況有鳥能歌。還從香界參禪悅，不礙狂飆撼酒波。看取濃陰來歲匝〔四〕，春工煊染付新羅〔五〕。

校記

〔一〕此詩初稿載手鈔本《郋廬日記》丁卯年四月初六日。

〔二〕『雲』，《日記》作『金』。

〔三〕『憑』，《日記》作『思』。『詩』，《日記》作『花』。

〔四〕『濃陰來歲匝』，《日記》作『羣公騁奇思』。

〔五〕『春工』句，《日記》作『衰遲自笑髩成皤』。

辛平集同人松筠庵詠諫草堂庭下雙楸亦屬半丁寫圖即席奉呈〔一〕

崇效無棗花，五楸補其隙。松筠遺諫草，雙楸人罕識。城南游騎多，花時判喧寂。先生龍比從，豈眷一區宅。後賢奉瓣香，祠宇遞修葺。玄黄有易位，忠佞況陳迹。楸乎獨何心，負牆猶聳立。憶昔宣坊居，距庵纔咫尺〔二〕。十年足不到，拜像空踧踖。名流百輩盡〔三〕，參天餘古色〔四〕。藤蘿不敢干，護持倘神力〔五〕。玉几今畫宗，著墨頗矜惜。看君放直幹，吾詩但疥壁。

校記

〔一〕此詩初稿載手鈔本《郋廬日記》丁卯年四月二十六日。

〔二〕『距』，《日記》作『去』；『纔』，《日記》作『僅』。

〔三〕『名』，《日記》作『詞』。

〔四〕『色』，《日記》作『道』。
〔五〕『護』，《日記》作『扶』。

杜慎丞新得林吉人所藏松雪硯拓本索題〔一〕

真硯不損東坡云，後來硯史何紛紛。玉帶生存文山死，大都藉甚趙承旨〔二〕。此硯贈者老瞿曇，相攜之北還落南〔三〕。停雲天籟迎傳守，最後乃歸鹿原叟。我讀誒邨陶舫詩，已嗟門巷換烏衣〔四〕。當年手寫三家集，想見辛苦研隃麋。楚弓楚得差無恨，海水羣飛石不爛。征南武庫有裔孫，肯作尋常馬肝玩。

校記

〔一〕此詩初稿載手鈔本《邴廬日記》丁卯年四月初四日。
〔二〕『藉甚』，《日記》作『爭説』。
〔三〕『此硯』二句，《日記》作『此硯相隨幾何年，獨孤惠贈親題鐫』。
〔四〕『換』，《日記》作『改』。

書師鄭莪蒿永慕録後〔一〕

國朝文獻盛海虞〔二〕。駢肩接踵多鉅儒〔三〕。君家系出唐金吾〔四〕。雲溪再徙來定居。百年喬木存先廬。黄巾禍起連江湖。步青先生抱遺書。奉親避地頻飢驅。亂定歸來三徑蕪〔五〕。上庠食餼中興初。和璞屢獻仍懷瑜。閉門著述稱潛夫。門前不絶問字車。高堂色笑時奉輿〔六〕。年躋大耋猶康娱〔七〕。芝蘭玉樹環階除。一經遺之勤菑畬〔八〕。伯也早達翔天衢〔九〕。金陵就試挈兩雛〔一〇〕。重違母命終踟躕〔一一〕。母病遽聞急迴艫〔一二〕。炎熇六月汗浹膚。關津迢遞不可踰〔一三〕。方寸亂矣天誰呼〔一四〕！與母同日歸泉壚〔一五〕。事聞九重詔旌閭。至今鄉里傳孝烏。同心更有嘉耦吴〔一六〕。早嫻女誡習德隅〔一七〕。義方訓子敬養姑〔一八〕。習勤不憚井臼劬。推恩六姻罄所儲。一室之内常怡愉。含章可貞坤德符。我交令子廿稔逾。幼曾隨宦游吴趨。世德耳熟頗能臚。證之紀述非虚誣。人生不自空桑墟〔十九〕。明發之感誰則無。吁嗟世變今何如〔二〇〕？仁義充塞楊墨徒〔二一〕。大倫既滅無親疏。傷心豈獨乾侯鸜。封狼平地生貙貙〔二二〕。不惜同種相剪屠〔二三〕。年來人海同羈孤。秋風歲歲思蓴鱸。安得普天偃戈殳。墓田丙舍親耕鋤〔二四〕。知君不獨至性殊〔二五〕。錫類兼欲砭頑愚〔二六〕。佛雲片石留畫圖。紅豆花時還紛敷〔二七〕。積善門庭襲慶餘。文學志行爲世模〔二八〕。鐫之金石定不渝。千載當與瀧阡俱〔二九〕。

校記

〔一〕此詩初稿載手鈔本《邴廬日記》丁卯年四月三十日。

〔二〕「虞」，《日記》作「虎」。

〔三〕「鉅」，《日記》作「名」。

〔四〕「出」，《日記》作「溯」。

〔五〕「歸」，《日記》作「櫱」。

〔六〕「奉」，《日記》作「將」。

〔七〕「耋」，《日記》作「耆」

〔八〕「菑」，《日記》作「夢」。

〔九〕「翔」，《日記》作「翊」。

〔一〇〕「挈」，《日記》作「攜」

〔一一〕「終踟」，《日記》作「心踟」。

〔一二〕「母病」句，《日記》作「遽聞母病急轉艫」。

〔一三〕「不可」，《日記》作「嗟難」。

〔一四〕「天誰」，《日記》作「昊天」。

〔一五〕「與母同日」，《日記》作「同日與母」；「壚」，《日記》作「墟」。

〔一六〕「嘉」，《日記》作「佳」。

〔一七〕「習」，《日記》作「有」。

〔一八〕「訓」，《日記》作「奉」；「敬」，《日記》作「孝」。

〔一九〕「不自」，《日記》作「除是」。

〔二〇〕「吁嗟」，《日記》作「滔滔」。

〔二一〕「仁義」，《日記》作「邪說」。

〔二二〕「傷心」二句，《日記》無。

〔二三〕「不」，《日記》作「豈」。

〔二四〕「年來」四句，《日記》置於最末「千載」句之後。

〔二五〕「知君」句前，《日記》有「湘鄉家訓魚菜豬，箴言親揭□□胡。大儒勛業炳寰區，特語學子方笑迂」四句。「至」，《日記》作「良」。

〔二六〕「錫類兼」，《日記》作「□□堇」。

〔二七〕「花」，《日記》作「歲」；「敷」，《日記》作「散」。

〔二八〕「積善」二句，《日記》初無，當日稍後補入。

〔二九〕「瀧」，《日記》作「隴」。

壽沈庵宮保同年〔一〕

玉葉金枝地望崇，詞流百輩仰宗工。宣和書畫歸精鑒，慶曆文章接鉅公。大集允追宸萼後，前塵都入夢華中。歲寒留得貞柯在，肯羨鷗波松雪翁。

臺省叨陪鵷鷺行，黑頭公望重岩廊。史宬蕆役藏綾本，瑣院聯吟憶燭光。歷歷巢痕餘故事，翩翩綵舞看諸郎。風塵澒洞人間世，輸與蓬萊日月長。

校記

〔一〕此詩初稿載手鈔本《邴廬日記》丁卯年六月十八日。

畏廬猶子實馨嘗自繪篝燈課讀圖爲其母壽余有題句因亂遺失復繪一圖乞補錄再題其後〔一〕

嶰畫通靈偶賺癡，瀧阡借讀事尤奇。一般風景重摹寫〔二〕，總是天涯陟屺思。

校記

〔一〕此詩初稿載手鈔本《邴廬日記》丁卯年六月十五日。

〔二〕『風』，《日記》作『光』。

題龍泉檢書圖〔一〕

道光辛丑，程春海侍郎殁於龍泉寺，阮文達偕何子貞、陳頌南、汪孟慈往檢遺書，戴文節爲之圖，諸公皆有題跋，圖今尚存寺中。

有清學派凡幾變〔二〕，考據詞章能兼擅。儀徵晚出集大成，誰其嗣者惟歙縣〔三〕。南齋再世叨侍從，輶軒四馳收英彦。龍門在望士所歸，棘列超躋帝尤眷。東京復見鄭司農，六藝九流盡貫穿。僧盧結夏偶寄居〔四〕，公暇依然親筆硯。是時阮公亦還朝，白首覃經未厭倦。門生門下得傳薪〔五〕，每集勝流共文讌。橡繭初編黔播詩，椒馨細訂毛韓傳。無端雞夢忽逢占，頓失替人淚成霰〔六〕。東洲早蒙國士知，頌南孟慈並舊掾〔七〕。相將蕭寺訪遺書，別乞鹿牀寫横卷。百年陳迹履綦荒〔八〕，東南亂起誰及見。文選樓傾甲第非，錢塘濤湧狼烽徧。〔九〕肙齋落拓子尹窮〔一〇〕，斯文不絶僅如綫。追思蒲磵醉中言〔一一〕，譚生當日猶婉孌。副墨幸刊粤雅堂〔一二〕，海山虚想樂天院〔一三〕。斯圖偶脱劫燹餘〔一四〕，留鎮山門足嘆羨〔一五〕。慈仁香火倘可援〔一六〕，歲歲花時申盥薦〔一七〕。

校記

〔一〕此詩初稿載手鈔本《邴廬日記》丁卯年七月十三日。

〔二〕『有清』，《日記》作『國朝』。

〔三〕『嗣』，《日記》作『繼』。

〔四〕「夏」，《日記》闕。

〔五〕「得」，《日記》作「喜」。

〔六〕「替」，《日記》闕。

〔七〕「頌南孟慈」，《日記》作「孟慈頌南」。

〔八〕「綦」，《日記》作「景」。

〔九〕「文選」二句，《日記》初無，稍後即添。

〔一〇〕「厚」，《日記》作「良」；「拓」，《日記》作「孤」。

〔一一〕「磵」，《日記》作「潤」。「醉」，《日記》作「許」。

〔一二〕「幸刊」，《日記》作「終列」。

〔一三〕「海山」句，《日記》作「修廊真問懋勤殿」。

〔一四〕「斯」，《日記》作「此」。

〔一五〕「留鎮」，《日記》作「方錄」；「羨」，《日記》闕。

〔一六〕「慈仁」句，《日記》作「題詩並語辯才師」，當日稍後改同此。

〔一七〕「歲歲」句，《日記》作「有酒勿輕出缸面」，當日稍後改同此。

書劉立甫壽椿守潞事略後〔一〕

劉攝守潞安，值義和團事起，以禁令約束，所全活甚衆，潞人至今猶德之。事略爲其幕客所記。

金虎肇宮隣，始子而終亥〔二〕。扶漢與代漢〔三〕，假託皆民氣〔四〕。劉君仁者勇，豈止古循吏？使立於廟堂，肯效相弘輩。中原今無主，暴民起專制。君猶及清時，居下能行志。

校記

〔一〕此詩初稿載手鈔本《邴廬日記》丁卯年八月十四日。
〔二〕『金虎』二句，《日記》作『始子而終亥，恖恖一紀事』。
〔三〕『扶漢』句，《日記》作『宮隣與金虎』。
〔四〕『假』，《日記》作『矯』。

弢庵太傅八十壽辰重遇瓊林筵宴敬賦奉祝〔一〕

清節尚書後，耆年大耋臻。摭言光往牒，論道有師臣。百爾徒充位，雙南早許身。梁村尋墜緒，左海溯前津。南服初持節，中書孰秉鈞。高衢方待騁，直道古難伸。緬昔連茹拔，爭傳諫草珍。陳濤冤次律，湘水惜靈均。臺閣翔羣彥，江湖署散人。陔餘勤纂述，門下仰陶甄。園橘堪供賦，巖松自寫真。通書朝貴絕，問俗海童親。士慕登龍李，人推祭酒荀。攀弓痛鑾馭，束帛促軺輪。講幄仍丹地，朝班尚紫宸。重吟前度觀，幾積後來薪。燕處憑蒿柱，狐鳴起棘穫。聖功賴蒙養，禪詔逼宮隣。社飯年時感，弈棊翻覆頻。已寒金匱誓，誰扈翠華巡？綸邑曾興夏，岐山亦去邠。扆箴時獻納，饘橐備艱辛。宗祀存鐘簴，天驕識鳳麟。殷憂猶集蓼，歸興忍思蓴。恩宴逢周甲，遐齡應降申。東堂溫昨夢，南極耿霜辰〔二〕。啖餅殘牙在，書屏法語新〔三〕。晚花呼壽友，朔雁恰來賓。慧業超千佛，狐根繫五倫。引喤只文字，錫羨疊絲綸。末學慚窺管，前修每望塵。史宬偕載筆，禮閣記連茵。洛社瞻尊宿，蓬山證夙因。縱談元祐事〔四〕，還憶曲江春。退舍占熒惑，停梭問結璘。世情有朝暮，吾道詎緇磷。舊隱思神晏，新詩和潁濱。雲霄輸鶴健，子姓復麟振。鴻寶方皆妄，霓裳曲未湮。堯天長共戴，更數八千椿。

校記

〔一〕此詩初稿載手鈔本《邴廬日記》丁卯年八月二十三日。

〔二〕『耿霜辰』，《日記》作『照秋旻』。

〔三〕『法』，《日記》作『德』。

〔四〕『事』，《日記》作『局』。

重九日釋戡招集陶然亭登高分韻得醉字〔一〕

城南堆阜如覆簣，承平有此觴詠地。山門一道古槐陰，劇憶盲僧殊嫵媚。將軍綽有征虜風，慣招佳客飲文字。高處甘輸俗子遊，閒中自領枯禪意。野潭半涸葭菼荒〔二〕，西山隔堞尚橫翠。一龕主客地有餘，政恐龍山遜高致。老生常談世所嗤，爲羣强制新亭淚。黃花霜信不嫌遲〔三〕，得酒逢辰且歡醉。

校記

〔一〕此詩初稿載手鈔本《邴廬日記》丁卯年九月十八日。

〔二〕『野』，《日記》作『即』。

〔三〕『嫌遲』，《日記》作『妨避』。

蟹爪菊八首和樊山作〔一〕

秋來芳訊話籬東，菊譜誰知蟹譜通。正苦持盃虛左手〔二〕，忽驚擁劍出深叢。餐英倍觸騷人興，没骨難矜畫史工〔三〕。喚取淡交同結社，休嫌入座雜腥風〔四〕。

彭越前身葅醢嗟，到頭富貴付空花。未消鍾室同功恨〔五〕，來就柴桑處士家〔六〕。佳節紛紛過桃李，濁流擾擾見魚蝦〔七〕。金錢只作飛蚨化，一蟹中猶判等差。菊種中有金錢菊，南方蟹之小者亦有金錢蟹之目〔八〕。

仙根女几記分苗〔九〕，六枳編籬當緯蕭。魚魫祇宜空谷媚，建蘭最貴者名魚魫白。〔一〇〕雞冠未許後庭驕〔一一〕。雞冠一名後庭花。閒尋舊雨重開徑，夢想秋江正落潮。卻笑涪翁徒耳食，輕將荔子比江珧。

應候黃華夏小正，豈真戈甲應金行〔一二〕。松陵自和餦餭句〔一三〕，魯望《和襲美寄海蟹》詩：『且非阿穎敢餦餭。』〔一四〕涿野猶鏖草木兵〔一五〕。高似孫《松江蟹舍賦》：『其多也，如涿野之兵。』倘助姚王張北勝，肯從宋嫂問南烹〔一六〕。小詩且耐空螯嚼，簾捲西風太瘦生〔一七〕。

曾侍慈恩舉壽杯〔一八〕，江湖滿地可勝哀〔一九〕。吳鄉見說無遺種，夔府何心記兩開〔二〇〕。偶伴囊萸同此醉，不知執穗孰爲魁〔二一〕。城南試覓槐龍蹟，乞與移根一處栽〔二二〕。

老我生涯抱甕休，蓴鱸歸興負扁舟。香寒幸不來蜂蝶，箝利端有制虎牛。菊牛一名菊虎，能傷葉，見《羣芳譜》。衰鬢已知簪朵怯，饞涎方爲螯車流。擘黃且唱漁家樂，山谷詩：『酒熟漁家擘蟹黃。』領取尊前一味秋〔二三〕。

舊夢南柯墜渺茫，閒從物理悟炎涼。媻跚幾隊忙奔火，倔强殘枝尚傲霜。晚節久拚儕隱逸，橫行那用露文章。鯤鵬椿菌無非幻，注雅餘功試注莊。

鶴髮仙翁日涉園〔二四〕，駐顏長喜酈泉溫〔二五〕。現身自寫金剛照，點簿重加水族恩〔二六〕。染甲故應羞鳳婢，脫綳還見長龍孫〔二七〕。酒旗茅店從嘲笑〔二八〕，聊爲鴻泥誌爪痕〔二九〕。

校記

〔一〕此詩第一、四、五、八首初稿載手鈔本《邴廬日記》丁卯年十月初八日，其中第四、五首有二稿。十月十三日又添入第二、三、六、七首，同時對前所錄四首有所修改。即第一、八首有二稿，第四、五首有三稿，第二、三、六、七首皆爲初稿。

〔二〕『苦』，《日記》初作『恨』，後改同此；『持盃』，《日記》二稿作『把螯』。後有改同初稿。

〔三〕『骨』，《日記》初作『首』，後改同此。

〔四〕『喚取』二句，《日記》初作『佛頂僧鞋夷品目，端輸有美是黃中』，後改同此。十月十三日日記中，有小注：『遺山詩「潞人本淡新有社」，指淡公和尚也，借用之。』

〔五〕『功』，《日記》作『根』。

〔六〕『處』，《日記》作『隱』。

〔七〕《日記》此句末自注：『東坡荊州詩「百年豪傑盡，擾擾見魚蝦」。』

〔八〕『南方』，《日記》作『閩中』。

〔九〕『仙根』句，《日記》作『牙牌百品記分標』。

〔一〇〕『魚魫』句，《日記》作『長髭差宜蒼叟伴』。句無小注。

〔一一〕『雞』，《日記》作『雄』。

〔一二〕『豈真』句，《日記》初作『緯蕭兼喜小堂成』，後改作『豈真戈甲兆金行』，三稿改同此。

〔一三〕『松陵』句，《日記》初作『羲爻正操文明卦』，後改作『柴桑自作餱糧計』，再改同此。

〔一四〕小注，《日記》初無，十月十三日日記添，『和』作『謝』。

〔一五〕『猶』，《日記》初與此同，後作『方』，復改同此。

〔一六〕『從』，《日記》初與此同，後擬改作『教』。

〔一七〕『小詩』二句，《日記》初作『淡交閱遍炎涼態，翻愛無腸不世情』，後改作『鞠窮莫復窮郊誚，但嚼空鼇亦有情』，再改同此。

〔一八〕十月十三日《日記》句末有自注：『唐高宗時常以秋幸慈恩寺，浮圖公卿各獻菊花酒爲壽。』

〔一九〕『江湖滿地』，《日記》初作『紛紛鼇紫』，後擬改作『紫蛙□運』。

〔二〇〕『吳鄉』二句，《日記》初作『似聞越絕無遺種，爲問松陵孰巨魁』，復改作『魏公晚節成孤賞，司馬橫行自霸才』。『吳鄉』，又改作『吳卿』，句末有自注：『《越語》：勾踐謂范蠡，吳今稻蟹無遺種。』

〔二一〕『偶伴』二句，《日記》初作『霜下卓然如此傑，水邊逢彼得母猜』，後改同此。

〔二二〕『城南』二句，《日記》初作『長卿來就柴桑隱，孤負橫行一世才』，復改作『南窪誰覓槐龍跡，乞與移根一處栽』，再改同此。

〔二三〕『秋』，《日記》作『收』。此句前小注，《日記》在此句後。

〔二四〕『鶴髮仙』，《日記》初作『九十衰』，後改同此。

〔二五〕『長喜』，《日記》初作『尚倚』，後改同此。

〔二六〕『點』，《日記》初作『按』，後改同此。

〔二七〕『還見長』，《日記》初作『正好伴』；後改同此。句末有自注：『綳字，《廣韻》有平音。』

〔二八〕《日記》十月十三日日記中，此句末有自注：『南宋時，姑蘇守臣貢黃蟹，程奎批答云：「新酒菊天惟其時矣。」上曰：「茅店酒旗豈王言耶？」』

〔二九〕『爲』，《日記》初作『與』。

前題樊山又續成八首索同作〔一〕

十手胥鈔恐不供〔二〕，先生兵甲定羅胸。芳叢漸見殘英盡，詩械還驚故疾逢。東坡詩：『故疾逢蝦蟹。』〔三〕未中權門充海物，要令老圃駐秋容。行間認取龍蛇走，想見花前倒酒鍾〔四〕。

韶華瞥眼逼霜辰〔五〕，狼藉風光一窖塵。本穴幽蘭誰託土，河陽枯樹忽生春。郭河陽畫枯樹取法蟹爪〔六〕。司徒太尉應相笑，用蔡謨、胡廣事。茂世泉明好卜隣。〔七〕

動植由來靜躁殊，腥馨亦復判江湖。《山家清供》：『蟹生於江者黃而腥，生於湖者紺而馨。』畫圖政可論形似，上筯何須問腹腴。佛子燒猪元是筍，相公蒸鴨故爲壺。伏波薏苡終遭謗，得爪還應勝得珠。

十二辰宮作作芒，日精鑄出倍輝煌。胭脂偶點供時眼，《北戶錄》：「蟹殼常有胭脂點。」錦繡猶疑有別腸。堆就蠔山容飽看，糟歸螘甕尚餘香〔八〕。嗅英豈減持螯樂，試問江邊採捕郎。

渺渺秋空雁陣斜，冷紅相映野人家。牆陰蠣粉根深託，簾底蝦須影半遮。湯眼過時閒試茗，琴心靜裏想爬沙。藩籬便擬江天買，杜句拈來許恣誇〔九〕。

杞菊天隨未療飢，偶傳蟹志亦恢奇。誰云兩美難爲合，相趁重陽若有期〔一〇〕。霜後圓臍知雋美〔一一〕，霧中老眼乍迷離。水仙別種同名號，水仙亦有蟹爪一種。礬弟梅兄各一時。

馬塍大笑過臨安〔一二〕，楊監經游詫巨觀。楊誠齋有《經和寧門外賣花市見菊》詩〔一三〕。百品分標誰甲乙，一詩容易換尖團。花糕妝點橅師子，寶塔玲瓏鬭蜜官。併與夢粱說遺事，蝦蟆無奈六更殘。菊品至南宋始繁，《爾雅》『治蘠』與楚騷、陶詩所賦詠，近代考據家俱斷爲非。今人所賞之菊，獅子花糕及菊花塔，皆臨安故事；又有一種名臨安大笑菊，並詳見《南宋雜事詩注》。

敞廬自署感懸匏，對此寒花亦解嘲。一水丁沽相望渺，百錢亥市等閒拋。偶張白戰慚詩敵，爲筮黃離揲易爻。論到退之南食句〔一四〕，家山空負舊衡茅。

校記

〔一〕此詩初稿載手鈔本《邴廬日記》丁卯年十一月初十日。

〔二〕『手』，《日記》作『年』。

〔三〕《日記》無此句自注。

〔四〕『倒』，《日記》作『側』。

〔五〕『逼』，《日記》作『遞』。

〔六〕小注，《日記》無。

〔七〕《日記》此句下還有『鸞鳳不來香葉改，潘江賦筆屬何人』二句，並有小江：『「舞鳳翔鸞，潘岳《菊賦》語」。』

〔八〕『螘』，《日記》作『蛆』。

〔九〕『趁』，《日記》作『題』。

〔一〇〕『美』，《日記》作『永』。

〔一一〕小注，《日記》無。『過』，《日記》作『訪』。

〔一二〕小注，《日記》無。

〔一三〕『蜜』，《日記》作『密』。

〔一四〕『句』，《日記》作『詠』。

題錫子猷都護遺墨冊〔一〕冊爲馬明山將軍所藏，手札外有摘錄《呻吟語》數則。

聖武開邊紀默深，章佳往矣得湘陰。艱難重奠西陲局，嘍嘈猶聞北將吟。豈有興珠制羅刹，更無擴廓起和林〔二〕。將門韜略儒門語，讒口當時恨鑠金〔三〕。子猷將軍家了通文翰，西征與金忠介、張勤果皆於湘軍外別樹一幟，並爲左文襄所倚重。權伊犁將軍時，以爭哈薩克牧地爲俄人所忌，被謗聽勘，鬱鬱以歿。事詳廣雅《五北將詩》中。

校記

〔一〕此詩初稿載手鈔本《邴廬日記》丁卯年十月十三日。

〔二〕『豈有』二句，《日記》作『崛起旗旄仍部曲，流傳翰墨亦璆琳』。

〔三〕『將門』二句，《日記》作『義熙留在仇池史，坐看神州付陸沈』。句末自注與《日記》跋語文字有所出入。

己酉拔萃科門下士邀同弢庵沈庵艾卿城南酒舍敍舊用庚戌闈中唱和韻呈同座諸君子〔一〕

回首靈山選佛場，廿年衰鬢總成霜〔二〕。梅村九友曾推董，逸少重臺尚得羊。是日，陳生文虎攜有學堂影印名家書畫數種共評騭。〔三〕東海飛塵方澒洞〔四〕，西清古鑑久淪亡。一樽猶爲論文設，坐惜槐蔭轉畫廊。

校記

〔一〕此詩初稿載手鈔本《邴廬日記》丁卯年十月十九日。

〔二〕『總』，《日記》作『已』。

〔三〕《日記》自注作：『昔人有買王得羊之語，謂羊欣也。』

〔四〕『方』，《日記》作『言』。

題陳少石同年重游泮水圖〔一〕

黌舍曾充弟子員，霓裳已渺大羅天〔二〕。猶餘韡雅同聲集，及接巢經一輩賢。嶺海謳思存故老，湖山嘯傲屬頑仙〔三〕。畫中留得童顔在〔四〕，想見翩翩舞勺年。

校記

〔一〕此詩初稿載手鈔本《邴廬日記》丁卯年十月二十一日。

〔二〕『黌舍』二句，《日記》作『鼓篋重賡泮藻編，黌宫此日亦桑田』。

〔三〕『嶺海』二句，《日記》作『兔冊早羞長樂老，霓裳幸附大羅仙』。

〔四〕『畫』，《日記》作『鏡』。

樊山生朝前一日約同人市樓小集即席賦呈〔一〕

九九遐齡又添算〔二〕，去年此日醉華筵〔三〕。吾儕相會惟真率，老子當今是樂全〔四〕。霜下松姿還自茂，月中桂籍故長懸。耆英兩字從天錫，不藉人間畫史傳〔五〕。

校記

〔一〕此詩初稿載手鈔本《邴廬日記》丁卯年十月二十九日。

〔二〕『添』，《日記》作『增』。

〔三〕『此』，《日記》作『今』。

〔四〕『吾儕』二句，《日記》作『管他左界爭蠻觸，依舊南崇對佤佺』。

〔五〕『畫』，《日記》作『書』。

先薯祠示君庸〔一〕

祠所祀爲前明金中丞學曾，萬曆中歲大飢，金君勸民種植，當時並有金薯之稱，事具郡志。余前和君庸詩，竟失考，偶檢蒹秋叔祖《閩產錄異》始知之，因爲補詠〔二〕。

先薯特爲金公祀〔三〕，冠以金薯姓字香。方志具詳人罕識〔四〕，楹書近在我還忘。淪湯因憶中丞菜〔五〕，校士方開致用堂〔六〕。同治中，寶應王文勤公撫閩，建致用堂課士，嘗淪薯苗爲羹餉諸生。林歐齋方伯時掌教，名以中丞菜，並令諸生作詩詠之，中丞勒爲一集。併與君家錄薯史，烏山祠宇尚相望〔七〕。

校記

〔一〕此詩初稿載手鈔本《邴廬日記》丁卯年十一月初八日。

〔二〕《日記》所載詩序較詳，曰：『祠所祀爲金君學曾。前明萬曆中，歲大饑。金君來，始勸民種此，後人因爲立祠。當時有「金薯」之稱，載在郡志。余前和君庸詩，竟失考，偶檢先叔祖《閩產錄異》，知之。又，同治癸酉寶應王文敏公撫閩，建致用堂，嘗淪薯爲羹，以餉諸生。林頤齋先生方掌教，名以「中丞薯」，並令諸生作詩詞詠之，中丞勒爲一集。頃閱《賭棋山莊餘集》，謂有客歸自臺灣，言中丞菜彼地頗盛行，然則薯之利賴遠矣。因復成此詩示君庸，籍存吾鄉，並以贖前此粗疏之咎云。」

〔三〕『祀』，《日記》作『建』。

〔四〕『方』，《日記》作『郡』；『罕識』，《日記》作『未考』。

〔五〕『湯』，《日記》作『苗』。

〔六〕『校』，《日記》作『課』。

〔七〕『祠宇尚』，《日記》作『香火屹』。

題徐友梅觀察靜園圖〔一〕

退居饒綠野〔二〕，存想只黃庭。道院晁家集，明湖歷下亭。清風擕袖在，夜雨對牀聽〔三〕。自得猶龍契，休猜病虎形。西山有姚少師靜室〔四〕。

校記

〔一〕此詩初稿載手鈔本《邴廬日記》丁卯年十一月二十九日。

〔二〕『居』，《日記》作『歸』。

〔三〕『清風』二句，《日記》作『前塵餘夢轂，晚契且觀餅』。

〔四〕『自得』二句，《日記》作『萬里閩山遠，因君感旅萍』，並句末無小注。

平齋寄示自壽詩索和勉次原韻〔一〕

懶病年來不可醫〔二〕，喜君長健覺吾衰〔三〕。唾壺自扣歌誰和〔四〕，短榻垂穿坐自危。脈望仙緣尋故紙，娵隅蠻語問清池〔五〕。倚樓悟盡行藏理，詹尹無煩更卜疑〔六〕。

歧路前頭復有歧〔七〕，漫漫長夜旦何時〔八〕？酒壚迴念同游盡，佛偈全憑定力持〔九〕。未辨還鄉乘下澤，猶能索笑向南枝。一腔熱血誰從灑，擲付詩瓢信所之〔一〇〕。

校記

〔一〕此詩初稿載手鈔本《邴廬日記》丁卯年十二月二十二日。

〔二〕『病』，《日記》作『性』。

〔三〕『覺』，《日記》作『歎』。

〔四〕『唾壺』句，《日記》作『孤燈有味書猶把』。

〔五〕『脈望』二句，《日記『』》作『海外除非問窮□，人間底處覓仇池』。

〔六〕『無煩』句，《日記》作『何勞爲決疑』。

〔七〕『漫漫』，《日記》作『復復』。

〔八〕『酒壚』二句，《日記》初作『黑甜不礙高春起，白戰元無寸鐵持』，當日稍後改作『酒壚念昔同游盡，棋局從他急刼持』。

〔九〕『一腔』二句，《日記》作『名山各勉千秋業，君是身之我裕之』。

君庸從花市購得柳葉梅兩株賦詩乞同人題詠即步其韻〔一〕

老梅鍊就風霜骨，能空凡豔惟矜莊。黄梅非種附梅譜，重以涪翁句子香。柳星在天爲列宿〔二〕，失身誤落歌舞場。風絮水萍遞幻化，輕薄漂蕩固其常。樓東河東忽合傳，賤質何幸儕嬪嬙。認桃辨杏付嘲噱〔三〕，歲朝正可娛高堂。

校記

〔一〕此詩初稿載手鈔本《邴廬日記》戊辰年正月十九日。

〔二〕『爲』，《日記》作『應』。

〔三〕『噱』，《日記》作『處』。

釋戡示元旦書懷作書到已逾上元矣次和〔一〕

歲朝闃寂似蕭晨〔二〕，只有寒梅伴病身。舉俗更誰談舊曆，屏居况我屬陳人。游驄已逐燈宵盡，破硯能供雪案貧。壓架老藤應更長，花時定許覓前塵〔三〕。

校記

〔一〕此詩初稿、二稿載手鈔本《邴廬日記》戊辰年正月二十四日。

〔二〕『闃』，《日記》作『岑』。

〔三〕『游驄』四句，《日記》初作『團蒲埽地時參佛，古錦探囊肯饋貧。應候條風還入律，朔南何日息兵塵』；又改『團蒲』句作『壓架老藤應增長』；再改此四句，除『盡』作『逝』、『雪案』作『雪屋』、『定許』作『會許』、『覓』作『充』外，與此同。

釋戡又示早春作仍次和〔一〕

牛斗占天已不神〔二〕，龍蛇起陸豈能馴？問誰黍谷工吹律，久矣桃符懶換春〔三〕。花近生朝偏厄閏，柳臨官道只含顰。眼中萬象回何日，還我江湖放浪身。

校記

〔一〕此詩初稿、二稿載手鈔本《邴廬日記》戊辰年閏二月十七日。

〔二〕『神』，《日記》作『揮』。

〔三〕『工』，《日記》初作『嫻』；後將頷聯改作『到頭沙數誰量劫？隨例桃符嬾換春』。

孫文慤師爲某君作因陋草堂圖魏若於滬上得之書來徵題〔一〕

富陽橋梓鹿牀翁，神化丹青景仰同。片羽吉光未零落，還從浙派見宗風〔二〕。
半壁東南劫火殷〔三〕，王師次第掃榛菅。畫作於同治乙丑〔四〕。橫圖但寫林栖趣〔五〕，已覺承平氣象還〔六〕。

校記

〔一〕此詩初稿載手鈔本《邴廬日記》戊辰年二月二十一日。
〔二〕『還』，《日記》作『遠』。『宗』，《日記》作『高』。
〔三〕『殷』，《日記》作『收』。
〔四〕小注，《日記》無。
〔五〕『横』，《日記》作『畫』；『趣』，《日記》作『題』。
〔六〕『覺』，《日記》作『見』。

鶴亭新自南來惠贈古風二章次韻奉答〔一〕

我詩初無法，信口爲咿謳〔二〕。未能謀一身，況乃談九州。黄農日以遠〔三〕，逝晷不我留。橫流哀赤子，香草思靈修〔四〕。勞者但自歌，詎堪語時流〔五〕。玄亭念瓿覆〔六〕，長爪遭溷投。休論身後名，且看風中漚〔七〕。

六代數詩家〔八〕，陶謝差匹敵。康樂忠義人，肆志託泉石。讀君和謝詩，頗復侈宦蹟。迴舟上金焦，目極東南坼。誰知新亭淚，孤憤盈胸膈。仍歲賦北征，逢迎多親識。敝廬絕輪鞅，肯來慰蕭寂。白水閟禎符，餘分競紫色。安得昆陽師，長驅挾霹靂。

校記

〔一〕此詩初稿、二稿載手鈔本《邴廬日記》戊辰年二月二十八日。

〔二〕『謳』，《日記》作『嘔』。

〔三〕『農』，《日記》作『虞』。

〔四〕『横流』二句，《日記》初作『危邦寧久居，劍炊漸向茅。中原尚鬥爭，故山悵阻修』。後在同日日記中微嫌《中原》二句落套，改作『晚途從護落，束髮慕前修』，並説明仍無聊，依舊用原句。

〔五〕『堪』，《日記》作『足』。

〔六〕『瓿』，《日記》作『龍』。

〔七〕『風』，《日記》作『空』。

〔八〕『數』，《日記》作『溯』。

題蔣乃時鐵驪圖〔一〕

黄竹歌聲去不還〔二〕，渥洼無復貢天閑。風塵難得孫陽鑒，高價千金只等閒〔三〕。

校記

〔一〕此詩初稿、二稿載手鈔本《邴廬日記》戊辰年閏二月十三日。

〔二〕『歌聲』，《日記》作『哀歌』。

〔三〕『渥洼』三句，《日記》初作『昭陵刻石亦榛菅。孫陽具眼今誰是多少龍駒伏櫪間』，後改與此同。

二月二十八日偕弢老梅生稚辛季友栘疏嘿園迪庵午原冒雨游大覺寺中途至黑龍潭小憩杏花已謝而雨中山景殊佳留連至暮始返弢老有詩屬和即次其韻〔一〕

絕頂登臨即閬風，天留奇景待詩翁。層巒次第浮新翠，遠草連緜襯落紅〔二〕。遼鶴相尋多夢語〔三〕，潭龍已徙寂神功。出郊挾得隨車雨〔四〕，難得氛霾一洗空〔五〕。

校記

〔一〕此詩初稿、二稿載手鈔本《邴廬日記》戊辰年三月初三日。

〔二〕『層巒』二句，《日記》説明初作『分明池水思凝碧，容易花時過落紅』，後改作『戰場又長春蕪綠，佛界能逃刼大紅』。

〔三〕『多』，《日記》作『餘』。

〔四〕『挾』，《日記》作『載』。

〔五〕『難得』，《日記》作『且喜』。

迪庵續作大覺寺雨後詩亦次韻和之〔一〕

看花雖後期〔二〕，花林自引勝〔三〕。屋角春鳩鳴，知有好雨聽。軒車連璧來〔四〕，晨征爲鼓興。小憩澄潭清〔五〕，遂儕初地迥。明昌八院遺，崇構孰與竝。年深斷碣殘，境僻野情稱。品泉就竹根，披雲陟松頂〔六〕。列岫出新沐，危欄恣高凴。誰家檀果園，是處通樵徑。襆被不可留〔七〕，催歸愁夕磬。歸路趁山光〔八〕，城闉已向暝。

校記

〔一〕此詩初稿載手鈔本《邴廬日記》戊辰年三月初八日。

〔二〕『雖後期』，《日記》作『醉後時』。

〔三〕『花林自』，《日記》作『落花足』。
〔四〕『軒車連璧』，《日記》作『聯璧軒車』。
〔五〕『澄』，《日記》作『碧』。
〔六〕『陟』，《日記》作『到』。
〔七〕『襆』，《日記》作『猴』。
〔八〕『歸』，《日記》作『迴』。

社園雨中牡丹同立之仲雲迪庵嘿園作〔一〕

百花開徧洛花開，不見軒中今雨來。是日適同集來今雨軒。步障幾家深愛護〔二〕，角巾令我久徘徊〔三〕。紅芳莫遣新泥污〔四〕，白點渾疑急鼓催〔五〕。擡舉精神須此段，楊誠齋《牡丹》詩：『擡舉精神微雨過。』〔六〕漫從月下羡瑤臺〔七〕。

輕雷誰喚阿香車，無礙仙葩爛熳舒〔八〕。國色真逢酣酒後〔九〕，漲流爲想棄脂餘〔一〇〕。鷩寒鳳子尋還怯，向午貓睛畫不如〔一一〕。夢裏朝雲應髣髴，好憑花葉爲傳書。仲雲適見示在某校書處聯句作〔一二〕。

校記

〔一〕此詩初稿、二稿載手鈔本《邴廬日記》戊辰年三月十二日。
〔二〕『步障』句，《日記》初作『靧面爲誰作光悅』，後改作『頮髻向人彌娬媚』。

〔三〕『角』，《日記》作『墊』。

〔四〕『莫遣新泥污』，《日記》初作『儘有雕闌護』，後改作『肯受新泥汙』。

〔五〕『急』，《日記》初作『羯』，後改作『爭』。

〔六〕『擡舉』句，《日記》作『更待新晴看錦繡』，句末無自注。

〔七〕『漫從』，《日記》作『未須』。

〔八〕『無』，《日記》作『不』；『熳』，《日記》作『漫』。

〔九〕『國色真逢』，《日記》作『別炫啼妝』。

〔一〇〕『漲流』句，《日記》初作『倍增舞態濯枝餘』，後擬改作『乍回笑靨濯枝餘』。

〔一一〕『貓晴晝』，《日記》作『猶晴晝』。

〔一二〕小注，《日記》無。

黃黎雍寄示松客詩冊書後並答來書意〔一〕

遼東三老皆詩傑〔二〕，短褐論交古性情〔三〕。後起端能扶大雅，枉存重槐采虛聲〔四〕。王風蔓草誰還念，江水松花故自清。白首相知寧恨晚，佇聞逸響振韶韺〔五〕。

校記

〔一〕此詩初稿載手鈔本《邴廬日記》丁卯年十二月十二日。

〔二〕『皆詩傑』，《日記》作『吾宗仰』。
〔三〕『短褐』句，《日記》作『二百年來幾繼聲』。
〔四〕『後起』二句，《日記》作『槖筆生涯憐少賤，論交名輩盡心傾』。
〔五〕『白首』二句，《日記》作『世運貞元終必復，佇君述作振韶鍈』。

津門小住偕峻丞詞伯立之立盦李氏園泛舟次韻和諸君作〔一〕

綠陰一徑轉深叢，樹裏橋欄界小紅〔二〕。巾屨招邀皆舊雨〔三〕，襟懷披拂得清風，幽軒瀹茗閒中話，曲港拏舟絕處通。悟得及時行樂理〔四〕，眼前濠濮即方蓬〔五〕。

校記

〔一〕此詩初稿載手鈔本《邴廬日記》戊辰年三月二十五日。
〔二〕『綠陰』二句，《日記》作『名園占斷百花叢，物外能逃刦火紅』。
〔三〕『屨』，《日記》作『履』。
〔四〕『悟得』句，《日記》作『領取莊生濠濮意』。
〔五〕『眼前濠濮即』，《日記》作『何須海上羡』。

栩樓晚眺

鶴背天風未許乘，危欄落日此孤憑。去來潮汐橋頭水，高下樓臺樹杪燈。赤縣神州何處望，黄金土價逐年增。曠林猶自干戈鬭，叢雀淵魚歎可勝。

題王翁孝卿還鄉記後〔一〕

翁南皮人，弱冠從軍，轉戰無所成就，去而學賈，復不利，流落關外六十餘年，其孫希堯始訪得之，紀其事乞詩。

投筆封侯志竟乖〔二〕，飄蓬地角復天涯〔三〕。夢中豈意桐枝長，痛定方知蔗境佳。柏寢從今年莫問，沙場幾輩骨空埋。高堂明鏡重開日，一帖零丁感涕皆。

校記

〔一〕此詩初稿載手鈔本《邴廬日記》戊辰年三月二十五日。

〔二〕『志竟』，《日記》作『始願』。

〔三〕『蓬』，《日記》作『零』。

題林蔚文虎口餘生圖〔一〕

莊生能道東陵跖，太白曾歌蜀道難。君自吉人得天相，大千浩劫尚漫漫〔二〕。
無主生民是亂源，不須成敗問巢溫。年來銜闕哀無語，且爲君題說虎軒。范石湖有《說虎軒記》〔三〕。

校記

〔一〕此詩初稿載手鈔本《邴廬日記》戊辰年七月初一日。
〔二〕『漫漫』，《日記》作『茫茫』。
〔三〕《日記》無句末自注。

東北軍退後都中閉城已數日樊山忽寄詩三章並鷓鴣天詞一闋走筆答之〔一〕

落葉滿山山更青，樊山原句〔二〕。山中日曆只堯蓂〔三〕。霜林盡後寒松在〔四〕，會向松根劚茯苓〔五〕。
刻畫無鹽引鏡羞，碎金《廣雅》可勝收。湖光淨業猶如昔，一瞬滄桑二十秋。來書摘《落葉》詩中語，又引《廣雅集》『外游積水潭』舊句，謂可互相發明。推奬殊過，非所敢承也。
九門深閉晝如宵，鉢響鐘聲總寂寥。猶有書郵差解事，吟牋未竟厄洪喬。

揖讓雍容事救焚，商芝又作出山雲。與君真是巢由侶，挂樹長瓢百不聞。

校記

〔一〕此詩初稿載手鈔本《邴盧日記》戊辰年四月二十二日。

〔二〕小注，《日記》無。

〔三〕『蕢』，《日記》作『虞』。

〔四〕『寒』，《日記》作『孤』。

〔五〕『劚』，《日記》作『覓』。

梅南六十初度集榕社同人聯吟即席奉呈〔一〕

茂苑尋芳已後春，蓬萊測海幾揚塵。選官下飯今無用，問字停車尚有人。荔子香中哦斷句〔二〕，槐柯夢裏話前因。書屏認取如椽筆，與點風雩契最真。弢老適自津寄來親書所撰壽言〔三〕。

校記

〔一〕此詩初稿、二稿載手鈔本《邴盧日記》戊辰年五月初九日。

〔二〕『選官』四句，《日記》初作『亂山留滯成羈客，陶航風流見替人。社集荔香仍續舊，曆頭花甲又更新』，二稿作『選官下飯今無月，問字鋅車尚有人』。隨後改，除『無用』作『無月』，『停車』作『鋅車』外，其餘文字同此。

〔三〕小注，《日記》無。

題林訪西丈味雪堂遺藁即送清畬南歸〔一〕

横流滄海到而今，廿載難爲感逝心。林際春申餘髣髴，草間祭酒自沈吟。庚子自海道奔赴行在所，過滬，承贈詩爲別，今存集中〔二〕。魏蓍家世猶遺笏〔三〕，安石文章此碎金。目送羈鴻又南去，雲山迴望只沾襟〔四〕。

校記

〔一〕此詩初稿載手鈔本《邴廬日記》戊辰年五月十四日。

〔二〕小注，《日記》無。

〔三〕『魏蓍』，《日記》作『觀察』；『遺』，《日記》作『藏』。

〔四〕『只』，《日記》作『但』。

題沅叔藏園校書圖〔一〕

萬卷丹黄出劫餘，一庭花石擁精廬。塵闤誰及君高致，抛卻山游便勘書〔二〕。退谷蕉林舊蹟非，宋元珍槧近逾稀〔三〕。冷攤慣閱麻沙本，安得春明僦宅依。

校記

〔一〕此詩初稿載手鈔本《邴廬日記》戊辰年五月二十日。

〔二〕『勘』，《日記》作『勤』。

〔三〕『珍』，《日記》作『精』；『逾稀』，《日記》作『尤稱』。

次韻徵宇社園即目〔一〕

安排麟閣畫獮猴，馬勃牛溲一例收。遷史至今傳夥涉〔二〕，魯人久已薄家丘。濁河豈是投膠止，時夜虛勞見卵求〔三〕。只合坐懷師柳下，裸裎爾我亦由由。

校記

〔一〕此詩初稿、二稿載手鈔本《邴廬日記》戊辰年六月十九日。

〔二〕『遷史』二句，《日記》初作『齊傳豈能勝眾楚，魯人久已薄客丘』，後改作『但見羣龍紛鬥野，孰知百貉本同丘』。

〔三〕『濁河』二句，《日記》初作『乘軒有鶴疑堪戰，緣木無魚那□□』，後改作『濁河豈是投膠止，時衣虛勞見卵求』。

近事〔一〕

近事傳聞太可驚，如毛羣盜正縱橫。豈無唐珏懷忠憤〔二〕，不必溫韜問主名。南內壽皇傳大寶，西天我佛祝長生〔三〕。祠官曾奉山陵役，空望松楸涕淚盈〔四〕。

校記

〔一〕此詩初稿、二稿、三稿載手鈔本《邴廬日記》戊辰年六月十九日。
〔二〕『豈』，《日記》作『更』；『懷』，《日記》作『攄』。
〔三〕『南内』二句，《日記》初作『中葉天戈虚赫濯，他年社飯語分明』，後改作『漢寢玉衣靈赫濯，宋宫社飯語分明』，再改作『南内壽皇傳大寶，西天我佛頌長生』。
〔四〕『盈』，《日記》作『傾』。

徵宇以新摘葡萄見餉賦謝代簡〔一〕

十年樹木計寧差〔二〕，珠實纍纍忝拜嘉〔三〕。想見南柯消一夢，閉門欲傲召平瓜。
杜宇冬青滿目悲，起予高論讀新詩。君昨有《和近事》詩〔四〕。法和遺語君應憶，取果還須待熟時。

校記

〔一〕此詩初稿載手鈔本《邴廬日記》戊辰年七月初四日。
〔二〕『樹木』，《日記》作『種樹』。
〔三〕『實』，《日記》作『顆』。

〔四〕小注，《日記》無。

君坦作弔社園芍藥詩樊山再疊原韻和之並屬徵和〔一〕

春光婪尾去無痕，金帶誰憐斷舊恩。亡社向來足憑弔，傖奴豈復解溫存。廣寒仙桂祇留影，本穴幽蘭久露根〔二〕。莫爲花天悲小劫，蟲沙滿地盡冤魂。

校記

〔一〕此詩初稿載手鈔本《郇廬日記》戊辰年七月初四日。

〔二〕『久』，《日記》作『早』。

冰社諸子近爲填詞之會以戊辰七夕命題余不習倚聲適釋戡寄示七夕書懷作依韻漫成一律示澐兒〔一〕

人間末劫知何世，天上佳期説此宵。可信蛛絲偏得巧，空持犢鼻向誰驕。碧翁仰望仍沈醉〔二〕，黄屋安歸且寓僑〔三〕。卻羨盈盈銀漢水，微波終古不生潮〔四〕。

校記

〔一〕此詩初稿載手鈔本《邴廬日記》戊辰年七月十五日。

〔二〕『仍』，《日記》作『猶』。

〔三〕『黃屋安歸且』，《日記》作『白屋相憐等』。

〔四〕『生』，《日記》作『驚』。

師鄭示生朝述懷二章多憤鬱之詞輒抒所見廣其意〔一〕

君才萬斛泉，不擇地而湧。放爲江海流，波濤浩呼洶〔二〕。蹉跎逼衰暮，憫默就閒穴。瑣旅無安棲〔三〕，選樓自孤聳。世患益泯棼〔四〕，蔽天愁蠛蠓。戒詩復有詩，豈欲鼓餘勇。吾儕共偷息，中壽木已拱。忍持銅狄淚〔五〕，更灑冬青壠。紛紛昨暮兒〔六〕，儒冠笑闒茸〔七〕。藏山待千秋，有恃宜無恐。簞瓢處陋巷，昔賢亦屢空。且當玩易爻，憂患思周孔。長夜黯不晨〔八〕，殘山亦懵懂〔九〕。安知無黃人，杲日行再捧。淇竹晚猗猗〔一〇〕，岡梧朝菶菶〔一一〕。因君發遐想，即以祝大董〔一二〕。

校記

〔一〕此詩初稿載手鈔本《邴廬日記》戊辰年七月十三日。

〔二〕『波』，《日記》作『奔』。

〔三〕『瑣旅』句,《日記》作『宦海已銷聲』。
〔四〕『患』,《日記》作『變』。
〔五〕『狄』,《日記》作『仙』。
〔六〕『紛紛』句前,《日記》有『赤眉與髡僧,虺蜴偶遺種。前史具明徵,天誅未旋踵』四句。
〔七〕『儒』,《日記》作『峨』。
〔八〕『長』,《日記》作『良』。
〔九〕『亦』,《日記》作『餘』。
〔一〇〕『猗猗』,《日記》作『倚倚』。
〔一一〕『岡』,《日記》作『園』。
〔一二〕『即』,《日記》作『兼』。

次韻子威瀋陽講舍見懷作〔一〕

鑿空仙槎壯此游,榆關風物恰清秋。誰令烏几荒生事,正要鯨波盪旅愁。碣石東浮多積水,神州西望莫登樓。不知虛館公孫客〔二〕,可有當年管邴流。

君詩宗派出婁東,經術兼饒戴侍中〔三〕。獅吼尚容高座踞,鶯求孰是友聲同〔四〕。柳條邊外看殘照,木葉山頭詠古風〔五〕。迸入秋笳振餘響〔六〕,郵幰佇盼報來鴻。

校記

〔一〕此詩初稿、二稿載手鈔本《邴廬日記》戊辰年七月二十四日。

〔二〕『公孫』，《日記》作『襄平』。

〔三〕『君詩』二句，《日記》二稿作『衰時吾道不妨東，過去華胥總夢中』。

〔四〕『鶩求』句，《日記》作『霓裳苦境衆仙同』。

〔五〕『柳條』二句，《日記》作『醫閭王氣三江水，滕閣才名一席風』。

〔六〕『迸入』句，《日記》作『併入秋笳編巨集』。

徵宇見示疊韻呈太傅公作與日前和章並古誼忠肝溢於言表非時流所及也亦疊原韻書後〔一〕

憂樂蒼生孰察眉〔二〕，孤根應有蟄龍知。萑苻徧地將如彼〔三〕，龜鑑當筵自得師。雪恥成功非苟倖，責難陳義敢輕卑〔四〕。且須人定觀天定，綸邑元無尺土基〔五〕。

校記

〔一〕此詩初稿載手鈔本《邴廬日記》戊辰年七月二十四日。

〔二〕『憂樂』，《日記》作『塗炭』。

〔三〕『徧』，《日記》作『滿』。

〔四〕「義」，《日記》作「薪」。

〔五〕「元」，《日記》作「初」。

前詩意有未盡再疊前韻呈徵宇〔一〕

守口瓶居鑒井眉，韓仇家世兩心知。前途襄野猶迷聖，往事梨洲痛乞師。耿耿微誠祝荃宰〔二〕，紛紛學語笑鮮卑。御屏《無逸圖》長在，想見艱難積累基。

校記

〔一〕此詩初稿載手鈔本《邴廬日記》戊辰年七月二十五日。

〔二〕「誠」，《日記》作「識」；「祝」，《日記》作「望」。

金鼇玉蝀橫牆拆後車過口占〔一〕

靈囿休迴溯〔二〕，游人且恣娛。猶嫌限北海，不謂改南都。障礙有時去，源頭無奈枯。玉泉山上流久不放閘，三海皆垂乾矣。〔三〕滄桑茲小影〔四〕，妙手肯臨摹。

校記

〔一〕此詩初稿載手鈔本《邴廬日記》戊辰年七月二十八日。
〔二〕『迴溯』，《日記》作『談往』。
〔三〕《日記》無此自注。
〔四〕『小影』，《日記》作『縮本』。

徵宇見和前作因感及新華門舊事疊前韻

策力同時屈，何關竊號娛。老公徒荷荷，從仄音讀。平丈儼都都。猶見門題赫，誰憐塚骨枯。寂寥班史贊，辛苦想規摹。

徵宇次韻和前作復以餘意換韻續成一章依韻和之〔一〕

據亂談人物，都疑應運生。塔尖仍靳合，用《五代史》石敬瑭語〔二〕。篝火詎長明。赤縣無窮禍，黃袍一餉榮。頗思題墓語，尚愛孝廉名。來書引魏公九錫事〔三〕。

校記

〔一〕此詩初稿載手鈔本《邴廬日記》戊辰年八月初三日。

〔二〕『仍』，《日記》作『偏』。并下無小注。

〔三〕《日記》無此句自注。

曉枕偶成〔一〕

堆胸磊塊漫崢嶸，斗室聊堪觀我生〔二〕。病樹吟秋如有覺〔三〕，幽禽哢曉亦多情〔四〕。支撐小極餘書冊，想像承平到市聲〔五〕。一雨庭花都謝盡〔六〕，盆蘭自放兩三莖。

校記

〔一〕此詩初稿、二稿載手鈔本《邴廬日記》戊辰年七月二十八日。

〔二〕『斗』，《日記》作『靜』。

〔三〕『樹吟』，《日記》作『葉迎』。

〔四〕『哢』，《日記》作『弄』；『亦』，《日記》作『卻』。

〔五〕『想像』句，《日記》初作『約略承平是賣聲』，後改同此。

〔六〕『庭』，《日記》作『閒』。

蟄園社集席上訊迪庵〔一〕

達夫未達頗稱詩〔二〕，老樹著花無醜枝。絲竹中年聊自放，風塵吾道欲安之。鴻泥陳迹尋常共，鱸膾歸心日夕馳。銅鉢聲中宵苦短，那堪作惡問行期。

校記

〔一〕此詩初稿載手鈔本《邴廬日記》戊辰年七月二十九日。

〔二〕『未達』，《日記》作『五十』。

次韻子有移居〔一〕

計然十策幾留餘，三徙君今始定居〔二〕。貽厥甘棠存舊芴，斯干苞竹見新廬。風雲突兀胸千廈，花木平章手一鋤。傳徧山薑酬唱句，不知身世是逃虚〔三〕。

相宅經誰證櫟園〔四〕，櫟園書影載相宅吉祥四十事〔五〕。洪休天語好題門。今歲元旦在津，舊臣均蒙頒賜御書『大吉』二字。〔六〕版輿綵服承歡笑，金爵觚棱繞夢魂。掃榻時還延舊雨〔七〕，撝戈會見返朝暾〔八〕。文身章甫非無用，重譯今知聖道尊。

校記

〔一〕此詩初稿載手鈔本《鄦廬日記》戊辰年八月初八日。
〔二〕『君今』，《日記》作『看君』。
〔三〕『句』，《日記》作『什』。『不知』，《日記》作『都忘』。
〔四〕『誰證』，《日記》作『曾著』。
〔五〕『櫟園』，《日記》作『周櫟園』；『事』，《日記》作『吉祥』。
〔六〕『今歲』句，《日記》作『去歲』。其餘文字略有出入。意同。
〔七〕『掃』，《日記》作『懸』。
〔八〕『搗』，《日記》作『揮』。

葛滋鈞節母事略書後〔一〕

結褵未五稔〔二〕，遽痛所天徂。上有衰翁在，恃此遺腹孤。白華代子職，繈褓撫煢雛〔三〕。子職因有終，門戶當誰扶。緗素一經業，膏油十指餘。兒生未知父，猶能讀父書。願及春暉永，奮翼翔天衢。金萱萎朝露〔四〕，哀哀鞠我劬〔五〕。震川項脊記〔六〕，北江燈影圖。古來風樹恨〔七〕，不獨一皋魚。所嗟遘世難〔八〕，九流混句儒〔九〕。勞薪爨逆旅〔一〇〕，未免傷飢驅〔一一〕。顯揚雖有待，綽楔已旌閭。當代誰歐曾〔一二〕？闡幽櫞筆濡。二南王化邈〔一三〕，女範亦淪胥〔一四〕。詩成一浩歎，霜月聞啼烏。

校記

〔一〕此詩初稿載手鈔本《邴廬日記》戊辰年八月十一日。

〔二〕「未」，《日記》作「僅」。

〔三〕「撫煢」，《日記》作「護遺」。

〔四〕「金萱萎」，《日記》作「萱花澁」。

〔五〕「哀哀」，《日記》作「哀哉」。

〔六〕「震川」句，《日記》作「廬陵瀧岡表」。

〔七〕「古」，《日記》作「從」；「恨」，《日記》作「感」。

〔八〕「遘世難」，《日記》作「丁喪亂」。

〔九〕「混匄」，《日記》作「離正」。

〔一〇〕「逆旅」，《日記》作「運逆」。

〔一一〕「傷」，《日記》作「愁」。

〔一二〕「歐曾」，《日記》作「震川」。

〔一三〕「邈」，《日記》作「渺」。

〔一四〕「女範」句，《日記》作「女德多蕩躋」。

樊山戲擬試帖詩並邀同作即題其後〔一〕

熙朝中葉恢文治，試律沿唐製一新。館課以兹掄甲乙，選家託始冠庚辰〔二〕。祖庭我久慚傳硯〔三〕，先祖刊有《天開圖畫樓試帖》。宗匠君真老斲輪。五十年前蓬島夢，籬間賸得兩閒民〔四〕。所作題爲『還來就菊花』。

校記

〔一〕此詩初稿載手鈔本《邴廬日記》戊辰年八月十五日。

〔二〕『託始冠』，《日記》作『在昔始』，句末有自注：『紀河間《庚辰集》。』

〔三〕『久慚』，《日記》作『愧虛』，句末無自注。

〔四〕『閒』，《日記》作『東』；『閒』，《日記》作『遺』，句末無自注。

徵宇疊示秋情詩依韻奉和前後得五首〔一〕

秋空作意幻陰晴，賺盡三農望歲情。豈有爰居災可避〔二〕，不知絡緯織何成。夢華空復談天咫〔三〕，漢軍震在廷大令著《天咫偶聞》，皆誌輦下故事。〔四〕仰屋仍愁稅月明。漸近授衣冷時節〔五〕，全家且住聽風聲〔六〕。黃仲則詩『全家都在風聲裏』，借用其字面。

月窟天根孰縱探，儒分爲八墨離三。人情苦自爭朝暮〔七〕，地氣何曾限朔南。異事存疑歸野史，定心回向只枯龕〔八〕。洞璣漳浦無傳授，後起君應一席參。徵宇時方治《易》。〔九〕

樂府相傳萬古愁〔一〇〕，歸玄恭《萬古愁》樂府皆譜歷代興亡事蹟，世祖嘗命內廷演習。那堪行在續《陽秋》。衣冠草莽誰還恤〔一一〕？鼓角關山且未休〔一二〕。鶉首啟疆疑帝醉〔一三〕，霓裳記曲付仙游〔一四〕。玉魚金盌人間恨，舊內猶餘寶月樓。西苑寶月樓，相傳乾隆時爲某妃特建，以俯臨回回營者，今爲新華門。〔一五〕

折枝斷句踵鄉風〔一六〕，幾輩相從汐社中。猶見唐音開寶盛，不關魯史定哀終〔一七〕。巢痕他日悲梁燕，吟響深宵答砌蟲〔一八〕。席帽南宮論故事〔一九〕，劇憐燈燭一般同。

游釣難忘父母邦，海波日夕尚舂撞。遺書正誼儒風息，斷碣瑯琊霸氣降。十郡版圖成割裂，百年謠俗換醇龐。君家霜橘沿村美，自占門前一曲江。

校記

〔一〕此詩第一首初稿載手鈔本《邴廬日記》戊辰年八月十四日；第二首初稿載於八月十三日；第三首載於八月十八日，又於八月二十四日改；第四首載於八月二十六日；第五首載於八月二十八日。按，題中『秋情』，《日記》八月初十、十七日又作『秋晴』。

〔二〕『災』，《日記》作『哭』。

〔三〕『夢華空復』，《日記》作『夢筆枉復』。

〔四〕小注，《日記》文字略有出入，意同。

〔五〕『漸近』句，《日記》作『誰道王城浩如海』。

〔六〕『全家』句，《日記》作『市人鴉鵲總銷聲』，句末無自注。

〔七〕『苦自』，《日記》作『豈免』。

〔八〕『只』，《日記》作『有』。

〔九〕『應』，《日記》作『當』，句末無自注。

〔一〇〕『相』，《日記》初作『曾』，後改同此。

〔一一〕『衣冠』句，《日記》作『詩書發冢誰還問』。後於二十四日改作『衣冠草莽誰還同』，此末字改作『恤』。

〔一二〕『關山』，《日記》初作『穿籬』，後改同此。

〔一三〕『鶉首』句，《日記》初作『精衛空懷銜石志』，後改作『凝碧新聲攙鬼語』。

〔一四〕『霓裳』句，《日記》初作『衣冠塗炭及時羞』，後改作『廣寒舊夢付仙遊』。

〔一五〕『舊內』，《日記》初作『寶月』，後改作『故內』；『寶月』，《日記》初作『舊日』，後改同此；句末無自注。

〔一六〕『斷』，《日記》作『偶』。

〔一七〕『關』，《日記》作『開』。

〔一八〕『深』，《日記》作『中』。

〔一九〕『論』，《日記》作『談』。

次韻釋戡戊辰中秋〔一〕

夕烽偏地不曾收〔二〕，卻有清光出屋頭。歌哭千家憐此夜〔三〕，陰晴萬里本同秋。前潮胥母知何似〔四〕，靈藥窮妻詎可求。夢裏隣宵臺上月〔五〕，幾時共對豁羈愁〔六〕。

校記

〔一〕此詩初稿載手鈔本《邴廬日記》戊辰年八月二十一日。
〔二〕『烽』，《日記》作『煇』。
〔三〕『哭』，《日記》作『笑』；『憐』，《日記》作『懈』。
〔四〕『何似』，《日記》作『餘恨』。
〔五〕『臺』，《日記》作『屋』。
〔六〕『豁豁』，《日記》作『谿靄』。

壽言仲遠觀察〔一〕

聖門七二賢，言子起南服。蟬嫣累千祺，華胄仍望族〔二〕。君家好兄弟，坡潁世屬目。我始交長公，傾蓋如舊熟。嵩雲秦樹間，一别邈山岳。壯圖惜未伸〔三〕，君才几卓犖。淹貫九流書〔四〕，運籌贊帷幄〔五〕。憶在柔兆歲〔六〕，問津經析木。東道備殷勤，酒酣繼明燭〔七〕。縱談今古事，握手肝肺掬。國勢猶可爲〔八〕，歲月驚轉轂。鼎湖墜軒弓〔九〕，漢運丁百六〔一〇〕。海宇遽分崩〔一一〕，蒼生罹荼毒〔一二〕。吾道合卷懷，蹇裳恨不夙。故山雖未歸，菟裘久已卜。耦耕希鹿門〔一三〕，三休悟王屋。往歲我七十，鴻文遠見辱。肫肫念舊情，展誦增感觸〔一四〕。君今亦周甲，顏童鬢未禿。前期戒稱觴，此意尤遠俗。手寫述懷詩，華牋燦盈幅。學陶真似陶，異代侔芳躅。高枕游羲皇，繞砌森蘭玉。想見心太平，一庵萬事足。衰慵吾自放，近益荒簡牘〔一五〕。千里有神交，知不責疏數。〔一六〕鸞鶴在九霄，白駒思空谷。俚言不成章，聊致臨風祝。

校記

〔一〕此詩初稿載手鈔本《邴廬日記》戊辰年八月二十四日。

〔二〕『華胄仍』，《日記》作『簪纓猶』。

〔三〕『圖』，《日記》作『懷』。

〔四〕『淹』，《日記》作『綜』。

〔五〕『贊』，《日記》作『佐』。

〔六〕『柔兆歲』，《日記》作『丙午春』。

〔七〕『酒酣』句，《日記》作『清宵見跋燭』。

〔八〕『猶』，《日記》作『尚』。

〔九〕『鼎湖』句，《日記》作『軒弓墜鼎湖』。

〔一〇〕『運丁』，《日記》作『祚終』。

〔一一〕『遽』，《日記》作『遂』。

〔一二〕『罹荼毒』，《日記》作『禍何酷』。

〔一三〕『耦耕』二句，《日記》作『息影得蓬第，杜關謝塵濁』。

〔一四〕『展』，《日記》作『捧』。

〔一五〕『簡』,《日記》作『筆』。

〔一六〕『知不』句,《日記》後有『横流猶滔滔,殘棋那更覆。但葆歲寒姿,天心會來復』四句。

次韻樊山書感進退格〔一〕

但有蕪城供弔古,何須黍谷問回溫〔二〕。佳人變相皆爲賊,窮漢求官那不貧。春日爭看花滿樹,秋風方悟葉歸根〔三〕。浮屠桑宿休多戀,猶及還鄉作順民〔四〕。嘗與友人論明季士大夫殉國難者之多,爲漢唐以後所未有。國朝更一一追謚,又於國史特立《貳臣傳》,皆未免抑揚太過。所謂日中則昃,月盈則虧者,此言雖㓞,未嘗不有至理存焉。今日者,不惟熊掌不可得,而彈鋏歌無魚者且比比皆是也,此又世變之可悲者已。〔五〕

校記

〔一〕此詩初稿載手鈔本《邴廬日記》戊辰年八月二十四日。

〔二〕『但有』二句,《日記》作『亂首須追作俑人,莽丕流禍極巢溫』。

〔三〕『悟』,《日記》作『慘』。

〔四〕『浮屠』二句,《日記》作『虧他傖父談王道,目笑驩虞霸者民』。

〔五〕詩末自注,《日記》與此出入較大。

生朝述勤惠餽盆菊十數種日來始盛開命酒賞之〔一〕

世難生滋戚〔二〕，塵栖徑任荒。久知慚壽友，聊可綴重陽。親舊多分散，歌謠强激昂。鬢邊無可插〔三〕，留取伴萸囊。

校記

〔一〕此詩初稿載手鈔本《邴廬日記》戊辰年九月十二日。

〔二〕『戚』，《日記》作『感』。

〔三〕『鬢』，《日記》作『髩』。

瓶花

花時常懶出，斗室與誰親。亦自兼紅白，無妨閒舊新。重簾風隔斷，小杓水添頻。恨少黃筌筆，屏間替寫真。

窗竹〔一〕

無竹令人俗，吾幾負此生。移栽將十稔，坐對覺雙清〔二〕。不改雪霜色〔三〕，亦逢雷雨盈〔四〕。繞簷新翠合〔五〕，次第記抽萌。

校記

〔一〕『窗竹』一題兩作，均載手鈔本《邴廬日記》戊辰年八月二十七日。前作與此完全不同，已收錄佚詩中。此由後作改定而成。

〔二〕『坐對』句，《日記》作『靜對總多情』。

〔三〕『雪』，《日記》作『風』。

〔四〕『亦逢』，《日記》作『還須』。

〔五〕『合』，《日記》作『匝』。

徵字賦折枝排律十二韻於本事略備因追憶故事爲長篇紀之〔一〕

詩家廣大無不有〔二〕，嵌字句中索對偶。改詩何義起何時，譬以折枝亦近取。閩俗相承，稱『改詩』，不解其取義，亦不詳所自，始據故老傳誦之句，大約不出百年上下也。兒時習聞長老説，徐李雲汀孝廉、星村茂才。佳句熟人口〔三〕。始緣鬭捷競清新〔四〕，漸且徵材造雄厚〔五〕。名流雅集藉消閒，委巷效顰或忘醜〔六〕。振響亦賴登高呼〔七〕，傳鈔居然不脛走〔八〕。船官初拓漢司空，沈文肅筦船政時，有《船司空聯吟集》。節樓重植武昌柳。先祖在鄂，公暇時亦嘗集賓佐聯吟。洎張文襄督鄂，此風乃益盛。禮羅幕下富才彦〔九〕，酬唱公餘聚賓友。文肅夭矯人中龍，往往真氣驚户牖。文襄武庫森甲兵，愛搜秘笈資談藪。流派遂有閩粵分，壇坫益振同光後。豈妨庶子采春華，未許公羊譏墨守。石林早逝惜玉樓〔一〇〕，余所見吾鄉工此體者，弢丈而外，當首推稚愔侍御。天琴宿師推祭酒〔一一〕。近年都中詩社皆推樊山爲領袖。寒山鐘杵鏗華鯨〔一二〕，榕社春燈燦珠斗。春明轉盼成夢餘，中興想望生耆者〔一三〕。邇來勝侶半飄零，眼看雲衣變蒼狗。瀑流不洗徐凝惡〔一四〕，論語供薪玄覆瓿。吾曹暇日尚追歡〔一五〕，且喜歲寒交耐久。軼事亦關掌故遺〔一六〕，大雅今孰扶輪手。零珪斷璧儘堪珍〔一七〕，因君還質滄趣叟。

校記

〔一〕此詩初稿、二稿載手鈔本《邴廬日記》戊辰年九月初三日。《日記》無詩下小注。

〔二〕『廣大』，《日記》作『狡獪』。

〔三〕『佳』，《日記》作『雋』。

〔四〕『競』，《日記》作『尚』。

〔五〕『且』，《日記》作『入』。

〔六〕『委巷』，《日記》作『淺學』。

〔七〕『振』，《日記》作『聲』。

〔八〕『傳鈔』，《日記》作『風氣』。

〔九〕『富』，《日記》作『盛』。

〔一〇〕『玉樓』，《日記》作『長吉』。

〔一一〕『天琴』句，《日記》作『龍陽夙慧過元九』。

〔一二〕『寒山』句，《日記》誤書於『豈妨庶子采春華』之前。

〔一三〕『想望生』，《日記》作『企望思』。

〔一四〕『瀑流』句，《日記》初作『旁行畫革競尋撦』，二稿改爲『瀑流難洗徐凝惡』。

〔一五〕『曹』，《日記》作『曾』。

〔一六〕『軼事』二句，《日記》初無，隨後録入。

〔一七〕『珪』，《日記》作『琦』。

樊山招飲城南酒樓並示九日攜家游香山昆明湖疊前和折枝韻仍疊前韻奉和〔一〕

君詩左宜復右有，獨立騷壇殆無偶。耽吟不廢山澤娛，譬之熊魚欲兼取。畏俗難障方麴塵，哀時苦銜石闕口〔二〕。五嶽夙契李青蓮，小丘新買柳子厚。劉郎題糕豪實怯，參軍落帽狂亦醜。全家許掾可挈從，何物蔡兒笑學走。佳節思鄉徧插萸，征亭傷別頻折柳。舒嘯如聞鸞鳳音，避囂喜得麋鹿友。品泉憶昔酌中泠〔三〕，攙雲歸去伴虛牖。腳根猶帶九州煙〔四〕，胸次早吞雲夢藪。急追逋景效蘇髯，舊讀宮詞恥王後〔五〕。湘綺有《圓明園詞》，皆紀庚申時事。〔六〕分明門戶見建章，約略園池記絳守。折簡仍招白社人〔七〕，逢辰且醉黃花酒。玉堂前輩僅太丘，恰喜南極配北斗。欣然探袖出珠璣，相將執爵祈黃耇。萬首儘容匄膏馥〔八〕，君自言重入都門十五年，得詩詞近萬首。三蕉無用發甌瓿〔九〕。是日座客皆不能飲〔一〇〕。高談驚座各風生，斜月窺簾知夜久〔一一〕。衣冠幸從園綺游，臺閣竟閒燕許手。援毫請賡飽德章，量腹差堪充下叟〔一二〕。

校記

〔一〕此詩初稿載手鈔本《邴廬日記》戊辰年九月十七日。

〔二〕「畏俗」二句，《日記》作「《秋聲賦》感童垂頭，賢己圖嗤容張口」。

〔三〕「泠」，《日記》作「冷」。

〔四〕「猶」，《日記》作「曾」。

〔五〕「舊」，《日記》作「偕」；「王」，《日記》作「盧」。

〔六〕「湘綺」句自注，《日記》簡作「王湘綺有《圓明園詞》」。

〔七〕「簡」，《日記》作「柬」；「招」，《日記》作「呼」。

〔八〕「匄」，《日記》作「弓」；「萬首」句前，《日記》有「一時追逐儼雲龍，流俗譏嘲付芻狗」二句。句末無自注。

〔九〕「用」，《日記》作「事」。

〔一〇〕「是日」，《日記》無。

〔一一〕「窺」，《日記》作「穿」。

〔一三〕「堪」，《日記》作「能」。

次韻釋戡雨窗遣興〔一〕

琶響誰聞繞殿雷，芸香老我亂書堆〔二〕。承恩曾見黃旛綽〔三〕，君方續《鞠部叢談》〔四〕。思誤空希邢子才〔五〕。有恨含冰猜漢語〔六〕，何情算劫問池灰。鑪熏茗椀閒滋味，新詠君能續《玉臺》。

校記

〔一〕此詩初稿載手鈔本《邴廬日記》戊辰年七月二十七日。

〔二〕「芸香」，《日記》作「白頭」。

〔三〕「見」，《日記》作「許」。

〔四〕「君」，《日記》作「來詩自注云，近」。

〔五〕「誤」，《日記》作「適」。

〔六〕「含」，《日記》作「銜」。

平齋寄詩二章皆述近況即效其體步魚韻作二詩答之〔一〕

詩來只說家常語〔二〕，似覺醰醰味勝初。人海有誰憐涸轍？星郵幸不阻傳書。愁聽朔漠白翎雀，夢渺南屏金鯽魚。來詩述移疏湖游之樂。苦憶天潢趙千里，趨曹栩栩畫騾車。孚伯蘭宗室在戶部，嘗於便面畫一車一騾一奴，星作趨曹狀，袁爽秋爲題詩，此閻文介管部時事，距今且四十餘年矣，尚憶其人，畫中情景亦惟君可語也。〔三〕

一年駒隙怱怱過〔四〕，又是西風落葉初〔五〕。湖海故交無幾在〔六〕，陽秋近事不堪書。久知蘭佩憎多狗〔七〕，獨羨蓴鄉食足魚〔八〕。截取老藤供短杖〔九〕，猶能徒步當安車〔一〇〕。

校記

〔一〕此詩第一首初稿載手鈔本《邴廬日記》戊辰年九月初八日，第二首初稿載九月十四日。

〔二〕『詩來』，《日記》作『新詩』。

〔三〕『苦憶』二句，《日記》初作『安得相隨赤松上，蓬萊頂上策飛車』，并說此二句本用『憶否棋盤街上素，趨曹晨夕策騾車』，句末無自注。

〔四〕『駒隙』，《日記》作『芳序』。

〔五〕『葉』，《日記》作『木』。

〔六〕『湖海』句，《日記》作『篋衍新詩時有錄』。

〔七〕『久知』，《日記》作『未妨』；『憎』，《日記》作『增』。

〔八〕『獨羨』，《日記》作『只欠』。
〔九〕『取』，《日記》作『得』；『短』，《日記》作『龍』。
〔一〇〕『徒』，《日記》作『途』。

答嘿園寄示漢上近詩〔一〕

東流江漢遠湯湯，無望南皮況益陽。生聚十年吾及覩，鬱攸一炬孰爲揚〔二〕。停雲心事新詩本，賦日才華古戰場。時節黃花開自好，瀛臺憑弔更悲涼。

校記

〔一〕此詩初稿載手鈔本《邴廬日記》戊辰年九月十八日。
〔二〕『鬱攸』，《日記》作『倉皇』。

徵宇熙民次贛先後見和折枝長篇再疊前韻呈諸君〔一〕

結繩文字初無有，易爻因奇而得偶。孳爲簡牘播聲歌〔二〕，遂令尺棰不勝取。後人追溯古詩源〔三〕，里巷風謠多信口。尼山删定存三百，義在溫柔與敦厚。浸淫漢魏歷三唐，益講聲病論妍醜。操觚各自竭知能，佩玉或不利趨走。折枝孟氏喻其易〔四〕，非若杯棬賊杞柳〔五〕。餖飣何嫌摘句圖，于喁自得同聲友。敢説江河不廢流〔六〕，儘容日月近窺牖〔七〕。閩人雖復拙爲名，要是東南文獻藪。風雅略存晉安遺，衣冠豈料廣明後。迂儒與世相背馳，夙昔心猶故處守〔八〕。承平光景不堪思〔九〕，十事從頭遺八九〔一〇〕。前作初稾本押九字，旋改。諸君皆依初稾次和，今亦從之。更誰殿桷賦南熏，空見城隅挂北斗。思古懷舊託微吟〔一一〕，陋如韋孟亦既耇〔一二〕。羽毛終自惜家雞，玩弄隨人笑瓦狗。何期桃李報瓊瑤，坐對鼎彝慚甌瓿。且張吾軍亦足豪，細思此樂真堪久〔一三〕。燈宵佇聽演連珠〔一四〕，徵字曾集燈社所作爲五韻連珠體，亦騷壇之剏格也。寒夜還從呵凍手〔一五〕。積薪居上望羣公，相如昔已右枚叟〔一七〕。

校記

〔一〕此詩初稿載手鈔本《邴廬日記》戊辰年九月十九日。

〔二〕『聲』，《日記》作『詩』。

〔三〕『追溯』，《日記》作『探討』。

〔四〕『孟氏喻其易』，《日記》作『孟注失真詮』。

〔五〕『非若』句，《日記》作『且喻贈梅與挈柳』。

〔六〕『河』，《日記》作『湖』。

〔七〕『容』，《日記》作『許』。

〔八〕『故處守』，《日記》作『守故處』。

〔九〕『光景』，《日記》作『際會』。

〔一〇〕「遺」，《日記》作「忘」，句末無自注。
〔一一〕「思古懷舊」，《日記》作「黍離麥秀」。
〔一二〕「陋如韋孟亦」，《日記》作「韋孟而今陋」。
〔一三〕「細」，《日記》作「卻」；「真」，《日記》作「信」。
〔一四〕「燈宵」句，《日記》作「歲朝行又換新符」。句末無自注。
〔一五〕「還」，《日記》作「更」。
〔一六〕「昔已」，《日記》作「還應」。

徵宇再和折枝韻三疊前韻奉答即送南歸〔一〕

東方著論稱非有，孟嘗説客諷木偶。臧穀亡羊或互譏〔二〕，滄浪濯纓聽自取。金縷漫歌空折枝，石鼓誰知箝在口〔三〕。蟛蜞叵耐空螯嚼，大鵬孰是培風厚。少年塗抹偶復事，臨鏡祇增阿婆醜。長篇强韻更攀追〔四〕，正似跛牂逐驥走。莊舃越吟終思越〔五〕，三疊竊附陽關柳。閩詩開山溯薛歐，鄭荔鄉輯《閩詩話》，以薛令之、歐陽行周冠首。〔六〕十子代興各師友〔七〕。近年宛在拓詩龕，蜂房一一開戶牖。誰令滄海久橫流，福地亦爲藏疾藪。黍離豈惟王迹熄，漸恐元音成歇後。四郊矧尚多壘秋，青箱幾家猶世守。中興申甫那復望，謂文肅一輩〔八〕。更恨時無洪亨九。君歸鞠䐁壽高堂，風帆計日指南斗。開徑投轄多故人，循陔補什祝遐耉〔九〕。閒騎竹馬唱月光，勝如燕市覓屠狗〔一〇〕。月泉考官亦不惡，謝臯羽有「月泉考官」印〔一一〕。洛紙《三都》任覆瓿〔一二〕。羣陰在下剝已窮，吾輩論交敬以久。後會寧忘剪燭宵〔一三〕，旁觀且袖爛柯手〔一四〕。興亡得失都莫論〔一五〕，自有南公與北叟。

校記

〔一〕此詩初稿載手鈔本《邴廬日記》戊辰年九月二十八日。

〔二〕『轂』，《日記》作『殺』。

〔三〕『誰』，《日記》作『安』。

〔四〕『强韻更攀追』，《日記》作『短韻勉步趨』。

〔五〕『越吟終思越』，《日記》作『思越猶越吟』。

〔六〕小注，《日記》無。

〔七〕『代興』，《日記》作『源淵』。

〔八〕小注，《日記》無。

〔九〕『補什』，《日記》作『潔羞』。

〔一〇〕『勝如』，《日記》作『豈復』；『覓』，《日記》作『思』。

〔一一〕小注，《日記》無。

〔一二〕『洛』，《日記》作『緣』。

〔一三〕『宵』，《日記》作『期』。

〔一四〕『且』，《日記》作『好』；『手』，《日記》作『久』。

〔一五〕『莫』，《日記》作『奚』。

景山和迪庵作〔一〕

遠覽皇畿近故宫，登臨此日感何窮。五亭自聳神霄表，萬歲空存口號中。慘澹殘山横夕照，蕭槮叢木咽悲風〔二〕。不須更話前朝事，王氣今隨玉步終。

校記

〔一〕此詩初稿載手鈔本《邴廬日記》戊辰年九月二十九日。

〔二〕『槮』，《日記》作『檜』。

戲書羣芳菊譜後〔一〕

彭澤先生徑久荒，魏公老圃亦無香。誰令國色幾湮沒，妙解人頤得比方〔二〕。北地燕支宜退舍〔三〕，東籬中正好排場。寄聲海内同胞者，共拜金剛不壞王。

校記

〔一〕此詩初稿載手鈔本《邴廬日記》戊辰年九月二十九日。

〔二〕『妙』，《日記》作『能』；『得』，作『妙』。
〔三〕『燕支』，《日記》作『胭脂』。

讀屈翁山書宋武本紀後即書其後〔一〕

曹瞞擬周文，可誅乃在意。芳髦俱不終〔二〕，蜀禪猶自在。典午亟篡曹〔三〕，先爲滅蜀計〔四〕。卒召五胡禍〔五〕，江左等僑寄。元海稱漢甥，攀附實非類〔六〕。寄奴楚元後，與蜀同漢裔。何不告高光，復仇揭大義。始操而終丕，空貽千載詈〔七〕。翁山發此論，浮白爲一快。一姓不再興，語出《何典》記。崇龔冒劉氏〔八〕，猶能雄五季。陸書表南唐〔九〕，謝書存西魏〔一〇〕。史家微顯筆，正名非立異〔一一〕。夏德慨已遼，誰復問澆豷〔一二〕。洪荒九頭紀，忽爾摧帝制〔一三〕。茫茫亘古局，滔滔洪流勢。掩卷復何云〔一四〕，寒燈照深喟〔一五〕。

校記

〔一〕此詩初稿載手鈔本《邴廬日記》戊辰年十月初六日。
〔二〕『俱』，《日記》作『皆』。
〔三〕『亟』，《日記》作『既』。
〔四〕『先』，《日記》作『更』。

〔五〕「召」,《日記》作「肇」。
〔六〕「實」,《日記》作「究」。
〔七〕「千載」,《日記》作「青史」。
〔八〕「劉」,《日記》作「漢」。
〔八〕「表」,《日記》作「尊」。
〔九〕「存」,《日記》作「表」。
〔一〇〕「史家」二句,《日記》作「陽秋微□筆,將以俟百世」。
〔一一〕「豷」,《日記》作「豬」。
〔一二〕「摧」,《日記》作「鏟」。
〔一三〕「復何云」,《日記》作「無復言」。
〔一四〕「深」,《日記》作「後」。

梁貞端積水潭祠宇落成遇閻谿纕蘅相偕步行循堤至高廟殘雪初晴寒流未凍留連久之歸途口占〔一〕

十年人事付長吁〔二〕,臏水魂招此一隅。偶趁萍蹤同漫浪〔三〕,誰知蘭若亦荒蕪。殘僧虛訂花時約,僧言白海棠尚無恙〔四〕。古柳如披詩境圖。且與雪泥留小印〔五〕,衰慵腰腳未教扶〔六〕。

校記

〔一〕此詩初稿載手鈔本《邴廬日記》戊辰年十月初七日。

〔二〕『付長吁』,《日記》作『重嗟吁』。

〔三〕『趁』,《日記》作『爾』。

〔四〕『虛』,《日記》作『漫』,句末無自注。

〔五〕『與』,《日記》作『爲』。

〔六〕『慵』,《日記》作『遲』。

次韻答釋戡見示窮秋作〔一〕

一枕春明夢已殘,鶗鴂愁殺鄭都官。歲華促促無留景〔二〕,風葉蕭蕭又戒寒。暇日登樓同此感,清宵秉燭幾何歡。詩窮只道窮秋苦,搖落江山尚耐看。

校記

〔一〕此詩初稿載手鈔本《邴廬日記》戊辰年十月初十日。

〔二〕『歲』,《日記》作『幾』。

夜起檢書意有所觸拉雜書之〔一〕

蠹魚拙甚守書巢，食字成仙强解嘲。今覺昔人謀更拙，幾多心血此中拋。
帷燈別向夜深明〔二〕，魑魅居然不我爭〔三〕。拚卻鐵函沈井水〔四〕，也容藜杖降星精。
一般夜氣共天倪〔五〕，好惡誰知萬不齊。舜蹠未分皆熟寐〔六〕，喚人無賴是晨雞。
問訊高人夜起庵，扶桑幾日返征驂。遙知造膝從容語，不似瀛洲海客談。

校記

〔一〕此詩初稿載手鈔本《邴廬日記》戊辰年十月十一日。
〔二〕「別向夜深」，《日記》作「故向應後」。
〔三〕「我」，《日記》作「敢」。
〔四〕「鐵函」，《日記》作「餓幽」。
〔五〕「倪」，《日記》作「總」。
〔六〕「皆」，《日記》作「方」。

平齋見示說苦篇及答子瑜用鼈峰課卷代書牋詩撫今追昔感慨同之寒夜無聊輒成四十韻奉和〔一〕

人生遭亂世〔二〕，性命皆苟全。全者僅此身〔三〕，其奈百苦纏〔四〕。與君逐蓬轉，南北遂各天〔五〕。頑健雖可喜，同病亦相憐。凡君之所苦〔六〕，皆我口欲宣。君詩敏且贍，意觸輒成篇。文言道俗情，如蜜徹中邊。我思絕鈍滯，譬挽逆水船。有時走醋甕，往往廢餐眠〔七〕。苦中强尋樂，苦樂終相懸。不樂復如何，索居誰爲緣〔八〕。平生硜硜性〔九〕，頗疑天賦偏。亂離天寶後，文物靖康前。看雲悲世事，遣日借陳編〔一〇〕。無人可告語，與我聊周旋。胸中亥既珠，私喜探驪淵。積藁不盈寸〔一一〕，漫付梨棗鐫〔一二〕。鐫成復自悔，此豈堪世傳〔一三〕。誓當焚筆硯，噤口學寒蟬。戒詩旋破戒，所守迄不堅〔一四〕。杜陵詩之史，香山詩之仙〔一五〕。無能希萬一〔一六〕，且用寬憂煎〔一七〕。憶昔宣南居，公退時攤牋。君爲執牛耳，嘯侶來聯翩。石林大小阮，予季有惠連。晝吟兼卜夜，仰視斗插椽。春明消一夢，忽忽四十年〔一八〕。存者無二三，逝者已重泉〔一九〕。雅聞鄭和州〔二〇〕，晚景尤迍邅。篋中舊課卷，秋扇未輕捐〔二一〕。皋羽洗綾帖，茂之繫臂錢。尺札亦尋常，此意侔古賢〔二二〕。鼈峰吾習游，祖庭遺青氈。鑑亭暨講舍〔二三〕，久已蘿荒煙〔二四〕。讀君兩紙詩，益我中心悁。窮冬百卉盡〔二五〕，老梅行放妍。倘寄江南春，或逢驛使便。陳芳國何許，無亦想當然。君能導先路〔二六〕，猶願從執鞭。詩中有世界，堅坐看桑田〔二七〕。

校記

〔一〕此詩初稿載手鈔本《邴廬日記》戊辰年十月十三日。

〔二〕『遘』，《日記》作『逢』。

〔三〕《日記》此句缺。

〔四〕『奈』，《日記》作『如』。

〔五〕《日記》此句缺。

〔六〕『之所』，《日記》作『所説』。

〔七〕『有時』二句，《日記》作『一字費吟安，所得仍言諢』。

〔八〕『索』，《日記》作『素』；『誰』，《日記》作『孰』。

〔九〕『磴磴』，《日記》作『磋磋』。

〔一〇〕『借』，《日記》作『把』。

〔一一〕『積藁』句，《日記》作『錦囊惜心血』；此句前，《日記》有『杜門將廿稔，□□□□□』二句。

〔一二〕『漫』，《日記》作『姑』。

〔一三〕『此豈』句，《日記》作『未敢向人傳』。

〔一四〕『所守迄』，《日記》作『此志竟』。

〔一五〕『香山』，《日記》作『樂天』。

〔一六〕『無』，《日記》作『未』。

〔一七〕「且用」，《日記》作「聊以」。
〔一八〕「君爲」八句，《日記》作「就中葉與張，才調尤翩翩。只道朋簪樂，那知人事遷」。
〔一九〕「逝」，《日記》作「歿」。
〔二〇〕「雅」，《日記》作「頗」。
〔二一〕「輕」，《日記》作「忍」。
〔二二〕「侔」，《日記》作「錄」。
〔二三〕「暨」，《日記》作「與」。
〔二四〕「久已薤」，《日記》作「亦已委」。
〔二五〕「窮」，《日記》作「寒」。
〔二六〕「導先路」，《日記》作「指迷途」。
〔二七〕「堅坐」，《日記》作「笑傲」。

蕫齋墓誌刊成自題草藁後〔一〕

斷硯磨穿筆亦乾〔二〕，懷君已作古人看。公車連壁登蓬苑。兼謂稺愔〔三〕。諫草傳鈔稱鐵冠〔四〕。君在諫垣以劾權貴得名，出守湖外尤多善政。行狀不應遺治譜〔五〕，雄才豈止壓騷壇。回思病榻悲涼語，來言焉知十倍難〔六〕。惜家狀太疏略，無從掇輯，晚歲所如不合，則時勢爲之也〔七〕。

校記

〔一〕此詩初稿載手鈔本《邴廬日記》戊辰年十月二十一日，二稿載於十月二十七日。

〔二〕『斷硯』句，《日記》初作『一誌銘幽草草完』。

〔三〕『稺愔』後，《日記》初有『侍御』二字。

〔四〕『草』，《日記》初作『疏』。

〔五〕『不應遺治譜』，《日記》初作『不詳多漏筆』，後改作『頗嫌遺□譜』。

〔六〕『雄才』三句，《日記》初作『結銜無例漫題端。洞庭集與遼東集，牘有棠陰說好官』。『回思』，二稿作『卻思』。

〔七〕小注，二稿與此文字略有出入，意同。

徵宇寄示疊韻見和送行詩並大連篇輒伸所見四疊前韻奉質〔一〕

革除之事史恒有，篝火狐鳴幸亦偶。白龍未免豫且困，黃雀終爲挾彈取。六州大錯鑄者誰？茲事非能爭以口。論都祇供曲士笑，稔惡方知疢毒厚〔二〕。與君人海等枯鱗，忍摭舊聞誇記醜〔三〕。興衰歷歷在眼前，但驚歲月阪丸走。鑽火猶然故國槐，攀條重憶當年柳〔四〕。北洋經始倚臨淮，明治維新真畏友。句驪一役誤孟浪，坐令强敵闖戶牖。西巡再中宮隣禍〔五〕，東渡竟爲逋客藪。皇綱既解神器淪，百輩無能善其後。沐猴自戀故鄉樂，蓬萊已失左股守。此時利害逼眉睫，遑論海外神州九〔六〕。醫閭王氣故未歇〔七〕，所欠帝車能運斗〔八〕。似聞痛哭返秦庭〔九〕，尚有典型遺商耇。時來赤伏起真人〔一〇〕，勢去司城憂瘈狗。遵時養晦願少須〔一一〕，陶正昔嘗親甄缻。徵君孰與發狂言，端居此念懷之久。兵戈無恙老萊衣，河梁佇盼重攜手。移山誠至感夸娥，詎必愚公輸智叟〔一二〕。

校記

〔一〕此詩初稿載手鈔本《邴廬日記》戊辰年十一月初八日。此詩後改動較大。

〔二〕『篝火』七句，《日記》作『敢怨吾曹生不偶。征誅揖讓皆强名，順守誰還問逆取。幽燕建國數百年，論都一旦騰衆口。順天只在順民心，天於南北無偏厚』。

〔三〕『摭』，《日記》作『掇』。

〔四〕『鑽火』二句，《日記》作『野史雖愧遺山元，說書或附敬亭柳』。

〔五〕『西巡』二句，《日記》作『陪都揖盜作戰場，熱客涉洋託逋藪』。

〔六〕『遑』，《日記》作『休』。

〔七〕『醫』，《日記》作『闔』。

〔八〕『所』，《日記》作『只』。

〔九〕『返』，《日記》作『向』。

〔一〇〕『赤伏起真人』，《日記》作『尺水起神龍』。

〔一一〕『願少須』，《日記》作『亦一策』。

〔一二〕『詎』，《日記》作『未』。

嘿園以漢上偕季武攝影片索題〔一〕

乘鶴仙人去不已，賦鸚處士呼不起〔二〕。翩然二鳥忽相逢，鳴非鳴兮止非止。牙籌安豐洵可兒〔三〕，毛錐定遠復奚爲〔四〕。丈夫屈伸各有道，三徙安得輕鴟夷。逆旅㒰㥯一攜手，婆娑莫問桓公柳〔五〕。當年江夏號無雙，今日史公牛馬走。孝標敬通論異同，好詞異曲亦同工〔六〕。鏡中自有真吾在〔七〕，且醉春燈社酒紅〔八〕。

校記

〔一〕此詩初稿載手鈔本《邴廬日記》戊辰年十一月十八日。

〔二〕『呼』，《日記》作『眠』

〔三〕『豐洵』，《日記》作『楚真』。

〔四〕『復』，《日記》作『將』。

〔五〕『桓』，《日記》作『陶』。

〔六〕『詞』，《日記》作『詩』。

〔七〕『真』，《日記》作『喜』。

〔八〕『社』，《日記》作『蠟』。

夜坐偶成〔一〕

登場粉墨幾翻新，彈指流光十七春。醉夢昏昏渾百輩，鬚眉奕奕復何人。積非舉世旋成是〔二〕，證果三生有造因。多謝病魔苦相守，頹然一榻著吟身。

校記

〔一〕此詩初稿載手鈔本《邴廬日記》戊辰年十一月二十一日。
〔二〕『是』，《日記》作『覺』。

再愧軒詩草

再愧軒詩草

題林迪臣太守孤山補梅圖

使君官閣羨巢居，遺蛻斯丘得遂初。仕隱一家俱不朽，風流從政此其餘。平生蹤跡懷周宅，後起聲名駕薛廬。照海倚天千萬本，定知荒穢與全鋤。

送石孫侍御出守新安

避驄道上笑人忙，笠屐蕭然太守裝。拙宦不妨隨轍轉，英鋒還愛善刀藏。諫垣削草歸行篋，郡閣看山便隱囊。但恐聖明思汲直，未容臥治老淮陽。

祁門故壘照斜曛，曾憶湘鄉此駐軍。再造功名郭中令，一生憂樂范希文。時平坐歎人才乏，法敝尤愁吏道紛。膚寸將爲天下雨，蒼茫黃海看興雲。

蓬萊清淺話麻姑，眼底滄桑感喟俱。三舍揮戈良未晚，六州鑄錯可真愚。次山碑版中興頌，立本丹青職貢圖。擊鉢狂吟懷古什，相思秋水渺江湖。

論交十載漸忘形，人海浮蹤信旅萍。假日每爲真率會，對君猶見老成型。官倉雀鼠良多愧，世議蜩螗欲厭聽。聞有小桃源避俗，試從地主問圖經。

追挽廉孫同年

浮生如秋蓬，飄轉不自知。百年會有盡，死別終可悲。與君長紈綺，安知世路危。危難幸相保，世事翻多違。卻憶少年日，文酒相娛嬉。吳越富山水，勝處輒留題。兩度偕計車，未厭衣塵緇。承明先後直，雁行復追隨。荏苒三十秋，歲月去如馳。滄海一揚塵，渤碣失藩籬。補牢猶未晚，廷議顧多歧。熙豐與元祐，門户遂爭持。孤注拚一擲，怪事益可嗤。青天見魑魅，陸地走蛟螭。興元傳詔書，百官烏擇栖。閶闔赴行在，河陝方薦饑。天心幸悔禍，鑾蹕見旋期。國門竝騎入，痛定增歔欷。翦紙招驚魂，撥甕出新醅。隣巷十數武，步屧能往來。未遑憂幕燕，且復游甕雞。時事那可料，江海忽一麾。臨分强慰藉，惜景仍遲徊。漢廷二千石，龔黄有遺規。君承清白後，豈忝慈惠師？黄堂未暖席，二豎遽嬰災。平生汎愛心，與人無町畦。豈知柳下介，要路恥攀躋。自號信天翁，萬事任推排。顔貧而跖壽，造化吾久疑。微生雖幸存，憂患苦煎肌。追維新亭語，重起山陽哀。東瀛又搆兵，莽莽蟲沙飛。蠻觸鬬不已，神州行仳離。居恒撫世變，每誦萇楚詩。朝露庸非福，達人諒見幾。春風吹宿草，礱石見新碑。海山與兜率，君去定安歸。永叔悲聖俞，樂天思微之。俚辭慚古人，聊以哭其私。

送趙价如舍人出宰長興

具區下接洞庭穴，天目西窮苕水源。作令敢卑歸太僕，名家猶重趙王孫。汀洲此去白蘋采，省署相思紅藥翻。衹我望雲倍惆悵，郡齋還憶讀書軒。

題劉新甫祠部尊慈秋燈課讀圖

逝日不可追，大孝終身慕。栝棬尚拳拳，何況此絹素。鹽官昔寄棲，零丁感門祚。和熊良苦心，薐花摧何遽。横圖僅盈尺，音徽彷彿遇。宅相成外家，經帷見故處。想當劬讀時，撫景心頻瞿。瀧阡屬有待，蘭臺方馳譽。篋衍四十霜，知有神靈護。清聲起鳳雛，拭目丹山路。

酬松孫同年即送之官如皋

東游曾枉贈瓊琚，墜素翻紅一感歔。人海自寬嗟窘步，宰官雖小幸真除。艱危謬許知心託，盤錯方看試手初。我已蓬廬甘息影，佇聽新政慰離居。

哺啜風流歌舞酣，承平膴仕豔江南。徵求近已民脂罄，撫字誰從治本探。烜赫要津膻附蟻，因循故轍靳從驂。期君終作陶勤肅，循吏名臣傳合參。

題梁巨川舍人尊甫晉游草

錦囊歷歷宦游蹤，奇氣幽并鬱在胸。留得傳家詞筆在，鳳毛池上忝超宗。

夙聞陽朔好溪山，才調朱伯韓王定甫伯仲間。今日道咸耆舊盡，承平觴詠邈難攀。

送濤園京兆提刑山右

綠衣公言黃師是，東坡老人爲粲齒。閒窗拈筆資劇談，豈謂除書真注擬。公家勛閥在凌煙，中興成績太常紀。渥洼汗血天馬駒，俯視驪黃超騄駬。潢池昔歲弄刀兵，翻動長鯨海波起。東南保障奠金甌，將相論功盡賜履。帷幄謀深世莫知，三載淮揚且臥理。修門再入擁鳴騶，才望於時實兼美。輿歌前後誦趙張，市兒眼熱冠蓋里。風流坐嘯自有餘，枹鼓不鳴鉦箭止。世臣休戚與國同，寧效盈廷口諾唯。前席親承宣室知，臥薪庶雪會稽恥。海燕無心鷹隼猜，昌陽方進豨苓呰。猶將餘力肆詩歌，結習未忘見獵喜。晉安風雅久寢聲，重賴登壇執牛耳。一官不腐洵賢豪，萬卷有神佐驅使。詩案諒無舒亶讒，讓表早懷樂廣旨。朱絃三歎無知音，牛刀割雞但莞爾。并州右輔古扶風，嶽嶽外臺仍冠豸。孰云舞袖隘迴翔，太行於今可方軌。黃金佛閣拓跋材，碧玉晉祠臺駘祀。山川寂寞弔古來，汾陰李嶠真才子。行雨何關西岳靈，培風少待南溟徙。建牙開府也未遲，自古茅茹有臧否。衹憐聚散如摶沙，傳舍光陰一彈指。座無車公悄不歡，長安舊雨復餘幾。承明老我鬢成絲，慣閱蓬萊清淺水。爲君惜取鈍毛錐，待與玄都注詩史。

王莪孫考功游學英倫賦此贈别

閩士拙爲名，此語傳自昔。默數咸同來，生才尤抑塞。中興闢風氣，閩廠最先立。當時游學徒，專門有精習。東瀛猶後起，采掇見成績。中華豈無人，小用視洴澼。海軍稍草剏，兜鍪競效職。兵械非夙儲，但聞督戰急。馬江與東溝，再戰遂再北。可憐國殤魂，九死有餘責。豎儒主朝議，安能分皂白。至今嚴夫子，垂老抱書册。謂幾道。篝火忽興妖，金繒遂竭國。了知排外非，終乏補牢策。制科擢羣英，齎糧助游笈。前驅魯兩生，奮起仍閩籍。同行有卓勉孫比部。君行方盛年，杲杲東出日。舊學掃榛蕪，新知增閱歷。世運有貞元，陽九豈終厄。學成早歸來，一一驗規畫。肉食久無謀，賢路嗟逼仄。詔書許自陳，吾當首投劾。頗憶陳龍川，别來疏書尺。殊方逢故人，多聞可請益。

陳子綬吏部尊慈六十壽徵詩

海上蟠桃貢玉宸，當今堯舜頌宣仁。正逢孝治無疆日，卻許臣家預借春。郎署依光分列宿，鑾㦸徵詠徧同人。一官自足循陔樂，但祝年年風月新。

贈高嘯桐大令

幕府軍書墨未乾，卻來謁選向長安。蟠胸不盡平生策，試手祇求本分官。桂海去留商挂席，吳山轉側憶憑闌。此心但似虛舟汎，雲水天南政自寬。

後會何時復一尊，每聆高論豁塵昏。舊人重話補梅社，新廨欣開思荔軒。濤園新移粵臬。對局殘棊休更覆，圍爐小酒尚能温。觚棱此去應回首，未信華胥是夢痕。

聞珍五侍御出守湘中

今代朝陽鳳，先聲早一鳴。清時容讜論，遠宦亦專城。衡嶽開雲易，湘江酌水清。中台多峻擢，誰愜汝南評。

題嘯龍所藏楊子鶴牧牛圖

征程記歷桃林塞，畫苑今披石谷徒。廿載東華壓塵土，晴窗豁眼見斯圖。

幹馬嵩牛各擅名，梅翁毛骨論能精。但從小品參神味，未信桐陰是定評。數富何須羨谷量，長林豐草足徜徉。歸耕二頃田能辦，雨笠煙蓑著我旁。清俸捐從廠肆多，郎潛歲月付銷磨。顧廚米舫窮奢甚，饞水癡兒奈若何。

送穎生南歸

累載相思肺腑傾，滄桑回首總心驚。也知吏隱無長策，賸有詩歌遺俗情。襟上酒痕嘗共醉，枕中車轂尚爭鳴。送君重我衰遲感，大好湖山負耦耕。

嚴幾道南歸有日同人餞於江亭畏廬爲繪話別圖各題一詩

漢宋門戶爭主張，九州瀛海疑荒唐。豈知哲學有濫觴，百年崛起矜富强。紛紛市舶來連檣，旁行畫革文難詳。滄浪夫子起吾鄉，壯游有志遠齎糧。居然嚌胾能升堂，天演一論破天荒。帖括腐儒滿巖廊，少見多怪驚風狂。常時侈口説尊攘，試以世務皆面牆。用瑕攻堅柔遇剛，不待臨敵知挫亡。十年樹木求棟梁，大開黌舍收才良。禮失求野取其長，欲通斷港航絶潢。推袁此事交揄揚，賁然白駒衆所望。如何時論又參商，轉憶昔年對明光。眼中人事幾滄桑，吾謀不用空栖皇。昨來握手宣南坊，束書告別何悤忙。鼂潭一曲古陂塘，相呼置酒豁離腸。憑欄新緑搖菰蔣，渺然已在江湖旁。此亭剏始水曹郎，摶沙聚散經千場。承平謡樂未渠央，暉臺謀鼎何披猖。袖中正有活國方，風胡無人識干將。酒闌更讀金玉章，贈言鄭重非所當。名山萬卷垂琳瑯，我猶河伯慚望洋。半生筐篋守故常，意行屈曲多迷陽。海山蒼蒼水茫茫，安得奮翼從君翔？

懷松孫同年

昔人重鄉土，不以官爲家。嗟我今何爲，久繫猶匏瓜。丙舍願終身，十口滯京華。京華舊雨誰，星散各天涯。別君甫秋初，春物已萌芽。遠方傳輿誦，津津溢齒牙。頗聞公退暇，不廢鬭尖叉。平生嗜後山，導源杜浣花。文學與政事，一貫理靡差。廟堂方渴賢，躍冶皆鏌鋣。君如不乞外，平進孰要遮。龍蛇爭起蟄，鸞鳳空在笯。不以彼易此，豈誠作計賒。世運日趨親，衆議紛黽蛙。客子祗畏人，深匿如避罝。緬昔游處歡，取懷無疵瑕。思君鬱誰語，願君餐飯加。何時水雲鄉，鷗鷺共浮槎。緘詩還自哂，布鼓雷門撾。

寄懷少萊弟五十初度

人生墜地來，摶土同一戲。窮達與智愚，誰能量此世。憶我童丱年，羸疾仰藥餌。玉雪誰家兒，顧影慚形穢。良苗憂不秀，遑問桑弧志。君少我四齡，伶俜乃相類。鳳雛失母癡，同根自憐愛。荏苒四十秋，浮雲閲變態。散木幸全天，朝華有夕悴。攬鏡看鬢絲，且喜同健在。

永嘉富山水，從宦思昔年。郡齋讀書地，小園署西偏。濟叔亦不癡，羣季有惠連。承平重甲科，先後復聯翩。蓬萊嘗一到，風引輒迴船。我從宗祝後，君亦簿領牽。升沈何足道，歲月如逝川。一官違色養，此憾遂終天。鬱鬱越山隅，表阡見新阡。九原何以慰，清白當勉旃。

吾家起單寒，傳世青氈守。祖父逮高曾，龐眉並壽耇。美意自延年，不僅得天厚。世途機械深，交情翻覆手。利欲汩天真，斲喪安能久？我恨涉世疏，剛腸鮮含垢。君獨抱沖和，臧否不挂口。東坡與同叔，平生相師友。功名亦儻來，何者爲不朽？請陳述德詩，或抵千金壽。

一別逾十年，歡會常苦短。累月不作書，因循復坐懶。飆輪達漢皋，計日可往返。頗思廬山游，久要未能踐。信州阻溪山，音信日以遠。何以慰離思，相從有諸阮。邁迨與遲适，親愛逾同產。生天渠有命，且畢婚嫁願。臨風祝一觴，加飯猶須勉。退耕有薄田，頭白期偕隱。

淀園下直車中偶成呈嘯桐太守

是非青史爭何益，朋黨中朝去大難。當代南雷人不識，枉將餘唾拾翁潘。嘯桐試御史，報罷，是日南歸。時方議顧、黃、王三先生從祀。

嘯桐書來屬録前作復成二絶

百蟄乘春得氣爭，黄鸝紫燕競新聲。豈知戢羽朝陽鳳，不露文章世已驚。

祠官寂寞充朝隱，病叟支離卧滬濱。看到一枰棊劫散，等閒輸與爛柯人。

幾道舉碩學通儒賜進士出身詩以賀之

鶴徵應詔上蒲輪，異數恩榮動搢紳。鄒魯海濱存舊學，河汾門下盡通人。何傷歲晚知松柏，見説天驕識鳳麟。猶得魁儒光盛舉，朝端公論未全湮。

兔園冊子遞相師，謬種流傳但可嗤。幾輩摘鬚誇上第，半生袖手看枯棊。江湖魏闕心長在，滄海桑田事未知。一脈斯文天意屬，玉堂金殿伫論思。

題蘇厚庵觀察鯉庭獻壽圖

未拜匡廬識道原，玉堂天上共巢痕。郎潛歲月寬閒甚，賸可娱親是雅言。

中興橫舍盛如林，畫革旁行變古今。誰識柴門燈火夕，醰醰書味此中深。

泮湖宗派接歸方，近代尤推祭酒王。好讀《沅湘耆舊集》，戰功高後數文章。
華牋幅幅彩毫舒，頻歲高堂祝起居。天上人間此佳偶，虞山讚歎更何如。
詩禮從容述過庭，清芬世德寶丹青。豈同鴻雪因緣記，宦蹟區區侈見亭。
皕宋樓書散刹那〔一〕，蒓齋《古逸》枉搜羅。麻姑應有蓬萊感，不寫扶桑放櫂過。

校記

〔一〕『皕』，原作『百』，據陸心源藏書樓名改。

送樊山前輩開藩江左

東山再起録賢勞，弭節來看八月濤。安石碎金家共寶，獨孤猶鏡帝親褒。湖濱小閣人豪坐，域外長江天塹牢。談笑看公清海甸，不妨餘事及風騷。
題襟排日集吟窩，猶似霓裳詠大羅。金鏡祝詞千萬壽，玉堂仙籍十三科。未應結習銷除盡，莫話巢痕感慨多。留取錦囊傳誦句，旗亭試聽唱黄河。

樊山前輩集同人賦萬壽燈詞

燭龍火鳳吐祥光，禁弛金吾夜未央。照徹九衢歌舞樂，太平有象是豐穰。
四海謳歌戴至尊，流虹華渚溯祥源。龍樓十日天廚酺，買夜金錢勝上元。
銀甕山高捧壽觴，天家慈孝邁尋常。安排王母仙桃宴，先掃冰荷爇九光。
鰈水鶼林西復東，寰瀛今日已交通。鼇山涌出當前景，想見敷天忭舞同。
農場郊外辟新基，明鏡紅雲照水嬉。趁得晚涼歸路好，夾城樓閣上燈時。
歲歲年年踵事增，黃童白叟盡歡騰。九重謙德仍崇儉，不用詞臣諫買燈。
殿閣來薰注起居，誰知聖學懋幾餘。儒臣暫輟經筵講，藜火中宵尚勘書。
九如天保頌從同，撰句燈聯愧未工。進御一篇《金鏡錄》，何人得似曲江公。

次韻奉和易實甫同年觀察滇南留別之作

浪仙無計祭歲除，但有長恩守殘書。大羅舊曲空能記，貞元朝士幾遺餘。與君論交已再世，較量門地略相如。龍飛恩榜垂三紀，綠衣年少今霜鬚。風木同深皋魚感，鼎湖復慟軒皇殂。君親恩重兩未報，漫論餘慶承簪裾。惟君韜鈐本家學，等身著作非虛車。探籌科第有得失，奇寶豈合終懷瑜。梁園筮仕甫壯歲，養親歸築匡山廬。簡書再出佐戎幕，盾墨尚餘雙袖烏。秦關扈蹕我初到，行在麻鞵君亦趨。繡衣持節稍嚮用，鎮南關外歷崎嶇。太行對面那可測，翻雲覆雨不須臾。邊兒方歌龍圖范，詩案有類玉局蘇。平生正直秉一節，孰謂吾道竟非歟？春明重見話杯酒，相看鬢髮增歎吁。浮雲蔽天有時掃，夜光不掩明月珠。歌呼詩侶走相慶，題襟一集堆瓊琚。東風入戶斗柄轉，已聞門外催驪駒。當今嗣聖初登極，正賴羣力扶皇輿。丈夫此身誓許國，萬里安能憚長驅。西南門戶重筦鑰，强隣窺伺方擣虛。安邊第一策安出？所盼尺札來雙魚。獨慚垂老戀祠祿，舊學蕪廢成荒墟。建牙開府君未晚，逝景猶及收東隅。

題江杏村侍御梅陽歸養圖

樽酒連宵縱劇談，浩然安得挽歸驂？聖朝有道當容直，我輩迴看自抱慚。白日浮雲蔽城闕，綠波春水滿江潭。故鄉先正從人說，前有無山後頌南。

親舍頻年感望雲，本來移孝爲忠君。初衣有賦今真遂，諫草何私那用焚？薑桂性成生自辣，鼎鐺耳在詎無聞？延英夢想中興業，握髮親勞下問勤。

跋

郭則澐

先公《匏廬詩存》刊於丁卯三月，迨次年十一月而先公見背。年來世局日非，先公益厭塵事，日就靜室，手一編自遣。偶涉吟詠，多書憤之作，比檢叢帙，得《匏廬賸草》一卷，蓋近作之未定者。又《再愧軒詩草》一卷，則辛亥前酬贈之作，以存詩斷自壬子未編入集者。然友于之篤，嚶鳴之盛，與夫當日憂憫之深，亦略見焉。爰併録付梓，附於集後。其《賸草》中《夜坐》一律，蓋最後所作，見於《邴廬日記》者，謹爲補列。嗚虖，遺像在壁，遺墨在几，篝燈手校，猶似斗室侍談時，豈謂先公遂長往耶？男則澐校録竟，謹識於沽上栩樓，時己巳三月。

郭文安公奏疏

郭文安公奏疏

郭文安公奏疏序

楊鍾羲

《蒹葭》之詩人刺秦襄公未能用周禮，將無以固其國；《毛氏傳》謂國家待禮，然後興。順禮求濟，道來迎之；逆禮，則莫能至也。歷朝法制原本《周官》，光、宣之間因時適變，一二老成人殷勤彌縫，莫不以維持禮教爲亟亟，豈不然哉？侯官郭文安公官禮部最久，自曹司以至爲堂上官，於典章制度多所該洽，清望冠一時。官制既改，復筦典禮院禮學館事。議禮之文，閎約有體，因事納忠，切近適當，皆立誠之辭。宣統初元，《議覆畫一滿漢服制》一疏，本於禮義，合於人情，譬之鼖鼓鏞鐘，諧韶護而沮金石。既奉俞旨，天下翕然頌初政之美。未幾，時相居母喪，不能用烏克遜良楨、裕忠節公之言以自克，首悖綸音，不解機務。當此之時，鍾羲浮湛江介，即已憂命令之不行，而天理、人心之將喪矣。先大夫昔判武昌，奉教於遠堂中丞。鍾羲登朝，又與公弟南雲同歲。己亥乞外，公惜其掉頭東海，嘗舉以應陽城馬周科，雖未之赴，然心焉識之。癸亥奉召還里，相與慨朝市之盡易，而髫髮之俱星，舊坊蕩然，聞樂不樂，所作詩歌有韓致光、司空表聖之遺風。司馬溫公稱傅欽之『清而不耀，直而不訐，勇而能溫』，汪玉山舉以跋《顯簡奏議》，公其有焉。公子嘯麓攗拾遺稿，得《奏疏》一卷，忠規讜論，尚可得其大概，後之人讀之而論其世，當亦有以見公先事之識，而知非禮不足以弼成百度如此也。癸酉閏五月，館侍生楊鍾羲謹序。

謹陳管見摺

奏爲庶政振新當釐本計，攄陳管見，仰祈聖鑒事。竊維治有隆污，而得民依者斯可久；政有因革，而定國是者所必先。上稽往史，近驗列邦，得失之林，悉由斯軌。近年以來，仰見朝廷懲毖時艱，銳興新政，海内喁望，以爲多難興邦者，庶幾於今日卜之。臣一介迂儒，粗窺政略，何敢摭拾浮詞，上瀆宸聽。惟是今日者，處寰海交通之會，謀國家長治之規，固非因循粉飾所可圖功，亦豈張皇補苴所能策效。閒嘗盱衡時局，默揣事機。國論多紛，亂萌未靖。竊謂必先有以植邦本而固人心者，乃可以徐議其後。謹就管見所及陳之。

一曰信詔令。邇者變法之詔，不啻三令五申，乃或言之而未見實行，行之而未覩成效者，則革弊未衷其要，轉滋無識之疑；推行不本諸誠，易動有司之玩。試思朝廷所以取信於四方者，惟命令耳。故《書》曰：『王言如絲，其出如綸。王言如綸，其出如綍。』又曰：『令出惟行，不惟反。』而《大學》亦致戒於所令，反其所好。今當預備立憲之時，要在開誠布公，實事求是。事有疑，不妨博參羣議；令既布，必當堅持一心。使天下之人曉然於宗旨之所在，而後衆志可齊也。

一曰籌國計。《大學》論絜矩之道，而終於理財。其言曰：『財聚則民散，財散則民聚。』前代賦稅嘗有上供、送使、留州名目，而泰西各國稅制亦分國家稅、地方稅爲兩事。曩者拳匪之禍，肇亂者近畿，而賠款徧攤於各行省，民間已嘖有煩言；近則新政所需，無不用其攤派計。臣但知提撥，疆吏苦於支持。須知斂財之術雖巧，不能謂之理財。分外之供既疲，勢必弛其分內。州縣私憂虧累，閭閻日困誅求。工廠未興，農林未闢，萃千百萬游食之徒莫爲之所，而欲其各循秩序，講公德而圖治安，此必不可得之數。若非將財政大加整理，預算、決算列表分明，酌盈劑虛，統籌挹注，恐上下交困，政策終有所窮也。

一曰挽積習。中國日言變法，所變者，形式而已，而數百年相沿之陋習固未嘗變也。夫中國之積習非一端，莫甚於人懷僥倖之私，貪冒而不知恥，苞苴饋遺，竿牘夤緣，百計鑽營，昌言運動，斂民財以媚貴要，侵公帑以飽私囊。搢紳半駔儈之流，小説有『現形』之記。雖言之不無已甚，而事或未盡無因。京師繫直省觀瞻，大僚爲庶官領袖。表正者，景必端；源清者，流自潔。以聖明在上，衆正盈廷，轉移風氣，夫豈無術？管子所謂『禮、義、廉、恥，國之四維者』，其言可深長思也。

一曰融成見。今煽亂之徒倡言排滿，特假以爲名而已。滿人果無幹略，八王何以有功？漢人盡出忠純，貳臣胡爲列傳？方今外患日深，内訌時作，臣以爲非惟滿漢不宜先分畛域，凡中外臣工皆不可稍存彼己之見。乃默觀朝士，尚或背公護私，阻撓大計，破壞成功。事非同利，新舊之界立分；論稍秉公，萋菲之言旋及。徒使宵旰焦勞，於上曲意調停。昔人謂『去河北賊易，去中朝朋黨難』，意見之禍人國，誠可畏也。今資政院雖未遽立，而政務會議已有常期，擬請飭諭諸臣各矢公忠，通籌全局，深思違覆，得中之益，毋蹈面從後言之習。其已經決議條目即隨時刊布，俾衆皆知。公事公言，無所用其祕密，似亦融化偏私之一道也。

一曰明學術。孟子距楊墨，比於抑洪水、驅猛獸，如是其難也。彼邪説之移惑人心，蓋亦持之有故。吾國高言儒術，讀聖賢書，莫審所用。語錄久淪陳腐，初未言實踐之功；經義但弋科名，轉弗堅後生之信。習見鄙夷，故詖淫之辭得乘其機而中之。夫時勢非前人所逆料，使孔孟復生今日，亦不能不研新理，謀變法。然誠正治平本末有序，綱常名教亘古不易。今學堂功課日不暇給，人倫道德徒演空言，似宜延訪通儒，取古今學派異同，講明而切究之。以踐履爲倡導，以志節相切磋。庶可振起頹風，扶持正教，事有似迂而實急者此也。

臣愚昧之見，鰓鰓過計，是否有當，伏乞皇太后、皇上聖鑒。謹奏。

驗收陵工摺

奏爲驗收專案工程，恭摺覆奏，仰祈聖鑒事。竊臣准工部咨送原奏內稱『據承修大臣吏部左侍郎、宗室溥善咨報，專案修理昭西陵隆恩門並西配殿等工，均已如式修理完竣，咨部驗收等。因經工部奏請欽派大臣查驗，奉硃筆圈出郭曾炘，欽此欽遵』，知照前來。臣遵即揀派司員、員外郎廉興、汪朝模、賴清鍵隨同前往東陵，恭謁各陵後，敬謹詳細查驗，得光緒二十三年專案估修：

昭西陵隆恩門一座。

孝陵隆恩門一座，七孔券橋一座。

孝東陵寶頂大小二十八座。

景陵隆恩門一座。
裕陵隆恩殿一座。
惠陵五孔券橋池西等處泊岸，西砂山池西河道，西便橋池南御路並過水涵洞三座。
端慧皇太子園寢宫門一座。
端憫固倫公主園寢享堂一座。

又光緒二十四年專案估修：

昭西陵西配殿一座，禮部金銀器皿庫一座。
孝陵更衣殿一座，西朝房一座，拜唐阿圈圍牆。
景陵皇貴妃園寢西配殿一座。
嬪貴人光禄寺餑餑房、果房、省牲房、膳房四座。
端慧皇太子園寢享殿一座。
榮親王園寢東、西配殿二座。
端憫固倫公主園寢東朝房一座。

以上各工均已修理整齊，核對露明處所，均與原估做法相符，工程尚屬堅固，自應一律驗收。其用過工料錢糧，應由該承修大臣造冊，咨送工部核銷。至移請神牌還位事，宜應由禮部照例辦理，合併聲明所有。臣驗收專案各工，緣由理合，恭摺覆陳，伏乞皇太后、皇上聖鑒。謹奏。

又附片

再，此次專案工程自查估後，已閱三四年之久，始經報竣。詢據該木廠商人聲稱，係因兵亂停工，尚屬實情。惟聞從前各項工程多有數年未經完工者，商人於支領錢糧後，輒隨手耗費，任意拖延，及至多方催促，始趲集工料，草草報竣，多不堅實，殊非慎重要工之道。嗣後一切工程，擬請飭下工部嚴定限期，認真稽核。如有逾限不完者，即行查參，以懲疲玩。又向來工程之不實，皆由於分段太多，用人太濫，承修之員牽於情面，即尋常工作，木廠動派至十數家，監督司員或派至十數人，吏役以下更不勝數，徒滋中飽之緣，轉多推諉之見。似亦宜酌定限制，俾專責成。應請旨飭交一併覈議辦理。臣爲挽積習、清弊源起見，是否有當理合，附片具陳，伏乞聖鑒。謹奏。

議覆田吳炤出繼歸宗酌定持服摺

奏爲遵旨議奏事。内閣抄出兩江總督端方奏『丁憂候選道田吳炤出繼歸宗，請一體持服三年，飭部覈議』一片，奉硃批『禮部議奏，欽此欽遵』到部。查原片内稱『田吳炤稟幼時承繼胞伯田楨爲嗣，近年胞伯生子二人，本生父田檴別無子嗣。上年九月本生父病歿，理應歸宗持服。惟念自幼受胞伯撫育三十餘年，將來仍請一體持服三年，於心始安』等情。查該員所嗣胞伯現已生有二子，而本生父親生之子惟該員一人，應歸宗持服，毫無疑義。至將來爲其胞伯仍請持服三年，雖《禮經》未有明文，而『恩義實爲兼盡』等語，臣等查《會典》：『官員出繼，繼父生有親子例，准歸宗。』今田吳炤之胞伯田楨已生有二子，本生父田檴別無子嗣，該員歸宗本生，業已丁憂，例有一定服制，無庸再議。至所稱『自幼承繼胞伯撫育三十餘年，請將來一體持服三年』，臣等稽之《禮經》：『爲人後者，爲其父母，期。』《傳》曰：『何以期也？不二斬也。』是屬毛離裏之恩，且不得不因其事而殺其服。田吳炤既准歸宗丁憂，自不能因曾經出繼，一體持服三年，致蹈二斬之嫌。惟查官員丁降服憂例，有解任明文。田楨爲該員胞伯，本應服期。據稱自幼承繼撫育三十餘年，將來若僅如常持服，略無區別。揆之，嘗爲父子之情，誠恐心有未安，擬請量爲變通。田吳炤將來爲胞伯田楨持服，應依齊期之本條，酌照降服之定制，准其丁憂解任，庶名分、恩義均得其平。所有遵議緣由是否有當，伏乞皇太后、皇上聖鑒。謹奏。

請特准將故儒王夫之黃宗羲顧炎武並從祀文廟摺

奏爲先儒祀典有關時政，籲懇宸斷以釋羣疑事。竊禮部會同大學士、九卿議覆御史趙啟霖，請將故儒王夫之、黃宗羲、顧炎武從祀文廟一摺，業於本日具奏。查此次會議各衙門所送說帖，主從祀者十居八九，亦有閒持駁議者。禮部爲主稿衙門，既有異同之論，未便壅於上聞，自應恭候聖裁，以衷一是。

臣愚以爲，諸儒學術、品誼，千古自有定評，而聖朝微顯闡幽，一舉實兼數善。謹就管見所及，縷晰陳之。

按，廷臣之議，於夫之等學行本末亦皆推服無異詞，所疑者不過一二流傳之書。臣惟夫之身爲勝國遺民，竄伏窮荒，自寓神州之感。宗羲目擊晚明秕政，指陳禍敗，足爲殷鑒之資，論世知人，固將有取。若乃慮貽口實而追索毛疵，則公羊『王魯新周』之説，孟子『草芥寇讎』之喻，久爲言改制、闢君權者所藉口，豈能據以黜其祀而廢其書？夫殷頑抗節，有列朝褒諭之文；憲政始基，正虚己求言之日。若舉諸臣所懷疑顧望而毅然斷自宸衷，臣知遠近傳聞必有震疊弗違而交頌如天之德者，是可以宏聖治也。

從祀先儒，漢唐以前功在傳經，宋元以後功在明道。至如諸葛亮、陸贄、韓愈、范仲淹、文天祥諸人，或以經濟，或以文章，或以忠義，並足師表千秋，故得崇躋兩廡。夫之、宗羲與炎武，學派不盡同，而湛深經術，能兼綜漢宋之長則同，其學皆有用之學，其文皆載道之文，而且大節昭然，有功名教，咸爲儒流所宗仰，未易軒輊於其間。今詔書特升文廟爲大祀，明禋侑享，此議實爲開宗。以三儒追配前賢，洵無愧色，是可以光祀典也。

儒者通經，期於致用。《禹貢》治河，《春秋》折獄，《三百篇》當諫書，漢治所以極隆。後世惟胡瑗之在太學以經義治事分齋，而永嘉諸儒經制之學，論者謂猶得古人政學合一遺意。自科舉取士，學非所用，用非所學，人材衰敝，國勢因以凌夷。夫之等生當明季，蒿目時艱，而以身歷之變抒爲經世之言，故所學不尚空談，多經實驗；不安卑俗，務在博通。近日中外徧立法政學堂，將以儲政事之選，表三儒爲幟志，庶幾通達知類，蔚成三代之英，是可以厲實學也。

中華聲明文物，開化最先，自西書盛行，學徒見異思遷，浮薄之流至有蔑棄彝倫，鄙夷宗國，故深識者常以保存國粹爲思。然訓詁之學多墨守而鮮通性理之書，或習傳而滋僞末流之敝，適啟後學之疑。惟夫之、宗羲、炎武，其書多合於教科，其識能通夫時變，根柢六籍，旁涉九流。治舊聞者可資以爲津逮，講新學者亦不能出其範圍。倘荷聖明表章，益堅羣倫信仰，微言人義或不致終蝕於旁行畫革之書，是可以維中學也。

今議者徒以豫防流弊爲言，不知學術之有無流弊，當視其師傳。炎武精深博大，爲昭代樸學開先。道光朝士大夫立祠京師，氣節文章復一時稱盛，固無愧經師人師矣。夫之遺書，得曾國藩諸臣之表揚，而楚材挺生，光啟周漢中興之運；宗羲及門以萬斯同兄弟爲巨擘，而浙學流衍隱爲東南文獻之宗。我朝文治武功震鑠前古，而推儒術之效，溯教澤之貽，該故儒實與有力。若其忠孝至性，耿耿不磨，世道人心，慭焉在抱。臣綜其著述，考厥生平，但有崇正闢邪之功，俱懷守先待後之志，使承學者咸引爲師法，則清議可立，即邪慝可消，是正所以扶世教也。

臣早歲觀政禮曹，始見光緒初年議駮王夫之從祀原案，微聞當日持議不無門戶之私。厥後復議黃宗羲、顧炎武從祀，秉筆者皆帖括陋儒，猶拘成見，以致盈廷聚訟，是非迄未能明。近年以來，世變紛乘，新理日出，而三儒聲名益重，幾於戶誦其說而家有其書。可知學術之顯晦有時，非阿好者所得私，亦非忌嫉者所能掩。是以迭經廷議，郭嵩燾、潘祖蔭、尚賢等既力爭於前，今該御史復申請於後。揆之庶政公諸輿論之旨，秩宗祀典亦政要所關，正宜示大道之公，以副士林之望。若使特伸乾斷，自可渙釋羣疑，是又所以昭定論也。

臣一介迂儒，未窺聖域，第就切於時政者言之，愚昧之見是否有當，伏乞皇太后、皇上聖鑒。謹奏。

又附片

再，黄宗羲所著《明夷待訪録》、《原君》、《原臣》二篇大旨謂：爲君者，不當視天下爲產業而以大利自私；爲臣者，不當躋其身於僕妾而以服役爲務。其言近激而其理實至精。蓋民爲邦本，立君所以爲民，臣亦佐君治民者，故《書》言『后克艱厥后，臣克艱厥臣』；孔子之對魯定公曰：『爲君難，爲臣不易。知爲君之難，一言可以興邦；如其言而莫予違，一言可以喪邦。』秦漢以降，惟務專制，君驕臣諂，民怨罔伸，是以治日少而亂日多。宗羲自序引胡翰『十二運』之説，謂『起周敬王甲子以至今，皆一亂之運。向後廿年，交入大壯，始得一治』，則三代之盛猶未絕望，固隱以撥亂反正之治，屬之聖清矣。邇者綸音迭下，憲政綱要次第頒行，君上有統攬之治權，臣民亦有各盡之義務，掃歷代相沿之弊政，建萬年一系之洪基。該故儒所謂三代可復者將驗於今日。所論秦政及晉宋齊梁之事，舉無足以藉口，似不宜拘牽俗論，以議禮聚訟之故，而有出令反汗之疑，於憲政前途致多阻礙。

臣愚昧之見，謹附片具陳，伏乞聖鑒。謹奏。

請褒卹許景澄等死事諸臣摺

奏爲大員慘遭誣陷，功罪尚未大明，懇恩優加褒卹以伸公論而慰忠魂，恭摺仰祈聖鑒事。竊查光緒二十六年拳匪之亂，前吏部左侍郎許景澄、前太常寺卿袁昶、前戶部尚書立山、前兵部尚書徐用儀、前內閣學士聯元爲亂黨誣陷，先後俱罹重辟。嗣奉旨開復原官，乃臣察訪輿論，中外人心似猶未能盡愜者，則以中國外交之失策，以此次受禍爲最深；而古今忠臣之無辜被禍，又以諸臣爲最慘也。當拳匪肇事之初，累次召對臣工，原冀詢謀國是。其時使臣雖已被戕，聯軍尚未深入，但使朝廷力持大體，嚴戢亂徒，則樽俎折衝，未嘗無轉圜之餘地。乃許景澄等甫一發言，而亂党即危詞恫喝，甚至目以間諜，指爲離間，必置之死地而後已，以致盈廷結舌，坐視阽危。聞該亂黨之造端傾陷，並不專屬於該大臣等。揆其居心，實不可問。雖後此和議幸成，罪人斯得，然城下之盟，其辱國爲已甚矣。今者鼎湖不返，遺恨永齎。我皇上繼志述事，正宜展先皇未竟之緒，慰薄海仰望之心。而許景澄等危身奉上，舍命不渝，昭雪雖加，忠節未顯。羣情所屬，尤在於此。查康熙年間前總督蘇納海等爲鰲拜所陷誣，蒙聖祖仁皇帝特加贈卹，並加恩予謚。該大臣等以忠被禍，情事相同而關係尤鉅。如蒙俯允，優予褒卹，可否明降諭旨，以示恩出自上之意，伏候聖裁。

臣職司風教，用敢冒死上陳，是否有當，伏乞皇上聖鑒。謹奏。

議覆安徽四川廣東各省請敕加各神封號摺

奏爲遵旨議奏事。内閣鈔出安徽巡撫誠勳奏請敕加潁州府阜陽縣各城隍神封號，前護理四川總督陳璚奏請敕加冕寧縣靈山寺靈僧封號，署兩廣總督岑春煊等奏請頒賜順德縣華光神匾額、敕加德慶州龍母封號各一摺，均奉旨：『禮部議奏，欽此欽遵』到部。查例載各直省志乘所載，廟祀正神實能禦災捍患，有功德於民者，由各督撫題請加封，交議到部，分别准駁。

又嘉慶十七年奉上諭：『董教增奏陝西大荔縣九龍廟禱雨靈應請加封號等語，著禮部詳查《一統志》，陝西大荔縣境内曾否載入九龍廟名目，前代有無靈蹟，若只係民間報賽祠宇，爲志乘所不載，該部即行議駁等因，欽此。』

今據安徽撫臣奏稱，潁州府阜陽縣各城隍神咸豐年間髮匪圍城，屢著靈應。光緒二十四年渦陽小醜揭竿起事，自石弓山蔓延阜境，該處士民每於夜間，見有白面、長髯、紅衣神人率衆禦賊，官軍乘之，遂得及時撲滅，宜錫五等之封以慰萬民之望。

又護理四川督臣奏稱，冕寧縣屬乾隆時有僧悟真募建靈山寺，焚獻課誦，療疾行醫。圓寂後，土人建塔祀之，稱爲靈僧。咸豐九年縣東夷酋出巢焚劫，見靈僧仗劍，寺梁烽煙頓息。同治三年髮匪石達開擁衆入境，靈僧示相城樓，石逆震慴引去。

又廣東督撫臣奏稱，順德縣屬龍山鄉廟祀華光神，昔海賊張保率黨萬餘擾亂境内，衆情危懼，乞庇於神。是夜衆見鄉外燦列燈光，賊疑有備，遂即竄退。近歲厲疫盛行，請神巡游，四境獲安，人心感戴。又德慶州屬悦城水口地方有龍母廟，水旱疾疫，隨禱隨應。比年舉辦清鄉，尤復大顯，威靈迭助，官軍禽獲著匪各等語。

臣等查咸豐、同治年間，兵事方殷，人心惶惑，故各省疆吏往往於克復之後，震耀皇靈，歸美神助。部臣默喻斯意，亦多寬予請准。蓋天討方張，不妨神道設教，所以定民志也。迨光緒以來，軍務肅清，凡有張皇幽渺者，即無不從嚴指駁，以此防民，亦謂慎之又慎，乃猶有二十六年拳匪之亂。人心好奇，易動難靜，概可知矣。且城隍爲守土正神，自明洪武時詔天下建立廟祀，概稱爲某府州縣城隍之神，而不用公侯伯之名號。國朝因之，制定祀典。今安徽紳士呈請加封，竟誤指爲五等封爵字樣，地方官不知駁正，率爲詳請，殊有不合。其四川冕寧寺僧，如原奏所陳，焚香梵誦，療疾施醫，亦止釋子住持之常。羽流方伎之術，律以西來初意，尚與佛乘正覺無涉。至身後示諸異相，語類不經，更顯見爲鄉愚附會，何足徵信。至廣東順德縣華光神，據揭送碑記，署曰華光大帝，原奏遂指爲司火之神。考南州炎德實號祝融，國朝禮神制帛，類以方色，凡厥正神固已著爲常祀。今華光之稱不詳所自，蓋止係民間報賽祠宇。又德慶州之龍母神，查方志載神溫氏女生於周秦間，少嬉水濱，有豢龍之異，没而成神，歷唐涉明，廟祀益顯。臣等恭讀高宗純皇帝御批《通鑑輯覽》，於漢祖斬蛇、神嫗夜號一事，即深斥其妄。龍母之云，得無類是，雖樂史《太平寰宇記》、屈大均《廣東新語》均著其説，然文人墨客瑣談脞錄，擬之正史，益不倫矣。臣等復深維我國家崇德報功，釐定秩祀，明有禮樂，幽有鬼神，所以昭德薦馨，使民不倦典至鉅也。然文武之道，張弛異時，方今末俗，愚誣人心，不靖自來，各地方匪徒思逞，往往以禮神賽會爲名，潛相煽惑。即如原奏所陳，轉據各士民稱誦，類多譎詭支離，爲薦紳有識所不道。楚鬼越機，所從來久，其端甚微，其流宜禁，豈可仰荷褒榮，諷示流俗。且潁州府縣之城隍神，德慶州之龍母神，原奏聲稱昔年曾經請准加封在案，固足以俯順輿情。如果祈禱有應，春秋報賽，例所不禁。記有之祭不欲數，數則煩，煩則不敬。

臣等公同商酌，其各該督撫奏請敕加封號頒給匾額之處，均無庸議。所有遵議緣由是否有當，伏乞皇上聖鑒訓示。再，此摺係按季彙奏，合併聲明。謹奏。

議覆畫一滿漢服制摺

奏爲遵旨議奏事。光緒三十四年十二月二十四日，承准軍機處片交欽奉諭旨：『御史趙炳麟奏滿漢服制請飭催議一摺，著禮部議奏，欽此欽遵』到部。查原奏內稱『前奉上諭，以滿漢服官守制及刑罰輕重參差不齊，飭議畫一章程。此事業奉明詔，無難準情酌理，求其可以通行者，議訂詳細章程，奏明辦理』等語。

臣等自光緒三十三年九月初三日欽奉詔旨以後，夙夜考求，竊以爲服制一事原與刑罰不同。刑罰重輕所異者，罪名自無難折衷酌改。服制隆殺，所關者倫紀，斷不能輕率依違。況習俗相沿，諸多窒礙。議章程則易，求實行則難。苟遷就而顯悖《禮經》，懼貽憂於世教，或定議而終虞扞格，抑何取於部章。臣等所以慎重審訂而惴惴不安者也。

臣部自奏設禮學館以來，與館員商訂凡例，辯論疑難，不厭往復，近始粗有端緒，旋奉上年九月二十九日上諭，責成臣部修明禮教，移易風俗。臣等復思今日大勢，欲收修明移易之效，其宗旨必先正人心，正人心必先厚民德，厚民德必先定喪服，以三年之喪爲最重。伏查現行事例，漢員無論內外大小文職，遭喪皆去官守制，扣足二十七箇月，不計閏，起復。旗員文職京官，遭喪者穿孝百日，進署當差。其外官遭喪則去官回旗，穿孝百日，滿後道府以下回原衙門行走。惟漢軍任漢缺者，丁憂始行照漢官例開缺終喪。旗漢既屬分歧，即旗員未能畫一。今該御史奏請準情酌理求其可以通行者，欽奉諭旨，飭催議覆。竊維通行之法，不外旗員悉從漢制，或漢員改從旗制而已。近年以來，新政繁興，需才孔亟，京外各衙門多咨調丁憂人員差委。論者或持因時通變之說，謂不妨使漢員概從旗制者。謹按《中庸》『九經』五曰『體羣臣』〔一〕，朱子釋之曰：『體，謂設以身處其地而察其心也。』曾子曰：『人未有自致者也，必也親喪乎！』《公羊傳》曰：『三年之喪疾矣，非虛加之也。古者，臣有大喪，則君三年不呼其門。』所以然者，君察臣之心，而使之一乎哀也。記曰：『夏后氏既殯而致事，殷人既葬而致事，周人卒哭而致事。』夫殷周待至既葬卒哭者，非謂前此可兼營職事也，正以其心專乎哀，雖致事猶未遑顧及，是以優游以待之也。君能使臣以禮，臣故克盡其哀，所謂體之以察其心者，莫有大於此者也。後世道衰，金革之事有弗辟者。然《公羊傳》稱：『閔子要絰而服事。既而曰：「若此乎古之道，不即人心。」』夫以服事爲不即人心，則可知以致事爲即人心矣。自漢唐迄今，治亂相承，歷世久遠，喪服輕重間有異同，獨親喪去官著在令甲，未之或改。若因一時之權制而變易千古之經常，無解作俑之譏，有虧同倫之治。此不敢輕議者，一也。

《三年問》：『三年之喪，何也？曰：稱情而立文，因以飾羣。別親疏貴賤之節，而弗可損益也。』『創鉅者，其日久；痛甚者，其愈遲。三年者，稱情而立文，所以爲至痛極也。斬衰苴杖，居倚廬，食粥，寢苫枕塊，所以爲至痛飾也。』是則父母之喪，創鉅痛深，必積久而後能釋。聖人順乎其情，由殯而葬，而虞，而卒哭，而小祥，而大祥，而禫推，而即遠，冀孝子之哀思以漸而減，所謂立文也。『飾羣』，據鄭注，『羣謂親之黨』，親疏有別，則情有厚薄，其服即從三年而遞降，於是有期年者，九月者，五月者，三月者，所謂親親之殺也。若親喪以穿孝百日爲準，則期功以下幾同無服，而《喪服》一經爲可廢。此不敢輕議者，二也。

《論語》記宰我問：『三年之喪，期已久矣！君子三年不爲禮，禮必壞。三年不爲樂，樂必崩。』孔子斥其不仁。繆協以爲：『爾時三年之喪不行，宰我懼其廢，故假時人之謂，啟憤於夫子，義在屈己，以明道也。』其曰『期可已者』，即齊宣王欲短喪。公孫丑以爲期之喪猶愈於已之意，乃孔子若不相諒而直責予之不仁，且決其無三年之愛於其父母，何也？蓋必其心先以三年之喪爲可已，故言發諸口而無疑，使誠有愛於其父母，則視天下事宜無有大於親喪者，而何禮樂崩壞之足憂乎？今之丁憂當差者，亦未嘗不有說以藉口，而天性之愛豈盡泯滅？若使明著法令，百日之後徑許釋服從仕，食稻衣錦，相習而安，既非伯禽之有爲而爲，將同墨氏之以薄爲道，實與今日崇尚孔教之宗旨不符。此不敢輕議者，三也。

漢人於期功之喪尚多去官，降至魏晉猶或行之。若夫罔極之哀，本無窮已。今功令丁憂起復，斷以二十七箇月者，《三年問》所謂立之中制耳。史稱宋海虞令何子平母喪，去官八年，不得營葬，晝夜號哭，常如袒括之日。梁殷不佞母卒，江陵陷，不得奔赴。及陳受禪，始迎喪歸。不佞居處禮節，如始聞喪，如是者又三年。以六朝之兵禍相尋，風俗頹靡，而士大夫敦篤內行，猶能自行其志如此。矧在聖明之世，明代張居正奪情起復，吳中行、趙用賢之徒抗疏力爭，至於廷杖謫戍而不悔，此特一人之事爾。若居官者皆在奪情之例，其不肖者或因爲利，而賢者豈遂俯從？設使海內通儒持古義以相難，臣部職司風化，何所逃責？此不敢輕議者，四也。

我朝以孝治天下，官員士子丁憂，有朦混匿喪者，斥革禁錮，定例綦嚴。律例載：『凡居父母喪，身自嫁娶，若作樂釋服從吉者，皆有常刑。』恭讀高宗純皇帝聖訓，雍正十三年十月，上諭有曰：『夫事親孝，故忠可移於君。使其人本仁孝而强奪其情，則傀然不能終日，必至惝怳昏迷，廢弛公事。若以爲安，則忍戾貪冒之人也，國家安所用之？而所治士民亦安能服其政教乎？』大哉王言！所以教孝立極，凡屬臣子皆當感激涕零，豈可輕改彝章，顯乖祖訓？此不敢輕議者，五也。

伏惟聖朝定鼎之初，各旗生齒未繁，四裔尚多不靖，政務緊要，人少缺多，故令八旗人員百日孝滿後照常當差。當時立法自有深意，今則天下一家，人才輩出，旗丁休養生息，蕃衍日滋，大都託業詩書者居多，迥非昔從金革之情形可比。前者疊奉詔旨，令滿漢婚姻弛禁，衙門員缺不分。近復特派大臣變通旗制，獨服制一事依違不決，畛域顯分，似非所以昭一道同風之盛治也。昔元臣烏克遜良楨上言：『國俗，父母死，無憂制。夫綱常皆出於天而不可變。議法之吏乃言國人不拘此例，是漢南人皆守綱常，國人不必守綱常也。名曰優之，實則陷之；外若尊之，內實侮之，所以待國人不若漢南人之厚也。』其言至爲沈痛！道光年間，江蘇按察使裕謙奏請《終喪起復滿漢一律》一疏，謂『急公奉上之誠，漢員應不後於旗[一]，而創深痛鉅之私，旗員豈獨薄於漢？率土臣民，幸際禮明樂備，養生送死，莫有遺憾。惟旗員遭喪，獨不能盡禮伸情。揆以同心，難免隱痛。』所奏雖未議行，亦可見毛裏之愛，有生所同。旗員之於親喪，非不欲自同漢制，特以格於成例耳。歷稽會典，列聖皆嘗欲行三年之喪，卒以臣工籲懇勉從所請，持服百日，仍素服二十七月。康熙六十一年十一月，世宗憲皇帝並有持服一節，乃天子第一苦衷，轉不如臣庶之論。此次承辦喪禮，百日之内遇元旦、冬至及萬壽聖節。服色，臣部援案上請，皆奉旨仍服縞素。孝思作則，允堪垂範來茲，曾子所謂『慎終追遠，民德歸厚』者。轉移風會，端在今日。臣等公同商酌服制一事，斷自《禮經》，行之千載，欲求畫一之法，别無通融之方。《中庸》稱『非天子，不議禮，不制度』，魏徐幹《中論·復三年喪篇》謂『事行之後，永爲典式』。臣等學識謭陋，何足以仰贊高深？可否恭請明降諭旨，凡内外各衙門丁憂人員，無論滿漢，一律離任終制，扣足二十七箇月，不計閏，起復。永著爲令，以彰初政之美而垂萬代之型。如蒙俞允，所有一切喪服事宜，再由禮學館詳細編訂，奏明辦理。

所有遵議緣由是否有當，伏乞皇上聖鑒訓示。謹奏。

校記

〔一〕『五』，底本作『四』，據《禮記·中庸》改。

議准以東漢趙岐從祀文廟摺

奏爲遵旨議奏事。宣統元年十一月二十七日，軍機處片交都察院代奏候選訓導王元穉呈請將東漢趙岐從祀文廟一摺，奉旨『禮部議奏，欽此欽遵』到部。據原呈内稱，『東漢趙岐著有《孟子章句》十四卷，在《欽定十三經注疏》中，天下傳誦。經師二十二人之祀，始於唐貞觀時。岐不得列於唐初經師之祀者，以當時《孟子》未列於經。』又稱，『《朱子集注》稱引趙氏之説不下二三十條，《欽定十三經》於《孟子注疏》首弁以趙氏題辭。孟子弟子如樂正克、公都子、萬章、公孫丑輩均於雍正二年補祀文廟。惟岐抱守遺經，允爲孟氏功臣，不愧私淑弟子。迹其生平，不附外戚豪强，不爲標榜黨援，故三君、八俊、八顧、八及、八廚均無岐名。堅貞特立，始終不渝，爲儒林所僅見。岐之行，無愧聖賢；岐之名，未膺俎豆，誠爲千秋憾事』等語。臣恭讀道光九年聖訓，先儒升祔學宫，祀典至鉅，必其人學術深純，經綸卓越，方可俎豆馨香，用昭崇報。咸豐四年禮部議准先儒從祀，應以闡明聖學，傳授道統爲斷。竊本斯意，以核趙岐之生平學術，似頗有合，敬爲我皇上縷晰陳之。

按《孟子》一書，漢文帝時已與《論語》、《孝經》、《爾雅》同置博士。武帝時表章六籍，罷黜百家，遂廢《孟子》博士。班《志》列《孟子》於儒家，因不得與《論語》、《孝經》、《爾雅》同稱六藝。王充《論衡》且有《非韓》、《刺孟》之作，以道德之微言等刑名之著述，幾令孟氏之學晦而不彰。趙岐避難北海，複壁十年，㞺屯萬狀，於顛沛流離之中著成《章句》十四卷，俾孟子之書如日中天，大顯於天下。非篤信好學、深明聖道者曷能及此？注《孟子》者，尚有東漢程曾與鄭康成、劉熙三家。曾書不傳，康成書亦久佚，熙注僅散見《後漢書》、《文選》注中，傳播未及久遠。獨岐之書傳誦至今，列在學宮。《十三經·孟子注疏》首弁以趙氏題辭，按：其辭有曰『《孟子》閎遠微妙，緼奧難見，宜在條理之科』。又曰『《論語》者，五經之綰轄、六藝之喉衿；《孟子》之書則兩象之』，其識見可謂至卓。又曰『外書四篇不與內篇相似，非孟子真本，乃後世依倣而託者也』，其辨別可謂至明。至阮元《孟子注疏校勘記序》言：『漢人《孟子》注存於今者惟岐一家。屬書離辭，指事類情，於訓詁無所戾，且章別爲旨，令學者可分章尋求，於漢傳注別開一例，功亦勤矣。』岐注精義經阮元之發明，則所注有純無駁，於此可見。

宋紹定間，祕書郎李道傳上疏請頒朱熹《大學》、《中庸》、《論語》、《孟子》於大學，稱爲『四書』，諸生以次誦習。自元明迄於國朝，取士沿爲功令。宋儒表彰盛美，固深契聖道之淵源，而不知實賴岐爲之先導也。

恭讀《欽定四庫全書總目》，曰：『漢儒注經，多明訓詁名物，惟此注箋釋文句，乃似後世之口義，與古學稍殊。然孔安國、馬融之注《論語》，體亦如是，惟闡其義理而止。朱子《集注》於岐注多取其說。蓋其說雖不及後來之精密，而開闢荒蕪，俾後來得循途而深造其功，要不可泯。』是其書早經先朝鑒定，似有合於學術深純、闡明聖學之目。先儒之推尊孟氏者，在唐爲韓愈，在漢則爲岐。愈稱孟氏功不在禹下，岐則先愈而發明孟氏之學。亞聖之稱，亦實自岐發之。原呈稱其允爲孟氏功臣，不愧私淑弟子，誠非過許。今韓愈已荷褒崇，則岐固宜並躋廡祀。

又考《漢書》本傳，岐，少明經，有才藝，娶馬融兄女。與友書曰：『馬季常雖有名當世，而不持士節，三輔高士未曾以衣裾襒其門。』故常鄙融，不與相見。其氣節誠有足多者。及仕州郡，則以廉直見憚。爲皮氏長，抑强討姦，大興學校。而其忠愛之忱迄今凜然如見者，乃在乘軺出關，私解東諸侯一役。獻帝西都，李傕專政，使太傅馬日磾撫慰天下，以岐爲副，宣揚國命，所到百姓皆喜曰：『今日乃復見使者車騎。』是時袁紹、曹操方與公孫瓚爭冀州，聞岐至，皆自將兵數百里奉迎。岐深陳天子恩德，宣罷兵安人之道。紹等各引兵去，皆與期會洛陽奉迎車駕。又嘗謂董承曰：『今海内分崩，惟有荊州境廣地勝。岐欲南說劉表，可使與將軍並力同心，共襄王室。』承即表遣岐使荊州。岐至，劉表即遣兵詣洛陽，助修宫室，軍資委輸，前後不絶。岐以老病，遂留荊州。雖馳驅戎馬，無救於時，然其篤棐匡濟之忱自不可没。范史贊曰：『邠卿出疆，專命朝威。』其事蹟之炳著史冊者又如此。

謹綜岐之生平，獨抱遺經，昌明正學，經歷世難，特表堅貞，以之從祀，洵無愧色。前經奏准，咨取各衙門説帖，據送到各件，衆論稱評並無異議。臣等公同商酌，擬如該訓導所請准，以東漢趙岐從祀文廟，以彰聖世重道崇儒之治。其位次當在西廡漢儒杜子春之次。除將各説帖咨呈軍機處備查外，所有臣等會議緣由是否有當，伏乞皇上聖鑒訓示。謹奏。

奏陳禮學館辦理情形摺

奏爲禮學館開館後辦理情形並詳擬分年辦法，恭摺仰祈聖鑒事。竊臣等前奏遵旨籌備憲政，擬將修輯禮書，迅速蕆事，以便頒行。各緣由陳明在案。

查禮學館於本年閏二月開辦，總理内閣學士陳寶琛即於三月二十一日到館，與臣等規畫修書次第。擬先以一年期内詳校《通禮》原書，集在館纂修人員分任，凡新禮、廢禮應增應損諸條目，逐一攷訂，各抒見解，又復互相參校，以衷一是。除事體重大應行奏明請旨外，其有衆説從同，疑義已晰，則擇善改正，繕寫時黏簽標明於下，以備恭呈御覽。次擬以一年期内纂修《民禮》，凡自士大夫以下，民間之昏、喪、祭禮及輿服、器用、宫室之類，必應明秩序而辨等威者。又自禮訓而外，本朝之法律、會典、則例暨現修政書之屬，所以正風俗而彰軌物者。昔爲《通禮》原書所未備，今當博采慎取而補編，則亦廣集詢謀，蒐羅羣典，以求詳贍。其昏、喪各禮，惟當仰體朝廷，整齊民物，期於滿漢皆可通行之論，以定宗旨。限以一年草創，一年潤色統計，不出三年期内，增訂《通禮》原書與續輯《民禮》各編一律告成。現自開館以來，館員按照規程已將《通禮》原書次第互校，參以論説，所有更正之處經總理陳寶琛分别彙核，簽識頗明。陳寶琛現因事請假回南。據奏稱，館中續繳功課均經攜帶行篋，隨時覈辦，不致有所曠誤。此本年開辦以來之實在情形也。

臣等竊維修明禮教事極繁重，固不宜草率從事。惟是憲政籌備期限甚嚴，禮制與政治息息相關，編訂刻不容緩。前奏擬以三年成書，亦因亟待頒行，不能不明立定限。現計在館各員，除孫鼎烈一員因老病自行辭退外，尚逾奏定原額，足敷分任。各纂修皆係績學通儒，於禮學講求有素。第民間禮俗，五方各爲風氣，其應行提議者不下數百十條，調查討論，頭緒極繁，非如朝廟典章粲然具備，間有闕漏，補訂無難。若稍觀望遷延，深恐成書無日。臣等有督率之責，不得不先事圖維。現陳寶琛假期已將屆滿，該總理老成宿望，學識宏通，必能始終其事。擬俟其到京後，再與切實會商，將已校編目催督分纂，繕成稿本，期不越一年之限。以後即可以全力專纂《民禮》，仍由該總理妥定條例，嚴立課程，俾可迅速蕆事。

除各省禮俗表尚未一律送部，由臣等分別咨催，並新定之《賓禮》、《學禮》、《軍禮》咨行外務部、學部、陸軍部速行編送外，所有禮學館分年辦理情形，恭摺具陳，伏乞皇上聖鑒。謹奏。

請變通常朝坐班舊制摺

奏爲常朝坐班酌擬變通舊制，恭摺仰祈聖鑒事。查定例，每月初五、十五、二十五日爲常朝之期，鴻臚寺於四季疏請御太和殿，皇上不御殿，王公百官朝服坐班如禮。又每月初一、初十、二十日，王公以下八旗武職官咸集坐班。又每月左翼逢單日、右翼逢雙日，王公等照常朝例坐班各等語。

近來每值朝期，應行坐班人員常有全班不到者，固由日久懈生。而揆度情形，亦實有窒礙之處。查從前各部設尚書、侍郎六員，又有卿、寺等衙門職司，多屬優閒，班列無虞曠闕。自官制改更，員缺迭經裁併，不特文職衙門事務增繁，即武職各員亦多兼有差使，臨期或託事故，糾禮無從稽查，寖成具文，無裨實政。臣等一再討論，竊以典禮繁文端貴，實事而求是。今昔殊勢，不妨因時而制宜。考常朝之禮，歷代不同，大都創制於一時，不盡折衷於古典。我朝列聖相承，勵精圖治，日親庶政，召見臣工，實乃隱合周官治朝聽政之意，無庸仍襲後代正衙起居之文。除按季疏請升殿之期，仍由臣院恭照成案辦理外，其午門前坐班之例，擬請一概暫行停止。

惟事關憲典，不厭審詳，應否飭交內閣會議之處，伏候聖裁。所有酌擬變通舊制緣由，謹具摺上陳，伏乞皇上聖鑒。謹奏。

議准元儒劉因從祀文廟摺

奏爲遵旨會議具奏事。宣統二年三月初四日，直隸總督陳夔龍奏請將元儒劉因從祀文廟一摺，奉硃批『該部議奏，欽此欽遵』到部。查原奏內稱『元儒劉因學術精純，志行卓越，前明請從祀者七次，均格於時議，前修未沬，公論愈彰。謹綜其生平，繹其言論，復證以史氏之文、通儒之說，悉心考核，委係粹然純詣，無可復疑。既查與議定從祀章程悉相符合，復揆諸列聖論定從祀精義無不允協。前雖累章不報，乃閱三百餘年，士紳復申前請，足證論以久而益定，澤雖遠而未湮，自未敢壅於上聞，久虛衆望』等語。

臣等查劉因學術行誼，據該督原奏，臚陳略已賅括。其檢送之《理學宗傳》、《三賢文集》、《容城縣志》，各書所載言論事跡，亦承學之士所習知而飫聞者。獨其從祀之請，自元、明以來，屢申屢駁，迄無定論。一則以其高尚不仕而有類石隱之流，一則以其箋注無聞，或僅目爲詞章之士，而其爲時流訾議尤在所作《渡江賦》一篇，黌宮俎豆，矜式千秋，自宜討論詳明，折衷一是。臣等謹徵之後儒論說，準以欽定諸評，知該故儒之文章、道德，實足膺祀典而無慚，而原奏之外尚有可爲參證者，敬爲我皇上縷晰陳之。

原奏謂：『因當有宋南渡之後，中原道梗，文獻蕩然，以北地儒生獨承墜緒，徵拜右贊善大夫，復詔爲集賢學士，皆以疾固辭。明儒薛瑄稱其有鳳翔千仞氣象，又稱其足以廉頑立懦，百世後聞風興起。孫奇逢稱其闡明絕學，復能高蹈之上九，與許平仲、耶律晉卿稱三大儒，而大義懔然，體純學粹，先生一人而已。』臣等按，薛瑄、孫奇逢皆北方後學，於因並有私淑淵源。而奇逢與因同邑，見聞尤切，其撰《靜修祠記》，並稱因研精聖典，隱然負斯世斯民之重，清而通和，而介在聖門則閔子，於宋儒則純公。又云先生身在運會之中，道超運會之外，推崇可謂極至。而近儒善讀因之遺書，能推求其心迹者莫如全祖望之說。祖望爲南方碩儒，後因四百餘年，學術不同，時地亦異，絕無門戶鄉曲之私，乃其修定《宋元學案》，於許衡、吳澄並有微詞，獨於因表章不遺餘力。其《書退齋記後》亦以因與衡並論，謂衡當日辭左轄居祭酒，蓋有見於道之難行，姑以儒官自安，而因以老氏之學詆之。由因之言以觀，則知苟非行道之時必不當出，亦不當擇地而居之。所論洵能推見至隱，足與薛瑄、孫奇逢之論相證。今考因嘗與許衡同被召，以行道推衡，而以尊道自任。其《上宰相書》謂『自幼及長，未嘗一日敢爲崖岸，卓絕之行未嘗自居於高人隱士之目』，則其初心亦非果於忘世，然卒冥鴻高舉，而元世祖至稱歎以爲古所謂不召之臣，此其志識固有大過人者。

原奏稱其行誼粹然，又特舉其出處大節爲論，蓋非虛美。又原奏謂：『因所擬《易繫辭》，《元史》著之。所撰《四書集義精要》、《靜修集》，俱爲《四庫全書》所收。《欽定四庫全書目錄》稱：「盧孝孫採《朱子語類》、《文集》編《四書集義》一百卷，讀者病其複雜，因乃摘取精要以成是書。」又稱，因文在許衡、吳澄之上，而純正不減於二人。北宋以來，講學而兼擅文章者，因一人而已。』臣等謹按，《欽定四庫全書提要》於因所撰《四書集義精要》，又稱其「芟削浮辭，標舉要領，使朱子之說不惑於他歧」；又稱：「因潛心義理，所得頗深，故去取分明，如別黑白。」於《靜修集》又引張綸《隨筆》稱：「因所著《田孝子碑》、《桐川圖記》等作，皆光明正大，較文士之筆，氣象不侔。」攷因初爲經學，究訓詁，疏釋眾說，以爲聖人精義不止此，及得趙復所傳周、邵、程、朱諸書，即曰固當有是。又尚論諸賢，謂『邵至大也，周至精也，程至正也，朱子極其大、盡其精而貫之以正者也』，高見遠識，直契心源。是因雖著述不多，而扼要鉤玄，迥非淺儒所及。

原奏謂其『羽翼經傳之功，早經論定，先朝允足信今傳後者』，自是確論。又原奏謂：『議者不考本末，以因《渡江賦》爲幸宋之亡，不知因祖父以來於宋實無故主故土之誼。《渡江賦》深心隱慟，蓋王猛不欲滅晉之意。孫奇逢亦嘗著論辯之。』臣等按，《渡江賦》設爲北燕處士與淮南劍客問答之詞，以明宋之可圖有五。丘濬以爲幸宋之亡，蘇天爵則以爲哀宋而作，又或以爲意在存宋者，孫奇逢蓋主其說。惟全祖望書此賦後謂『渡江之舉，宋曲而元直，因傷宋之爲姦臣所誤，留行人以挑師釁，非幸其亡，亦非必有意於存之，所謂置身事外而言也』，持論較爲平允。恭讀《欽定四庫全書提要》：『孫承澤《藤陰雜記》所論許衡、劉因一條，以衡不對世祖伐宋之問而因作《渡江賦》過於尊元抑宋爲非，不知二人生長北方，由金入元，皆非宋之臣子，乃於百餘年後責其當尊邈不相關之趙氏，可謂紕繆之至』，大哉聖言！尤足以破千古之惑。

原奏固謂公論已明，無可疑議者也。臣等公同核議，竊以爲立身當觀乎其大，而潛德歷久而彌彰。劉因當聖道榛蕪之日，際中原板蕩之秋，遯迹辭榮，抗心希古，守先待後，實衍北學之宗傳。立說著書，久荷先朝之褒許。前此迭經廷議，拘牽舊説，未正明禋。今既一再推詳，實屬允孚衆望。擬如該督所請，准將元儒劉因從祀文廟，列於東廡宋儒金履祥之次，以彰正學而順輿情。除將各衙門説帖咨呈軍機處備查外，所有會議緣由是否有當，伏乞皇上聖鑒訓示。謹奏。

遵擬國樂辦法摺

奏爲遵旨謹擬國樂辦法，恭摺仰祈聖鑒事。宣統二年十二月二十五日，臣部會奏議覆，臣部左參議曹廣權奏整飭禮樂一摺。原奏稱『國樂亟需編製，擬請飭下出使各國大臣考求樂譜，咨送到部，以便會同樂部各衙門，延聘海内知音之士，公同考訂，參酌古今，編成樂律，請旨頒行。又軍用之樂歌未加修訂，應請飭下樂部將有合軍用之歌辭及其樂譜選擇編輯，會同軍諮處、海軍部、陸軍部詳加修訂』各等語，奉旨：『允准，欽遵在案。』

臣等竊維聲音之道本與政通，我朝列聖相承，樂章燦然大備，莫不上合古制，蔚爲盛世元音。際兹環瀛交會之時，實命維新，百端締造，亟宜仰述先謨，專定國樂，以揚盛德而壯聲容。考諸東西列邦，國樂一經頒定，舉凡陸海軍隊暨外交公讌無不一律通行，良以全國極致欽崇遵奉，不容歧異也。惟是我國國樂，迄今未經編製。即前出使大臣曾紀澤所擬國樂，亦未奏定頒行。洎自陸軍成立以來，則又别製一章，指爲國樂，各國已多有傳習之者，殊不足以表示尊崇，垂諸久遠。臣部前奏請由出使各國大臣考求樂譜，嗣准將歐洲及日本等國樂譜，陸續咨送前來。現經臣等公同集議，詳細研求。竊以爲我國朝會燕饗所用樂章，典麗矞皇，允宜奉爲楷則。至各國國樂，定義製音，類皆別具本原，自未可舍己從人，輕斁盛典。所有應定國樂，擬請由臣等延聘通才及諳習音律人員，參酌古今中外樂制，詳慎審訂，編製專章，奏請欽定頒行，庶幾廣布寰區，咸仰昭德象功之盛。如蒙俞允，謹當欽遵辦理。所有酌擬國樂辦法緣由恭摺具陳，伏乞皇上聖鑒訓示。謹奏。

編製國樂摺

奏爲遵旨編製國樂專章伏候欽定頒行，恭摺仰祈聖鑒事。本年六月二十日，禮部會奏謹擬國樂辦法一摺。原奏内稱『所有應定國樂，擬請由臣等延聘通才及諳習音律人員，參酌古今中外樂制，詳慎審訂，編製專章，奏請欽定頒行』等語，奉旨：『依議，欽此。』

臣等遵即遴委禁衛軍軍諮官不入八分輔國公銜、鎮國將軍溥侗，海軍部參謀官、海軍協都統嚴復，同任編製事宜，當經欽遵《御製律呂正義》後編《樂制》，旁考各國樂章，詳慎編訂，協比聲律，交由禁衛軍樂隊演習嫺熟。復經臣等會同研考修正，聲詞尚屬壯美，節奏頗爲叶和，堪以昭示來茲，仰副盛典。謹另繕清單，恭呈御覽，伏惟欽定頒行。擬請明降諭旨，飭由典禮院通行，一體欽遵，並由軍諮府、陸軍部、海軍部通飭樂隊遵照演習。其從前各項樂章即不得再行沿用，俾免分歧。臣等並咨行外務部轉咨出使各國大臣，凡外交公讌均改用新定國樂專章，以表尊崇而敦睦誼。所有遵旨編製國樂緣由理合恭摺具陳，伏乞皇上聖鑒。謹奏。

國樂樂章

肇四乙四金五六工尺甌尺工六六五，承亿五天亿六六工幬尺，民六亿物五欣亿五五六凫工尺工藻六工五六工，喜尺尺同乙尺乙四袍合，清工尺時乙尺幸六五六工遭尺工六六五，真亿五熙亿六六工皞尺，帝六亿國五蒼亿五五六穹工尺工保六工五六工，天尺尺高工尺尺乙高尺，海工五六工尺尺滔工尺乙四滔合。

跋一

朱彭壽

禮部之設，肇端於虞廷之秩宗，至成周春官，規制始備，其後時有因革。自隋代定名爲禮部後，千餘年來未之有改。宣統三年，厲行新政，始裁禮部，以舊時行政事宜分隸內閣、民政部、學部、理藩部，別設典禮院，專司朝會、祭祀諸典，而以太常、光禄、鴻臚諸職掌併入之。其官制置掌院學士、副掌院學士各一人，學士、直學士各八人，下設一廳四署。

彭壽時以三品京堂候補，濫膺直學士首選。於是，掌院爲大同李蔭墀，協揆副之者則侯官郭文安公也。公故與族兄桂卿學士同舉進士，彭壽與公又先後同直政務處，相知素深，至是幸附末光，得以朝夕接侍，雍容討論，固人海中一快事也。未幾，武昌變起，風鶴頻驚，同僚諸人乞假者過半，彭壽猶趨直如故，每遇承祭大典，無役不從焉。當定制時，典禮既與行政無涉，院中章奏概不經由內閣，故遜位詔下後，凡歲暮及孟春，壇廟諸祭仍奉行惟謹。壬子正月駐軍譁變，輦下騷然。其次夕，彭壽方主祭東嶽廟，以嚴城夜閉，遂弗果行。越數月，典禮院亦廢，而中國數千年來天神、地祇、人鬼之祀典由是輟。每與公論及，相對歔欷。世變之來非可逆覩，尚不知伊於何底也。

公由翰林改官儀曹，入直樞垣，洊躋卿貳後，以少宗伯爲副掌院學士，晉攝院長。其居官實與容臺相始終，熟識舊典，考訂精詳，議禮者奉爲斗杓焉。今讀公奏疏各稿，如《議准從祀文廟諸儒摺》，或以昌明正學，或以啟發新知，顯微闡幽，獨見其大。《議覆畫一滿漢服制摺》，援證經史，義正詞嚴，卒使旗員悉從漢制，有功於世道人心者甚鉅。《議駮各神封號摺》，當拳匪肇禍之後，防微杜漸，用意至深。《請褒卹死事大員摺》，表揚忠節，公論昭然。厥後，許、袁五公之得蒙追謚，實自公發之。其《謹陳管見摺》，則更言人所不敢言。所舉五大端，指陳積弊，振飭頹風，剴切詳明，語長心重。自餘諸摺，亦無不綜核名實，參酌古今。莊誦數過，如讀賈長沙《治安》三策、陸宣公《奏議》諸篇。昔人所謂懸之國門不能易一字者，文之典雅樸茂，猶其餘事也已。

茲距公之歿已五年，距典禮院之設二十餘年，貞元朝士存者無幾，即舊時官署亦無遺址可尋矣。彭壽因讀公文，棖觸前塵，輒附述院事之始末，以紀一朝國故。廣陵散絕，古調誰知？瞻言老成，不勝木壞山頹之感云。癸酉夏五月，海鹽朱彭壽謹跋。

跋二

郭則澐

右先文安公奏疏一卷。公以庶常改禮曹，值樞垣，歷官典禮院掌院學士，中間雖曾權貳工部、郵部，兩次兼攝戶部，而前後二十年以在禮部爲最久，一時修訂典制，匡持政教，端簡上進，靡不手自屬草，所作實多。公歿後五年，則澐與仲弟養剛，徧檢遺篋，復訪諸閣庫，參以官報，而所得者僅此。憶先公奉命勘修陵工，嘗有整理樹株之疏；又值明詔舉經濟特科，疏薦嚴範孫侍郎修、楊子勤太守鍾羲、張堅白制府鳴岐、葉揆初觀察景葵、林畏廬孝廉紓，其時範孫尚官編修，堅白官候補知府，後乃通顯。今覓原疏皆不可得，謹即以此十數篇編錄付梓。時適匏廬家祠落成，與遺集、襍著並庋於祠，垂示後葉，倘亦先公精神之所寄乎！　癸酉三月，男則澐錄竟謹識。

詩文補遺

情文解說

詩文補遺

詩

和師鄭元旦二首依次原韻

七十平頭又三歲，信天只仰碧翁翁。號蟲且過洛思蟄，鬥螘時聞正病聰。應候條風還入律，迎年瑞雪倘占豐。辛盤生菜聊咀嚼，獨欠鋤園地數弓。

休問增年與減年，華青夢破豈重圓？只宜閒處安嵇竈，無復中原望祖鞭。久閉柴荊逃熱客，忽驚珠玉粲新篇。宣南酬唱多吟侶，敢與王盧論後前。

（載手鈔本《邴廬日記》丁卯年正月二十三日）

挽康南海

班荊一握亦天緣，大變俄驚三十年。萬仞宮牆任推倒，遺書終待國門懸。

（載手鈔本《邴廬日記》丁卯年三月十六日）

賀燕孫封翁保三先生重游泮水

九江門下得傳薪，一曲功夫在反身。難得滄桑留碩果，還從泮藻溯前因。雲梯接引三千士，雪案辛勤四十春。今日辟雍鐘鼓寂，圜橋觀聽若爲新。

（載手鈔本《邴廬日記》丁卯年五月初三日）

題尤和賡尊人事略

汴水閩山溯始遷，手修譜牒紀瓜緜。乙科早歲膺秋賦，丙舍終身守墓田。卓行允爲當世範，清芬自付後昆傳。百年真見伊川禍，誦到遺言一慨然。

（載手鈔本《邴廬日記》丁卯年六月十八日）

題龍泉檢書圖

城南名刹猶餘幾，容得閒人讀畫來。師友一時見風誼，江山此日足悲哀。寂寥副墨空傳本，辛苦輶軒費鑄才。猛憶高秋蒲磵會，古榆無語傍經臺。

（載手鈔本《郋廬日記》丁卯年七月十二日）

題聽琴圖

檢書人能抱琴誰？九十年光一剎馳。幸不王門安道辱，笑妨道服水雲疑。箏琵俗耳休教溷，瓶鉢間緣且自隨。聊與招提添掌故，披圖誰識畫工悲。

（載手鈔本《郋廬日記》丁卯年七月十二日）

題龍泉二圖七絕四章

檢來人往抱琴誰，古剎城南亦僅遺。聊與伽藍添掌故，風光休負牡丹時。

飄飆雲表飛鷗送，灑落沙跡大□行，滿地烽塵厭鼙鼓，聞報到此各爲清。

舊夢春明那復談，人間佳處只茅庵。宮絃絕後焦桐在，此意應從畫外參。

遠公故事傳三笑，中散同心得七賢。想見解衣磅礴樂，消除百慮是真禪。

絕句亦無聊之甚，以題本無聊也。蘭亭集竟，是帖末二句擬改爲『慈仁香火倘可援，歲歲花時申盥薦』，『東南』句下添『文選樓傾甲第非，錢塘濤涌狼烽遍』。

（載手鈔本《郋廬日記》丁卯年七月十三日）

壽翁銅士

垂白知君結習癡，千金爲壽不如詩。閒曹慣袖觀棋手，佳偶能齊舉案眉。吟鉢月泉多社侶，芳尊彭澤及芳時。華宗辦作覃溪叟，歲歲芝麻寫頌詞。

（載手鈔本《邴廬日記》丁卯年八月二十四日）

壽王蓮堂

政譜傳家夙有聲，曾從山左識難兄。鱣堂坐看人文起，見舃歸來治化成。泮藻重賡傳盛事，徑松自撫訂寒盟。一經留得孫曾業，老福君應勝伏生。

（載手鈔本《邴廬日記》丁卯年八月二十四日）

題齋壁一絶

殘膏賸馥杜工部，破鐵爛銅杭大宗。一室掃除亦何用？老夫聊此養疏墉。

（載手鈔本《邴廬日記》丁卯年十月十二日）

斷句

八千里外無家客，六十年□有母兒。

（載手鈔本《郘廬日記》丁卯年十一月十四日）

嘿園持程蓮士乃翁遺照代乞題

六代殘山閱戰塵，蕭然松石見天真。過江名士多於鯽，市隱如翁得幾人。

（載手鈔本《郘廬日記》戊辰年正月二十六日）

易園今年五十初度

曾見荷衣出科年，雲萍累世溯因緣。滄桑幾度成吾老，薪火千秋待子傳。結緣誰論和氏璞，臯比自暖廣文氈。海濱鄒魯流風在，晚學相期更勉旃。第三聯擬改『誰遺蒿賢遺一鶚，未妨求飽笑三鱣』。

（載手鈔本《郘廬日記》戊辰年正月二十六日）

壽秋颸尊慈

早從曹署識賢郎，瞥眼誰知海變桑。隨節重洋應省記，循陔愛日自舒長。劬勞信有眉梨補，懿徽慚無翰藻揚。好是韶華春閏駐，桃紅柳綠佐稱觴。

（載手鈔本《邴盧日記》戊辰年正月二十九日）

題蔣乃時鐵驪圖

辛苦關山短後衣，王家馬癡浿同譏。一心看取成功日，殺賊歸來露布飛。

（載手鈔本《邴盧日記》戊辰年閏二月十三日。此詩原爲七絕二首，其一已收入《匏盧賸草》，此錄第二首）

次和迪庵大覺寺雨後

看花醉後時，落花足引勝。屋角春鳩鳴，知有好雨聽。聯璧軒車來，晨征爲鼓興。小憩碧潭清，遂儕初地迥。明昌八院遺，崇構孰與並。年深斷碣殘，境僻野情稱。品泉就竹根，披雲到松頂。列岫出新沐，危欄恣高憑。誰家檀果園，是處通樵徑。猴被不可留，催歸愁夕磬。回路趁山光，城闉已向暝。

（載手鈔本《郘廬日記》戊辰年三月初八日）

和樊山詩

角爭蠻觸無寧日，樹倒猢猻有散時。一擊博浪應喪魄，並驅函谷孰先王。君懷風度遺金鏡，我愧心肝擲錦囊。眼底幺麽何足論，重瞳百戰亦天亡。

（載手鈔本《郘廬日記》戊辰年四月二十二日）

夜起書信

溽暑連宵不可禁，無眠坐到五更深。一燈照影殊寥寂，誰識悠悠千載心？

（載手鈔本《郘廬日記》戊辰年六月初二日，又載同月二十一日）

朗谿爲其仲兄尹東六十乞壽詩信筆成一律

花夢風流萃一門，善和里第賜書存。不關斗印輕投筆，未厭鹽車老服轅。飼鶴圖留堂構遠，釣龍事往海波渾。百年喬木誰無恙，長羡君家好弟昆。

（載手鈔本《邴盧日記》戊辰年六月初九日）

次韻和釋戡夜雨詩

著處浮萍便是家，閒中清況只評茶。斷無客刺來今雨，空有吟情寄晚霞。臥覺微涼生枕角，起看殘沿墜簷牙。普天兵甲何曾洗，且慰三農釋來嗟。

（載手鈔本《邴盧日記》戊辰年六月十六日）

枕上不寐口占一絕

邂逅無端瓜果筵，人問此夕是何年。銀州老好龍鍾甚，不望天孫吉語傳。

（載手鈔本《邴盧日記》戊辰年七月初七日）

和徵宇詩二首

鑄錯何嗟及，開江足自娱。本來雄一世，未許賦《三都》。

券在爭捐產，歌闌獨集枯。高樓傾寶月，遠略試追摹。

（載手鈔本《郇廬日記》戊辰年八月初三日）

次韻徵宇秋晴詩

朝霞暮雨晚霞晴，狡獪難猜造化情。坐見酒漿空北斗，喧傳簫鼓賽西成。畏塗倒足妨行潦，永夜愁心盼啟明。不信王城浩如海，市人鴉鵲兩銷聲。

（載手鈔本《郇廬日記》戊辰年八月初十日）

作還來就菊花試帖

問訊柴桑菊，朝來定已花。肯辜重九約，還就野人家。晚節香逾好，前游興未賒。樽中餘舊醞，籬角燦新葩。藜杖休辭遠，荊扉豈待撾。座無今雨雜，看到夕陽斜。飲水羞胡廣，登山笑孟嘉。帽簷歸去插，不讓杏林誇。

（載手鈔本《郇廬日記》戊辰年八月十五日）

又和徵宇秋晴

白草黄沙舉目愁，關□搖落始悲秋。衣冠掃地誰還問，鼓角緣邊且未休。虎踞那知王氣盡，驢虎今說霸功羞。求田問舍非吾事，但臥元海莫下樓。

（載手鈔本《邴廬日記》戊辰年八月十七日）

窗竹

舊種環窗竹，相依最有情。嚴霜未改色，新雨又抽萌。竟日攤書對，殘宵入夢清。真熇欣憶遠，更諦歲寒盟。

（載手鈔本《邴廬日記》戊辰年八月二十七日）

與南歸友人話別

亂極誰無望治思，救民水火即王師。但申漢祖三章法，不在蘇威五教辭。當路先須嚴篚篚，窮閻急與起瘡痍。識時俊傑今寧少，國是原非一系私。

（載手鈔本《郁盧日記》戊辰年九月十三日）

記事

輝煌朵殿舊觚棱，飾智驚愚萬口騰。傀儡且宜兒戲看，韞輬豈有鬼雄憑。果然秋菊今時秀，誰見扶桑旭日升。倦客杜門無一事，汎搜野乘剔孤燈。

（載手鈔本《郁盧日記》戊辰年十月初一日）

嚴吾馨廣文重游泮水

芹藻黌宮首重廻，山中鐵樹又花開。晚年踵迹三高士，當日聞呼小秀才。甲子數周軒曆在，峰巒占斷真區限。辛楣德甫談前事，更許儒林一席陪。

（載手鈔本《郁盧日記》戊辰年十月初九日）

冬雨

窮冬只有閉門深，小雪俄過大雪臨。密雨數點宵不凍，濃雲堆墨晝還陰。蕭寥久耐閒居味，變幻難猜大造心。兀坐小窗無可語，短箋信筆寫愁吟。

（載手鈔本《邴廬日記》戊辰年十月十九日）

伯材昨乞詩臥榻中作打油腔應之

昔人西笑望長安，長安何樂？欒子彈冠。一朝樹倒散猢猻，長安復何有？災民而外厥有災官。一解。大官盡飽貪囊，逍遙事外。留下災星與汝輩，裘敝金盡，八口嗷嗷待斃。子規喚說不如歸去，歸亦何容易。絕處逢生，誰知有一陳翁在。二解。陳翁一布衣，不願求官。但急人之難，白首奔波不辭煩。具舟送歸櫬，買地塋義園。寒者施衣，死者施棺。刱立恒善社，於今逾十年。三解。災官未即死，亦已死爲隣。奔趨無路，呼訴無門。翁獨居，深念坐視不救非但人。急呼同志，經營百端。就輕車熟路，奮赤手空拳。四解。長途資斧，於何措置。言之當事，盡免舟車費。破帽爛衫，提挈老羸及婦稚。燕京至滬瀆，水陸三千餘里。刻日登程，一無阻滯。五解。初猶限閩人，漸推江皖浙。兩湖及川蜀，爭乞附歸楫。翁亦不分畛域，但力所能爲。一一爲區畫，自夏徂冬以次遄發，前後送歸數千家，往者已過來方續。六解。我得南來書，頌翁功德碑萬口。敬持巵酒爲翁祝，祝翁無量壽，吉人天所佑。更祝普天息戈鋋，還我太平世宙。但人人以翁爲法，自然風醇俗厚。故隴松楸重回首。盼他年林下歸來，共泛滄江作釣叟。七解。

（載手鈔本《邴盧日記》戊辰年十月二十五日）

浪墨

名流縞紵狐千腋，傑構琳琅豹一斑。吾道沈沈即長夜，佇君金奏振冥頑。

（載手鈔本《邴盧日記》戊辰年十一月初三日）

輓聯　壽聯

輓王國維聯

一代經師朱竹垞，千秋騷怨屈靈均。

止水自澄在，先生固堪瞑目；　浮雲皆幻願，來者各自折心。

（載手鈔本《邴盧日記》丁卯年五月十六日）

仲樞五十壽聯

函禪署室金門隱，壽首傳家玉署仙。

（載手鈔本《邴廬日記》丁卯年八月初九日）

文

論中西學術

古有開物成務之聖人，伏犧、神農、黄帝是也；有明道覺世之聖人，堯、舜、禹、文、周、孔是也。西國倫理失脩，至於制作之學，實能以人巧奪天功，且皆一成而不可廢，方之開物成務者，或庶幾焉。其未進於道，容或囿於方隅，域於風氣，而中國總不當毀彼所長以護我所短，且中國所長者在倫理。近來《四書》、《五經》不過爲學者之口頭禪，求躬行實踐者，千百無一。是中國竟無所長，而但有所短。以此較之，勝負可知矣。設使今日程朱復生，聚徒講貫，必不肯毀西國之所長，且必有以駕馭西國之長而使爲吾用。彼但見中國有驕樂佚游之人，何嘗見中國有憂勤惕厲之人？果有才猷德量，足以折服其心者，未必敢夜郎自大也。天不生一二明道設教之聖賢，而徒生億萬空談坐食之庸衆，授楚之機，冥冥者其有意乎？數十年來，士大夫相習爲委蛇取容。如前此建言諸公，蓋亦有志之士，惜不從根本體會，卒以輕躁致敗。曩見郭筠仙《使西紀程》，頗擅才氣，雖持論稍偏，固非無獨見之處，然都下人人目爲怪誕，其書無復存者。人才之乏可諉咎於天，人心之渙而不振，將誰咎乎？意者，亦天使然歟？

（載郭則澐《舊德述聞》卷五）

可立太夫人壽序

吾鄉人文萃於省會，每春秋闈榜出，閩侯兩邑獲雋者常占全額什之六七。近百餘年者，尤以閩縣葉氏爲極盛，自毅庵宮詹以文學敭歷清華，屢司文柄，子孫蕃衍掇科第者，蟬嫣不絕。

余始識穉愔侍御，猶在髫齡。蓋年丈恂予先生與先廉訪公爲鄉舉同年，而穉愔姊適吾堂弟士香。自其幼時，即常至吾家。洎余通籍來京師，穉愔旋與吾弟南雲同登乙酉鄉榜，偕計北上，聯捷入詞垣。嘗賡續鄉先輩擊鉢故事，重辟荔香吟社。同社中有君家鐸人丈、平齋、君常諸君。及余兄弟宣南僦居，坊巷密邇，蓋無數日不相見也。未幾，穉愔督學黔中，同人餞之江亭，碧幢雙引，馳傳南征，令人有劉樊仙眷之羨。自後離合不常。穉愔中年得肺喘疾，家居數載。還朝補御史，猶爲文酒之會。雖意興不減曩昔，而都門自庚子亂後，非復舊觀。中外方競言變法，國是日益紛，居恒感憤，思有所論列，恒申旦不寐，因之宿疾復發，賴中閨多方慰解，醫藥調護，無間晨夕，然卒以不起。每念旅居燕邸垂五十年，同鄉京僚中不乏直諒多聞之友，而學識淵通，性行敦摯，未有逾穉愔者。自遭國變，杜門息影，益復寡交。

而穉愔哲嗣可立已由歐西游學畢業回國，觀政外交部，安輿奉母就養。

今年八月爲太夫人誕秩，誕辰徵文爲壽。余惟古來家道之興，恒由於婦人，史冊歷歷可徵。太夫人自歸葉氏，未久而慈姑棄養，以冢婦綜家政，隨宦所至，内外肅然。穉愔在籍，嘗任大學堂監督。太夫人念實業未興，鳩資創設農業學舍，延戚族婦女及里閈貧婦，躬親督課，以費絀中止。里人猶有能稱道之者。穉愔既捐館舍，兩世清宦，遺產無多，節嗇經營，歲有贏利，督二子負笈求學。比年葉氏門風稍替，而可立兄弟皆學成，克有樹立，能世其家。嵇延祖雞羣鶴立，如見叔夜，生平爲之喜慰不置。《魯語》載公父文伯賢母之言，曰：『君子能勞，後世有繼。』太夫人之所以勤家訓子者，庶幾近之矣。

余譾陋無文，頃者鄉人見推爲介壽之詞，援古證今，略有陳述，終以駢儷行文，未能盡意。念累世姻舊，不容空言塞責，因復舉平日交游蹤跡，與太夫人行誼之稔知而確見者著之篇。太夫人雖年登周甲，而强健如少壯時，南陔潔養，愛日方長。可立兄弟其益磨錯前修，思所以博親歡而承先志，是則跂予望之已。

（載手鈔本《邴廬日記》丁卯年正月二十九日）

石孫觀察壽文

余與石孫觀察交垂四十年，而相知之深實自庚子始。是年八月，九國兵逼都城，兩宫倉皇北發。吾鄉京曹聚居嬾眠胡同，君所居在南丰截鄰巷，朝夕過從。時聯軍畫地駐守，都人率深居不敢出。君則日奔走內外城，探問乘輿所至及東南疆帥動止。有所聞，輒相告，時或相對泣下。其冬，余由海道泝江赴行在。明年扈蹕還京，君旋補御史。款議初成，中外競言變法。君獨深維治本，以激濁揚清爲己任，所彈劾皆貪墨吏及貴近倖臣，卒以積忤當軸，不安於內，出守徽、青二郡，再移濟南首郡。辛亥變起，大府慮其非肆應才，欲爲量移，檄令離任，遂杜門不復出。

君累世清宦，自爲諸生即筆耕授徒，時或饔飧不給。鄉舉計偕，座主孫文愨知其貧，命館於家授讀。既捷南宮，清苦猶昔。榮文忠在政地，與君家世舊，時有餽贈，悉卻不受。文忠益敬重之。然君終始無所干祈。洎爲外吏，飲冰茹蘗，不渝初志。亂後，屏居膠嶨，復遷青州。青爲君舊治，邦人感懷恩惠，偶出行游，父老兒童皆起立致敬。君亦樂而親之。嘗一至京師，感朝市變遷，匆匆遽返。課諸郎，研精舊學，布衣蔬食，安之若素。德配支夫人，江右名家，通文史，工書翰，能與君共甘苦，理家政井井有條，諸郎呫畢得之母教爲多。既次第成立，出其文學，結交南北名流，莫不傾襟推挹。歲時歸省，一門之內，雍雍如也。

君之在諫垣，與王病山、高城南齊名。於先進尤傾服林文直公，俱以建言斥外。文直歟歷封圻，入參密勿，爲近代名臣。君歷典劇郡，膺上考，强臺垂上，遽賦遂初。迄未大展其志，論者感爲君惜。然余觀國變以來，昔之踐台司，擁節鉞，覬覦事會，以身嘗試，卒至身名俱敗、進退失據者，不知凡幾。而君優游泉石，自得天機，年屆古稀，强健如少壯，玉樹林立，孫枝茁起，朗陵、太丘之家風，海內可一二數。天之成就君者，固未始不厚也。

今年三月，爲君七十誕辰。鄉人之嘗同官京朝者，爭欲一言介壽，問序於余。迴憶危城烽火，患難相依，江海一麾，臨岐執手，曾幾何時，而滄海淪胥，玄黄易位。王光祿之以壽爲戚，與君同之。聊發狂言，以博當筵一粲，比諸南内宫人重談天寶，北窗徵士鼓想羲皇。君閱之，其亦有相視而莫逆於心者乎？

（載手鈔本《邴廬日記》丁卯年二月初九日）

致師鄭書

讀大作《天刑篇》，頫首主地，此等警世文字，可以懸之日星，惟我兄能放筆爲之，乞以白紙録一通見惠，弟當裝潢珍藏也。觀數君之終被冥誅，而趙樾村、宋芸子、趙堯生數君子老壽無恙，吾輩亦可以自壯矣。

（載手鈔本《邴廬日記》丁卯年五月二十八日）

陀庵詩序

陀庵天資卓犖，博涉羣書。自幼時即有神童之譽，余早聞之。楊洵若茂才舉秋賦入京，一見歡如舊識。顧累困公車，橐筆奔走。武進盛尚書方經營南北鐵路，余爲推轂司書記。在事歷年，往來燕豫之郊，亦常以事至京，與文酒會，獨未見其所爲詩。庚子别後，遂疏音問。微聞君里居，與諸名流結社唱酬，詩名噪甚，爲傾想久之。國體既更，文士大都失職。民國初元，嘗北來過訪余於沽上，未幾復歸。癸亥再至京師，則久病之後頽然老翁。又以游山傷足，不良於行，猶强自支厲。近事無可談，暇輒過從談詩。余偶出《論國朝詩家絶句》相示，君見之甚喜，互舉所聞印證，慫恿賡續成之。君夙依族父太傅公，詩學亦得自親炙者爲多。太傅既扈從，徙居津門，君益茫然無所向，感憤世變，宿疾復發，遂以奄逝。

今夏，嘿園攜《身雲室詩存》一册見示，皆録自其遺篋者。嘿園爲校訂編次，將約同志集貲刊行，問序於余。余詩功短淺，何足以論定君詩？獨念與君交垂四十。秘世局之幻，匪夷所思。君雖坎壈一生，猶幸此錦囊心血未付刼灰，後之人必有讀其詩而悲其遇者。余衰疾杜門，惟賴三五知心相娱寂寞，乃天又奪君之速。前塵如夢，來日益難，追溯生平，又豈聚散存歿之感已哉！

（載手鈔本《邴盧日記》丁卯年六月初十日）

仲雲《居易齋集》序

《三百篇》録《國風》終於曹、檜，而戰國遂無詩。其果無詩耶？抑有之而不盡傳也。晚近來，爭地爭城之劇戰，與夫縱横捭闔重陰謀，不亞於戰國，起、翦、儀、秦交相爲用，惟詩最無用。然而海内詩家方興未艾，其詩終不可廢歟！仲雲曩以《榆園》諸集見示，余既爲序而行之矣。頃復彙輯丙、丁二年所作詩，删存得二卷。

君之詩，大抵與年俱進，而又博聞强識，充其才力所至，不難與古作者爭衡。今讀卷中《北海雜詩》及《海子行》諸篇，皆有關國故。《上巳禊集》諸長篇，並頓挫淋漓，有横埽千軍之概。其稊園、蟄園社作，則分編爲外集，亦見別載之審。余精力衰耗，近已不復能爲詩，泛覽而已，然舍此竟無以自遣。每得時賢流傳佳什，輒爲之諷誦不置。昔曹孟德一世之雄，猶以釃酒横槊自負，建安七子實老瞞爲開先。魏鄭公出入羣盜中，亦有感時之作。貞觀嘉謨，斯其嚆矢。今之世復有其人乎？風雨如晦，雞鳴不已。使人人皆以風雅爲依歸，則詩教之所益，大矣。吾甚願仲雲之鍥而弗舍也。

（載手鈔本《邴廬日記》丁卯年八月初二日）

弢老太傅七十壽文

弢庵太傅七十誕辰，嘗獻計爲壽引。公兩次典試，所命題爲晚節符券，迄今又十年矣。世亂益棼，浸尋而有甲子十月之變，左右親臣咸張惶失措，公獨以鎮定處之，艱難扈從，終奠厥居，年躋大耋，神明彌固。所謂託孤寄命，大節不奪，與夫歲寒後凋者，乃徵諸後事而益信。

公始以弱冠登玉堂，大考超擢，再遷至閣學，持節南洋，猶未及强仕之歲。家居垂三十年，聚徒講學，有終焉之志。宣統元年〔一〕，特旨宣召，拜晉撫，未及行，復留授讀毓慶宮。未逾年而遜位詔下，朝官星散，同值自陸文端外，若梧生、節庵、仲平年輩皆遠後於公，先後謝世。獨公朝夕講幄，未或暫離。比年，隨扈津沽，退值之暇，坐臥一小樓，獨居深念，幾微不形於色間。因事至京，寒暑跋涉，未嘗苦勞，遠近勾書及詩文者日不暇給，門生故舊過從談藝，或留連至夜分無倦容。以夏臣靡之孤忠，兼衛武公之耄□，學人第知其得天之厚，不知此正可以觀天意也。

曩直樞垣，得讀公留中封事，歎爲陸敬輿、王元之後所僅見。嗣在禮學館並恭修德廟本紀、實錄，共事至久。公以久直禁廷，許爲粗諳掌故，然公登朝先一紀，中興以來人物，以及朝局之變遷，時政之得失，則公所得爲較詳。天山界約，滇、粵、閩、洋戰事，始末曲折，官書所不盡載者，獨能娓娓言之。燕都歷遼金元明，《退朝春明》之錄〔二〕，竹垞舊聞之輯，自朝市變更，文物聲明隨之蕩盡。而虎坊橋會館爲先德文誠公之舊邸，吾鄉人春秋社飲，顧瞻堂構，猶深仰止之思。西郊釣魚臺，則公數年前之賜莊。睿藻猶新，林木彌茂，每佳日登臨，白叟黃童，莫不爭瞻丰采者。孟子與齊宣王論進賢，有喬木世臣之喻，而致慨於昔者所進不知其亡。居今日而言，喬木世臣意，惟公始足當之。公生平尤篤於風義。戊辰座主文文忠後嗣凋零〔三〕，其故宅已改爲祠堂，公歲時猶主其祀事。

今年八秩慶辰，回溯登第之年，適甲子一周。文忠清忠亮直，爲中興第一名，相顧享年僅及中壽，論者惜之。公耆壽遠過文忠，雖還朝已晚，未獲少展謨猷，數十年薪盡火傳，尚留此碩果，一陽以回斡貞元之運，豈特儒林瑞事？抑忠義之氣，固有默相感通者。公近有《紀恩詩》，云：『豈意違天天轉篤，蹉跎折補本尋常。』天人之故，微矣！以天之篤厚於公，而謂天心之終於奬亂，雖以□□之愚，亦有以知其不然，請以質之公，並以俟當世之知言者。

（載手鈔本《郋廬日記》丁卯年九月二十一日）

校記

〔一〕『年』，底本闕，據家集刻本改。
〔二〕『退朝』，底本作『退退』，據家集刻本改。
〔三〕『文忠』，底本後衍『言』，據家集刻本刪。

題馬桐軒《錫子猷將軍遺墨冊》後

子猷將軍與哲兄厚庵都護俱桓靖公保恒子。厚庵早歲曾入林文忠皋蘭幕府，中年勇退，以詩歌文翰見重藝林。子猷亦能詩，從事西征，與金忠介、張勤果皆於湘軍外別樹一幟，並爲左文襄所倚重。權伊犁將軍時，結納阿爾泰山喇嘛棍噶札拉參，爲俄人所忌，屢間於政府，卒以軍需報銷事被議聽勘，齎志以歿。廣雅作《五北將》詩，與烏塔多僧並稱，可以想見其人。

此冊爲明山將軍所藏，余未獲識。子猷於明山嘗有縞紵之契，概自皇綱解紐，海宇分崩，獨新疆萬里烽堠晏然，生聚日廣。論者比之世外桃源，文襄之規模遠矣。抑豈一手一足之烈哉？桐軒世兄出此見示，小詩未能盡意，復略舉舊聞綴其後。

（載手鈔本《邴廬日記》丁卯年十月十三日）

跋孫師文慤公《楹語》

吾師文慤公以南齋侍從晉直講幄，立朝數十年，清風亮節，爲海内所共知。貳戶曹時，嘗欲懲辦一蠹吏，爲同列所持，某吏竟逍遙法外，而公反以此罷殿直。當時輦下士大夫咸憤惋不平，乃適值言路閉塞之秋，卒無有訟言其得失者。光緒中葉，朝政不綱，以馴致亂亡之禍，此亦其一事也。

此聯乃督學畿輔時，書以畀魏若者。遭亂佚去，其半魏若特裝潢爲横卷。竊維公一生天懷澹定，寵辱不驚，實有得於求己之學。至因緣之説，雖出自佛氏，然余觀喪亂以來，奸回宵小，乘時招勢，煊赫一時，無知者嘖嘖稱，乃未久旋歸澌滅。所謂因緣者亦不過如幻泡露電，何羨之爲？魏若久歷憂患，近方屏居窮島，視吾師之遭值承平，益不堪同日語，然能熟玩斯旨於安身立命之道，必當有得。履坦終吉，所以紹先芬者而棉世澤。將於是卜之，豈時手蹟之足珍已哉？

（載手鈔本《邴廬日記》戊辰年二月二十一日）

跋孫師文慤公《客座私祝》

陽明《客座私祝》，前人嘗鐫之石本，余幼時所見諸先正家塾嘗懸之。文慤師夙講陽明之學，宜其尤有心契。師平日楷法兼有平原、眉山之長，顧不自矜惜藏家者。

此爲完帙矣。慨自邪說横流，新進小生習爲非僻，海内詩禮故家寥寥無幾，以此銘之座右，豈特一家之彝訓，而心盡昭垂於黍離板蕩之秋，猶見垂沖正，而風度吾輩對之，當如何感想耶？

（載手鈔本《邴廬日記》戊辰年二月二十一日）

恐高寒齋詩集序

中舟侍講手定所爲詩二卷，自辛丑始，蓋奔赴西安行在之歲也。余之識君亦始自是歲，其冬偕扈蹕還京。逾年廷試經濟特科，被命閱覆試卷，君列在優等。宣統元纂修德廟實録，君爲纂修官，復相與始終其事。回憶龍尾趁朝，蘭臺珥筆，一二故老弢庵、沈庵外，以文字相研磨爲耐久交如君者，可僂指數也。

君少作詩，雍容和雅，奄有其鄉先哲繩庵相國、茶山司寇風調。魏科禁直，年方强盛，咸以公輔期之。鼎湖攀髯，旋遭國變，雖侍直如故，而述哀感事之作往往見於篇什，纏綿篤至，具體冬郎，而悲壯激越又時近遺山。然以論身世，則冬郎、遺山又有不盡同者。

余嘗謂吾輩生今日，偷生視景，一無可爲，獨耿耿不昧之心，猶賴有登臨詠歌，以抒其菀結。君親大義，庶民去之，君子存之，大要歸於思無邪而已，故余論詩極不主宗派之說。君所見亦略同。其自署『恐高寒齋』者，君之初入玉堂也，嘗取東坡詞句顔所居；供奉南齋，復蒙上賜御書齋額。東坡抱謫居之感，而君懷戀闕之忱，以寓忠愛，則一也。君書法規摹魏晉，不屑爲尋常殿體。茲集皆自書以付手民，此則瞿文慎已有前例。異日流傳，固當後先輝映耳。

（載手鈔本《邴廬日記》戊辰年五月十九日）

壽仲勉文

仲勉觀察今年嘉平月八十壽辰。先期馳書哲嗣徵宇昆季，勿歸里稱觴，並諄屬勿徵求文字如世俗所爲。回憶戊午歲，公年七十，都中鄉人咸有詩文寄祝。距今又十年，而世亂之泯棼，乃有加無已。前此逼宮變起，既舉遜政明詔，與當日誓約而盡翻之。至今夏東陵之事，尤普天所共憤。唐林忠義，知公不後古人，不忍爲一日之歡，稍釋其寸衷之痛，志事蓋不言可喻也。

公以華閥甲科久治農曹，晚始獲簡滇中一郡。當閻文介長部時，尤蒙器賞，而公循分趨公，未嘗一干謁。文介去位，紈袴貴游漸起，用事益落落寡合。是時吾鄉宦京華者，多僦居宣南，衡宇相望。公於文讌外，獨嗜弈棋，對局凝思，或終日忘倦。夙精岐黃術，有延診者無弗應者，遇疑難病候，必反覆推求，歸復證之方書，晨夜僕僕往來，不以爲煩，亦以此輒奏奇效。平居與人無町畦，至縱論古今忠孝事，激昂慷慨，往往義形於色。猶憶一日酒次，友人有誦荊公《明妃曲》者，至『漢恩自淺胡自深』二語，抵几痛斥，指爲邪說之尤，辨難久之。滇去京萬里，又邊事方棘，親友多尼其行，毅然就道。在滇守曲靖三載，一權迤西道，撫綏鎮壓，一以誠意行之，民夷皆翕服。辛亥國變，間關旋里，嘗一省長公太傅於京邸，覲朝市變更，鬱鬱不樂。

螺江爲陳氏世居，聚族繁衍，閩中屢經兵亂，率鄉里子弟團結捍衛，至今一鄉晏然。去年太傅公八十賜壽，適值瓊林重讌，海内傳爲盛事。公同懷，少一歲而神明强固，亦不減少壯時，間嘗求之往牒。《太丘家乘》首著二難，然元方、季方年壽已無可考。後此若北宋之郊、祁，軾、轍，與昭代之竹君、石君，雖文章、事業輝映一時，而求其緜歷艱貞，俱躋大耋，乃今始於君家見之。太傅公久直講帷，弼成聖德，艱難扈從，晚節彌芬。公則屏跡田園，蕭然高寄。譬之歲寒貞木，或植巖廊，或依澗谷，雖所處不同，而傲兀風霜，貫四時而不改柯易葉則同。□□等皆夙從公游處，春明留滯，朋舊日稀，瞻望枌榆，益思公不置。竊繹公卻壽之旨，因以見公得天之由。

屈翁山《論夏臣靡事》謂：『莊生有言：「造物之報人，不報其人而報其人之天。」靡之天，定於胸中，年雖老而其天不亂，故天以壽考報之。』斯言甚刱而理實至庸。請爲公誦之，並以質之太傅公。若乃天保九如，閟宫三壽，鋪張揚厲之辭，非所語於今日也。

（載手鈔本《邴廬日記》戊辰年十月初五日）

樓居偶錄

樓居偶錄

序

郭宗熙

古之所謂三不朽者，曰立德、立功、立言。德蘊於內，功襮於外，言則修內而形外者也。修內而形外，乃能舉天地之大、萬物之細，區以別之，本先覺而覺後覺，是故孔、孟之聖與堯、舜同其言傳也。稽諸歷代師儒學說、性命之故，往往通於治理，修己安人，彰彰明甚。我朝自雍、乾以降，士夫別立門户，鉤稽故訓，獨崇漢儒。有致力於義理者，羣焉起而誚之。夫學之隘者疏於博辨，誚之亦有說，乃騖外而遺內，舉吾性分內之所有事，胥唾而棄之，身之不淑，何有於世？旣匪中於人心風俗不止，輓近綱紀蕩盡，孰實階之？君子闚其微矣。

侯官郭文安公，今儒宗也。平生治學，一以存誠主敬爲歸，又終其身爲禮官，兢兢於先哲之教，思措諸天下而範之以繩尺，卒丁世變，不克竟其所施，時論惜之。公卒之後，其冢君蟄雲同年輯刊遺稿，手其中《樓居偶錄》以示余，受而讀之，蓋采集吾儒身心之學散見羣籍者，言之不朽者也。世亂極矣，邪說日肆，後之來者宜莫辨之，倘得豪桀之士守先待後，振臂而呼，庶幾水流溼，火就燥，聖哲不墜之緒或將接續於萬一，而公之翼教苦心，其亦少慰也。夫蟄雲其勉之矣！屠維大荒落首夏，長沙郭宗熙。

方望溪作《原人》二篇。其上篇云：孔子曰：『天地之性，人爲貴。』董子曰：『人受命於天，固超然異於羣生。』非於聖人賢人徵之，於塗之人徵之，於至愚極惡之人徵之也。婦人之淫，男子之市竊，非失其本心者，莫肯爲也；而苟或訐之，則怍於色，怒於言。故禽獸之一其性，有人所不及者矣，而偏且塞者不移也。人之失其性，有禽獸之不若者矣，而正且通者自在也。宋元凶劭之誅也，謂臧質曰：『覆載之所不容，丈人何爲見哭？』唐柳璨臨刑，自詈曰：『負國賊，死其宜矣！』劭之爲子，璨之爲臣，未嘗不明於父子君臣之道也；惟知之而動於惡，故人之罪視禽獸爲有加；惟動於惡而猶知之，故人之性視禽獸爲可反。孟子曰：『人之所以異於禽獸者，幾希！』非明於天性，豈能自反於人道哉！

下篇云：自戰國至元、明，無數十年而無小變，百年二百年而不馴至於大亂。兵禍之連，動數十百年；殺人之多，每數十百萬。《傳》曰：『人之於天也，以道受命；不若於道者，天絶之也。』三代以前，教化行而民生厚。舍刑戮放流之民，皆不遠於人道者。人道之失，自戰國始。當其時，篡弑之人，列爲侯王；暴詐之徒，比肩將相。而民之耳目心志移焉，所尚者機變，所急者嗜欲。薄人紀，悖禮義，安之若固然。人之道既無以自別於禽獸，而爲天所絶，故不復以人道待之。秦、漢以還，中更衰亂，或有數十百年之安，則其時政事必少修明焉。民風必少淳實焉；而大亂之興，必在政法與禮俗盡失之後，蓋人之道幾無以自立，非芟夷蕩滌不可以更新。至於禍亂之成，則無罪而死者，亦不知其幾矣！然其間得脫於瘡痍之餘，剝盡而復生者，必於人道未盡失者也。古人之日夜勞來其民，大懼其失所受於天耳；失所受而不自知，任其失而不爲之所，其積也，遂足以天禍而幾盡其類。

此二篇語長心重，發人深省，可以賅先儒談說性命之書，可以括一部廿四史治亂興亡之迹。

顧亭林曰：有亡國，有亡天下。易姓改號，謂之亡國；仁義充塞而至於率獸食人，人將相食，謂之亡天下。魏晉人之清談何以亡天下？是孟子所謂楊墨之言至於使天下無父無君而入於禽獸者也。保國者，其君其臣，肉食者謀之；保天下者，匹夫之賤，與有責焉耳。

又曰：禮義廉恥，國之四維。四者之中，恥尤爲要。故夫子之論士，曰：『行己有恥。』孟子曰：『人不可以無恥。無恥之恥，無恥矣。』又曰：『恥之於人大矣，爲機變之巧者，無所用恥焉。』所以然者，人之不廉，而至於悖禮犯義，其原皆生於無恥。故士大夫之無恥，是謂國恥。

二則皆極沈痛語。今日者，一姓之興亡固不足復論，而曠觀時局，乃真有亡天下之懼。吾輩縱不能爲孟子之正人心，距楊墨，亦當以明恥相勖勵，此剝復之一點生機，毋迂緩視之也。

姚姬傳《李斯論》曰：君子之仕也，進不隱賢；小人之仕也，無論所學識非也，即有學識甚當，見其君國行事，悖謬無義，疾首嚬蹙於私家之居，而矜夸導譽於朝廷之上。知其不義而勸爲之者，謂天下將諒我之無可奈何於吾君〔一〕，而不吾罪也；知其將喪國家而爲之者，謂當吾身容可以免也。且夫小人雖明知世之將亂〔二〕，而終不以易目前之富貴，而以富貴之謀，貽天下之亂。固有終身安享榮樂，禍遺後人，而彼晏然無與者矣。秦未亡而斯先被五刑、夷三族，其天之誅惡人，亦有時而信耶！

此一段寫末世奸諛，如秦鏡照人，肝膽畢露，讀之悚然。吾觀近日誤國之輩，乃並無學術之可言，其才更下於李斯數等，然而宗社淪喪，而彼之挾貲優游自若，豈天道終不可信耶？但士君子欲立身千古，無論爲出爲處，自當以陸宣公之不負所學爲法，偷生苟免，亦復何顏之有？

校記

〔一〕『於吾君』，底本無，據劉季高標校《惜抱軒詩文集》（上海古籍出版社一九九二年）補。

〔二〕『且夫小』，底本無，據《惜抱軒詩文集》補。

王倫表先生大經，前明遺老，嘗作《巢父許由論》，曰：天下何爲而亂也？亂生於求，求生於欲，多所欲則多所求。强者求之以兵戈，弱者求之以色笑。人求之以智力詐謀，物求之以爪牙角毒。於是有敗倫亂紀、寡廉鮮恥、傷類圮族、剝膚横噬、伏尸流血之事，而天下乃馴至於大亂。堯、舜，治亂之聖人也，其爲道孜孜皇皇，己飢己溺。天若恐天下後世有急功利、騖聲華者，藉口於堯、舜，以陰濟其欲而明騁其求。於是生許由、巢父焉。有堯、舜而養人之欲，給人之求，使天下安然，各得其所欲，各遂其所求，而天下之亂以治。有許由、巢父而一無所欲，一無所求，使天下之貪者廉、躁者静、競者讓，澹然各懷一無欲無求之意，而天下之亂又以治。孔子之贊堯、舜也，曰：『巍巍不與！』彼堯、舜者，絕不以天下介其中，隱然一巢、許之心也。其所異，特用耳。雖然堯、舜以有用爲用，而許由、巢父以無用爲用，終不可謂堯、舜有巢、許之心，巢、許遂無堯、舜之用也。是故堯、舜、巢、許，皆治亂之大聖人也。

論末復盛推諸葛孔明，謂能以巢、許之心行堯、舜之事者。倫表身歷世變，蓋亦有所感而云。余謂堯、舜不世出，當此功利方熾，欲盡人而望其爲巢、許，固有所不能。若諸葛之出處，不失其道。『澹泊明志，寧靜致遠』二言，固後學所當奉爲龜鑑者也。

王船山《通鑒論》論孔鮒事云：孔鮒藏書，陳餘危之。鮒曰：『吾爲無用之學，知吾者爲友。秦非吾友，吾何危哉？』嗚呼！能爲無用之學，以廣其心而游於亂世，非聖人之徒而能若是乎？《詩》曰：『握粟出卜，自何能穀？』穀者，在我而已，何用卜爲？屈其道而與天下靡，利在而害亦伏；以其道而與天下亢，身危而道亦不競。君子之道，儲天下之用，而不求用於天下。知者知之，不知者以爲無用而已。秉道以自安，慎交以遠物，存黄、農、虞、夏於盜賊禽獸之中，奚不可穀者？莊周懲亂世而欲爲散木，無用而無以儲天下之用。憂深而逃羿彀，其有細人之情乎？知進退存亡而不失其正，易簡以消天下之險，非聖人之徒，其誰與歸？

按，此船山之自道也。船山值明季之亂，竄伏窮山，闇然著述，與巢、許之迹同，而守先待後，以無用儲天下之用。視巢、許之果於忘世，其志事則大不同。雖然巢、許之世，洪荒之世也，與世相忘可也。船山之世，極亂之世也，雖潔身遠禍，而悲天憫人固有其不能忘者在也。此又論世所當知也。

船山又論管寧云：史稱管寧高潔而煦煦和易，因事而導人以善，善於傳君子之心矣。世之亂也，權詐興於上，偷薄染於下。君不可事，民不能使，而君子仁天下之心幾窮。窮於時，因窮於心，則將視天下無一可爲善之人，而拒絕唯恐不夙，此焦先、孫登、朱桃椎之類。所以道窮而仁亦窮也。君子之視天下，人猶是人也，性猶是性也，知其惡之所自熏，知其善之所自隱。其惡也，非其固然；其隱也，則如宿草霜凋而根荄自潤也。無事不可因，無因不可導，無導不可善，喻其習染之橫流，即樂其天良之未喪，何不可以同善哉？此則盎然之仁，充滿於中，時雨灌注而百草榮矣。惜時無可事之君，而寧僅以此終也。

船山此論乃真善傳君子之心者。觀於此，則知吾輩處今世，同流合汙之事固萬萬不可爲，即潔身自好而不免於憤時疾俗，則亦褊衷之未化，而去不仁者無幾矣。如幼安者，真百世之師也。

余於亂世之士，幼安而後，尤推服容城孫夏峯先生。先生早歲拯楊、左諸賢之難，嘗奮身以當逆鋒，義聲震天下。其後屢聚鄉兵以保州郡，老乃屏跡耕桑。其學以慎獨爲宗，而於人倫日用體認天理。嘗言『喜怒哀樂，中節視聽，言動合禮，子臣弟友盡分，乃終身行之不能盡者』。又言『自七十以往，每閱十年而功加密，惟獨知之地不敢自欺，無或懈而已』。有問學者，隨其高下淺深，必開以性之所近，使自力於庸行，上自公卿大夫，及野人、牧豎、工商、隸圉、武夫、悍卒，壹以誠意接之，名滿天下，而人無忌嫉者。山中花放，隣村爭置酒相邀，咸知愛敬。居夏峯凡二十五年。方望溪序《年譜》，謂其行事或近於俠烈，而治身與心則粹然一出於儒者。蓋所謂有體有用者，其造就之宏又非幼安所及矣。

曾文正公《原才篇》謂：　風俗之厚薄，自乎一二人之心之所向而已。民之生庸弱者，戢戢皆是也。有一二賢且智者，則衆人君之而受命焉；　而智者，所君尤衆焉。此一二人者之心向義，則衆人與之赴義；向利，則與之赴利。勢之所歸，雖有大力，莫之敢逆。始於微，而終於不可禦。先王之治天下，使賢者皆當路，其風民也義，故道一而風同。世教既衰，所謂一二人者不盡在位。彼其心之所向，勢不能不騰爲口說而播爲聲氣。而衆人者，勢不能不聽命，而蒸爲習尚。於是徒黨蔚起，而一時之人才出焉。有以仁義倡者，其徒黨亦死仁義而不顧；有以功利倡者，其徒黨亦死功利而不返。水流溼，火就燥，無言不讎，所從來者久矣。有國家者得吾說而存之，則將慎擇與共天位之人；士大夫得吾說而存之，則將惴惴乎謹其心之所向，恐一不當，而壞風俗、賊人才。

按，此亦究極世變之言。試觀今日，滄海橫流，淪胥以敗，推原禍始，孰非一二倡言異學者階之厲乎？文正建不世之功，其學蓋亦從憂患中百鍊而來，故言之親切乃爾。所云『謹其心之所向』者，不獨士大夫當知之，雖下學以此從事焉，可也。

潘四農云：『孟子言：「人之所以異於禽獸者，幾希！庶民去之，君子存之。」一部《孟子》，皆發揮此三句。豈獨《孟子》，六經亦只發揮此三句也。學者以此三句讀經，方爲得門而入；以此三句看史，胸中亦有權衡丈尺矣。』陳白沙云：『人具七尺之軀，除了此心此理，渾是一包膿血裹一大塊骨頭。饑能食，渴能飲，能著衣服，能行淫慾。貧賤而思富貴，富貴而貪權勢，忿而爭，憂而悲，窮則濫，樂則淫。凡百所爲，一信氣血，老死而後已，則命之曰「禽獸」可也！』劉蕺山云：『世人無日不在禽獸中生活，彼不自覺，不堪當道眼觀，並不堪當冷眼觀。今以市井人觀市井人，彼此不覺耳。』或問：『三教同源否？』蕺山云：『莫愁虛勘三教異同，且當下辨人禽兩路。』

此數則，初學宜時時警省。

陸桴亭《思辨録》：『有言天下方亂，恐無暇爲學者。余曰：「天下自亂，吾心自治。人當喪亂之餘，自謂無意於世，或悲憤無聊，無所事事；或佯狂放誕，適意詩酒，俱非中行之道。世界自是太平，只賢者無所事事，詩酒自適，便做就許多喪亂。此際正當刻意自勵，窮極學問，或切磋朋友，或勸勉後學，或教誨子弟，使之人人知道理，人人知政治。一旦天心若回，撥亂反正，皆出自胸中素有。此便是爲天地立心，爲生民立命。若賢者人人自廢學問種子，斷絶將來，喪亂如何底止！」』此吾輩今日所當知者。

桴亭又云：『道外無學，道學外無人。乃世人往往駭且笑之，不知何故？正昔人所謂少所見、多所怪也。不必説道學，只是做人做得一分是一分，做得兩分是兩分，做得八九十分是八九十分。』此言最痛快。

明初趙撝謙先生謙撰《造化經綸圖》。『仁』之目，曰：『孝。存則承顔養志，愛敬不忘；没則慎終追遠，繼志述事。慎行其身，不敢以遺體行殆。將爲善，思貽父母令名，必果；將爲不善，思貽父母羞辱，必不果。』曰：『公。老老幼幼，舉斯加彼，物我不分，窮達一視，克、伐、怨、欲不行，意、必、固、我不立。』曰：『恕。「己所不欲，勿施於人」，不以所長者病人，不以所能者愧人，不念舊惡。』曰：『慈。少者懷之，不獨子其子。』曰：『愛。矜孤恤貧，隨力濟物。』曰：『寬。納汙藏疾，犯而不較。』曰：

『厚。德必報，怨不讎。故舊不遺，篤序姻親。成人美，掩人過。』

『義』之目，曰：『直。志氣不屈不撓，詞色不佞不諛。』曰：『弟。敬兄友弟，恭老尚年。』曰：『正。任理而行，不爲阿比；安命守分，不肯苟求。出處語默，進退屈伸，剛柔寬嚴，好惡取舍，從違避就，貴審其宜而不失。』曰：『自反。愛人不親反其仁，治人不治反其智，禮人不答反其敬。行有不得者，皆反求諸己。』曰：『剛。乾健篤實，不爲物撓，富貴貧賤，不淫不移，威武不能屈。』曰：『介。確若有守，不爲俗變。』曰：『廉。見得思義，分無求多。』曰：『勇。見善必爲，知過必改。』

『禮』之目，曰：『敬。正名辨分，敬老崇賢。内則攝思慮去私欲，凝然主一而無適；外則正衣冠尊瞻視，儼然尊重而不慢。』曰：『謹。不侈然自放，不軒然自得。言不輕發，事不輕舉。不出位而思，不怨天，不尤人。不居下訕上，務隱惡揚善。避嫌疑，審去就。不訐以爲直，不儌以爲知。』曰：『讓。辭尊居卑，推多取少，慮以下人，善則稱人。』曰：『謙。有若無，實若虚。以能問於不能，以多問於寡。』

『智』之目，曰：『窮理。博覽以致廣大，窮究以盡精微。大而天地之理，微而事物之故，明而禮樂之文，幽而鬼神之情狀，近而人物賢否邪正之分，遠而古今興衰治亂之迹，無一不當致知。疑事毋質，知之爲知之，不知爲不知。』曰：『待人。不逆詐，不億不信。又當先覺，不可受人之欺。見賢思齊，見不賢内自省。親賢人，遠小人。』曰：『知人。識別邪正，愛而知其惡，憎而知其善。』曰：『處事。別是非，辨可否，審利害，計始終。義以爲質，禮以行之，遜以出之，信以成之。』曰：『知言。真僞忠佞，貴於辨察。』曰：『知命。富貴貧賤，甘於自然。』曰：『明。不讀非僻之書，不爲非禮之視。』曰：

『聰。不受浸潤之譖，樂聞讜直之言。』

『信』之目，曰：『存心。真實無妄。』曰：『盡己。言顧行，行顧言。』曰：『盡人。循物無違。』曰：『極誠。爲人謀而忠，與人有終始，體道無虛僞。』

『不仁』之目，曰：『險。設機穽，包禍心，陷人不義，中人凶禍。』曰：『忍。害物傷人，幸災樂禍。』曰：『忌。聞人才美而媢嫉，見人富貴而熱中。凡以勝己爲不滿者，皆忌也。』曰：『刻。督責太苛，掊克無艾，念怨不忘，敗人之善，成人之惡。』曰：『薄。喜聞人過，好言人短，忘恩負德，得新棄舊。輕訾毁，好攻訐。』曰：『克。多尚人不遜善，事功欲自己出，議論專好己勝。』曰：『躁。不耐激觸，不能容忍。』曰：『私。立物我，分町畦，凡事只求自利。』曰：『褊。氣宇狹隘，不能容物。』曰：『暴。任情恣横，挾勢憑陵。』

『不義』之目，曰：『貪。貨殖玩物，貪名逐利，不務自守，動輒有求。』曰：『吝。不濟人之財，當予者不予，但有刓忍戀惜之意。不教人以善，所有則隱蔽，惟恐他人知之。』曰：『憂。患貧畏禍。昔人謂禍患之來，只有個處置。若過於憂，是無義無命也。』曰：『佞。脅肩諂笑，巧言飾語，擎跪曲拳。凡冀以逢迎投合人意向者皆是。』曰：『欲。耳於聲，目於色，口於味，鼻於臭，四肢於安佚。』曰：『懦。柔而無立，隨俗浮沈，自守不堅，屈於威勢。』曰：『偏。不求中正，好惡任情。』曰：『鄙。計瑣屑，甘猥賤。』曰：『悖。執己自是，違衆從欲。』曰：『比。不顧是非，徇情黨物。』曰：『怨。不安義命，不務反躬，一切歸咎於天人。』

『無禮』之目，曰：『驕。挾富貴以自恣，恃才美以爲高，常有欲自表見意，常有陵壓人意。』曰：

『侈。大室廬，華衣服，盛車馬，美飲食，精器用，越制度，不安分。』曰：『誕。無而爲有，虚而爲盈，約而爲泰。』曰：『粗厲。氣象突兀難親。』曰：『簡。接物不委曲，與人無恩義。』曰：『傲。簡賢德，侮老成。自處放肆，待物輕率。』

『無智』之目，曰：『昏。於事不審是非可否，於人不識誠偽善惡，遠賢人，交小人。』曰：『淺。以小小得喪爲利害，以小小毁譽爲榮辱，以小小逆順爲恩怨。』曰：『固。拘方泥曲，執滯不通。』曰：『陋。安於卑陋，不務廣覽博取以長見識。』曰：『滿。器識褊狹，不能自屈，矜驕傲世，侮慢才德。』曰：『巧。好穿鑿傚以爲智。』曰：『不明。溺亂色，觀非僻之書，視非禮之物。』曰：『不聰。諱聞過，喜諛佞，惡正直。』曰：『輕。事不詳審而妄爲，言不詳審而妄發。』曰：『浮。不敦篤。』

『不信』之目，曰：『詐。虚言罔人，匿行炫燿。』曰：『欺。食言、偽言、大言，行事不確實，爲人不親切，有失自蓋藏。』曰：『矯。心迹不相副，沾沾以求名。』曰：『譎。多機關，挾術數，務詭隨。』

按，此《圖》以『五常』爲綱，而分列其目，又列『不仁』、『不義』等目，未免支離破碎之譏，亦有牽强罣漏處，但初學能時時省玩，亦可爲修悖之資，故録之。

顧亭林深慨明季空談之弊，嘗云：『今之爲祿利者，窮年所習不過應試之文，而問以本經，茫然不知爲何語。語之以五經，則不願學；語之以白沙、陽明之語録，則忻然，以其襲而取之之易也。其中小有才華者，頗好爲詩，而今日之詩，亦可以不學而能。吾行天下，見詩與語録之刻，堆几積案，殆於瓦缶雷鳴，而叩之以二《南》、《雅》、《頌》之義，不能説也。』又云：『性也，命也，天也。夫子之所罕言，而今之君子所恒言也。出處、去就、辭受、取與之辨，孔子、孟子之所恒言，而今之君子所罕言也。謂忠與清不足以爲仁，而不知不忠與清可以言仁者未之有也。謂不忮不求不足以盡道，而不知忮且求而可以言道者未之有也。』

按，空談心理，自是明人當日風氣，亦猶晉人清談之類。朱子謂：『晉宋人物這邊一面清談，那邊一面招權攬貨。』方百川謂：『諸君子口談最賢，非以憂天下是也。』然心性之學自雍、乾以後，曠不復講者幾二百年。明人好談心性，故其學每流於僞，其弊僅止於虚而無實。今人惡談心性，則其弊更流於悍而不顧。然則今日欲正時趨，固不出於亭林『行己有恥』之一言，而欲人人激發其恥心，又必自從事講求心性之學爲始，實探本之論也。

謂學者但當嚴出處、進退、辭受、取與之辨，而不必高談心性。當時張稷若已貽書辨之。朱蓉生云：『是非辭讓之心，人皆有之。任其牿亡，則日趨於利。惟其以心爲權衡，故能知何者當受，何者當辭，何者當取，何者當與。苟此心懵然，一無所知，則發不中節，舉動乖謬，又何辭受、取與之足云？吾未見禽獸在前，投以嘑蹴之食而不受也。』所論精矣。

張楊園云：『吾人自著衣至於解衣，終日之間所言、所行，須知有多少過差。自解衣至於著衣，終夜之間所思、所慮，須知有多少邪妄。有則改之，此爲修身第一事。』又云：『凡人何必大惡，然後下同於禽獸？只飢食渴飲，好佚惡勞，男女之欲，口體之奉，而不知性命之所固有，職分之所當爲，即是物類也。』又云：『賊仁賊義，不必弑逆大故，然後名之。只日用之間，親其所疏，疏其所親，以賢爲不肖，以不肖爲賢。自少至老，積慣習熟而不知變，鮮不至拂人之性，災逮夫身者。』又云：『學者當先觀其德器。德器淺薄，終罕成就，雖成亦小。如易喜易怒，不堪拂逆，一得自矜，進銳退速，皆由於淺。聞人之善而疑，聞人之惡而喜。與人同處，見其非，不見其是，皆由於薄。』又云：『不恒其德，不必說如何。譸張爲幻，只主心不定。今日作一事未竟，明日又起一事端；今年讀一書未竟，明年又换一書來讀，他日終於無成。』又云：『邪說暴行，不必奇特看了，凡不軌於聖賢中正之道者，皆是。聖賢之徒，只是「庸言之信，庸行之謹」而已。默自檢點吾人日用之節，喜怒哀樂發不中節處，其爲邪說暴行不已多乎？』

按，以上數則，皆推勘極微處。學者能以此自勘，方爲著實用功。果一一以之自勘，能不蹈其失亦鮮。劉蕺山所謂：『吾輩習俗既深，平日所爲皆惡也，非過也。學者只有去惡可言。改過工夫，且用不著。』此類是也。

楊園又云：『知命者，不立於巖牆之下。巖牆處處有之，不必登高臨深，即飲食寢興失其常度，皆巖牆也。古人臨木集谷，所以無時不然。』又云：『《酒誥》云：「剛制於酒。」非特酒要剛制，凡屬嗜欲，皆當剛果用力以制之。』又云：『人一入聲氣，便長一「傲」字，便熟一「僞」字，百惡皆從此起矣，習奢又不足以盡之。』又云：『學問之道最忌是泛，又忌是雜。泛則不誠，雜則不一。終身於學而無所成就以此。』又云：『心虛則隨處得益。舜居深山之中，所聞善言，所見善行，不過野人行習之常而已。一入道心，無非精微之理。孔子謂：「三人行，必有我師。」其虛受正復如此。』又云：『於世寡合較之同流合汙，固有不同。若謂君子立身之道以寡合爲高，則不然也。聖賢所期，畢竟是在邦無怨，在家無怨。愛人者，人恒愛之；敬人者，人恒敬之。行有不得，反求諸己。』又云：『遇事不問義理當爲不當爲，而先卜筮吉凶，此由義理之心不能勝其利害之心，其弊必至於見義不爲。文中子曰：「京房郭璞，古之亂常人也。」』又曰：『處患難之中，惟有舍命不渝一法。若有意求生，則凡可以得生者將無所不爲。未必得生，而徒至害義。若能守正俟命，不以死生爲念，或亦未必死。則所歷艱難險阻，無非堅人之志而熟人之仁。』又云：『人各徇其所偏之私，不能取人之長以自益，是以異同起而聚訟成，至各挾其所偏之私以求勝，不復肯遜心以從善，於是爭黨分而爲世道之憂矣。欲平世道之憂，須是廓然而大公。《詩》云：「人之無良，相怨一方。」安於詩人所刺而不知懼，哀哉！』又云：『學問之事，若要博聞强識，無不講習，則去日苦多，或有所不及。若是檢點身心，使志氣清明，行修言道，則一息尚存，不容稍懈也。』又云：『學者固不可不讀書，然不可流爲學究，固須留心世務，然不可遂入功利。修諸身，見諸行事，可以刑家，可以範俗。窮達一致，終始一節，方不失爲聖賢之徒。』又云：『竊揣人心未能返樸，大都聰明才俊之士，揀取世間一箇好題目做耳，未必真有朝聞夕死之志也。苟其不從此志發端，則仍是内交要譽之窠臼。』又云：『求異於人，即異端求合於人，即鄉愿盡其當然之分，則依乎中庸也。』又云：『不論做官、做人、做男子、做女人，不能修身立行，自拔於庸眾之倫，而與人計較長短、得失、是非、毀譽之間，雖復彼善於此，五十步笑百步之類而已，可恥孰甚！』又云：『《大學·誠意章》「好」「惡」二字，聖人有之，愚夫愚婦亦有之。聖人惟實，是以大廷廣眾是此人，暗室屋漏亦是此人。眾人惟不實，是以大廷廣眾是一人，暗室屋漏又是一人。青天白日是一人，夙夜寤寐又是一人。其極至於爲鬼蜮、爲禽獸不遠，是以一念之微不可不謹。』又云：『一念放逸而百邪並起，一念戒懼而羣私退聽，故敬爲德之象。』又云：『不能反躬，是學者第一病。修己不切實，由於此；與人多齟齬，亦由於此。』又云：『末世人情之險，山川不足以喻之。只素位而行，盡其在我者。行有不得，反求諸身而已。恒易知險，恒簡知阻是也。』又云：『學問當自知，不是時，須是全副抛下，從新做起。若只是去泰去甚，留些根在，他日仍復長起，適足成其文過飾非之習，不濟得事也。』

《楊園集》中《願學》、《備忘》諸録，精理名言，挹之不竭。以上所録，皆極警切語，亦極平實語。學者能潛心體玩，有終身行之不能盡者矣。

楊園《訓子語》〔一〕，雖淺近而皆有至理，可爲治身治家之則，節録數則。

《易》曰：『積善之家，必有餘慶；積不善之家，必有餘殃。』又曰：『善不積，不足以成名；惡不積，不足以滅身。』人之爲善，只是理所當爲；其不爲不善，亦由此心之良，不敢自喪，以淪入禽獸，非欲徼福慶於天也〔二〕。然論常理，吉凶禍福，恒亦由之。積之之勢，誠不可不畏也。涓涓之流，積爲江河；星星之灼，燎於原野。其始至微，其終至鉅。父子兄弟，心術念慮之微；夫妻子母，幽室牆陰之際，勿謂不足動天地、感鬼神也。天地鬼神不在乎他，在吾身心而已。善則和氣應，不善則乖氣應。輕重遲速，等於桴鼓，人自弗覺耳。

凡做人須有寬和之氣。處家不論貧富，亦須有寬和之氣。此是陽春景象，百物由以生長，所謂天地之盛德氣也。若一向刻急煩細，雖所執未爲不是，不免秋殺氣象，百物隨以凋殞。感召之理有然，天道人事常相依也。

人有此生，當思不虛此生之意。在門內，勉任門內之事；在宗族，勉任宗族之事。不可輒起較量、推卸之私心。充較量一念，勢必一錢尺帛，兄弟叔姪不相通；充推卸一念，必至父母養生送死有不顧。門內如此，況宗族乎？即父母不若無此子，即祖宗不若少此子孫，又況其餘？安有一步推得去？

予平生居家，非祭祀不割牲，非客至不設肉，然蔬食爲多。……幼少之日，寒一帛，暑一絹，非敝盡不更製。壬午以後，則布衣布裳終焉而已。固緣貧窮孤蹇，情事莫仲有痛於心，而然亦由壯歲經凶經亂〔三〕，見飢死者父子兄弟不相保，罹兵者城邑村落爲邱墟。同茲覆載之人，孰非盡人之子？一念及之，惻惻於懷，慄慄於膚。幸茲布衣蔬食以延先祀，於分過矣。……後人雖遇太平，處豐樂，願無忘此意也。

大凡人之心，想多向好底一邊，希望至於老死不已。貧想富，賤想貴，勞想逸，苦想樂，轉轉憧憧，無所紀極。且思天下豈有人人富貴逸樂之理？亦豈有在我盡受富貴逸樂，在人盡受貧賤勞苦之理？妄想如此，是以分內全不思省，宜其禍患猝來不意也。

天地間人各一心，心有萬殊，何能疑貳不生，始終若一？所仗忠信而已。以忠信爲心，出言行事，內不欺己，外不欺人。久而家庭信之，鄉國漸信之，甚至蠻貊且敬服之。由其平生之積然也，故曰誠能動鬼神。若懷欺挾詐，言不由中，行無專一，欺一二人，將至人人疑之；一二事不實，事事以爲不實。凡所接對，莫不猜防怨惡，將何以自立於天地之間？

人於兄弟叔姪以及婚姻族黨之間，猶以私意行之陰謀詭計，求利於己，罔恤彝倫，得禍最速，視之他人爲尤酷。蓋人之不仁至是益甚也。世人只利害人，我之私牢不可破，所以更無挽救。抑思利人者，人恒利之；害人者，人恒害之。曾子曰：『出乎爾者，反乎爾者也。』他人尚爾，況所親乎？吾見亦多矣，非獨人事，亦天道也。

處貧困，惟有内外勤勞刻苦，以營本業自足，免於饑寒。布衣蔬食，終歲所需無幾，何憂弗給？喪祭大事，稱財而行，於心爲安，於義爲得，況其小者？夙夜不忘，當以窮乃益堅自勵，勿萌妄想，勿作妄求。妄想壞心術，妄求喪廉恥。貧窮，命也，奚足爲憂？所憂者，不克自立，辱其身以及其親耳！

人於貧窮患難之日，在族黨，固有救卹之義；在己，越當奮厲忍苦支撑，不可因而失足及怨尤於人。此際站立得住，便有來復之機。若一日失足，後難挽救。每見人當困阸，輒以鹿死不擇音爲解，不當爲者不惜爲之，他日悔恥已無可及甚，使子孫永受其害，可戒也。至於怨尤，非徒無益，益取困窮。人之禍難，至死而極，果其不爲不義，死不亦光乎？

人苟富足，若於屋舍求其高大，器物求其精好，飲食求其珍異，衣服求其鮮華，身歿而後，即不免於饑寒失所常也，然多有不足沒身者。蓋奢侈固難貽後〔四〕。盈虛消息，又天道之常，果其力之有餘，便當推以與人。晏平仲一狐裘三十年，三黨之親無不被其祿者，齊國之士待以舉火者尤衆。儉以奉身而厚以及物，此意可師也。……或曰：『常存有餘，以備不虞，不可歟？』曰：『存有餘以備不虞，謂宜撙節不使空匱耳，非謂多藏也。且不虞何可勝備也？不虞之事未必不生於多藏。吾見慳鄙之夫每喪其有，至於失所者矣，未見好行其德之人而一旦失所者也。』

楊園《初學備忘錄》有一則云：『許魯齋有言「學者以治生爲急」，愚謂治生以稼穡爲先，舍稼穡無可爲治生者。食者，生民之原，天下治亂、國家廢興存亡之本。古之人，自天子以至於庶人，未有不知耕者。漢以孝弟力田取士，故其俗猶爲近古。蓋能稼穡則可無求於人，知稼穡則不妄求於人。古之士，出則事君，處則躬耕，故能守難進易退之節，立光明俊偉之勳。後世士大夫貪墨無厭，寡廉鮮恥。士庶人詐僞百端，食嗟來之食，甘嘑蹴之加。只坐不能無求，故至於不畏不義；不能不妄求，故至於不恥不仁也。』又《與友人書》云：『所教用財一件，憶前輩某公以家產分作四項：其一供日用之需，其一備賦役之用，其一以爲祭祀、賓客、慶弔諸事之費，其一存有餘，以待吉凶重禮及意外之虞，與夫水旱災傷，周恤貧乏之務。嘗歎其得《周官》冢宰制國用之意。總之，本分之外，不生一毫妄求之想，則撙節度量自不可不生於其間。《中庸》「素位而行」，此亦其一事也。』又有一書云：『錢穀出入，豈不宜較量，但較量之心亦有天理、人欲之辨。節以制度，天理也；時絀舉贏，人欲也。吝固害道，輕視未嘗不害道。大都精微之旨，不外日用功夫。「量入爲出」四字，弟有意十餘年，日常檢點，非節之過，而至於儉嗇褊急，則不顧其後而至於飢寒也。以是極知中節之難，於此體驗，亦足以見學問之淺深也。』

觀此，則治生亦儒者一大學問。余嘗謂士生斯世，苟一身不能自贍，遑問其他。劉蕺山譏吴康齋夜半思處貧策，至日中始決，如此計較便是貨殖，如拚一餓死，更有甚計較？此論過高，吾輩且就楊園之說熟復之，要不失爲求己之學也。

校記

〔一〕『訓子語』，底本作『訓子錄語』，據張履祥《楊園先生全集》（清同治江蘇書局刊本）改。

〔二〕「徼」，底本誤作「邀」，據《楊園先生全集》改。

〔三〕「有痛於心而」，底本脱，據《楊園先生全集》補。

〔四〕「侈」，底本脱，據《楊園先生全集》補。

乾嘉以後，孜據盛行。山陽潘四農先生獨研精宋儒之書，所著《養一齋劄記》辨心術，重實踐，實爲今日功利場中對症良藥。亟錄之：

學者最怕半上落下。如立志便猛立志，居敬便嚴居敬，窮理便密窮理，誠身便切誠身，總須大做功課，奮力向前方可。不然，半上落下，說是君子，轉瞬又卻是小人，終身成箇四不像人物，徒爲人之笑柄而已，豈不可憐？

學者工夫由粗方可入細〔一〕。今於酒色財氣、晏安游戲極粗病痛，尚未打掃得淨，把持得牢，高談心性，庸有益乎？躐等務名，終於一場說話而已。

學問之道無他，只是日用之間，一事到前，察其孰爲血氣之私，孰爲義理之正。察之既精，即去其私，以歸於正，如是而已，無玄妙之可言也。然能真積力久〔二〕，不任血氣而純任義理，則富貴不淫，貧賤不移，無適而無心寬體胖之樂、鳶飛魚躍之趣矣〔三〕。

欲最難克。其源與天命之性一同受來，所謂人心即此，所謂氣質之性即此，所謂小體即此。非大智大勇不能割得斷者，以其即是我身，故難割捨耳。聖賢不謂之欲而謂之己，克己則復禮。禮即天命之性。己是己有底，禮是天定底。聖賢之學純是奉天，奉天以克己，而已不足戀矣。所以畏天命者此也，所以先天而天不違，後天而奉天時者此也。小人不知天命，故祇認得箇己，而純以氣質之性用事，終日終夜皆在小體上奉承。說箇克己，先不信有是理，遑言做是事耶？故學聖賢者，不解『天命之謂性』一語，雖欲克己，其道無由，講來講去，移東補西，仍在『欲』字中盤旋不出耳。異學亦不解此一語，故貌似無欲，而求長生求免輪回仍是欲，仍是己也。

學者無事時，於義理儘曾思索討論〔四〕，臨時不能用，依舊走自己習慣舊徑，此是學不能變化氣質，學如未學者也。朱子謂：『須著力與他戰，不可輸與他。』蓋戰而難克處即氣質之難化處，非過誠意一關不可。此關不過，則平日之思索討論，恐只是獨居以之無聊消遣，羣居以之飾智驚愚。僞也，非誠也。誠學之而臨時不能用者，百工衆技之所無，而況君子之道乎？

《朱子語類》：問：『志道如何尚恥惡衣惡食？』曰：『有這般半上落下的人，志也志得不力。只名爲志道，及外物來誘，又遷變了。』夫心，君也；志，帥也。志得不力是孱帥也。孟子曰：『尚志。』又曰：『持其志。』徒高尚其志而無以持之，仍孱帥耳。持之則不力者，力矣。朱子謂：『持其志，須內外肅然。』此李光弼之旌旗變色也，有不戰，戰必勝矣。

敬義夾持工夫固是縝密，然總在志定。上蔡曰：『人先須立志，志立則有根本。譬如樹木，先植根本，然後成合抱之木。』五峯曰：『立志以端其本，居敬以持其志。志立乎萬物之表，敬行乎事物之中，而後義可精。』五峯之言彌無滲漏，立志與敬義一滾說，而又先後分明。

致知之事如治獄然，不徹底根究一番，不得定讞。誠意之事如禦敵然，不判死血戰一番，不得勝仗。若半明半昧，或卻或前，猶抱其不透頂之見識以爲執中，不犯手之力量以爲大勇，此桑民懌之詩所謂『請看一隅土，蓄水如泥溝』者。

大樂莫如無欲，其次莫如改過。好自贊是一大病，不獨無進步，當下便可醜也。憂怒是心易犯之病，謔毁是口易犯之病。呂叔簡云：『難管的是任意，難防的是慣病。』此類是也。

心是神明，欺心即獲罪於天矣。存其心，所以事天看似太深遠，然只一箇不欺心耳。張子謂『始學當以心爲嚴師』是也。

『「敬」字工夫，通貫動靜，而必以靜爲主。』朱子語也。不如程子謂『敬則自然靜』，尤有味。若專把靜當一件大工夫，便偏枯入異端去。靜莫在靜時看，須在動時看〔五〕，看到動時仍是靜，便是絶大工夫。所謂物各付物也，所謂動而無動也。初學談何容易？然亦須在喧鬧處尋安詳凝定意思。

靜坐是禪學，不是聖學。雖程、朱偶以之教人，吾不敢信從。看《六經》、《語》、《孟》，只是教人孝弟、忠信、禮樂、詩書，何嘗教人靜坐？然精神疲倦而又無世事家務相酬應時，以此攝心定神亦何不可？必欲以靜坐屏絶思慮，則是禪學及道家修養之術耳。

『富與貴，是人之所欲也，不以其道得之，不處也；貧與賤，是人之所惡也，不以其道得之，不去也。』『君子去仁，惡乎成名？』此二節所謂名節者，道德之藩籬也。『君子無終食之間違仁，造次必於是，顛沛必於是。』此一節所謂道德者，名節之堂奥也。今人藩籬不立，堂奥自無從窺。轉以能成君子之名者，爲矯激而務名，不知此『名』字即名節、名教之名。不成此名，則名節頽，名教斁，士行掃地矣。東漢、明季諸賢雖所養未純，然皆能以不處不去立脚根者，是即可以爲君子。如聖門季路、原憲之流，亦是於富貴、貧賤一刀兩段，故孔子與論存養精微，使世味尚濃，遑言心德乎？富貴、貧賤乃入道之第一關也。此關不通，於道永無望矣。願天下之學者共懔之。

普天下皆安飽中人，所以普天下皆色鬭得中人，何處講義理耶？可歎滿眼俗人。只要主意堅牢，不必與人辨論爭持，枉費自家真工夫，到成片段時，『德不孤，必有鄰』。

心地虛靜，氣象和藹，最是學者好消息。然須是處世接物時，於善惡界限截然分明，是曰是，非曰非，雖禍患在前亦所不顧，方於是道有一番整頓，而不陷於禪學、俗學之中。蓋禪學有虛靜而無是非，故曰『無善無不善』；俗學有和藹而無是非，故曰：『非之無舉，刺之無刺，同乎流俗，合乎汙世，衆皆悦之。』吾見晚近潔身談道之士有盛名、居尊位者，率歸於此二弊中，然後知孟子發明性善而深斥鄉愿之爲至大也。

『從其小體爲小人，從其大體爲大人。』此二語乃六籍之津梁，羣生之鐵案。人終日不知自己爲何等人，只看自己從底小體、大體便知之矣。從小體不要工夫，悠悠蕩蕩，不知不覺可以從了；從大體是要著實下工夫，只看今日世間誰是著實下工夫底人，則知箇箇人皆從小體了。哀哉！從小體是極受用事，從大體是極困苦事。圖受用，怕困苦，人之通病，非大智大勇不能力矯氣質之私，故大人難爲也。此處轉關，非思不可。思天之與我者有大者焉，則知萬物之性，人爲貴。非從大體則不可以爲人，而陷於禽獸，則耳目、口鼻、四肢之欲有所不敢，從而兢兢焉一以道義爲主矣。『思』字是孟子喫緊爲人處。《中庸》：『誠之者，人之道也。』《孟子》則曰：『思誠者，人之道也。』又曰：『弗思耳』、『弗思耳矣』、『弗思甚也』，屢屢提倡『思』字。蓋此『思』即《論語》之『自省自訟』。《洪範》謂『思可以作聖者』，此也。程子曰：『爲惡之人未嘗知有思，有思則爲善矣。』亦此意。從小體必害大體，並小體亦不自保。韓子所謂『足將進而趦趄，口將言而囁嚅，處汙穢而不羞，觸刑辟而誅戮』是也。從大體乃能保小體，『生則睟於面，盎於背；沒則啟予足，啟予手，吾知免乎』是也。若比干、夷齊不恤小體而理得心安，長留天地，雖謂其善保小體可也。從小體似受用，其實長戚戚；從大體似困苦，其實心廣體胖。故景公千駟而牛山涕泣，顏子一簞而陋巷怡然。

『不知命，無以爲君子。』謂知命方可前去爲君子，非即是君子也。今人固是不肯爲君子，亦有不敢爲君子者。不敢爲君子，是何心哉？懼人之嫌其迂戇而屏之於名利之外也。不知飲啄尚有定分，何況窮通禍福？知命則識精膽決，而爲君子之心乃定。看得世間萬事，真有一定之命，無可鑽營退避。除卻爲君子，別無置身之處，故也。《論語》以此爲末章，收攝全部，豈無故哉？

羅鶴林曰：『陶公《形影詩》：「人爲三才中，豈不以我故？」我，神自謂也。人與天地並立爲三，以此心之神也。若塊然血肉，豈足以並天地哉？末四句：「縱浪大化中，不喜亦不懼。應盡便須盡，無復獨多慮。」是不以死生禍福動其心，泰然委順養和之道。淵明可謂知道之士矣。』湯東澗曰：『太白詩：「百歲落半途，前期浩漫漫。中宵不成寐，天明起長歎。」人生學無歸宿時，例有此歎，必聞道而後免此。此淵明所以謂「前途當幾許，未知止泊處。古人惜寸陰，念此使人懼」也。』二則雖論詩，然於性命真際有窺見處。錄以自省，庶幾知返。

《中庸》『素位而行』一章，乃萬境安心之法。上章詳論子臣弟友庸言庸行，其示人求道之方盡矣。緊接此章者，乃恐學者之以境遇不齊藉口也。識得富貴、貧賤、夷狄、患難，無一不可以安心，而道信不遠人矣。昔人謂『離境安心則爲虛靈，隨境安心則爲實地』。蓋離境安心者，佛氏解脫之高言，看似直捷，而爲之則幻杳而迂回；隨境安心者，吾儒素位之本義，看似艱難，而爲之則切近而恬謐。此際一差，雖有離俗之高致，而終身得力，皆如捕風捉影而已。

無入而不自得，是戒慎之極效驗。今人當愁煩時衹是尋解脱法。試問脱離一切，有何是處？無是處，尚有樂處耶？自天下無一是者，而釋氏解脱法遂横行而不可制。

東坡《與下第者書》曰：『若喜得而惡失，是猶喜晝而惡夜也。』王陽明曰：『人以不得第爲恥，吾以不得第動心爲恥。』噫！苟不知得失猶晝夜，詎能以患失爲恥耶？大抵膠膠擾擾於世故者，皆不知枯菀之循環，萬難超越者也。凡鄙夫皆愚夫耳。

李延平曰：『學者之患，在於未有灑然冰解凍釋處。縱有力持守，不過免顯然之悔尤而已。』此一則語極簡極淺而其藴極深，未易體貼得到。昔伊川渡涪江，風浪大作，舟中之人皆失色，伊川正襟端坐，神色泰然。既及岸，有樵者問之曰：『公是達後如此，舍後如此？』伊川登岸，欲與之語，已去不可追矣。余謂達是智，舍是勇，即延平所謂灑然冰解凍釋者也。苟死生關不破，而欲言解釋，難矣。

《易》曰：『剛柔者，立本者也；變通者，趨時者也。』若不立本而言趨時，此鄉愿之時中，實小人之無忌憚也。五代時，馮道詩：『冬去冰須泮，春來草自生。』此老自以爲知時，而與之偕行矣，不知廉恥乃喪盡也。凡人不知學問大本，好言隨時，鮮不爲馮道之學者。徐師川謂：『陳瑩中大節昭著，視爵禄如糞土，然猶對日者説命。』此一則可以警吾輩之好親技術者，皆心不淨之徵也。

名根之難克，較甚於利。張南軒所謂：『有所爲而爲之，即是利也。』此一點有所爲而爲之私心，或義外之營求，或義中之功效，要之，皆渣滓也。孟子曰：『何必曰利，義外之營求，必絶也。』孔子罕言利，義中之功效亦不計也。至於義中之功效亦不計，先事後得，先難後獲。如是而後利之爲利，根株淨盡；如是而後義之爲義，白地光明。

《論語》於六十四卦專舉恒者，此教人主一也。主一是下手工夫，而歸宿亦在此。『士志於道而恥惡衣惡食者，未足與議也。』故下手要主一。『天地之道，可一言而盡也，其爲物不貳，則其生物不測。』故歸宿要主一。疑慮驚悸總是思路不一。陶公詩曰：『朝與仁義生，夕死復何求。』又曰：『擺落悠悠談，請從余所之。』淡泊夷猶中，剛果之氣自在，可爲法也。

觸處皆有義理，不須揀擇精粗、雅俗、繁簡、難易，方是主一之學，到此方有把握，方無羈絆，故曰『心有主則虚』，又曰『心有主則能不動』。

黄陶庵曰：『張安道問蘇子瞻：「讀何書？」答云：「方溫《漢書》。」安道驚曰：「書要讀第二徧耶？」初以安道自矜敏捷耳。今思之，殊不然。蓋古人讀第一徧時必須精熟此書，未熟更不讀他書，不待他日又溫也。司馬溫公曰：「學者讀書，少能自卷首讀至卷尾，往往從中或從末隨意讀起，又多不能終篇。」光性最專一，猶患如此。從來惟見何涉學士案上惟寘一書，讀之自首至尾，正校錯字，以至終篇，未終，誓不他讀。此學者所難，溫公所言，正安道所謂一徧也。』愚謂人心最難專一，讀書之不專一，特其一端。欲矯心病，即從讀書起可也。陶庵詮安道語最確，可以爲法。

假道學不足論。其學道而未成者，人見其迂闊於世務，則以爲可憐；見其拘謹於小禮，則以爲可笑。而是人也，内無淳壹之行以遠恥，外無剛明之才以避難，獨立而懼，不見是而悶，游移作輟，重爲世詬。《易》曰：『不能退，不能遂，不祥也。』孟子曰：『苟爲不熟，不如荑稗。』

自古論人尤嚴於後半截。老而好學，炳燭之明，不愈於闇行者乎？謂從前已多穢惡，力求湔洗，反益笑柄。此如人已墜廁溷中，不必更拔出求一塊乾淨土，不如廁溷之當處也，有是理乎？

主一有二義。專主一理，不參人欲，此平時立心普徧說也。專主一事，不參他念，此臨幾處事零碎說也。王陽明主前說，程、朱主後說，則偏而不備矣。先儒居敬工夫三條，予薈而記之曰：『常惺惺法，以清其內。整齊嚴肅，以端其外。主一無適，臨事所賴。』羅念庵曰：『殷浩人品三變。其累辭徵辟也，似一高士。其刺揚州抗桓溫，毅然以北伐爲任也，似一賢臣。至用兵屢敗，爲溫所廢，答書開閉者數，竟達空函，所謂「苟患失之，無所不至」者也。誠一鄙夫！』嗚呼！吾人一日之間，其念慮時伏時起如殷浩者，可勝言哉！特未如浩之著耳，遂嘐嘐然，曰：『吾不爲鄙夫之所爲，可乎？』

《傳》曰：『禮，身之幹也；敬，身之基也。郤子無基。』今人論古，每譏春秋政教之衰。其實，春秋士大夫於先王禮教大綱十存其六七，且自放於禮者，人指爲死亡之徵而卒亦無不驗者，豈若今人之陵夷已甚，彼此相安不以爲怪哉！『人而無禮，胡不遄死？』今欲以此爲感應之符，人轉迂之而不信矣。然猶欲自夸其有學焉，天下有此無基之學耶？《禮古經》五十六篇，《弟子職》其一也。賈誼《容經》亦《弟子職》之類。管、賈通達國體，乃政事之才，而於禮之節目不苟如此。所以古之有爲者，無不從近處、實處做起，而跅弛自喜者未必皆有過人之經濟也。

張曲江風威秀整，明皇曰：『每見九齡，使我精神頓生。』此可見莊敬日强，正己格君之效。士人徵逐應酬，疲怠縱弛，神氣亦奄奄似欲死人。看古人易簀、結纓，畢命時是何氣力！管輅謂：『鄧之行步，筋不束骨，脈不制肉，起立欹倒，若無手足，此爲鬼躁；何之視候，魂不守宅，血不華色，精爽煙浮，容若槁木，此爲鬼幽。二者皆非遐福之象。』今士大夫之鬼躁、鬼幽者居多，其徵或應或不應，然君子禔躬安吉，所當痛下鍼砭，非求遐福，乃自修之道宜爾也。

古語云：『俗語近於市，纖語近於娼，諢語近於優。士君子一涉此，不獨損威，亦難迓福。』輕薄子可以戒矣。言不妄發而機械深沈，發必得利者，此較之妄發者罪更加一等。孟子所謂『以不言餂之』，莊子所謂『其留如詛盟者』，皆小人之尤也。言雖不妄發，而其心之妄爲彌甚矣。

古人處己應事，不必規模盡同，然居心未有不篤者，曰『篤於親』，曰『篤信好學』，曰『行篤敬』，曰『博學而篤志』。古人所以求仁者，全力在此。朱子曰：『篤，厚而力也。』一『厚』字猶恐不足，又加一『力』字。讀者當細思古人精神團聚懇確之意。今人遇事，大概輕輕淡淡，以爲省事省力之方，然小處放過了，大處亦不覺漸可放過。殘賊不仁之罪業，於厥身而不自省克，豈不痛哉？

平天下，要平其實。身心家國也，只是要箇平。工夫先從平心起。君子心平如水，一曲一折都流到了。小人心不平，則盡客氣，客氣非僞即戾。此即忠恕、不忠恕之分耳。《書》言『地平』，《詩》歎『昊天下不平』。夫天地之位不過平而已矣，而況於人乎？

按，以上各則皆極明白暢快，每一展卷，如明師益友覿面相對，真德人之言也。

校記

〔一〕『細』，底本誤作『精』，據朱德慈輯校《潘德輿全集》（人民文學出版社二〇一六年）改。

〔二〕『力』，底本誤作『日』，據《潘德輿全集》改。

〔三〕『心宽』，底本誤作『身廣』，據《潘德輿全集》改。
〔四〕『曾』，底本誤作『會』，據《潘德輿全集》改。
〔五〕『看』，底本脱，據《潘德輿全集》補。

四農《劄記》亦有極淺易者，如云：今之學者卑視勤儉，以爲不足以語聖道，而不知聖學工夫由粗入精，由淺入深。謂勤儉不足以盡聖道則可，謂聖道不由勤儉入則不可。羅大經曰『勤有三益』、『儉有四益』，吾愛其詳切有實用，書之：『民生在勤，勤則不匱。一夫不耕，必受其飢；一婦不織，必受其寒。是勤可以免飢寒也。農民晝則力作，夜則頹然甘寢，故非心淫念無從而生。《魯語》曰：「瘠土之民，莫不向義，勞也。」是勤可以遠淫辟也；戶樞不蠹，流水不腐。周公論三宗、文王之壽，必歸之無逸。呂成公釋之曰：「主靜則悠遠博厚，自强則堅實精明，操存則血氣循軌而不亂，收斂則精神內守而不浮。」是勤可以致壽考也。』此勤之三益也。『凡貪淫之道，未有不生於奢侈者。儉不貪不淫，是儉可以養德也。人之受用，自有劑量，省嗇淡泊，有久長之理，是儉可以養壽也。醉醲飽鮮，昏人神志，若疏食菜羹，則腸胃清虛，無滓無穢，是儉可以養神也。奢則妄取苟求，志氣卑辱，一從儉約，則於人無求，於己無愧，是儉可以養氣也。』此儉之四益也。

又云：宋大觀中有葛蘩者，嘗爲鎮江守。有士人問其所行，曰：『余始者，日行一利人事，嗣後或二或三或數四，今四十餘年未嘗稍閒。』問：『何爲利人事？』曰：『即此座間踏子置之不正，則蹙人足，余爲正之。若人渴，余與杯水，皆利人事也。但隨其事而利之，上自卿相，下至乞丐，皆可以行，惟在乎長久而已。』此一段似異端之所謂方便者，然即此而爲之，乃見仁道之不遺於粗淺處。孔子立人達人，原從至粗至近處行之。若學者惡言方便，以爲異端，然則行不便於人之事乃聖學乎？無怪乎日講聖學而見惡於人者愈多也。

按，此二則雖布帛菽粟之言，亦吾人所不可忽者。

四農記劉器之事二則，云：『紹聖初黨禍，器之尤爲章惇、蔡卞所忌，必欲殺之。方竄廣東，則移廣西；既抵廣西，復徙廣東。凡甲令所載，遠惡州軍無不至。人謂公必死，然七年之間，未嘗一日病也。貶所有土豪持厚貲至京師，求見章惇，不得；以能殺公意達，惇乃見之。不數日，薦上殿，自選人改秩，除本路轉運判官。其人飛馭徑驅，至公貶所。郡將遣其客來勸公治後事，涕泣以言。公色不動，留客飲酒，談笑自若。對客取筆，書數紙，徐呼其僕曰：「聞朝廷賜我死，即死，依此行之。」謂客曰：「死不難矣。」客從其僕取紙閱之，則皆經紀其家與同貶當死者之家事，甚悉。客驚，歎以爲不可及也。俄報運判距城三十餘里而止，翼日當至。家人聞之，益號泣不食，亦不能寐，且治公後事。而公起居飲食如平時。至夜半，伺公，則酣寢，鼻息如雷。黎明忽聞此運判一夕嘔血而斃矣。明日，客有唁公者，曰：「若人不死，則公未可知。」然公亦無喜色。於是見公處生死不亂如此。予讀《宋史》及《名臣言行錄》，最服膺器之大節，所以詳書此瑣事者，非爲表章器之，蓋假以自厲其心也。自厲其心，或庶幾於不動歟？又，器之曰：「安世尋常未嘗服藥。方遷謫時年四十七，先妣必欲與俱，百端懇罷不許。安世念不幸使老親入於炎瘴之地，已是不孝，若非義，固不敢爲。父母惟其疾之憂，如何得無疾？惟有絕欲一事，遂舉意絕之。自是逮今，未嘗有一日之疾也。」公平生坐必端正，未嘗傾側靠倚。每日行千步。燕坐調息，復起觀書，未嘗晝寢。終日接士友劇談，雖夜不寐，翼朝精神如故。終身未嘗草書。歲時家廟祭饗拜跪，年七十餘未嘗廢缺。在家杜門屏迹，不妄交游，人罕見其面。然田夫野老、市井細民謂：「過南京不見劉待制，如過泗州不見大聖。」及公歿，耆老、士庶、婦人、女子持薰劑、誦佛經而哭，父老日數千人至填擁，不得其門而入。家人因設數大鑪於廳下，爭以香炷之，香價踴貴。後二年，金人入犯，驅墳戶發棺，見公顏貌如生，咸驚，云必異人也。一無所動，蓋棺而去。』此二段見公精誠造極，守身之固，感人之深，直可以回斡造化，融釋生死，芸生託命，獷狄回心，信百世之偉人，吾儒之圭臬矣。孟子思誠不動之功，於公乃見之。

按，器之初除諫官，入白母曰：『言官須明目張膽，以身任責，脫有觸忤，禍譴立至。若以老母辭，當可免。』母曰：『諫官爲天子諍臣，當捐身報國。得罪流放，無問遠近，吾當從汝所之。』器之乃受命。東坡論元祐人才，稱器之爲鐵漢，要亦其母成之也。器之在貶所，聞賜死，無所動，顧兢兢於謹疾者，蓋以直道而貶死。所謂盡其道而死者，正命也，順受焉可也。縱欲以戕生，所謂桎梏死者，非正命也。知命者，不立乎巖牆之下。古人云：『知死非難，所以處死實難。』明乎此，則知致身之義與守身之道，固有並行而不悖者矣。

其論魏華父之言，曰：『「講學不明，風俗浮淺，立朝無犯顏敢諫之忠，臨事無伏節死義之勇。願敷求碩儒，丕闡正學，爲長治久安之計。」謂此論今人必以爲迂，然深切末世之通病，可爲長太息者也。』

黃東發疏當時大弊，曰民窮，曰兵弱，曰財匱，曰士大夫無廉恥，尤痛切可涕。蓋士大夫無廉恥，其害尤大，是即民窮、兵弱、財匱之原也。雖民不窮，兵不弱，財不匱，而士大夫一無廉恥，國即不可得而治，而況兼之者乎？

又云：『「上無道揆也，下無法守也，朝不信道，工不信度，君子犯義，小人犯刑，國之所存者，幸也。故曰〔一〕：城郭不完，兵甲不多，非國之災也；田野不辟，貨財不聚，非國之害也。上無禮，下無學，賊民興，喪無日矣。」魏華父、黃東發奏疏得此意。』

按，此二條尤可以印證今日時局，讀之悚然。

校記

〔一〕『故曰』，底本脱，據《潘德輿全集》補。

四農謂陽明《傳習錄》雖有偏至之論，然直捷透快，明儒論學之言無出其右者。按，陽明良知之旨於朱子雖有異同，然其開示學者，當下分明，實初學入門之法灸神鍼。陸當湖一味抹殺，非通論也。今但擇其精要者錄之：

『志道懇切，固是誠意，然急切求之，則反爲私己，不可不察也。日用間莫非天理流行，但此心常存而不放，則義理自熟。孟子所謂「勿忘勿助，深造自得」者矣。』『吾人爲學，當從心髓入微處用力，自然篤實光輝。雖私欲之萌，真是紅爐點雪。』『若就標末粧綴比擬，凡平日所謂學問思辨者，適足以爲長傲遂非之資，自以爲進於高明廣大，而不知陷於狼戾險嫉也。』『聖人之所以爲聖，只是此心純乎天理，而無人欲之雜。猶精金之所以爲精，但以其成色足而無銅鉛之雜也。』『然聖人之才力，亦有大小不同，猶金之分兩有輕重。』『所以爲精金者，在足色而不在分兩；所以爲聖者，在純乎天理而不在才力。』『學者學聖人，不過是去人欲而存天理，猶鍊金而求其足色耳。』『後世不知作聖之本，是純乎天理〔一〕，卻專去知識才能上求聖人。』『敝精竭力，從冊子上鑽研，名物上考索，形迹上比擬。』『正如見人有萬鎰精金，不務煅鍊成色，而乃妄希分兩，錫鉛銅鐵雜然投之，分兩愈增而成色愈下，及其梢末，無復有金耳。』

『諸君工夫最不可助長。上智絶少，學者無超入聖人之理。一起一伏，一進一退，自是工夫節次。不可以我前日曾用工夫，今卻不濟，便要矯强做出一個沒破綻模樣，便是助長，連前些子工夫都壞了。』『只要常常懷個「遁世無悶，不見是而無悶」之心，依此良知，忍耐做去，不管毀譽榮辱，久久自然有得力處。』『良知只是個是非之心，是非只是個好惡，只好惡就盡了是非，只是非就盡了萬事萬變。』

『學問工夫，只要主意頭腦專以致良知爲事，則凡多聞多見，莫非致良知之功。蓋日用之間，見聞酬酢，雖千頭萬緒，莫非良知之發用流行。除卻見聞酬酢，亦無良知可致矣。』

『凡人言語正到快意時，便截然能忍默得住；意氣正到發揚時，便翕然能收斂得；憤怒嗜欲正到騰沸時，便廓然能消化得。此非天下大勇者不能〔二〕。然見到良知親切時，其工夫又自不難。緣此數病，只因良知昏昧蔽塞而後有，若良知一提醒時，即如白日一出，罔兩自消矣。』

『變化氣質。居常無所見，惟當利害，經變故，遭屈辱，平時忿怒者到此能不忿怒，憂惶失措者到此能不憂惶失措，始是得力處，亦便是用力處。天下事雖萬變，吾所以應之者不出乎喜怒哀樂四者，此爲學之要，而爲政亦在其中矣。』

愛問：『「知止而後有定」，朱子以爲「事事物物皆有定理」，似與先生之說相戾。』曰：『於事事物物上求至善，卻是義外也。至善，是心之本體，只是「明明德」到「至精至一」處便是。然亦未嘗離卻事物，本注所謂「盡夫天理之極，而無一毫人欲之私」者得之。』

問：『至善只求諸心，恐於天下事理有不能盡。』曰：『心即理也。此心無私欲之蔽，即是天理，不須外面添一分。以此純乎天理之心，發之事父便是孝，發之事君便是忠，發之交友治民便是信與仁。只在此心「去人欲、存天理」上用功便是。』

愛曰：『如事父一事，其間溫清定省之類有許多節目，亦須講求否？』曰：『如何不講求？只是有個頭腦，只是就此心「去人欲、存天理」上講求。……此心若無人欲，純乎天理，是個誠於孝親的心，冬時自然思量父母寒，自去求溫的道理；夏時自然思量父母熱，自去求清的道理。……譬之樹木，這誠孝的心便是根，許多條件便是枝葉。須先有根，然後有枝葉，不是先尋了枝葉，然後去尋根。』

問：『今人儘有知父當孝、兄當弟者，卻不能孝、不能弟，知行分明是兩件。』曰：『此已被私欲間斷，不是知行本體。未有知而不行者。知而不行，只是未知。聖賢教人知行，正是要復那本體。故《大學》指個真知行與人看，說「如好好色，如惡惡臭」。見好色屬知，好好色屬行，只見好色時已自好了，不是見後又立個心去好；聞惡臭屬知，惡惡臭屬行，只聞惡臭時已自惡了，不是聞後別立個心去惡。』

愛曰：『古人分知行爲兩，亦是要人見得分曉，一行工夫做知，一行工夫做行，則工夫始有下落。』曰：『此卻失了古人宗旨。知是行的主意，行是知的工夫；知是行之始，行是知之成。若會得時，只說一個知，已自有行在；只說一個行，已自有知在。古人所以既說知又說行者，只爲世間有一種人，懵懵懂懂，任意去做，絕不解思維省察，只是個冥行妄作，所以必說個知，方纔行得是；又有一種人，茫茫蕩蕩，懸空去思索，全不肯著實躬行，只是個揣摩影響，所以必說一個行，方纔知得真……今若知得宗旨，即說兩箇亦不妨，亦只是一個；若不會宗旨，便說一個，亦濟得甚事？只是閒說話。』

問立志。曰：『只念念要存天理，即是立志。能不忘乎此，久則自然心中凝聚，猶道家所謂結聖胎也。此天理之念常存，馴至於善、大、聖、神，亦只從此一念存養擴充去耳。』

問：『靜時亦覺意思好，才遇事便不同，如何？』曰：『是徒知靜養而不用克己工夫也。如此臨事，便要傾倒。人須在事上磨，方能立得腳住；方能靜亦定，動亦定。』

一日，論爲學工夫。先生曰：『教人爲學，不可執一偏。初學時心猿意馬，拴縛不定，其所思慮多是人欲一邊，故且教之靜坐、息思慮。俟其心意稍定，只懸空靜守如槁木死灰，亦無用。須教他省察克治，無事時將好色好貨好名等私，逐一追究，搜尋出來，定要拔去病根，永不復起。……一念萌動，即便克去，斬釘截鐵，不可姑容與他方便，不可窩藏，不可放他出路，方是真實用功，方能掃除廓清。……到得天理純全，便是何思何慮矣。』

問：『知至然後可以言誠意。今天理人欲，知之未盡，如何用得克己工夫？』曰：『人若真實切己，用功不已，則於此心天理之精微日見一日，私欲之細微亦日見一日。……如人走路一般，走得一段，方認得一段；走到歧路處，有疑便問，問了又走，方漸能到得欲到之處。今人於已知之天理不肯存，已知之人欲不肯去，且只管閒講，何益之有？且待克得自己無私可克，方愁不能盡知，亦未遲在。』

澄問：『好色、好利、好名等心，固是私欲，如閒思雜慮，何亦謂之私欲？』曰：『畢竟從好色、好利、好名等根上起，自尋其根便見。如汝心中決知是無有做劫盜的思慮，何也？以汝元無是心也。汝若於貨色名利等心，一切皆如不做劫盜之心一般，都消滅了，光光只是心之本體，看有甚閒思慮？

梁日孚問『主一』〔三〕。曰：『一者，天理。主一是一心在天理上。若只知主一，不知一即是理，有事時便是逐物，無事時便是著空。惟其有事無事，一心皆在天理上用功，所以居敬亦即是窮理。就窮理專一處說，便謂之居敬；就居敬精密處說，便謂之窮理。不是居敬了，別有個心窮理；窮理了別有個心居敬。名雖不同，工夫只是一事。』

正之問：『戒懼是己所不知時工夫，愼獨是己所獨知時工夫？』曰：『只是一個工夫，無事時固是獨知，有事時亦是獨知。於此用功，便是端本澄源，便是立誠。若只在人所共知處用功，便是作僞。今若又分戒懼爲己所不知，工夫便支離，既戒懼即是己知。』曰：『獨知之地更無無念時耶？』曰：『戒懼之念無時可忽。若戒懼之心稍有不存，不是昏聵，更已流入惡念。』

問：『近來工夫雖知頭腦，然難尋穩當快樂處。』曰：『只是致知。』曰：『如何致？』曰：『爾那一點良知，是爾自家的準則。爾意念著他是便知是，非便知非，更瞞他一些不得。爾只不要欺他，實實落落依著他做，善便存，惡便去。何等穩當快樂！此便是致知的實功。』

問『知行合一』。曰：『今人學問，只因知行分作兩件，故有一念發動，雖是不善，然卻未曾行，便不去禁止。我今說個知行合一，正要人曉得一念發動處，便即是行了。發動處有不善，就將這不善的念克倒了。須要徹根徹底，不使那一念不善潛伏在胸中。此是我立言宗旨。』

問：『程子云「在物爲理」，如何云心即理？』曰：『「在物爲理」，「在」字上當添一「心」字〔四〕：此心在物則爲理。如此心在事父則爲孝，在事君則爲忠之類，是也。……我如今說個心即理，只爲世人分心與理爲二，便有許多病痛。如五伯攘夷狄，尊周室，都是一個私心，便不當理。人卻說他做得當理，只心有未純，往往慕悅其所爲，要求外面做得好看，卻與心全不相干，分心與理爲二，其流至於伯道之僞而不自知。故我說個心即理，要使知心理是一個，便來心上做工夫，不去襲取於義，便是王道之真。』

或問：『讀書所以調攝此心，但一種科目意思牽引而來，何以免此？』曰：『只要良知真切，雖做舉業，不爲心累。……且如讀書時，知得强記之心不是，即克去之；有誇多鬭靡之心不是，即克去之。如此，亦只是與聖賢印對，是個純乎天理之心。任他讀書，亦只是調攝此心而已，何累之有？』

有屬官言：『簿書訟獄繁難，不得爲學。』曰：『我何嘗教汝離了簿書訟獄，懸空去講學？爾既有官司之事，便從官司的事上爲學。如問一詞訟，不可因其應對無狀，起個怒心；不可因他言語圓轉，生個喜心；不可惡其囑託，加意治之；不可因其請求，屈意從之；不可因自己事務冗煩，隨意苟且斷之；不可因旁人譖毁羅織，隨人意思處之。這許多意思皆私，只爾自知，須精細審察克治，惟恐此心有一毫偏倚，枉人是非，這便是格物致知。若離了事物爲學，卻是著空。』

一門人常易動氣責人，先生警之曰：『學須反己。若徒責人，只見得人不是，不見自己非。若能反己，反見自己有許多不盡處，奚暇責人？舜能化得象傲，其機括只是不見象的不是。若舜只要正他的奸惡，就是見得象的不是矣。象是傲人，必不肯相下，如何感化得他？』

鄉人有父子訟獄請訴者，先生聽之，言不終辭，其父子相抱慟哭而去。柴鳴治問曰：『先生何言，致伊感悔之速？』先生曰：『我言舜是世間大不孝的子，瞽瞍是世間大慈的父。』鳴治愕然。先生曰：『舜常自以爲大不孝，所以能孝。瞽瞍常自以爲大慈，所以不能慈。瞽瞍只記得舜是我提孩長的，今何不會豫悅我？不知自心已爲後妻所移了，尚自謂自家能慈，所以愈不能慈。舜只思父提孩我時如何愛我，今日不愛，只是我不能盡孝，日思所以不能盡孝處，所以愈能孝。及至瞽瞍底豫時，又不過復得此心原慈的本體。所以後世稱舜是個古今大孝的子，瞽瞍亦做成個慈父。』

或問：『良知一而已。文王作《彖》，周公繫《爻》，孔子贊《易》，何以各自看理不同？』曰：『聖人何能拘得死格？大要出於良知同，便各爲說何害？且如一園竹，只要同此枝節，便是大同。若拘定枝枝節節，都要高下大小一樣，便非造化妙手矣。汝輩只要去培養良知。良知同〔五〕，不妨更有異處。汝輩若不肯用功，連筍也不曾抽得，何處去論枝節？』

問『志士仁人』章。曰：『只爲世上人都把生身命子看得來太重，不問當死不當死，定要婉轉委曲保全，以此把天理都丟去了。忍心害理，何者不爲？若違了天理，便與禽獸何異？便偷生在世上百千年，也不過做了千百年的禽獸。學者要於此等處看得明白。比干、龍逢只爲他看得分明，所以能成就他的人。』

校記

〔一〕『是純乎天理』，底本脱，據《王陽明全集》（上海古籍出版社二〇一一年版）補。

〔二〕『者』，底本脱，據《王陽明全集》補。
〔三〕『乎』，底本誤作『字』，據《王陽明全集》改。
〔四〕『在字』底本前衍『上』字，據《王陽明全集》删。
〔五〕『良知』，底本脱，據《王陽明全集》補。

陽明學派後來傳者，惟蕺山爲得其真。蕺山之學以慎獨爲宗，尤能正良知末流之弊，所著學説皆誠切懇到，非潛心體玩不能究其精藴。今擇其要語録之：

情動而溢者，昏於性也；事過而留者，歉於理也。

處紛而不亂，在樂而不淫，吾以觀其養矣，君子哉！

人心不可一息藏殺機，看萬物遂生復性，各得其所，是何等氣象。

凡人一言過，則終日言皆輾轉而文此一言之過；一行過，則終日行皆輾轉而文此一行之過。〔一〕蓋人情文過之態如此，幾何而不墮禽獸也！

從聞見上體驗，即從不聞不見消歸；從思慮中研審，即向何思何慮究竟。庶幾慎獨之學。

知行自有次第。但知先而行即從之，無間可截，故云一。後儒喜以覺言性，謂一覺無餘事，即知即行，其要歸於無知。知既不立，一亦難言。噫！是率天下而禪也。

有不善未嘗不知，是謂良知；知之未嘗復行也，是謂致知。

延平教人：『看喜怒哀樂未發時，作何氣象。此學問第一義工夫。』未發時有何氣象可觀？只是查檢自己病痛到極微密處；　方知時雖未發，而倚著之私，隱隱已伏；　纔有倚著，便易潰決。　若於此處查考分明，如貫蝨車輪，更無躲閃，則中體怳然在此。　而已發之後，不待言矣。　此之謂善觀氣象者。

游思妄想，不必苦事禁遏。　大抵人心不能無所用，但用之學者既專，則一起一倒，都在這裏，何暇及一切游思妄想？　即這裏不無間斷，忽然走作〔二〕，吾立刻與之追究去，亦不至大爲擾擾。　此主客之勢也。

正諦當時，切忌又起煙竈。　無事時得一『偷』字，有事時得一『亂』字。

纔認己無不是處，愈流愈下，終成凡夫；　纔認己有不是處，愈達愈上，便是聖人。

小人只是無忌憚，便結果一生。　至《大學》止言『閒居爲不善』耳，閒居時有何不善可爲？　只是一種懶散精神，漫無著落處，便是萬惡淵藪，正是小人無忌憚處，可畏哉！

古人『恐懼』二字，常用在平康無事時。　及至利害當前，無可迴避，只得赤體承當。　世人只是倒做了。

滿腔子皆惻隱之心，以人身八萬四千毫竅，在在靈通，知痛癢也。　只此知痛癢心便是惻隱之心。凡乍見孺子感動之心，皆從知痛癢心一體分出來。　朱子云：『知痛是人心，惻隱是道心。』太分析。　惻隱是知痛表德。

人心如穀種，滿腔都是生意，欲錮之而滯矣。　然而生意未嘗不在也，疏之而已矣。　又如明鏡，全體渾是光明，習染薰之而暗矣。　然而明體未嘗不存也，拂拭之而已耳。　惟有內起之賊，從意根受者不易除，更加氣與之拘，物與之蔽，則表裏夾攻，更無生意可留、明體可觀矣，是謂喪心之人。

君子惓惓於謹獨，以此心是鑒察官，謂之良知，最有權。人但隨俗習非，因而行有不慊，此時鑒察，仍是井井，卻已做主不得，則血氣用事，何所不至？一事不做主，事事不做主，隱隱一竅，託在恍惚間，擁虛器而已。

就性情上理會，則曰涵養；就念慮上提撕，則曰省察；就氣質上消鎔，則曰克治。省克得輕安，即是涵養；涵養得分明，即是省克。其實一也。

學貴日新。日日取生手，一日剝換一日，方不犯人間煙火氣。古人成說，如琴譜要合拍，須自家彈。

或問：『人於生死關頭不破，恐於義利，尚有未淨處。』曰：『若從生死破生死，如何破得？只從義利辨得清，認得真，有何生死可言？義當生自生，義當死自死，眼前止見一義，不見有生死在。』

吾輩心不能靜，只爲有根株在。假如科舉的人只著在科舉上，仕途的人只著在仕途上，即不專爲此，總是此旁枝生來。所以濂溪教人，只把『無欲』兩字作丹頭。

人謂『爲人不如爲己』，故不忠。看來忠於己謀者亦少，如機變，如貪欲，如欺世盜名，日日戕賊此身，誤認是佔便宜事。

吾輩偶呈一過，人以爲無傷。不知從此過而勘之，先尚有幾十層；從此過而究之，後尚有幾十層。故過而不已，必惡。謂其出有源，其流無窮也。

肯學聖人而未至，無以一善成名者，士君子『立志』之說也；肯以一善成名，無學聖人而未至者，士君子返躬之義也。如爲子死孝，爲臣死忠，古今之常理，乃舍見在之當爲，而曰吾不欲以一善成名，是又與於不仁之甚者也！

學者或云於靜中見得道理如此，而動時又復忙亂；或云於動時頗近於道，而靜中又復紛擾。症雖二見，其實病一也。『動靜』二字，不能打合，如何言學？陽明在軍中，一面講學，一面應酬軍務，纖毫不亂，此時動靜是一是二？

心須樂而行須苦，學問中人無不從苦處打出。

今人讀書只爲句句明白，所以無法可處。若有不明白處，便好商量也。然徐而叩之，其實字字不明白。

古人濟大事，全靠腳根定，只是不從身家名位起念，便是。凡可奪處，皆是此等作祟也。誠極則精，精極則變，一切作用，皆從此出。誠中之識見，是大識見；誠中之擔當，是大擔當。故君子非有才之難，而誠之難。

校記

〔一〕『輾轉』，底本誤作『婉轉』，據《劉宗周全集》（浙江古籍出版社二〇一二年版）改。

〔二〕『走作』，底本脱，據《劉宗周全集》補。

呂叔簡《呻吟語》樸實說理，讀之使人有渙然心得，怡然理順之樂。余幼時見前輩每家置一篇以教子弟，近二三十年不復覩矣。此亦足覘世變也。節錄之：

無屋漏工夫，做不得宇宙事業。

防欲如挽逆水之舟，纔歇力便下流；力善如緣無枝之樹，纔住腳便下墜。是以君子之心，無時而不敬畏也。

無所爲而爲，五字是聖學根源。學者入門念頭就要在這上做。今日說話第二三句便落在有所爲上來，只爲毁譽利害心脱不去，開口便是如此。

或問：『雞鳴而起，若未接物，如何爲善？』程子曰：『只主於敬，便是善。』愚謂：惟聖人未接物時，何思何慮？常人睡覺時，合下便動個念頭，或昨日已行事，或今日當行事，便來心上。只看這念頭如何，如一念向好處想，便是舜邊人；若一念向不好處想，便是跖邊人；若念中是善，而本意卻有所爲，這又是舜中跖，漸來漸去，還向跖邊去矣。此是悟頭工夫。此時克己更覺容易，檢點更覺精明，所謂『去惡在纖微，持善在根本』也。

或問：『「中」之道，堯舜傳心，必有至玄極妙之理。』余歎曰：『只就我兩人眼前說這飲酒，不爲限量，不至過醉，這就是飲食之「中」。這說話，不緘默，不狂誕〔一〕，這就是說話之中。這作揖跪拜，不煩不疏，不疾不徐，這就是作揖跪拜之「中」。一事得「中」〔二〕，就是一事的堯舜，推之萬事皆然。到那安行處，便是十全的堯舜。』

一門人向予數四窮問無極、太極及理氣同異、性命精粗、性善是否。予曰：『此等語，予亦能勦先儒之成說及一己之謬見以相發明，然非汝今日急務。假若了悟性命，洞達天人，也只於性理書上添了「某氏曰」一段言語〔三〕，講學門中多了一宗卷案。後世窮理之人，信彼駮此，服此闢彼，百世後汗牛充棟都是這樁話說，不知於國家之存亡，萬姓之生死，身心之邪正，見在得濟否？我只有個粗法子，汝只把存心制行、處事接物、齊家治國平天下，大本小節都事事心下信得過了，再講這話不遲。』曰：『理氣、性命終不可談耶？』曰：『這便是理氣、性命顯設處，除了撒數，沒總數。』

『學問』二字，原從外面得來。蓋學問之理，雖全於吾心，而學問之事，則皆古今名物。人人而學，事事而問，攢零合整，融化貫串，然後此心與道方浹洽暢快。若怠於考古，恥於問人，聰明自己出，可憐可笑，不知怎麼叫做學者！

以粗疏心看古人親切之語，以煩躁心看古人靜深之語，以浮汎心看古人玄細之語，以淺狹心看古人博洽之語，字意未解，句讀未真，便加評騭，真孟浪人也。

人各有抵死不能變之偏質，慣發不自由之熟病，要在有痛恨之志，密時檢之功，總來不如沈潛涵養，病根久自消磨。然涵養中須防一件，久久收斂。衰歇之意多，發强之意少，視天下無一可爲之事，無一可思之惡，德量日以寬洪，志節日以摧折。沒有這個，便是聖賢涵養；著了這個，便是釋道涵養。

涵養不定的，自初生至蓋棺時，凡幾變。即知識已到，尚保不定畢生作何種人。所以學者要德性堅定。到堅定時，隨常變窮達生死，只一般，即有難料理處，亦能把持。若平日不遇事時，儘算好人；一遇個小小題目，便考出本態。假遇著難者、大者，知成個甚麼人？所以古人不可輕易笑，恐我當此，未便在渠上也。

天地萬物之理，皆始於從容，而卒於急促。急促者，盡氣也；從容者，初氣也。事從容，則有餘味；人從容，則有餘年。

一善念發，未説到擴充，且先執持住，此萬善之囮也。若隨來隨去，更不操存此心，如驛傳然，終身無主人住矣。

只一事不留心，便有一事不得其理；一物不留心，便有一物不得其所。

慎言動於妻子僕隸之間，檢身心於食息起居之際，這箇工夫便密了。

或問『敬之道』。曰：『外面整齊嚴肅，內面齊莊中正，是靜時涵養的敬；讀書則心在於所讀，治事則心在於所治，是主一無適的敬；出門如見大賓，使民如承大祭，是隨事小心的敬。』或曰：『若笑談歌詠，燕息造次之時，恐如是矜持不泰然矣。』曰：『敬以端嚴爲體，以虚活爲用，以不離於正爲主。齋日，衣冠而寢，夢寐乎所祭者也。不齋之寢，則解衣脱冕矣。未有無衣冕而持敬者也。然而心不流於邪僻，事不詭於道義，則不害其爲敬矣。若專去端嚴上求敬，則荷鋤負畚，執轡御車，鄙事賤役，古聖賢皆爲之矣，豈皆日日手容恭、足容重耶？大端心與正依，事與道合，雖不拘拘於端嚴，不害其爲敬。苟心游千里，逐百欲，而此身卻兀然端嚴在此，這是敬否？』

『懶散』二字，立身之賊也。千德萬業，日怠廢而無成；千罪萬惡，日横恣而無制，皆此二字爲之。

喜來時，一點檢；怒來時，一點檢；怠惰時，一點檢；放肆時，一點檢，此是省察大條款。人到此，多想不起，顧不得，一錯了，便悔不及。若養得定了，便發而中節，無用此矣。聖狂之分，只在苟不苟兩字。

天下難降伏難管攝的，古今人都做得來，不爲難事。惟有降伏管攝自家難，聖賢做工夫，只在這裏。

學者萬病，只一個靜字。治得定靜中境界，與六合一般大，裏面空空寂寂，無一個事物，纔問他索時，般般足，件件有〔四〕。千紛百擾中，此心不亂；千撓百逆中，此氣不動，此之謂至靜。

天地間真滋味，惟靜者能嘗得出；天地間真機括，惟靜者能看得透；天地間真情景，惟靜者能題得破。作熱鬧人，說孟浪話，豈無一得？皆偶合也。

寧耐，是思事第一法；安詳，是處事第一法；謙退，是保身第一法；涵容，是處人第一法；置富貴、貧賤、死生、常變於度外，是養心第一法。

胸中只擺脫一『戀』字，便十分爽淨，十分自在。人生最苦處，只是此心沾泥帶水。明是知得，不能斷割耳。

只有一毫麁疏處，便認理不真，所以說『惟精』，不然衆論淆之而必疑；只有一毫二三心，便守理不定，所以說『惟一』，不然利害臨之而必變。

無技癢心，是多大涵養！故程子見獵而癢。學者如有所癢，便當各就癢處搔之。

每日點檢，這念頭自德性上發出，自氣質上發出，自習識上發出，自物欲上發出。如此省察，久久自識得本來面目。初學最宜如此。

治心之學，莫妙於『瑟僩』二字。瑟訓嚴密，譬之重關天險，無隙可乘，物欲自消其窺伺之心；僩訓武毅，譬之將軍按劍，見者股慄，物欲自奪其猖獗之氣。

世人喜言無好人，此孟浪語也。今且不須擇人，只於市井稠人中聚百人而各取其所長，人必有一善，集百人之善可以爲賢人；人必有一見，集百人之見可以決大計。恐我於百人中未必人人高出之也，而安可忽匹夫匹婦哉？

室中之鬭，市上之爭，彼所據各有一方也。一方之見皆是己非人，而濟之以不相下之氣，故寧死而不平。嗚呼！此猶愚人也。賢臣之爭政，賢士之爭理，亦然。此言語之所以日多，而後來者益莫知所決擇也。故爲下愚人作法吏易〔五〕，爲士君子所折衷難。非斷之難，而服之難也。根本處，在不見心而任口，恥屈人而好勝，是室人市兒之見也。

在邪人前正論，不問有心無心，此是不磨之恨。故位在，則進退在我，行法可也。位不在，而情意相關，密諷可也。若與我無干涉，則箝口而已。禮入門而問諱，此當諱者。

天下事，最不可先必而預道之。已定矣，臨時還有變更，況未定者乎？故寧有不知之名，無貽失言之悔。

近世料度人意，常向不好邊說去，固是衰世人心，無忠厚之意。然士君子不可不自責。若是素行孚人，便是別念頭人亦向好邊料度。何者？所以自立者，足信也。

以患難時心居安樂，以淵谷視康莊，以疾病視强健，以不測視無事，則無往而不安穩。

常看得自家未必是，他人未必非，便有長進。再看得他人皆有可取，吾身只是過多，便有長進。

愈進修，愈覺不長；愈點檢，愈覺有非。何者？不留意作人，自家儘看得過。只日日留意向上，看得自家都是病痛，那有些好處？初頭只見得人欲中過失，久久又見得天理中過失，到無天理過失則中行矣〔六〕。又有不渾化、著色喫力過失，走出這個邊境纔是聖人，能立無過之地。

凡人之爲不善，其初皆不忍者，其後忍之，其後安之，其後樂之，至於樂爲不善而後良心死矣。

學術要辨邪正，既正矣，又要辨真僞；　既真矣，又要辨念頭切不切。無以空言便許人也。率真者無心過，殊多躁言輕舉之失；　慎密者無口過，不免厚貌深情之累。心事如青天白日，言動如履薄臨深，其惟君子乎？

做人要做個萬全，至於名利地步休要十分占盡，常要分與大家，就帶些缺綻不妨。何者？　天下無人己俱遂之事。我得，人必失；　我利，人必害；　我榮，人必辱；　我有美名，人必有愧色。是以君子貪德而讓名，辭完而處缺，使人我一般，不嶢嶢露頭角、立標臬，而胸中自有無限之樂。

余行年五十，悟得五不爭之味。人問之，曰：『不與居積人爭富，不與進取人爭貴，不與矜飾人爭名，不與簡傲人爭禮節〔七〕，不與盛氣人爭是非。』

凡有横逆來侵，先思所以取之之故，即思所以處之之法，便不可動氣。兩個動氣，一對小人一般受禍。

日用酬酢，事事物物要合天理人情。所謂合者，如物之有底蓋然，方者不與圓者合，大者不與小者合，欹者不與正者合。覆諸其上而不廣不狹，旁視其隙而若有若無，一物有一物之合，萬物各有其合。此之謂大『中』，此之謂天下萬事萬物各得其所。而聖人之所以從容中，賢者之所以精一求，衆人之所以醉心夢意、錯行亂施者也。

處天下事，只消得『安詳』二字。雖兵貴神速，也須從此二字做出。然安詳非遲緩之謂也，從容詳審，養奮發於凝定之中耳。是故不閒則不忙，不逸則不勞。若先怠緩，則後必急躁，是事之殃也。十行九悔，豈得謂之安詳？

計也。

聖人有功於天地，只是盡人事。其盡人事也，不言天命。非不知回天無力，人事當然，成敗不暇

爲宇宙完人甚難，自初生以至屬纊，徹頭徹尾無些子破綻尤難，恐亘古以來不多幾人。其餘聖人都是半截人，前面破綻，後來修補者，至終年晚歲，纔得乾淨，成就了一個好人，還天付本來面目。故曰湯武反之也。曰反，則未反之前便有欠缺處。今人有過，便甘自棄，以爲不可復入聖人境域，不知盜賊也許改惡從善，何害其有過哉？只看歸宿處成個甚人，以前都饒得過。

山林處士常養一個傲慢輕人之象，常積一腹痛憤不平之氣，此是大病痛。

朱子云：『不求人知，而求天知。』爲初學言也。君子爲善，只爲性中當如此，或此心過不去。天知、地知、人知、我知，渾是不求的。一有求心，便是僞；求而不得，此念定是衰歇。

聖人心上再無分毫不自在處。内省不疚，既無憂懼；外至之患，又不怨尤。只有一段不釋然，卻是畏天命、悲人窮也。

校記

〔一〕『誕』，底本作『説』，據吴承學、李光摩校注《呻吟語》（上海古籍出版社二〇〇一年版）改。

〔二〕『事得中』，底本脱，據吴承學校注本補。

〔三〕『語』，底本脱，據吴承學校注本補。

〔四〕『件件』，吴承學校注本作『樣樣』。

〔五〕『吏』，底本脱，據吳承學校注本補。
〔六〕『到無天理過失』，底本脱，據吳承學校注本補。
〔七〕『禮節』，吳承學校注本無『禮』字。

郉廬日記

郉廬日記

自序

余生於榕城通賢里祖宅。曾王父猶在堂，初得曾孫，取班賦語命名。壬申歲，隨宦東甌。通守晏膏如先生春霖，蜀中名宿，精子平學，爲推祿命，謂：『五行缺火，宜更名，從火旁。』先君子韙其説，命更之。既膺鄉舉，兩應春官不第，復更今名。濫秩京曹，卒丁國變，忽忽至今日。然向來推余命者，皆謂壽不過六十内外，則其言亦有不盡驗者。自去冬始爲日記，旋復遺失，今春又續爲之。回念過去，光陰總成陳迹。策名長已，咳命猶存。欲還吾初名，慮駭耳目，因以『郉廬』自署，取根矩之姓而隱藏其字，用誌窮則返本之思。世俗習傳曾文正遺言：『譬如昨日死，譬如今日生者。』吾亦竊取之。日記之大旨有四：一省愆尤，二輯聞見，三紀交游，四則傾吐胸次之所欲言者。而詩文亦間錄存焉。無一語自欺吾方寸，無一事不可揭諸人。此其的也。其大戒亦有二：不稗販報紙時事新聞，不言人過失。遼東一龍管幼安，非所敢望；華子魚，又不能爲；郉根矩之清修，則竊慕而未逮者，過此以往，或有一知半解，忝附於述作之林耶？抑縱筆日偷，墜於下流而不覺，余亦未敢自信也。丁卯春王正月，福廬老民識。

甲　手稿鈔本邴廬日記

（一）　丁卯年（一九二七）

正月十一日（一九二七年二月十二日）　晴。瑞臣來商運送《實録》事。申正，同澐兒乘特別快車赴津。戌初一刻到站。至津寓晚飯。熙民及羣一、六妹先後來談，至亥正方去。倦極即睡。

十二日（二月十三日）　晴。晨起即赴張園。上是日小感冒，來者均傳見。晤趙君景祺。趙號時敏，即前紹興守貴福乙未翰林，治秋瑾之獄者。因此事不理於浙人之口，調守寧國。浙撫張小帆亦以此案調山西，旋引疾去。當時政府一味姑息遷就，然終不免於辛亥之變也。國變後，易姓名，遯跡遼左。去歲，始隨京兆尹李垣來京，任政務廳長。初次見面，即極親切，滿員之漂亮者。亦談及秋案，相與太息久之。與趙同來者，有李西聞，係遼左名士，未與接談。歸途赴子有早飯之招。散後，至六妹處，留晚飯，次耕、步蘭皆在。

十三日（二月十四日）　晴。辰正，同澐兒赴張園慶壽，在樓下分班行禮。午初，在樓前攝影。上正坐，近臣及諸舊臣兩行侍立，如去年例，旋賜壽讌。《實録》本定今日進呈，以護照請領不及，經弢老面奏，暫緩起運。是日，同祝嘏者，除相識熟人外，有康南海。戊戌一面，相距將三十年矣。略有周旋，聆其談吐，頗近圓活一路，殆有會於聖之時者歟！散後，回寓，閱燈社課作。熙民述範孫申訂存社主課，即擬詩題付之。

十四日（二月十五日） 晴。熙民、羣一俱來。立之來，未晤。晚，赴熙民之約，同席有趙晴波，武清人，直隸政務廳長。餘皆同鄉。席散後，又赴白原、樂泉之約。歸寓已交丑正。惠、庠二姪由京晚車來，稍談即睡。

十五日（二月十六日） 晴。晨起，同澐兒赴東海處。前此赴津，與東海晤，皆泛泛常談。此次坐稍久，頗談及光、宣時事。東海謂當監國時，一切朝事多由近支操縱，慶邸亦噤不敢言，情事或然，然終不能爲政府諸公恕也。旋往蘇戡處，未晤。因弢老即日回京，且連日多同席，故未往拜。此來同鄉熟人如星冶、資穎，皆未及往。他鄉人更無論矣。王君九來，未晤，送其尊人茀卿同年《寫禮廎遺著》四種。茀卿同直樞垣，數年不同班，未嘗深談。其學長於金石考證。卷首《恭進平定陝甘新疆回匪方略表》爲集中傑作，其他詩文亦謹嚴有法度，不愧學人，直廬同人，無出其右者。歿年僅四十九。《集韻》：廎，音傾〔一〕，屋側也，又小室也。回寓後，侗伯來。侗伯恂恂儒雅，猶是書生本色。民國初年，迭任東三省要職，一爲吉林省長，當時用人尚未大悖也。晚，冰社會期，愔仲爲主，就栩樓設席。到者爲白栗齋、查峻臣、葉文泉、周立之、李又臣、李子申、林子有、郭侗伯、徐芷升、任仲文。社中每會，皆拈題分韻。是日即以上元雅集爲題，余分得橋字。

十六日（二月十七日） 晴。此數日天氣俱甚暖，狐裘幾不能御，又未帶小毛衣，甚以爲苦。熙民來，小坐即去。作《冰社上元詩並呈愔仲》七律一首。餘生蹤跡付萍飄，燈月還能共此宵。舊雨隔年思倍摯，堂花一笑意爲消。眼中東海猶三島，夢裏西泠渺六橋。過去未來都莫說，散愁酌我有長瓢。下午赴六妹之約，次耕外皆吾家中人。養剛晚車自京來。

十七日(二月十八日) 晴。無客來，與亦廉、步蘭、惠姪輩閒談。申初，到老站候關東來特別快車。申正開車。戌初二刻至前門站，乘瀛車歸寓。盆中水仙尚開，梅花亦甫破萼，春光之不負我也。此次到津，專爲張園慶壽，未再請見。因請見未必即傳見，或傳諭一兩日後再來，則不得不在津少候，而英女感冒多日未痊癒，急歸省視，遂不告而行，但此心終負歉也。

十八日(二月十九日) 晴。巖孫、君坦、務觀俱來，留共午飯。子有到京，遣人來取所借錢竹汀、洪北江畫像。是日，貽書處耆年會，因候西醫克禮，至上燈後始來，即電辭未赴。

十九日(二月二十日) 曉微陰，旋即開晴。早餐畢，即赴靈清宮燈社之期。此次發唱，弢老分數極多，得第一標，至爲高興。同人亦興高采烈。余得二標，季武得三標，應得燈彩，君坦爲挑姚茫父雪景山水，別彩得水煙袋一，殊無所用之。今歲各處捐款有贏，故又另備彩。熙民於晚車趕到，已唱畢。與弢老、熙民、季武復縱談久之，歸寓亦僅亥正也。貽書日間爲海六乞致書季湘，言補缺事，即託貽書代作書致之。

二十日(二月二十一日) 晴。巳初起。元旦日曾作《書懷詩》二首，以尚有餘意，故未錄出。昨晚枕上復完成二首。茲並錄之。一醉屠蘇萬事忘，晨光促起攬衣忙。海東遙望紅雲拜，香案猶疑近玉皇。　斗室焚香燕坐清，水仙相伴有梅兄。歲朝亦自堪裝點(二)，只費朱提兩餠贏。　宣卷無字可書門，三王相交尚過存。客散閒庭還寂寂，瓦溝殘雪照黃昏。　老屋通賢憶里居，高曾規矩忘諸生。前修何敢希龍尾，聊誌咳名自署廬。(余生時，曾王父尚在堂，以初得曾孫，取班賦命名。嗣應試展轉改今名，自去始作日記。今歲因自署鄦廬，隱寓根矩字。太史公作《屈原列傳》，謂『天者，人之始也；父母者，人之本也。

人窮則反本』，蓋竊取斯義焉。）第三首後復添一首：剳記重新訂日程，譬如昨死譬今生。喧天鉦鼓從他競，學得龜堂心太平。又貽書示平齋書，以久不復書見責，並錄示渠去臘自壽詩索和，亦率成一篇應之。經歲無書成我懶，窮冬何物壽君堪。故人見責誠知罪，近事而今益厭煩。久矣長安非日本，古來天塹説江南。河清難俟聊姑俟，看取玄黄戰正酣。枕上搆思最傷腦力，余少時即如此，幾成習慣，但衰年終不相宜，當戒之。閱《黄報》某筆記，謂天雨花之左維明，乃影射賀逢聖，殊近似。前人未曾道也。飯後，務觀來，即去。師鄭郵寄歲暮、元旦諸作，意在索和，又爲張君季易索題《小雙寂庵勘書圖》，皆恐無以應之。晚，赴貞賢之招，未終席，復偕弢老同年赴總布胡同石岱霖、蔣乃時二君之招。乃時爲岱霖婿，現爲奉軍電話局長。岱霖自稱門下士，未便詢其所由來，俟晤梅南詢之。弢老車中詢及津埠能否安居，余謂一時俟無，恐須看上海變局如何。又云，或勸遷大連，則與京師隔絶，皇產清理益難，而從此皆貧甚，不能遠涉。亦有主寓遼者，宣明面目，又殊不耐看，真所謂蹙蹙靡騁矣。檢閱平齋夏間來書，所錄近作有《八哀詩》，其一首爲中丞公作，又作《題擊缽吟集後詩》，追念少萊語，亦深摯。久置不答，是吾過也。二十二日補記。

二十一日（二月二十二日） 曉微陰，旋即開晴。余冬月常以日上窗始起，然夜睡不逾兩時即醒。常半夜披衣起坐，至旦復睡一二小時，故起恒晚。夏月則或半夜起，下牀看書；或黎明起，作字看書，稍倦復睡，故起亦不甚早，約在辰、巳之間。憶少侍先王父節署及書院，無論冬夏，皆未明起，伏案披書，無僮僕侍側，燃燭數寸，天始曉，至晚年猶然，夜臥皆在亥前。先君子起亦甚早，皆有恒時〔三〕，不如吾之起居無節也。即此一事，已愧先德多矣。閱《漁洋精華錄訓纂》引陳弘緒《寒夜錄》：『文衡山停雲館，聞者以爲清閟，及見，不甚寬敞。衡山笑謂人曰：「吾齋館樓閣，無力營構，皆從圖畫起造耳。」』又引陸龜蒙《杞菊賦序》：『天隨子宅多隙地，前後皆樹以杞菊。人或歎曰：「千家之邑，非無好事者家，欲挈鮮爲具以飽君者多矣。君獨閉門不出，率空腸貯古賢道德言語，何自苦如此？」生笑曰：「我幾年來忍飢誦經，豈不知屠沽兒有酒食耶？」』此二條語，皆極雋妙。飯後研墨消遣，作《題張季易小雙寂庵圖》七律一首，極草草，姑錄之。茆庵佳處誰留在？竊比前賢未礙同。儘有笑人來鄧禹，豈無投閣悔揚雄？一官辦作龍蛇蟄，吾道寧爲虎兕窮。文獻毗陵近寥落〔四〕，看君述作踵孫洪。晚，因泉姪婦生日，赴其寓所晚飯。歸時正下雪，至東城，則街路全白雪，猶未止也。

二十二日（二月二十三日）晨陰。隔窗望瓦背，雪猶厚積。交巳後，漸開晴，雪亦漸消。午後，杲日臨窗，依然前數日氣候。致師鄭信，繳昨《題小雙寂勘書圖作》。務觀來，告今晚赴津。閲《精華錄訓纂》，訛字太多，翻本反不如坊間石印之娛目也。傍晚，坐睡片時，默思數年來泛覽毫無所得，由心地不淨之故。若能搆一靜室，屏絶俗務，以剛日讀經，柔日讀史，雖粗飯寒虀，萬戶侯不與易也。來日無多，豈可得乎？仍早睡。

二十三日（二月二十四日）晨陰，交午始見日。達躅來，乞致熙民書。師鄭昨晚又有書來，促和歲暮、元旦作，恐不能不擇一應之。甚矣，詩逋之難了也。然藉此遣日，亦聊勝於悶坐。午飯前成《和元旦》二首，仍次原韻。七十平頭又三歲，信天只仰碧翁翁。號蟲且過洛思蟄，鬥螘時聞正病聰。應候條風還入律，迎年瑞雪倘占豐。辛盤生菜聊咀嚼，獨欠鋤園地數弓。　休問增年與減年，華青夢破豈重圓？只宜閒處安嵇竈，無復中原望祖鞭。久閉柴荊逃熱客，忽驚珠玉粲新篇。宣南酬唱多吟侶，敢與王盧論後前。此二詩以十數分鐘搆成，向來無此敏速，即郵致師鄭。又預擬《壽石孫七十詩》二首。握手金臺又十秋，思君應亦雪盈頭。清時坐見疏長孺，舊部猶知愛細侯。玉宇瓊樓餘夢想，青鞵布襪恣行游。朱陳晚歲添新契，安得村居二頃謀。　伯霜仲雪數門材，玉樹庭階著意培。樽酒過從仍北海，笙詩更迭補南陔。難移獨性彌傾藿，自託□辰比瘦槐。領略魏城春月語，吉筵且看百花開。石孫老友新姻，不能無真切之作，姑錄之，俟再細改。午後風起，復微陰。得師鄭復書。傍晚至景山後街蓀、葵二女閒談，君坦旋亦歸，留晚飯後方歸。入夜風愈大。

二十四日（二月二十五日）　晨陰，風猶未止，日高尚擁被。張季易來，始起。季易面致所著《帝王疑年錄》，並出小雙寂軒原圖，乞補題。海軍部函送《海軍實紀》一冊，乃專記馬江、東溝兩次戰事及死難人員，池滋膺所纂也。馬江死難，陳英最烈，竟無人爲之作傳。閱竟，爲歎息不已。交午，風稍止。迪庵遣人來借《近代詩鈔》二套。君坦來，示所擬乃翁壽日徵文啟。接濟兒神戶信，知與素君兄弟同作旅行，以換空氣。下午，赴季友手談之約，同席爲立滄、朗谿二君。

二十五日（二月二十六日）　晴。師鄭書來，又疊前韻見和，即依韻再和之，並乞其作《匏庵詩序》。去年澐兒曾代向弢老乞序，慨允，云將脫稿。去冬病，入醫院。因不復提。病癒後，澐又再請。雖已允而出稿，仍無期，不得已乞師鄭亦作一序。如弢老未作，有此一篇，亦可敷衍。擬明日出城，順路帶去面交，詩錄下。　屏居我慕鷗冠子，樂志君應桑苧翁。自信神交如沆瀣，不妨俗耳任聾聰。露車暫宿行安適，破硯能耕報已豐。世變都非吾輩料，難將事始叩檀弓。　寰中烽火閱連年，月裏山河鏡自圓。據險尉佗爭擁纛，斷流草付直投鞭。靖康播越傷心史，天寶艱虞變雅篇。敬禮定文知不靳，未論後世及身前。　飯後倦極，小睡片時。起，爲季易補題畫卷。燈下閱栟湖七古，未終卷。栟湖詩少色采，似遜其父，而胎息殊佳，無一句詩家口頭語，讀之但覺書味盎然。近日，選詩家皆未及錄，吾以琴裏賀若目之。顧著先倡丁卯詩社，專作詩鐘，昨函託剛兒代求任第一期主課並命題，即拈詩社二字嵌首，又拈漢高帝戮丁公卯飲作分詠，取本地風光而已。枕上復改和師鄭作，似較前作略穩，再錄下。著書我愧《聲隅子》，樂志君應桑苧翁。迴望鵷班成昔夢，徒聞蛙井亂吾聰。露車暫宿行安適，破硯能耕報未豐。掃地忍看文物盡，難將事始究檀弓。龍拏虎鬥劇年年，月裏山河鏡自圓。蓮鍔當筵驚說劍，扼膚入市笑售鞭。雪香憑弔私家錄，天寶呻吟變雅篇。敬禮定文知不靳，未論後世及身前。（第二首次聯本用『壯士挽河難洗甲，神人駕石漫驅鞭』，稍嫌其俗。）然亦因此損眼也。

二十六日（二月二十七日）　晴，有風。續作《感事》二首，仍疊前韻，呈師鄭。禍福何須談北叟，興亡亦莫問南翁。老懷只戚吾生壽，彝訓空慙少日聰。起陸龍蛇彌大澤，識象雞犬念新豐。九枝未落扶桑景，失笑逢蒙射羿弓。浯碑想望中興年，忍話共球舊幅圓。天上挽河難洗甲，海東駕石儘驅鞭。誰傳許子神農說，且誦莊生盜跖篇。苦憶童時遊釣處，五湖煙水白鷗前。下午至西磚胡同訪師鄭，已外出，留詩冊及季易畫卷，並留字交其僕人。旋赴爛麵胡同宣甫耆年會之約。與季友、立滄、朗谿手談。席間詢梅南，言岱霖係癸卯鄉舉前由截取得官，當係吏部會考時所取士也。光、宣間，奉派赴吏部會考，截取舉人計有六七次，乃科舉罷後所定疏通正途新例也。

二十七日（二月二十八日）　晴，微有風。閱《天津報》，載號勵平者數詩，殊有陶意。去歲，《津報》載湘人李洞庭詩甚多，皆有杜意。李不知名。名勵平？並姓名，皆不知。君坦云，勵平，渠識之。兩字即其姓名，號半園，《黃報》常登半園詩。實今日詩界之傑出者，當再詳訪其蹤跡。放翁詩『遠聞佳士輒心許，老見異書猶眼明』，吾常喜誦之。近日，京師言詩者不外樊山、師鄭兩派。樊山自遠勝師鄭，然徒以運故實、搜僻典見長，則不如問津牧齋、樊榭矣。海六來，渠已補僉事，昨來未晤，故今日又來。午後無事，研墨翻書消遣。天氣殊煖，暫止煙火，入夜亦不冷也。

二十八日（三月一日）　晴。師鄭復書，允以駢體作序，並和《感事》二章。務觀來，略談即去。閱近人鄧文如所著《骨董瑣記》。鄧名之誠，江寧人。不知是否孝先一家？ 其書雖以古董名，亦間及故事，大都抄撮而來，多習見之書。亦有希見者，如所載『李安溪自書紀事』數則，於康熙朝局頗見一斑。憶數年前，聞弢庵說渠家曾有鈔本，爲邊潤民借去，轉鈔其中所言崑山、孝感各節，與弢庵所見原書脗合。不知是否即從潤民家得之？ 崑山之力排安溪，至欲擠之死地，可謂狠毒之極。孝感爲安溪座師，初亦牢籠之。據所記，每造見，必有健庵在。見時又不說及學問，但以明末門戶人語胡亂說過。嘗擬一書，欲上之，爲陳則震所阻，則震即夢雷〔五〕，與安溪同出熊門下。 謂熊老師豈道學耶？ 又是一路作用耳。孝感之爲人可想見。大抵國初名臣，惟睢州、江陰可謂粹然無疵。張孝先、孫錫公晚年已不免刓方爲圓。後此則陳榕門〔六〕，雖無講學名，而政治一本於儒術。中興若曾文正、胡文忠，則因遭值艱危，以動心忍性之實功，建旋乾轉坤之大業，又所謂時勢造英雄者。羅羅山若不死，未知建樹何如也。此一段去冬日記曾及之，原本遺失，復記於此。 飯後至鮑家街，拜宣甫生日。聞移疏在中央公園，回車訪之，不遇。園中卉木雖未萌芽，頗有春氣。水榭後沿坡叢竹尤佳，徘徊久之。至茶館，遇叔晉及陳復心世兄，久不見，已忘其號。略談數語，繞壇後一周而出。歸寓，宣甫復電約晚飯，以道遠不再往。燈下仍閱《骨董雜記》，可采者殊無多，姑消遣耳。

二十九日（三月二日） 晴。是日爲吾鄉拗九節，循例供粥。師鄭復疊韻，先後和詩八章，滔滔不窮，真令人疲於應接矣。可立迭來催索前歲爲其太夫人所撰壽序，略修改，謄出。前作此序，上半就穉愔交情入手，質之徵宇，以爲不合體裁，且係同鄉公祝之文，故藏稿未出。另囑澐兒代撰駢文一篇塞責，可立聞組南說有此原稿，備紙索書，因復略改削致之。文雖不工，而敍述交游尚不泛泛，姑錄下。吾鄉人文萃於省會，每春秋闈榜出，閩侯兩邑獲雋者常占全額什之六七。近百餘年者，尤以閩縣葉氏爲極盛，自毅庵宮詹以文學敭歷清華，屢司文柄，子孫蕃衍掇科第者，蟬嫣不絕。余始識穉愔侍御，猶在髫齡。蓋年丈恂予先生與先廉訪公爲鄉舉同年，而穉愔姊適吾堂弟士香。自其幼時，即常至吾家。洎余通籍來京師，穉愔旋與吾弟南雲同登乙酉鄉榜，偕計北上，聯捷入詞垣。嘗賡續鄉先輩擊鉢故事，重辟荔香吟社。同社中有君家鐸人丈、平齋、君常諸君。及余兄弟宣南僦居，坊巷密邇，蓋無數日不相見也。未幾，穉愔督學黔中，同人餞之江亭，碧幢雙引，馳傳南征，令人有劉樊仙眷之羨。自後離合不常。穉愔中年得肺喘疾，家居數載。還朝補御史，猶爲文酒之會。雖意興不減曩昔，而都門自庚子亂後，非復舊觀。中外方競言變法，國是日益紛，居恒感憤，思有所論列，恒申旦不寐，因之宿疾復發，賴中閨多方慰解，醫藥調護，無間晨夕，然卒以不起。每念旅居燕邸垂五十年，同鄉京僚中不乏直諒多聞之友，而學識淵通，性行敦摯，未有逾穉愔者。自遭國變，杜門息影，益復寡交。而穉愔哲嗣可立已由歐西游學畢業回國，觀政外交部，安輿奉母就養。今年八月爲太夫人誕秩，誕辰徵文爲壽。余惟古來家道之興，恒由於婦人，史冊歷歷可徵。太夫人自歸葉氏，未久而慈姑棄養，以冢婦綜家政，隨宦所至，內外肅然。穉愔在籍，嘗任大學堂監督，太夫人念實業未興，鳩資創設農業學舍，延戚族婦女及里閈貧婦，躬親督課，以費絀中止，里人猶有能稱道之者。穉愔既捐館舍，兩世清宦，遺產無多。節嗇經營，歲有贏利，督二子負笈求學。比年葉氏門風稍替，而可立兄弟皆學成，克有樹立，能世其家。嵇延祖雞羣鶴立，如見叔夜，生平爲之喜慰不置。《魯語》載公父文伯賢母之言，曰：『君子能勞，後世有繼。』太夫人之所以勤家訓子者，庶幾近之矣。余譾陋無文，頃者鄉人見推爲介壽之詞，援古證今，略有陳述，終以駢儷行文，未能盡意。念累世姻舊，不容空言塞責，因復舉平日交游蹤跡，與太夫人行誼之稔知而確見者著之篇。太夫人雖年登周甲，而强健如少壯時，南陔潔養，愛日方長。可立兄弟其益磨錯前修，思所以博親歡而承先志，是則跂予望之已。和師鄭來詩二章。執經同隸韓門籍，攬鬢俱成白社翁。尚有神交論沆瀣，不妨俗耳任聾聰。鄉心如夢馳吳越，王氣廻嶦黯鎬豐。何用杞憂念來日，到頭天道看張弓。京塵旅食感頻年，方鑿深知不變圓。偶託嚶鳴賡伐木，重慙駑鈍辱加鞭。弁言敢擬三都例，瑤於驚傳八米篇。落葉淮南無限感，可堪春思又花前。

三十日（三月三日）　晴。致師鄭書並附昨和詩。飯後，與務觀步行同赴真光電影。坐甫定，忽葵女偕宛書外孫女亦來同觀劇。至暮，送同到景山後晚飯。西洋電影情節都無可取〔七〕，以幻影視之可已。

然細思之，吾身過去之境，何一非幻影？更上而溯之，數千百年之事，亦何一非幻影？而世人膠膠擾擾，日計於目前之得失是非與不可知之名利，自達人觀之，不值一笑也。

校記

〔一〕『音傾』，底本作『齊頃』，據家集刻本改。

〔二〕『自』，底本闕，據家集刻本補。

〔三〕『皆』，底本衍，徑刪。

〔四〕『落』，底本闕，據家集刻本補。

〔五〕『夢雷』，底本誤作『夢炎』。則震爲陳夢雷之字，據改。

〔六〕『榕門』，底本誤作『棓門』。陳宏謀字榕門，據家集刻本改。

〔七〕『影』，底本闕，據家集刻本補。

二月初一日（三月四日）　晴，風頗峭。數日前已停爐火，今日殊冷，且姑耐之。泉姪來，以大美捲煙公司售買康素、金銀花兩種，即以煙名出啟徵詩，意在以風雅代廣告，請函懇樊山任評騭，即書付之。寄津信。闇公郵寄近作《明史雜詠》百首，雖瑣聞，亦頗供談助，惜所注尚有未詳出處者。下午，寄津信。夜坐，作《春寒》詩。東風當解凍，驀地又凝寒。花信灰心問，棋枰縮手看。乍教爐火撤，陡覺毳裘單。斗室無多地，猶愁應付難。爲蓀女肺疾延醫，肺疾頗深，殊憂之。臥後，胸氣不舒，向曉乃痛極而醒，勉强起。

初二日（三月五日）　晴，風已止。讀亭林《日知錄》謂『六國首事之日，憂在亡秦，而不知劉、項之紛爭者五年。春陵起兵之日，誅莽而已，而不知赤眉、王郎、劉永、張步、隗囂、公孫述之各據者十二三年。初平起義之初，討卓而已，而不知漼、汜、二袁、呂布之輩，相攻二十餘年。晉陽舉事之日，患在獨夫而已，而不知世充、仁杲、建德之倫，十餘年而始克平之。據此則，今日戰爭不定，乃自然之時勢，不足爲異也，特吾輩不幸適丁其會耳。然亭林又謂『漢未絕，則光武中興；漢絕，則昭烈再世。是以功德本乎祖。滅秦者秦，非六國；誅莽者，非漢兵。是以推戴繫乎民心。才高天下，則漢祖、唐宗；才醜德齊，則三國、南北。是以戡定在乎人事。今日者，不惟光武、昭烈無可望，漢祖、唐宗亦未見其人，即求如孟德、仲謀者，且不可得。亂何時定耶？迭閱報紙，南北戰事之勝負雖尚未可知，而北方軍閥一味縱欲敗度，南方政黨敢於惑世誣民。以民心之厭亂覘之，彼武士劍端終有屈於文士筆端、辯士舌端之一日。特南方勝北之後，若不回途改轍，恐猶是攘奪之世界已。姑誌所見於此，以觀其後。余平日最篤信望溪《原人》上下篇，頃又讀魏和公《致張一衡書》，可與望溪相發明，特爲節錄出。天下去樸久矣。樸者，人之本，萬物之根，世道治亂之源也。夫惟樸去至於盡，而小人、盜賊、弑逆、烝報、殺戮之禍害相尋矣。故世之治也，必先反樸；而其亂，必先之以浮靡巧詐、言行乖戾，以醞釀殺機。天地莫可如何，遂聽人之所爲。日月星辰易其度，山崩川竭震坼貿亂之變，成兵戈疾疫水旱之災。其勢有所不得已，蓋不如是，則不足以芟除、廓清其氣運。使天下之人困慮無聊，巧詐莫能發；財竭力盡，浮靡無由作。於是，噩噩渾渾，太古復出，猶秋冬凋殺，木葉盡脫，元氣悉反於根荄，而春始萌矣。而君子之修身亦然，善用其智巧者亦然。智巧而不本於樸，則終必顛躓覆溺而智巧窮。夫土石，至樸也，峻宇雕牆，黄金、白玉之瑠資傅麗焉。草本之根，至樸也，華實資生焉。故曰大智若愚，大巧若拙。……古來當去樸之時，必有二三君子留其樸以還天地，使絲續於後，故一代有一代之盤古。中古叔季，叔季復爲盤古，理固然也云云。張稷若《天道》篇所論，亦相近。暇日再錄之。師鄭書來，並駢體序一篇。自云用四體文近千餘言，自不免蔓衍之處，其意則可感也。又排印近作詩文二紙。詩文皆見過。今日大便通後，人亦爽適。入晚，胸間復微痛。

初三日（三月六日） 晴。晨起即出城，赴米市胡同拜廉孫夫人生辰，與胥生略談崎寓事。歸途過梁家園，見横道巨木數十段，木質皆極佳，當係城中新斫者。燕都四五百年未經兵燹，樹木之茂，爲各行省所無，此後亦將不可問矣。然以今日亂象觀之，四萬生靈一耗於兵荒，再淪於禽獸，人類行將澌滅，何論材木哉？葉肖建可堅來，未值。下午復來，爲其尊人七十稱壽，以徵文啟見示，並求署簽，即書予之。晚復師鄭書，致謝，並以序中前段鋪敘處過於表襮，請其酌改。實則鋪敘冗蔓，頗無法度，且此乃序詩，本不必鋪陳以往事蹟也。不知肯嘉納否？又寄津信。

初四日（三月七日） 晨，小雨止，而猶陰。養庠帶來津信，樊山來書，允閲大美捲煙公司徵詩卷，並錄《讀〈孟子〉詩》見示。又云，與午詒哲子諸君作『季路、顔淵侍一章』時文，日内當登《黄報》，囑寄津，令則澐同作。此老於無可消遣中尋消遣法，吾萬不能及也。下午，雨復下。此雨亦裨農田，但此乃太平話耳。貽書傳語，令作石孫壽文，今日略擬架局，如文筆之未能入格何。

初五日（三月八日） 晴。師鄭書來，謂序文前段事實似不必改，只可仍之。何希遜來，言書投彬侯後已加薪十元。致組南信，託書石孫壽聯及詩箋，並可立尊慈壽文稿，煩轉致。下午惠姪來，養剛夜車赴津。枕上作《呈樊山詩》。仙翁八十尚童顔，煉句亦如丹九還。萬首劍南慙數富，一窩洛下恣消閒。大年坐閲雞廱帝，衆喙難爭鴂舌蠻。讀孟忽興名世想，先生志事本尼山。（皆搬掇來書中語也。）

初六日（三月九日） 晨陰，交午開晴。師鄭又書來，於序中有改字，並言校出《和觀弈》詩缺二首。不知所缺係第幾首，亦無從補刊矣。又謂《船山生日》詩注『徽宗亡國』二語可刪。俟再酌，其實本不怕觸諱也，即並前信復之。又致樊山書，附昨詩。下午復微雨，赴景山後街。八弟婦在，同晚飯。雨變爲雪，地上皆白。歸已不早，雪亦已止矣。

初七日（三月十日）　晴，有風。飯後推頭，覺甚爽，蓋不推頭近一月矣。下午燮姪來，談稍久，轉瞬已暮。今日並無所事，而日似甚短，若皆如此，天即再假我十年，亦俄頃耳。何事不可看破乎？燈下閱《老學庵筆記》，其中多瑣末事，無關大掌故。宋人愛講苛細節目，亦其習氣使然也。接樊山次韻和詩。

初八日（三月十一日）　晨微陰，過午濃雲密布，似有雨意。磨墨。閱《湖海詩傳》兩冊。康、乾間諸大老，如香樹、歸愚〔一〕、望山、松泉、芝庭、薌林、拙修、樹峯、繩庵、葛山，不必以詩名，而所作皆有一種雍容華貴氣象，自是盛世元音。吾所見同、光臺閣人物，去之遠矣。飯後，戲作《和平門》詩。十二通門又闢門，和平取義費評論。白宮羅設今無主，碧瓦窯荒舊是村。利市側肩爭捷徑，形家指掌漫多言。香車逛廠來如織，聽說金吾展上元。字句均未穩，尚須改。次聯第二句改『熛闕灰飛已燎原』。（揚子雲《甘泉賦》：『前熛闕而後應門。』晉灼注：『熛闕，赤色之闕。南方之帝曰赤熛怒。應門，正門〔二〕，在熛闕之向也。』）

初九日（三月十二日）　晨，微雨，止後猶陰。聞張家口前數日大雪，故城內亦較寒也。枕上作《故宮博物院》、《北海公園》二詩，擬與前詩並標爲《都門新詠》，以前詩列此兩詩之後，詩亦不佳，姑存之。《故宮博物院》詩：麥秀何人念舊都，但論文物亦區區。誰令大力負舟去，只當羣盲評古圖。公等豈忘盟府在，他年政恐故釘無。傷心神武門前過，猶有殘荷未盡枯。《北海公園》詩：中央開放又城南，遜此風漪百頃潭。儘把纖腰宮柳鬥，人無法駕渚蓮參。水嬉逐逐挐舟去，御膳津津說餅甘。（下二句另改。）次首末二句，仍再酌。末二句改『留在瓊華終古淚，遺山不作共誰談』。比原句較不落套，亦未佳。飯後到貽書處，以石孫壽文示之。貽書擔任書寫，約舊友數人聯名。本欲順路訪理齋、樊山，被留下手談，至亥正始歸。壽文如下。余與石孫觀察交垂四十年，而相知之深實自庚子始。是年八月，九國兵逼都城，兩宮倉皇北發。吾鄉京曹聚居嬾眠胡同，君所居在南丰截鄰巷，朝夕過從。時聯軍畫地駐守，都人率深居不敢出。君則日奔走內外城，探問乘輿所至及東南疆帥動止。有所聞，輒相告，時或相對泣下。其冬，余由海道泝江赴行在。明年扈蹕還京，君旋補御史。欵議初成，中外競言變法。君獨深維治本，以激濁揚清爲己任，所彈劾皆貪墨吏及貴近倖臣，卒以積忤當軸，不安於內，出守徽、青二郡，再移濟南首郡。辛亥變起，大府慮其非肆應才，欲爲量移，檄令離任，遂杜門不復出。君累世清宦，自爲諸生即筆耕授徒，時或饔飧不給，鄉舉計偕。座主孫文愨知其貧，命館於家授讀。既捷南宮，清苦猶昔。榮文忠在政地，與君家世舊，時有餽贈，悉卻不受。文忠益敬重之。然君終始無所干祈。洎爲外吏，飲冰茹蘗，不渝初志。亂後，屏居膠嶴，復遷青州。青爲君舊治，邦人感懷恩惠，偶出行游，父老兒童皆起立致敬。君亦樂而親之。嘗一至京師，感朝市變遷，匆匆遽返。課諸郎，研精舊學，布衣蔬食，安之若素。德配支夫人，江右名家，通文史，工書翰，能與君共甘苦，理家政井井有條，諸郎呫嗶得之母教爲多。既次第成立，出其文學，結交南北名流，莫不傾襟推挹。歲時歸省，一門之內，雍雍如也。君之在諫垣，與王病山、高城南齊名。於先進尤傾服林文直公，俱以建言斥外。文直駁歷封圻，入參密勿，爲近代名臣。君歷典劇郡，膺上考，强臺垂上，遽賦遂初，迄未大展其志，論者感爲君惜。然余觀國變以來，昔之踐台司，擁節鉞，覥靦事會，以身嘗試，卒至身名俱敗、進退失據者，不知凡幾。而君優游泉石，自得天機，年屆古稀，强健如少壯，玉樹林立，孫枝茁起，朗陵、太邱之家風，海內可一二數。天之成就君者，固未始不厚也。今年三月，爲君七十誕辰。鄉人之嘗同官京朝者，爭欲一言介壽，問序於余。廻憶危城烽火，患難相依，江海一麾，臨岐執手，曾幾何時，而滄海淪胥，玄黃易位。王光祿之以壽爲戚，與君同之。聊發狂言，以博當筵一粲，比諸南內宮人重談天寶，北窗徵士鼓想羲皇。君閱之，其亦有相視而莫逆於心者乎？

初十日（三月十三日） 雪。自晨起至午，庭中積已寸許。去冬氣候甚正，現已仲春，乃復行冬令。人事如此，何怪天時乎？《實錄》館裕、李兩提調錄晙老來信，傳諭《實錄》諸書於十五早進呈。前一日運津，擬十三先赴津，仍俟晤瑞臣諸君再定。下午雪益大，至薄暮方漸止。務觀與其弟同來，談至亥正方去。

十一日（三月十四日） 晴，風猶寒，雪積俱未消，仍是寒冬氣象。閱《順天報》，內蒙發見劉漢時彭城郡王劉繼文字敏業，劉知遠之姪孫墓誌。文爲文章大德賜紫沙門文秀所撰書，駢語亦頗條暢，可見五季時尚重文學，虜中沙門猶有此手筆也。又據報載『發見在卓索圖盟喀拉沁東旗，旗署東南十五里有大山，俗呼西山，在該山陽坡發見』。攷石洲《蒙古游牧記》載，喀拉沁左翼旗署在古瑞州地。又：『該旗署西南方十五里有山，名圖薩喀拉，此墓誌即發見此山之麓。繼文爲彥崇子承贇之子，敘其家世甚詳。郭威篡漢，遼冊彥崇爲大漢神武皇帝，乾祐九年沒。次子承鈞嗣位，改號天會元年。至天寶六年，遺令入國爲質，後十二年鈞沒。其子繼恩嗣立，才三旬，爲侯霸榮所滅。』以下尚未登完，俟明日再錄。據考證，誌稱葬於辛巳年十一月。按史載，五代後漢亡於宋太宗太平興國四年戊寅，蓋滅國後已三年矣。又云：『敏素國滅後，出亡於遼，或懷興復之志，竟作異域之鬼。』其事未成，其心可憫。特表揚之，以補記載之闕。　養剛自津回。貽書來電話〔三〕：『楊子勤傳語，謂師鄭所作序有甚不妥語。』電話不分曉，以意揣之，當係指漢文短喪及和嶺曼珠之俗數語，前段恐不能不改也。早晨極思往北海一覽雪景，逡巡未赴。午後漸融，園內泥滑，恐不易行，遂作罷。論雪景，終以冬爲佳，春雪終不及。去冬已誤矣〔四〕。若想到袁安之高臥，昌黎之藍關，李愬之蔡州，等而下之，叫苦者不知凡幾，吾輩計較一餉之游樂，實大罪過也。下午致惺吾書，詢《實錄》運津事。得復書，言即轉詢郅臣，並訂十三晚車同行。晚復來書，言書箱由榮紹先押運，十四早車赴津，住德義樓，並求商軍界派一二軍隊照料，俟到津即託羣一。務觀兄弟及蓮蕃先後來，手談至子初方去。

十二日（三月十五日）　晴，仍冷，瓦雪猶未消。《順天報》載劉碑後文，摘錄後。『繼恩弟繼元，復被遼冊爲大漢英武皇帝，繼文爲大金吾武衛將軍，歷檢校太師兼中書令、上柱國、彭城郡公。洎趙氏犯闕，繼元又亡，繼文復歸，遼勅授上柱國、彭城郡王、知昭德軍節度事、檢校太傅，年僅三十二』云云。草草摘錄，未盡，俟再改，並待考證《五代史》。　瑞臣電話來，言現感冒不能出，屬到張園爲代陳。午後，郅臣來，言渠亦於十四早車押箱赴津，箱先運弢老寓。咸、同二朝《實錄》，清室委員會向惺吾索取，已付之。現所運僅裝七箱，與約是日到弢老處會面。又據云，已晤瑞臣，僅止傷風咳嗽，稍愈，或能往，亦未定。日來以虆女肺病喉啞，又發風疹，英女心跳舊疾復作，此次赴津雖不過三四日勾留，終懸懸也。

十三日（三月十六日） 晴。貽書來，商定送石孫壽序。務觀、君垣來，同午飯。申正同赴車站，遇惺吾，即同上車。四妹適到西河沿購物，亦到車一敘。衆異亦於是日赴津，對座閒談，車中尚不岑寂。至新站下車，熙民、次耕、羣一已在津寓相候。羣一言弢老已函託其派兵，到站招呼，當照辦。與諸君手談，至子正散。

十四日（三月十七日） 晨晴。赴六妹處小坐。午飯時，電詢弢老，知書箱已運到。弢老傳語晚間潞庵處同席，可不必來。因復約熙民、次耕、羣一手談。傍晚，赴毅夫、潞庵之約，讌集在潞庵宅，肴饌則毅夫家庖，甚精美。席間爲栗齋、公雨、琴初、侗伯、子有作詩鐘，一唱歸。熙民諸君尚未散也。

十五日（三月十八日） 微陰。晨起即赴張園。瑞臣及裕、李諸君已先到。瑞臣於昨晚趕來也。午初，與瑞臣、郅臣、惺吾並奉傳見，弢老亦在座次。上慰勞數語即下。午正，呈進各書，計《實錄》一百三十五函，由弢老持第一函，率同館諸人至臺階下，交輔國樂將軍忘其名，接捧至中堂。明久、琴初立案畔，啟袱恭陳，退至階下，同行三跪九叩，禮畢，兩旁侍立。上至案前，展閱首卷，親行三跪九叩禮。各退，野次不能具禮，如斯而已。隨毅夫、潞庵率同收掌供事，開箱捧出各函，陳設案上。又命瑞臣及余率兩提調督同排次，上亦在案前指點。其《政紀》十三函，另陳於堂右長案上。事畢，至傳達處。午飯方散，至寓已未正矣。晚赴次耕之約，手談至子初歸。此次同赴津之供事王溥，在館十餘年，亦始終其事者，近詢家世，始知爲侍郎王君之孫，乃壬辰太年伯也。王名上茂，字下一［五］，與先祖同在臺諫，頗有聲。王君雖屈身掾史，亦尚有故家風範，辦事極結實可靠。

十六日（三月十九日） 雪，晨起遍地皆白。世緗來，小坐即去。下午，熙民、羣一來，同赴資穎之招，同席有弢老、星治、子有、芷卿、慎丞及澐兒，至亥正散。

十七日（三月二十日） 雪止，猶陰。星治來，堅約明日晚飯。與言次女病情，不能久留之，故尚承見諒。羣一約午飯，後與稺諦、亦廉諸人在六妹屋內久談，候次耕來，同赴熙民之招，手談至亥正歸。

十八日（三月二十一日） 陰。晨起至老站，熙民、羣一同步蘭、澐兒送上車，巳初一刻開車。車中對座者爲吉林少年張姓人，尚謙謹，惜未問其名，據云在本地中學畢業，來京考大學者。閱報，知金陵甚危急，恐東南終非北軍所有矣。報載某人言家藏舊書畫多被蠹蛀，有以報紙包者俱無恙，以報紙字皆油印，能辟蠹也。此雖細末，誌之亦可試驗也。過豐台，已有微雨。午正二刻至京。兩女病仍未大減。接理齋信，送校改印本二冊。師鄭信，爲其友陸賡南求題麋研盦填詞圖〔六〕。下午雨止。是日養剛生日。貽書來，留手談，並將石孫壽文底面交。親眷聚集，至子正方散。

十九日（三月二十二日） 陰。終日無所事。晚，蓉甫內姪來，與眷屬鬥牌，作壁上觀。燈下取《寫禮廎讀碑記》閱之，其《記》闕『特勤碑』，謂此碑見耶律鑄《雙溪醉隱集》〔七〕，自來金石家無著録者。『特勤，新、舊《書》誤作特勒』。以碑證之，則凡同俄特勒、楊我支特勒之類，皆特勤之訛也。其餘考證亦詳洽。碑文有『爰逮朕躬，結爲父子』；及可汗，猶朕之子』語。據史稱，小殺乞與玄宗爲子，故碑云云。此與嫁女和親，皆漢唐前馭戎之特例，當時中國猶强也。寄津信。芾卿歿，未及五十，與潘文勤爲中表親，故尤肆力於金石考證，詩文皆有法度。庚辰同年節庵、乙庵詩，皆能自成一家，晚節卓然。仲弢、晦若皆不愧學人，遺詩間傳一二。晦若在北洋幕，文忠公牘多出其手。伯愚詩亦不俗，死難甚慘。袁子才數同徵友，謂『吾於雅威則師之』。余所低首者，此數公而已。此外則左笏卿，今年逾八十，尚健在，詩文亦淵雅。王文敏殉庚子之難，其文學又是一路，頗近駁雜，要亦庸中佼佼矣。

二十日（三月二十三日） 晴。連日陰雨，愁悶異常。晚間爲爐火所薰，頭昏喉燥。晨起，見日光，頭目爲之一爽，病霍然若失。閱報紙，南軍入滬似已證實矣。研墨消遣。閱王蘭泉《雪鴻再録》一卷。蘭泉於乾隆五十三年自滇藩調贛，北上陛見，過湖南時正值荊州水災，而所過文武大僚招飲觀劇者不絶於道，可見承平風氣。但以余少日所聞，官署演一日劇亦不過費十數金，非今日京師之以千金起點也。自長沙北上，所經皆今日南北交鋒之地。《記》稱：『大寨嶺即雞公山，亦謂之雞翅。上有武勝關，古謂直轅，又謂武陽，俗又名恨這個關，過此爲信陽州境。《左傳》左司馬戌謂子常：「子沿漢而與之上下，我悉方城外以毀其舟，還塞大隧、直轅、冥阨」，即此信陽。爲周申伯故封，至宋始有信陽之名。郾城即楚之召陵。許州至新鄭百里，又九十里至鄭州，又五十里抵黄河岸。』録之，以資參考。《記》又云：『湖北十餘年間，大吏二三人，黷貨賄，窮侈靡，百務廢弛，州縣無不虧帑者，則尚在和珅未用事之前矣。』《津報》載楊雲史《早春南歸述懷四十韻》，於吴軍湘楚敗退後事，極爲歎惋，爲剪下，暇再録之。晚，務觀兄弟在此手談，至子正後方去。

二十一日（三月二十四日） 陰，仍寒。疑始郵寄王小航《讀左隨筆》及《增訂三體學注時代辨誤》二書。小航戊戌在禮部，以陳請代奏條陳，與許筠老衝突，致六堂皆被嚴譴，而小航特擢四品京堂。筠老向來貴倨，而小航又粗戇，遂致不相下。是日，余適感冒，未到署，致演成此局，不然尚可從容排解也。然亦適以成小航之名。訓政事起，遂在名捕之列。亡命久之，晚年乃客氣盡斂，閉門課子，自儕遺民。其人自可取。戊戌之後，至今未一面，不知於余亦尚有芥蔕否也。下午，作《題麋硯齋填詞圖》五古一首，交師鄭轉致。吾宗祥伯翁，詩得宋人髓。亦傳蘄夢詞，嚌胾及姜史。浮眉樓何處？留在行看子。百年嗣響希，君復生同里。蘆墟水一方，園植富花卉。坐擁圖書豪，不獨蝦菜羹。石交有陶泓，曾伴眉公几。時爲側帽吟，自埽閉門軌。胡然賦遠游，悲歌來燕市。牙絃孰知音，跌宕聊適己。頻年南北爭，兵戈無寧晷。頗聞具區旁，林立皆戰壘。故廬無恙否〔八〕，滿目烽煙是。畫圖載行篋，室遠人則邇。吳中吾舊游，經行多可紀。每談湖泖勝，猶贏見獵喜。安得還太平，相將歸檝理。柳岸風月遺，蘋洲煙雨裏。祕帙發遵王，細律研菉斐。天河洗甲餘，倒注入硯水。爲君縱豪語，聊博一粲齒。（『自埽』句，擬改『足供磨墨使』。『牙絃』二句，擬改『雜縣避風災，固知非得已』。詩已寫去，定本時再酌。）（此詩又續有消改，前所改亦不妥，先乙去。）（已將改後稿錄，亦詩本中。）

二十二日（三月二十五日）　晴。昨晚燈下閱小航所著，於《三體石經》斷爲東漢，據正史而斥南宋後耳食之論，其說甚辯。余獨愛其與某公書中間引及《新五代史》，謂『「新五代史」之名出於後人追謚，永叔初作原不爲史，未嘗欲取開、寶詔修之史而代之，不過於讀《五代史》時，痛恨五季之忠義淪亡，風節掃地，爰別記其有關褒貶者，著爲一家警世之言。其中以馮道爲喪節之尤，故特創奇格，以大多數之冕黻躬桓，總名之曰雜人，列之戰兒、優伶、閹豎之後，不啻罵之四十九層地獄。此歐公嫉惡之嚴，大有造於世道人心』云云。所論至爲痛快，爲之浮一大白。午間攜書至西院，坐藤椅曝日，通體極爽快。所攜楊秋室鳳苞集，跋《南疆逸史》各條〔九〕，於明末三藩時人物考證極精審。末載乾隆四十年兩次諭旨：一命四庫館將廣、桂二王本末撮敘梗概，並將當時死事、諸臣事蹟登載，詮次成帙，候刊《明通鑒輯覽》；一命查明季殉難諸臣未予謚者，照世祖時例，各予補謚。此正可與小航所論歐《史》併爲一談也。

二十三日（三月二十六日）　晴。連日報載金陵事，已證實南軍掠及外僑，死傷不少。回溯八十年前白門定約之時，碧眼兒亦不無盛衰之感也。此場大劫，將來究竟如何，且觀其後。午間，仍至西院曝日。

飯後，到景山後街，與兩女閒談。君坦已外出，囑葵女催其代作悍吾壽詩，一併代書。旋到弢老處，略談張園事及津埠將來情形。晤策六、行陀，始知榕社已改於每月朔望。即回車返寓。熙民寄來存社課卷。題爲《費宮人故里》七古，《春月》、《春雲》五七律。佳作寥寥，定甲乙尚不難，每卷加批，乃一苦事耳。存社爲嚴範孫所創，略仿舊時書院之法，並課詩史詞章。去年，爲章太史鈺主課，經費由省長歲撥三千金。聞不甚可靠，恐難持久，修脯更說不到也。

二十四日（三月二十七日） 晴。師鄭書來，詢中丞公、廉訪公生日，待編入重輯《名賢生日錄》。午後，挈勤、臺同到北海公園。飛蟲沿路撲綠，可憎之極。柳眼微舒，水波微漾。別無勝景可娛，且值星期，軍隊紛來游街，高唱軍歌，都不入耳。乘船至仿膳處喫茶，稍避飛蟲之擾。旋由東岸步行出，至景山後，小憩歸。燈下復閱存社卷，略定甲乙，並加批。孌姪來告，明日赴津察看軍情，再定南下進止。

二十五日（三月二十八日） 微陰，旋開晴。連日五更醒後即患頭痛。起坐約兩小時再睡，故起時常在巳、午間。頭痛當係肝木作祟。年年患此。今年甫發，尚輕，未知過此如何？復師鄭信，彙次存社課卷甲乙，交郵寄津。試卷陋甚，一斑可知全豹也。是日，蟄園第七十五期社集，值課爲巽庵、子威、彤士及余，同社到者樊山、師鄭、守瑕、沅叔、治薌、吉符、穎人、徵宇、壽芬、疑始、迪庵、莘仙、履川、君坦。子正後方散。臥後，頭痛甚，終夕不安，渾身亦作痛。

二十六日（三月二十九日） 陰。頭痛稍差，仍覺不適。下午，延行維來診，云係感冒，用通解之劑。蓮蕃、務觀在此門牌。作壁上觀，服藥先睡。

二十七日（三月三十日） 早起，微有日光。傍午復陰。昨晚服藥後，睡甚穩。晨興，披衣坐，出有微汗，頭痛亦止，復睡兩刻許。昨兩頓皆糜粥，今日早飯能喫兩饅頭，大便亦通，病似脱體矣。前日，履川以近作詩文見質，稍爲翻閲。履川文由八家溯源兩漢，架局甚好。吳北江評謂『裁其冗散，一歸沈鍊，乃可臻於大成』，頗中其弊。詩五言較有前賢胎息，七古亦嫌散漫。吾鄉後起之雋，甚望其有成也。前日，與徵宇諸君談及《曲園夢囈》九首，欲訪階青詢其真贋，忽感冒不能遽往。今日病愈，燈下先爲錄出。歷觀治亂與興衰，福有根原禍有基。不過循環一周甲，釀成大地是瘡痍。　無端橫語起平民，從此人間事事新。三五綱常收拾起，一齊都作自由人。　纔喜平權得自由，誰知從此又戈矛。弱人之肉强人食，膏血成河滿地流。　英雄發憤起爲强，各畫封疆各設防。道路不通商賈絶，紛紛海客整歸裝。　大邦齊魯小邾滕，百里提封處處增。郡縣窮時封建復，秦王廢了又重興。　幾家玉帛幾干戈，又見春秋戰國風。太息當時無管仲，茫茫殺運幾時終。　觸鬥蠻爭年復年，天心仁愛亦堪憐。六龍一出乾坤定，八百諸侯拜殿前。　人間從此又華胥，偃武修文樂有餘。璧水橋門修墜業，山崖屋壁訪遺書。　張弛原是道似弓，略將數語示兒童。紛紛二百餘年事，都在衰翁一夢中。　前數首於近日時局略驗耳，而無一字及赤化，又疑其言之不驗，抑赤化終無成耶？第八首曲園胸中應有此思想，末首乃有『二百餘年事』之語，如其言則大亂之平，不特吾身不及見，即吾子孫亦不能見矣。湘蘅書來，約明日午飯。蓮蓀、務觀復來門牌，至亥正後方散，晚睡甚不安。

二十八日（三月三十一日）　晨陰。午間往西堂子胡同弔王菉生。菉生爲文勤相國孫，稺夔太常子。文勤署鄂藩時，先祖正權督篆，至爲契洽。庚辰殿試讀卷，余卷在其手，列第二。殿試讀卷大臣八人，分閲各定甲乙，除進呈十本外同擬定外，餘即以所取次第編排。其再入樞垣，余正充幫領班，隨赴西安行在，與稺夔亦日夕晤面。癸卯再充殿試讀卷，挈澐兒叩謁。文勤向余云：『我一生未掌文衡，僅得兩次殿試讀卷，適與君家喬梓相值天緣，亦佳話也。』旋對澐兒云：『我於朝殿門生向不受拜，對汝則不敢謙矣。』予告南旋時，猶親來話別，念舊之情極可感。文勤薨後，穉夔旋亦下世，後起極凋寥，在京者惟菉生與其同懷弟養之。菉生考試漢蔭生，曾出余門下，年甫四十，以急病亡。雖近年蹤跡稍疏，而廻溯累世交期與承平舊話，有不禁感懷惻愴者。順道出城，赴廣和居湘蘅之約，同席爲弢丈、向之、貽書、師鄭、闇公、守瑕、午原，皆至熟人，痛飲暢談而散。旋赴會館榕社之期。榕社新改於每月朔望，以弢老明日赴津，提前於今日。下午陰寒有風，爐火重裘，尚形瑟縮。作詩三唱，極酣，散已子初矣。守瑕津寓，日界蓬萊街壽賓堂一號。

二十九日（四月一日） 陰。閱報，知康南海於日前在青島逝世。庚子之後，於今春張園始再接晤。一面之緣，殆亦天假也。聞吾鄉已撤去文廟先師位，改奉孫中山，果爲南海尊孔之結局歟？一歎！是日，廉訪公忌辰，家祭。君坦來，午後往拜惺吾壽，惺吾今年七十，假座會賢堂音觴。以家祭不入席，即歸。下午蓮蕃、務觀復來門牌，以感冒初愈早睡。

校記

〔一〕「愚」，底本闕，據家集刻本補。

〔二〕「門」，底本闕，據家集刻本補。

〔三〕底本「電話」後衍「來」字，徑刪。

〔四〕「誤」，底本誤作「談」，據家集刻本改。

〔五〕底本「下 一」衍「字」字，徑刪。

〔六〕據《匏廬詩存》卷九《題陸賡南麋硯樓填詞圖》，推之，「隆」乃「陸」之形誤，「糜」當爲「麋」。

〔七〕『耶律鑄』，底本誤作『耶律儔』，徑改。

〔八〕『否』，底本闕，據家集刻本補。

〔九〕『鳳苞』，底本誤作『風蓮』，據家集刻本改。楊鳳苞（一七五四—一八一六），字傳九，號秋室，浙江歸安（今湖州）人。諸生。熟諳明末史事，作有《南疆逸史跋》。嚴可均輯其詩文遺作，編爲《秋室詩文集》。

三月初一日（四月二日） 陰。早起寄津信四紙。下午乃有微雪，距清明僅五日矣。擁被披書，胡塗過了一日。晚得津信問疾，知孟純已到津，尚擬流連數日。

初二日（四月三日） 晴。郅臣來，言現存館中只有《實錄》、《政紀》恭閱本各一分，《政紀》渠欲留存，《實錄》則瑞臣主張分儲諸總裁處作紀念。然以整部書而分散，竊不謂然，不如全交瑞臣保存爲是，俟再商之。午後，貽書來。是日剛婦生日，親眷多有來者，夜深始散。

初三日（四月四日） 晴。題宋桐珊女佩琅書畫册。佩琅甫十七，幼慧能文，去歲病歿。詩極草草，不足錄。午後，悶坐無聊，復成《壽錢新甫八十並重諧花燭》詩四首，即次其自述原韻。

華閥相承二百年，斗南人望尚巍然。鱣堂幼日曾傳硯，螭陛薰風久絕絃。晚景娛情只邱壑，前塵過眼盡雲煙。閻浮五濁今何世？獨握牟尼照大千。

虞淵逝日已難留，寰宇何時戰劫休？虎口餘生終脫險，鳳毛繼起見貽謀。閒雲史局仍遙領，舊雨吟筒迭互酬。美意延年君自有，丹砂句漏豈須求。

青廬佳話亦堪欣，記取鳴雞視夜勤。花甲重周賡旭旦，貝多雙捧禮慈雲〔一〕。誥綾裝帖彌矜寵，篝紡傳經共述聞。一水鴛湖接明聖，頻羅晚福許平分。

恭勤雅望繼文端，國士蒙知愧授餐。庭訓飫聞因習鯉，巢痕易埽失棲鸞。心香懷往終身爇，腰笛逢場一笑歡。喬木清陰無恙在，莫將棋局問長安。

新甫爲慕勤子。慕勤在文正營，與先中丞曾共事，至契洽。余入京數年，未往謁，慕勤向平齋詢知，頗有責言。平齋以告，急修刺往，即蒙延見，敍舊誼，極親摯。嗣涖容臺，晉樞密，皆爲掾屬，優睞有加。余兩膺京察記名，未得簡放。極爲不平，屢向恭邸、禮邸及常熟師言之。僅越次充幫領班，迄其去任未晉一階，然知己之感，沒齒不能忘也。晚聞君坦明日早車回青，與內子往送行，適又外出，候其歸，已亥正矣。附致石孫信。

初五日（四月六日） 晴。今日爲清明節。一春陰寒，柳芽纔茁，插戶殊無色也。和樊山《上巳遣悶》詩原韻。禊游又屆重三節，芳訊猶慳百六春（二）。老我亂離天寶世，從他裝點永和人。臨流側想羣賢樂，酬句仍愁一句貧。安得黃棉同送暖，南榮來覓偓佺倫。（樊山尚有《三月朔甚寒》一首，未和。末二語乃答前首也。）前日，穎人諸君臨時集北海漪瀾堂，余與樊山均以得信遲未赴。晚同務觀至景山後鬥牌，歸已不早矣。

初六日（四月七日） 晴。閱報，知昨日軍警包圍俄館，被捕七十餘人，獲赤黨證據甚多。年來北京政府厭厭無生氣，此舉於前途成敗未敢知，總覺差强人意也。此事非得東、西各使團默許，亦辦不到，且徐觀其後。養剛今早赴津。下午與務觀同到北海啜茗，至暮歸。仲雲書來，乞補作前日修禊詩，並拈託字兼錄示所作。蓮蕃、烏八復來鬥牌。

初七日（四月八日） 晨微雨，午後猶陰。今日寒山社六百會，已捐備獎品，初擬不赴。穎人一再電話相邀，遂往，作嵌字鴻爪明暗各體，至四唱。亥正先歸，尚有二唱未完。是日到者二十餘人，題名照相，遐庵亦到。社友晚飯後多先散，存者不過十餘人而已。

初八日（四月九日） 陰。作北海修禊詩，粗脫稿。孟純來，同午飯。今日石孫壽日，葵女備有筵席，約親串。下午往，飲酒過多，頭目昏眩，鬥牌未終局歸，後夜臥尚適。

初九日（四月十日） 陰。季友來約手談，以下午有他約辭之。改昨詩，脫稿錄下。綠楊十里揚州郭，一字紅欄跨略彴。銀燈宮舫賦冶春，酒半酣歌金戟拓。翩翩司李初登壇，出乎新篇見標格。于皇倔强陳髯嫵，座上眾賓俱不惡。〔三〕雅集重逢水繪園〔四〕，豪吟更上湘中閣。尚書北斗世所瞻，山人終憶江湖樂。益都門下盛桃李，玉峯弟兄豔花萼。此地由來屬禁籞，金元遺址甚約略。康熙天子軒與羲，戡定三藩舉鴻博。離宮暇日奉宸遊，唐之九成漢五柞。龍亭相望講幄開，儒臣時有矢音作。十全紀勝啟神孫，文治武功彌震鑠。快雪嵌石摹鍾王，紫光繪像列褒鄂。燕都十景入御題，島上春陰常漠漠。萬年有道宜久長，紇干飛去枝頭雀。蓬萊弱水幾清淺，猶有西山未剗卻。兔兒山話兔兒年，人事天時吁可愕。東南烽火達連天，北地苦寒風雪虐。病夫經旬掩關臥，獸炭不溫駝裘薄。良辰邂逅失前期，急札何來詩債索。春明十度際祓除，城北城南倏如昨。新亭無限風景悲，晚契漫思文字託。不祥第一是佳兵，聚鐵知誰鑄此錯。亂離不說說承平，竊比船山書夢噩。

午後，至會館春敘，芝老已先到，有春明學校女校長馮女士亦到，陳述校中成績，意在增加津貼。馮爲陳介石孫女，適河南馮氏者。下午，有許苓西大同公寓書畫會之約，值合社會期，同人挽留，因令長班打電話辭之。苓西此局，懸揣必多闊人。余甚怕與時流周旋，本逡巡不欲往也。作詩二唱。亥正歸。

初十日（四月十一日） 晴。魯輿自閩來。據云，羣一處已派分局，下午即赴津。並攜來中丞公手錄詩一本，僅三十餘葉，自壬午至庚子止。其中多《石泉集》所無，當係刊刻時刪去者。而石泉詩之未錄入者更多，蓋後來所作也。飯後，挈勤、臺孫男女往北海泛舟。先上塔山一覽，腳力尚可勉强。因董事划船數隻皆爲人乘去，在漪瀾堂久候。勤孫拏舟至，並中途邀鎮潮甥同來，至五龍亭，未登岸，聞項周說學羣在隔岸相候，復回舟漪瀾堂，繞塔山一周，仍由漪瀾登岸。出園，抵家已曛黑矣。四妹自津回，在此門牌。接迪庵書，以修禊詩見示。

十一日（四月十二日） 陰。復迪庵書，並以昨致仲雲修禊詩尚有未妥字句，另改數處，託其轉交仲雲。午後，貽書攜其兩姪來門牌，彥和亦自閩來，至晚飯後方散。

十二日（四月十三日）　晴。連日録近作，擬增編《雲萍簏稿》一卷。昨津信亦將弢老所作序文寄來矣。晚接仲雲書，並示津門禊集近作。

十三日（四月十四日）　晴。午初赴北海畫舫齋葉遐庵展禊之約，到者約六十人。攝影、分韻如常例，余拈得『陌』字。飯畢，先散。至景山後，與孟純閒談。歸已曛暮矣。北海杏花雖開，皆新種者，無足觀。惟新柳顔色正穉，較爲可人耳。

十四日（四月十五日）　晴。午後，貽書來，論崎寓事，作一信寄去，即留手談，至晚飯後方去。

十五日（四月十六日）　晴。漪竹來索《論詩絶句》，檢數册付之。下午，赴榕社例會。弢老適早車自津來，作詩二唱，極酣。行陀亦新自閩來，略談閩事，多可慨者，尚不如兩湖、江右之紛亂耳。東南邇日黨軍左右正自鬥，且看後文如何。

十六日（四月十七日）　晴。枕上閲《五代史》，偶成絶句二首。五朝太匆匆，長樂那便死。猶恨不假年，留眼看天水。天生一王樸，復生一趙普。驢背著希夷，且覓混沌譜。又作《挽康南海》一絶。班荆一握亦天緣，大變俄驚三十年。萬仞宫牆任推倒，遺書終待國門懸。次薇來。孟純來，言晚車赴津。傍晚，務觀來，同晚飯。天氣驟暖，竟夕不能成寐，苦甚。

十七日（四月十八日）　晴。昨晚徹夜未睡，强起，人甚不適。飯後，君坦來，昨日晚車自山東回也。養洪由津早車來，務觀由二條同來。下午至階青處拜壽，座間有王少侯、丁佩瑜、勞少麟、許佑之諸君。階青出示曲園先生《夢囈九首》手蹟，係行書，信爲真矣。聞刊集時，爲陳小石所尼，未登。日來已有用西法影照者，惟所録紙乃文房尋常所用之起草紙。余勸階青裝裱藏之。今日報載，南海門下前數日在畿輔先哲祠設奠，梁任公所作祭文極佳。任公於復辟一事，自謂意見不同，亦終推其能獨行其志。又載南海病中作《賜壽謝摺》，有千餘言，遂爲絶筆，臨沒亦頗了然。此老抱定宗旨，始終不變，實乃可敬，無怪瞿文慎、沈寐叟之傾倒也〔五〕。光、宣末，闊人不出狡黠、頑鈍一派，此時且不必指其人也。午後天陰，向晚尤甚，微有雨點。南海生日自撰壽聯，有『祝宗祈死及諸天，無量人生實難慕』語，親近以爲不祥，阻不令書。到青島後，作書訓二子，草謝摺未數行，即痛哭，寫竟，告家人曰：『吾事畢矣。』命印二千份分送門人及故舊。想外間必有傳錄者，行當覓之。任公祭文中一段云：『復辟之役，世多以此爲師病，雖我小子，亦不敢曲從而復應。雖然，丈夫立身，各有本末，師之所以自處者，豈曰不得其正？報先帝之知於地下，則於吾君之子而行吾義。栖燕不以人去辭巢，貞松不以歲寒改性。寧冒天下之大不韙，而毅然行吾心之所以自靖，斯正吾師之所發大過人，抑亦人生之所由託命』云云〔六〕。

十八日（四月十九日） 陰。昨晚風勁，晨起甚寒。閲丁卯詩鐘社課作，佳者殊少，姑就其中爲定甲乙。養庠來。務觀下午來，言靳翼青又到京。與務觀同到中央公園看花，玉葉梅方盛開，紫丁香及緋桃方含蕊，碧桃開幾謝，相映尤可愛，垂楊亦佳，皆在水榭一帶。沿石級上坡，一轉至春明館前樹下茶棚，坐久之，歸寓已酉正，天色猶未暮。在西院海棠樹下，攜粤雅堂馬氏弟兄集閲之，秋玉詩殊平平，佩兮稍勝之。當揚州盛時，以鹺賈延攬名流，樊榭、壽門、授衣、謝山皆常客其家，觴詠風流，令人神往不置，謝山之《困學紀聞箋》、樊榭之《宋詩紀事》，皆客馬氏時所成也〔七〕。

十九日（四月二十日） 晴。風峭甚，又著羊裘。昨晚睡又不穩，午後熟睡一小時，始稍清爽。是日，蟄園七十六期社集，值課爲六橋、師鄭、沅叔、嘿園，惟沅叔未到。同社到者樊山、子威、彤士、吉符、穎人、徵宇、壽芬、疑始、巽庵、荃仙、迪庵、履川、君坦。子正方散。睡仍不酣。

二十日（四月二十一日） 晴，風未止，仍冷。下午赴季友手談之約。季友日來正作黄鸝三□□矣。同局爲立滄、澤生。子初歸，夜臥尚適。

二十一日（四月二十二日） 晴，風止。改《舊題近代名家詩集後作》，録存六首。兩科廷對記聯翩，詩和崑崙疊錦箋。誰道尹邢終避面，俱將詩話寄閑緣。（《瓶廬集》有疊崑崙關韻、和遲庵諸作，文恪自中日戰後即謝病，亦常以書畫自遣。）絕塞風沙遷客悲，陳濤功罪尚然疑。辨奸論在無人見〔八〕，泚筆閒評閨秀詩。（簣齋自戍所歸，累上書高陽，極論某君之不可任，令子仲炤曾録進御。）忠肅前身話夢中，一生低首爲家女蛾眉謠諑繁，荃蘭哀怨兩王孫。偶齋自得孤游趣，幾輩傾襟爲意園。壺公。漸西不作村人老，應羨嚴陵有婦翁。（袁重黎太常爲薛桑根婿。）鄒衍談瀛妄聽之，百年世變孰前知？一廬人境小天下，新曲愁聞今別離。（人境廬《今別離》曲〔九〕，爲時傳誦。其《戊庚感事》諸作，亦可供詩史。）荊舒變法竟如何？一鼓横流動萬波。不謂閉門范當世，也曾奮筆諍東坡。（范肯堂嘗作《東坡生日詩》，極推崇荊公，而斥坡公之不附新法。此自當時士大夫風氣，使尚在今日，不知作何感想也。）文恭雖與文恪同年，當時頗以才名不相下。和詩時，孫在樞廷，翁直毓慶宫，有交歡之意。東事起，以和戰異議，復成參商。二公去，而執政又歸滿人。與否泰消長之幾，頗有關係也。午間小睡甚適，已過吃飯時候，蓋連日無好睡，故睡味較酣也。施北研《叢説》有『宣光銅印』一則，云：『聞先輩言，印於乾隆三十六年北方新屯土掘得，右署「太尉之印」，左署「宣光元年中書禮部造」。』又言『爲順帝子昭宗所鑄，凡十餘年殂』。考丁鶴年詩，有『獨有遺民負悲憤，草間忍死待宣光』，正與印合。又，王逢《感秋》詩：『本是宣光中興日，腐儒長夜泣遺編。』乃知此號蓋取少陵《北征》詩語。惟遺編爲何書，迄不可考矣。按，元雖以異族入主中夏，而相承將百年。明祖起草澤，本無功德。當順帝北走時，民心尚無。所繫故國故君之感想自在人心，而漠北尚荒疆，固應有嗣統建元之事，惜記載闕佚，不知再傳後又如何也？章實齋《丙辰劄記》：『元順帝殂，諡惠宗，其子走。和林改元，有『宣光天元』之號，立十一年殂，是爲北元昭宗。』云見朱竹垞《高麗史跋》。北研博極羣書，尤熟於金元史事，有《遺山詩注》，乃困於諸生，晚年至請給衣頂爲鬻棉花肆司會計，於肆後小室題以吉貝居，所作《吉貝居暇唱》五十首，自擬於打油、釘鉸，實則詩中所用僻典、方言甚多，特體近俳諧耳。其《給頂》詩云：除名端合市流芟，別卻黌宮把木銑。是藝久應書白榜，皇恩終許著青衫。長孤友誼赬顔忍，痛負親心永刼銜。忽懷閟境三日憂，虞家首相總非凡。〔一〇〕甜鄉初起，錄之以遣悶。今日則濟生日，有親眷數人在此鬥牌，晚接崎信。

二十二日（四月二十三日） 晴。昨晚夢中時驚醒，然尚睡得着。今早大便亦通，人較暢適。西院曝日。海棠東一株有一半花，西一株寥寥數花。回溯三四年前，與畏廬諸君如在錦繡洞天花時觴酌，不獨舊雨凋零，而名花亦憔悴矣。飯後，挈勤、臺二孫至中央公園看花。桃、杏已過。丁香、海棠猶未大開。梨花一兩株已開過，十分半落矣。視前數日，殊減色。旋由北門乘車至北海泛舟，中流遇澐兒與立之、務觀同舟，匆匆數語，遶至金鼇玉蝀橋下，折回漪瀾堂。歸寓小坐。赴承梅耆年會之招，歸甫亥正。座間詢弢老南海謝摺，謂未之見。又云其中有指斥那拉后，此外尚多龐雜語，則又似曾見之者，不知何故諱言之。然南海遺囑刊印二千餘分分散，則此稿終將發現也。此君究竟何流人物，前數次日記但據傳聞，謬有推崇之語，尚待參考也。

二十三日（四月二十四日） 晴。弢庵門下午刻在釣魚臺爲其預祝，邀作陪客。沅叔亦約午飯，遂先到石老娘胡同，沅叔外出未回。王少溥思溥之子住其家，出來招呼，因與言出城應局，恐回來不早，可代向沅叔致謝。出城，車路甚難行。未初入席，至者六十餘人。散後入城，順道至景山，葆葵之女四周月。

即在彼晚飯，歸已子正矣。樊山寄近作三首索和。

二十四日（四月二十五日） 晴。偕孟純至二條。少頃，階青亦來，談藝甚暢，同午飯。回寓。孟純昨交來謝退谷先生詩，僅數十篇，粗閱一過，氣味甚好，畢竟是道學人吐屬。其後人希齊託送晚晴簃，近來晚晴編輯如何，能否增入，須晤理齋方知之。退谷之學，主躬行實踐，而於聖門文行忠信四教，謂尤先者『文』。聖賢之學，一倫常盡之。然倫常之理，至切至近，至平至易，而即至賾至隱，至繁至艱，不可以一時淺易之語概諸古今，亦不可以一己境遇之偏概諸天下博學於文者，所以致其知以爲力行也。於本朝經儒，獨取胡朏明、顧復初、任釣臺、方望溪。胡之《禹貢錐指》、顧之《春秋大事表》、任之《周易洗心》，皆所服膺者。謂『《洗心》首卷圖說太繁，若其卦爻注說，獨能徵求嚴，使學人知聖人之立言，字字有根據，而窮極事實，無一不切於倫常日用。云云。余於《洗心》未嘗寓目，先君子晚年篤好其書，終日不離手，家書中屢言之爾。時方昕夕治官書，於庭訓褒如充耳。比年，遍購其書不可得，擬向南中求之。而近者東南烽火彌天，六籍灰燼，恐此生於此書已矣。又退谷教諭語，亦幼時先君子所講授者，篋中久亡之，今已不記一字。吾閩近事亦不可問，其書不知尚可覓否？皆此生憾事也。下午天忽曀霾，小睡片刻。傍晚始復晴。

二十五日（四月二十六日） 晴。孟純來，言明早赴東，出差津，貼附爲致張季驤棟銘書，託其向省長吹噓。張爲癸卯門人，現爲實業廳長。癸卯東闈中得其卷，文筆甚佳，而次場策，痛斥新政，語多迂謬，抑置副車。不意一別數年，論調一變而成新人物，迭充參眾議員。嘗對人言，得闈中批語後，始稍講求時務，深感陶鑄之力。然矯枉又過正，甚矣，新學之壞人才也。和樊山《新卸敝裘》及《涉園》二詩，俱次原韻。 小雪清明殊未斷，頗聞鬧市寂花兒。及茲北陸寒纔斂，已惜東皇去莫羈〔一一〕。貰醉豈論狐白價，尋芳且趁牡丹時。詩翁三昧隨游戲，真樂何曾損啟期。陳柯幾日遍青蔥，亦有餘花問彼穠。脱繃竹萌行軋茁，鋪茵苔髮已蓬鬆。風光漸暖趨初夏，雪片橫飛記一冬。隔絕軟塵門外路，猶疑石塢住堯峯。子植湖北來信，言近得財政辦事員。此人乃能於赤幟下覓生活，奇哉！孟純云，當係翁劍秋所薦。午後，小睡未穩。酉後，風大起，黄沙蔽天。三日不到公園等處，恐花事盡矣。傍晚隱隱聞雷聲，有雨點，旋止。

二十六日（四月二十七日）　晴。昨晚風竟夜，至今日猶未止，以人事覘之，入夏必將有旱象也。午後，小睡，甫合眼，惠姪來。傍晚，風沙起，天色復黄。悶坐，閲《遺民録》。按《録》中所載汐社中人及蘭亭義士並所南、水雲、聖與，大抵山林枯槁一流，然當時巨儒伯厚、身之、東發而外，可數者亦復無幾。若以明季夏峰、梨洲、亭林、船山、桴亭、確庵、二曲諸公視之，不啻泰山之於培塿矣。嘗與徵宇論晚明氣節之盛，超軼前古，遂開大清二百餘年之景運，亦恐因以結前此二千餘年之成局也。午運將終，日中必昃，能不懼哉！明季遺民如方、謝一流者，尤指不勝屈。即如傅青主、杜于皇、李元仲及易堂諸子〔一二〕，皆有獨立千仞之概。

二十七日（四月二十八日）　晴，仍有風。務觀來，葉肖建來，以幾道手蹟乞賜跋，並催乃翁壽詩。飯後，往拜芝南夫人壽。與芝南、君庸、喬梓談甚久。閲《焦氏筆乘》引羅近溪説『牛山』一章，云：『「梏亡」二字，今人只看作尋常，某舊爲刑曹，親見桎梏之苦：自頂至踵，更無寸膚可以動活。』『良心寓形體，形體既牽，良心安得動活？直至中夜，非惟手足耳目廢置不用，雖心思亦皆休歇，然後身中神氣稍稍得以出寧。及平旦，自然萌動，而良心乃復矣。回思日間形役之苦，何疑以良心爲罪人而桎梏之，無所從告也哉！』解此二字甚精，偶録之，以資省察。下午，小睡一時許。夜風益大。

二十八日（四月二十九日）　陰，風稍止。接長崎信。閲報，知俄黨李大釗等二十人已於昨日絞決。余日記禁例不入時事，偶摭其大者書之。作《壽葉建信》詩二首，甚空泛，以時迫，姑塞責而已。《查初白集》〔一三〕，徐健庵遂園修禊係在南中，前詩誤引，應更正。據《竹垞集》，徐有《祝氏園禊集圖》。

二十九日（四月三十日） 晴，連日風沙，今晨始見杲日，精神爲之一爽。向午又有微雲，風又起。務觀本約今日同往中央公園，電話來請改明日。《查初白集》有《題道山亭》詩。道山堂本程公闢所建，曾南豐爲作記。林鹿原尋碑得擘窠三大字，乃林希所書。鹿原特取后山詩句，別纂瓣香堂，繪圖徵詩。余向聞瓣香堂之名，未考其由，詩中敍述特詳，以吾鄉故事，故誌之。飯後，往弔劉嘉樹同年。嘉樹，粵西人，弱冠入詞林，出守瓊州，甫逾三十，中年得心疾，家居多年。辛亥之變，在淮安府任。前歲以家居不安，來就其子。晤面數次，多世故周旋之語，疑心疾猶未瘳也。弔客寥落，爲之惻然。在六條胡同見一空宅門聯，題『天下兵雖滿，南陽氣已新』十字，書體學平原，不知前住者爲誰，亦有心人哉！又一宅，題『未成四方志，又是一年春』十字，可斷爲既不通又不安分之後生，茫茫人海，大抵皆此輩也。比年，人家貼春聯，極少偶觸吾目，記之。下午睡起感寒，泄瀉一次，尚無他苦。

校記

〔一〕『雙』，底本闕，據家集刻本補。

〔二〕『慳』，底本作『檻』，據家集刻本改。

〔三〕『春』、『李』，底本作『春』、『季』，據家集本改。

〔四〕『園』，底本作『圖』，據家集本改。

〔五〕『馬氏』，底本兩處誤作『烏氏』，據家集刻本改。
〔六〕此段文字與梁啟超《飲冰室文集·公祭康南海先生文》稍異。
〔七〕『寐』，底本闕，據家集刻本補。
〔八〕『人』，底本闕，據家集刻本補。
〔九〕『離』，底本闕，據家集刻本補。
〔一〇〕據清潘焕龍《臥園詩話》卷五（載高洪鈞編《明清遺書五種》，北京圖書館出版社二〇〇六年版，第二一〇—二一一頁）所載，此詩又作：『除名端合市流芟，別卻黌宮把木鑱。墨藝久應書白榜，皇恩終許著青衫。長辜友誼頳顔忍，痛負親心永劫銜。忽忽懷悶三日惡，虞家骨相總非凡。』
〔一一〕『羈』，底本闕，據家集刻本補。
〔一二〕『李元仲』，底本誤作『葉元仲』，徑改。
〔一三〕『查初白』，底本誤作『關初白』，次日日記同此誤，徑改。

四月初一日（五月一日）　晴。幼梅來。務觀來，約同往中央公園。在長美軒茶棚候立之，久之方到。遇玉雙、仲雲、師鄭、子威及陳子衡名銘樞，河南人士，壬寅鄉榜。子衡乃初面，索《論詩絕句》。與立之、寶田、務觀、澐兒飲藤花下。張仲郊續到。燕謀子。飯畢，至來今雨軒前看牡丹，即於花叢中覓坐。牡丹不下數百株，已開半，佳者殊少，羣花已垂謝矣。楊采南杏城弟來，立之邀之入座，縱談舊事，至申正。余先散，出城赴榕社之期，作詩四唱，甚酣。而社侶日寥落，此局頗不易支持也。歸途有微雨，而夜間風又起，睡尚適。

初二日（五月二日）　晴，風未止。筍玉自南來，略談閩、滬事。嘿園來，言已就津門軍署祕書，並代慎臣交來所得松雪硯拓本長幅屬題，作《題幾道臨晉人帖手蹟》詩。曾聽天驕說鳳麟，匡居竟老著書身。墨池一勺皆餘瀋，猶是人間希世珍。　符命方興競美新，陵雲題榜又何人。毛錐且當漁竿把，想見狂奴故態真。　一編天演論推陳，不是乘槎浪問津。晉帖唐臨看晚筆，依然矩矱守先民。　宿草陽崎秋復春，仙山今隔幾由旬。壁間短幅龍蛇舞，尚記談詩一段緣。丁巳歲在瘉埜堂論漁洋詩，幾道有手書見和七古一章，尚懸齋壁。幾道詩文書翰，皆取法乎上，故其所譯書並擇精語詳，雅馴可誦，當代學人，殆無其匹。偶題四絕，以橘叟前題押『真』韻，亦全用此韻，吾鄉擊缽吟例也。幾道初見項城，即極言共和之不宜於中國。洪憲事起，頗滋物議，要亦守其成說，初無攀龍附鳳之思，疑始曾爲申辯，余亦信之。洪憲建元，項城首改三殿名，書扁者亦吾鄉名流，事後並未聞有疵議之者。輿論之不可憑，類如此。四妹自津來，與幼梅及林八在此門牌竟日。

初三日（五月三日）　晴，仍有風。蟄園牡丹正開，與剛兒往賞花。務觀續來，同午飯方回。君坦在寓小坐，即赴慶小山處行弔。小山爲內務府有名人物，光緒中葉被參劾，閒廢十餘年，選江西監道。旋值辛亥之變，回京，以稗販古董與西人交際，頗獲其利。蘇龕總理內務府，時曾訪之。允爲暗中幫忙，然爲時已晚矣。此人物雖亦巧宦，然清廷早用之，猶勝於世博軒、紹越千一流。回車往拜蔣乃時尊人之壽。乃時與石岱霖均赴石家莊，梅南代爲招呼，借對門嚴君潛宅，安排筆硯，留諸詩侶作折枝會，不得已勉應之，作二唱入席，散後即歸。澐兒晚車回津。許苓西來訪，未遇。

初四日（五月四日）　晴，風又大。苓西昨留西湖西園別墅照片乞題，已題者有伯嚴、頤年、仁先諸人。枕上作一詩應之。我久不作西湖夢，君來袖出西湖圖。西湖勝處說不盡，何人知有臥龍廬。（圖在臥龍橋側。）湖堤花柳幾春風，野老吞聲哭曲江〔一〕。人生會合那可料，惆悵桃源是畫中。苓西爲筠師姪，少年豪氣，挾策犇走，今亦垂垂老矣。釋戡與敷庵、秋岳約起吟社，昨柬訂今午在弓絃胡同看藤花，即作爲第一集。所約者爲貽書、董卿、徵宇、宰平、衆異及陳半丁、陳名年。浙人。向來宴聚，於同席生往往忘問名號，以後當猛記。初擬社名，衆異謂不如丁卯詩社爲雅切，釋戡出横幅、宣紙，推敷庵署題，半丁畫紫藤於其後。此次即以釋戡宅看藤花爲題，不拘體韻。席散後，縱談甚久始歸。近來極怕作詩，牽率老夫實乃强以所難，且結社賦詩乃承平之事，否則山林遺逸今日爲此，余極不謂然也。燈下作《題慎臣松雪硯拓本》詩。真硯不損東坡云，後來硯史何紛紛。玉帶生存文山死，大都爭説趙承旨。此硯相隨幾何年，獨孤惠贈親題鐫。停雲天籟迎傳守，最後乃歸鹿原叟。我讀竢村陶舫詩，已嗟門巷改烏衣。當時手寫三家集，想見辛苦研隃麋。楚弓楚得差無恨，海水羣飛石不爛。征南武庫有裔孫，肯作尋常馬肝玩。入夜風益大。

初五日（五月五日） 晴，風仍未止。閲報紙，連日大風，四郊麥苗多被吹槁。天時、人事，理固然也。午後陰風稍定，傍晚又起。筍玉子自法國游學回來。見幼梅諸人在此鬥牌，悶坐，披書終日。昨日談及京師古藤。檢《藤陰雜記》，呂氏宅藤花刻有『元大德四年』字，爲最古矣。若吏部廳事，乃成化時吳匏庵手植，較在其後。呂宅在給孤寺旁，今已無訪之者，不知如何也。珠市口有一大宅，現爲某俱樂部。市上望見藤棚甚高，花亦尚盛，或即其地。

初六日（五月六日） 晴，仍有風。飯後，至朱艾卿、潤德卿貝勒處賀喜，艾卿女嫁潤貝勒公子吉期也。旋至景山後，流連至暮。君坦尚未歸，回寓。約務觀來夜談，亦無聊之極矣。枕上作《釋戡宅賞花》一首，録下。紫金垂處認行窩，暢好風光卓午過。入座端思花作介，當軒況有鳥能歌。還從香界參禪悅，不礙狂飆撼酒波。看取羣公騁奇思，衰遲自笑鬢成皤。致穎人書，託作補褉詩，轉致遐庵。

初七日（五月七日） 晴，風略小。昨務觀面約赴中央公園看牡丹，諸孫又欲赴北海泛舟。午飲過多，醉倒海棠花下。家人强扶登臥榻，不知伯倫，幕天席地，即時埋我，亦大樂耳。醉中乃得吾真，不特世故場中面目皆假，即如此冊上每日拉雜書寫，亦不外閑人說閑話，滿腔熱淚，仍是無處灑也。韻白適來，略談即去。務觀、君坦皆來看，劉、黄兩女亦來服侍，閒談至晚，飯後又久之。余時坐時起，倦甚，欲睡，遂促之散去。

初八日（五月八日） 晴。昨晚睡至寅正醒，不復成寐。英女扶病送來湯瓶中開水，飲之，甚爽。天明後又睡去，睡味較甜，故今晨較適。孟純及澐兒均於早車來京，飯後偕務觀至中央公園。牡丹已有開過，尚存什之七八種，亦有佳者，若前兩三日來，當更好也。園中遇君坦。在上林春茶座小憩一時許，即出城，弔立滄令郎之喪。歸寓，尚未暮。接張季驤復書，敘舊尚親切。陸莊荒蕪，在今日已不多得矣。上林春東家祁姓，爲贇老舊庖人，前開瑞記飯館，每來招呼極殷勤，今日竟不肯收茶錢，云連日生理甚好也。

初九日（五月九日） 晴。童佑萱家來報『初五逝世』。今年榕社逝者，藕生與佑萱二人，皆寒儒也。宋芸子郵寄來《重修四川通志例言》一本。國變後，與芸子久不通訊，前數年亦時寄所編《國學月刊》來，得讀其撰著，惜首尾不全。蜀雖紛亂，而堯生、芸子尚爲彼邦人所重，未至流離失所，吾鄉遠不逮矣。爲澤姪致書桐珊，招呼裁員事。

初十日（五月十日） 晴。侵晨頭甚急，起至西院受空氣，甚有效。蓋痛乃肝鬱火炎也。桐珊來，面昨所託，云各路局調部員，原薪由路局領，本與部預算無干，但此項人員甚多，此時不能預斷也。又出黄石齋先生白雲庫所寫《孝經頌原草》，乞題跋。頌長千餘字，雖爲草本，而細楷一筆不苟。石齋自跋亦云『後來復有改定，以此鈔本尚不潦草，不忍棄之』云云。桐珊云『以校《石齋集》，實有删改十數處。後有王慶雲敬觀一行，乃雁汀先生名』。桐珊得之於山西賈人，則雁老之題當在其撫晉時矣。此外題跋無多，余以真蹟珍貴，不敢留玩，匆匆閲後即面還，允爲另紙題跋。晚，葵女電約到渠處，留連至夜静始歸。

十一日（五月十一日）　晴。連日閲《甘泉鄉人稿》。余於本朝詩，酷嗜嘉禾諸名家。自竹垞後，香樹一門〔二〕，則二石爲嫡傳，旁枝爲籜石、百泉、裘杼樓之汪氏豐玉、康古兄弟、丁辛老屋王氏父子，此外又有萬柘坡、蔣春雨諸人。而竹垞後人自笛漁至育泉〔三〕，皆以詩鳴。梓廬亦竹垞同宗，尤爲後起之勁。至吴牧騶〔四〕、張叔未，才力稍遜矣。乙盦同年復起而振之，皆不落尋常蹊徑。雅材萃於一郡，且多以風雅世其家，真令人神往也。警石作教官三十餘年，寢饋書叢，以校勘爲樂，尤想見儒官風味。今豈有此世界乎？飯後，至靈清宫，賀笠士續絃吉期，匆匆即返。

十二日（五月十二日）　微陰。苓西來取回西湖影片並題。昨接崎電，濟兒明日可到津。苓西談及在杭流寓三年生活，程度視滬上約低十之五六。湖上結廬，極爲愜適。今則江浙亦塗炭矣。錦繡江山被一般政客破壞，至此，彼等淪落無聊者，不知凡幾？其死於非命者，尤歷歷可數，無非欲望太奢致之，孟子所謂不奪不饜者。有人言，近日湖南每縣每日平均計算，殘殺有名人物約在三人以上，歷朝鼎革之禍無此慘也。夜後有微雨兩陣，俱不大。臥極不適，睡未及兩時許。軍閥之局，政客開之。孟子謂『善戰服上刑，連諸侯者次之』，吾謂尚須一倒轉也。

十三日（五月十三日）　陰晴無定。謝君希齋來。午後，至吴晴波處拜壽，又回拜許苓西，均未晤。歸寓，適澐兒、惠姪在。秋岳旋來，略談即去。下午，雲陰四布，甚有雨意，又被大風刮散。

十四日（五月十四日） 晴。終日泛覽，無事。師鄭鄭《莪蒿永慕錄》，乞詩文。君組堂慶，晚往拜，在彼晚飯。濟兒晚車由津來。

十五日（五月十五日） 晴。孟純來。便後痔瘡大痛，牽連疝氣，皆多年未發之舊疾，臥床輾轉不安，下午少愈。今日爲榕社會期。聞弢老已至京，扶病前往一談，作詩三唱。歸尚未甚晚。

十六日（五月十六日） 微陰，風沙又起。痔痛已止，惟體中殊覺憊耳。閱《雲左山房集》，有《沅兩君歌》，一爲沅守藍凡石，未著其名。由中書起家，守沅至四十年；原詩『乾隆之間大郡除，卌年仍以銅虎符』，不知確否並前賢計之也。一爲典史蔣賔隅，由孝廉作令貶秩者。相傳文忠居官，留意人才，此時猶在詞館。典試滇中〔五〕，滇郵近萬里，乃獨眷眷於此兩君。度其人，必非俗吏。詩有『我來楚南停軺車，一時投契苔岑如〔六〕。兩賢官守崇庳殊，要以同志道不孤』之句。然一則垂老羈郡〔七〕，一則流外卑棲，非此詩，則其人亦終湮沒矣。偶摘而錄之，亦表微之意也。篇末又及盧明府爾秋，注云宰芷江有聲，以憂去職，則文忠並未見其人也。人生升沈顯晦，各有定分。承平之世，人各安於義命，此天下所以治。末世倖門一開，士爭躁進。光緒中葉，如瓜分之恫喝，變法之條陳，皆曾文正所謂欲以語言欺人先登要路者。彼何嘗真有國家觀念在其胸中哉！一波動而萬波隨之，生靈受其塗炭，可哀也已。如錢竹汀、盧抱經〔八〕、王西莊、趙甌北、姚姬傳諸公，亦何嘗不從容壽考。君坦來。午後，到東興樓，澐兒約理齋、立之兒姪輩便飯。微雨數陣，僅濕地皮而已。下午蟄園第七十七期社集，值課爲栘疏、仲雲、富侯、治薌，到者有樊山、師鄭、子威、彤士、吉符、潁人、徵宇、壽芬、疑始、迪庵、孟純。君坦、立之適來京，亦與會。

十七日(五月十七日) 晴。便後防痔,偃臥半日,沈悶之極。飯後,迪庵來,問慈仁寺顧祠故事,連及龍樹院呂氏園藤花。慈仁寺,余久未到。據迪庵云,顧祠僅有木主,其畫像則前此張仲仁與吳中同鄉修葺時藏於某家,寺僧尚知其所在。松已無一株矣。龍樹院本因龍爪槐得名。庚子亂後,陳玉蒼拆屋材重蓋,碑碣扁額俱爲木廠抛棄,無復舊蹟。張文襄入政府,偶來訪舊,意極不慊,諷令北洋改造,楊蓮府、端午橋先後派員勘修,大興土木。午橋罷職,工亦隨罷,幾成瓦礫之場。民國後,順直紳士鳩資改建抱冰堂祀文襄。工程草率,無可憩游之處,槐亦不知何時亡去。呂氏藤花前已記之。昨與徵宇談,已證明珠市口所見確是呂家舊宅。其鄰近給孤寺,庚子後爲姜桂題駐兵,寺門已改,故近人無得知其處。下午,天陰沈,極有雨意,竟不下。傍晚,赴季友耆年會之招。席散,與弢老、稚辛縱談許久始歸。

十八日(五月十八日) 晴。下午風又起。迪庵函示《慈仁寺謁顧祠》七古一章,並所譯《蘇俄外交政策》一冊,係日人布施勝治所著,原名《蘇俄東方政策》,去年十二月初出版者。傍晚四妹來,在此晚飯鬥牌。

十九日(五月十九日) 晴。侵晨風極大,擁衾猶冷甚,嚮午始稍止。熙民來。孟純晚車赴津。今日人甚不適,睡時肺氣大動,咳而兼喘,亦多年未發之舊疾也。風竟日至夜。

二十日(五月二十日) 晴。時有雲陰。枕上閱《蘇俄東方政策》,最後結論云:『中國之長江戰事在十月中旬,南北兩軍互有勝敗。迨十一月四日,南軍用奇兵戰勝孫軍,奄有九江之地。以形勢推之,直派之新舊勢力恐不復振。黨軍與奉軍接觸,旦夕事耳,將來必成爲奉、粵之白、赤兩軍閥南北對峙之局。以中國內亂之表裏,極形複雜,殊難料此後如何變化。第就今秋鄂、湘、贛三省戰局言之,則南軍勝矣。』夫南軍制勝之處何在？據某軍事專家近日視察長江一帶戰事，歸云：『南軍之强處不在兵力、財力，而在其背面之政治組織。』蓋即『學蘇俄之革命經驗，依照蘇俄赤色軍而編製軍隊，於革命之要素無不備具，故能制勝』等語，是則南軍之勝利實由蘇俄之援助，而其援助之主要部分實爲蘇維埃革命之經驗，是在有智者静以考之耳。録之以觀其後。午後，赴秋岳甥招，在靈清宫陪弢老作折枝吟，座中皆榕社人，作三唱方散。

二十一日（五月二十一日） 晴。連日皆有風。下午後更甚，至可厭，真從來未有之氣候矣。今日人極不適，終日昏昏，垂頭欲睡，疑爲中氣虚弱。夜睡約四小時，醒而背脊作痛，腹中脹滿，食藥製青果兩枚乃稍舒，始知仍係愁悶氣鬱陰滯之故，非虚也。天明後，復矇矓數小時，腹亦平復。

二十二日（五月二十二日） 晴。午後，赴辛平松筠庵詩社第二集。到者有健齋、夷俶、董卿、眾異、敷庵、徵宇、秋岳、半丁。松筠庵已十餘年不到，諫草堂後又闢數楹，其北面廳事一座及迴廊皆新闢者。閲所題扁聯，似係東海當國時所搆，氣象尚修整。不知屬何人典守？席散後，拈諫草堂前雙楸爲題。楸一樹較高，一樹僅過簷，大約不出數十年物。歸後，閲《順天府志》，知庵中舊有忠愍手植槐，惜未及知，不知仍在否？俟再訪之。忠愍風節，自應令人起敬。而其宅適在宣南，爲京僚聚居之地，以故禮謁者獨多，讌集亦常借此，所以二百餘年常新也。仍由半丁繪圖。歸途至老牆根，弔志琴夫人（熙民長女）接三，晤熙民伉儷，亦無可慰解。復至上斜街，四妹外出，與若卿略談。入城至錢糧胡同聚壽堂，拜新甫八十壽。歸寓後，在西院樹下久坐，受空氣，尚爽適。今日與昨日儼如兩人，因未動一念慮也。下午微陰，風已止，夜半又大起。

二十三日（五月二十三日） 微陰，風未止。君坦來。務觀下午來，與濟兒談崎館收束事，仍不得要領，腦筋近頗亂，懊惱之極。

二十四日（五月二十四日）　晴，無風。幼梅、魏儕來。午後笠士來。適在西廳臥，未晤。是日蓀女生日，在景山後晚飯，歸寓已過子矣。

二十五日（五月二十五日）　晴，仍有風。飯後悶極，酣睡甚久。肖建來，方睡，未晤。下午四妹及務觀先後來，留共鬥牌，亦無聊之消遣也。

二十六日（五月二十六日）　晴。早起，微陰，尚未有風。檢《順天府志》，松筠庵在國初時已有之，漁洋筆記有與高念東、馮益都酬和詩。在《蠶尾續集》〔九〕。乾隆末，曹慕堂、阮吾山倡議鼎新，榜曰『忠愍故宅』。《志》云『庵不祀佛，壞襆頭神像，相沿爲城隍神』。乾隆丙午，楊給諫壽楠、李都諫融視城，訪知爲忠愍故宅。按，《池北偶談》謂『念東以老病移居松雲禪舍』。高詩有『戶倚雙藤梵宇開』之句，不及忠愍一字，當時猶未知爲忠愍宅也。但既云禪舍梵宇，則奉佛有明證，與《志》云不祀佛者又相矛盾。紀載傳聞之不可以盡信，類如此。道光戊申，心泉出諫草，付張受之刊石，受之，名辛〔一〇〕，叔未解元猶子。始有諫草堂之築。主其事者爲沈文節炳垣。文節視學廣西，殉粵匪之難。受之刻石竣，即嬰疾，沒於庵，文節有詩記之，何東洲爲作誌銘，視亨甫尤爲可痛。大抵庵故址甚湫隘。自諫草堂成後，咸、同士大夫多就此爲文讌之地。後來臺諫諸君，每會議皆在此。其實忠愍並非諫官也。庵中老槐，傳爲忠愍手植。楸樹兩株，一較高，一僅過牆，皆在諫草堂前，似築堂後所植者。昨偶擬題圖詩，枯窘殊甚，姑錄俟改。崇效無棗花，五楸補其隙。松筠遺諫草，雙楸人罕識。城南游騎多，花時判喧寂。先生龍比從，豈眷一區宅。後賢奉瓣香，祠宇遞修葺。玄黃有易位，忠佞況陳迹。楸乎獨何心，負牆猶聳立。憶昔宣坊居，去庵僅咫尺。十年足不到，拜像空踧踖。詞流百輩盡，參天餘古道。藤蘿不敢干，扶持倘神力。玉几今畫宗，著墨頗矜惜。看君放直幹，吾詩但疥壁。下午烏雲密布，微雨如散絲，入夜聲漸酣，達旦未已。

二十七日（五月二十七日） 交午雨始止，雲開日出。據報稱，雨有四寸餘，不知於旱麥尚能補救幾分否？幼梅來，留其午飯。終日泛覽，臥後方搆師鄭《莪蒿永慕錄題後》文，肝氣大衝動，竟不能睡，蓋邇來直不能搆思也。

二十八日（五月二十八日） 晴，仍以泛覽遣日。晚飯後，烏八來，乞致星甫信。亥初即睡，仍終夕不成寐。夜間並未搆思，似又不關乎此也。

二十九日（五月二十九日） 晴。下午陰有微雨。以昨夕未睡，午飯後即偃臥覓睡。雖合眼兩小時，仍覺不酣。幼梅、韻白來，皆在睡中也。秋岳遣人來取樊山所書條幅兩張去。夜臥仍轉側，不成寐。聞寅正鐘點，始稍矇矓。天明後略有夢，較前兩夜爲愈矣。枕上聞雨數陣。

三十日（五月三十日） 陰。上午仍有雨陣。午後雨又連下，但俱不大。林榆園來，未見之。烏八來取信去。師鄭《莪蒿永慕錄題後》文，殊不愜意，改題七言一章，用柏梁體，姑以塞責。國朝文獻盛海虎。駢肩接踵多名儒。君家系溯唐金吾。雲溪再徙來定居。百年喬木存先廬。黃巾禍起連江湖。步青先生抱遺書。奉親避地頻飢驅。亂定蓺來三徑蕪。上庠食餼中興初。和璞屢獻仍懷瑜。閉門著述稱潛夫。門前不絕問字車。高堂色笑時將輿。年躋大耋猶康娛。芝蘭玉樹環階除。一經遺之勤夢畬。伯也早達翊天衢。金陵就試攜兩雛。重違母命心踟躕。遽聞母病急轉艫。炎熇六月汗浹膚。關津迢遞嗟難踰。方寸亂矣昊天呼。同日與母歸泉墟。事聞九重詔旌閭。至今鄉里傳孝烏。同心更有佳耦吳。早嫻女誡有德隅。義方奉子孝養姑。習勤不憚井臼敏。推恩六姻罄所儲。一室之內常怡愉。含章可貞坤德符。我交令子廿稔逾。幼曾從宦游吳趨。世德耳熟頗能臚。證之紀述非虛誣。人生除是空桑墟。明發之感誰則無。滔滔世變今何如？邪說充塞楊墨徒。大倫既滅無親疏。豈惜同種相剪屠。湘鄉家訓魚菜豬。箴言親揭□□胡。大儒勛業炳寰區。特語學子方笑迂。知君不獨良性殊。錫類堇欲砭頑愚。佛雲片石留畫圖。紅豆歲時還紛敷。鐫之金石定不渝。千載當與隴阡俱。年來人海同羈孤。秋風歲歲思蒓鱸。安得普天偃戈殳。墓田丙舍親耕鋤。〔一一〕務觀自律，留其晚飯。子正睡二小時，後夜飢不成寐，陰分漸虧矣。敷下添『積善門庭襲慶餘，文學志行爲世模』二句。

校記

〔一〕『聲』，底本闕，據家集刻本補。

〔二〕『香樹』，底本誤作『香榭』，據家集刻本改。

〔三〕底本無『後人』，據家集刻本補。『漁』，底本誤作『樓』，據家集刻本改。

〔四〕『牧騶』，底本誤作『牧歸』，據家集刻本改。

〔五〕『滇中』，底本誤作『黔中』，據家集刻本改。

〔六〕『岑』，底本闕，據家集刻本補。

〔七〕『羈』，底本脱，據家集刻本補。

〔八〕『抱經』，底本誤作『抱溪』，據家集刻本改。

〔九〕底本脱『蠶』，徑補。

〔一〇〕『名辛』，底本誤作『名章』，據家集刻本改。

〔一一〕本詩『熇』、『錫類』，底本闕，據家集本補。『紛敷』，底本誤作『紛散』，據日記末句及《匏廬賸草》所載同題詩作改。

五月初一日（五月三十一日） 陰。午睡仍不甚酣。下午，因有味雲之約，榕社會期未能到。同席爲樊山、闇公、劍秋、彤士、子威、疑始、映北。除樊山外，皆吳人也。談藝甚暢，歸已逾亥。是日夔女生日，親串來，近一桌，尚未散也。

初二日（六月一日） 陰。昨今皆濃陰，遠處似有雨。連日徐、豫戰雲甚惡，首都不久必有變。處堂燕雀，未知身命所寄也。君坦來，共午飯。晚赴海軍聯歡社。筍玉在津，嫁女回，今日設筵謝客。同鄉陳耕齋以數日退兵爲其軍長挾嫌槍斃〔一〕。頃客座，所聞較詳。其人頗有血性，勇往善戰，爲後起之英才，明珠暗投，卒罹奇禍。士生亂世，復何說哉？夜睡尚適。

初三日（六月二日） 晨陰，交午微有日。卯初在西院樹坐，片時稍舒。堙鬱，復回屋中小睡，爲蠅所擾。起後，致師鄭書並詩。幼梅來，煩其代書《賀燕孫封翁保三先生重游泮水》詩。九江門下得傳薪，一曲功夫在反身。難得滄桑留碩果，還從泮藻溯前因。雲梯接引三千士，雪案辛勤四十春。今日辟雍鐘鼓寂，圜橋觀聽若爲新。保三出朱九江門下，著有《四書日錄》三十卷。燕孫兄弟入民國後，崇高厚實，烜赫極矣，當非其所及料也。此次重游泮水，燕孫代向成均行謁聖禮，亦前此未有之例，與泮水名實殊不稱，民國固無所不可也。此詩才五分鐘，草草成。午後，往弔童佑萱。座間遇芝老、行陀、叔沂、蠖生諸君，談至一時許方歸，天已晴矣。

初四日（六月三日） 晴。師鄭來書，送還《匏廬》原稿，又代南中某求題《三世耄耋圖》詩。此君交太襍，勢不能一一應之也。嘿園自津來，談至久。幼梅交代繕梁太翁賀詩，用磁青紙金字作楷，極精工，惜此手今無所用之。

初五日（六月四日） 晴。師鄭又書來，謝昨詩，並寄示《詩史閣叢刊書目》。聞王靜安前日自沈於昆明湖。靜安，嘉興諸生。游學日本歸，曾爲學部主事。國變後，以教員糊口。癸亥歲，內廷因南齋人少，求堪充其選備顧問者。羅叔韞、沈子培交薦之，與楊子勤、溫毅夫同入南齋。二君皆詞材宿望。靜安特賞五品頂戴。甲子秋，逼宮之變，奔走日使館，頗有接洽。張園定居後，回京就清華大學教員，仍不時赴津。聞此次沈淵，乃因赤氛緊迫，恐以後乘輿益無安處之地，憂無計，憤而出此。其死與梁巨川相類。然巨川憤共和之失政，在以死諷世，於故國之痛尚在其次；靜安則純乎忠赤，大節炯然，又在其上。余癸亥後，於內廷始識之。其詩文皆根柢槃深，又博古多通，心竊敬仰，惜共事日淺，未共深談也。聞君懷中尚有遺草，必非尋常文字，當有爲之刊布者。午前筍玉來。飯後，爲君坦邀至景山後，與葵女及劉外孫女、小外孫至北海。游人如蟻，竟無一識者。茶座竟無虛席，徘徊久之，始遇和姪，於臨水棚下騰挪一座處。正值雨來，啜茗看雨景，霽後復回景山，後又震雷大雨一陣，傍晚歸。聞君坦言，晤毅夫談及上次刪削南海《謝恩摺》語。徐善伯到津，向毅夫大鬧。（善伯，徐勤子，於南海爲小門生。）自攜摺稿向張園呈進，上累次未傳見，憤甚，歸怨於弢老，欲尋弢老理論，幸未值面，聞已回滬矣。又聞陳貽書有劾南海摺，致身後賜扁尚遲遲未下也。

初六日（六月五日）　晴。數日前失眠之病，聽之，竟自愈。早晨起後，愁緒紛集，支枕復睡，午後再睡，皆甚酣。奈醒後愁悶依然，能如靜安之長睡不醒，豈不大樂哉？蓋必如彼之勇決，乃能得死所。空言祈死，皆惜死之人也。午後幼梅來。嘿園書來，乞爲陀庵遺詩作序。下午有雨意，未成。寄津信。

初七日（六月六日）　晴。昨睡竟達旦。午前羣一自津來，略談近事。飯後，策六來，言欲辭省館董事，約日會商。幼梅來，鬥牌至深夜方去。接津信。

初八日（六月七日）　晴。貽書晨來，言顧仲平逝世。務觀來。午後至國子監，賀燕孫尊人重游泮水。

是日，燕孫代行釋菜外，並延任公講經文，又有襄講、贊引諸人，大抵皆一時名流。此舉名實不稱，質言之，直可斥爲僭妄。意本不在觀禮，因成均久未到，欲順訪古蹟，而石鼓在大成殿前，爲車騎所阻，竟未往訪，僅閱石經一徧，匆匆即出。以後禮節如何，概不之知。甲辰考試，漢中書充閱卷官，借此考棚住宿五日，距今二十餘年矣。歸途至景山後，小坐始歸。晚務觀來。

初九日（六月八日） 晴。則濟早車赴津。孟純自津回來，同午飯。昨與務觀本約同赴公園，乃下午雲陰甚濃，大有雨意，遂未敢出，雨亦竟不下，留其在寓鬥牌，亦無聊之極矣。

初十日（六月九日） 晴。是日爲先大夫冥壽，家祭。君坦來。知孟純得東電，已於早車出京赴濟。連日雨意不成，熱度驟高，著單衫，猶苦熱。下午務觀來，與同到中央公園，葵女亦偕往。觀書畫展覽會，皆近人手筆，且多扇面，無甚佳者。在茶棚下小坐一時許，歸。

十一日（六月十日） 晴。則濟自津回。下午至會館商議策六辭會計董事，芝老亦到，劉幼蘇、李梅閣、曹勉庵三君俱不肯接受，無結果而散。

十二日（六月十一日） 晴。長日無事。傍晚務觀來，作鬥牌戲。

十三日（六月十二日） 晴。高一峰來。飯後至會館，與芝老及劉、李、曹三君議決策六所經管款項簿據。由春敘公舉董事王吉臣暫行代管，吉臣頗籍芝老勸駕之力。俟秋敘公會再推定議。散後，值洽社會期，爲滃午强留，勉作一唱。今日本約務觀在景山後相候，游北海，會散已傍晚，務觀在彼久候，雲陰西集，大有雨意，游興爲之一掃。君坦留晚飯，閒談至亥正方歸。閱晚報，載皇室有『王國維卹典諭旨』一道，並予謚『忠愨』，不勝駭愕，不知是真是贋？年來舊臣如呂海寰、張人駿，皆無卹典，但獨爲此破格之舉，即使出上意，左右諸臣亦應諫止，況王公自有千古，並不因謚法爲重輕。愚見：如令詞臣作一篇沈痛之誄文或祭文，轉可感動人心。此等浮榮，徒滋謗議，期期以爲不可也。

十四日（六月十三日） 晴。李叔耘前日歿，今日接三，飯後往弔之。順路到徵宇處，暢談至久。將登車，徵宇夫人又遣挽留喫點心。合奇自津來，在寓相候，久之始去，竟未晤。歸寓，魏儕來，略談即去。一峰來，言日内回南。李仲言遜遣人送其尊人堯琴《甓龕詩錄》二册，刊刻裝訂皆甚精。堯琴爲壬秋弟子，工詞章之學，嘗任郵傳部參議，與共事數月，詩册尚未細閲。下午雲陰密布，極蒸鬱，至後夜始有疏雨一陣，余已入睡鄉矣。

十五日（六月十四日） 晴。下午赴榕社會期，作折枝三唱，戍兵間又下雨一陣〔二〕，散時已止矣。

十六日（六月十五日） 晴。接津寓寄來王靜庵訃文，賜卹予謚皆載之，果真有此事矣。其開弔即在明日，假全浙館。匆匆不及作挽章，僅作一聯挽之，一代經師朱竹垞，千秋騷怨屈靈均。亦太空泛矣。夜間復擬一聯云，止水自澄在，先生固堪瞑目；浮雲皆幻願，來者各自折心。較爲超渾，惜前聯已送去矣。合奇來，談甚久。幼梅來。

十七日（六月十六日） 晴。幼梅來。飯後，出城，至全浙館弔靜庵。座間晤鳳孫、艾卿、玨生諸人。靜庵易名乃忠愨，非忠懿。玨生云，此舉純出宸衷，並未與左右商之，但愚見終未以爲是。歸途畏熱，就近訪季友，暢談至日斜，復順道往見巖孫。巖孫端午日翻車，致左臂脱節，有人薦一劉姓俗呼『桶劉』者，誤延一張姓，治數日無效，始知其誤。日前始復延劉治，乃日有功。都中常有此專門老醫。近人喜延西醫，不必盡勝中醫也，特誌之。又昨聞誂孫說理齋中風，頃座間聞已見愈，惟右臂尚無知覺，恐成痼疾，本擬往看，以又須枉途二三里，未及往。

十八日（六月十七日） 晴。昨雨意不成，寒暑表已升至八十五六度。閲俞理初《癸巳類稿》遺日。考據之學，於夙性極不近，取其耐看而已。

十九日（六月十八日） 晴。接廈門吴渭漁書，索《亥既集》。渭漁爲韵石師世兄，師母猶在堂，去年九秩，曾作序文寄祝。今日安國軍大帥就大元帥職。晚間，步蘭來，談甚久。

二十日（六月十九日） 晴。君坦來，同午飯。下午同到中央公園，至傍晚歸。

二十一日（六月二十日） 早晴，向午沈陰，蒸鬱非常，雨終不下。下午，赴季友之招，與季友、貽書、朗谿手談，至亥正散。座無生客。雖楚囚相對，而氣味尚不惡，此半日算在羲皇世界矣。

二十二日（六月二十一日） 陰，雨仍不下，惟熱度較減，不如前兩日之蒸鬱，恐成亢旱之象矣。合奇、孟純來。晚得津信。

二十三日（六月二十二日） 晨陰，未申後忽開晴，入夜雷雨交作，約一時許始止，可謂甘霖矣。意者，天尚不絶人乎！ 是日爲蟄園第七十八會期，值課爲守瑕、仲騫、吉符、廸庵，到者爲樊山、栘疏、穉鄉、潁人、徵宇、壽峰、子威、巽庵、仲雲、葦仙、孟純、君坦及余，作二唱散，時雨已止，甚爽適也。

二十四日（六月二十三日） 晴。飯後睡一時許，晚與内人先後到景山後小九所，攜日妾出見，與孟純談至亥子交方歸。熙民夜來訪，適相左，未晤。

二十五日（六月二十四日） 晴。閲《杜茶邨集》。望溪爲茶邨作誌，謂『有三子，一幼迷失，一爲僧遠方，惟世濟後茶邨死』。而《黄州志》則謂『茶邨二子，世農字湘民，世廈字柏梁。世廈早夭，世農亦先茶邨卒。又有世捷，字武功，湘民與武功兼工詩』，與望溪誌不符。茶邨既爲望溪父執友，望溪何以考之不詳？《黄州志》並載呂德芝《書杜和尚事》云：『靖州天柱縣邊苗地有一徑，四十里可達黔中。而叢菁荊杞，彌亘山谷，諸苗穴之，肆剽掠。有行僧杜和尚者，能詩歌，語天下事如指掌熟，游其地募貲，斬伐成坦道。諸苗阻之，杜持鐵杖獨戰，斃苗三酋，餘披靡散，遂成康莊。當事欲旌之，卻去〔三〕，結庵中途，獨居以護行旅。暮年嘗語人：「吾黄岡人，先人邱墓在黄，思歸，正首丘。」言之泣下，後不知所終。疑望溪所云迷失爲僧即此一人，非二人也。然茶邨不忍故國，壯歲即自儕於遺民以至老。而其子乃忍於其親，遁於方外，殊不可解。要之，茶邨狂狷一流，非中行之士也。明季遺民，吾最服陳確庵、陸桴亭，能循分自得，在當時無赫赫名，爲徵聘所不及，而遺書皆可傳。《茶邨集》，世多有之，以杜和尚事蹟甚奇，姑録出。下午移疏、熙民、幼梅在此手談。局散後，熙民又閒談一時許方去。夜寐，極不適。

二十六日（六月二十五日） 晴。君坦、幼梅、魏儕先後來。昨晚失睡，特早睡，尚酣適。

二十七日（六月二十六日） 晴。飯後往弔胡遲圃及曾履川嗣母之喪。因弢老昨入都，順路至靈清宮，與弢老、夷俶暢談甚久始歸。下午熱甚。

二十八日（六月二十七日） 晨微陰。閲《黄報》載師鄭《天刑篇》詠唐繼堯病中見鬼事，兼及蜀中顔楷、尹昌衡之慘死。師鄭如此等詩，不必論其工拙，要自可傳，且其詩意於説此等話亦較長也。詩不具録，録其序。伯兄少元先生光庭，久客都門，昨以其胞弟光儀自滇中來函見示。函中備述唐督蓂賡病中爲冤鬼所祟，稀稀慘狀。又聞蜀中前議員孫君言尹昌衡、顔楷之死，亦由鬼來索命，事甚確鑿。孟子言：『殺人父兄，人亦殺其父兄。其去自殺也，僅一間耳。』十餘年來，殺機一動，循環無已，其氣燄方盛，亦若可以無道行之。究之，怨毒既深，乖戾日甚，人力所不能報復者，鬼神得而殛之，此即所謂天刑也。吾爲此詩，非以張迷信，誠痛夫爭奪相殺，其禍益烈，欲世之擁權位而逞干戈者，有所覺悟云爾。尹爲蜀中第一任都督，趙季和即死其手。詩注言『尹、顔二人生前均見季和來索命，泣涕求饒不止。顔乃戊戌翰林。顔登第年尚未及冠，與尹爲親家。其父爲蜀耆紳。蜀事亟時，季和以家財及書畫珍品託顔氏父子。顔氏力任之，不特不克踐言，並下石以速其死』云云。按，尹失職後，改業作文人，來京嘗拜樊山門下，稱詩弟子，尚未聞其死也。余致師鄭書，云：『讀大作《天刑篇》，頫首主地，此等警世文字，可以懸之日星，惟我兄能放筆爲之，乞以白紙録一通見惠，弟當裝潢珍藏也。觀數君之終被冥誅，而趙樾村、宋芸子、趙堯生數君子老壽無恙，吾輩亦可以自壯矣。』葉奂彬涉獵雖富，而人品近駁雜，自有取禍之道。但不知趙啟霖之死確否？又，報登退舟《弔王觀堂詩》一首。一編我讀《觀堂集》，不見斯人已繫思。矧值懷沙初賦日，又當大陸欲沈時。頻年惡月新傳警，往事明湖舊誦詩。聞道國良無處贖，百身爭爲寫哀詞。詩亦平平。然觀堂身後輓章尚未有見者，故亦録之。嗟乎！同是死耳，一則使人稱快，一則使人致敬致哀，此即天堂與地獄之分也。趙樾村方伯輓唐云：『功罪分明，野史稗官，我能直書一十六年事實；冤親平等，夜臺孽鏡，公應慚對千七百萬生靈。』又一聯云：『歎息我言不納，撒手獨行，隱使衆人消積忿；思量君質良佳，師心自用，甘爲羣小送長終。』較不如前聯之痛快矣。樾村爲錫文清所識拔，任黑龍江度支使，與黑撫周少樸不相得，去職。據關東輿論，皆右趙而左周也。師鄭續得友人信，似尹昌衡猶未死，顔死則確，見鬼事亦無實證也。午後沈陰，悶熱非常，寒暑表升至九十餘度。熙民來，略談即去。

二十九日（六月二十八日）　晨微雨一陣，午未間連雨數陣，皆不大，而天氣陡涼，胸襟爲之一爽。致伯玉信，並送去越園乞書扇面。録《船具十詠》應之。書殊劣，詩則自謂不劣也。晚霽，欲出門而無可適。庠姪來，閒談破悶，無聊極矣。

校記

〔一〕底本『數』後衍『以』字，徑删。
〔二〕『戌兵』疑『戌亥』之形誤。
〔三〕『卻去』，底本誤作『節去』，據家集刻本改。

六月初一日（六月二十九日）　晴。嘿園來，促《陀庵詩集》序文。下午赴榕社會期，余與熙民值會。弢老適在京，作三唱，甚酣。

初二日（六月三十日）　晴，幼梅來。下午季友招同熙民、立滄手談。酉戌間雷雨大作，一時許始止，久旱得此爲一快。

初三日（七月一日）　晴。君坦來。師鄭來書，並送《讀經救國論》十部。此書時人皆視爲陳腐，當此邪說横流之日，實不足以悚動人心，無可分贈也。夜睡甚早。

初四日（七月二日）　晴。下午小雨一陣即開霽。是日葵女生辰，與親串在景山後晚飯，歸已不早矣。

初五日（七月三日）　晴。熱甚，午後至九十二度。是日又值惠姪婦生辰，赴晚飯，與惠、燮二姪談極久。飯後，至景山後，與孟純、君坦有所商確詢訪之事，至三鼓始歸〔一〕。

初六日（七月四日）　晴。熱如昨，下午尤蒸鬱，傍晚略有雨點。至上燈後，連雨數陣，始有涼氣，得以穩臥。孟純來，言明日赴津。

初七日（七月五日） 晴。熱度稍減，午後復熾。君坦、燮姪來談甚久。入夜電光頻閃，至夜分風雨大作，枕上略聞簷間溜聲，雨似較昨爲大也。

初八日（七月六日） 晴。昨得快雨，似稍涼，而過午仍熱。連日除把卷悶坐外，無所事事，亦只及晴雨，嬾於動筆，勉强應課而已。閲報，知膠濟路又有變動，未知下文如何。陳夢陶同年八十誕辰，畏熱未能往。乙亥同年在京者，只夢陶及景蘇、玉蒼矣。

初九日（七月七日） 晴。午後微陰。陳鼎丞自日本歸，來謁，談此次赴文學會情形。下午幼梅、合奇、組南先後來。務觀自易州回，晚來，留與組南同晚飯，至子初方散。浪談無根，聊破積悶。

初十日（七月八日） 陰。晨起視庭院猶濕，似昨晚有雨也。下午雨連下，入夜兼有雷聲，涼爽之極。悅卿來。燈下錄昨所作《陀庵詩序》。陀庵天資卓犖，博涉羣書。自幼時即有神童之譽，余早聞之。楊洵若茂才舉秋賦入京，一見歡如舊識。顧累困公車，橐筆奔走。武進盛尚書方經營南北鐵路，余爲推轂司書記。在事歷年，往來燕豫之郊，亦常以事至京，與文酒會，獨未見其所爲詩。庚子別後，遂疏音問。微聞君里居，與諸名流結社唱酬，詩名噪甚，爲傾想久之。國體既更，文士大都失職。民國初元，嘗北來過訪余於沽上，未幾復歸。癸亥再至京師，則久病之後頽然老翁。又以游山傷足，不良於行，猶强自支厲。近事無可談，暇輒過從談詩。余偶出《論國朝詩家絕句》相示，君見之甚喜，互舉所聞印證，慫恿賡續成之。君夙依族父太傅公，詩學亦得自親炙者爲多。太傅既扈從，徙居津門。君益茫然無所向，感憤世變，宿疾復發，遂以奄逝。今夏，嘿園攜《身雲室詩存》一冊見示，皆錄自其遺篋者。嘿園爲校訂編次，將約同志集貲刊行，問序於余。余詩功短淺，何足以論定君詩？獨念與君交垂四十。秘世局之幻，匪夷所思。君雖坎壈一生，猶幸此錦囊心血未付劫灰，後之人必有讀其詩而悲其遇者。余衰疾杜門，惟賴三五知心相娛寂寞，乃天又奪君之速。前塵如夢，來日益難，追溯生平，又豈聚散存殁之感已哉！文雖不工，亦非雨窗新涼不能了此債也。

十一日（七月九日） 晴。飯後，往景山後。孟純自津回。微有感冒。君坦電約務觀來談。傍晚爲務觀、君坦、葵女至北海五龍亭啜茗。上燈後，划舟至漪瀾堂，望廊下游人已漸希，遂不登岸，復划舟返，小坐即分散，然已近三鼓矣。

十二日（七月十日） 晴。得蔣彬侯書，並《大學正釋》及《救世正教》各一部，皆悟善社乩壇中乩筆也。人事無權，乃託之神靈，欲以覺昧警頑，庸有濟乎？君庸來，贈所印章『草草訣歌』，並出扇面二，乞書詩，因面託其崎館所借，留支展期再扣，允屆時酌展云。傍晚，務觀來談，至亥初雨驟至始去。

十三日（七月十一日） 雨。自昨宵至今日夜半，雨始終未斷。聞西城街市，水有深至二尺餘者，要亦都中從前所常見，不足怪也。寄津信。又致宰平書，並交去《松筠庵雙楸題圖作》。

十四日（七月十二日） 晴。白原來。孟純、君坦、幼梅、魏儕先後來。傍晚，務觀來，至晚飯後方去，入夜小雨一陣。

十五日（七月十三日） 晴。笠士來。實馨來書，言前爲《題篝燈課讀圖》在滬因亂遺失，因復續繪一圖，乞補錄前詩及補題。因樊山、茫父皆有補題之作，亦草草作一絕應之。嶰畫通靈偶賺癡，瀧阡借讀事尤奇。一般光景重摹寫，總是天涯陟屺思。下午赴榕社會期，作三唱。前後到者雖有十二三人，而輪值太密，其間有極貧窘不能值課者，甚費支持也。徵宇赴津未歸。

十六日（七月十四日） 陰。昨晚甚蒸鬱〔二〕，今日卻不熱，疑夜間有雨。得君九書，送來葉鞠裳《奇觚集》續刻詩詞二本。據云，前有《奇觚集》三本，送在澐兒處，尚未及見。此殆其零縑碎錦也。近所得芰卿、子修、堯琴遺集及此，皆不失爲當代學人詩文較有法度者。比來後進之學詩，但恃聰明〔三〕，唯掉弄筆鋒而根柢不立，氣味終遜，此則時代爲之矣。辛平復書，言《雙楸圖》尚未繪就，渠詩亦未脱稿。濟兒晚車赴津，附船回崎。來日茫茫，無一處樂土，心緒惡雜，至不可言。曾魯南來。

十七日（七月十五日） 微陰，連日皆涼甚，早晚著袷衣〔四〕。昨晚忽腹痛，至天明連瀉三四次，早起復瀉兩次，但較少，午後始稍止。困憊之極，煎神麯服之，偃臥至傍晚方起。蓀、葵兩女皆來看。務觀、魯輿來。

十八日（七月十六日） 晴。昨晚睡甚安。午前後又瀉兩次，腹中較昨爲清爽。孟純、君坦先後來。接津信，濟已於今早開船。下午作《題尤和賡尊人事略》詩一首。汴水閩山溯始遷，手修譜牒紀瓜緜。乙科早歲膺秋賦，丙舍終身守墓田。卓行允爲當世範，清芬自付後昆傳。百年真見伊川禍，誦到遺言一慨然。《事略》題詩，前人所無，復應之而已。又作《寶瑞臣六十壽詩》二首。玉葉金枝地望崇，詞流百輩仰宗工。宣和書畫歸精鑒，慶曆文章接鉅公。大集允追宸萼後，前塵都入夢華中。歲寒留得貞柯在，肯羨鷗波松雪翁。臺省叨陪鵷鷺行，黑頭公望重巖廊。史宬藏役藏綾本，瑣院聯吟憶燭光。歷歷巢痕餘故事，翩翩綵舞看諸郎。風塵澒洞人間世〔五〕，輸與蓬萊日月長。致伯玉書。

十九日（七月十七日） 晴。李慶成來，字兆一，孟魯子，叔耘孫。以乃祖訃文底見示，略爲斟酌。傍晚至玉蒼處拜壽，伯炅兄弟已赴忠信堂款客，僕人引入內室。玉蒼氣色尚好，而兩足不能動，語多即微蹇，大似數年前軒舉病況。據云，飲食尚照常，然似此帶病延年，縱不即死，亦殊無生趣矣。《洪範》五福以『康寧』次『壽』、『富』之後，有旨哉！連日爲人書箑，皆不愜意。余書本極劣，不可示人，而近來乞者漸多，絕不解其嗜痂之故。今日爲君庸書，便面諦視，頗似十數歲學童初習卷楷者。老馬爲駒，正可供一笑耳。夜熱甚，未明即醒，在室中盤旋至日出，始復小睡片時。

二十日（七月十八日）　晴。腹疾已漸愈。晨起，飭小僮收拾裏間套房，爲逭暑靜坐之所。彼室中稍涼，亦歸熙甫項脊軒之類而已。余自遜政詔下，即疑共和之不可立國。自項城死後，即知大亂之無已。時當民國三四五年間，朝野歡娛，一般號爲政客者，樗蒱倡優，揮金如土，氣燄咄咄迫人，常斂袵避之。今則若輩落拓者什有八九，其奔走而横死亦略可縷數。而吾敝衣補綻，日食兩盂粥、數胡餅，十餘年來已練就能向難民廠中過生活之一人。天必欲留此頑軀，備嘗萬苦，惟有順受其正而已。鶴友滬上來書，言此次附新銘船南下，因載笴帚，遺火幾肇焚舟之禍，幸澆救尚速，得無渠上次附通州輪船即遭火刼，僅以身免。兩次遇險得脫，真厚幸也。鶴友穩練篤誠，同鄉中所不可多得者，以海軍部不能安身，就南中另覓枝棲。吟社中失此一人，令人惆悵。其瀕死得生，一而復再，亦足見皇天之有眼矣。致君庸書，送還扇面，並錄《題松筠庵雙楸圖》詩，請其轉呈芝丈。夜仍熱，不能安寢。

二十一日（七月十九日）　晴。自午後即熱悶不可當，並頭筋亦作痛，不知今年之熱果異於常年，抑吾之身體與往年異也。下午愁鬱不堪，姑袒衣習字爲消遣。得芝老書寄示《題雙楸圖》詩。晚飯後，忽護兵連頭得急病，醫藥皆不及，僅三四分鐘即絶氣，幸其家人已趕到抬回，亦奇事也。亥正雷雨，大至徹夜方止。

二十二日（七月二十日）　雨止，猶濃陰。昨晚雨聲中得飽睡。今晨人稍爽，作津信。師鄭書來，送新印《龍禹齋駢文》樣本。又，龍泉寺主僧明淨寄來徵啟，屬題《檢書》、《聽琴》二圖。爲程春海侍郎歿後，侍郎設於寺中。阮文達率何子貞、陳頌南、汪孟慈諸公往檢遺書，戴文節爲之圖，諸公皆有題跋。乙丑四月，明淨前具蔬筵見邀，出以見示，並索題詠。同席有書衡、退舟、中甫、治薌十數人。退舟先有五古長篇，敘次極翔洽。余以珠玉在前，爲之斂手。此次徵題，乃索舊債也。《聽琴圖》乃今春李星樵諸人在寺雅集，賀履之爲之繪圖者。春海與文達諸公，皆一代斗山；文節丹青，尤希世之寶，因私衷所至景仰者；履之亦多年舊交。而在座諸人雖聞名，有素多未謀面，況二圖聲價懸絶，併題頗難著筆，題其一而遺其二，又恐開罪時賢，且置之再説。又黄執齋允中自閩信，並寄紙乞書其家廟楹聯。聯語乃其自撰，擬託組南代書應之者。午間仍熱，忽大風起，雨亦旋至，天氣驟冷，連日炎蒸至極點，其勢不能不變。天時較人事爲可信者在此。夜雨不絶，至清晨方止。

二十三日（七月二十一日） 晴。閲報，載李星老於十七日逝世，當非訛傳。今日爲先妣陳夫人冥壽。先妣歿於同治丁卯，恰六十年矣。余與同懷兩弟先後登甲科，戚族嘖嘖稱羨。然先妣歿時，余等皆幼稚，非特未及見其成名而無同耳。今少萊、南雲兩弟皆前逝，同懷兩妹則嫁後即逝，無可語兒時事者。人生久長在世，復何樂乎？孟純來，同午飯。飯後學羣來。澐兒囑將代擬星老輓聯呈酌，知報載確矣。學羣昨乘人力車赴署，途遇軍用汽車，撞翻墜地，幸所傷僅皮膚，甚輕，而車則全壓壞。車夫臂傷較重，已送醫院，亦險極矣。君坦來。傍晚徵宇來，云劉資穎亦於昨日逝世。渠此次住津旬日，於近事無所得，所談皆往事。又云，弢老腰疾復發，日來略愈，尚未赴園。大約張園事迄無善策，以耄年遘此艱屯，固不能有好懷也。

二十四日（七月二十二日） 晨陰，旋即開晴。漪竹來，尚未起，渠不能候，留《翠眉亭稿》及《燕臺鴻爪》二部，不知何人作，俟見面再詢。余極不喜風懷豔體之作，此種詩刻之，徒災梨棗而已。吳星夫來，談使領館經費，探詢仍無辦法。下午移疏來，談至傍晚去，云赴北海。漪竹復來，以移疏在坐，辭之，約其明日來晤。接津信，言弢老已赴園矣。

二十五日（七月二十三日）　晴。陳伯材來，促爲其族祖母壽詩。漪竹來。海六來。下午熙民自津來，談至傍晚。與俱至北海漪瀾堂，遇栘疏，茗話少頃，復觀棊一局，坐中所識者惟楊子安一人。孟純、君坦挐舟來，遂偕熙民登舟至五龍亭喫燒餅、荷葉粥，散歸已子初矣。

二十六日（七月二十四日）　晴。昨室内熱度至九十四五度，庭中已逾百度。晚釀雨不成，夜臥甚苦。次薇來，說閒話即去。下午赴季友手談之約，同季友、立滄、熙民竹戰至十二圈，大汗淋漓，甚以爲苦，歸已子正矣。

二十七日（七月二十五日）　晴。有人言昨市上熱度最高時至一百十度，未親驗也。午前芝南來，係往宣甫處賀其女公子結婚，便道過訪，並談會館事。余亦旋赴賀喜。禮堂在南河沿歐美同學會，相距僅六里餘，車往來，汗已浹背。是日，蟄園第七十九次鉢集。嘿園來，小坐，與同去。值課爲書衡、季武、峯仙、履川，惟書衡未到。社友到者，嘿園外，有樊山、彤士、仲雲、子威、沅叔、徵宇、壽芬、吉符、孟純、君坦、履川、迪庵。如此酷熱，猶得此數，亦良難矣。傍晚尚有微風，夜更熱，與昨等循例，作詩二唱。弢老壽文託履川預擬，已允可。

二十八日（七月二十六日）　晴，熱與昨同。郭侗伯由津來見訪。瑞臣六十誕辰，在福壽堂款客，延至酉初往，猶熱不可當。入夜始有微風。睡至黎明，覺有涼氣，攜書至廊下坐，陰雲四布，極盼得雨。倦甚，復小睡一時許，則杲日臨窗矣。

二十九日（七月二十七日）　晴。昨晚有風，熱度較昨似稍減。府館以義園拓地事，由蒲子雅、李次貢出頭，向省館借四百元，吉丞不能決，芝老謂須邀諸董事公決。早起。館中有知會，約今日午前會議。余以連日酷熱，頭目昏眩，往還二十里實當不住，只好據實告之。其實，余於館事灰心已久，知區區公產將來必不能保存。而值年一席訖不得辭去，去年强拉芝老，即爲稍卸仔肩計也。吾鄉在都門本無省館，在南下窪者爲福州老館，有葉臺山所題『萬里海天臣子，一堂桑梓弟兄』楹聯。大門外又有『皇都煙景，福地人文』一聯，因鄉人每元夕於此放煙火，下窪煙火爲宣南相傳之一景〔六〕。葉臺山福清館即在其側。館中燕譽堂爲承平讌集之所，京曹散值後，每就此憇息，長班預備茶水接待，每夕陽西下，三五知心相從談話，或擘牋分韻，作《擊鉢》、《折枝》之娱。陳緘齋同年言，少年時猶及見其盛。同、光以後，寓公雜遝，有人滿之患，庭宇蕪穢，非復舊觀。然上元燈火猶相沿故事也。在虎坊橋街西北〔七〕者，稱福州新館，爲陳望坡尚書故宅，尚書告歸，捨宅爲館。光緒中葉，陳玉蒼重葺之，復於東偏拓地添建南北廳事。是時平齋方提倡荔香吟社，每數日必就此作吟局。初僅粗具盤餐，而庖人善於烹調，鄉人亦時就此讌客。外省京僚因亦假座福州館，名廚遂藉藉一時，讌會幾無虚日，直至辛亥國變後方止。據故老傳聞，則謂前明時，會館本在東城某處，爲八旗沒收，乃別購下窪地。又傳洪文襄降清入關時，嘗就會館讌同鄉，鄉人不義其所爲，到者寥寥。即在館寄居者，屆時亦多他出避之。文襄頗不樂。比晚，出外者旋歸，則床頭各有紅箋包封大元寶一箇並名柬一，可想見其豪侈也。文襄所搆之洪莊，即在金魚池旁，與下窪爲近。疑下窪老館亦文襄所搆置者，然無可考矣。今之全閩會館，舊爲財神館，乃盛伯熙祭酒業產。光緒初年，可莊太守向伯熙轉購，備作省館。玉蒼爲京兆時，就此建閩學堂，僅留後屋十數楹爲會館地。另於西偏車子營闢門，署以全閩會館。入民國後，學堂以乏經費停止，復將故址出賃爲首善醫院。近日，頗有建議收回作學堂者，此亦將來一爭端也。今日暑熱微減，閒窗漫記，亦孟元老東華之思耳。漪竹信來，求代乞季武書，當即致季武。午後，暑熱復熾，夜徹曉不能寐。

三十日（七月二十八日）　陰。傍晚，曉有微風，睡兩時許。比醒，已午初矣。食胡餅兩枚，後即雇人力車赴景山後，以孟純昨有約游公園，在彼午飯。忽大風驟起，涼不可當，腹中時時作痛，電家中送夾衣，雨亦旋至。與孟純、君坦及兩女作竟日閒談。候車，至上燈方歸，雨尚未止也。今日視昨日，寒暑表落至二十度以外，天時之不可測如此。

校記

〔一〕『三鼓』，底本誤作『三故』，徑改。
〔二〕『昨晚』，底本誤作『昨覽』，徑改。
〔三〕『恃聰明』，底本誤作『詩聰』，據家集刻本改。
〔四〕『早晚』，底本後衍『早』字，徑删。
〔五〕『湏』，底本闕，據家集本補。
〔六〕底本脱『景』字，據家集刻本補。
〔七〕底本脱『北』字，據家集刻本補。

七月初一日（七月二十九日）　晴。早晨瀉一次，不暢，腹中略舒。昨得季武復書，爲漪竹代求季湘書致何豐林，即交郵局寄漪竹，但許書未必有效耳。下午赴榕社，作詩三唱歸。

初二日（七月三十日）　晴。致彬侯書，爲王貿官言電局事。又致君庸書，言崎館留支事。飯後，修改《貞午誌銘》。傍晚天陰甚，夜雨達晨始止。師鄭郵寄《詩史閣叢刊甲集》二部。

初三日（七月三十一日）　晨微陰，忽冷忽熱，似又有釀雨意，下午忽開晴。復師鄭明信片，以嬾於作書，姑以數行致謝。寄津崎信。飯後訪芝老，略談。君庸已外出，未晤。順道到景山後，小坐旋赴栘疏之約。與栘疏、季友、熙民手談，至子初歸。日間芝老談及張子武其鍠，謂此君頗忠實有肝膽，在吴軍數年，不名一錢。吴敗後，幕客散盡，獨相隨不去。報紙傳其中途遇難，雖未證實，然終惜其委身非人，至此收局也。余謂當今霸才無主，張之依吴，亦不能盡斥其明珠闇投。以最近者言之，如徐又錚之文武兼資，豈非有數人物，不過鋒穎太厲，無容人之量耳。下此若林宗孟、邵飄萍、林白水，若生在承平，彼等手筆決不至坐困風塵，卒爲時勢所乘，走入死路。饒宓僧亦逝矣。去年，遼東去死亦僅一間。吾於此輩只有憐憫之，不欲作快心之論。就中子武、又錚，實庸中佼佼者矣。即以吴佩孚論，使在中興曾、胡、左、李麾下，雖不知視江、塔、羅、李何如，斷不在劉銘傳、劉松山下也。夜醒偶思及，聊抒所見書之。

初四日（八月一日）　晴。晨起稍涼，午後熱度漸高。孟純來。務觀自津來，小坐，與同到景山後訪孟純。少頃，君坦亦歸，遂同到北海，入門沿塔山西，至傅沅叔所設書舖及呂威伯骨董舖一覽。至漪瀾堂，途遇栘疏，觀棋，散，欲上塔山。余以畏熱登陟爲難，遂沿長廊過橋，至西岸茶棚，復遇彥侯，暢談一時許，復至漪瀾堂觀煙火。是日爲北海開放周歲，故有此設，然實無可觀。在漪瀾堂各喫湯麪一碗代餐。栘疏獨喫窩窩頭。孟純初食之，甚以爲甘。余亦初次嘗新也。散時僅亥正。

初五日（八月二日）　晴。接崎島濟歸來信，即復之。連日知交以箑面索書者不下十數處，今日甫打掃淨盡。君庸復送來兩箋，不圖向不搦管之人又憑空添一債累也。君庸書，又言崎館留支展扣事已照辦矣。

初六日（八月三日）　晴。接津崎信。龍泉寺僧又來信催題圖之作，甚苦，無以應之。長日閱《湘綺集》，其箋啟一門，爲人求事者十之四五，可想見承平時宂席乾飯之多，名士於氣之盛。黎元洪所謂『有飯大家喫』者，蓋雖非藏富於民，猶不失爲藏富於官。自剛毅南下搜括而官貧，至辛丑回鑾變政，而有財政集權中央之説，則各行省庫局無不貧，向之待養於官者無所得食，則鋌而走險，土崩之禍此亦其一端也。

初七日（八月四日）　晴。天氣復熱。魯南來，言即晚暫回哈爾濱了家務。下午務觀來，與偕至景山後，同君坦往北海。游人如蟻，無覓坐處，蓋是日爲七夕節，而昨日各衙門又發放數成薪水，故攜眷來游者多〔一〕，雇小車至北岸，復趁船回漪瀾堂，徘徊至子初歸。

初八日（八月五日）　晴。悶熱尤甚，又不減數日前矣。閱報，知馮夢華逝世。林榆園來，以乍起，未見之。次贛來，言老館鄉人無理取鬧處不一而足，皆一羣無賴之人，可恨而實皆可憫者也。傍晚韻白來。

初九日（八月六日）　晴。栘疏來。因朱聘三方輯館選錄，託其查道、咸以後吾鄉館選諸人仕履，余亦只能識其大半，就所知者加注歸之。午前往叔筠宅行弔。晤子雅，略及次贛昨日所談事。歸寓，若卿已在座，暢談至飯後方去。是日四弟婦生日，赴炒麪胡同，晚飯歸。夜半腹大痛，起坐摩挲，久之稍愈，比就枕已天明矣。

初十日（八月七日）　晴。睡起腹仍痛，僅食糜粥一盂，通便兩次，皆幹糞。午後食麪包兩塊。腹又大痛，連瀉五六次，服午時茶。傍晚稍止，疲倦之極，呼張老太婆按摩，據云尚有停積，夜尚能睡。

十一日（八月八日） 晴。腹痛已止。接崎信。關思敬來，號性存，崧振青中丞姪。求致季武書。樊山書來，送所閱捲煙公司課卷。係石琴求其閱定者，題爲《金銀花》七絕、『康素』二字。鳳頂金銀花、康素，皆捲煙名也。該公司徵詩代廣告，即以煙捲作獎品，此事發端於數月前，以資本未集，因並風雅游戲，亦爲之擱置。樊山甚不悅，余居間亦甚慚歉也。午後泄瀉一次，尚通暢。明日爲內人生日。澐夫婦早車來，晚間親串來祝，坐四席皆滿，與常年不甚相遠。入夜小雨，稍涼。

十二日（八月九日） 晨陰甚涼，向午開晴又熱。戚友來者，不能不周旋。幸腹疾已愈，尚不覺勞頓。傍晚，羣一自津來，邀其至二條，與務觀及朴園、僑民二姪手談。午原、釋戡、秋岳自東興樓席散復來，在小樓玩月，至子正方散。家中女眷尚未盡散也。夜益熱，不欲睡，作《題龍泉檢書圖》七律一首。城南名剎猶餘幾，容得閒人讀畫來。師友一時見風誼，江山此日足悲哀。寂寥副墨空傳本，辛苦輶軒費鑄才。猛憶高秋蒲磵會，古榆無語傍經臺。此詩數易稿，皆不稱意，以春海先生爲平日景仰之人，畫中諸君及作畫者並第一流人物，非一詩所能包括也。又《題聽琴圖》一首。檢書人能抱琴誰？九十年光一剎馳。幸不王門安道辱，笑妨道服水雲疑。箏琵俗耳休教溷，瓶缽閒緣且自隨。聊與招提添掌故，披圖誰識畫工悲。此更草草，塞責矣。

十三日（八月十日） 晴。下午濃雲四布，微有雷聲，仍不成雨。傍晚虹出矣。長日無事，以昨題龍泉二圖詩甚不愜意，復另擬七古一章〔二〕、七絕四章，似尚不落套。夜不成寐，復加改削，錄之。國朝學派凡幾變，考據詞章能兼擅。儀徵晚出集大成，誰其繼者惟歙縣。南齋再世叨侍從，輶軒四馳收英彥。龍門在望士所歸，棘列超躋帝尤眷。東京復見鄭司農，六藝九流盡貫穿。僧廬結夏偶寄居，公暇依然親筆硯。是時阮公亦還朝，白首窮經未厭倦。門生門下喜傳薪，每集勝流共文讌。椽蘅初編黔播詩，椒馨細訂毛韓傳。無端雞夢忽逢占，頓失替人淚成霰。東洲早蒙國士知，孟慈頌南並舊掾。相將蕭寺訪遺書，別乞鹿牀寫橫卷。百年陳迹履景荒，東南亂起誰及見。良齊落孤子尹窮，斯文不絕僅如線。追思蒲澗許中言，譚生當日猶婉孌。副墨終列粤雅堂，修廊真問懋勤殿。此圖偶脱刼燹餘，方錄山門足歎□。題詩並語辯才師，有酒勿輕出缸面。〔三〕 檢來人往抱琴誰，古刹城南亦僅遺。聊與伽藍添掌故，風光休負牡丹時。 飄飄雲表飛鷗送，灑落沙跡大□行，滿地烽塵厭鼙鼓，聞報到此各爲清。

舊夢春明那復談，人間佳處只茅庵。宮絃絕後焦桐在，此意應從畫外參。 遠公故事傳三笑，中散同心得七賢。想見解衣磅礴樂，消除百慮是真禪。 絕句亦無聊之甚，以題本無聊也。蘭亭集竟，是帖末二句擬改爲『慈仁香火倘可援，歲歲花時申盥薦』，『東南』句下添『文選樓傾甲第非，錢塘濤涌狼烽遍』。但略勝於律詩之落套耳。

十四日（八月十一日） 晴。閱報，見師鄭有答余絕句數首，尚佳。師鄭前以《詩史閣叢刊》見惠，余復書有『陋巷雖貧，名山自壽，此吾輩所差堪壯氣』者，渠乃以此意衍爲數章。 飯後，務觀、孟純、魯輿先後來。 孟純先去。 傍晚與杉疏、魯輿同往中央公園玩月，游客殊不甚多，閒談至亥正歸。

十五日（八月十二日） 晴。致明淨書，繳所題《檢書》七古一章，前作又略有刪改，其《聽琴圖》因不愜意，且擱之。飯後出城，訪羣一，未遇。與若卿略談，旋赴榕社之期。 弢老於昨日來。 熙民晚車至。 天氣過熱，僅作二唱散。

十六日（八月十三日） 陰。熙民早晨來，與同到潤貝勒府拜壽。貝勒號德軒，今年五十正壽。 遇毅夫，旋到二條午飯。 熙民去後，余亦旋寓。 與務觀同到景山後，因孟純五十誕辰，今日補觴客也。 座間與履川論《黃報》登闓公所作弢老壽文，雖氣格不高而措語極得體，布局亦好。 履川以漢魏六朝之法眼觀之，固宜其不滿意也。 履川所允捉刀之件，云旬日內可完，未知結搆如何。 在景山後手談，至亥正散。

十七日（八月十四日） 天明睡醒，微聞有雨聲。 起來尚淅瀝不斷。 昨日沈陰悶鬱，終日始得此一場甘澍，或冀漸入秋氣矣。午後，雨稍止，申酉間竟大放晴。今日榕社、合社同人每人出貲半圓，爲孟純補祝。到者二十餘人，作詩三唱。弢老亦到。徵宇壽孟純一詩極有意致。今日世界，卓魯、班揚一齊束閣，復何説哉？

十八日（八月十五日） 晴。熱度漸退，可著單衣矣。午後復稍熱。務觀、孟純來。是日爲蟄園第八十次鉢集。余與樊山、潁人、壽芬輪值，到者有守瑕、師鄭、栘疏、治薌、巽庵、彤士、子威、徵宇、吉符、仲雲、嘿園、荃仙、迪庵、孟純、履川、君坦，而熙民與澐兒適在京，共二十二人，視前數次爲盛，詩亦較佳，作二唱散，僅子初也。

十九日（八月十六日） 陰。午前微雨，又有涼意。日來因蘩女病，又深焦急，而戚屬之賦閒不了者甚多，籌思無策。飯後借媒黄孀逃之黑甜。是日爲午原堂慶。昨本與栘疏、熙民約赴彼手談，正沈酣時，電話來催，大雨滂沱，遂藉詞回報，失禮爽約不復計矣。夜雨稍止，兀坐無聊，擬作弢老壽詩，竟不能成一字，亦心緒惡劣使然也。

二十日（八月十七日） 晴。早晨風甚大，可著裌衣，過午方稍暖。孟純、君坦來。飯後孝吉來，取所乞珍午墓誌。誌文乃君坦代草，略有刪潤，因所送行述於臺垣建白及在官宦蹟，簡略之極。詢奏疏亦無存藁。余雖粗知一二，不能架空立説，只得以漢碑之體爲之，敷衍塞責而已，殊負亡友。然古人固云，身後名何如？生前一杯酒。思及此，則文字亦贅物也。

二十一日（八月十八日） 晴。漪午來，言賑務餘款事，囑再商洋人，用會館名義提取其前匯閩之款。蔡鏡湖至今未報告有無撥用？民國人辦事，大都如此，可歎也。飯後，熙民伉儷來約戚友女眷數人鬥牌，至晚方散。

二十二日（八月十九日）　晴。飯後赴季友之約，與季友、熙民、朗谿作雀戲十二圈，散尚早，晤小真。

二十三日（八月二十日）　晴。晨起接崎信。午間赴熙民廣和居之約，坐有小真、栘疏、朗谿、志琴及澐兒。散後，偕栘疏、熙民至季友寓齋作雀戲十六圈〔四〕，散亦不遲。連日稍熱。傍晚得大雨一陣，旋即止，歸亦不遲。

二十四日（八月二十一日）　晴。赴芝南宅，賀其次孫納婦。芝南談及賑款事，謂須開董事會訂立保管提用章程，深以前此策六作事顢頇爲不然。此翁畢竟老練，於事遠勝於弢老之一味長者。坐間晤夢旦，新自滬來。旋至黴宇處，賀其介弟夙之嫁女卓陳，蓋新姻也。黴宇假座福壽堂款客，堅留午筵。在座有伯玉兄弟及宰平、幼庸，談甚暢。午後小睡。幼梅、魏儕傍晚來，留共手談，至子初散。

二十五日（八月二十二日）　向曉睡中聞雨聲，滂沱約一時許始止。朦朧一覺，紅日已上窗矣。午初，復大雨一陣，霽後尚有微雲。伯南自閩來，借幼庸宅約耆年會。此會創自琴南，初約每月一舉，嗣改於各人生朝前後款客，行之已十稔矣。今年玉蒼、貞賢、朗谿、幼庸生朝皆未款客，在會者人亦寥寥，不久當廢矣。

二十六日（八月二十三日）　晴。君坦來，同午飯。午後熙民來，有同鄉親春同牌局，余未與。

二十七日（八月二十四日）　雨連緜不絕。飯後冒雨至二條，視誠孫病，已清熱通便矣。與澐兒商酌壽弢老長排，復有改定。雨至半夜方止。

二十八日（八月二十五日）　晴。改定弢老壽詩，尚有斟酌。又爲仲雲作《居易齋丙丁集序》，極草率，俟再錄。傍晚務觀來，留共晚飯，作手談。

二十九日（八月二十六日） 晴。下午孟純來，與同到景山後小坐。同孟純、君坦赴中央公園，途遇熙民赴北城約，隨後往，先後遇移疏、彤士、貞賢、梅生、嘿園及和姪，閒談至亥正歸。貞賢病後，憔悴特甚，神經似亦不無錯亂，執手絮語，謂吾輩何以生於今日？ 其實中國之亂豈自今日乎？ 又談及辛丑迎鑾事，余亦爲之感動。蓋辛丑回鑾，貞賢與景溪皆盛杏蓀尚書派令籌備兩宮車輛及一切供應事，其時火車僅通至正定。余隨蹕至彼，同鄉西來者尚有廉孫、弼俞、梅貞。其駐蹕三日，與二君晨夕盤桓，是爲相識之始。貞賢之得武進信任，亦始於此時，自此積貲逾百萬。民國前十年間，猶能爲長袖之舞。比年來，各種捐耗，將近破產，遂憂鬱成疾。人生窮達得喪，皆時運爲之，營營者可以返矣。

校記

〔一〕『來』，底本誤作『未』，據文意改。
〔二〕『七』，底本誤作『士』，據文意改。
〔三〕本詩『夏』、『替』，底本闕，據家集本補。
〔四〕『齋』，底本誤作『齊』，據文意改。

八月初一日（八月二十七日） 晨起。聞澐兒昨晚汽車陷溝，腦後碰傷，即晚赴德國醫院，今早由醫院回，皆方拾珊商同德醫，暫用麻藥止痛。因即往視，幸筋骨無傷，皮膚亦未破，而震力過重，致負痛不能轉動。據拾珊來云，大體無傷，惟總須偃臥三五日方能復元。下午赴榕社例會，作詩二唱，亥正散。

初二日（八月二十八日） 晴。務觀、孟純、君坦由二條看病，順道同來，澐兒痛尚未大減，留三君午飯。飯後，移疏來約蓮蕃同手談，至晚飯後即散。夜坐無事，錄昨所作仲雲《居易齋集》序文，其實不足存也。《三百篇》錄《國風》終於曹、檜，而戰國遂無詩。其果無詩耶？抑有之而不盡傳也。晚近來，爭地爭城之劇戰，與夫縱横捭闔重陰謀，不亞於戰國，起、翦、儀、秦交相爲用，惟詩最無用。然而海内詩家方興未艾，其詩終不可廢歟！仲雲曩以《榆園》諸集見示，余既爲序而行之矣。頃復彙輯丙、丁二年所作詩，删存得二卷。君之詩，大抵與年俱進，而又博聞强識，充其才力所至，不難與古作者爭衡。今讀卷中《北海雜詩》及《海子行》諸篇，皆有關國故。《上巳禊集》諸長篇，並頓挫淋漓，有横埽千軍之概。其稊園、蟄園社作，則分編爲外集，亦見別載之審。余精力衰耗，近已不復能爲詩，泛覽而已，然舍此竟無以自遣。每得時賢流傳佳什，輒爲之諷誦不置。昔曹孟德一世之雄，猶以釃酒横槊自負，建安七子實老瞞爲開先。魏鄭公出入羣盜中，亦有感時之作。貞觀嘉謨，斯其嚆矢。今之世復有其人乎？風雨如晦，雞鳴不已。使人人皆以風雅爲依歸，則詩教之所益，大矣。吾甚願仲雲之鍥而弗舍也。

初三日（八月二十九日）　晴。往二條看澐兒，痛似漸減。飯後回寓。芝老來談賑款事，甚憒憒，決定開會討論。下午務觀、合奇、惠姪先後來手談，和姪遣人送伯玉囑致幾道《痡楚堂詩集》一本。夜微雨一陣。

初四日（八月三十日）　時陰時晴。午後復陰，雨仍未下。閱報，云長崎大風雨，水災漂没數百家，領館亦在海濱，不知有無損失，甚爲懸念，郵寄一信往詢。孟純、君坦來。飯後，往二條看澐兒病，候拾珊診後即歸，痛雖未止，人似日有起色也。

初五日（八月三十一日　）晨起，微陰，向午始見日，蒸鬱似夏令。飯後到二條，旋出城，至車子營會館討論閩賑款事。到者僅芝老、漪午、策六、吉臣。經策六報告一切，芝老意少解，但囑作信致閩賑務處，詢前匯十萬之款曾否動用，尚存若干，詳細作復。散後，至季友處，與季友、立滄、熙民作雀戲十六圈。以夜深遣車先歸，另雇汽車，臨時不至，復候車一時許，歸寓已向曉矣。

初六日（九月一日）　終日陰，至晚始開晴。飯後，至那家花園，賀絳生令郎結婚。回寓小憩。同務觀至二條，改乘汽車，赴龍泉寺逸梅和尚之招。龍泉寺龍榆即在春海先生著書室窗前，前殿有楸樹一株，亦甚古。座間熟人有陳梅生、賀履之、吳蓮溪，鄧北堂爲之招待員。逸梅出所藏書，盡展玩。候治薌不至。傍晚登蔬筵，散已天黑矣。同座尚有江西壬辰翰林某，君敘年誼，因未便詢姓字，俟再查。尚有稱前輩者一人，亦不便詢之。

初七日（九月二日） 晴。飯後到二條，澐兒痛仍未差，大約復元尚費時日。晚飯後始歸。務觀來。

初八日（九月三日） 晴。午後陰甚。傍晚復開霽，似有秋旱之象。務觀來，夜甚涼。

初九日（九月四日） 晨陰，申酉後復見日光。到二條，回。復到景山後，君坦外出，留託書壽聯及壽詩，交葵女。與孟純閒話，至上燈歸。若卿、幼梅在此手談。務觀來。壽仲樞五十聯：『函禪署室金門隱，壽首傳家玉署仙』，似尚雅切。

初十日（九月五日） 陰。履川來，交代撰弢老壽文。孟純、君坦同來共午飯。傍午，雨意甚濃，僅下一急陣，數分鐘即止，旋開晴。趙次珊前輩接三，往弔。歸途至二條，澐兒痛漸差。晚，務觀來，魯興亦來告後日赴東。燈下改履川所作弢老壽文。

十一日（九月六日） 晴。連日斟酌弢老壽文。下午熙民、若卿來，俱小坐即去。傍晚赴靈清宮晤弢老，呈履川所作壽文並自擬壽文及詩。弢老於履川作微嫌冗散〔一〕，閱余作尚無貶詞。但余序文實不逮壽詩，自知之明。而壽詩作排律，只能做到工整，不能有真摯之語。弢老並出伯嚴壽文見示，正大老當，恐當爲此次介壽作之冠。座間晤升枚、行陀、吉盧、徵宇，留晚飯，又談片刻始歸。

十二日（九月七日） 晴。陳鼎臣來，未晤。熙民、立滄先後來約。伯炅夫人與內眷手談，爲壁上觀。燈下，稍了筆墨餘債。

十三日（九月八日） 晴。晨至二條，澐兒已能涉園。午飯後回寓，旋到聚賢堂，賀弢老第三郎止士結婚。弢老於結婚之先即回本宅，未及晤。座間爲熙民約，同立滄、朗谿到渠宅手談，子正歸。

十四日（九月九日） 晴。琴莊、海六來，呈柬帖，十六東興樓午飯陪弢老，尚有己酉拔貢數人。陳寶鑾、王漢徵、方朝桓、廖昌賡、陳延齡。晚出城，赴大井胡同仲樞處拜壽，弢老亦到。歸寓，作《題劉君壽椿攝守潞安事略》詩。始子而終亥，悤悤一紀事。宮隣與金虎，矯託皆民氣。劉君仁者勇，豈止古循吏？使立於廟堂，肯效相弘輩。中原今無主，暴民起專制。君猶及清時，居下能行志。趁畢爲之，真打油腔之不如矣。務觀晚來，未晤。

十五日（九月十日） 中秋節。晨陰，過午始漸開晴。孟純、君坦、韻白來拜節。晚飯後，剛兒挈勤孫及金臺孫女赴北海泛舟，余因恐人擠未同往。歸來詢知是晚游人殊不多，都中近況可想也。

十六日（九月十一日） 晴。午前至二條小坐，即赴東興樓之約。所請者弢傅外，有艾卿、瑞臣，皆庚戌同閱卷者。又有林栘疏，乃陪客。散後，往觀季友，足疾已漸瘥。旋赴車子營會館榕社之約。社中諸友以余生日循例醵資，每人六角，已減從前之半。洽社亦有加入者，適弢老在京，故到者尚多。弢老興殊不淺，鼓勇共作三唱，直至丑初方散。王漢徵字秋浦，方朝桓字威餘，廖昌賡字幻晴，陳延齡字又虎。

十七日（九月十二日） 晴。飯後至二條，晤立之。是日約耆年會，同人到者有弢老、芝老、立滄、熙民、栘疏、貞賢、幼庸、穉辛、承梅、伯南。惟貞賢因病未愈，未入席先去。暢談至亥初散。

十八日（九月十三日） 晴。方威餘、廖幻晴、陳又虎來，三君久在教育部者。孟純、章民、務觀來。張慎之，名勤益，福州駐防，自汴來。午後，至福壽堂賀伯玉嫁女，又至芝老處拜壽。晚赴弢老之約，同席爲澤公、潤貝子、艾卿、瑞臣諸公。歸途月色甚佳，不勝玉宇瓊樓之歎。向曉睡醒，聞風雨聲甚急，似有狂雨一陣，朦朧復睡去。皇室藏內產摺千餘於華比銀行。此次政府設立官產處，竟被一庫掌私取出，送於該處。留京辦事處向之交涉，竟置不理，並收據亦不與。此爲第二鹿鍾麟矣，而貴族之憒憒無能亦足令人太息者。辦事處爲潤貝勒及艾卿。

十九日（九月十四日） 晴。晨起，風甚大，詢僕人，知昨夕並未下雨，風竟日不止。下午至二條，旋赴芝老耆年會之約，至亥正歸。接崎信，濟已出醫院。

二十日（九月十五日） 晴。昨晚微感寒，今晨睡醒，覺頭痛喉乾並畏寒，腹時時作痛。臥至午飯方起，食小米粥一盂。下午力疾赴徵宇處拜壽，其夫人六十正慶也。夜腹痛未止，時有鼻涕，服白蘭地酒一小杯就睡，輾轉不成寐，重衾擁覆，漸覺四溫有微汗，至寅初始睡熟。

二十一日（九月十六日） 晴。接友琴信，言濟病漸見愈。澐兒挈兩孫來，據云，坐人力車尚覺昏眩，稍談即促其去。今晨又出汗，似感冒已□，而腰間酸痛特甚，腹痛亦未愈，呼張太婆按摩。午後，食開花饅首三個，飯後通大便一次。晚，親串來祝壽者絡繹不絕，已能勉强周旋矣。

二十二日（九月十七日） 晴。親朋以誕日見顧，略如往年。澐兒因未能來寓，欲余午後到彼，約數人共手談，季友適來，邀之入局。歸寓，女客猶未散也。接友琴回信。

二十三日（九月十八日） 晴。接崎信。濟血止後，身體尚軟弱。下午至二條，向暮始返。錄《壽弢老詩四十韻》。

清節尚書後，耆年大董臻。摛言光往牒，論道有師臣。百爾徒充位，雙南早許身。梁村尋墜緒，左海溯前津。南服初持節，中書執秉鈞。高衢方待騁，直道古難伸。緬昔連茹拔，爭傳諫草珍。陳濤冤次律，湘水惜靈均。臺閣翔羣彥，江湖署散人。陔餘勤纂述，門下仰陶甄。園橘堪供賦，巖松自寫真。通書朝貴絕，問俗海童親。士慕登龍李，人推祭酒荀。攀弓痛鑾馭，束帛促軺輪。講幄仍丹地，朝班尚紫宸。重吟前度觀，幾積後來薪。燕處憑蒿柱，狐鳴起棘薙。聖功賴蒙養，禪詔逼宮隣。社飯年時感，弈棋翻覆頻。已寒金匱誓，誰扈翠華巡？綸邑曾興夏，岐山亦去邠。扆箴時獻納，饘橐備艱辛。宗祀存鐘簴，天驕識鳳麟。殷憂猶集蓼，歸興忍思蔬。恩宴逢周甲，遐齡應降申。東堂溫昨夢，南極照秋旻。唼餅殘牙在，書屏德語新。晚花呼壽友，朔雁恰來賓。慧業超千佛，狐根繫五倫。引喤只文字，錫羨疊絲綸。末學慚窺管，前修每望塵。史宬偕載筆，禮閣記連茵。洛社瞻尊宿，蓬山證夙因。縱談元祐局，還憶曲江春。退舍占熒惑，停梭問結璘。世情有朝暮，吾道詎緇磷。舊隱思神晏，新詩如潁濱。雲霄輸鶴健，子姓復麟振。鴻寶方皆妄，霓裳曲未湮。堯天長共戴，更數八千椿。〔二〕

二十四日（九月十九日）　晴。作翁銅士、王蓮堂壽詩二首並壽弢老詩，函託君坦代書。翁詩云：　垂白知君結習癡，千金爲壽不如詩。閒曹慣袖觀棋手，佳偶能齊舉案眉。吟鉢月泉多社侶，芳尊彭澤及芳時。華宗辨作覃溪叟，歲歲芝麻寫頌詞。　王詩云：　政譜傳家夙有聲，曾從山左識難兄。鱣堂坐看人文起，見舃歸來治化成。泮藻重賡傳盛事，徑松自撫訂寒盟。一經留得孫曾業，老福君應勝伏生。　王年八十，曾爲安徽銅陵令；　翁則稊園社友也。

二十五日（九月二十日）　晴。務觀來，留共午飯。是日爲蟄園第八丨一次會期，徵宇、彤士、孟純、君坦值課，到者有樊山、師鄭、沅叔、壽峰、巽庵、仲雲、吉符、潁人、子威、荃仙、嘿園、迪庵、履川。澐兒因傷後未復元，僅與先到諸君略周旋數語。散已子正矣。

二十六日（九月二十一日）　晴。務觀約同剛兒至義和居，陪立之午飯。歸後，下午務觀與孟純復同來共晚飯，談至亥正，雷電交作，始散去。而急點一小陣，不及二三分鐘便止，天氣之不可料如此。

二十七日（九月二十二日）　晴。履川所代擬弢老壽文屢經删改，今日始脱稿。履川此文本預備爲同鄉公祝用，因其文中貪發議論，於徐東海、羅叔蘊均有詆諆，實則節外生枝，且冗蔓處甚多，而策六又囑秋岳撰擬。君坦謂『履川素自負，若置之不用，又似於渠面子上過不去』，因與澐兒商，作爲蟄園社中同鄉公祝，乃遷就履川而有此舉，然其冗蔓處究不能不痛删也。夜雷一陣，較昨稍大。

二十八日（九月二十三日）　晴。澐兒生日。下午，親串聚集二條，季湘亦來晚飯。嘿園、季湘亦尚贊成改定履川所作文，錄下：形壽有盡也，而世變無紀。極以有涯之生而遭離奇不可度測之變，則弱者與世推移，汙合流同以苟遂其生；健者慷慨奮臆起，不則捐軀命以赴其志，彼皆未得其養。然蓋世之裕於養者，平居洞悉古今事，幾微曉然，是非榮辱禍福無足爲重輕，則此之巨變大故，皆無足震異。因物應變，不失尺寸，其精誠所至，可以貫金石而不敝，區區長生久視之效猶其末已。吾鄉自李伯紀、黄石齋以忠義顯於宋明之世，風俗所蔚，代產節慨士。弢庵太傅夙習鄉老教，自列詞垣，風骨即棱棱不可犯。國政得失，知無不盡言。每疏出，朝野爭傳誦，直聲震天下。自通籍，官曹署，則公已被命，持節南洋。未幾，即因事去職，時論咸爲惋惜。公殊不以介懷，家居以教授後進爲樂，佐當事，營鄉里福利。戊戌逮庚子之變，外國兵逼京畿，乘輿播遷，忠臣義士凋喪幾盡，伏處莫能少救，悲傷憂吒，一發於詠歌。宣統初，雖徵起授讀，國勢已頽然無可挽。辛亥變起，益舉五千年治法悉埽除之，而公自罷免迄再出，中間坐廢，其歲月不得行其志者亦且三十年，斯真今古稀有會也。公之爲痛，乃益非人所能識。既以師傅仍值毓慶宮，適幸在朝列，又時相從，爲吟社游，投分日親，志事益得，相披豁慨然。於吾曹以垂老歷亘古未有大變，警痛相愛，所以自處其身者，遠無所比附。公以孤立之身當羣疑之會，十餘年來禍難頻仍，黄髮番番，獨自任其保輔匡弼之責，不敢以憂傷抑鬱促其生，不敢以耄老乞休逸其身，不敢以氣節風操自鳴其真，舉世之謗譏毁譽無足爲勸沮，非當今人臣之極則歟！恭檢退讓，居恒粥粥，若無能，而中所藴懷，萬夫不可奪。所見著於外，雖大耄而飲啖步履，乃亦非後生所及。斯所謂逃名以全真，盡忠以致身者，然歟？非歟？天錫以修齡以相吾君，以維繫世教於不墜地，而期祝其不老，固國人職也。公今兹八十之年，又值登瀛周甲，同人謀所以爲壽者，問以語公。公愀然曰：『世變今乃益烈，所爲澳涊苟活者，爲吾君在也。相看各篤老，雖不爲世辱，然四顧皇然，耄耋之年，方痛日月之逾邁也。名場得隽，一時之遇合。禮闈春宴，罷之久矣。昔日掄文之地，今且鞠爲茂草，又何榮寵之足言。』獨以世變無足論，要有能持其變者。公抱不世之姿，役役無所試。改步而後，以帝師哀然居遺逸首，其德重氣度足以涵煦萬棠爲吾閩光者，猶足動一世，暮苟得時而其效不可想見哉！彼褚淵、馮道輩固無足道，即以故事論，溧陽、無錫、吳縣諸老，巍科碩輔，黼黻承平，較其樹立，豈能有加於公乎？推量今古運會之升降與繫風節教化之盛衰，非公無以明，而敘述志事、行誼，以深求其閎識孤懷所在，俾聞風者知所興起，其於世俗稱壽之文相去遠矣。夙承知愛，駑朽無能爲役，第就平日親炙所及者著之篇，即致其無疆之頌祝。世患雖殷，吾道自有其貞勝者在。泰上成均之治，又安知不再顯於今也？

二十九日（九月二十四日） 晴。午後，務觀來，與同到北海並電約孟純隨到，在漪瀾堂水際坐至傍晚，散步至濠濮間，循堤畔出，歸寓已上燈。是日游人甚稀。亥正雷雨大作，雷聲震屋宇，凡數十巨響，至子初方止，近年所罕見也。又一時許，雨始止。

三十日（九月二十五日）　晴，時有陰雲。卯正醒，右腹氣結作痛，急起，在屋內旋步，自摩挲。因憶蘇龕言渠每日黎明即起，專整理架上書籍及屋內陳設物，旁及灑掃之事爲每晨常課，至日出舉家起後，方進食、觀書、作字。因師其法，將室中插架書按卷點查，分類排次，共百餘部。立案頭，凡一時許。搬運出入內外室至十數次，殊不覺勞，腹痛亦少減。午間，通大便一次，痛漸止。余近來遇小病恙，輒以意自調理，不藉醫藥力，亦時能見效，然留此頑軀，飽憂患，亦極無謂矣。

校記

〔一〕『嫌』，底本誤作『搛』，據文意改。

〔二〕本詩『荀』、『祐』、『潁』，底本分別作『苟』、『佑』、『頴』，據家集本改。

九月初一日（九月二十六日）　晴。辰初起，仍檢點書籍。伯才來，訂日內恒善社便飯。是日榕社會期，爲東道酬前日諸君生日之宴。飯後到二條，遇勞少麟，談稍久，即出城赴車子營會館，熙民亦於晚車趕到。聞弢老重遇恩榮宴，已得旨賞雙眼翎，此外錫賚則未詳，有紀恩詩。社侶到者不及二十人，作二唱散。蒲子雅見邀晚飯，未能往。

初二日（九月二十七日）〔一〕　晴。辰初起，右腹復痛，連及腰胯，力疾排整《韻府》一部。熙民電約手談，未往。傍晚痛漸止。務觀、燮姪先後來，暢談至亥正後方去。因昨委頓，遲至辰正後方起，甚矣有恆之難也。張慎之忽來書借百元，妙手空空，無以應之。孟純來，少坐即去。

初三日（九月二十八日） 晴。腹痛漸愈。午後赴聚賢堂，爲子雅世兄證婚。散後至景山後，與孟純、君坦開談，歸已昏黑矣。

初四日（九月二十九日） 晴。晨到二條，遇務觀。午飯後與同回寓，小坐。復同到中央公園，游人亦不多。水榭啜茗一時許，復同到書畫展覽會，真跡不多，有劉石庵手跡橫卷甚佳，索價三百元。遇楊采南，略周旋。旋到長美軒喫湯麪，傍晚始散。赴伯才恒善社晚飯。同席有芝老、季武及蔣乃時之封翁數人。與蔣同來者尚有一同鄉老者，未及詢其姓號也。

初五日（九月三十日） 陰甚，風大。飯後，至二條，小坐，忽來一陣雨，即止。旋出城，到繩匠胡同弔左笏卿同年。笏卿今年八十二，病喘已多年矣。即赴米市胡同拜立滄生日，與立滄、熙民、季友、朗谿手談，至子正方散。風止猶寒，可著重棉矣。

初六日（十月一日） 晴，天氣又趨和暖，棉衣已卸，尚有微風。孟純來。飯後睡一時許，殊不酣適。傍晚風又起，復著棉矣。

初七日（十月二日） 晴。連日又晏起，今晨卯正即起，研墨一壺，暖日臨窗，竹影搖漾，坐對之甚適。而長崎信來，又增懊惱些須，福分亦不能享受。吾生何其苦耶！到二條，適輩適在照相，因亦在庭下照兩相，與澐兒略談即回。飯後復濟兒信。傍晚四妹、六妹自津來，羣一亦來，留共晚飯。

初八日（十月三日） 晴。崎又來電，依昨信電復之。澐兒腦筋久未復元。濟在海外又思歸，盼款甚巨，一時未有應之，煩惱萬狀。飯後，無聊極，至景山後與君坦閒談。至傍晚，孟純始歸，復略談少頃始返。

初九日（十月四日）　晴。午前到二條，小坐，即往釋戡陶然亭登高之約。座間皆熟人，惟書衡病後初晤面。移疏由青島初歸。移疏言弢老亦於昨日到京。席散攝影後，余先散。至上斜街，因林皞老三周年，往拜，芝南、夷叔亦旋往，約同赴北海。至後堂，與若卿、四妹、六妹略周旋，渠等挽留晚飯，以與二君有約在先，辭之。在北海茶棚坐談甚久，循漪瀾堂回廊，至蟠青室書舖訪沅叔，其西偏精舍三間尚幽雅。天已曛黑，略坐即出園，分散歸。晚，又接崎信，濟已電部以有面陳事，請回國一行，尚未得復云。

初十日（十月五日）　晴。早晨幼梅來，面交代繕蟄園諸友送弢老壽屏八幅，即留同午飯。下午至二條，勞少麟適在，談近日戰事，似頗不得手，於時局亦抱悲觀，相與嗟歎久之。本擬到靈清宮一訪弢老，而心緒極劣，遂赴泉姪晚飯之約，歸已子正後矣。

十一日（十月六日）　晴。崎館款尚未籌便，時局又棘種下煩惱。飯後，幼梅來，略談即去，君坦、務觀適亦在此。下午宋仲來手談。

十二日（十月七日）　晴。晨起。到二條，孟純適在彼，務觀亦來。談至午飯後，與孟純、務觀復回三條，久談乃去。澐交鈔票二百，內人又湊一百，勉强匯崎。昨今軍事尚沈寂。下午無事，連日檢空箱中拉襍書札付丙，其二三友朋佳牘佳什堪寶藏者另提出，然不及十之一耳。高蔚然、王義門見贈兩詩均在，甚可喜。亥正即睡，聞自鳴鐘打十一點，後已入甜鄉矣。

十三日（十月八日）　陰。昨夜睡，直至卯初後始醒，近來所稀有也。披衣起，天甫微明，在燈下雜臨

《清愛堂帖》十數行，雖不工而意興殊暢適。以天氣陡冷，復擁被睡一時許方起。故紙中，檢得《陳叔毅行述》，載其國變後致弢庵書云：『方今各省外帖服而内把持，殆如九國之奉朱梁正朔。即使勉强統一，而似此國體民德，舉所有綱常禮教及一切防範之具，一埽而空之。而惟利之爭、惟權之競，將何所恃？以綱維久遠者，「名不正則言不順」，聖人之言正爲今日而發』云云。此猶就當時情勢言之，豈知十年後之變患乃至此極乎？又引深寧書所記朱希真《避地廣中小盡行》云：『藤州三月作小盡，梧州三月作大盡。哀哉官曆今不頒，憶昔昇平淚成陣。我今何異桃源人？落葉如秋花作春。但恨未能與世隔，時聞喪亂空傷神。』謂與村居一年來情景維肖。叔毅沒於壬子臘月，此其絶筆也。今則普天無完土，桃源亦屬空言，吾輩蓬轉萍漂，又從何處托命耶？可痛已。飯後，閲《援鶉堂筆記》。幼時讀《五經旁訓》，不知撰自何人，據姚《記》，乃明初朱允升所作。朱名升，又號楓林，休寧人。特誌之。重陰黯慘，終日悶坐無聊，亥正即睡。

十四日（十月九日） 陰。寅正即醒，披衣坐至天明始起。巳午間始放晴出日。君坦、幼梅先後來，同午飯方去。下午至二條，適步鑾在彼，談至向晚。赴巖孫處，是日爲渠生日。歸已交子矣。

十五日（十月十日） 陰，向午已晴。同澐兒及孫輩並少麟至那家花園一覽，結構尚不俗。銘鼎臣將軍自吉林乞病歸，優游林下者二十餘年，可謂極人間之清福矣。復到東興樓午飯。務觀來，言前敵運回傷兵甚多。又聞少麟言紫荊關一路較吃緊。傍晚，往忠信堂拜銅士壽，遇書衡，同席。旋到車子營榕社例會，作二唱。歸寒甚，似有霜信矣。得崎信。

十六日（十月十一日） 晴，微有風。心緒極劣。飯後，蒙被臥至日仄始起。務觀來，略談軍事消息去。

十七日（十月十二日） 晴，仍有風。閲報紙，言南口外已下雪，日來之驟冷，想以此也。畿南戰蹟尚佳，且觀其後。日來艱窘非常，四妹、惠姪見約，俱未赴，擬杜門十日不出，以試其忍窮之學養，然卒不能自克。昨今午後俱大睡一覺，夜復不耐枯坐，亥初即上牀。丑正醒，右腹及兩太陽俱痛甚，以臥時太多之故。不得已披衣起，取架上《胡文忠書牘》讀之，覺一片血誠躍躍紙上，不知諸葛公較之何如？陸敬輿、李伯紀恐皆不逮也。吾輩雖生不逢辰，而平日萎靡不振、自暴棄者多矣。晚景顛連，復誰懟乎？文忠《致嚴渭春書》云〔二〕：『天下惟世故深誤國事。一部《水滸》，教壞天下强有力而思不逞之民；一部《紅樓夢》，教壞天下之堂官、掌印、司官、督撫、司道、首府及一切紅人。專意揣摩迎合，喫醋搗鬼。當痛除此習，獨行其志，陰陽怕懵懂，不必計及一切。』末數語是其安身立命處。此老少年，想亦沈酣稗官小說者耶？天明復就枕睡，仍熟。

十八日（十月十三日） 晴，仍冷甚。接崎信，濟已定計即日回。作《陶然亭登高分韻詩》送釋戡，極草草，不知才盡耶？題太熟，無可抒寫耶？姑錄下：城南堆阜如覆簣，承平有此觴詠地。山門一道古槐陰，劇憶盲僧殊娬媚〔三〕。將軍綽有征虜風，慣招佳客飲文字。高處甘輸俗子遊，閒中自領枯禪意。即潭半涸葭菼荒，西山隔堞尚横翠。一龕主客地有餘，政恐龍山遜高致。老生常談世所嗤，爲君强制新亭淚。黄花霜信不妨避，得酒逢辰且歡醉。晚，務觀、韻白來，小坐即去。

十九日（十月十四日） 晴。天氣漸回暖。午後同務觀赴福興居立之約，坐中熟人只趙劍秋、吴董卿及楊晴川，餘皆初面。下午杉疏來，言弢老爲津門一班人留在津過壽日，擬二十四日回京，幾士已改二十五日款客，惟二十三日仍有備席，同鄉熟人及戚好是日亦可往湊熱鬧也。傍晚若水來。

二十日（十月十五日） 晴。晨起，嘿園來，與同到二條。午飯後晤少麟，談近畿事，消息甚惡。歸寓後，澐又遣人送一信來。信中未著姓名，言涿州、密雲皆已復，未知可靠否？崎信來，濟復咯血，急於返國，擬稍止仍行，殊懸系也。少時讀《石頭記》，嘗笑大觀園查抄時，賈迎春獨兀坐看《太上感應篇》，試問舍此，更有何策乎？釋戡書來，詢昨送詩箋落一字，即復之。君庸錄《登高詩》見示，並送章草《釋文》跋語一分。穎生傍晚來，略談閩中近狀。滄海横流，處處不安，吾其奈之何哉？

二十一日（十月十六日） 晴。楊濟庵來，硯癡子。言子恂丈尚有遺詩二三首，渠有錄本，但少作爲多，中年不甚作詩也。飯後，城内三處慶弔。旋出城，赴車子營會館秋敘，候芝老，至申初始至，無甚提議事，秩序極整，爲數年所僅見。又至虎坊橋新館秋敘，則大不然，爭館章，爭舉董事，怒詈拍案，皆館中所住無賴之徒，幸於值年尚無侵犯。爭辯至一時許始決。次貢、叔玨辭退照准。子雅辭退仍婉留，並舉葉乃崇、陳伯才及策六三人充新董。乃崇爲子雅所密薦，余提出者。伯才、策六皆館中同鄉所推舉。敷衍了局而散。至二條晤少麟，知涿州、密雲及北路戰勝皆確，惟餘孽尚多，恐非暫時所能肅清。又接嘿園電，索前所擬弢老壽文稿，以張園諸公互相推讓，竟未成篇。艾卿着急，託嘿園來取以塞責，然余原稿雖經弢老閲過，因後段不愜意，置之。前數日，弢老即託人來詢，屢改終不愜，而幾士、嘿園又囑組南來索，以時日過迫，至在躊躇。接電後，知無可推託，即就澐兒案頭默寫，並草草將後幅改定送嘿園，終未十分妥帖也，俟暇再錄之。在二條晚飯，後回寓。林實馨自閩回，來謁，以出城未獲晤，並攜閩中鄉味三種見惠，物微而厚，意殊可感。附錄弢老壽文。

弢庵太傅七十誕辰，嘗獻計爲壽引。公兩次典試，所命題爲晚節符券，迄今又十年矣。世亂益棼，浸尋而有甲子十月之變，左右親臣咸張惶失措，公獨以鎮定處之，艱難扈從，終奠厥居，年躋大耋，神明彌固。所謂託孤寄命，大節不奪，與夫歲寒後凋者，乃徵諸後事而益信。公始以弱冠登玉堂，大考超擢，再遷至閣學，持節南洋，猶未及强仕之歲。家居垂三十年，聚徒講學，有終焉之志。宣統元年，特旨宣召，拜晉撫，未及行，復留授讀毓慶宮。未逾年而遜位詔下，朝官星散，同值自陸文端外，若梧生、節庵、仲平年輩皆遠後於公，先後謝世，獨公朝夕講幄，未或暫離。比年，隨扈津沽，退值之暇，坐臥一小樓，獨居深念，幾微不形於色間。因事至京，寒暑跋涉，未嘗苦勞，遠近匄書及詩文者日不暇給，門生故舊過從談藝，或留連至夜分無倦容。以夏臣靡之孤忠，兼衛武公之耄□，學人第知其得天之厚，不知此正可以觀天意也。曩直樞垣，得讀公留中封事，歎爲陸敬輿、王元之後所僅見。嗣在禮學館並恭修德廟本紀、實錄，共事至久。公以久直禁廷，許爲粗諳掌故，然公登朝先一紀，中興以來人物，以及朝局之變遷，時政之得失，則公所得爲較詳。天山界約，滇、粤、閩、洋戰事，始末曲折，官書所不盡載者，獨能娓娓言之。燕都歷遼金元明，《退朝春明》之錄，竹垞舊聞之輯，自朝市變更，文物聲明隨之蕩盡。而虎坊橋會館爲先德文誠公之舊邸，吾鄉人春秋社飲，顧瞻堂構，猶深仰止之思。西郊釣魚臺，則公數年前之賜莊。睿藻猶新，林木彌茂，每佳日登臨，白叟黄童，莫不爭瞻丰采者。孟子與齊宣王論進賢，有喬木世臣之喻，而致慨於昔者所進不知其亡。居今日而言，喬木世臣意，惟公始足當之。公生平尤篤於風義。戊辰座主文文忠後嗣凋零，其故宅已改爲祠堂，公歲時猶主其祀事。今年八秩慶辰，回溯登第之年，適甲子一周。文忠清忠亮直，爲中興第一名，相顧享年僅及中壽，論者惜之。公耆壽遠過文忠，雖還朝已晚，未獲少展謨猷，數十年薪盡火傳，尚留此碩果，一陽以回斡貞元之運，豈特儒林瑞事？抑忠義之氣，固有默相感通者。公近有《紀恩詩》，云『豈意違天天轉篤，蹉跎折補本尋常』，天人之故，微矣！以天之篤厚於公，而謂天心之終於獎亂，雖以□□之愚，亦有以知其不然。請以質之公，並以俟當世之知言者。〔四〕

二十二日（十月十七日） 晴。午後，幼梅、步鑾、君坦、孟純先後來，至傍晚方散。早間閱報，言電燈公所以乏煤減電力，今晚電光果遜尋常。長安十萬户恃煤爲炊，所關甚大，燈之明暗猶其小者也。寅初睡醒，心緒煩雜不能寐，披衣起。閱王壬秋《湘軍志》。訛字甚多，間爲校正數處。因思魯欲使慎子爲將軍，孟子告以不教民而戰，謂之殃民。殃民者，不容於堯舜之世，不無疑義，昔之堯舜則已往，當時豈復有堯舜？彼戰國之殃民者多矣，何嘗有不容之之事？至論及有王者起魯，在所損所益，則尤不中情勢。

王者安在？又何時起耶？特戰國時，雖窮兵殃民而所爭只七國〔五〕，各能相持百年或數十年，非如今日之二十餘行省豆分瓜剖，朝興夕仆，豈特王者無望？即求能爲秦政者亦不可得。可悲！孰甚於此時哉？天明復睡，至巳初方醒。

二十三日（十月十八日） 晴。閲《順天報》，知近畿尚未靖，旋又聞涿州已開城。午後，赴靈清宮拜弢老壽，遍觀壁間壽文壽詩。弢老二十四晚車方來，定二十五觴客，然今日賓客來者亦不少。移疏留，共芝老、立滄、季友手談，至亥正方散。前送弢老壽詩，移疏以『旻』字廟諱，遍告於衆，並令君坦挖改作『雯』，則雜入十二文韻，此詩遂益無價值。彼徒拘於詞林應制禁忌，不知聖諱原許缺筆也。

二十四日（十月十九日） 晴。午前微陰。接崎信，濟血後體仍弱，須緩一星期再行，殊爲懸系。君庸來，因昨日向其借閲《石齋集》中《孝經頌贊》，乃自攜兩冊來，一爲目錄所載《石齋十二書部》，次有《黄子孝經大傳》四卷，《黄子孝經贊》一卷。據君庸云，今全集中無之，其一冊卷二十八有《聖世頌〈孝經〉頌》一篇〔六〕，謹錄之：天下非難治也，教則治，不教則亂。晚世非難教也，本性則教行，不本性則教不行。羲農始作，民則尚稼穡，稼穡可治，亦可以亂。三代嗣興，民尚《詩》、《書》，《詩》、《書》可治，亦可以亂。方我太祖之有天下，汯濯日星，盪滌嶽瀆，既下馬而論道，乃垂意於《詩》、《書》，自謂起於農家，復敦情於稼穡。以《詩》、《書》而當稼穡，其道已文；以稼穡而當《詩》、《書》，其道太質。文質之間，孝弟已興。故孝弟者，太祖所經緯天下也。方是時，養老恤孤之令，無歲不申；安蒲玄纁之徵，相賁於路。卉衣辭陛，動叶湛蕭，旅雁將家，亦繇陔黍。是以人磨鈍器，家礪勁節，醇仁濃澤。既百餘年至於孝宗，帝道爛然。覃及世宗，暨我神祖。取其無逸，旭日之麗殷邦；遐不作人，章天之褢雲漢。是以重譯象胥，環水以聽經書；四塞羌戎，縣旃而稱都講。煒已哉！二祖三宗之治也。測其濬源，實資茂本。納流衆者，涵浸必宏；盤牙深者，敷滌必遠。故陟徂岐，則子咸邁父；稱篤慶，則後各昌前。孝弟之間，是生文質，其大概矣。若夫《易》、《詩》言孝，備有慶譽造就之名；仲尼授經，不過愛敬教諫之實。序來章，則聿修統其誠；談成親，則從令砭其失。蓋其道大，非漆韋所能繩；其義深，多芻蕘所不識。然而大享所貴，蕭啚陶匏；澤宮所重，灌番更老。亦莫不示人敦樸，以顯至教。至於饋漿酳爵，袒割射牲，齒冑執綏，總干就位。又有祈穀而狗公宮，扶耒以嘗犖酒。葭蓬五翼而奉《騶虞》，蘋蘩十行以從《貍首》。大或遠於人情，微或邈於天道。亦有五常所未營，七代所不究。考其意，必謂天下無可慢之人，匹夫有勝予之咎，所以創制者損益而不更，受成者追趨而恐後也。夫禮作於大人，而道衷於上聖。其可變者，侑尸埋鬼、苋苗盟誓之敦文；其不可變者，親親長長、老老幼幼之民秉。世用之則爲經，上著之則爲令，亦未有如今天子之選道考德得其至要者也。方崇禎之九載，值土德之中會。二祖三宗之烈，既二百七十年；五運十緯之周，尚五百五十歲。憂盛者，致戒於日中；鞏前者，勤思於不匱。蓋自黄虞而降，明禋肅穆之文；武周以前，維清於昭之義。無鉅不舉，有遠必屆。而天子猶且佡然，念光通之化未洽於遐幽，恐教本者多華，而聚歡者少實。欲室至而陾敬養，日見而呼子翼。乃命天下共表《孝經》，並以小學充其義類。想永錫之能仁，亦因嚴而作配。將起羔、騫之輩，挾轂而問溫涼；游、夏之倫，摳衣以脩應對。使天下敬循其道，則逆德者從風，反踵者面内，蝂蠦猰貐，湛以香柔之膏；檮杌饕餮，解其奇衺之佩。天子又且治其精神，敦以身令。布衣蔬食，陟降而遘聲容；禮象圖形，焄蒿以通省定。《行葦》之露溥，《楚茨》之誠盡。處齋宫者，動或經時；會上需者，簿或減正。非有祀而不親，罔一豫之敢騁。是以天下翕然知五禮之歸於一孝，五孝之歸於一敬。搴草木者，護其根芽；採翎蹏者，刊其鄂穽。方斯時也，山無槎蘖，澤無伐夭。庖舍蚳蝝，童避孚鷇。斷罟而命王魚，祝網以來鳴鳥。籞有頻放之麑，池有尺目之漏。草呼重榮，蟲鳴更造。間有脩黏稓藥，出於青門；爰羅椓置，施於中道。天下曉然知非天子之意與聖人之教也。是以神明盱衡而贊衮鉞，鳥獸祛趨而從舞蹈。娼嫉貪憒者，應顯僇；悖德作凶者，決陰殛。襏襫之叟，解褉而談《詩》、《書》；鞶帨之儒，拂巾而歟治道。解褉談《詩》、《書》不爲野，拂巾揚治道不爲躁。故以襏襫而當甲冑，以鞶帨而當干戚。所未嚮格，直奸民之與外□，其小小者也。誠得扆負《豳風》，屏開《無逸》，戶環《月令》，几銘《皇極》，益、契以爲凝丞，盤、說以爲輔弼，圖松、國壽以爲鉅卿，蒼龐、靈回以爲庶職，懷邪醜正者必誅，阿諛順旨者必斥，意静心誠，矩平物格，乃使仲尼端誦而稱先王，曾子斂容而考至德，攬鏡昭昭之途，安烏浩浩之域。是重明青鶵所逖，聽於《韶簫》；寶甕羔車所候，登於陶席也。率斯道也，天下治矣，明神格矣，陰陽調矣，刑威措矣，民生遂矣。乃作頌曰：粤稽天德，厥貴恒性。於皇師天，永孝配命。師天永孝，乃立民極。明明我皇，允爲天德。三宗二祖，聿繩厥武。顯道稽古，以綏多祜。亶爲聖言，宥密所宗。愛敬立隆，與虞夏同。苾芬孝旨，以稷以醴。明神燕喜，以興百禮。既和且博，先民有作。四海夷懌，以興百樂。不毁卵胎，不傷草萊。禮樂偕偕，百工允諧。不替耆耈，不侮鰥寡。綏此孝駕，以弭六馬。夷夔涣丘，皋陶讞囚。彌性優游，以和春秋。春秋時夏，靡有不化。調此六馬，以適孝駕。於皇繹思，重譯乃來。輪航熙熙，如山如茨。爰輯虎皮，爰櫜弓矢。非無功臣，敬讓孝子。上帝曰明，時予取經。孚中好生，召祥偃兵。乃顧羣醜，亦懷順道。趣此慈母，小大稽首。翕河皇華，何土不敷？黄龍玄菟，玄黿赤烏。四國來王，各以共職。有嚴皇慈，夏月冬日。先民有言：『下土之式』，『無思不服』。曰二祖之德，曰三宗之力，洽此四國，徧爲爾德。

此文但主頌規，於《孝經》無大發明。又有《〈孝經〉頌》一篇，以文太長，俟稍暇再録之：至日録所載《〈孝經〉贊》，乃數月前宋桐珊攜石齋自書墨蹟見示，略誦一過，已不復記憶，故欲就全集借鈔也。石齋在獄中書《孝經》，不止數十本，余皆未及見。昔賢造次，顛沛中皆有大學問在，吾輩對之，直當愧死。比來百苦攻心，久無生人之趣，而蒼蒼又不許即死，閒窗弄筆，猶是賈迎春讀《感應篇》之無聊極思也。抄前文過半，適林榆園來，言漪竹於昨日故於新館。身後一無所有，至今日猶横尸在牀，爲之惻然。據云，已電知孟純、樸園，尚未到，特來就商。余囊底空空，計未能獨力了此事，因電詢孟純家，云已赴館，電樸園亦外出，且俟渠二人來，再商集腋之法，先了殯斂一層，此後亦不能爲計也。下午孟純由新館來，言漪竹事有三數親友略爲湊集，復由澐兒處付以三十元攜帶出城，大約眼前事草草可了矣。重陰慘澹，兀坐無可無娱，復石齋《〈孝經〉頌》録之：觀夫覆露抽條，感滋奮氏，攄光魂於七曜，麗精魄於五峙。兑震之命頂踵，離坎之交脈理，莫不循本登標，依經出緯，象天地之自然，直斗炳之所會。故有華蓋疏其毛髮，雲漢導其榮衛，風霆發其肸蠁，陰景盪其明晬。苟一范之，曰：『人皆知生之足貴。』若夫聰明睿知，神武不殺，噴湧涵蓋，含吐日月，嘘氣則河海翕舒，展蹠而川嶽分豁。其動也，萬物爲之震耀；其息也，百靈爲之寢伏。猶且雨金而錫八方，鑿玉以珪萬國，此信帝抱之冢子、天植之元腹也。若夫咀聖胎仁，絡醇挺真，言不待哢，悟不待詢，貴不待組，榮不待綸。播禮樂爲黍稷，揮秕礫爲鳳麟。啟齒則壎箎四應，安步而鐘筦咸闋。七緯周其几席，九野拂其跬塵，雖錯於環堵之側、巖石之下，而清涼則爲秋旻，煖燠則爲春雯，斯又玄穹所爲當壁，而黄嫗所爲馮神者也。既天亶之維均，乃獨覯其所至，或類萃之難絕，故曠世而一值。當夫蒼犛漂庭，赤烏啄屋，玉兆絕岐，墨龜談洛，文武之冊既五百四年，春秋所存僅七十二國，九罭之網頓於洙流，雙衮之靈歸於東服。於斯時也，仲尼不出，天地悱惻，真宰旁春而求阿保，五帝倉皇而歎弱息。仲尼於是匍匐以就口食，歧嶷而説道德，俯仰天地，喟然歎曰：『其維孝乎！孝者，聖德所以顯親，哲王所以明報也。』爾乃樹忠與敬，以表孝彊；表順與慈，以宣孝里。杜惡與慢，以實孝墉；鋤驕與溢，以畢孝耔。立言行以爲社稷，敦和睦以爲廟市。三德之闉，引其皋門；六藝之都，環其泮水。子騫則左右奉車，仲由則輓餽千里，西華則奔走無方，南縚則黽勉從仕，言游載筆以賡《白華》之章，仲弓幹蠱以占『用譽』之筮。又有休糧七日，體《鴇羽》之劬勞；家食五年，繹《君陳》之妙旨。於斯時也，崔寧煽惑於齊衛，般痤五夷於宋蔡，欒施以黨而攻公宮，陳招以國而殺嫡嗣，三綱頹，五典斁，諸侯懈，大夫肆，荊楚先敗，不四五年三弑其君，而後王室陵遲，宗國卑淪。天王有翟泉之居，齊侯致野井之唁，即使書社千百，讓江漢以明尊；季孟國高，分東海以濬業。亦豈遂改步改玉，皇虞芮之蹶生；舉鼎舉隧，揚蒙俱之奧渫哉？夫天之所教於人者，志也；人之所效於天者，事也。先事承志，怡色下聲，大孝子之誼也。夫以五石六鷁，感戾氣之晚衰；亳社澶淵，鳴焦風之再燼。白馬之芻難求，水精之澤已罄，知上帝之甚瘵，非慈音所能訊。逮於哀、昭之間，四十五年而彗孛再曙，大者見於雉觀，微者竄於奚鼠，顯者託於鸜鵒，隱者動於螽螟。二國之憂儒書，思樂之化楚語。琴瑟鐘鼓無所導其餐，關石和鈞無所將其藥。譬耀魄之喪賓，而羲農之自□，將使雷會乞劑於越人，俞跗受方於扁鵲。夫豈無尹單之徒申其繾綣，劉萇之曹投其瞑眩，僑肸之徒進其匕箸，會厥之輩和其烹煆哉？以爲醇仁之外無刀圭，至義而下無鍼灼。太和不湊無醯虀，太順不蒸無饘粥。天顧四國，膻溷相續，非復仲尼盥而薦之，則亦不樂也。於是仲尼衣不解帶，食不知味，繫綏而寢，容臭而起，東嚮而問天首，西嚮而問天趾，溫凊抑搔者，蓋三十年未已。彼坐合宮，宿明堂，垂畫衣，鏘薰風者，亦烏知天步之艱難、天夢之驚悸哉？諒玄穹之伊臺，亦自幸其有子；雖九寡之畢哺，亦猶慨其未至。故與申生、許止言孝，則無所不孝；與紀季、目夷言弟，則無所不弟；與季友、叔豹言忠，則無所不忠；與季札、伯玉言義，則無所不義也。而猶使曾參振其鳴鐸，辨其條貫，明敬愛之胥慶，悼毁傷之同患，防兵刑之弊終，痛唯呵之底亂。告憂恤，則曾參爲大納言；議禮樂，則曾參爲大宗伯；誨序爵，則曾參爲宰阿衡；圖王會，則曾參爲典屬國。乃使征伐之義止戈於陳蔡，盟誓之信斷言乎適歷，亦如文其所文，質其所質，因天道之自澹，於時尚乎何執？即使侵地不反，不假柯社之兵；巖疆不墜，不資高固之力；朝猛不定，無首止之勤；黃池先歃，無召陵之蹟。亦各有嘉獲於折首，田禽執於旡咎，正誼消其凶萌，長道屈其羣醜。指勝福以自伸，涉功利而不受。雖卜商察之，猶未接其根芽；端木聽之，猶或勝於華實。而使子輿導之，燦燦乎若絲竹之繼蕢鏞，白月之禪丹日也。故有一代之興王，則必有一代之名佐。磻溪奮其高蹠，有莘起其高臥，傅巖匡其疾跣，庭堅扢其墜挫。蓋皆夢寐師錫，垂老而遘，未有若子輿之夙服早賀者也。於是仲尼將以寅月上日，大輅文冕，布和升中，運樞錫極。差百王，等羣辟，郊微子而禘成湯，祖弗何而宗梁紇。輯仁敬之祥壝，敷篤恭之藋席。則子輿進焉，攘繩圖，揲寶策，退昭華，登泗濱，旌《韶箾》，滕樊遏。拊后夔則希聲者咸諧，招伯夷則無文者共秩。於是乎鳥獸卻立，麟鳳逡巡，指佞之草不躁，叱戶之莛還釧，鍾旃塗而發簇，洗泥離而稱賓。自一卉一木之微，一鱗一毳之細，扶牧以時，繳罟不試，莫不叩宮而商鳴，呼羽而角至。故特隼豫而不搏，齊虞吁而不筮，蓐收絀於司囿，招矩停其爽摯。亦常以閶秋季月，深察百族，有共鯀之九載墜僝，齊兜之比周讒說，華士之狂裔服浮，正卯之醜辨誣惑，及檮杌之遺種，饕餮之殘慝，叛常棄經，蟚民螯國者，將舉而投畀北豺，膏釁斧鑕。蓋嵩目四睇，莫之有也。於都盛哉，仲尼之治也！亦惟是量德種於累黍，潔道衡於圭尺，葆孩赤之津淳，奉親長之度律。言動不過，步趨鮮失，秉至要而御之，相柯條而適焉。亦豈有異術奇軌，震裂靈祇，偪拆天地，使四友無所讃其辭，七聖無所商其智者哉？夫古之聖賢，景命爍師，亦皆有盤結，不邑厥懷。虞帝宗堯而不得宗瞍，大禹郊鯀而不得郊舜。姬雷髮屋，僅白其縢書；伊霧□天，始宏其陟命。墨胎絕迹，遠孤竹之喪；邑考變容，啟懷貳之憖。降於史魚之仰亢陳尸，禽息之碎首將進。大或淹其禮樂，細或睽其誠信，未有若此仲尼之無階尺木，不動阿柄，而納兵麓於清寧，躋咸夏於大順者也。故謂舜、禹事親以事天，仲尼成天以成親，尹、旦敬身以敬天，仲尼立天以立身，此其小別也。若其大賔，則苞孕百世者還生天地，提誨百王者嚴立億世。既因嚴以命天，乃分慈以與地。地不以慈敗，天不以嚴賓。故觀《詩》、《書》，知太極之有諍臣；誦《春秋》，知乾元之有諍子。彼夷主與惠君，或變或革，或禪或繼，皆因愛而澳咻，或觀怒而變埶，蓋順令之未遑，又奚究乎養志？所以有若有誇遠之談，子貢有升階之譬，而曾參因之以踸踔杓璣，出入風雨，垂徽音於無窮，播親名於罔極。方於烈山，則金明提格之主化□；近在姬文，則號叔閎夭之主輔德。信所謂登若木而附星辰，陟崑岑而瀉渏瀆者矣。故才之不可學者，睿也；性之不可化者，浸也。睿則可稱庶於得一，浸則可不假於知十。苟非天之所自然，雖日至而何益？既本底之先茂，故四達而無斁。所以願假百年，以誦至要之篇；欲並岱華，而勒繇生之石。誠使孔俎可執，將帝植以莫從；或首席容分，縱天抱其誰易乎？〔七〕此文仍非末學所能解，雖潦草胥鈔，而腕已爲之脫矣。胥生、幼梅在此晚飯。接同甫襄陽來信。黄石齋蔡夫人私謚孝徽，字潤石〔八〕，沒於甲戌，八十三歲。

二十五日（十月二十日）　晴。卯正起，書石齋《榕頌》半篇。巳初即赴靈清宮。因弢老於昨日回京，今日命觴謝客也。到時，適弢老將赴貴太妃府謝恩，已套車矣。略坐，談片刻，即在彼與移疏爲之接待賓客。上半日來客甚稀，至申酉紛至遝來，應接不暇。那、貢二王，澤公，瀛、潤兩貝勒，佑貝子皆到。戌初筵席尚未盡散，以道遠、夜間戒嚴多盤詰，先歸。聞晉卿、鳳孫言京漢路戰事仍不順利，二公自日人處散席回，未知是否得外人播告也。兩太妃皆穆宗妃嬪，邸在麒麟碑胡同。

二十六日（十月二十一日）　晴。昨晚睡至半夜醒，天大明，乃復睡一小時，致起來已不早。書《榕頌》後半篇完。閱報紙，仍是沈悶之局。今日學羣生日，步鑾、合奇及樸、僑二姪，及八弟婦、大姪婦、蓀女在彼湊熱鬧，亥正後始散。接崎信。孝吉來寓，未獲晤。詵孫見之，送狐皮桶及杭緞袍料。固卻不肯，只好援白傅、徽之故事受之。以袍料轉贈君坦，因志銘本君坦代筆也。

二十七日（十月二十二日）　晴，寄復同甫信。孫昌應來。午後，燮姪來，爲曹君元弼託，代求樊山、弢老書學會堂聯。是日，蟄園第八十二社課，值會爲師鄭、巽庵、子威及澐兒，惟師鄭因路遠夜間戒嚴未到，社友到者有樊山、彤士、徵宇、仲雲、迪庵、莑仙、壽芬、穎人、吉符、盍純、君坦，尚不算少。樊山亦以夜警，先期電屬早集早散，仍作二唱，首唱爲蠏菊，限鹽韻，爲澐兒所擬。余以弢老耆年會之約，草草作一唱，即赴靈清宮。偶談及詩題，弢老言從前鉢集曾作過，亦係此韻，尚記得歐齋先生二句云：『笑指南山當酒案，不知夜齗一星炎。』鉢吟題韻，同者已少，而數十年前往事，適於弢老壽辰觴客之日發明之，不可謂非吟壇瑞事也。在靈清宮復晤樵岑，樵岑爲黑督吳俊升祕書已多年。談及梧桐礦事，渠了了在胸，因託其將來濟兒到彼時關照一切，但其事尚在膠葛，非匆匆所能定局也。席散後，復至二條，近子初始散。

二十八日（十月二十三日） 晴。旁午微陰。午後仍晴。今日榕社、洽社諸友在車子營會館吟，爲弢老補祝。余先到景山後，孟純已先往，與君坦談，至申正方出城，作一唱，畢已戌初。子雅來，言今日會議，夜巡加嚴，行人截止十一鐘止。詩興爲之一掃，匆匆催飯，畢散僅戌正也。

二十九日（十月二十四日） 晴，甚煖。午前赴拈花寺，彥超爲其太夫人壽誕，就寺齋僧並備蔬筵接待來賓，然先期未具柬，故同鄉熟人到者殊不多。寺在德勝門北八步口。《順天府志》云：『明爲千佛寺，萬曆九年，司禮監馮保承孝定太后命特建，本朝雍正十一年敕修，賜名「拈花寺」。』規模極宏敞，有僧衆百餘，專講經論，不爲人作佛。見其主僧數人皆溫雅，不類俗僧。又有某僧其名已不記。爲彥超撰壽序，文章亦甚有條理，似曾讀儒書者。都中近日精藍中無僧侶也，以僻在城隅，故向者游罕至，余亦今日始到者。獻丞、務觀自津來，以外出未晤。午後，書叢中檢得梁稚雲所印《歸隱圖》及四十、五十，人所贈文詩，內有南雲遺詩數首，特錄之。《四十壽詩》云：詩人偶現宰官身，海上重逢意倍真。日月醉鄉聊託跡，滄桑浮世已揚塵。欲歸陽羨田何處？喜卜香山宅有隣。修到梅花仙骨健，知君熱總不因人。又續作二律云：功名四十付浮漚，別署頭銜作醉侯。天路先飛容化舄，海山鶴唳與銜籌。添香此夕宜紅袖，吹笛何人比紫裘。莫作五噫身世感，君家眉案絕風流。　謝庭蘭玉已翩翩，賃廡人來望若仙。何必功名誇仗節，如斯時局合歸田。立身自有千秋在，報國還憑一念堅。與子平生期許意，但將匡濟望時賢。《送南歸》三首云：今猶未是昨寧非，羨比閒雲早息機。垂戶蜘蛛堪小隱，繞枝烏鵲尚無依。漫尋風月好愁老〔九〕，一別關河有夢飛。投老無家吾自愴，鄉園誰與寄當歸。　新亭舉目事全非，遠引冥鴻獨見機。長使索居成寂寂，那堪臨別更依依。離樽抱酒難爲醉，逸翮還山定倦飛。留得忠孝傳家在〔一〇〕，故鄉何必錦衣歸。　青史他年孰是非，不如鷗鳥兩忘機。餘生各有滄桑感〔一一〕，避地真爲骨肉依。往事西川鵑再拜，新愁南國雉朝飛。羨君偕得萊妻隱，陌上花開緩緩歸。又有二首云：座中香氣鏡中身，不獨醇醪可醉人。隔霧幾首速老眼，乞雲多恐觸微嗔。□□除綺原難盡，領略柔鄉信有真。何不仙源移種去，桃花也解避嬴秦。當筵惜別意誰多，脈脈含愁翠斂蛾。知有離情章柳色，將無歸思負梨渦。東風把酒憐紅豆，南浦移舟悵綠波。燭淚□絲誰遺此？前塵我已二十年過。皆辛亥後避地滬上所作，讀之無限家國之痛。彼時海上寓公雖淪落失職，猶冀海宇澄清，作江湖遺老，故完巢、濤園諸公尚能於花月場中跌宕酣歌，以消遣一切，今則並此境而不可得矣。南雲少日與薑齋、穉愔角逐文壇，意氣甚盛，詩則綿密流麗，別有一種風調。嘗賦《子卿胡婦》詩，有『兒女不關臣節操，枕衾別夢漢山河』之句，爲時傳誦。中年汩沒於簿書冠蓋場中，此事遂廢，殊爲可惜。余兩弟天分皆遠過於余，少萊尤沈酣古籍，吏事之暇，手不釋卷，其詩深入宋人之室，視南雲又不可相提並論。詢之諸姪，身後竟無一字遺稿，尤可痛也。下午到二條，旋回寓小憩，到皇城根，鄭氏大姪女生日，有親眷數人在。亥初歸，接崎信，濟又吐血，恐不能即行矣。

校記

〔一〕底本此日有兩記，『因昨日委頓』至『少坐即去』爲次日補記，今合編之。
〔二〕『致』，底本誤作『改』，據文意改。
〔三〕『僧』，底本作『借』，據家集本改。
〔四〕『退朝』，底本作『退退』，據家集本改。『文忠』，底本下衍『言』，據家集本刪。
〔五〕底本脫『民』字，據家集刻本補。
〔六〕據翟奎鳳等整理《黃道周集》卷二十八《聖世頌〈孝經〉頌》（中華書局二〇一七年版，一二六五至一二六八頁），日記所鈔録略有刪節脱乙。「襄雲漢」，底本作「衮雲漢」；「從令」，底本作「從今」；「祖割」，底本作「祖割」；「貍首」，底本作「貍骨」；「匹夫」，底本作「迫夫」；「欲室至而𠻳敬讓，日見而呼子翼」，底本作「欲而𠻳敬养，口見而呼學翼」；「楚茨」，底本作「楚芝」；「蚳蝝」，底本作「蚳蟻」；「童避」，底本作「重避」；「祝網」，底本作「視網」；「稓藥」，底本作「昝藥」；「爰羅」，底本作「憂羅」；「月令」，底本作「月合」；「蒼龐」，底本作「蒼龍」；「昭昭」，底本作「孤孤」；「虞夏」，底本作「虡夏」；「夷懌」，底本作「夷燡」；「春秋時夏」，底本闕「春秋」；「繹思」，底本作「澤恩」；「翕河」，底本作「翕得」；「共職」，底本作「其職」；「無思」，底本作「無恩」，兹據《黄道周集》改。

〔七〕「覆露」，底本作「霞露」；「含吐」，底本作「會吐」；「鑿玉以珪」，底本作「鑾玉以注」；「秋昊」，底本作「秋吳」；「馮神」，底本作「憑神」；「類萃」，底本作「顛萃」；「赤烏」，底本作「赤鳥」；「九罭」，底本作「九域」；「旁春」，底本作「旁春」；「聖德」，底本作「聖民」；「卑淪」，底本作「沸淪」；「虞芮」，底本作「虞黄」；「天顧」，底本作「大顧」；「膻溷」，底本作「澶溷」；「辨其」，底本作「將其」；「納言」，底本作「納豈」；「疾跣」，底本作「疾跳」；「韶箾」，底本作「韶箭」；「樊遏」，底本作「獎遏」；「一鱗」，底本作「一躪」；「虞吁」，底本作「虎吁」；「膏釁」，底本作「音釁」；「咸夏」，底本作「盛夏」；「夷主與」，底本作「夷主以」；「誇遠」，底本作「諭遠」；「誰易」，底本作「維易」，兹據《黄道周集》改。「樹忠」，底本闕「忠」；「則亦不樂也……淵清抑搔」八句，底本闕，兹據《黄道周集》補。

〔八〕「潤石」，底本作「介石」，據家集本改。

〔九〕「漫」，底本作「浸」，據家集本改。

〔一〇〕「留」，底本作「方」，據家集刻本改。

〔一一〕「餘生各有」，底本作「如生如有」，據家集刻本改。

十月初一日（十月二十五日）　晴。昨代曹叔彦求樊山書聯，今日已送來，聯語云『魯論半部治天下，吳會羣英入彀中』，愜當之極。君坦、幼梅、燮姪先後來。連日小感冒，今日喉音更啞，飲白藍地酒稍愈。下午在二條，晚飯熙民在座。

初二日（十月二十六日）　晴。午後到二條。今日爲莊孫納采並女家送妝，併於一日。次耕早車自津來。季友、熙民、僑姪手談。羣一亦於晚車來。歸寓得伯才信，辭董事，蓋爲商界反對故也。

初三日（十月二十七日）　晴。下午陰甚。傍晚大起風。莊孫授室借那家行結婚禮並款客。午前即往，多在園中舫屋憇息。申正禮成後回二條，行廟見禮。以夜間警嚴，男女賓客於亥正後已盡散。

初四日（十月二十八日）　晴，仍有風，尚不甚冷，風竟日未休。午前方次耕來，又同鄉商界四人來，言反對伯才事，持伯才信示之，囑以俟徐商辦法，因策六亦有辭函。昨與芝老商及館事，暫由子雅、乃崇維持，一時不必急急推舉，致又興風浪。下午在二條，與貽書、季友、次耕、僑姪談，至亥正散。

初五日（十月二十九日）　晴，風已止。連日盛傳涿州已攻下。今日閱《順天時報》，乃知尚未下。咫尺之地而官報迷離惝怳，乃爾區區一城日在礮火之中，可慘孰甚？來日猶長，尚不知其禍所底止也。前報載張菊生在滬被綁票事，亦已證實。菊生自戊戌爲康黨連累，罷官南歸，專事實業，旋創立商務印書館，應學界之需，所編教科書專趨風氣，十數年來獲利甚厚。自前年東南擾亂該館，到處被軍界敲索。所編書，新黨又斥爲陳腐，禁不許售，股東不分餘利者已年餘。菊生年來深居簡出，足不下樓，猶不能免。世變至此，真令人無立足地矣。然諸君醉心歐化，而棄道德如弁髦。迄至今日，吾輩之顛連困頓無足言，彼自負先覺一流，其受害乃烈，如宗孟少泉者，尤吾鄉之炯鑒也。吾欲著一書，舉郭筠仙以來所著論，一一糾正之。惜老矣，心思枯耗，執筆不能成文。世有君子或志於斯乎〔一〕？其功不在孟韓下也。是日三朝，謝客，在二條與季友、次耕、僑姪手談。

初六日（十月三十日） 晴。君坦生日。下午，赴景山後，有親眷數人在，次耕亦到。歸寓後，樊山函錄示《蟹爪菊》七律八首，並索和章。

初七日（十月三十一日） 晴，微有風。午時到二條會親，與新親朱曜東略爲周旋。未入席。席散後與務觀及朴園、僑民二姪復留手談，至晚飯方歸。枕畔擬和樊山作。此等詠物題，樊山所長，然亦不外堆砌故實，略無意義。吾腹笥、作才俱不及，只好折半塞責矣。

初八日（十一月一日） 晴，連日大有寒意，恐將須爐火矣。和樊山詩，草草搆就，即郵寄去，姑錄存之。

秋來芳訊話籬東，菊譜誰知蟹譜通〔二〕。正恨持杯虛左手，忽驚擁劔出深叢。餐英倍觸騷人興，沒首難矜畫史工。佛頂僧鞋夷品目，端輸有美是黃中。

應候黃華夏小正，緯蕭兼喜小堂成。羲爻正操文明卦，涿野猶鏖草木兵。倘助姚王張北勝，肯教宋嫂擅南烹。淡交閱遍炎涼態，翻愛無腸不世情。

曾侍慈恩舉壽杯，紛紛鼇紫可勝哀。似聞越絕無遺種，爲問松陵孰巨魁。霜下卓然如此傑，水邊逢彼得母猜。長卿來就柴桑隱，孤負橫行一世才。

九十衰翁日涉園，駐顏尚倚酈泉溫。現身自寫金剛照，按簿重加水族恩。染甲故應羞鳳婢，脫繃正好伴龍孫。酒旗茅店從嘲笑，聊與鴻泥誌爪痕。

若編稿，則尚須痛改也。第二首『緯蕭』句，改『豈真戈甲兆金行』，第二聯改『柴桑自作餱糧計，涿野方鏖草木兵』，末二句改『鞠窮莫復窮郊誚，但嚼空鼇亦有情』，第三首次聯擬改『魏公晚節成孤賞，司馬橫行自霸才』，末聯改『南窪誰覓槐龍跡，乞與移根一處栽』，又第三聯擬改『偶伴囊萸同此醉〔三〕，不知執穗孰爲魁』。

初九日（十一月二日） 晴，較昨稍煖。寄長崎信。葵女約同樸、僑二姪及親眷兩三晚飯，匆匆又過一日矣。

初十日（十一月三日） 晴。飯後，到景山後，同葵女及劉家小外孫赴中央公園看菊花。花已開闌，然亦無佳者。傍晚歸。

十一日（十一月四日）　晴。續和樊山詩四章，並改前作，並成八章錄就，俟今日蟄園面呈。師鄭書來，復見示《兩頭蛇》詩索和。仍是詠物題，鈎心鬥角，殊非所長，只好謝不敏矣。菊詩俟遲日再錄。菊、蟹故實尚多，不失雅人清興。蛇則毒物，又雜神怪之説，不過借題發揮，罵人而已。此輩可勝罵耶？吾尤不屑罵也。比年心緒極惡，方寸已成死灰，僅於文字間略存生氣，然苦無佳題，題不佳則興趣不生，反不如不作之爲愈矣。得長崎董君信，知濟兒血已止多日，曾魯南到彼看視，即日同歸，船票已買定矣。下午赴蟄園第八十三社課會，澐兒特請。到者有樊山、書衡、仲騫、沅叔、仲雲、巽庵、彤士、壽芬、徵宇、富侯、嘿園、迪庵、吉符、孟純、君坦、履川，仍作二唱散。書衡病後久未到，今日初來，至難得也。

十二日（十一月五日）　陰，早晨微有風，旋止，有釀寒意。題《齋壁》一絶：殘膏賸馥杜工部，破鐵爛銅杭大宗。一室掃除亦何用？老夫聊此養疏慵。亦打油腔之類也。龍泉寺方丈明淨約看菊，未能赴。勤孫二十歲生辰，親串數人在此談讌。肝疾作擾，勉强支持，甚憊。

十三日（十一月六日）　微陰，肝疾未愈，臥至向午方起。枕上爲馬桐軒題《錫子猷將軍遺墨冊》。桐軒爲明山將軍馬亮子，明山本子猷部將，時方被謗，不得志。子猷書呂子《呻吟語》數則慰之。冊中並附子猷與明山手札數通。既題詩其上，復附跋於後。詩云：聖武開邊紀默深，章佳往矣得湘陰。艱難重奠西陲局，嘎喈猶聞北將吟。崛起旗旄仍部曲，流傳翰墨亦璆琳。義熙留在仇池史，坐看神州付陸沈。跋云：子猷將軍與哲兄厚庵都護俱桓靖公保恒子。厚庵早歲曾入林文忠皋蘭幕府，中年勇退，以詩歌文翰見重藝林。子猷亦能詩，從事西征，與金忠介、張勤果皆於湘軍外別樹一幟，並爲左文襄所倚重。權伊犁將軍時，結納阿爾泰山喇嘛棍噶札拉參，爲俄人所忌，屢間於政府，卒以軍需報銷事被議聽勘，齎志以歿。廣雅作《五北將》詩，與烏塔多僧並稱，可以想見其人。此冊爲明山將軍所藏，余未獲識。子猷於明山嘗有縞紵之契，概自皇綱解紐，海宇分崩，獨新疆萬里烽堠晏然，生聚日廣。論者比之世外桃源，文襄之規模遠矣。抑豈一手一足之烈哉？桐軒世兄出此見示，小詩未能盡意，復略舉舊聞綴其後。下午悶坐無事，將所改《蟹爪菊》詩錄後。秋來芳訊話籬東，菊譜誰知蟹譜通。正苦把螯虛左手，忽驚擁劍出深叢。餐英倍觸騷人興，沒骨難矜畫史工。喚取淡交同結社，休嫌入座雜腥風。（遺山詩『潞人本淡新有社』，指淡公和尚也，借用之。）彭越前身菹醢嗟，到頭富貴付空花。未消鍾室同根恨，來就柴桑隱士家。佳節紛紛過桃李，濁流擾擾見魚蝦。（東坡荊州詩『百年豪傑盡，擾擾見魚蝦』。）金錢只作飛蚨化，（菊種中有金錢菊，閩中蟹之小者亦有金錢蟹之目。）一蟹中猶判等差。牙牌百品記分標，六枳編籬當緯蕭。長髭差宜蒼叟伴，雄冠未許後庭驕。（雞冠一名後庭花。）閒尋舊雨重開徑，夢想秋江正落潮。卻笑涪翁徒耳食，輕將荔子比江珧。應候黃華夏小正，豈真戈甲應金行。松陵自和餦餭句，（魯望《謝襲美寄海蟹》詩：『且非阿穎敢餦餭。』）涿野猶麾草木兵。（高似孫《松江蟹舍賦》：『其多也，如涿野之兵；其聚也，如太原之像。』）倘助姚王張北勝，肯教宋嫂擅南烹。小詩且耐空螯嚼，簾捲西風太瘦生。曾侍慈恩舉壽杯，（唐高宗時常以秋幸慈恩寺，浮圖公卿各獻菊花酒爲壽。）紫蛙□運可勝哀。吳卿見說無遺種，（《越語》：『勾踐謂范蠡：吳今稻蟹無遺種。』）夔府何心記兩開。偶伴囊萸同此醉，不知執穗孰爲魁。城南試覓槐龍跡，乞與移根一處栽。老我生涯抱甕休，蒓鱸歸興負扁舟。香寒幸不來蜂蝶，箝利端有制虎牛。（菊牛一名菊虎，能傷葉，見《羣芳譜》。）衰鬢已知簪朵怯，饞涎方爲麴車流。擘黃且唱漁家樂，領取尊前一味收。（山谷詩：『酒熟漁家擘蟹黃〔四〕。』）舊夢南柯墜渺茫，閒從物理悟炎涼。蹣跚幾隊忙奔火，倔强殘枝尚傲霜。晚節久拚儕隱逸，橫行那用露文章。鯤鵬椿菌無非幻，注雅餘功試注莊。鶴髮仙翁日涉園，駐顏長喜酈泉溫。現身自寫金剛照，點簿重加水族恩。染甲故應羞鳳婢，脫綳還見長龍孫。（綳字，《廣韻》有平音。）酒旗茅店從嘲笑，（南宋時，姑蘇守臣貢黃蟹，程奎批答云：『新酒菊天，惟其時矣。』上曰：『茅店酒旗豈王言耶？』）聊爲鴻泥誌爪痕。君庸書來，傳芝南意，以高麗紙橫幅囑錄《客歲自有青樹登高作》，上有弢老及樊山題《自青樹》詩，詩乃今歲作也。

十四日（十一月七日） 晴。杲日照窗，和暖可喜，初冬風景亦自不惡。天氣原不負人，人自負天，奈何！樊山書來，又作《蝌爪菊》詩一首，答前書。意林、榆園來，言會館事。白原來，談甚久，即將馬桐軒索題冊子託其轉致。又致君庸，送還題就橫幅。近日，筆墨債大率隨到隨了，然不免潦草矣。熙民來，已得禮學館編纂，並出箋紙一束，係楊鄰葛宇霆託其交來者。鄰葛方創辦《坦途報》，欲徵求詩文登載，並欲得本人手跡，用珂羅版法印之。但近來不甚作詩，苦於無詩可錄耳。傍晚，朗谿來，談極久。夜，務觀來。

十五日（十一月八日）　晴。榕社會期，下午到彼，作二唱散。與孟純同車至寓，僅亥初。濟兒由津晚車來，子初到。務觀往車站接與同來。

十六日（十一月九日）　晴。悶坐竟日。飯後，擁被臥，亦未成眠。讀申鳧盟《荊園小語》，平淺中自警切。鳧盟以忠裔作遺老，所語多以戒其子弟爲謹身遠害之道，但明末至國初乃擾亂而升平之世，今日遠不如矣。

十七日（十一月十日）　晴。白原送來《辛臼簃詩讔》一冊，欲求考證。所詠皆甲午至庚子時事。其人似係吳人，曾官京曹者，不知是詞林否？詢師鄭或知之，至讔語中所指目之人，余亦僅能懸猜其半，餘仍不能確指也。午後，微有風。君坦來。傍晚魏儕來，留共晚飯，客去即睡。

十八日（十一月十一日）　晴，風較昨又大，已御小煤爐矣。午後胥生、幼梅來，手談至晚飯後散，亦無聊之湊合也。

十九日（十一月十二日）　晴，天又微煖。同澐兒、孟純、務觀及剛、濟二兒往中央公園看菊。在長美軒午飯。先後遇栘疏、午原，同至水榭西池畔看秋柳，極有風致。栘疏强拉同務觀赴渠宅手談，至晚飯後歸。爲陳文虎題學堂書畫會冊子，用彊老庚戌闈中唱和韻。回首靈山選佛場，廿年衰鬢已成霜。梅村九友曾推董，逸少重臺尚得羊。（昔人有買王得羊之語，謂羊欣也。）東海飛塵方澒洞，西清古鑑久淪亡。一樽猶爲論文設，坐惜槐蔭轉畫廊。此韻賀彊老重與鹿鳴宴，曾一用之。此詩則强湊而已。

二十日（十一月十三日） 早晴，晚陰。先後飲蒲桃酒過多，擁被臥。羣孫來，言澐兒約務觀、合奇在彼手談，並豫備羊肉鍋晚飯。又混過一日。

二十一日（十一月十四日） 晴。作《賀陳少石同年重游泮水》詩。數篋重賡泮藻編，黌宮此日亦桑田。猶餘韡雅同聲集，及接巢經一輩賢。兔冊早羞長樂老，霓裳幸附大羅仙。鏡中留得童顏在，想見翩翩舞勺年。下午，到景山後，劉家外孫永祿今歲二十誕日，與惠姪及親眷數人在彼晚飯。

二十二日（十一月十五日） 晨晴。向午微陰。下午益陰沈，朔風釀寒，黃葉微脱，而窗竹盆蘭皆盎然有生氣。吾生憔悴，乃不如彼，昔人所以羡萇楚之無知也。晚在二條，與合奇、步蘭、務觀手談，狂風如吼，徹夜未休。

二十三日（十一月十六日） 天已開晴，風稍小，猶未息，尚不覺甚寒。昨夕枕上預算吾年來享用之費。晨興燒餅、麻花，閩語爲油炸果，昔人所謂寒具。銅片十二枚。午飯饅頭四個，銅片十六枚。下午點心無定，至多不過二十三枚。晚糜粥一盂。每日約五六十枚可了，不及大洋二角。添菜，每日約五角。廚房任意浮開，其實並此可省。留客，加每月統計不過二十餘元。合前數，三十元可了。墨半年一錠，需二角。筆兩月一支，二角上下。信箋信封，月須銅片五六十枚，不及二角。此外無所需矣。惟衣著無從預計，以數年偶製一衣，非至懸鶉百結，從不易新。若爲一身計，省去食饌一項，斷葷茹素，亦復可了餘年。無奈身外之爲累太多也。且不特爲累而已，又益憂愁憤鬱，無可奈何之事，此固時勢使然，亦不能盡諉之時勢。吾又誰訴哉？飯後，至皇城根視二弟婦，病已不能言語，其初僅飲食停積，不料遂至危篤也。久坐不耐，順往景山後訪孟純談。而電話旋來，即於申正逝世，計得病前後未逾五日耳。復回車臨哭始返。弟婦來歸時，適中丞公由鄂撫予告就養吳興郡署，家門鼎盛。十餘年間，余兄弟先後登第，隨任江右，所歷皆亨衢。少萊雖清宦，而身後尚薄有餘囊，支持門戶二十餘年，諸子次第成立，壽逾七十，亦可以無憾矣。特盛衰之感，不能無悵觸傷懷耳。

二十四日（十一月十七日）　晴。午前往皇城根送殮。晤午原，知弢老明日當來京。下午仍在二條，與步鑾、合奇、惠姪同晚飯。

二十五日（十一月十八日）　晴。向午微陰，終日無事，亦無客來。

二十六日（十一月十九日）　晨陰，隨開霽。熙民來借禮制處擬定《喪禮》本，偃臥猶未起。前爲君庸作《朱薯》詩，用先薯祠故事，迄未知所祀者誰。偶檢蒹秋叔祖《閩產錄異》〔五〕，知又名金薯，前明萬曆甲午歲荒後，巡撫金學曾因教民種此，後人祀金於烏石山，奉仙薯，署曰先薯祠，然俗仍相呼爲番薯也。特誌之，備考。下午壽芬來，因耕愚託其求薦禮學館，當以已薦人不效辭之。陳用剛世兄南歸，留贈《賭棋山莊餘集》二冊，枕上讀之終卷，其中所載鄉先輩佚事甚多。至詩文，則晚境之作，精采似稍遜矣。

二十七日（十一月二十日）　陰，風甚大。新館開會，未能赴，聞弢老與芝老議決，仍留次贑董事暫維現狀。下午，赴弢老車子營會館吟集之約，作詩二唱，已交亥正。弢老興致不衰，同人亦勉徇其意，又作一唱，歸已丑初矣。

二十八日（十一月二十一日）　早晴，午後微陰，風又起，但較昨日稍小。步鑾來，惠姪託其將哀啟底見示。務觀來，同午飯，飯後與同到景山後，與孟純、君坦清談竟日。

二十九日（十一月二十二日）　晴，天又暖。午後赴彥強靈清宮之約，同席有弢老、朗谿、穉辛諸君。散後至皇城根，是日首七成服〔六〕。晚祭畢，出城赴樊山之約，有弢老、貽書、沅叔、闇公、治薌，甚快。樊山又見示《續作蝌爪菊》律詩八首，恐不能再和矣。席間，呈詩一章爲壽。九九遐齡又增算，去年今日醉華筵。管他左界爭蠻觸，依舊南崇對偓佺。霜下松姿還自茂〔七〕，月中桂籍故長懸。耆英兩字從天錫，不藉人間書史傳。　樊山十一月初一日誕辰也。此詩真近打油腔矣。

三十日（十一月二十三日）　陰。濟兒來京後，血疾又發，今日始稍愈。孟純、君坦先後來，閒談竟日。

校記

〔一〕底本衍一『志』，據家集刻本删。

〔二〕『知』，底本闕，據家集刻本補。

〔三〕『囊』，底本闕，據家集刻本補。

〔四〕『漁』，底本作『魚』，據黃庭堅詩改。

〔五〕『兼』，底本誤作『兼』，徑改。

〔六〕底本衍一『首』，據文意删。

〔七〕『姿』，底本闕，據家集刻本補。

十一月初一日（十一月二十四日）　陰。午後赴靈清宮吟集，因弢老值會，故移車子營吟席於本宅，作二唱，已亥正。弢老尚有餘興，而座客皆有去志，遂即分散。

初二日（十一月二十五日）　陰，連日暖甚，又釀雪不成，殊於冬令，非宜。午前到大方家胡同律閣宅回訪拔可，談稍久，並晤律閣、念柳昆仲。晚赴弢老之約，同席爲樊山、鳳孫、叔澥、師鄭、竹山、書衡、闇公、栘疏。席罷，樊山、弢老縱談三十年前舊事，滔滔不竭，至一時許，座客皆有倦容，始散。然此境殊不易得也。

初三日（十一月二十六日）　陰更甚。務觀來邀，赴東安市場吃羊肉鍋，適孟純先來，遂同車往。嘿園來訪，知在彼，亦隨到。飯畢，至書攤一周。攤上見《有正味齋全集》，索價三元五角，還以二元又加二角，尚不肯售，然此書余覓之多年矣。購《南金報》二冊歸。

初四日（十一月二十七日）　陰，微有日，風甚大。務觀、孟純來，同午飯。下午赴貽書手談之約，有季友、立滄。聞弢老早晨赴津，到站車已開，在站候第二次慢車方行，亦良苦矣。

初五日（十一月二十八日）　微陰，風已止。貽書、季友、立滄約來手談，以西廳火爐未安，改就二條，適若卿自津來，亦在彼，閒談許久乃去。

初六日（十一月二十九日）　陰。連日皆陰，而雪終不下。君坦來。下午至皇城根，喪期二七，親族齊集，設奠，吾鄉舊俗如此。

初七日（十一月三十日） 晴。悶坐無事。飯後把卷倦極，倚枕睡，甚酣。醒已薄暮矣。合奇來，談甚久。白日睡太足，夜遂不能成寐。

初八日（十二月一日） 晴。腹中氣脹悶作痛，至下午略愈方起，客來皆未見。前日見報紙，君庸將前後《朱薯》詩登報，因續作《先薯》詩並序，擬示君庸，就燈下錄之。祠所祀爲金君學曾。前明萬曆中，歲大饑。金君來，始勸民種此，後人因爲立祠。當時有『金薯』之稱，載在郡志。余前和君庸詩，竟失考，偶檢先叔祖《閩産錄異》，始知之。又，同治癸酉寶應王文敏公撫閩，建致用堂，嘗淪薯爲羹，以餉諸生。林頤齋先生方掌教，名以『中丞薯』，並令諸生作詩詞詠之，中丞勒爲一集。頃閱《賭棋山莊餘集》，謂有客歸自臺灣，言中丞菜彼地頗盛行，然則薯之利賴遠矣。因復成此詩示君庸，籍存吾鄉，並以贖前此粗疏之咎云。 先薯特爲金公建，冠以金薯姓字香。郡志具詳人未考，楹書近在我還忘。淪苗因憶中丞菜，課士方開致用堂。併與君家錄薯史，烏山香火屹相望。 詩劣甚，直白話耳。

初九日（十二月二日） 晴。日來愁鬱之極，終日蒙頭睡，亦屬非計不得。取樊山菊詩續和之，鈎心鬥角之苦，聊勝於悶坐生愁煩，所謂兩害擇輕也。然一再刪改，亦殊不易合題。正擬草，而孟純、君坦適來，縱談至晚。魏儕齋亦來，共晚飯去。夜睡尚適。

初十日（十二月三日） 晨興褰幔，視瓦背有積雪，不知昨晚何時起，隔窗望雪，尚未止，但甚小耳。向午已開晴出日矣。本思冒雪到北海一游，而夙性喜陰不喜晴，因之又敗興矣。和樊山詩，錄下。 十年胥鈔恐不供，先生兵甲定羅胸。芳叢漸見殘英盡，詩械還驚故疾逢。未中權門充海物，要令老圃駐秋容。行間認取龍蛇走，想見花前側酒鐘。 韶華瞥眼遞霜辰，狼藉風光一窖塵。本穴幽蘭誰託土，河陽枯樹忽生春。司徒太尉應相笑，（用蔡謨、胡廣事。）茂世泉明好卜鄰。鸞鳳不來香葉改，潘江賦筆屬何人？（『舞鳳翔鸞』，潘岳《菊賦》語。） 動植由來靜躁殊，腥馨亦復判江湖。（《山家清供》：『蟹生於江者黃而腥，生於湖者紺而馨。』）畫圖政可論形似，上箸何須問腹腴。佛子燒猪元是筍〔一〕，相公蒸鴨故爲壺。伏波薏苡終遭謗，得爪還應勝得珠。　十二辰宮作作芒〔二〕，日精鑄出倍輝煌。胭脂偶點供時眼，（《北戶錄》：『蟹殼常有胭脂點。』）錦繡猶疑有別腸。堆就蠔山容飽看，糟歸蛆甕尚餘香。嗅英豈減持螯樂，試問江邊採捕郎。　渺渺秋空雁陣斜，冷紅相映野人家。牆陰蠣粉根深託，簾底蝦鬚影半遮。湯眼過時閒試茗，琴心靜裏想爬沙。藩籬便擬江天買，杜句拈來許恣談。　杞菊天隨未療飢，偶傳蠏志亦恢奇。誰云兩美難爲合，相題重陽若有期。霜後圓臍知雋永，霧半老眼乍迷離。水仙別種同名號，礬弟梅兄各一時。　馬塍大笑訪臨安，楊監經游託巨觀。百品分標誰甲乙，一詩容易換尖團。花糕妝點樵師子，寶塔玲瓏鬧蜜官。併與夢粱說遺事，蝦蟆無奈亦更淺。（菊品至南宋始繁，《爾雅》『治蘠』與楚騷、陶詩所賦，近代考據家俱斷爲非。今人所賞之菊，獅子花糕及菊花塔，皆臨安故事。又有一種名臨安大笑菊者，併詳見《南宋雜事詩》注。）敞廬自署感懸匏，對此寒花亦解嘲。一水可沽相望渺，百錢爰市等閒拋。偶張白戰慙詩敵，爲笠黃離揲易爻。論到退之南食詠，家山空負舊衡茅。所錄詩文俱夾行寫，末首一時忘記，順筆直寫，致不一律。

十一日（十二月四日）　時陰時晴。竹窗望葉上餘雪尚在，蕭寂之況，可喜亦可悲也。務觀自津回來，略談即去。午飯後，益陰沈，又有欲雪之意。想到北海一游，以無伴而止。張慎之來。朴園、僑民先後來。僑民談至晚方去。

十二日（十二月五日）　晴。風甚寒。晨起即到二條，適魯輿自東來，偕合奇在彼，務觀亦來，同午飯，留連竟日。傍晚僑姪來，暢飲，吃羊肉鍋，又溷了一日矣。近來無書可閱，枕邊常置《困學紀聞》數冊，夜睡醒時讀之，因思伯厚、身之，當宋亡後〔三〕，其寂寥抑塞之況，視明末梨洲、亭林諸賢有過之，而用心於無用之地，卒使著述傳世，炳若日星。蓋元、清皆以異族來主中國，深恐漢人之不附，故於漢學極力推崇，不至如今日之斯文掃地也。世變茫茫，可爲一哭。

十三日（十二月六日）　晴。睡醒甚無聊。紅日滿窗，不能不強起。杜陵詩『朝光入戶牖，尸寢驚敞裘』，真善於寫照者。悅卿來。下午君坦、孟純先後來，與同赴二條。是日，爲蟄園第八十五會期，值課爲六橋、沅叔、仲雲、嘿園，惟嘿園因事未到。同社到者爲樊山、移疏、巽庵、書衡、吉符、穎人、徵宇、壽芬、彤士、子威、孟純、迪庵、巽庵、君坦、履川。又有新入社之王蔭樵，本稊園社侶也。循例，作二唱散。

十四日（十二月七日） 晴。先妣忌辰。先妣沒於丁卯，距今恰六十年矣〔四〕。枕上偶得斷句云：『八千里外無家客，六十年□有母兒。』全家漂泊，鄉井無歸，有家實同無家也。暇當續成之。幼梅來。余荔孟姪婿升枚之子，阿釗婿。伉儷偕來，新自閩北上者。升枚因財政部薪水減至三分之一，曾求弢老致書季武爲設法，弢老又託熙民轉達季武。今其子又來求爲謀一小事。同鄉除季武，無一在臺面者，而季武權力亦有限，將如之何？下午，魯輿來，言天津舞臺將開張，羣一爲薦一管賬。此等席面，似猶勝於作灾官也。

十五日（十二月八日） 晴。務觀來。榕社會期，與熙民同輪值，到車子營作二唱散。

十六日（十二月九日） 晴。六妹生日，電約晚飯。傍晚到上斜街，有親串數人，小聚手談，歸途月色甚佳。

十七日（十二月十日） 晴。接崎信，知濟婦病又發，形勢甚不佳，計一時未能回國，又無法接濟之。渠夫婦鬧意見，自尋絕路，數月來爲焦慮，愈逼愈緊，雅不願見諸筆墨。然細思之，人生惟君父大倫，不能自惜此身，此外惟有盡吾力爲之。力之既窮，以垂暮之年殉無益之憂，上之對不住父母遺體，下之又對不住其他兒女也。午後，攜杖步行至大街，雇車至景山後，混了一日。夜歸，月色如畫。回憶二十年前，宣南僦居，與濤園、畏廬、薑齋、松孫在榕陰堂酣飲釃吟，虎坊橋街上步月，情景如在目前。諸君久歸仙籍，獨留此潦倒餘生，備歷千災百厄，撫今追昔，豈獨身世之悲已哉？

十八日（十二月十一日）　晴。晨起到皇城根。是日二弟婦開弔。壬辰同年來弔者，有熊秉三、寶瑞臣，其他則同鄉及和姪財政部同事。人居多，身後風光尚不落寂，在吾家總算福人矣。晚赴悦卿之約，有次耕、羣一及繙、紝兩妹，皆由津昨日甫來者。

十九日（十二月十二日）　晴。午前，偕内子赴崇文門外隆和寺送二弟殯，戚友到者尚多。散後到季友處，賀其世兄誰樅續絃。季友留，同次耕、栘疏、羣一手談，至夜散。

二十日（十二月十三日）　陰。晨起，爲余升枚世兄荔孟作書，分致石芝、漪□，爲謀一雇員糊口，亦姑應其求而已，談何容易耶！　憶前日在皇城根，與徵宇談及近日江浙故家，尚有能閉戶過日者。獨吾閩二百餘年來，科名太盛，士趨於貢舉之一途，以官爲家，不復知有治生之計，亦由省垣地土瘠薄，毫無出產。民國以後，益麕集京師，靠薪水爲生活。至今日而仕無可仕，歸又無可歸，一般皓首窮儒，更不適時用，惟有坐以待斃而已。孟純來，以困甚不能久陪，擁被睡去。君坦亦來。下午有微雪，旋止。昨約次耕、羣一、繙、紝妹及悦卿來晚飯，勉强追陪，至夜分方散。

二十一日（十二月十四日）　晴。魏儕來，談濟婦病況，仍毫無辦法。余一生所歷亨屯之境不一，然未有至無辦法者。奈何奈何！　日來無聊之極，間取此日記，略删汰其冗蔓者。一年來，爲環境所迫，不特晚學毫無長進，即從容泛覽之功亦不可得。但膏火久熬，恐終不能久於一世，聊存此冗散筆墨以留吾真於萬一，後之人容有悲其遇而哀其志者，未可知也。君坦、孟純先後來，合奇來，談至晚飯後方去。

二十二日（十二月十五日）　陰甚，入夜風起，霎時間已星光燦爛，天意之不可測如此。魯輿、步鑾來。

傍晚與步鑾同到樸園處晚飯，有寶田、次耕、羣一及紝妹、惠姪諸人手談，至夜分甚倦。

二十三日（十二月十六日） 晴。天氣漸轉冷，始著大羊裘。閲《賭棋山莊餘集》，其中多附錄交游中書札、詩文，蓋能取諸人之善以爲善。余尤愛所錄董仲容答書一編，大略謂：自來聖賢心法、君相大業，不外一『誠』字，故聖門謂不誠無物。又曰：不誠未有能動者也。時局之變，至今已極，然所變者時勢耳。環球亘古同此生，人人同此心，心同此理，則國固始終不變也。又云：平日常持一『誠』字行之，家庭三十餘稔不聞詬誶之聲出〔五〕，而應世接物，事上臨民，乃至與遠人交，亦莫不以此。其人當時既樂我從事，後尤有餘思，則一切機謀、權術皆可無須。又云：中國積弱，患在人心，而兵事不與焉。外侮之來，皆由此取。今誠欲自振拔，姑無競言新法，但各執其固有之義理，以自湔滌肺腸，無貴賤賢愚〔六〕，務去僞存誠，以求盡其職分。國縱不富，兵縱不强，彼眈眈環伺者猶將低首下心以就我範圍〔七〕，矧未有舉國若此而不富且强者。所論皆深得我心，惜篇長不能盡錄。仲容爲致用堂高材生，宦粵錚錚有聲，以積勞終於一令。其遺集在季友處，中有劄記法越戰事，仲容時在弢老南洋幕府。尤詳贍，足資史料。季友閒放日久，恐無力爲之刊行。葆葵所生女周歲，約移疏、次耕、羣一及女眷數人景山後小集。

二十四日（十二月十七日） 晴。飯後到瀛寰飯店。與次耕同車至上斜街訪四妹，談少頃，羣一伉儷已外出，未晤，旋同赴熙民晚飯之約，與立滄、季友、次耕手談，至夜散。弢老昨由津來，未就席，有事先散。

二十五日（十二月十八日） 陰。洽社會期，石芝作東。約弢老，因亦見邀。君坦來。若卿自城外來，坐談極久。出城，至會館已傍晚矣，作一唱散。

二十六日（十二月十九日） 晴。濟兒咯血未止，今日往同仁醫院，又須一筆醫藥之費。濟乞作一信與其婦，催其速歸。倚枕作數行與之。日來心緒劣不言，雅不欲形諸筆墨，對人且不能不强作歡笑，真生平未嘗之逆境也。下午羣一來，與同赴栘疏手談之約，有次耕、立滄、季友、熙民及僑民姪。晚飯並邀弢老談，甚暢。

二十七日（十二月二十日） 晴。午後羣一來，商籌寄長崎川費事。晚，次耕約義和樓便飯，有務觀及澐兒，並續約孟純，皆談此事也。

二十八日（十二月二十一日） 晴。爲籌崎款事打電話，倒亂了一天。孟純、君坦、務觀皆來。下午熙民來。晚致羣一信，催速籌匯款，因渠明日赴津也。

二十九日（十二月二十二日） 陰。熙民來。夜風起大，又開晴。終日偃臥而已。枕上作《題徐友梅靜園圖冊》五律一首。退歸饒綠野，存想只黃庭。道院晁家集，明湖歷下亭。前塵餘夢囈，晚契且觀鉼。萬里閩山遠，因君感旅萍。第六句趁韻，無意義，第七句亦俗筆。此等塞責之作，亦無心緒再改矣。明日冬至，仍循鄉例搓丸。夜因食糖粥腹痛，起泄兩次。

三十日（十二月二十三日） 晴。孟純來，尚擁被未起，腹痛稍止，又泄一次，仍不欲飲食，終日惟食饅頭兩個。晚食片兒湯，仍不消受。電話約葵女來談。

校記

〔一〕『筍』，底本作『簡』，據家集刻本改。

〔二〕「辰宫」，底本下衍「辰」，據家集刻本删。
〔三〕「伯厚」，底本誤作「厚厚」，據家集刻本改。
〔四〕「距」，底本誤作「詎」，據文意改。
〔五〕「稔」，底本誤作「諗」，據家集刻本改。
〔六〕底本無「賤」，據家集刻本補。
〔七〕「眈眈」，底本誤作「耽耽」，據家集刻本改。

十二月初一日（十二月二十四日） 晴。腹疾漸愈。葵女來，與暢談心事，以此外無人可語也。飯後，孟純來，與同到同仁醫院視濟兒。出城到上斜街，因聞六妹感冒也。六妹已愈，言晚車赴津。復同赴車子營榕社例會。弢老適在京，作三唱方散。燈社題，弢老選「羽翼懷商老」、「柴荊學士宜」十字，皆杜句也。

初二日（十二月二十五日） 陰。得羣一信，言崎款已匯。飯後，次耕來，云明晚赴津。下午，蟄園第八十六會期，值課爲守瑕、治薌、吉甫、迪庵，惟守瑕未到。同社到者有樊山、巽庵、熙民、穎人、徵宇、壽芬、富侯、子威、孟純、君坦，較前數次人數爲少，當係嚴寒之故，然吟興殊豪，並不爲之減色。澐兒告知明早赴津，賀東海娶孫婦。

初三日（十二月二十六日） 晨興即有微雪。施涵宇來，催其令兄壽詩。午後雪漸密，歸寓猶未止，爐火正炎。料檢案頭書札文字，至丑正方睡，以夜分人静，白日竟無從著手也。憶辛巳春，余已得庶常，將挈眷赴先君台州任所，前旬日至鼇峰書院，王父中丞公方整理文牘，笑向余云：『官將任滿矣，預備辦交代也。汝曹識之。』當時未喻其旨，既而思之所言，乃至痛。是時王父已七十有五歲，尚强健甚，一別不復再面矣。

初四日（十二月二十七日）　昨晚不知雪何時止，晨興已見日。將訪君坦，同赴北海，爲家人所阻。向午天復陰。飯後至景山後，則君坦已外出矣。風起寒甚，不得已遣車先回，與孟純及蓀、葵二女外孫輩閒話。至上燈君坦始回，催其代作施績宇壽詩，並煩代題涵宇女公子畫幅，遂留晚飯後始歸。枕上靜思。處逆境只有忍耐順受，怨天尤人皆是自尋死路。憶十年奉御賜『溫仁受福』四字匾額，至今懸之廳事。福豈敢當？若『溫仁』二字實有無窮學養在，不易做到，要不敢不勉商。致羣一信，言崎款事。

初五日（十二月二十八日）　晴。飯後孟純來，貽書旋來。欲偕往訪熙民、季友遣悶，電詢二君俱已外出。久談方去，約後日再來。孟純留至晚飯後始去。日間又接羣一信，隨即復之。接同甫湖北天門寄來信。

初六日（十二月二十九日）　晴。飯後赴熙民之約，與熙民、季友、立滄手談，歸甚晚。

初七日（十二月三十日）　晴。孟純來，持示羣一書。君坦亦來。昨約熙民、季友來寓同貽書手談，踐貽書前日之約。散尚早，燈下作津信。因日間學羣傳述之語頗有誤會，滿腹牢騷，聊復一吐，家庭事靡言能盡也。郵寄績宇壽詩。涵宇處寫作皆出君坦一手，未錄存。

初八日（十二月三十一日）　晴。發津信。後復寄羣一書。午窗爲挈如世兄跋星治丈所書《聖教序》冊，心緒不佳，文字俱草草塞責。孟純來，匆匆即去。僵臥一日。夜間腰背作痛，甚苦，擁被坐兩時許方睡，幸尚能成寐。

初九日（一九二八年一月一日） 晴。今日爲民國十七年陽曆元旦矣。從前里謠『大亂十六年已成過去』，以現狀言之，方愈亂而未有已也。晨興，腰痛稍好，若不强起，恐又作痛。孟純來，略談即去。林榆園來拜年，未能見。季友幼子生日，前日面約晚飯，力疾赴之。

初十日（一月二日） 晴。羣一爲前日事持自津來見訪，旋同往孟純處午飯。羣一晚車即回津。余旋赴會館，議春明學校來函促收回首善醫院事，芝老及諸董事皆到。旋爲熙民邀同季友、策六到渠處手談。連日夜睡均甚不適。

十一日（一月三日） 晴。孟純來。接澐兒津信。遼東黃黎雍式敍向未識面，來書寄《松客詩》一冊索題。黎雍年甫逾三十，詩頗有風格，海内名流如季迪、古微、散原、吷庵、衮甫均有唱酬，不知何以見及也。傍晚到景山後晚飯。

十二日（一月四日） 晴。寄津信。清曉在枕上作《題黎雍松客詩》，即付郵寄去。遼東三老吾宗仰，二百年來幾繼聲。槖筆生涯憐少賤，論交名輩盡心傾。王風蔓草誰還念，江水松花故自清。世運貞元終必復，佇君述作振韶韺〔一〕。接崎電，濟婦挈兒女日内由海道回國，計五日内可到。日間閱《紀文達集》，古體詩殊雋快可喜，此外則應制者居多。夜，韻白來。

十三日（一月五日） 晴。晨起。赴織雲公所，賀卓本愚嫁女。芝老尚未到。君坦來，同午飯。下午方去。日來無事，時仍取架上書讀之。百憂攻心，甫得清閒之一隙，正如童時先生偶出塾，羣童乘便嬉戲，惟恐先生之速歸，老境到此，可憐亦可悲也。致子雅信，託爲崎眷到京時，代向崇關招呼。

十四日(一月六日)　晴。連日雖晴而極冷。《豳風》『二之日栗烈』,注云:『氣寒是也。』熙民來。閱《紀文達集》,載嘉慶壬戌典會試,以遺山《論詩絶句》『蘇門果有忠臣在,肯放坡詩百態新』及『奇外無奇更出奇』一首發策,四千人莫能答。揭曉前一夕,始得朱士彦卷,對云:『南宋末年,江湖一派,萬口同音,故元好問追尋源本,作是懲羹吹虀之論。又南北分疆,未免心存畛域,其《中州集》末題詩一則曰:「若從華實評詩品,未便吳儂得錦袍。」一則曰:「北人不拾江西唾,未要曾郎借齒牙。」詞意曉然,未可執爲定論也。』喜其洞見癥結,急爲補入榜中。按,士彦後官至尚書,謚文定。文達《閱微草堂筆記》又載,某科典順天鄉試,以月中桂詩『倚樹思吳質,吟詩憶許棠』一聯〔二〕,拔取朱子穎。二朱皆以詩學受知,而文定乃於黜卷中搜遺得之,尤爲奇遇。文定又爲先王父士辰座主,於吾家亦有薪火因緣。錄之,以資昭代摭言之談助。前日,舊僕夫李頭自口外還,送野雞數隻,約孟純、君坦夫婦及宛書外孫女同來晚飯。圍爐夜飲甚暢,亦所謂汲汲爲歡者也。

十五日(一月七日)　晴。午後漸陰。傍晚伯南來,取所乞題星冶手書《聖教序》臨本,據云將卜居津門。榕社詩侶益形寥落矣。

十六日(一月八日)　陰。孟純晨來,匆匆即去。下午赴熙民手談之約,夜歸已見月。

十七日(一月九日)　晴。崎島全眷於午前抵寓,安穩可喜,彼夫婦自尋苦惱,稚子何辜,忍令其流落海外,此節已告一段落,以後若不自轉圜,吾亦無如之何矣。榆園來信,求助赴滬川費,竟無以應之,可歎。夜風大起。

十八日(一月十日)　晴。風至午後始稍小,窗竹動搖,極有意趣,真歲寒良友也。傍晚幼梅來,夜風又大，重衾猶覺冷。

十九日（一月十一日） 晴。風已止。孟純來。余往者嘗怪本朝胥吏之權重於前代。隨宦外省從事曹司，見滿員一切公牘皆惟胥吏是問，始悟此輩皆目不知書，不能奉彼爲師，而惜前人無論及者。近讀侯朝宗《貽丁掾序》有云：『今天下開創伊始，一時諸大功臣天授耆定，内以長六曹，外坐鎮千里，皆尚大略，不遑問文法，其餘從龍而出治郡邑者亦往往多崛起，不屑操儒生毛錐，則不得不暫以吏爲師已。而漢人之在官，亦因仍以爲固然，天下化焉。』此國初事也，足徵吾所見之不謬。又刑錢幕友，前代更無之，大約亦自旗員濫觴。不知有人曾考其原始否？榆園復來求助，不得已作信，令到津時訪澐兒酌助。窮親苦戚，能打發一個是一個，免得流落京塵，以後亦不能爲計矣。貽書來，同午飯。貽書言得慕韓信，頗見詢。邇來心緒惡劣，知好多無暇修函，亦自覺歉然，稍閒，當作一書寄之。

二十日（一月十二日） 晴。英女以足疾久未痊，赴德國醫院就醫。葵女適來，見余愁悶，依依不忍去，談至晚飯後方去。昨貽書言，到景山後，聞君坦伉儷在裏屋讀書，聲出戶外，爲嘆羨不置，可謂貧而能樂者矣。

二十一日（一月十三日） 晴。務觀自津來。接毅齋書，以平齋近作詩見示。平齋囑其轉致也。平齋近日詩境殊有進，錄其自壽索和之作，俟暇當一和之。重患頭風一訪醫，今年不似去年衰。黑絲漸復將逾半，餘齒猶多未再危。百步行還能捨杖，五更課佳罷臨池。平生痛絕煙霞癖，睡過高春客莫疑。　鐵網沙囊滿路岐，一年絕少解嚴時。異軍他偏相□□，勝算兵家鮮久持。風鶴紛傳鄰界警，親朋累失舊栖枝。災年如此寧堪說，有酒今朝且醉之。其《雜感》七絕十首似較佳，不及備錄。又閲報，鄧北堂有步韻和余《前和樊山蟹爪菊》八首，雖不能句句穩切，而大致尚見作才。自念羸老之身，百念灰冷，獨此文字結習爲知好後生所不棄。風雨如晦，雞鳴不已。聊恃以自壯，未足爲外人道也。君坦來，約往渠家。孟純復有電話來促，方在擁被臥，强起赴之，夜飲極醉。

二十二日（一月十四日） 晴。孟純來。昨枕上《次和平齋自壽詩》，録出，俟改。嬾性年來不可醫，喜君長健歎吾衰。孤燈有味書猶把，短榻垂穿坐自危。海外除非問窮□，人間底處覓仇池。倚樓悟盡行藏理，詹尹何勞爲決疑。　岐路前頭又有岐，復復長夜旦何時？黑甜不礙高舂起，白戰元無寸鐵持。未辦還鄉乘下澤，猶能索笑向南枝。名山各勉千秋業，君是身之我裕之。（次首第二聯改『酒壚念昔同游盡，棋局從他急劫持』。）

二十三日（一月十五日） 晨陰，午晴。與務觀、剛兒及孫輩，至東安市場喫羊肉鍋。旋赴燕壽堂，唁次薇夫人喪。最後至皇牆根，以二弟婦六旬設祭也。是日爲鄉俗祀竈之日，循例行之。接黎雍復書，並惠詩一首，燈下録燈社作。海六來，未晤。

二十四日（一月十六日） 晴。飯後，到中央旅館賀朗谿嫁女，順途至德國醫院視英女。傍晚貽書、季友、熙民來，適幼梅在此，留共手談，至夜分方散。

二十五日（一月十七日） 晴。昨今兩日，晨興即腹痛，泄瀉雖僅止一次，而人殊不適。寓中空氣尤劣，不得已赴景山後消遣，務觀亦到。午後小睡，殊不酣。傍晚巖孫又來，與孟純、君坦暢談，興趣尚好。君坦言，到靈清宮，知弢老已來京。自昨日起，每飯後服療養院馮醫藥丸。

二十六日（一月十八日） 晴。早晨仍泄一次，較昨見好。熙民來，與同乘汽車至靈清宮訪弢老，談甚久，旋到熙民寓午飯。飯後赴季友之約，與季友、立滄、熙民手談，夜歸稍憊。

二十七日（一月十九日） 晴。今日未泄瀉，似漸向愈。余之病全係思慮傷脾，宜從根本上調理。家人以受寒及飲食停積混猜，皆搔不著癢也。下午，至松樹胡同秋岳寓拜四妹生辰，旋赴熙民約，仍續昨日手談之約，歸寓已夜分，燈下補三日日記。

二十八日（一月二十日） 晴。連日歸甚遲，人甚疲乏，在家歇息一日。惠姪、孟純傍晚來，留共夜飲，甚酣。君庸寄示近作詩二章。

二十九日（一月二十一日） 晴。此數日皆稍暖。下午約立滄、季友、熙民手談，至夜深始散。傍晚微陰，似有雪意，寄舜卿信。

三十日（一月二十二日） 陰。履齋送來初印本《匏廬詩》二十部，細閲一過，其中尚有數處訛字。甚矣，校勘之難也！其中以『皮毛』誤『皮手』最礙眼，不能不改。晚接津信。孟純、君坦來。英女自醫院歸，足疾已愈大半，稍爲慰意。家人循例供年飯，余已睡。

校記

〔一〕『誒』，底本作『鋏』，據《匏廬賸草》改。

〔二〕『聯』，底本誤作『所』，上標有『□』符號，據家集刻本改。

（二） 戊辰年（一九二八）

正月初一日（一月二十三日）〔一〕 侵晨睡醒，乾渴異常，渾身亦作痛，竟不能卧。近日晨起多在巳初巳正，今晨獨早起，其實並不爲元旦也。自壬子後，朝班已散。乙丑後，並朝元之典亦廢。時至今日，有何令節之可言乎？家人畢興循例拜祖。午前通大便一次，人稍清爽，頑鈍之軀大耐折磨，吾亦不知其所以然也。弟姪親眷來拜年者，略已都到，應接一日，尚不甚疲，但徒增感歎耳。濟兒午間出醫院。

初二日（一月二十四日）　晴。晨寢未興，宋仲來，未能晤。索新刊《匏廬集》一部去，不諗渠何以知之也？寄津信。貽書來，與客人手談，至晚飯後方去。

初三日（一月二十五日）　晨陰，巳初雪，下至過午方止，視院中已積寸許。飯後，挈勤孫及孫女金霞赴北海，雪景甚佳。在漪瀾堂啜茗一時許，沿塔山一周，遇立之與其令兄偕行。據云：昨晚甫到，恰及來賞雪，可謂奇緣。匆匆未及暢談，即出城赴立滄之約，與季友、熙民、策六、立滄手談，貽書、穉辛未入局，同晚飯，先散。入夜雪又大下，歸途冒雪，亦甚有意趣。前兩年大雪，欲往北海均未遂，今日算償宿願矣。英女以足疾未全愈，仍赴德國醫院。

初四日（一月二十六日）　晨興望窗外，雪片猶紛霏，過午稍止。悦卿六弟生日，偕內子傍晚往。入夜雪又作，不知何時始止。今日本擬往邀君坦同赴北海，再續昨興，計立之必在彼，得一縱談，爲家中瑣事牽制而止，然今日雪景必較昨日尤勝，可懸想也。師鄭送詩二章來，囑代致弢老。

初五日（一月二十七日）　黎明望晨光已有晴意，巳初起，杲日已滿窗矣。宋桐珊來，託其爲庠姪展假。若卿來，坐甚久。送若卿至外門，適門人陳礪可來投刺，遇之，因延入，小坐方去。下午天復陰。熙民來，與偕赴蟄園第八十四社課，值課爲夷俶、仲騫、峯仙、履川，惟仲騫因事未到。社友到者熙民外，有樊山、子威、吉符、徵宇、沅叔、治薌、嘿園、迪庵、孟純、履川，仍作二唱，首唱題爲『唐明宗祝天生聖人』，題甚佳，而詩卻不易作。入夜風起，社友先散者甚多。樊山見示《除夜》、《元旦》諸詩，徵宇、嘿園見示和君庸《柳梅》詩，皆苦於步韻之難，恐無以應命也。

初六日（一月二十八日） 陰，仍有風雪，後嚴寒，亦氣候應爾。數日無報閱，時事傳說紛歧，然預計今年全局必更有大變動，不能似去年之尚能敷衍過日矣。濟庵來，小坐即去。竟日沉悶非常，閱燈社卷。

初七日（一月二十九日） 晴。君庸來，持示柳梅和作，徵宇、嘿園外，尚有宋仲及宰平、董卿諸作，皆佳。午後赴稊園大會，僅作『鴻爪』一聯，攝影後即散。赴移疏之約，手談至晚飯後歸。

初八日（一月三十日） 晴。孟純來，同午飯，飯後强邀到渠寓，與姪輩手談，酒肴甚佳，惜無興趣。

初九日（一月三十一日） 晴。今日已稍暖。午前赴貽書處拜生日，在彼午飯，歸途至德醫院視英女。回寓，定燈社甲乙畢。今日人尤煩悶，不能自持，藉此消過半日光陰，殊自歎也。晤貽書及熙民，訂明日下午車赴津。前得澐信，言元旦朝正者得徧賞御書，此次聖誕仍預備御書頒賜。上近日甚愛臨池，亦可喜之事。津地寓公尚多，五倫大義，庶民去之，君子存之，不必作興復想，而黃、農、虞、夏宛在目前〔二〕，彼自外於人類者，烏足以知之？

初十日（二月一日） 晴。笠士來。下午赴車站，僕人代買二等車票。貽書、熙民先到，已登三等車，彼此間隔不相通。到津僅戌初，子有已有電約晚飯。貽書先赴弢老寓，余與熙民到栩樓小坐，即同車赴子有處。子有感冒未痊，僅出來一招呼，遣令姪公毅陪客，坐中有寶田、次耕、芷卿、子良諸君。澐兒亦先往，飯後手談一局散。子有惠贈新刊《文直奏議》四冊。

十一日（二月二日） 晴。晨興與熙民同至張園。午初先有蘇龕進講，約二刻，即召余與熙民、貽書入見，雜詢近事，並泛論近時人物，坐稍久，並賜茶，出園已過午矣。與熙民、貽書同到蘇龕寓略談。訪子良未遇，即同赴次耕午餉之約，手談一局。傍晚同赴松竹樓飯館，主席爲弢老、蘇龕、琴初、地山。惟弢老因病甫愈未到，座客約十七八人，皆冰社熟人也。散後，復赴羣一春和戲院觀劇之約，子初散。

十二日（二月三日） 晴。午前四妹、六妹同來。兩妹述澐兒意恐余致疾，求一切屏見聞，勿動氣，不得已時即出游，余一一允之。羣一約飯館午飯，散後復至其寓手談一局，旋赴寶田晚飯之約，飯後回。是日，冰社會期，葉文樵值會，李子申出示伊墨卿墨迹，冊頁甚精工。章式之亦出示所藏名蹟〔三〕，中有《蔣礪堂相國童試試卷》，浮籤裱成，手卷上列同入學姓名，礪堂時甫十齡也。後幅皆名人題詠。此事曾載於《吳蘭雪集》中，今始目睹之。又李西涯《記孔林重修事蹟長卷》，前後真行數千字，尤鉅觀也。客散後，叔掖、峻丞留共手談，兩局方散。

十三日（二月四日） 晴。晨興，余坐馬車先赴東海宅，晤談良久，旋赴張園賀聖誕，熙民與澐兒隨到。是日到者約百人。上下奉諭，概不行禮，仍循例，備筵席，先後入座，與錢新甫、升吉甫同席。歸寓後，羣一、寶田、次耕皆來。申初，同熙民赴車站，弢老、貽書亦到。余與弢老在二等車，貽書、熙民仍在三等車，戌初二刻到京。連日酬應，疲極，晚飯畢，即睡。御書因紙到稍遲未賜，今年未照相，與前兩年所差者只此。

十四日（二月五日） 微陰。晨興，即到靈清宮。燈社開唱，社友三十余人，皆已入座。余到已稍晚，幸尚及發唱。是日，弢老備早晚二餐，並攜來松花白魚及多年陳酒。吟壇諸君興致皆佳，秩序尤整，爲往年所無，皆次贛布置，南首、吉盧、組南幫忙，唱至子正後方畢。弢老仍得頭標，次則淑周、策六、君坦，余得第五標。聞昨日《順天時報》已登此事，亦向年所無，想時流見之，非訕笑即謗詆也。夜歸尤困憊。

十五日（二月六日） 晨陰風甚大，向午始見日。睡起已不早矣。昨匆匆攜回畫燈，係取公雨所畫尊者像，其他未及諦審。燈社新例，挨名自擇所好。今日讀所題字，爲『戊辰歲朝敬造降龍尊者像一軀，願四方休戰，日月光華』。閲之，深得我心。午後熟睡至晚。務觀來，强起，點燈共賞。入夜風稍止，冷甚。是日，濟所娶日妾歸寓拜祖。

十六日（二月七日） 晴。寄郭春秩信〔四〕，爲濟兒道地。務觀來，飯後與同到景山後，電邀巖孫來暢談前日燈社之事。巖孫此次專爲人捉刀，談次尚興復不淺，以別有應酬先去。孟純堅留晚飯，又混過一日矣。

十七日（二月八日） 晴。策六、仲劬約吟局，陪弢老作三唱散。

十八日（二月九日） 晴。午間赴熙民耆年會之約，有弢老在座。弢老痰疾尚未全愈，因晚車赴津，席散即先歸。余與貽書、立滄、季友留手談，至晚方散。涵宇屬題其女公子聆秋畫幅，由君坦代筆。石骨嶢巖淺淺皺，南宗瘦透此傳神。玉壺一段湘生筆，失喜烏程有替人。已交來人取去。

十九日（二月十日） 晴。昨午後頗暖。今日有微風，氣候又轉冷。枕上和君庸《柳梅》詩，爲韻所窘，勉强成篇。其實，此題無甚新意，即不步韻，亦不能工也。姑錄俟改。老梅鍊就風霜骨，能空凡豔惟矜莊。黃梅非種附梅譜，重以涪翁句子香。柳星在天應列宿，失身誤落歌舞場。風絮水萍遞幻化，輕薄漂蕩固其常。樓東河東忽合傳，賤質何幸儕嬪嬙。認桃辨杏付嘲處，歲朝正可娛高堂。孟純來乞致叔澥書，即書付之。下午赴熙民宅拜壽，同立滄、策六、伯嚴手談，梅南、季武、壽芬、次贛、嘿園諸君在前廳鏖詩，亦甚酣暢。

二十日（二月十一日） 晴。爲張勤益致韻珊書，復石孫書，又錄和君庸詩，並和平齋詩，肖雅住新開路福康里東一弄第一家，據來信，係六百零三號。交君庸轉呈芝老。筆墨債負暫時一清。涵宇送來福廬鄉人書，求爲提倡募捐，此時實無法應之。鄉人方救死不贍，何暇及古蹟耶？言世兄雍然送來影印《范伯子與謇博筆札墨蹟》一本。下午，務觀談至晚飯後，又久方去。

二十一日（二月十二日）　陰。務觀約同孟純、君坦及剛兒東來順午飯，迪庵因病未到。飯後同赴海王村公園，購得《甌香館集》一部，復與務觀同車歸。魏儕、幼梅先後來，談至亥正方散。

二十二日（二月十三日）　晴。貽書來，小坐即去。下午赴策六手談之約，同局者爲立滄、熙民。夜歸，風忽大起。席間，策六詢及濟兒行止，謂南洋僑商多挂黨旗於領館，殊隔膜，泗水萬無去理。熙民亦以爲然，但此時余竟無法阻之。燈下獨坐，思及煩懣非常，兼以晚食稍逾量，睡臥屢醒，不得已，取枕畔書閱之，天明後始復睡。

二十三日（二月十四日）　晴。風稍止。晨醒，喉爲痰壅，喫白開水始稍好，此乃連日感冒未清之故。太陽時作痛，又係肝木發動。腹間脹滿，則昨夕宿食未消之故。甚矣，一身之難調理也！午前作平齋信，附寄和章，又作津信。孟純、君坦先後來。偶閱范肯堂致謇博手札，有一段云：『日内發興爲詩，苦無題。丈人言「問津書院，丈人指姚慕庭，石甫之子，肯堂婦翁也。薑塢先生嘗主講此，可爲題」。但茫茫從何處說起，吾以謂此必須用韻，因隨手翻得東坡《松風閣》詩，以爲此即可用也。丈人亦姑應之，而吾興勃然，煮茶一開而即就，因而大樂。丈人誦，琅琅至十餘遍』云云。此真得閒中作樂之法，其詩亦甚佳。前閱迪庵至澐兒書，述何梅生之論〔五〕，甚以步韻爲不然。余謂此亦難概論。吾鄉詩家太夷、梅生皆不喜步韻，而滄趣老人則最工步韻。自李、杜、韓、白、蘇、黃而後，詩境大抵不能以一派拘，即不能以一格繩，各隨其才力所至，豈有定限乎？余前以詩冊質鳳孫〔六〕，凡次韻之作皆爲删去。鳳孫北人，其詩循途守轍，與鄭何之自瀹性靈者，派別又不同，要不可以律一切也。悶坐，無以消遣，偶抒所見，書之。傍晚疲倦，小睡片刻，已將上燈矣。釋戡以《戊辰元旦》詩索和，並致去歲重九江亭攝影及校補《鞠部叢譚》一冊。此書去年曾承見贈，爲人取去，復向之再索也。余於戲曲向未究心，實門外漢，然就中名伶熟習者亦什之七八。瘦公及釋戡所掇輯及評騭，大都於事實不謬。此書必傳世無疑。惟是鞠部人物在本朝爲別開生面，推原本始，尚當於政治求之。蓋列朝馭臣工至嚴，朝官出都門百里即干例禁；貴戚大僚園林第宅皆不敢盛有奢侈，平康狹邪幾絕輪鞅。獨狎優一事雖懸禁令，而涉及彈章者，至少九重亦明知之而不問。良以京曹清暇不能無游讌之地，匿瑕含垢，此中有張弛之道存焉。大略似前代官妓，而彼伶人者，操業既賤，得與士大夫周旋方以爲榮幸。廣筵侑坐，曲食停驂，一席數金，所費至微，窮宦皆能辦之，相習而不爲怪。民國既立，儕此輩乃與搢紳平等。彼因之高抬身價，所逢迎者非豪帥即大駔，視文士蔑如。傑出如梅畹華者，得樊山、瘦公等爲之詠歌、讚歎，亦猶是沿清末風尚，而『梅毒』二字已藉藉人口，過此以往，歌場與文囿必至格不相入，可斷言也。姑書之，以觀其後。

二十四日（二月十五日） 晴。早起喉間仍壅塞，聲啞，腹亦脹滿，甚不適。閒坐，次和釋戡詩，極草草。歲朝岑寂似蕭晨，只有寒梅伴病身。舉俗更誰談舊曆，屏居況我屬陳人。團蒲埽地時參佛，古錦探囊肯饋貧。應候條風還入律，朔南何日息兵塵？ 第五句擬改『壓架老藤應增長』，後四句終嫌落套，再改。游驄已逐燈宵逝，破硯能供雪屋貧。壓架老藤應更長〔七〕，花時會許充前塵。張慎之來，辭行回閩，勉强見之。下午復力疾赴宣甫耆年會之約。老友聚談，胸次稍暢，喉亦漸開。歸寓時，四妹與惠姪在寓手談，尚未散。余因病先睡，夜半睡醒，喉復塞，再睡尚酣。

二十五日(二月十六日)　晴。晨起，喉漸開，惟說話略帶痰聲。昨食黃彈餅數丸，似頗得其力。黃彈，南中亦呼黃皮果，閩人爆乾爲丸，稱爲黃彈餅。余從前值胸腹不舒，常食之，甚有效。比年恐其破氣，久不食矣。數日前，在策六處詩局，弢老痰疾未愈，行維出數丸，啖之，因知此物亦可治痰，故亦姑試之。今日並腹脹亦見愈，真妙藥矣。傍晚赴石芝宅拜壽。旋到二姪女處，以其子生日，昨曾見約。壽堂空闊而私室狹隘，一寒一暖，又微有感冒。夜歸，殊不適。接津信，溎兒言公雨知余得所繪降龍寺尊者燈，渠新正曾作此畫，津門諸公皆有題詠，亦乞補題一詩，恐不能不應之，但不易着筆耳。

二十六日(二月十七日)　晴。嘿園來，持程蓮士乃翁遺照代乞題。飯後無事，率筆成一絕應之。六代殘山閱戰塵，蕭然松石見天真。過江名士多於鯽，市隱如翁得幾人。又易園今年五十初度，其弟遵楷屢爲乞詩。易園四歲時初就學，即拜余爲啟業師。閩俗謂之發蒙。幼日極聰穎，過目成誦，下筆亦灑灑千言，而屢躓場屋。曾游學東洋。入民國後，亦所往不如意。去歲旋閩，聞仍充某學堂教習。詩姑錄出，俟改。曾見荷衣出科年，雲萍累世溯因緣。滄桑幾度成吾老，薪火千秋待子傳。結緣誰論和氏璞，皋比自暖廣文氈。海濱鄒魯流風在，晚學相期更勉旃。第三聯擬改『誰遺蒿賢遺一鶚，未妨求飽笑三鱣』。近來詩筆日退，自係老境頹唐之故，不知用何法以瀹性靈也。

二十七日(二月十八日)　晴。閱報，載海藏作《鑲蘅未明見訪詩》二首，極言夜起之效。固就身歷所得，言余所見老輩能起早者，常得長壽。以吾家先德言之，亦其明效。然樊山每夜披書至黎明方睡，交午始起，亦習以爲常。此事固不能概論也。余謂早起必須志氣清明，無家累之擾，方能與空氣相呼吸。如其不然，則夜深兀坐，羣動盡，隨興諷誦，亦是人生一樂。余近來常以亥、子間睡，每夜必醒兩三次，每於最後醒時披衣起坐，雜取枕畔書玩之，俟稍倦始復就枕，一覺則紅日當窗矣。不知者以爲晏起，余亦不自明也。孟純來，談稍久。林秋颺自閩寄臘箋爲其求壽詩。飯後無聊，復睡一時許方起，夜臥極不適，比曉乃得酣睡。

二十八日（二月十九日） 晴。今晨醒最遲，已近巳正矣。幼雁書來，乞將所賃巡捕廳胡同屋，警捐仍由會館擔付，俟與吉臣、策六商之。午後到鮑家街，與宣甫拜壽，宣甫入城，皆寓崧生宅。遇熙民、嘿園、弢老，弢老今日早車來。遂同到宰平處，今日亦爲五十初度。晚飯後聽說書，張君說《聊齋》兩段。據次耕云〔八〕，此君從前多在張文襄宅說書，然演說雖工而聲音不洪，似無精采，偶聽之可耳。濟又吐血，一室之內病魔環攻，雖鐵石人亦不能禁此愁慮，吾以强制之力鎮之，能持久耶？君坦來，未晤。

二十九日（二月二十日） 晴。是日吾鄉俗所稱拗九節，循例煮果粥。濟於清晨入法醫院。寄津快信。昨車中作秋颺尊慈壽詩，甚平平。秋颺以孝廉屈就郵部錄事，晦若赴德國考察政治，余曾爲薦充隨員，晦若歸來，嘗極稱之。詩姑錄存。早從曹署識賢郎，瞥眼誰知海變桑。隨節重洋應省記，循陔愛日自舒長。劬勞信有眉梨補，懿徽慚無翰藻揚。好是韶華春閏駐，桃紅柳綠佐稱觴。飯後至景山後，與孟純、君坦作長日談，孟純復約巖孫來同晚飯，談甚暢，亦無聊之排遣也。

校記

〔一〕底本擡頭寫『丙寅正月初一』，實誤，當爲戊辰年，此處刪去『丙寅』二字。詳見家集刻本郭則澐跋語。丙寅年日記僅存冬季數則。家集本此年從初九日始，署爲『戊辰正月初九』，與鈔本初九日部分文字相同。另，日記中所記《匏廬詩存》刊行之事在丁卯、戊辰年，也與其詩集刊本時間相符，陳寶琛序作於丁卯一九二七年三月，孫雄跋作於丁卯夏。故不可能下面提到詩集刊行一事的日記作於丙寅一九二六年，而應是戊辰一九二八年。

〔二〕『虞』，底本作『虛』，據家集刻本改。『宛』，底本作『死』，據家集刻本改。

〔三〕『章式之』，底本作『章錫之』，當誤。章式之即章鈺。據家集刻本改。

〔四〕底本『秩』字上標有『□』，同年二月二十六日日記有郭春秧者，似『秩』爲『秧』之形誤。

〔五〕『何』，底本無，據家集刻本補。

〔六〕『詩』，底本作『計』，旁標有□，當爲筆誤。據家集刻本改。

〔七〕『藤』，底本闕，據家集刻本補。

〔八〕『次耕』，底本作『次韻』。日記中名號含『次』的，有『次耕』、『次薇』，無『次韻』，似爲筆誤。據文意改。

二月初一日（二月二十一日）　晴。接津信。舜卿寄來婁真人朱符二道並判語云：『遯叟之事無不關情，但蒲柳之姿加以剝削，則元氣漸消，流年亦未愜意，宜靜養閉目爲治病上策，朱工通用』云云。余前叩祇說病魔，未指何人，舜卿注謂代青原叩容或近之。要之，『靜養閉目』一語，實治身之通義，不獨治病也。《順天報》載白葭居士《贈屯園先生》一詩，頗復語長心重。屯園、白葭，皆不知何人，俟訪之。當吾世尚有此等人，不可不爲表章也。詩云：

禮非囿小康，大同必由此。格致不須補，即本末終始。（《論語》一以貫，仁恕求諸己。）先生洞其微，昭若發矇矣。披讀鴻文三，杞人憂轉喜。叔季學無本，西風醉歐美。安能擷菁華，所獲稗與秕。妄效邯鄲步，顛躋傷厥趾。迷路不知返，目眩旁行軌。後生益放誖，踰閑廢倫紀。狎侮聖人書，謾語加闕里。崇古誚爲迂，崇儉嗤爲鄙。謂爲媚君權，誣以愚民旨。謂思不出位，阻礙進化理。謂敬不足行，謂孝私德耳。謂生我何恩，彼爲歡媟起。人首而畜鳴，聞之髮上指。邪說一以張，誠行隨而詭。狂飆一以播，萬彙由茲靡。九閽射虎屯，四郊蠻觸壘。跋鯨潰大防，橫流溢汀沚。黨徒競趨炎，議曹類閧市。曷怪講學地，竟蒙鄙倍恥。曷怪戲下兵，悍如天驕子。碩鼠飲貪泉，滿腹不知止。小鮒困涸轍，嘔沫臏無幾。舉國都病狂，强隣蛇豕啟。鷸蚌招漁人，誘之先以餌。我抱精衛誠，銜石情無已。欲塞漏舟棉，力薄□□紙。欲闢途荊榛，手無斧柯恃。此意積有年，茫茫空顧諟。彩雲忽照眼，球璧輝筵几。其言明且清，足掃塵氛滓。抉經執聖權，尼山道在是。人心久陷溺，願君生其死。秩序紛俶擾，願君泰其否。五光眩十色，願君辨朱紫。物競噬咥人，願君驅虎兕。匪只奠神州，坤輿行如砥。寰宇日日新，時中恒不倚。君殆聖人徒，闡幽澈腦髓。凡我所心寫，都出公腕底。經訓振羽翼，瞻戴君子斐。貢忱綴蕪語，所信非阿比。石岱霖來，約初五陪吟局，談甚久。岱霖去歲在汴奉檄署涉縣，其時汴尚在奉軍手。爲天門會所拒絕，再三疏通，始得受事，旋由該會首領加札委任，未幾又由該首領調任林縣。據云：天門會始因軍閥橫暴，激而爲獨立之自衛。首領韓姓，乃石匠出身，貌溫雅而中實粗蠢。渠初到時，秩序甚亂，經委婉勸導，始漸就範。地方事尚能由縣官處理，紳民亦相融洽。該會恨馮極深，因渠係奉軍所委人，亦願與奉軍聯絡。在彼近一年，去臘始允其暫假回京，並囑與奉軍接洽，假滿尚須前往。現河北有七邑皆屬天門會範圍，林縣即其一也。惟彰德有馮軍駐守，來往須由間道耳。合奇、幼梅先後來。下午赴榕社例會，弢老亦到，作二唱散。夜半風起。

初二日（二月二十二日） 晴。風猶未止，向午更大，黃塵蔽日。石芝約今日詩局，聞濟兒昨到醫院針治，頗委頓，心緒甚劣，電託孟純代爲辭謝。兀坐，塵霾中聽惡風狂吼。孫昌應來，述其尊慈病狀。下午風稍小。石芝復連電來促，勉强赴之，作一唱，與弢老先散。夜眠尚適。

初三日（二月二十三日） 晴。仍有風。項琴莊來，呈所著《觳觫紀聞》一册，所紀皆宰牛食牛果報事，意在隱諷今之弄兵戕民者〔一〕。余近日亦頗持殺戒之說，每見家人惑於西醫，以雞汁牛汁爲養生惟一要品，牛肉可購之市中，雞則非特殺不可。甚不謂爲然，而無術以止之；平日頗喜食鱓鰍之類，近已戒止，以一饌之供有數十條生命在也。午後出城，拜胥生尊慈生日。貽書在彼，君庸亦旋到，談甚久，旋到皇城根，是日爲二弟婦百日祭，至夜分方歸。

初四日（二月二十四日） 晴。午後攤飯，已習以爲常。弢老門下在宋仲宅公讌老師，邀余與芝南、貽書作陪。散後順途至景山後，小坐即歸。

初五日（二月二十五日） 晴。天氣漸暖，已脱狐裘，易羊裘，而家人不肯撤爐火，亦近來之積習，虚耗而不利於衛生，可歎也。飯後，赴岱霖、乃時吟集之約，作三唱散。席間晤高子善之世兄，在電局，有小事，係其庶出也。

初六日（二月二十六日） 晴。次薇、孟純、君坦及胥生、魏儕昆仲先後來。今日洽社會期，昨梅南已預約，熙民在弢老處，復有電來催，不得已應之，作一唱歸。夜間有微雪，疝氣發作，尚不甚爲患。

初七日（二月二十七日） 晨起，尚有雪，旋止。天仍陰。孟純來，寄姚次阮世兄昌咸所求書壽字。姚爲菊坡侍讀丙然子。又寄林秋颺尊慈壽詩，皆交郵局。接平齋信及和小石諸詩，知前信已寄到。務觀自津來。下午赴熙民之約，同局有立滄、季友、策六，散尚早。

初九日（二月二十九日） 晴。寄復平齋信。又寄津信。昨務觀約午後同赴景山後閒談，渠竟先往，接電話即往，四妹旋亦至，手談兩局，惠姪始來，談至夜分方散。

初十日（三月一日） 早晨微雨，止後仍陰甚。務觀來，同午飯，云明日赴津。飯後，爲惠姪致慕韓、燕孫兩信，皆謀事也。慕韓住大連越後町三十九號。傍晚惠姪與四妹來，務觀亦到，言今日與迪庵至廣濟寺，臘梅尚含蕊未開。手談，散時已過子矣。君庸書來，錄《續和柳梅》諸詩見示。

十一日(三月二日) 晴。孟純來。終日無事,取石遺《近代詩鈔》祁壽陽、何道州兩家,作點勘一過,夜睡甚早。

十二日(三月三日) 晨起見日光,向午微陰。季友約手談,未赴。魏儕、燕生、叔陶來,手談兩局去,終日沈陰未散。

十三日(三月四日) 晴。孟純、巖孫先後來,同午飯,復長談,至日斜方去。濟兒因法醫針治血疾不甚見效,已於今日出院。晚赴岱霖之約,同席皆其戚屬,雜以内眷,甚不舒適。岱霖之女爲乃時夫人,故亦出見。手談,歸已夜深矣。

十四日(三月五日) 晴。君坦來。飯後悶極,抱書擁被,正尋睡鄉,而幼梅來邀同往北海公園,至蟠青室,與書肆夥計閒談半晌,旋至漪瀾堂,湖沿啜茗,看小艇打冰。沿堤楊柳雖未吐芽,而遠望微有緑意。湖冰未全消,中間已打開者,縠紋蕩漾,亦殊可愛。幼梅尚欲登山,余以若卿生日先出園。赴上斜街,晚飯後留手談,候女眷局散,到家將天明矣。此爲年來第一次晚睡,臥床覺渾身酸楚,一日之間而苦樂不同如此。

十五日(三月六日) 陰。向午方起,人猶不適。今日榕社會期,以馬車赴德醫院接英女回,另雇人力車出城,作詩三唱,極酣。末唱爲清壽,分嵌第二字,偶翻書得之,爲一鼓興,不自知其愚也。英女又爲醫院挽留,未歸。

十六日(三月七日) 陰。午後雪下極密,大有寒意,歷兩時許始止。閱丁儉卿《石亭記事》,言世傳《西遊記演義》乃其鄉吴承恩字汝忠所撰,載在《淮郡志》。此段閱近人《骨董雜記》已載之。吴爲明嘉靖中歲貢，官長興縣丞。鶴亭來晤，索新刊詩本，並代耆壽民致意，亦索一部，即交郵局送去。涪姪婦逝，婦爲弢老姪女，人甚婉順，入門僅二載也。

十七日（三月八日） 晴。飯後幼梅來，少坐即去。貽書來，談稍久。得燕孫復信，惠姪事恐不諧。寄津快信。

十八日（三月九日） 晴。養剛今日四十誕辰，親串眷屬湊熱鬧一日。立滄、熙民、季友亦來，就臥室手談，尚歡暢。

十九日（三月十日） 晴。蟄園第八十五社課，余與書衡、穎人、壽芬值課。社友到者有樊山、沅叔、子勤、巽庵、吉符、熙民、子威、迪庵、徵宇、彤士、嘿園、君坦、履川，作二唱散。

二十日（三月十一日） 晴。風甚大，而天氣尚清朗。得慕韓書，惠姪所求事，渠於盛某久不通問，無從說項，書中皆牢騷語。又以文愨師所書楹聯及《客座私祝》並遺畫一幅，共三件，屬爲分題。慕韓住大連後町三十九番地。午飯忽胸中作□，食不下咽，急命到景山後與孟純、君坦閒談以消煩鬱。然吾之苦境，對至親竟有說不出者，可歎也。在彼處復感寒，疲倦。向晚歸，飲午時茶，即蒙被睡，又輾轉不能成寐，至後半夜始睡熟。

二十一日（三月十二日） 晴。晨起惟腰肢酸痛，腹仍微脹，感冒似已清。昨枕上不寐，搆文愨書跋二則，略具腹稿，復點竄成之。《楹語》跋云： 吾師文愨公以南齋侍從晉直講幄，立朝數十年，清風亮節，爲海內所共知。貳戶曹時，嘗欲懲辦一蠹吏，爲同列所持，某吏竟逍遥法外，而公反以此罷殿直。當時輦下士大夫咸憤惋不平，乃適值言路閉塞之秋，卒無有訟言其得失者。光緒中葉，朝政不綱，以馴致亂亡之禍，此亦其一事也。此聯乃督學畿輔時，書以畀魏若者。遭亂佚去，其半魏若特裝潢爲横卷。竊維公一生天懷澹定，寵辱不驚，實有得於求己之學。至因緣之說，雖出自佛氏，然余觀喪亂以來，奸回宵小，乘時招勢，煊赫一時，無知者嘖嘖稱，乃未久旋歸澌滅。所謂因緣者亦不過如幻泡露電，何羨之爲？魏若久歷憂患，近方屏居窮島，視吾師之遭值承平，益不堪同日語，然能熟玩斯旨於安身立命之道，必當有得。履坦終吉，所以紹先芬者而棉世澤。將於是卜之，豈時手蹟之足珍已哉？《客座私祝》跋云：陽明《客座私祝》〔二〕，前人嘗鐫之石本，余幼時所見諸先正家塾嘗懸之。文愨師夙講陽明之學，宜其尤有心契。師平日楷法兼有平原、眉山之長，顧不自矜惜藏家者。此爲完帙矣。慨自邪說横流，新進小生習爲非僻，海內詩禮故家寥寥無幾，以此銘之座右，豈特一家之彝訓？而心盡昭垂於黍離板蕩之秋，猶見垂沖正而風度，吾輩對之，當如何感想耶？又《題因陋草堂畫卷》詩：富陽橋梓鹿牀翁〔三〕，神化丹青景仰同。片羽吉光未零落，遠從浙派見高風。半壁東南劫火收，王師次第埽榛菅。畫圖但寫林栖題，已見承平氣象還。跋語本非所長，詩尤潦草。近來心血垂枯，重以處境不順，益無意興，聊以塞責而已。君坦來，以代孟羣壽日本某僑商詩見質，有未妥協處，爲指出，囑酌改。此不必處處切日本人，渠太着跡也。英女自醫院回，尚不算甚委頓。傍晚孟純來。寄津信，又郵致子勤初印詩集一部，以昨日有成言也。岱霖約手談，未赴。

二十二日（三月十三日） 微陰，旋晴。飯後赴大取燈胡同視涪姪，今日爲其婦成服日也。幼梅來，同晚飯。與家人手談。岱霖復來約，貽書亦電約，皆未能赴。務觀自津來，並帶澐信，匆匆即去。姚昌咸，號次阮，菊坡學士姪。

二十三日（三月十四日） 晴。飯後赴立滄手談之約，同席爲熙民、季友，擬順路訪鶴亭，因事遷延，竟未果。

二十四日（三月十五日） 陰寒。得津信，即寄津信，並慕韓信，附題文愨師遺墨三紙。務觀來。飯後披書，倦極，就枕睡一時許，甚酣。夜微雨。

二十五日（三月十六日）　晴。寄舜卿書，乞妻真人神符。張用寬寄刊印啟事聲明，與其兄用謙因產業將涉訟，理由爲薑齋一歎。前此涉訟爲嫡庶之爭，今則同懷亦爭矣。薑齋擁巨貲，貽身後膠葛。余囊無一錢，生受男呻女吟之苦，未知孰得孰失也。孟純、君坦來，云務觀約下午到渠處閒談。熙民復來電見約，固辭之。夜由景山後歸，已過子矣。寄澐信，言：『近日養泉兄弟亦多不得意，家運日替可憂。汝於此時尤宜恐懼修省，第一以存心忠厚爲主。善氣既盈，則羣魔自當斂退；推誠相與，即異類亦可感孚。至亂世，擁貲無可久之理，只有節儉維持，尋常破耗不必置意，但求不至於瓦解土崩而已。』

二十六日（三月十七日）　晴。子植來信，無非無聊廢話〔四〕，然亦略知鄂中情形。飯後，欲往訪鶴亭、子勤，以車不閒復止。悶坐，塗鴉。下午擁被小睡，務觀來始起。渠言明早赴津，留共晚飯。

二十七日（三月十八日）　早晴，向午忽陰，復放晴。孟純來。飯後，幼梅、貽書先後來，留共手談，晚飯呼酒暢飲，亦無聊之消遣也。

二十八日（三月十九日）　晴。鶴亭郵寄《古風》二章見贈。鶴亭詩有清氣，固近日南派之佼佼者〔五〕。近日思路甚澀，以鶴亭向少酬和，不得不勉强應之，率筆次韻，得二章，錄下。我詩初無法，信口爲咿嘔。未能謀一身，況乃談九州。黃虞日以遠，逝晷不我留。危邦寧久居，劍炊漸向茅。中原尚門爭，故山悵阻修。勞者但自歌，詎足語時流。玄亭念龍覆，長爪遭溷投。休論身後名，且看空中漚。

六代溯詩家，陶謝差匹敵。康樂忠義人，肆志託泉石。讀君和謝詩，頗復侈宦跡。回舟上金焦，目極東南坼。誰知新亭淚，孤憤盈胸膈。仍歲賦北征，逢迎多親識。敝廬絕輪鞅，肯來慰蕭寂。白水閟禎符，餘分競紫色。安得昆陽師，長驅挾霹靂。『中原』二句落套，改『晚途從護落，束髮慕前修』，然亦無聊，仍用原句。

二十九日（三月二十日）　晴。先廉訪公忌日。孟純、君坦來。飯後貽書、幼梅來，留共手談，至夜散。

三十日(三月二十一日)　晴。迪庵來，乞函託潁人薦稅務處譯員，即作書，付郵局寄去。務觀自津來，言澐兒胃痛漸差，即與同到精一飯館喫光餅魚丸，順途至東安市場書攤一覽歸。連日欲出游未遂，坐小車入市，精神爲之一爽。此西醫空氣之說也。

校記

〔一〕『弄兵戕民』，底本空缺四字，據家集刻本補。

〔二〕『祝』，底本誤作『語』，徑改。

〔三〕『富』，底本作『商』，據《匏廬賸草》改。

〔四〕『廢』，底本誤作『費』，徑改。

〔五〕『佼佼』，底本誤作『鉸鉸』，徑改。

閏二月初一日(三月二十二日)　晴。閱報，知張紹曾在天津妓寮被人鎗斃。張爲十九條信誓首難之領銜。當時朝廷已俯意曲從，並賞侍郎銜，令宣慰長江，仍抗命不赴。宣統末年，猶係學堂監督，洵濤撤馮國璋兵柄以畀之。養虎自衛，安得不亡？東海之被吳佩孚驅逐，亦其所嗾使。其人語言無味，面目可憎，不知其取人動人處。余前年春在津，王子春招飲，適與連坐，惡之極，未與交一談，即託故先去。天網昭昭，不禁拍案稱快也。飯後訪子勤，適自津回，言弢老亦同來。旋訪鶴亭，未遇。即出城赴榕社之會。梅南、壽芬迎面，語云：『弢老已有電話，即到矣。』今日兩位老人心中暢快，詩興必倍增。

余向不自鳴忠憤，而友朋皆能知其心事，作人至此亦足矣。少頃，弢老亦到，作二唱，興猶不淺，復勉陪作一唱，散已過子矣。歸寓，知葵女又舉一女。石孫書適到，託爲照應一切。

初二日（三月二十三日） 陰。午間赴熙民東興樓之約，陪潤貝勒，陳、朱兩師傅，及楊隣葛名下桂、史兩秘書，大抵係接洽皇產事，然無結果。座間談尚暢。務觀來，留共晚飯。守瑕以《荃察余齋續存詩》見贈，皆其己未後所作者。其詩學明七子，翦裁麗密，亦自可喜。

初三日（三月二十四日） 陰。飯後正擁被臥，熙民、孟純來，談甚久。傍晚務觀來，與姪女輩手談。夜，韻白來。

初四日（三月二十五日） 晨仍陰，風甚大。飯後赴會賢堂，子威夫人開弔。遇己酉拔貢門生數人，攀談甚久。子威亦是科選拔朝考，未入等。旋到車子營會館，合社吟集，因弢老敦約，特奉陪作三唱散。

初五日（三月二十六日） 晴，仍有風。電話來報玉蒼逝世。若卿來。飯後，往哭玉蒼。遇熙民、弢老、子雅、策六，旋出城，到南柳巷弔丁佩瑜太夫人之喪。晚應季友之招，亦陪弢老也。玉蒼中風已數年，昨晚猶看家人鬭牌，晨起頭微痛，汗出即逝。蓋其根本久虧，年已七十有七，亦可謂善終矣。人生總有一死，古人云蓋棺論定，然則未至蓋棺，猶不能論定也。以曾子之賢，猶云：『而今而後吾知免矣。』言念及此，能不懼之乎？余年來無往不拂逆，常以古人處患難之道自勉，因玉蒼之歿偶觸及之〔一〕。』燈下書此，不足爲外人道也。大便作黑色，連日夜臥極不安。若卿云係肝肺火炎，須略服疏散之劑，其實疏散自有道，服藥未必見功，奈吾之處境不能自由何。軒舉二十年前常爲余診病，謂余六脈弦急，與玉老同，而接人處事，靜躁判若天壤，此非有十二分涵養功夫不能到。軒舉生平雖頗有不理於人口之處，然於余不可謂非第一知心之友也。

初六日（三月二十七日） 晴。嘿園晨來，始起，索詩集一部去。孟純、君坦先後來，朗谿亦遣人來索詩集。因遣復檢一部送徵宇，皆至熟人欲先覩者，不能不應之。晚至景山後視葵女。渠以再索得女，決計自乳。右乳曾患瘡，僅左乳可食。乳亦不多，其平日刻苦持家，不以榮悴易其素，真吾女矣。旋赴桐珊之招，陪弢老、瑞臣。同席熟人外，有李鄂人、王杭人，能刻圖章。二君，均未問其名號。桐珊頗喜收藏，賞玩久之，以鴻寶長幅石齋《孝經頌稿》爲最佳。李爲李雲慶，壬辰同年小軒方伯廷蕭之子，問熙民始知之，從前似曾見過，竟忘其號。李每夕夢中必至冥司判案，不肯洩露。月前在禮制館，忽對人云：『吳祿貞、藍天蔚、張紹曾，吾十數年前相其面貌、行爲，皆不應得良死。吳、藍皆驗，張猶健在也。』同人皆訝其唐突。昨爲君坦述之。君坦云：『想渠早得判決消息也。』爲之一笑。

初七日（三月二十八日） 晴。上午赴子雅藕香榭之招，席散往弔玉蒼接三。遇燕孫，順道訪弢老，來客甚多。未久坐，以樊山有約，尚早出城。先赴若卿處清談一時許，至春華樓，樊山所約爲弢老、貽書、守瑕、闇公、鶴亭父子，談極暢。弢老約同席諸人明午至宅早飯。接津信。

初八日（三月二十九日） 晨，微陰，即開晴。侗伯來，略談近事。午前赴弢老之約。昨同席諸人外，惟添熙民、嘿園。連日困於酒食，歸寓後胸腹脹滿，人亦疲乏，偃臥終日不能食，入夜始進小米粥一盂。孟純午間來，已外出，未晤。戴亮集郵送日人橋川時雄所纂《鄭文焯》一冊，中有年譜。亮集爲叔問壻。夜睡至黎明醒，腹仍未大舒，披衣下牀散步，至天大明後復脫衣臥。弢老今日下午旋津，託帶詩集一部至蘇堪。弢老得《匏廬集》，逢人稱道，聞之極不安。詩之造詣，吾自知之，不特不敢希蹤前人，即在近人中，亦下中之列。弢老以詩中所云多其意中語，遂一味揄揚，恐反招吹毛之謗也。

初九日（三月三十日）　晴。胸腹漸舒，而仍不甚思飲食，由大便未通解之故也。悶坐終日。夜得慕韓復書，並託催樊山、書衡題文慤遺墨作。

初十日（三月三十一日）　陰，頗寒。午後悶極，攜初白詩就枕閲之，不覺沉沉睡去，歷一時許始醒，可謂黑甜鄉矣。大便雖解，尚不甚暢。夜雨，枕上聞簷溜聲不絶。都中近年春雨極少，天時似轉，而人事則猶茫然也。

十一日（四月一日）　雨已止，晨起猶陰，向午漸開晴。濟兒約親友數人在精一樓上午飯。歸寓，熙民適來，以玉蒼訃文底見示，爲斟酌數處。余私見吾人不幸逢鼎革之禍，從前官職儘可一筆勾銷，訃文只書結銜便了，其實並結銜亦可不書，平生恩遇自有家傳可記也。江次鷹祖蕤送其乃翁杏村侍御奏議二冊，係排印本。夜，岱霖偕升枚來。岱霖持其壻乃時《鐵驪圖》乞題詠，蓋乃時新購之名馬。樾士、孫均爲之作圖。均年甫十三歲，頗能畫，亦奇童也。

十二日（四月二日）　晴。孟純來，交津信。午後富侯來閒談，無非陳述苦況，爲之徒喚奈何而已。昨升枚亦言渠財部已有被裁之信。晚赴鶴亭、貽書之招，即在貽書寓宅，同席有樊山、芝南、書衡、董卿、釋戡、秋岳及梅、程二伶。

十三日（四月三日）　晴。君坦來，同午飯。飯後欲赴中央公園看花，復以俗事牽阻。悶坐無味，復覓睡鄉，醒後爲乃時《題鐵驪圖》七絶二首。黄竹哀歌去不還，昭陵刻石亦榛菅。孫陽具眼今誰是？多少龍駒伏櫪間。辛苦關山短後衣，王家馬癡浪同譏。一心看取成功日，殺賊歸來露布飛。前首改『黄竹哀歌去不還，渥窪無復貢天閑。風塵難得孫陽鑒，高價千金只等閒』，稍避俗套語。前人題畫馬詩者甚多，以題目過小，不合小題大做，應付而已，不足留稿也。門人張之基來，未見。晚赴大陸飯店，吉佑少子娶婦，在彼設席謝客也。挂舟來談，至夜深始去。

十四日（四月四日） 晴。午後，王吉臣來商會館事。傍晚倦睡一小時，夜飲微醺。得平齋書。

十五日（四月五日） 清明節，竟日陰。陳子康世兄郵寄其尊人庸庵制府七秩壽言一函。合奇來乞致伯愚書，因附詩集一部，即託伯愚代呈新甫。下午，赴榕社之會，作詩三唱散。伯南由閩來。

十六日（四月六日） 晴。羣孫爲汀鏡求轉託燕孫致羅文幹書。汀鏡以裁員開缺。此等輾轉間接有何效力？勉强應之。合奇來，言已晤伯愚，至午飯後方去。午後出城，至四妹處手談。連日腹脹，舊疾復發。

十七日（四月七日） 微陰，過午稍開晴。貽書、君坦先後來，飯後與同到中央公園散步。今日腹疾又增劇，久坐立起即痛甚。在公園扶杖步行數周。傍晚歸寓，稍愈，夜臥仍作痛，以手自按摩。狂風大起，枕上不寐，次韻《和釋戡〈早春〉》詩一首。牛斗占天已不揮，龍蛇起陸豈能馴？問誰黍谷嫺吹律，久矣桃符嬾換春。花近生朝偏厄閏，柳臨官道只含顰。眼中萬象回何日，還我江湖放浪身。次聯改『到頭沙數誰量劫？隨例桃符嬾換春』。

十八日（四月八日） 風已止，日出後微有雲陰。腹痛亦稍愈。下午與勤孫同到北海，遇逸儒於漪瀾堂水次，留共茗談久之。是日，爲剛兒生朝逢閏，有親眷來湊熱鬧，夜深始散。羣一自津來，爲乃翁運柩南旋。

十九日（四月九日） 晴。羣孫來，言汀鏡已補主事行走，暫時可不至失所。晚赴芝南之約。芝南適感冒，由君庸代招呼，鶴亭、闇公、貽書忽起牌興，手談兩局散座，客尚有書衡及田桂舫。

二十日（四月十日）　晴。皞農丈靈櫬今日南旋，若卿在法源寺設奠，晨起即往。貽書昨本約順途往城南公園看杏花，在彼相候，以未備杖頭錢，並杖亦未及攜，昨晚缺睡，人甚倦，即徑回寓。暖甚，卸裘著棉，稍覺清爽。下午，赴蟄園第八十六社課，樊山、彤士、徵宇、孟純偕會，同社到者有樊山、鶴亭、闇公、師鄭、貽書、巽庵、味雲、書衡、嘿園、穎人、迪庵、子威、君坦、履川，又逸儒爲孟純邀其入社。作二唱散。味雲適自津來，鶴亭前月來京，闇公久不來，一時盛集後恐難繼也。師鄭亦不常來，壽芬又作山東之游，各吟壇又失一健將矣。合奇交來伯愚復書。

二十一日（四月十一日）　晴。竟日無事。飯後睡起濯足，又過一日矣。

二十二日（四月十二日）　晴。孟純來，策六託其代催致韻珊信，爲其內親黃君說項，即揮就付之。昨晚枕上閱《竹汀日記》，謂：『湖廣之名起於元，其立湖廣行省，實兼宋之荊湖南北、廣南東西四路。明時廣東西別爲省，則不必更沿廣字，然本朝亦之未改，大抵地名沿誤者甚多。特行省範圍較大，似尤應正名也。』偶誌之。接舜卿書，並寄婁師與則濟、朱符六紙。閱章太巔大來《後甲集》載邵念魯之言，曰：『對生友而言死友之過，不仁〔二〕；見疏親而言至親之非，不智。』此二語無人道過，殊深得我心。遇好格言，隨手錄之，亦多識蓄德之道也。朋友亦五倫之一，近人多不講此。

二十三日（四月十三日）　晴。晨起，挈英女赴中央公園，遇貽書、彥强。午前空氣較好，桃杏雖謝，而榆葉、梅紫、丁香方盛開，來今雨軒後梨花一簇亦在滿開時，周覽至過午始出園。歸途繞景山後，久坐方歸。芝南來，得燕孫復書。季友、立滄電約明日同赴大覺寺看杏花，以有事辭之。因昨聞貽書言同鄉某公亦約客明日游大覺，廚侍甚盛。余素性愛避喧，不欲與相值也，晤季友，當以實告之。

二十四日（四月十四日）　晴。日來蘗女病又沉重。飯後孟純來，復强邀到渠寓，夜方回。

二十五日（四月十五日）　晴。得師鄭書，並示刷印近作數篇，仍乞將《匏廬》初印本先致一部。但現在只餘兩部矣。飯後至佩瑜處，爲其太夫人題主，襄題爲貽書、階青。禮畢，與貽書同到靈清宮，晤弢老，弢老昨早來。談極久。弢老云吳韡若前數日到張園。順途至景山後，傍晚歸。

二十六日（四月十六日）　晴。寄津信。又爲濟兒致郭春秧信。行維來，爲蘗女診病。王子常來，談甚久。下午到景山後，葵女正患風疹，多日尚未愈。晚赴蔚岑、季武之約，與季武、若水、誦周手談二局歸。夜風大起。郭禎祥，號春秧，住香港屋蘭士道第一號。

二十七日（四月十七日）　黎明起，風猶未止。因前日嘿園有陪弢老出郊看花之約，昨晚接迪庵電話，今晨七鐘以瀛車來，同到靈清宮會齊。

二十八日（四月十八日）　卯初即起，風未定，陰甚。迪庵、子常巳初來，即與剛兒乘來車，順途至梅生處，同車到靈清宮，俟同游諸人，齊出城已巳正矣。先到黑龍潭小坐，旋到大覺寺。杏花已落盡，寺間有十數株尚開，可想其盛也。到寺已有雨，冒雨登寺後，高處賞雨，尚不惡。遇傅沅叔。申正回車。季友復約至西長安街飯莊晚飯。雨止，風又起。計同游者尚有貽書、稚平、嘿園。雖未償看花之願，而登臨游賞實近來所僅有之事，以家有病人勉强爲歡，終於不暢。即游歷所及，可紀者甚多，執筆竟不能成一字。濟兒明早啟程歸寓，略與丁寧，更覺離懷迸集，此苦將誰訴哉？　接易園書。《順天府志》：『大覺寺在黑龍潭北十五里，距圓明園三十里。金章宗西山院，此其一，故名「靈泉」。明宣德三年建寺，更額『大覺』。本朝一再修葺。寺內龍王堂，有遼咸雍四年《陽臺山清水院創造藏經記》碑〔三〕。寺旁精舍曰四宜堂，世宗御書。寺旁有僧性音塔。性音，康熙時住持方丈也。』

二十八日（四月十八日）〔四〕　晴。向午復陰。濟於巳初挈其妾早車赴津，附德船至新嘉坡，換船往泗水。接津信。又君庸寄來《自青榭酬唱集》一冊。

二十九日（四月十九日）　晴。蘗女於申正逝世。女二十七歲失所夫，孀守十年，撫兩孤劬書就學，皆將及冠，嶄然見頭角，惜不多留數年見其成立。平日志操迥異尋常女流，久依外家非其志也。他日當爲文傳之。此時心事錯亂，無暇覼縷矣。親黨來者絡繹不絕。

校記

〔一〕『觸』，底本誤作『約』，據家集刻本改。

〔二〕『仁』，底本誤作『但』，據文意改。

〔三〕『藏』，底本作『歲』，據家集刻本改。

〔四〕此日日記鈔本有兩記，後者蓋補記之作。

三月初一日（四月二十日）　晴。蘗女以未時入殮。晨起，孟純、君坦來，恐余悲戚，强拉至二條閒話。下午到景山後，以葵女所生次女彌月，有親串數人在，流連至夜，仍往二條宿。鑲蘅約廣和居午飯，早起已辭之。

初二日（四月二十一日）　晨微陰，即開晴，殊有寒意。貽書到二條相訪，尚未起。貽書持弢老《游黑龍潭大覺寺》七律詩，弢老囑轉致索和也。君坦來，同午飯。飯後，與勤孫至北海慶霄樓藏書處閱書，其中規則尚好，來者招待甚勤。余取查東山、他山二家年譜閱之。東山即查伊璜，中所載粵游及載石歸事，皆在被難前。其在獄，實有人營救，據彼自揣，疑爲陸晉。陸亦無賴子，微時曾受其恩者，時已官廣東提督。吴六奇微時，亦嘗得其周濟，但如觚賸所言，則全然不對。其《海若爰居詩》與《雪橋詩話》所錄，亦多不同，大抵不無責備蒼水之詞。晚歸二條，僑民、士文到彼相陪，至夜去。

初三日（四月二十二日） 晴。北海靜心齋修禊，主人共十八人，請客將及百人。余未赴。早晨，枕上次韻和弢老詩，極草草。絕頂登臨即閬風，天留奇景待詩翁。戰場又長春蕪綠，佛界能逃刼大紅。遼鶴相尋餘夢語，潭龍已徙寂神功。出郊載得隨車雨，且喜氛霾一洗空。 次聯，初稿係『分明池水思凝碧，容易花時過落紅』。午時至靈清宮小坐，即同貽書至玉蒼家襄題主。題主正賓爲弢老。 事畢出城，至車子營會館春敘，議首善醫院加租事，尚無結局。是日合社吟集，被留作一唱。熙民自濟南來，略談戰事，旋應貽書晚飯之約，與弢老同散。後與竹山、印伯、闇公、仲雲手談一局，與仲雲同車歸。

初四日（四月二十三日） 晴。迪庵錄示《游大覺寺》古近體各一首。王小航來，小航近以字行，又號水東老人，住德勝門大街路西鐵柵欄門。 見贈《三體石經時代辨誤》及《續補辨誤》各一冊，《書昌黎諱辨文》一編，並託查吾鄉先輩林鑑塘仕履。因渠方爲僞古文辯護，而鑑塘先生集中亦有辨駁前人僞古文之說，與其意旨相合，當致書仲樞屬錄轉致。小航謂：『古所論諱與不諱，皆就口呼而言，與文字渺不相涉。凡文字有涉君父之名，或有不必讀出之時，而筆下必如其字而書。』此論與吾意合，且如今人常有以日月江河及數目字命名者，能偏諱之乎？若水來託爲其令岳陳黻庭招呼，因黻庭在法部以裁科停職也。飯後，立之在北海電約，適孟純來此，與之同往，坐間有董卿、貽書、嘿園、迪庵，談詩至暢。晚赴熙民之招，手談至子正散，人極疲倦。

初五日（四月二十四日）　晴。君坦來。飯後熙民來。閱報，知馮軍已下泰安，時局又將大變矣。夜睡極不適，由肝陽又熾也。

初六日（四月二十五日）　晨晴，過午忽陰。飯後赴景山後，至半途，狂風大起，飛沙咫尺不辨，停車久之，雨來，風少止，然雨殊不大，約一刻許即止，天復陰。葵女已出戶庭，氣色尚好。聞梁攸侯於早間逝世，君坦在彼處。與孟純談至晚飯後散。

初七日（四月二十六日）　晴。明日蘩女出殯，家人恐余臨時悲傷，勸往二條。傍晚孟純來，即與同往。晚飯後，孟純往稊園，余小坐即睡，然極不適。

初八日（四月二十七日）　晨陰。迪庵預約往公園看牡丹，閑坐無事，次和迪庵《大覺寺雨後》五古一章，以局於韻腳不得展舒，詩姑錄出，不足存也。看花醉後時，落花足引勝。屋角春鳩鳴，知有好雨聽。聯壁軒車來，晨征爲鼓興。小憩碧潭清，遂儕初地迥。明昌八院遺，崇構孰與並。年深斷碣殘，境僻野情稱。品泉就竹根，披雲到松頂。列岫出新沐，危欄恣高憑。誰家檀果園，是處通樵徑。猴被不可留，催歸愁夕磬。迴路趁山光，城闉已向暝。飯後，迪庵來，遂與同往公園，恰遇立之，云已電約仲雲、午源、嘿園、仲郊，遂偕同至花叢遍覽一周，花尚不劣，惟較去年爲少。諸君亦先後來，雨亦大至，在來今雨軒茗談。隔座有孫文恪師令孫攜眷同來，久不見面，周旋久之。向晚雨仍未止，立之與仲雲等尚有雅局，余遂冒雨先歸，至二條，雨止。巖孫因其女許聘約客電催，未赴。

初九日（四月二十八日）　陰，頗寒，復著灰鼠裘。昨睡尚好，而腹脹，大便未能下。接津信。旋回三條，服午時茶及製青果數枚，便始少通。飯後赴玉蒼開弔，與徵宇談甚久。晤遐庵、書衡，遐庵輓玉老兩聯尚有惋著之語，書衡云紱庭似邀留，並已託人致意司長矣。酉初到德勝門大街回訪小航，門署『水東書屋』。告以仲樞處未將鑑塘先生家傳送來，擬去信天津同鄉，就《省志・文苑傳》鈔録。小航邀登其所構小樓，開窗可全覽淨業湖之勝，凝眺久之，復小坐方去。順路訪孟純，談至上燈時歸。

初十日（四月二十九日） 仍陰甚。迪庵來，書録諸君《雨中牡丹》詩見示，云今日立之諸君在午原處，午飯後擬同游崇效、慈仁、法源、天寧諸寺。以天氣不佳且跋涉太勞辭之。午後微雨。履川來辭行，明日赴川省視。富侯來，言欲赴粤，乞助川費，無以應之。君坦爲乃翁補慶，石孫初八生辰。約燮、惠二姪及親眷數人在彼晚飯。寄澐信，囑鈔《省志・鑑塘先生傳》。付學羣寄去。

十一日（四月三十日） 微陰，巳初始見日。下午復陰。芝老來書並附乃崇信，言欲徙津，辭兩館董事職，商辦當複。芝老謂館事有子雅、次贛主持，乃崇熟於法律，雖赴津，遇事尚可諮詢，不妨暫時挽留，俟擇有接替人再説。仲雲送《牡丹》律詩三首，其一首昨已由迪庵録示矣。瀫庭來。

十二日（五月一日） 陰、辰初起，稍見日，已卸裘。昨閑坐和諸君《雨中牡丹》二首，聊以遣悶，不足存也。百花開遍洛花開，不見軒中今雨來。（是日適同集來今雨軒。）靧面爲誰作光悦，墊巾令我久徘徊。紅芳儘有雕闌護，白點渾疑羯鼓催。更待新晴看錦繡，未須月下羨瑤臺。　輕雷誰喚阿香車，不礙仙葩爛漫舒。別炫啼妝酣酒後，倍增舞態濯枝餘。驚寒鳳子尋還怯，向午猶晴晝不如。夢裏朝雲應彷彿，好憑花葉爲傳書。（『靧面』句畢竟無涉桃花故事，第三句改『頳鬐向人彌娬媚』，四五改『紅芳肯受新泥汙，白點渾疑爭鼓催』。『倍增舞態』擬改『乍回笑靨』。）即郵致仲雲。又復師鄭書。寄津快信。又寄呈樊山《匏廬集》。若卿自津回來訪。晚復陰寒，夜睡又甚不適。

十三日（五月二日）　晴。孟純來邀，赴渠寓，途遇君坦來，亦折回。在景山後午飯。君坦云，黎潞庵前日沒於津寓。下午與孟純同到中央公園，牡丹正盛開，已有謝者。繞園一周，遇芝南、季友正擬出園。聞彤士言君坦亦來，然遍覓不遇。遇迪庵在茶棚小憩，立之、嘿園復先後晤，談至月上，復留連久之方歸。聞濟南已歸南軍矣。

十四日（五月三日）　晴。午後微陰，有風。攤飯正酣，爲會館長班以提款蓋章事喚醒。學羣方來津〔一〕。濟南南軍有與日人衝突之事，且觀其後。

十五日（五月四日）　晴。孟純、君坦來。午後赴榕社會期，以爲時尚早，順路至公園。牡丹尚有一半未殘。晤彤士、嘿園，又遇李柳溪正與人對弈，略爲周旋，即出城，作詩二唱散。富侯來，爲人求壽詩，未晤，在榕社晤及，此最可厭之事，老者不以筋力爲□，況費無益精神乎？

十六日（五月五日）　晴。得黃黎雍式敘書並寄近作二首見示。其詩尚不俗，以向未謀面之人一再殷勤，殊可感也。晚赴葵女景山後晚飯。

十七日（五月六日）　晴。吳莘夫來，言福州館借賑項太巨，渠不敢畫押，只能以數百元爲限。在金魚胡同，已告王長班轉達吉臣矣。幼梅來。午後至金魚胡同福壽堂，陳耕齋家屬在彼開弔。旋到景山後，孟純適在家，昨題跋陳松軒先生《詩彙》冊補蓋圖章，又閒談許久始歸。今日天太暖，風埃又起。跋語甚草草，以時局紛亂欲急歸之故，亦未錄存。

十八日（五月七日）　晴。君坦來，午飯後方去。下午熙民來，與同到蟄園。今日爲第八十九會期，值課爲師鄭、巽庵、子威、君坦，惟師鄭未到，社友到者有樊山、書衡、沅叔、治薌、吉符、穎人、徵宇、嘿園、迪庵、莑仙、壽芬、孟純、彤士、仲雲，較上次爲多，作二唱散。晚有風。樊山惠題《匏廬集》七律四章尚不草草，錄後。

君本承平雅頌才，身丁巢晃廣明災。筆從史論縱横出，詩受天心鍛鍊來。同叔沖和終近道，蘭成詞賦善言哀。乾坤正氣惟忠孝，忍付昆池刼後灰。

傾蓋行京氣吐雲，白頭交誼益悁懃。同功烏烏三松壽，各有龍鱗十抱文。兩榜晨星稀尺素，長安舊雨半荒墳。今從老輩求書種，除卻弢庵只有君。

漢臘猶存賴此編，傷心亥既與徂年。擊殘如意吟朱噣，著破麻鞋拜杜鵑。昔記回鑾金管鹿，今殊投井鉞函堅。天憐五季無風雅，特誕歐梅在宋前。

博通古籍與朝章，筆力千鈞老益强。蒼水居夷仍戀主，黄門客潁如還鄉。禁中兩制豈天語，刼後孤亭賦雪香。五十爲詩高北海，公詩更老十三霜。

十九日（五月八日） 晴。風仍大，似有旱意。昨幼梅約今日晚車同赴津。申初幼梅來，小坐即與同車赴車站，剛兒與孟純、君坦亦到站。申正二刻開車，戌正一刻到。四妹、六妹在寓相候，即留幼梅同晚飯，又手談二局。

二十日（五月九日） 晴。弢丈第八女公子許配林文直幼子，今日送妝請客。下午到彼賀喜，晤眾異、仲樞諸人。仲樞云，前寄其書，近始接到。因京寓未攜家集，故稍稽作復。眾異因言渠處有《竹柏山房集》可借與仲樞一抄再送來。席散，與幼梅同到四妹處，手談二局方散。

二十一日（五月十日） 晴。連日肺氣作動，睡極不安。下午，偕澐兒至子有處賀喜，正值廟見時，子有强邀上樓，令其弟及新婦參見。席散後又留手談，有肖旭、次耕、樂泉，作三局散。

二十二日（五月十一日） 晴。晨赴張園。午初奉召見奏對，逾二刻許，話極長。旋到弢丈處，與弢丈、徵宇暢談一刻許始回寓。飯後睡一時許，服藥後肺氣稍舒。下午赴四妹、六妹之約，手談四局，甚憊。詞伯、立之來訪，未晤。

二十三日（五月十二日） 晴。晨起甚熱，袷衣已不能御矣。下午約芟老、琴初、子甲、峻丞、詷伯、子有、佩丞、又塵、公雨、味雲、立之諸君在寓，作詩鐘二唱。夜雷雨，客散後雨尚未止。天氣又驟冷，可著棉矣。

二十四日（五月十三日） 陰。午後始見日。幼梅來，與澐兒同車赴李氏園。李園名瑩園，其廳事名挹清堂。立之挈其二子與立庵，適克生、詷伯亦到。園約十餘畝寬，而座落甚少，佳木亦不多，花事已過。在廳事小坐茗談，泛小舟，沿曲港一周，尚有意致，立之、詷伯尚在留連。余與幼梅先歸，留共手談，有章民及四妹、六妹同局，務觀自閩歸，亦來。

二十五日（五月十四日） 晴。仍冷，午前往拜林君毅尊慈六十壽。順道訪東海，此老久不談世事，談詩及閒話而已。歸寓後，作《王翁季卿還鄉記題後》一首。翁爲南皮人，弱冠從軍，轉戰無所成就，去而學賈，復不利，流落關外者六十餘年，其孫希堯始訪得之。投筆封侯始願乖，飄零地角復天涯。夢中豈意桐枝長，痛定方知蔗境佳。柏寢從今年莫問，沙場幾輩骨空埋。高堂明鏡重開日，一帖零丁感涕皆。此詩殊不足存。務觀來，同午飯，即與同到六妹處，與親眷數人手談，至夜散，因明日爲其生日也。詷伯見示昨與峻丞、立庵各賦《李園泛舟》一律，即次其韻和之。名園占斷百花叢，物外能逃刼火紅。巾履招邀皆舊雨，襟懷披拂得清風。幽杆瀹茗閒中話，曲港拏舟絕處通。領取莊生濠濮意，何須海上羨方蓬。即景步韻無可發揮，姑錄俟改正。連日仍寒甚，可著重棉。

二十六日（五月十五日） 陰。午前務觀來，即與同到六妹處午飯，手談兩局。赴詷伯處詩鐘之約，主人爲詷伯、峻丞、佩丞、立之、子有、琴初、公雨、又塵，作二唱散。

二十七日（五月十六日） 微陰，仍冷，晨起，接魏若青島來書。又，師鄭書寄示《論詩》七古一章。飯後，偕四妹、六妹赴次耕之約，手談四局始散。務觀云，德人於月前沒於滬寓。

二十八日（五月十七日） 晴。仍有微雲。晚赴樂全之約，手談兩局散。

二十九日（五月十八日） 晴。天又漸暖，可卸棉矣。項琴莊來謁，未晤。務觀來，傍晚與同赴子常之招，手談兩局散。樸園自京來。

校記

〔一〕「方」，底本誤作「交」，據文意改。

四月初一日（五月十九日） 晴。與澐兒同赴露菀處弔唁。接孟純書，但言都中平靜而已。務觀來，飯後峻丞、詷伯、立之先後來，與澐兒及諸君同到俄國花園。園爲行宫故址。詷伯云，舊稱柳墅，湘綺曾游此，有詩，詩中尚有殘碑之語。庚子戰後，劃入俄國租界，俄人遂闢爲公園。有一塔，係葬庚子年俄國陣亡戰士。陵谷變遷，思之可痛。園地雖寬廣，有林水之勝，游者西人居多。津地無勝處可涉，與李氏瑩園亦伯仲之間矣。立之、峻丞、詷伯皆有詩紀游，余嬾於應和，即不復作。晚留峻丞並邀佩丞、次耕手談。

初二日（五月二十日） 晴。務觀來。晚赴子有之招，陪弢老晚餐後，復手談兩局散。

初三日（五月二十一日） 陰。約次耕及四妹、六妹來手談，章民昆仲亦來。夜微雨一陣，半夜復大雨滂沱，然亦未久即止。

初四日（五月二十二日）　晨陰，向午即開晴。訪寶臣，未晤，留詩一部贈之。若卿來，飯後與務觀同至四妹，手談兩局，旋赴貞賢晚飯之約。

初五日（五月二十三日）　晴。寄孟純書，並附葵女一信。午後與澐兒、務觀偕立之、侗伯、峻丞、立庵泛舟，至八里台。雨後河流新漲，沿途新蒲細柳，風景尚佳。回舟後赴章民之約，手談兩局散。

初六日（五月二十四日）　晴。飯後與務觀、澐兒同訪侗伯，峻丞、佩丞亦在彼，遂同到李氏園，立之、立庵亦到，流連久之。歸寓，留峻丞、佩丞，並約次耕手談。入夜大雨一陣，侗伯、立庵亦在此填詞，散時已止。

初七日（五月二十五日）　晴。赴東海午飯之約，座有寶臣、潤田及王聶諸君。散後同澐兒往訪蘇龕，未晤。下午赴四妹之約，手談至夜散。得孟純書及闇公、釋戡諸人書。闇公提集中訛錯兩處，釋戡乞作《歲朝聯吟詩》序。

初八日（五月二十六日）　晴。蘇龕來，適已外出，未晤。在次耕處手談四局始散。

初九日（五月二十七日）　晴。務觀昆仲來。午飯幼梅來，並約四妹、六妹手談，次耕亦來，同晚飯。熱甚，寒暑表驟升至九十餘度。

初十日（五月二十八日）　晴。有風，仍熱甚。晨起至張園，未請見。晤蘇龕。下午叔遷、峻丞、佩丞、叔掖、子有、次耕諸君在寓手談。弢老來，立之、侗伯傍晚來。晚雲起，似有雨意，入夜月已出。

十一日（五月二十九日）　晴。連日苦熱。津門親友多勸少留，俟稍涼回京。余以津地之熱甚於京邸，決計早車回京。務觀來，邀之同行，澐兒與魯輿送至老站，已初一刻開車，沿途無阻，甫逾午正即到京車站。飯後孟純、君坦先後來。下午有雲，仍熱不雨，夜睡殊酣。

十二日（五月三十日） 晴。熱度視昨又高，雜以風埃。若在津，恐更難過矣。此去夏至有四旬，而驟熱至此，爲北地所僅見者。寄津信。去年題商界義園招款，催索甚急，不得已，援弢老以筆墨爲代價之例，囑澐兒代書楹聯扇面。務觀來。夜更熱，幾不能卧，向晚風又起，漸有涼意，可蓋薄被矣。

十三日（五月三十一日） 陰。陰風猶未息，天氣已轉，向午得雨，仍不逾時即止，然熱度視昨約低至二十度。小航又送來《表章先正正論》一册，又名《衛經社稿》。仍係辨護《古文尚書》之證據。飯後小睡。迪庵來，未晤。務觀下午來，與同到中央公園，並約孟純，遇同鄉熟人甚多，仙舟、星植、嘿園、拾珊、述勤、雲沛、子獻、鍾賢相與作鄉談，知奉軍已由保定北退，兩三日内將有大變局矣。余前日適自津回，若猶在津，恐未必回，又將如前歲留滯之久。人生行止皆有一定，即萬事何莫不然，聽之而已。向晚復偕孟純、務觀同回寓，晚飯後談許久方散。

十四日（六月一日） 昨歸途，望西北紅霞滿天，今晨復陰沈，似有雨意，旋即開晴。今日爲君坦尊慈壽日，下午偕務觀往拜，惠、燮諸姪亦先後到，同晚飯，手談。熙民見訪，知余在彼，亦回車來晤，略談近事即出城。

十五日（六月二日） 晴。今日榕社會期，爲余及熙民輪值。昨晚接熙民電話，已公議暫停一課，以夜間交通不便也。

十六日（六月三日） 晴。晚，合奇來。連日飯後無事，除以黄嬭引睡外，無消遣之别法也。偶閱宋辛瓛《陵陽集》，《送文心之釣臺山長序》云：『子陵「懷仁輔義，天下悦」兩語十四字，平生所學正在此。

光武夙同硯席，乃諉曰「狂奴故態」，何耶？使肯幡然相助爲理〔一〕，必將以仁義堯舜其君。建武之治，當不至隨世就功而已。久要劉文叔，已在子陵劑量中。「陛下差增於往」〔二〕，蓋深寓其不滿之意。「士固有志」，安能自貶其學以從人哉？』按，向來作釣臺詩文者〔三〕，皆不過言其清風高節，而子陵之抱負本領，絕無道及之者。揭此二語，可稱嚴陵知己矣。

十六日（六月三日）〔四〕 晴。閱報，知張帥於未明登程出關矣。下午，雲起復散。巖孫、朴園、務觀、孟純先後來。迪庵在公園來今雨軒，電約，以時已向晚，未赴。

十七日（六月四日） 晴。日來悶坐無事。閱周雪客樸園之子《南唐書注》，未終卷，輒疲倦不勝，自係老年精力不濟之故，然舍此更無以遣日，奈何！傍晚，孟純、務觀來，據所云消息，奉軍有明日全退之說。又，保定有電促鮑毓麟一旅，亦退去。鮑本爲商會挽留，以維持都城治安者。若令先退，則青黃不接之交，難保不生變故，且蔣、閻所議退兵條例本極和平，而驟有逼人過甚之舉，恐是大樹從中破壞，則前途可憂處甚多，不僅目前之治安已也。

十八日（六月五日） 昨報載張帥到奉火車被炸事，在皇姑屯。今日各報又遍登矣。俊陞已傷重身故，雨亭亦有傷重之說，東報諉爲南來便衣隊，而外議藉藉皆言實日人所爲。若其果然，則遼局將大變矣。余日記不錄近事，偶舉其大者載之，亦不復致詳。惟憶《癸丑感事詩》有『强鄰久蓄鯨吞志，袖手方爲壁上觀』，久以爲不驗矣，不圖於今日始驗之。若其他詩所預擬之事，蓋無乎不驗也。一歎！務觀午前來，飯後與同到景山後，晤孟純、君坦，談至傍晚方散。張行後以京城事託王聘卿，由聘卿與鳳孫、伯唐、秉三、叔海、宇澄諸人及商會會長組織保安會，並留鮑毓麟一旅彈壓地面。鮑乃鮑貴卿之姪，此舉蓋仿丙寅年成例也。

十九日（六月六日） 晴。梅南六十生辰，昨約孟純同往。晨起接會館來電，梅南已避客外出，因即不往。孟純自城外來，言到館未晤梅南。當此擾攘之際，觴客誠非其時也。樊山書送詩三章、詞兩闋，録之眉端。書云：《落葉》詩有句云『緑林以外更無山』，非此時不能作此語也。奉題三絶以代鄭箋。緑林能得幾何春，軒帝山河萬古新。歲暮自多黄葉樹，賊中馬有白頭人。　廣歌逸詩爲注腳，與君意境共沈深。只緣遮礙看山眼，頓起詩人伐木心。（注云：此二語爲張文襄游積水潭作，後乃手自芟削，與君此句可互相發明也。）　駭緑紛紅幾度輕，誰持杯酒勸長星。一朝青女揮霜刃，落葉滿山山更青。　《鷓鴣天》：昨夜誰家唱渭城，津橋啼斷杜鵑聲。向來宰相尚書貴，隨著金輿魚貫人。　迎絳節，送蜺旌。都久見慣了無驚。只應辛苦長亭柳，十七年□七送迎。　解愠雄風倏變雌，收回四十萬男兒。連兵百戰曾無效，捲土重來未可知。　從建節，到臨岐。二年一夢夕陽西。如今陌上花開過，妃子餞王緩緩歸。　閲《黄報》，載師鄭《夜錦》七律五首，詠近事亦佳，惟末首稍無聊耳。未録之。夜有雹雨，一陣即止。連日城門皆未開，惠、燮、樸園俱在此，甫上燈，巡警傳知九點鐘即止人行，不及晚飯而歸。

二十日（六月七日） 晨，陰雨一陣，視昨晚更小，向午已開晴。聞奉軍所留鮑旅已行，而馮、閻前隊已到南苑，迄未入城，城仍不開。據傳聞，南政府本令閻錫山爲順直司令，而馮欲先占京城，令所部兼程趕至其中，頗有曲折，且看後文。務觀、韻白先後來，久坐方去。

二十一日（六月八日） 晴。聞鮑旅昨開行復返，今日始啟行。晉軍孫楚一部入城，馮似有讓步，但此乃目前調停辦法，後文尚多。又聞天津楊村以東直魯及孫軍尚在負嵎，戰局尚未了也。笠士來，言閻錫山有明日入京之説。

二十二日（六月九日） 晴。和樊山詩，由郵局寄去。角爭蠻觸無寧日，樹倒猢猻有散時。一擊博浪應喪魄，並驅函谷孰先王。君懷風度遺金鏡，我愧心肝擲錦囊。眼底幺麽何足論，重瞳百戰亦天亡。又作七絶一首，以寓意不甚分曉，未録寄。落葉滿山山更青，山中日曆只堯虞。霜林盡後孤松在，會向松根覓茯苓。閲報，知商震於昨日入城，閻尚在保定，明日或可來。又聞鮑旅至通州，韓部仍不放過，復折回京師，現駐東嶽廟。保安會、外交團皆正在交涉。此中作梗之人，不言而喻也。下午，濃陰密布，小雨一陣，僅數分鐘即止。孟純來，以雨意正濃，匆匆即去，並交鄧君典謨見贈七律二章。務觀傍晚來，留共小酌，至夜散。晚報言鮑旅已被繳械矣。

二十三日（六月十日）　晨陰。次薇來。向午始降雨，約兩時許，尚未爲深透，晚已見霞光矣。時局似尚轇葛，慶父不死，魯難未已也。昨報載張園有遷大連之説，俟再證之。羿浞之惡不稔，則少康終無中興之望。此則又看人事與天意也。吾讀史最爲新莽冤，彼據位至十八年之久，視石敬瑭、劉知遠何如？赤伏再興，迄不得儕於列史；山陽既禪，猶延蜀漢之局。天於卯金何厚耶！

二十四日（六月十一日）　晴。熙民來。蓀女五十生辰，以時局未定，自來辭客。飯後，務觀來，與同到東安市場啜茗，書攤上見劉椒雲筆記一冊，僅十數頁，乃其病中手記，以迄絶筆者。與值輔幣一毛，而攤夥堅索大洋票，適未攜，遂置之，亦因所記多悲痛之語，覽之不怡，不如不覽之爲適也。椒雲生平，詳曾文正所作《墓誌》。蓀女周晬，適余捷南宫報到，時中丞公猶康健。其日親串咸集，中丞公喜動顔色。廉訪公適乞假在籍，以書見告，謂老人得此，勝服參苓補劑也。中丞公是年七十有四。洎癸卯澐兒捷南宫，廉訪公亦七十有四〔五〕，遙遙相映。余今年亦七十有四矣。諸孫林立，科名一途固已絶望，而目前方陷於絶境，京津咫尺，音信不通。濟兒更懸隔海外，不知飄零之所止。我躬不閲，更何暇計及童稚輩。年壽不減先人，而晚境之榮悴則判若天淵。此雖時局所值，而自按生平，非有不可逭之罪孽，何至於是？

『茫茫來日愁如海，寄語羲和快著鞭』，少日誦仲則詩，不知其志之悲也。

二十五日（六月十二日）　晴。胡劭周宗虞來。貴州人，庚戌考試舉貢門生，向在司法部。飯後訪徵宇未晤，順道至景山後，孟純、君坦皆外出，稍坐即歸。葵女交到石孫惠寄照片，小影丰采尚好。孟純傍晚來，言晤樊山，意態尚閒暇，亦只好如此矣。報載天津已歸傅作義，徐源泉、鄭俊彦俱投降，然馮軍尚進行未已也。

二十六日（六月十三日）　晴。連日晝暖，而早晚尚涼，但苦旱乾耳。閱《大雲山房集》，《游羅漢碞記》引《法住記》言，佛涅槃時，以無上法付屬十六大阿羅漢，各與眷屬分住世界，此世所稱十六羅漢也。《四分律》言，佛涅槃後，大迦葉差比丘，得四百九十九人，皆是阿羅漢。阿難以愛恚癡怖見屏後，阿羅聞拔闍子比丘偈，得果在王會城，共集三藏，此所稱五百羅漢也。羅漢源流，向未深攷，姑誌之。君坦來，同午飯。接津信，只泛常平安語，其他自然皆不能說也。

二十七日（六月十四日）　晴。下午微陰，風又起。辛枚來，言其家事。傍晚，徵宇來，談甚久始去。務觀、孟純先後來，共晚飯。徵宇言弢老尚在津，知所傳張園之説不確矣。務觀訂明日往公園。

二十八日（六月十五日）　晴。劉壽民來。午飯後看書，倦極，時至兩時許，芝老約手談，未赴。傍晚，務觀來，邀赴公園，並預約迪庵、孟純。迪庵示所作《和津門諸子病柏》詩。座間遇熟人甚多，歸已上燈矣。

二十九日（六月十六日）　晴。合奇來，警區代桂軍來借傢俱，以方桌一張、椅數張借之。

三十日（六月十七日）　晨晴，向午微陰。惠姪來。閲報，知昨日下午天津有客車開來，今日東站有車開津。又據羣孫云，步蘭已於昨晚車到京。下午，務觀、孟純來，與同到公園，晤嘿園、徵宇、巖孫諸君，談次皆極蕭索語，世難方始也。

校記

〔一〕『幡』，底本作『蟠』，據家集本改。曾棗莊、劉琳主編《全宋文》卷八二二七所載此文，亦作『幡』。

〔二〕『增』，底本作『惜』，據家集本改。

〔三〕底本衍『詩』，徑刪。

〔四〕按，底本十六日有兩記，姑存之。

〔五〕『七』，底本作『六』，據家集本改。

五月初一日（六月十八日）　終日陰，竟不成雨。步蘭晨來，略談津事，並帶來澐兒代書楹聯扇面，爲捐助義園之費者，但此時已不值錢矣。君坦來，言明日有友人同赴津，誠孫亦於明晨赴津。務觀、燮姪來，同晚飯，接則濟泗水信，前途甚悲觀也。

初二日（六月十九日）　晴。孟純來，言君坦今晨已行。桂舟弟來，言明日南下。梅南來書，以小箋乞壽詩，並商及十五榕社仍擬舉行詩會。以爲日尚遠，暫置未復。午後，陰雲雷電，來雨一陣，不及五六分鐘即止。務觀來，與同到孟純處，暢談至晚飯後始歸。務觀已定明日赴津。

初三日（六月二十日）　昨雨未成，乾熱殊甚。悶坐無事，又過一日。晚得津信。夜半雨一陣，較昨稍大，惜爲時仍短也。

初四日（六月二十一日） 晴。若卿來，知日内未即赴津。升枚來，言已允其婦南歸。下午孟純來。比日以無人來往終日，藉書消遣，兩目頗受傷，然拋卻書卷，又將何以度日耶？ 報載張作霖已證實。

初五日（六月二十二日） 晴。端陽節。君坦、樸園皆昨自津回，先後來。下午孟純來。此節市面蕭條，自意中事，但亂事猶未艾也。

初六日（六月二十三日） 晴。飯後訪徵宇，談甚久。今日孟純爲蓀女生辰補觴客，因到景山後，親眷至者有兩席，手談至子正方散。枕上聞雨聲，至曉始止，但仍不甚大耳。

初七日（六月二十四日） 晨陰，尚有檐滴。辰正起，已有日光。飯後，出城訪若卿、季友，暢談甚久。今日爲洽社會期，兼約榕社、朔社諸鄉人。孟純昨再三相約，勉赴之。前後到者二十五人，蓋諸君知此會之不能常，欲藉此一聚也，作二唱散。夜大雨，復達旦，農田想深透矣。

初八日（六月二十五日） 雨止，猶陰。夜復大雨。孟純來。

初九日（六月二十六日） 晨曦乍出復陰，近午始開晴。久不作應酬詩，梅南乞壽詩屢易稿始就，僅能妥協而已。茂苑尋芳已後春，蓬萊測海幾揚塵。亂山留滯成羈客，陶航風流見替人。社集荔香仍續舊，曆頭花甲又更新。書屏認取如椽筆，與點風雩契最真。中二聯改，選官下飯今無用，問字鋅車尚有人。荔子香中哦斷句，槐柯夢裏話前因。似較新穎，又一易稿矣。梅南爲弢老門人，又嘗延之授讀，此次特撰壽言並自書郵寄，末二句指此。午後赴熙民手談之約，有季友、立滄。雨後炎蒸殊甚。

初十日（六月二十七日） 晴。廉訪公冥壽。孟純伉儷來，晚到皇牆根。燮姪妾拜祖，參見家中弟姪，同晚飯。又手談一局方散。

十一日（六月二十八日） 晨，大雨傾盆，向午始止，午後漸開晴。務觀自津來，以將赴季友之約，未及詳談。下午在季友寓手談，同局爲立滄、熙民、策六。

十二日（六月二十九日） 晴。昨閱報，言蔣中正日内可到，暫住碧雲寺，看如何解決時局。大南强打倒小北勝。余去年《補禊》詩『再來莫值牡丹厄』，今又驗矣。但不知兔葵燕麥，他日又何景象也〔一〕。飯後，務觀來，與偕赴景山後，與孟純、君坦談甚久。君坦風疹尚未全退，遂同孟純、務觀至北海，在五龍亭茗話至傍晚方歸。西山久不放閘，三海水涸，深者不盈尺，滄海變爲桑田，此即其小影。晚，雷，未成雨。得仲雲金陵書，云現就外部祕書。

十三日（六月三十日） 晴。棕舲來，乞向幼庸求保留海軍原職，即作書與之。朗谿書來，代清畬轉致其尊人訪西觀察遺集，公牘外附《味雪堂遺詩》，有《庚子年見贈赴行在道出申江話別》一首，久不復憶，特錄存之。亂後卻逢雪復深，申江有酒不能斟。杜陵此日達行在，白傅秦中應苦吟。棋到局輸思國手〔二〕，琴因泣改變新音。所期日贊紆奇策，佳氣值春到羽林。 來書並乞作序或題詩，然前塵不堪回首矣。

十四日（七月一日） 晴。晨起作《題訪西觀察味雪堂集後》，並《送清畬大令南歸詩》一首。橫流滄海到而今，廿載難爲感逝心。林際春申餘彷彿，草間祭酒自沈吟。觀察家世猶藏笏，安石文章止碎金。目送羈鴻又南去，雲山回望但沾襟。 下午，務觀來，與同到中央公園，遇迪庵、孟純，上燈後始歸。

十五日（七月二日） 晴。榕社會期，余與熙民值課，社中同人惟伯南、荃仙未到。天氣酷熱，揮汗甚苦，作三唱散。閱報，南政府改北京爲北平，直隸爲河北省，蔣中正明日可到。

十六日（七月三日） 晴。蟄園第九十會期，六橋、沅叔、默園及澐兒值課，社友到者有師鄭、守瑕、彤士、徵宇、子威、志黄、吉符、潁人、壽芬、富侯、巽庵、迪庵、葦仙、孟純、君坦。惟熙民未到，書衡因有他局，到時已將散矣。在樹下山石間，與樊山諸公復閒談久之。此會值北局變遷，萬事擾攘之後，而諸社侣中如師鄭、六橋、守瑕者，皆向不常來，不憚暑而至。文字之緣、金石之契，所謂『風雨如晦，雞鳴不已』者，覺汐社、易堂主人去人未遠也。是日，仍作二唱，徵宇見示詩一章。忍爲南人恥沐猴，社園新色百般收。本來血氣通胡越，至覺詩書限軻丘。同託物靈庸有擇，苟符天意復何求。極思語戒從公受，心鏡乘除不自由。語意深曲，自疑近於貶損趨風，但以余論之天下事不如是之易易也。沅叔以《校書圖》乞題。聞蔣偕李宗仁今早來，馮玉祥仍未來。晚間，濃雲密布，並有雷電，竟無雨。

十七日（七月四日） 侵晨陰甚，雨旋下，至未申間始稍止。因蘅南尊慈六十壽，與内子冒雨乘車出城拜壽。晤羣一，略談津事。晚被留手談，入城已過子矣。

十八日（七月五日） 陰。午後稍開霽，晚復陰。接子植及菊人信。子植在鄂，已得事。菊人游粤二十年，近始就廈門法院事，曾到滬赴德人之喪。渠兩耳重聽，僅恃文章爲生活，課兩子亦成立。人生遇合，竟有難逆料者。當民國之初，吾族弟姪麕聚京師，誠失計之甚。吾固早憂有今日矣。珏生來，以手寫所著《恐高寒齋詩集》乞序。已有沈庵、雪橋、書衡、闇公諸序。羣一來，言明日即回津。

十九日（七月六日） 晴。前日透雨後，天氣涼爽，竹窗無事，爲袁珏生作《恐高寒齋詩集序》，聊爲塞責而已。中舟侍講手定所爲詩二卷，自辛丑始，蓋奔赴西安行在之歲也。余之識君亦始自是歲，其冬偕扈蹕還京。逾年廷試經濟特科，被命閱覆試卷，君列在優等。宣統紀元纂修德廟實錄，君爲纂修官，復相與始終其事。回憶龍尾趁朝，蘭臺珥筆，一二故老，弢庵、沈庵外，以文字相研磨爲耐久交如君者，可僂指數也。君少作詩，雍容和雅，奄有其鄉先哲繩庵相國、茶山司寇風調。巍科禁直，年方强盛，咸以公輔期之。鼎湖攀髯，旋遭國變，雖侍直如故，而述哀感事之作往往見於篇什，纏綿篤至，具體冬郎，而悲壯激越又時近遺山。然以論身世，則冬郎、遺山又有不盡同者。余嘗謂吾輩生今日，偷生視景，一無可爲，獨耿耿不昧之心，猶賴有登臨詠歌，以抒其菀結。君親大義，庶民去之，君子存之，大要歸於思無邪而已，故余論詩極不主宗派之説，君所見亦略同。其自署『恐高寒齋』者，君之初入玉堂也，嘗取東坡詞句顔所居；供奉南齋，復蒙上賜御書齋額。東坡抱謫居之感，而君懷戀闕之忱，以寓忠愛，則一也。君書法規摹魏晉，不屑爲尋常殿體。兹集皆自書以付手民，此則瞿文慎已有前例。異日流傳，固當後先輝映耳。候務觀，不來。孟純來。

二十日（七月七日）　晴。君坦來，昨又作《題沅叔藏園校書圖》，即請其代題。萬卷丹黄出刼餘，一庭花石擁精廬。廛闤誰及君高致，抛卻山游便勤書。退谷蕉林舊蹟非，宋元精槧近尤稀。冷攤慣閲麻沙本，安得春明僦宅依。宛書外孫女來，集家人手談消遣。伯才來，言欲求弢、蘇二老爲滬上某商書壽屏，以便進行救濟同鄉閒散京官。求書尚不難，救濟二字談何易乎？大抵同鄉滯京無以度日者，猶有數百家也。

二十一日（七月八日）　晴。下午，雲陰四布，大有雨意。竟無雨。釋戡作《夜雨曉涼》詩寄示，詩尚清妥。但此時作此等詩，亦可謂閒情矣。務觀來，至晚飯後方去。

二十二日（七月九日）　晴。濟婦於未刻病逝。婦爲廉孫女，入門十七載。事翁姑，尚能先意承志。處娣姒及諸小姑間，亦皆歡好無間。平日伉儷尚篤，自前年濟納日妾後，漸生蔕芥，致神經錯亂。自長崎歸後神經益弱，致中西醫皆束手。妒雖婦人常情，然以此殉生亦太不達矣。所遺子女林立，皆幼稚，而濟又遠隔南洋，家中又添一大累。今年數月之間，連喪一女一媳，運數所值，夫復何言！親友來唁者不絶。爲孟純邀往其寓閒談排遣，夜歸蟄園宿。

二十三日（七月十日）　晴。濟婦午時入殮，其外家諸昆仲皆在，輓聯多言外之感，亦無怪其然也。晚仍到孟純處，宛書外孫女生日也。務觀此兩三日亦下榻蟄園。夜尚不寂，但連夕皆不成眠。

二十四日（七月十一日） 晴。連日酷氣酷熱非常。今日接三。以暑熱復失眠，未回寓。嘿園來視，談極久。傍晚，熙民來，留同務觀晚飯。務觀因有他事，未留宿。夜睡約二時許，較前兩夕勝矣。寄津信。

二十五日（七月十二日） 晨起天漸陰。接津信。午前回寓。孟純來，談甚久。下午，雲陰益密。赴策六手談之約，有季友、立滄、熙民。夜大雨滂沱，散時雨已止，道途積水汪洋。以時已晚，仍回三條。接泗水信。

二十六日（七月十三日） 陰。仍時有小陣雨。接津信。玨生來，當將其詩集二冊並所撰序文面交，復暢談久之方去。務觀、樸園先後來，在此晚飯。

二十七日（七月十四日） 晨已出日，旋復陰。黎明興作寄泗水信，以時尚早，復臥睡一時許方起。濟已有覆電，並匯千元作喪費，計可敷此事〔三〕。今日且過，未能問來日矣。下午雨意仍濃，爲務觀强邀，往中央公園茗話一時許，竟未遇一熟人。歸途已有雨點，時下時止，然天氣殊鬱蒸也。晚飯後，復往蟄園睡，夜復大雨，達兩時許。

二十八日（七月十五日） 晨猶陰。至向午始出，在池畔看游魚，池水新長，魚游泳極樂，不禁有感於莊生之言。以今日爲亡媳首七成服，回寓午飯，晤諸親友。因梅南補行壽辰觴客，約榕社、洽社諸同人聯吟。傍晚出城，已完一唱，作一唱散。

二十九日（七月十六日） 晨陰，已午間始開晴。連日閱報，載陸徵祥與其舊僕手諭一通。陸現出家某國道院。手諭中皆述從前受許文肅之教誨，終身遵行，雖不外孝親立身要旨，而語特真摯。其訓示此僕外，並論及時局，亦皆懇切。篇長不能盡録。陸娶西女爲妻，無子。妻没後，即辭使職，不返國，其踪跡甚奇。從前有以薩鼎銘相提並論者，但鼎銘猶有時拖泥帶水，不如陸之純潔也。而文肅之爲人，就其書中亦可想見。大概此人枉殺清室，安得不亡？又手諭中有令此信送邵筠農、方明甫二先生一閲，謂皆文肅之老友，因感念文肅，亦時時想念之。邵、方不知何人，想皆耄年矣，當再查之。又云再送西城呈錢師母一閲，當係錢念劬之夫人也。即此僕之姓名，似不可没，俟併查之。夜，雷雨兩陣。

校記

〔一〕底本「何」字下衍「何」，徑删。

〔二〕「輸」，底本作「揄」，據家集刻本改。

〔三〕「此事」，底本前衍「可」，徑删。

六月初一日（七月十七日） 晴。午後微陰。濟婦今日辰刻移殯夕照寺，送殯者皆郭、林兩家親串，有二十餘人。閲報，知楊增新在新疆亦爲人槍殺。下午，赴榕社之會，作三唱散。

初二日（七月十八日） 晴。午後務觀來，匆匆即去。夜，鬱蒸不能眠，起坐看書，至雞鳴始就枕。燈下作《夜起書信》詩。溽暑連宵不可禁，無眠坐到五更深。一燈照影殊寥寂，誰識悠悠千載心？

初三日（七月十九日） 黎明雷雨一陣，臥仍不適，復起看書，小倦始就枕又睡，一時雨止，雲陰尚未散也。偶閲《紀文達集》，有《鶴井集序》一篇，爲郭可典作序〔一〕，稱：『三山郭氏昆季與余交最久，並負經世才。可遠當臺灣之變，能以書生倡義民，左右閫帥，縛渠魁於深巖密箐之中，名達九重。可典亦嘗與轉餉事。可新則作令畿輔。可遠並以薦舉來京。』云云。按，吾鄉省垣郭氏著稱者不過數家，不知孰爲其後人。其《鶴井集》未見傳本。論閩詩者，亦未之及也。録之，以待詢訪。此二則，一以同里同姓，一以天津爲近年常往來地，故誌之。又，文達集中有《沽河雜詠序》，爲蔣秋吟作，謂《雜詠百首》能採掇軼事，證以圖史，足補地志之遺云。此詩不知猶有傳否？亦待訪之。爲學羣致伯愚信。又致季武信，爲汀鏡子説項。樸園來，同晚飯。午後放晴，天氣殊爽，夜臥甚涼，視昨霄如霄壤矣。聞僕人言五更有雨一陣，余方在睡中也。

初四日（七月二十日） 晴。醒〔二〕，天甫晴，不能復寐，即起，巳初復臥一時許。葵女今日三十生辰。務觀來，與同到景山後，親眷到者十餘人，手談至晚飯後散。孫公達以仲容徵君所纂《溫州經籍志》見贈，託君坦轉致。攜歸，粗閲一過。公達爲渠田先生孫，仲容其堂伯叔也。《志》凡三十餘卷，披輯極富，而考證亦詳。近來方志書目，此爲鉅觀矣。夜，雲陰，有電，未成雨。

初五日（七月二十一日） 晴。務觀來，言明日返津。惠姪婦五十生辰。下午，雲陰自東北起，略有雨點。雨止後，赴大將坊惠姪寓，親串到者亦有十餘人，晚飯後散。夜睡夢中肝氣大動，天明起，坐一時許始愈。

初六日（七月二十二日） 晴。向午微陰。陳伯材昨柬約今日悟善社晚飯，本擬不往，早間復來信，言係特請南來交通部員林季良、劉書蕃郵政總辦，商量資送同鄉在京停職人員眷屬回南。救援前此成案，於京津火車酌予免費。吾鄉災官此近日之新名詞，姑仍其稱。留滯者不下十餘，不歸皆將成餓殍。此事余最贊成者，但時異境遷，南中諸貴人不知肯垂憫否也。宗玉書，求致書階青〔三〕，轉致諸季遲以仁保留煙酒局事，即爲繕致。又得伯愚復書，言並無接任河北煙酒局事。晚赴悟善社，候林、劉二君，仍未到，惟來一張雅齋品哲，亦南中所派接收軍事機關委員。與芝南、稚辛閒談極久，並晤桐珊、乃崇。歸寓後，僕人告知季良傍晚來訪，適余赴約相左，彼皆忙人，此時亦無見面之必要也。

初七日（七月二十三日） 晴。連日閲《彭二林集·名臣事狀》。湯文正嘗避亂至衢州。此係明末流寇時事〔四〕。陳恪勤亦曾爲衢州守。又，二林撰其仲舅《宋宗元葬記》，言宗元由畿輔牧令洊擢保定府、天津清河道，爲方恪敏所薦拔。是時畿輔歲有大徭役，悃愊之吏日絀，獨以才見稱，善飾宫館，次郵傳，購金玉器物、古今圖畫，丹碧煥爛，歲時通殷勤，以上上官益向之。按，乾隆朝疆圻中最久任者，惟尹文端之督兩江，方恪敏之督直隸，前後皆歷二十年。文端屢值南巡，恪敏在近畿尤衝要，皆能肆應裕如，而所識拔之人才乃在此輩，當時風氣可想〔五〕，而二公之上協宸眷，下洽輿情，亦自有其别才也。乾隆詔旨，亦嘗舉二人並論。階青復書，不識諸季遲。爲此等事到處碰釘，付之一笑而已。向午坐竹窗下，清風徐來，看竹影隨風動搖，亦自饒生趣。近日午後皆睡一兩時，不然無以消此長晝也。穎人復書，詢汀鏡能膺何科教員。囑學羣轉詢之。

初八日（七月二十四日） 陰。幼庸偕海軍第二艦隊司令陳紹寬厚堂來拜。飯後，高子熿來。下午幼梅來。今日同鄉四十餘人，在中央公園歡迎陳司令及南來諸同鄉，强爲列名，余本擬不赴，而陳先來拜，執後輩禮甚謙抑，遂亦不便不赴。傍晚微雨，到董事會候至戌初始入席，南來人物季良、書蕃、子矱、雅齋外，尚有陳壽萱子宜海軍參謀、陳敢孝侯，第四集團軍副官處處長等。牽率老夫如此僕僕，所謂已落形氣之中，即不得高言清淨，可歎也。夜歸，雨止，復下，滂沱徹曉，睡夢中惟聞聲而已。

初九日（七月二十五日） 晨起，已放晴。沅叔夫人開弔，往拜。座間晤書衡。閱《雪橋詩話》：『國初有張魯庵霖曾任福建布政，本撫寧人，家於天津，搆問津園館，梅定九、朱竹垞、姜西溟、查夏重、趙秋谷，皆嘗主其家。』近來方蒐羅津門掌故，特誌之。朗谿爲其仲兄尹東六十乞壽詩，信筆成一律。花夢風流萃一門，善和里第賜書存。不關斗印輕投筆，未厭鹽車老服轅。飼鶴圖留堂構遠，釣龍事往海波渾。百年喬木誰無恙，長羨君家好弟昆。 聞君坦患喉疾，甚以爲念。

初十日（七月二十六日） 晴。晨孟純來，示澐兒信。飯後，到景山後視君坦，尚未大瘥。旋出城視熙民，血疾已止。即赴季友之約，與季友、立滄、絳生手談三局散。閱報，知蔣中正於昨晚南下，殊急遽，不知何故。

十一日（七月二十七日） 晴。連日早晚皆甚涼，今日午後殊乾燥，夏雨已足，想暑熱又將熾矣。下午到景山後，視君坦喉疾，似略愈。

十二日（七月二十八日） 晴。暑窗無事，取去年後所作詩，覆閱一遍，多不足存，姑芟汰錄出，計不及百篇，數日可了也。下午，往視君坦，與孟純閒談。

十三日（七月二十九日） 陰。閱報，知閻及二李皆南下，應所謂五次大會。傍晚到景山後，君坦喉疾已愈八九，說話能照常矣。旋赴靈清宮，弢老叔子止士生男彌月，特爲湯餅。來者皆親戚，無外客。與徵宇、述勤、鍾炎、午原諸君縱談，甚暢快。夜歸尚早，然途中所見來往車甚稀，一場狂熱漸歸冷靜矣。

十四日（七月三十日）　晴。務觀自津來，略談津門近事。熙民夫人生日，下午出城拜壽。季友、立滄先在，熙民血疾已愈，留手談，其一爲曾螻生。

十五日（七月三十一日）　晴。合奇、務觀先後來。飯後與同到公園，並約孟純茗談，至日昃。與孟純同車，赴榕社會期，作二唱散。席間同人公議，以社侶日稀，擬歸併合社，電約次贛來商決，以下星期爲始。在公園值風雨驟至，然落點甚稀。徵宇來，言東城雨較大，然亦不甚久，夜，月色甚佳。

十六日（八月一日）　晴。務觀來，同午飯方去。陳鼎丞來問候，未請見。《次韻和釋戡夜雨詩》一首。著處浮萍便是家，閒中清況只評茶。斷無客刺來今雨，空有吟情寄晚霞。臥覺微涼生枕角，起看殘沿墜簷牙。普天兵甲何曾洗，且慰三農釋來嗟。　此等作，終是爲韻所縛，毫無意致，姑錄之，亦未送釋戡也。日來鈔近作已完，稍愜意者不過二三十首，警策之作尤少。衰老無能爲役，可以休矣。

十七日（八月二日）　晴。伯南夫人接三，往後往弔即歸。務觀、僕園先後來。熙民約手談，未赴。

十八日（八月三日）　晴。終日無事。晚，幼梅來。

十九日（八月四日）　晴。《京報》已載裕陵、定東陵被發事〔六〕。羣盜世界，無理可言。赤眉之於漢，溫韜之於唐，楊璉真珈之於宋，千古一轍，不幸於吾身及見之也。作《近事》一首。近事傳聞太可驚，如毛羣盜正縱橫〔七〕。更無唐玨攄忠憤，不必溫韜問主名。中葉天戈虛赫濯，他年社飯語分明。祠官曾奉山陵役，空望松楸涕淚傾。　『漢寢玉衣靈赫濯，宋宮社飯語分明』二句改『南內壽皇傳大寶，西天我佛頌長生』。又次和徵宇《社園即目》作。安排麟閣畫獼猴，馬勃牛溲一例收。齊傳豈能勝眾楚，魯人久已薄客丘。乘軒有鶴疑堪戰，緣木無魚那□□。只合坐懷師柳下，裸裎爾我亦由由。　『齊傳』下二聯改『但見羣龍紛鬥野，孰知百貉本同丘。濁河豈是投膠止，時衣虛勞見卯求』。孟純、務觀、樸園來，同晚飯。

二十日（八月五日） 晴。君坦來，同午飯。據云，病後俱已復元，前曾赴稊園社集。務觀、樸園來，連日爲手談消遣。徵宇來，談東陵事，極憤惋，示《近事詩》，其社園和作未錄示。徵宇云，看此局勢行爲，彼輩決難成事，恐共産黨又作蠢動也。夜半雨至，向曉始止。

二十一日（八月六日） 晨起。猶陰。務觀、樸園來，同晚飯。殊熱，不能成寐。夜起，《書壁》七絶一首，亦打油腔之類也。溽暑連宵不可禁，無眠坐到五更深。一燈照影殊寥寂，誰識悠悠千載心？〔八〕

二十二日（八月七日） 晴。理齋送來刊正《匏廬集》，又勘出訛字數處。其中觸時忌，擬再酌改，仍託理齋付梓人。午飯務觀來，與同訪孟純。本擬同游北海，而蓀女强留手談，約樸園及兩姪女來。熱不可當，作此娛嬉，直是苦事也。

二十三日（八月八日） 晴。聞張園爲東陵事素服設壇，此應有之義。咫尺京津，竟未及往，負咎神明，此亦吾他日行狀中一不磨草案也。且如尋常戚友，遇此等事，須一往弔慰，況君父乎？當時傳聞有此事，即應奔問究，不知設壇在何日也。他人代作行狀，自不免隱惡揚善，若自己心中行狀，則了了分明，人自不捫心耳。繹如來話别，言日内將赴滬。繹如亦七十有二矣。臨别殊惘惘，無可慰藉。今日爲先妣冥壽。先妣於丁卯冬棄養瑞州郡署，距今六十一年。憶去歲此日曾口占，云『八千里外無家客，六十年□有母兒』，竟未成篇，姑誌之。務觀、孟純、合奇來，晚赴步蘭寓拜壽，以十二叔母亦今日生日也。入夜雷電交作，雨點正下，爲大風吹住。歸寓後，雨始連下數陣，連日鬱蒸或可稍散矣。

二十四日（八月九日） 陰，向午又連雨幾陣。復校續刊《匏廬集》，復簽出十餘處，函送理齋付梓。飯後，打掃筆墨殘債，疲倦非常。伯材爲其社友催取所求書扇面，宋仲爲某君代求題其尊人《循吏傳》，皆草草應之，詩亦未留稿。疲倦非常，至晚飯始興，夜有大雨一陣。

二十五日（八月十日） 晨陰，向午已出日。飯後，務觀、樸園來。今日蟄園第九十一會期，值課爲守瑕、吉符、次薌、荃仙，守、吉二君均未到。社友到者有樊山、師鄭、書衡、沅叔、巽庵、徵宇、子威、壽芬、嘿園、迪庵、孟純、志黄、君坦，仍作二唱散。座間，巽庵云晤瑞臣，據所聞東陵所發爲裕陵、定東陵、高宗陵及二后三妃並孝欽，金棺皆被劈開，遺骸狼籍，尤以裕陵爲甚，帝后至無從分辨。且有入地宮之兵士因爭奪珠寶，因格鬥而死者。現張園派澤公、伒貝子及瑞臣、壽民、陳貽書五人先往履勘。晚並接澐兒信，言行園數日前特設被發之帝后御容，早晚兩次拜祭，至奉安之日爲止。其初次設祭拜時，外來故臣隨祭者甚多，伊亦曾往，並託回事者轉奏，謂余以暑中感冒未能即日奔赴，令其代陳叩安。此掩耳盜鐘之說。又滬上士微、小石、伯巖發起公電，致閻錫山要求依法懲凶，由弢老領銜，附名者六十餘人，余名亦在内云。入夜雨一陣即止。

二十六日（八月十一日） 陰。晨起正雨，終日不絕。合奇來，以巖孫代擬致陳厚甫書見示。以東陵事憒郁不能安寐，夜起兩次。

二十七日（八月十二日） 雨視昨較大。榕社、洽社合併，以兩星期爲一會。今日適值會期，兼爲壽峰祝生日。余以雨憚於遠涉。君坦、樸園來，閒談久之。君坦交石孫手書。未申間雨始止，時露日光。候至傍晚，始出城，順途至仲騫處弔其太夫人之喪。途中復遇小雨兩陣，到會館已畢一唱，續作一唱散。夜復起，至明始就枕。

二十八日（八月十三日） 晨即開晴。務觀來，午飯後去，以腹中不適，不留其久坐。熙民電約手談，亦未赴。比日感憤所積，總覺胸中有積塊。晚減一餐，始能安臥，夜未曾起。寄津信，詢陵事，並略抒所見。

二十九日（八月十四日） 晴。又因澐信，蓋因步蘭傳語而作復，仍係報告前一事也。貞賢生日，約赴耆年會，芝老、熙民、季友均未到。夜，大雨一陣。徵宇送和詩來，云：銅馬何曾異赤眉，斯民直道有天知。盜惟憎主頻移國，厲果憐王可得師。灤水神顯冬青下，士義卑卑□□□。動心忍性從今始，七根還爲永命基。前以《近事》示徵宇，當時徵宇即指『唐玨』句〔九〕，謂此事引用尚不甚稱，當更從大處著眼，因有此和作。讀至末二句，不覺爲之俯首至地也。

校記

〔一〕『爲』，底本誤作『又』，據家集刻本改。
〔二〕底本『醒』前衍『天』字，徑刪。
〔三〕底本『書』前衍『求致』，徑刪。
〔四〕底本『明』前衍『係』字，徑刪。
〔五〕底本脱『想』，據家集刻本補。
〔六〕『東』，底本誤作『西』，據家集刻本改。
〔七〕『横』，底本闕，據家集刻本補。
〔八〕按，此詩與本月初二日所作《夜起書信》詩相同。

〔九〕『玨』，底本誤作『理』，據《近事》詩改。

七月初一日（八月十五日）　晴。爲林蔚文《補題虎口餘生圖》。莊生能道東陵跖，太白曾歌蜀道難。信有吉人得天相，大千浩刼尚茫茫。無主生民是亂源，不須成敗問巢溫。年來銜闕哀無語，且爲君題説虎軒。飯後，務觀與同到中央公園看荷花，已半殘矣。今日濟婦六七，林家弟兄及吾家親眷來者甚多，因小坐即歸。在園遇曼仙，略談近況。出門遇鳳蓀，病新愈，辮髮亦剪矣。匆匆未細談，彼處亦非談心地也。

初二日（八月十六日）　晴。接津信，仍系報告陵事。蓉甫、樸園先後來，同晚飯。徵宇遣送新摘蒲桃。

初三日（八月十七日）　晴。下午務觀來，與同到景山後訪孟純、君坦，適迪庵亦到，遂同赴北海五龍亭看殘荷，在仿膳處吃燒餅白肉，啜糜粥，至上燈，久之方散。君坦見示《社園弔芍藥》詩，並樊山和作二首。樊山並屬徵和。

初四日（八月十八日）　晴。作《謝徵宇送蒲桃》詩。十年種樹計寧差，珠顆纍纍忝拜嘉。想見南柯消一夢，閉門欲傲召平瓜。杜宇冬青滿目悲，起予高論讀新詩。法和遺語君應憶，取果還須待熟時。又和樊山作。春光婁尾去無痕〔一〕，金帶誰憐斷舊恩。亡社向來足憑弔，傖奴豈復解溫存。廣寒仙桂秖留影，本穴幽蘭早露根。莫爲花天悲小刼，蟲沙滿地盡寃魂。理齋送來弢園新刊《東三省沿革表》，乃其督奉時，吳向之爲撰輯者。朴、橋二姪及務觀約在此晚飯，務觀、僑民均擬初六同赴津。

初五日（八月十九日）　晴。以明日赴津，稍料理筆墨事。

初六日（八月二十日）　晴。早車同僑民赴津。務觀未行，送至車站。午正抵老站，到栩樓，即電詢弢老，知尚在園，未回寓。羣一來。傍晚訪弢老，略談發陵事及張園目下情形。歸寓，次耕亦來，即留共晚飯。

初七日（八月二十一日） 黎明睡醒，開窗，視滿天霞彩，少頃即變，黑雨驟至。以時尚早，復就睡〔二〕。巳初起，冒雨赴園。自發陵得耗後，守護毓彭奏報極含糊，瑞臣、艾卿自就京所報告稍詳。上即素服望哭，設高宗及孝欽后神牌，排日早晚兩祭。上及后妃祭後，從官始入行禮。余告知回事者，請一例隨班。午初上祭帝、后前，俱行三跪九叩禮。高宗神牌在中廳，並奉宮中所藏畫像，前有御題詩。孝欽后則在左偏，所供係照片。禮畢，未召見即歸寓。午後雨始止。是日爲冰社會期，冰社同人近改爲填詞之會，來者有侗伯、峻丞、琴初、栗齋、芷升、立之、叔掖、子有、又塵諸君，以戊辰七夕拈題。余不習爲詞，與峻丞、叔掖、又塵手談二局。夜雨又至，枕上不寐，口占一絕。邂逅無端瓜果筵，人問此夕是何年。銀州老好龍鍾甚，不望天孫吉語傳。在園晤太夷，以徵宇詩示之。太夷亦傾賞不置，至末二句，尤稱其命意高遠，即袖其詩去。太夷又謂『冬青』句微嫌費解，余爲之解曰：『卑卑者，非謂其義之卑，乃以下士所得爲者僅止於此，故謂爲卑耳。』然限以七字語意，終未顯豁。弢老亦在坐間，均以爲然。

初八日（八月二十二日） 晴。天氣甚清。若卿來。下午，赴四妹、六妹晚飯之招，與僑姪同往，手談二局散。

初九日（八月二十三日） 陰。巳初赴園，候至午初。上祭，仍隨班行禮。是日有莊士敦遣其部下英武弁二員入謁。計未必召見。於祭畢即歸。下午，子有、羣一、次耕在寓手談，季武來訪，談甚久。接弢老電話，囑明早入園。又接徵宇《寄和答餉蒲桃》之作。徵宇和詩云：天道周星算未差，昌言譽樹若爲嘉。不將一斗涼州換，五色珍爲子母瓜。乾到枝頭致可悲，請徵農諺莫陳詩。人間會見昆吾稔，已失先時戒後時。注云：果瓜摘而枯，曰樹頭乾。

初十日（八月二十四日） 陰。已初到園，候至午正，始上祭，旋奉回事者傳諭，即在園午飯。飯後奉召對，園中因中央供奉神牌，改由後面小書室轉至前廳。上召見，仍在廳之右偏，有圍屏爲障。御青長袍，奉諭現在素服中，不必跪安，即命坐。首及東陵事。余謂此事前代常有之，但係盗賊所爲。今民國以號稱軍長者倡爲之，要之此輩亦即盗賊變相而已。此時，只有一面促閻錫山拏辦要犯，一面俟赴陵諸臣查勘情形後速籌奉安。並言聞皇上前日聞信悲憤之極，其實凡有血氣之人民無不公憤，但此時悲傷無益，況尚在蒙難之中。前史之事，姑不具陳。即以我朝論。告天七憾，載在錄訓，卒復大仇，入主中夏。事會之來，雖有天命，亦繫人事。孟子云：『動心忍性，曾益其所不能。』願皇上加勉而已。上亦頷之，復詢及定東陵奉安時爾曾恭奉冊寶入地宫，其中規制陳設如何？余據所見以對。又言此次素服設祭乃亡於禮之禮，此等變禮於古有無可以引證者，並將來奉安時服色禮節，暇時可爲討論。又詢何日還京，以後仍望常來。適又有求見者，即告辭而出。下午，復赴四妹、六妹之約。夜雨大至，子正雨止始歸。澐婦晚車回京。

十一日（八月二十五日） 晨興尚有微雨。已初，偕僑姪早車回京。車中望西山，已有霽色。午正抵東站，務觀到站迎接，即與同回寓。午後漸見日矣。明日爲内子生辰，以濟婦喪未逾百日先期遍辭來客，然戚族來預祝者亦尚不少。釋戡送所作《七夕詩》。

十二日（八月二十六日） 晴。子威清晨來告知，赴瀋陽就東方大學詩賦駢文教員之聘〔三〕，余尚未起，留書而去。蟄園社友以子威爲巨擘，且一切仗其主持。近日如仲雲及吉符弟兄先後出都，嘿園亦南下，舊人星散，恐不成局面矣。今日來客，雖一概謝絕，然亦有徑入不能堅拒者，芝老亦索見。師鄭送近作詩數首，中有《戊辰初度》二首，自注云：『世難年荒，硯田久涸。此次生日詩恐已屆最後五分鐘，不知明年尚能爲詩否也。』其言絕沈痛。師鄭十數年來倚文字爲生活，太邱道廣，歲入頗豐。今則羣蚍撼樹，儒丐同儕。余前日在津，曾與季武談及，前此辛亥名爲種族革命，亦爲政治經濟之革命。然老生宿儒，偷息其間，遺秉滯穗，尚不至盡絕生路。若此次革命，則文學之大革命，且一革將無復興之望矣。可哀已！務觀明日回津。

十三日（八月二十七日） 晴。天氣涼爽，殘暑漸退矣。和師鄭五古一章。君才萬斛泉，不擇地而湧。放爲江海流，奔濤浩呼洶。蹉跎逼衰暮，憫默就閒冗。宦海已銷聲，選樓自孤聳。世變益泯棼，蔽天愁蠛蠓。戒詩復有詩，豈欲鼓餘勇。吾儕共偷息，中壽木已拱。忍持銅仙淚，更灑冬青壟。赤眉與髡僧，虺蜴偶遺種。前史具明徵，天誅未旋踵。紛紛昨暮兒，峨冠笑闒茸。藏山待千秋，有恃宜無恐。簞瓢處陋巷，昔賢亦屢空。且當玩易爻，憂患思周孔。良夜黯不晨，殘山餘懵懂。安知無黃人，杲日行再捧。淇竹晚倚倚，園梧朝菶菶。因君發遐想，兼以祝大董。下午赴合社會期，余與熙民、淑周值會，熙民昨赴津未回，作三唱散。

十四日（八月二十八日） 晴。寄津信，並郵致師鄭和詩。徵宇寄示《和釋戡七夕》作。炎暑已退，天宇清澄，而悶坐終日，殊負此景光也。傍晚巖孫來，爲宋致長發祥代求書箑。魯輿、樸園在此晚飯。

十五日（八月二十九日） 晴。和釋戡詩，即郵致。人間末劫知何世，天上佳期說此宵。可信蛛絲偏得巧，空持犢鼻向誰驕。碧翁仰望猶沈醉，白屋相憐等寓僑。卻羨盈盈銀漢水，微波終古不驚潮。幼梅、孟純來，魯輿、樸園復來，同晚飯。得師鄭和詩。師鄭詩思敏捷，不免泥沙並下，此次步韻詩，獨字字穩愜，語亦深摯，其東野窮工之說歟？

十六日（八月三十日）　晴。澐兒婦自階青處鈔得《仲恕家扶乩詩》四首，姑録之。事亂如麻千萬頭，生靈塗炭不勝愁。晚潮未落早潮起，雪浪掀翻黃鶴樓。　連番易幟門新鮮，日出扶桑照九天。醉倒玉山詩未就，龍旗又插古幽燕。　禍起蕭牆及此隣，滄桑變幻假成真。瓜分難遂豺狼願，引出巴蛇吞象人。　變化離奇且靜觀，無端王氣出長安。土龍現後金龍舞，萬國來朝天地寬。　據云係張作霖初出京時所作〔四〕，其時榆關一帶尚未有日兵蹤迹也。接笥玉滬上來信，並送壽敬二十元。

十七日（八月三十一日）　晴。孟純因前日生朝，約親眷小集，又約吟社同鄉數君作折枝吟，甚酣暢。午後天氣驟熱，傍晚雲陰四布，並有雷電作欲雨之勢，竟無雨，然熱氣已頓消矣。

十八日（九月一日）　微陰終日。巖孫來取致長箑面，留之午飯後方去。夜有微雨，旋止。

十九日（九月二日）　晨起，復有微雨，向午漸大，連綿不斷，至傍晚始止。孟純來，適在攤飯，留所擬蟄園課題而去。接津信，澐婦晚車赴津。

二十日（九月三日）　晴。巖孫來，告知明日赴滬，就海軍司令部祕書之聘。下午，赴惠姪晚飯約。歸來僅子正，沿途月色甚佳，而市上寂無行人，淒清之極，後此不知成何景象也。

二十一日（九月四日）　晴。熙民自津來，略談津事，並知弢老亦同車來。據云，前赴東陵諸公報告，定東陵已奉安，惟裕陵因發掘時由地道入，致爲山水所衝，尚須將積水戽盡，方有辦法也。師鄭書來，爲徐行逵、印士二君轉之詩集；　又詢習見楹帖『鏡裏有花新晉馬，釜中無藥舊唐雞』二句出處，余亦不識矣，俟晤樊山詢之；　張用寬又有布告其家事書；　薑齋遺櫬已於前日南歸矣，閱畢，付之一歎。午原令弟自滬畢姻回，在宅補觴客，傍晚往賀。晤弢老，言黃質齋允中有書致南政府，書論東陵事，頗痛切。徵宇亦曾見之。質齋前在京曹，行止近古僻，公退即閉戶讀書，從未以所作示人，又類於闇修之士，有此一篇文字，亦自可傳也。

二十二日（九月五日） 晴。君坦來，以孫公達箑面乞書，暢談至午飯後方去。據云，前數日又晤樊山。樊山平日文字絕不肯作衰颯語，近日所作詩時露憤惋，談次亦多傷時之感。此則境遇爲之，無可强也。

二十三日（九月六日） 晴。接子威瀋陽書並詩二首。弢老約會館吟集。午飯後即往，人多，僅作二唱散。

二十四日（九月七日） 晴，時有雲陰。《次韻和子威詩》二章。鑿空仙槎壯此游，榆關風物恰清秋。誰令烏几荒生事，正要鯨波蕩旅愁。碣石東浮多積水，神州西望莫登樓。不知虛館襄平客，可有當年管邴流。 君詩宗派出婁東，經術兼饒戴待中。獅吼尚容高座踞，霓裳苦境眾仙同。醫閭王氣三江水，滕閣才名一席風。併入《秋笳》編巨集，郵箋佇盼報來鴻。 次首起二句改『衰時吾道不妨東，過去華胥總夢中』，即郵寄去。又寄師鄭《匏廬集》三部。午飯，赴稺辛泰豐樓之約，有弢老及同鄉舊友十餘人，徵宇見示《疊前韻呈弢老》詩。 憶從負扆仰槐眉，戴罪偷生只自知。金鑑久藏慚弼德，（想鼎昔兼官弼德院參議。）玉音交儆見尊師。直教實至文方著，將謂天高聽總卑。率土不應先帝忘，十年茹苦護丕基。跋云：侍談太傅伯父，聞旡逸齋中有『儆變罪己』之語，且以草間憤言，猥塵睿聽，感悚交並，次韻前詩，敬呈伯父並諗匏丈是正云云。 下午，睡起，閒坐無事，次徵宇韻。 塗炭蒼生孰察眉，孤根應有蟄龍知。萑苻滿地將如彼，龜鑑當筵自得師。雪恥成功非苟倖，責難陳薪敢輕卑。且須人定觀天定，綸邑初無尺土基。 夜雷雨，家人皆睡，燈下聽之，亦殊足破悶也。

二十五日（九月八日） 昨夜雨，至今晨始止，天色猶陰沈。枕上再和徵宇作。守口瓶居鑿井眉，韓仇家世兩心知。前途襄野猶迷聖，往事梨洲痛乞師。耿耿微識望荃宰，紛紛學語笑鮮卑。御屏無逸圖長在，想見艱難積累基。午後已開晴，作寄泗水信。又錄《和子威詩》，寄樊山，並告以蟄園社課擬儘月内舉行。錄和徵宇二詩寄弢老。近日所作詩，皆隨筆抄寫，無可存者。此二首自謂尚係真詩，但正意已爲徵宇説破，所舉不過旁義耳。徵宇因報載李石曾在法國演説語而作，寄示《賣藥俚言絶句》五首。釋戡寄示《雨窗詩》一首。徵宇《賣藥》詩：賣藥郎中不賣方，口頭王霸説遐荒。汝曹業以儒爲戲，肯聽儒門拆戲場。近世衣冠難入畫，畫師偏是後來多。苦將錦繡江山裏，爭奈融凝本性何。從王蜂螘各謀安，異種形模異目看。莫怪生民喜爭鬥，圓顱方趾一般般。造化原來是小兒，揑泥移木作童嬉。尖團起倒嫌重複，吹毳然灰又一時。精魂遞轉三生石，毫素中含八面鋒。天巧不妨人更巧，横來豎去總能容。

二十六日（九月九日）　晴。飯後，赴會館合社會期，作三唱散，以和作面呈徵宇。申酉間忽雷雨一大陣，即復晴霽。寄津信。

二十七日（九月十日）　晴。次韻《和釋戡雨窗》詩。琶響誰聞繞殿雷，白頭老我亂書堆。承恩曾許黄幡綽，（來詩自注云，近方續《鞠部叢譚》。）思適空希邢子才。有恨銜冰猜漢語，何情算刼問池灰。鑪薰茗椀閒滋味，新詠君能續玉臺。昨雨後，入夜忽驟冷，晨起未添衣，不覺感寒，鼻嚏不止，且怯見風。衰年氣體之不充實，於此可見。若鈞自東三省來，晤談甚久。日間仍不適，晚臥飲白蘭地一小盞，家人爲加添衾褥，即又苦熱，復披衣起，坐至更深始就枕，夢中尚覺煩擾也。

二十八日（九月十一日）　晴。睡醒，日已上窗，尚有鼻嚏。接泗水信，暫時情形似尚可支柱，爲之少慰。昨晚不寐，於枕上得詩二首。《小極》云。堆胸磊塊漫崢嶸，靜室聊堪觀我生。病葉迎秋如有覺，幽禽弄曉卻多情。支撑小極餘書冊，約略承平是賣聲。一雨閒花都謝盡，盆蘭自放兩三莖。『賣聲』二字，記曾見前人集中，謂街頭喚賣之聲也，然究嫌不典。此詩本可不存，故亦不復改。『約略』句擬改『想像承平到市聲』。又《車過金鼇玉蝀橋》云：靈囿休談往，游人且恣娛。猶嫌限北海，不謂改南都。障礙有時去，源頭無奈枯。滄桑茲縮本，妙手肯臨摹。後一首乃前日赴西城途中所作而未成篇者。金鼇玉蝀橋上橫牆，乃項城在總統所築，南軍來，始議拆之。又有開放南海、中海之議，但三海來源在玉泉山。從前嘗置閘，隨時放水，近年閘久不放，海水日乾，半成洲渚，一兩年之後將爲平陸。而京師自改南都後，市面蕭索，十室九空，昔之游人恐漸變爲流民矣。然以南方現狀言之，似禍亂猶復未艾。所云建設，亦等之空談，且觀其後可也。夜睡醒，不甚畏冷，感冒似已漸清。

二十九日（九月十二日） 晴。士觀來，留共午飯。徵宇送來《見和疊韻詩》兩首並附《和釋戡》詩。下午，赴蟄園第九十三課。余與書衡、穎人值課，穎人回南未來。社友到者有樊山、師鄭、曼仙、彤士、壽峰、徵宇、孟純、君坦、志黄，較往時略少。曼仙則久未來，以索居無聊與師鄭皆作壁上觀，藉此晤面而已。蟄園社友，如六橋、守瑕、仲騫、治薌諸君，每來亦不甚作詩，大抵意在聚晤。《論語》云：『君子以文會友，以友輔仁。』詩社之關，本不專爲作詩計。吾於同鄉吟社必到者亦此意，亦俗物所知也。仍作二唱。後唱八夕，題羌無故實而各出心思，極有興會意者。社事尚有振興之望耶？席間贈迪庵一首。達夫五十頗稱詩，老樹著花無醜枝。絲竹中年聊自放，風塵吾道欲安之。鴻泥陳迹尋常共，鱸膾歸心日夕馳。銅鉢聲中宵苦短，那堪作惡問行期。前日錄《和子威詩》郵寄樊山，竟未接到，郵局亦有時不可恃也。徵宇來詩仍錄存，題爲《匏丈以原韻惠書呈家伯父詩後敬疊韻奉答》。遺事重談若列眉，昆明灰冷愧前□。當陽倘及君綱正，昧旦宜爲奕世師。達孝惟承先志重，詭隨曾惜相功卑。牡丹時節牆匡淚，忍捨人天福德基。又，匏丈以意有未盡，次韻見質，再章奉答，亦以讀申拳意。自收京後幾伸眉，心有金鑾鳳燭知。漫擬浮湛將得當，敢嗔流俗不相師。老臣歸國春非舊，嗣主康功服始卑。願託騷人規窘步，明堂雖毀見初基。以上唱和數詩，尚擬另書一冊藏之。前致弢老書，曾有『他日者將終爲《心史》之沈，或竟應赤伏之讖［五］，非所逆知之』語。夜起書此，一家俱沈睡，惟有鬼神上鑒也。寄泗水信。

三十日（九月十三日）　晴。午後微陰，連日又回暖，僅能服襌衣矣。煕民、君坦來。晚雷電交作，頗有雨意，仍寂然，夜半大雨一陣，風旋起。

校記

［一］『婪』，底本作『婺』，據家集刻本改。

［二］『睡』，底本無，據文意補。

［三］『東方大學』似爲『東北大學』之誤。

［四］『據云係張作霖』五字有塗抹痕跡，細辨方知。

［五］『讖』，底本誤作『懺』，據文意改。

八月初一日（九月十四日）　晴。曉起，風殊勁。徵宇錄示《見和金鼇玉蝀詩》，意味甚深，吾不及也。錄存之。目論吾無取，天全性亦娛。不知遮左海，何似毀中都。夜火兩邊出，秋荷一概枯。成虧祇頃刻，景失即難摹。因徵宇詩復感及新華門舊事，疊韻乞徵宇和。策力同時屈，何因竊號娛。老公徒荷荷，平丈儼都都。猶見門題赫，懸知塚骨枯。寂寥班吏贊，心苦惜規摹。『不敢妄爲些子事，只因曾讀數行書。』元人呂仲實思誠詩，見《輟耕錄》。先君子嘗取上一句鐫玉章，用之判牘，向未考其出處，特誌之。又，先君子書室帶懸一聯，云『常使胸中生意滿，須知世上苦人多』，皆語質而終身可佩者，未知何人句，當更考之。夜睡太早，醒兩次，極不適。

初二日（九月十五日） 晴。《龔定庵集》有《得漢緁伃妾趙玉印》詩，云：『寥落文人命，中年萬感並。天教彌缺憾，喜欲冠平生。』得一漢印遂足彌寥落缺憾，好奇至此。按，定庵得此印爲道光乙丑，詩又作於丙戌春，而定庵歿於辛丑歲。定庵又云，擬搆寶燕閣，他日居之。又，定庵藏器有『三秘』、『十華』、『九十供奉』之目，亦以此印爲冠。昨閲《程春海集》，《緁伃玉印》詩中云：『尋其流傳自冰山，亦弃墨林紫桃軒〔一〕，比來歸龔復歸潘。』潘爲潘德輿，海山仙館主人。春海歿於道光丁酉，在定庵前，是此印定庵生前已不能守矣。春海又注云，據李竹嬾記，此印嚴東樓曾寶之。是竹嬾所著《紫桃軒筆記》，定庵並未嘗考也。定庵據印文鳥篆及史游《急就章》『緁』字碑本作『湕』〔二〕，史游與飛燕同時，斷爲飛燕物。春海偏引趙氏位倢伃凡三，一鉤弋夫人，一宜主，一合德，而不及合，且不斷爲誰物。春海於壬辰典試粵東，當係在潘德輿處見之，又在定庵歿之前九年〔三〕。但不知定庵自注，云『擬遍徵寰中作者爲詩』，當時名人集中詠此者有幾篇。此雖小物，而定庵發興之狂與春海考古之慎，亦可見一斑也。又，前日蟄園社集，以宮僚雅集杯命題，杯製及所鐫姓名詳見《浪迹叢談》及《郎潛紀聞》。其杯以量之大小爲次，共十人，首湯文正，末王文簡。漁洋各筆記未載之。余按，諸公皆不以豪飲名，此疑當日詹事府及春坊同僚尋常讌集偶製之，以誌會合之緣，但不知誰製之而誰藏之，必非漁洋所創，亦必非人人皆藏有也。不以官爵序而以酒量爲先後，乃其脱俗處。睢州先生亦非一味古板也。且與飲俠君之百八酒器專以轟飲爲事者迥然不同。知人論不獨詩書，即一器一物之微，亦必諗其朝代、人物、風俗、制度，始可下斷語。晴窗無事，偶錄及之。於窮極無聊賴之時，而討論及毫無關係之故實，或亦消遣之一法處。按《漁洋年譜》，康熙二十三年甲子冬遷少詹事，即奉命祭告南海。次年九月始復命，復詣急歸里，途次聞父喪，居憂三年。庚午還朝，再補少詹，三月即遷憲。《居易錄》云：『予自少詹遷副都御史，又旬日，馬邑田子涓喜霽亦自少詹遷内閣學士〔四〕。』據雅集杯有田公名，則杯當係此時所製。但不知同時何以有兩少詹事也。杯似係製於此時。又按，潛庵先生任庶子在癸亥歲，再入爲禮尚掌詹事府事，則爲丙寅。未幾即逝世，庚午年久歸道山矣。潛庵之薦耿逸庵爲少詹事，亦係其再召時事，此時漁洋正在籍也。又疑此杯非同官宮僚時事。余日記所云，仍係臆揣之詞，可見考古之不易也。八月二十一日再記。沈繹堂歿於康熙甲子。樊山函示《和子威寄懷》詩。士文昨自煙臺回，來信稍述膠東情形，都中無可圖，不日仍將南下也。

初三日（九月十六日）　晴。接徵宇書，並和詩二首。鑄錯何嗟及，開江足自娱。本來雄一世，未許賦三都。券在爭捐産，歌闌獨集枯。高樓傾寶月，遠略試追摹。元遺山詩『一券捐半産，一祖寧汝容』。新華門舊爲苑中俯臨回子營之寶月樓。其一首未次韻。共和周召事，誰嶽甫申生。但假須臾緩，將開日月明。俑人牽臥起，原草概枯榮。箕倨南尉佗，猶如避大名。槐樓來書云〔五〕：『向嘗戲謂共和人物乃有似是而非之三武帝：一爲魏武，一爲梁武，一則南粵武帝也。今者老夫易種，備享榮哀，同泰捨身，長蒙迦護而躬膺九錫者，結果偏惡，意其大寶妄干不祥，莫大乎此！』一段議論頗有味也。孟純、僑姪先後來。孟純交迪庵託致和韻詩一首。夜坐，次韻和徵宇詩。據亂談人物，都疑應運生。塔尖偏靳合，篝火詎長明。赤縣無窮禍，黄袍一餉榮。頗思題墓語，尚愛孝廉名。寄津快信。

初四日（九月十七日）　晴。孟純昨云梅生與迪庵有約，今日午後到彼敘談。下午睡起，至景山後，梅生已偕迪庵他往，與孟純、君坦閒談，至上燈歸。孟純告知明日早車赴津。

初五日（九月十八日） 接津信，言裕陵暫時奉安情形及太夷已渡海事。澐信云，高宗骨皆紫色，審慎收集，大致不差，惟骸骨微缺，其餘一后一妃有一具尸體完全，膚色如生，疑有鍊形之術，或疑是孝儀后，餘則錯雜不可辨。現將原有六棺併爲三棺，暫行奉安，外面損處封塞，修整尚有待也。朗谿約耆年會，午飯後即往。朗谿因電催徵宇，少頃亦來長談。至日暮，諸客尚未集，與熙民、季友、立村手談候之。席罷，復終二局散。早間，曾錄近日與徵宇倡和諸作致朗谿。宣南舊侶可談心者，僅此兩三。酒罷歸來，不禁百感交集。

初六日（九月十九日） 晴。午後微陰。到會館議首善醫院欠租事。叔澥久未晤面，今日竟翩然涖止，談次多憤時之語，想亦索居無聊，藉此談聚也。散後到仲瓚處，拜其尊人。耕雲同年生日，被挽留手談，同局爲立村、季友、熙民、策六。

初七日（九月二十日） 陰。若水兄弟爲其次妹生日觴客，與季友、立滄在熙民宅手談，晤仲起。

初八日（九月二十一日） 晨起猶陰，向午漸露日光，午後復陰，微雨一時許旋止。英女生日，有親眷數人聚集。熙民昨示子有書，以《新居落成》詩索和，原詩未寄來，只鈔弢老和章，即依其韻。計然十策幾留餘，三徙看君始定居。貽厥甘棠存舊笏，斯干苞竹見新廬。風雲突兀胸千廈，花木平章手一鋤。傳遍山薑酬唱什，都忘身世是逃虛。相宅經曾著櫟園，（周櫟園書影載相宅四十吉祥。）洪休天語好題門。（去歲元旦在津，舊臣並拜，御書『大吉』二字之賜。）版輿綵服承歡笑，金爵觚稜繞夢魂。懸榻時還延舊雨，揮戈會見返朝暾。文身章甫非無用，重譯今知聖道尊。

初九日（九月二十二日） 陰。晨起，有急雨一陣。寄津信，並附和子有詩。下午天色開霽。徵宇錄示《秋晴》詩一首。

初十日（九月二十三日）　晴，天氣甚佳。熙民來，次韻徵宇昨詩。朝霞暮雨晚霞晴，狡獪難猜造化情。坐見酒漿空北斗，喧傳簫鼓賽西成。畏塗倒足妨行潦，永夜愁心盼啟明。不信王城浩如海，市人鴉鵲兩銷聲。末二句無謂，姑錄出，俟再改。午後睡起，赴合社會期。傍晚天忽變大雨，滂沱一陣，雨止而狂風復起，大有寒意，作二唱散。風竟夕不止，窗戶皆震撼。

十一日（九月二十四日）　晴。風稍小，尚未止。爲葛君滋鈞葛亦在合社中。題其母節孝事實。結縭僅五稔，遽痛所天徂。上有衰翁在，恃此遺腹孤。白華代子職，繈褓護遺雛。子職因有終，門戶當誰扶。緗素一經業，膏油十指餘。兒生未知父，猶能讀父書。願及春暉永，奮翼翔天衢。萱花溘朝露，哀哉鞠我劬。廬陵瀧岡表，北江燈影圖。從來風樹感，不獨一臯魚。所嗟丁喪亂，九流離正儒。勞薪爨運逆，未免愁飢軀。顯揚雖有待，綽楔已旌閭。當代誰震川，闡幽椽筆濡。二南王化渺，女德多蕩躋。詩成一浩歎，霜月聞啼烏。下午風漸止。

十二日（九月二十五日）　晴。接亦廉信，知金陵所圖無音耗，同甫驗照事亦卸，現暫時同回蘇州。徵宇又寄示《秋晴之二》一首。

十三日（九月二十六日）　晴。接津信，並詷伯、立之、眉韻諸和章。午後，君坦來，熙民、季友先後來。熙民亦和眉韻四首。因巴園耆年會之約，即與二君同往，與立滄、季友、熙民手談二局，並晤穉辛、徵宇、朗谿、伯南諸君。晚餐過飽，睡極不適，復起，次韻和徵宇昨詩。月扈天根孰縱探，儒分爲八墨離三。人情豈免爭朝暮，地氣何曾限朔南。異事存疑歸野史，定心回向有枯龕。洞璣漳浦無傳授，後起君當一席參。

十四日（九月二十七日）　沈陰終日。前和徵宇八庚韻作，屢改，終不愜意。另和一首，擬併昨所和章覃韻錄示徵宇。秋空作意幻陰晴，賺盡三農望歲情。豈有爰居哭可避，不知絡緯織何成。夢筆枉復談天咫，（震在廷《天咫偶聞》

皆詳輦下故事。）仰屋仍愁稅月明。誰道王城浩如海，市人鴉鵲總銷聲。樊山函示近作《『還來就菊花』試律得花字》五言八韻索和，詩中雜用佳、他韻，自注云：『有人以出韻爲嫌，不過使我不留館，可笑。』具實，麻韻甚寬，不至無可押。此老信筆抒寫，姑作此狡獪也。接泗水信。

十五日（九月二十八日）　晴。中秋節。君坦來。作《『還來就菊花』試帖》一首。問訊柴桑菊，朝來定已花。肯辜重九約，還就野人家。晚節香逾好，前游興未賒。樽中餘舊醞，籬角燦新葩。藜杖休辭遠，荊扉豈待撾。座無今雨雜，看到夕陽斜。飲水羞胡廣，登山笑孟嘉。帽簷歸去插，不讓杏林誇。此調不彈久矣。偶戲爲之，仍是山林口吻，非臺閣體，且多頹唐之筆，無研鍊之思，姑以塞責而已。又作七律一首，題樊山詩後。熙朝中葉恢文治，試律沿唐製一新。館課以茲掄甲乙，選家在昔始庚辰。（紀河間《庚辰集》。）祖庭我愧虛傳硯，宗匠君真老斲輪。五十年前蓬島夢，籬東賸得兩遺民。務觀自津來，留共晚宴。接津信。

十六日（九月二十九日）　晴。晨起，錄和樊山、徵宇詩，付郵。徵宇又寄示《秋晴之三》。飯後無事，檢塵架己酉冬《荔社鉢吟稿》數冊，其時弢老正宣召來京，贊老、濤園並在京，幾道亦時來，當時健將如畏廬、石遺、繹如、梅貞、松孫、仲沂、心衡、徵宇、朗谿、熙民、壽芬、陀庵、季咸、嘯龍，外籍則實甫、鶴亭，偶亦參入，筆陣縱橫，各極其才思，大都以造意爲主，不以隸事爲能，與今之稊園、蟄園風氣迥別，洵爲閩派正宗，亦可謂極一時之盛。曾幾何時，而地坼天崩，風流雲散。今在京者，惟余與熙民、壽芬、徵宇、朗谿數人，弢老客津，石遺歸里，繹如近赴上海，餘則皆隔世人矣。稿凡二十餘冊，半爲嘯龍持去，惠亭亦借去數冊。惠亭時甫入在社中，極有興會，所作亦能自闢蹊徑，固彬彬風雅材，非後日財政廳長之惠亭也。辛亥國變，皆未歸還。鈔本又爲董齋攜去，云將付梓。董齋時在奉天，故未與會。董齋身後亦無從索取。此所存者，特零縑斷錦耳。翻閲數過，哀盛之悲與存殁之感迸集胸中，結轖不可言狀。適務觀來，始置之。務觀相伴至晚飯始去。

十七日（九月三十日） 晴。寄津信，又和徵宇《秋晴》一首。白草黄沙舉目愁，關□搖落始悲秋。衣冠掃地誰還問，鼓角緣邊且未休。虎踞那知王氣盡，驢虎今說霸功羞。求田問舍非吾事，但臥元海莫下樓。徵宇當尚有作，此詩姑存之，將來湊成四首或八首，尚須子細修改，使銜接一氣。徵宇諸詩亦俟彙錄。合社同人以余生日，特設一局，到者二十餘人，作二唱，甚酣。晚接嘿園漢上信。

十八日（十月一日） 晴。昨和徵宇詩尚嫌多空，另改一首。樂府曾傳萬古愁，（歸玄恭作《萬古愁》樂府，皆譜前代興亡事，世祖嘗命内廷演習。）那堪行在續陽秋。詩書發冢誰還問，鼓角穿籬且未休。精衛空懷銜石志，衣冠塗炭及時羞。玉魚金盌人間恨，寶月猶餘舊日樓。釋戡寄示《戊辰中秋》詩。午後，到芝南宅拜壽。葛滋鈞來。

十九日（十月二日） 陰。樊山郵寄次韻作，錄存之。功深自昔言無淺，齒宿誰知意轉新。金榜侵尋周甲子，玉堂出入判庚辰。（君入詞垣，余適補外。）尋來無跡思羚角，中必當心貫蝨輪。小技雕蟲聊一笑，漸無人識義熙民。樊山晚年詩多重字，蓋亦嬾於修改也。日來大便甚通暢，此亦一適意。余平日手不能離書，如魚之依水以活。近日早晚繙閲《四庫提要》與王伯厚《困學紀聞》，定爲常課，恍與古人晤對，質疑問難，幾不知今是何代。夜臥未適，或開燈觀書，一兩小時後復就枕。此外則隨意詠詩，得愜心之作或友朋酬和佳章，亦一愉快事。然樊山、徵宇外，其足稱同調者蓋無幾矣。合奇來，商改信稿，午飯後方去。務觀、樸園來，同晚飯。入夜已有微月，夜分忽驟雨一陣，狂風挾之，約一時許又霽月出矣。

二十日（十月三日） 晴。昨夜一雨，今日不但不冷，並覺暄暖。接津信。劉覺亭來。今日約耆年會諸友二條晚飯，到者十人，惟徵宇因其夫人誕日未到。天氣乾燥，睡殊不適。

二十一日（十月四日） 晴。釋戡又送來改前作稿，午睡朦朧中次和一首。夕煇遍地不曾收，卻有清光出屋頭。歌笑千家懈此夜，陰晴萬里本同秋。前潮胥母知餘恨，靈藥窮妻詎可求。夢裏隣宵屋上月，幾時共對豁羈愁。 下午，親眷內外來祝壽者亦有二十餘人，較往年少十之六七矣。

二十二日（十月五日） 晴。早晨，述勤來，臥始起。近日常以五更前後醒，在枕上觀書至明復睡。今日雖令當關謝客，而同鄉戚友闖入者仍不能固拒。釋戡、徵宇、彥侯數君談至三四鐘點之久，可想見其無聊之情況也。

二十三日（十月六日） 陰。傍午風起，始開晴，風終日未息。午後，務觀來，與同到景山後，孟純適有公會，甚忙。晤迪庵、君坦。傍晚回。務觀、孟純俱明早赴津。

二十四日（十月七日） 晴，仍有風。樊山郵寄《書感》一首，進退格。詩殊無聊。徵宇昨示《秋情》詩，改羞韻一聯，余因亦就前作追改，再錄下。樂府相傳萬古愁，（注已錄前。）那堪行在續陽秋。衣冠草莽誰還問，鼓角關山且未休。凝碧新聲攙鬼語，廣寒舊夢付仙遊。玉魚金盌人間恨，故內猶餘寶月樓。 又作《壽言仲遠五古三十韻》。聖門七二賢，言子起南服。蟬嫣累千禩，簪纓猶望族。君家好兄弟，坡潁世屬目。我始交長公，傾蓋如舊熟。嵩雲秦樹間，一別邈山岳。壯懷惜未伸，君才尤卓犖。綜貫九流書，運籌佐帷幄。憶在丙午春，問津經析木。東道備殷勤，清宵見跋燭。縱談今古事，握手肝肺掬。國勢尚可爲，歲月驚轉轂。軒弓墜鼎湖，漢祚終百六。海宇遂分崩，蒼生禍何酷。吾道合卷懷，蹇裳恨不夙。故山雖未歸，菟裘久已卜。息影得蓬第，杜關謝塵濁。往歲我七十，鴻文遠見辱。肫肫念舊情，捧誦增感觸。君今亦周甲，顏童鬢未禿。前期戒稱觴，此意尤遠俗。手寫述懷詩，華箋燦盈幅。學陶真似陶，異代侔芳躅。高枕游羲皇，繞砌森蘭玉。想見心太平，一庵萬事足。衰慵吾自放，近益荒筆牘。千里有神交，知不責疏數。橫流猶滔滔，殘棋那更覆。但葆歲寒姿，天心會來復。鸞鶴在九霄，白駒思空谷。言俚不成章，聊致臨風祝。

仲遠生日在六月。余近日最怕應酬文字，令姪簡齋曾求壽序，因循置之。頃簡齋又迭來催索，以壽文措詞校難，姑以此應之。其中未穩愜處甚多，亦無暇修改矣。午後赴弔峯仙尊慈之喪，又往賀蒲生壽芬娶婦，匆匆即歸。又《和樊山書感》一首。亂首須追作俑人，莽丕流禍極巢溫。佳人變相皆爲賊，窮漢求官那不貧。春日爭看花滿樹，秋風方慘葉歸根。虧他傖父談王道，目笑驢虞霸者民。（報載某黨魁在巴黎演說，謂中山純用王道，不主霸功，故於共產之徒一概容納，其大言不慚類如此。）此詩姑妄存之，後來必不可編入集。師鄭又贈《生朝詩》二首，仍不脫從前常語，其實可以不作，亦無從答之。接子植鄂中信。

二十五日（十月八日）　晴。仍有風。今日爲酬合社同人十七日之局，以室人感冒，候西醫，至傍晚方出城，社侶到者不及二十人，作二唱散。徵宇又示《秋情之四》。

二十六日（十月九日）　晴。風仍大，已三日不止矣。《續和徵宇秋情作》。折枝偶句踵鄉風，幾輩相從汐社中。猶見唐音開寶盛，不開魯史定哀終。巢痕他日悲梁燕，吟響中宵答砌蟲。席帽南宮談故事，劇憐燈燭一般同。舊篋中檢得談君道隆壬子年《中原詩》八首及壽余七十七古一章，皆古雅無俗氣，特藏之。談爲禮部舊僚，改典禮院時，余聞其深於經術，拔爲科長，未幾而朝局遂變，其別號忽忘之，殊以爲疚。俟晤毅夫及關氏弟兄詢之。夜，風已定。僑民來告明日赴津南下。

二十七日（十月十日）　晴。民國雙十節。比日所作詩多涉感憤，雖極力擺脫，終不免噍殺之音。昨晚燈下枯坐，偶就目前景，於枕上成《瓶花》、《窗竹》二詩，雖不工，似尚有閒適之，特錄下。《瓶花》詩。花時常嬾出，斗室與誰親。亦自兼紅白，無妨閒舊新。重簾風隔斷，小杓水添頻。恨少黃筌筆，屏間替寫真。《窗竹》詩。舊種環窗竹，相依最有情。嚴霜未改色，新雨又抽萌。竟日攤書對，殘宵入夢清。真熇欣憶遠，更諦歲寒盟。又改一首。無竹令人俗，吾幾負此生。移栽將十稔，靜對總多情。不改風霜色，還須雷雨盈。繞檐新翠匝，次第記抽萌。前首後四句近直率，似以後首爲勝也。春明學校以國慶開會見約，未赴。午後君坦來，傍晚方去。合奇來，言擬由京鄭車南下。夜接樊山和詩、師鄭信，言改前日詩一聯。朱悟園義胄（朱住鄂垣王臣衛十一號）自鄂寄來刷印《琴南年譜例義》，乞審定。內人病尚未大減，殊焦灼。

二十八日（十月十一日）　晴。寄泗水信。又爲僑姪致信季良。徵宇又郵示《秋情之五》，江韻頗不易押。徵宇：『詩陋曹鄶不成邦，强爲華鐘效寸撞。大雅儘容王迹熄，高賢常使我心降。白頭作計猶師郦，朱紱當年已愧龐。揭厲相從匏葉苦，可思萍實見秋江。』內人今晨至下午，人甚清爽，似無病者，入夜仍有寒熱。狄醫日間來，即言病近肺炎，左方愈而右方復起，尚須調治也。燈下和徵宇作。游釣難忘父母邦，海波日夕尚春撞。遺書正誼儒風息，斷碣瑯琊霸氣降。十郡版圖成割裂，百年謠俗換醇龐〔六〕。君家霜橘沿村美，自占門前一曲江。內人病漸減，仍延狄醫診。夜接泗水信。

二十九日（十月十二日）　晴。寄津快信。下午樸園來。晚飯後，忽患腹痛，頭目皆昏。初疑發疝，卧少許始略定，因悟飯菜中數味皆係寒冷之物，服鹹青果湯後漸定，睡尚穩。

校記

〔一〕『弆』，底本作『棄』，據家集刻本改。

〔二〕『漣』，底本作『縺』，據家集刻本改。

〔三〕『前』，底本作『年』，據家集刻本改。

〔四〕『馬』，底本、家集刻本均誤作『鳥』。『湄喜』，底本作『真』。據王士禛《居易錄》改。
〔五〕底本無『槐樓』，據家集刻本補。
〔六〕『醇』，底本作『醉』，據家集刻本改。

九月初一日（十月十三日）　陰。晨醒，小腹尚微脹。接津信。熙民、孟純先後來，均昨日自津回，因留共午飯方去。飯後便通，腹亦舒。君坦來。徵宇又遣送《折枝》七言十二韻，因前日和渠東韻一首而起興也。夜睡極煩躁不適，似係食醬薑太多之故，因昨晚食冷物，故以此暖之。

初二日（十月十四日）　晴。有風。接泗水信。泗水來信，郵程約在二十五六日左右，適孫女葆霞寄泗信，復附兩紙交寄。午後，往拜曾東宇表弟六十生朝，即歸，作《陳黻廷七十壽》詩，甚草草，未錄存。樸園在寓晚飯。

初三日（十月十五日）　晴。接亦廉信。務觀、孟純來。務觀到京已數日，以房租被欠涉訟，故今日方來。徵宇前日所示《折枝》詩於本事略盡，因追憶故事爲長句紀之。詩家狡獪無不有，嵌字句中索對偶。改詩何義起何時，譬以折枝亦近取。兒時習聞長老說，徐李雋句熟人口。（徐雲汀孝廉、星村茂才。）始緣門捷尚清新，漸入徵材造雄厚。名流雅集藉消閒，淺學效顰或忘醜。聲響亦賴登高呼，風氣居然不脛走。船官初拓漢司空，節樓重植武昌柳。禮羅幕下盛才彥，酬唱公餘聚賓友。文肅夭矯人中龍，往往真氣驚戶牖。文襄武庫森甲兵，愛搜祕笈資談藪。流派遂有閩粵分，壇坫益振同光後。豈妨庶子采春華，未許公羊譏墨守。石林早逝惜長吉，龍陽夙慧過元九。寒山鐘響鏗華鯨，榕社春燈燦珠斗。春明轉盼成夢餘，中興企望思耆耇。邇來勝侶半飄零，眼見雲衣變蒼狗。旁行畫革競尋撦，論語供薪玄覆瓿。吾曾暇日尚追歡，且喜歲寒交耐久。零琦斷璧盡堪珍，因君還質滄趣叟。〔一〕先祖在鄂時，公暇亦常集賓佐聯吟。後十數年而文襄督鄂，此風乃大盛。『蒼狗』下一句改『瀑流難洗徐凝惡』，久韻下添『佚事亦關掌故遺，大雅今孰扶輪手』。巖孫滬上來書，爲林雪舟乞《匏廬集》。狄醫診內人病已大愈，惟平日不肯多服藥與靜養，善後調理，無從著手，固無如何也。

初四日（十月十六日）　晴。務觀來。下午赴立村之約。立村本定於明日生朝，約耆年會中數人小集，以余值蟄園會期，故改今日。

初五日（十月十七日）　晴。接津信。蟄園第九十四課，本係上月，以孟純赴津改期。值課爲樊山、彤士、壽峰、孟純，皆到。徵宇申正即到，在樓下暢談至久，並示庚申年燈社聯珠體詩。係就社中原句排次爲五聯。此外，社友到者僅書衡、師鄭、巽庵、迪庵，而立之適在京，迪庵約之同來，又深縣李芷洲廣濂爲孟純新邀入社者，仍作二唱散。

初六日（十月十八日）　微陰，旋晴。君坦來，同午飯。飯後務觀來，電約孟純、迪庵游景山，方命車，而吉逵來，略談數語，即與務觀同赴景山。孟純、迪庵亦旋至。由東路登山，至亭上小憩，山麓有樹，上懸木板，書明莊烈血詔，似係近日堂部所爲。蓋彼輩較里俗傳聞，謂莊烈縊於此樹下。樹並不甚高，斷非二三百年前物。彼之爲此，非有慼於莊烈，不過欲揭示帝王末路之慘，藉示炯鑒而已。不知天生民而立之君，非爲一人，爲億兆人也。得一人以爲君，漢祖、明祖之興於草澤，君也；李唐、趙宋之篡奪〔二〕，以至元、清之以異族入主中夏，亦君也。但使其才力足以統一區宇，其法制足以約束臣民，或二三百年，或數十年，使閭閻得以安居樂業，足矣。豈如今日之擾攘不定，並六朝五季而不如乎？昨與徵宇暢談，余即謂非帝制復生，斷無望於久安長治，但數千年治統，一朝破壞殆盡，帝制從何發生？此則視乎天意，非人力所能强爲矣。下山後，復循西道，至壽皇殿前瞻眺久之。此地向來未到，不能不一涉，實則徒增悲感也。與諸君順路至景山後，孟純留晚飯，有樸園在。散時，君坦有西城聚會，尚未歸也。

初七日（十月十九日）　晴。因閲昨日記，復憶前日與徵宇密談一段。余謂帝制既無從發生，清室更似無再興之望。此時若出一大英雄能爲桓文之事者，暫假名義以爲號召，置一守府於上，成則爲夏少康，退或爲漢山陽，但使禪授得人，亦何必私於一姓？此則項城失之，後人得之，未始非氣運一大轉機也。徵宇謂恐必無是事。徵宇又謂尼山删述教人，皆詳於臣道、子道而略於君道、父道，此義亡亂，所以靡底也。余謂此即三綱之説，但古人稱綱常，五常又依於三綱，綱亡而常亦不能存，此今日所以廉恥喪盡而幾淪於禽獸也，然三綱之道亦實有不可解於心者。余自辛亥以後，故國故君之想，每飯不忘。所作詩，不知者或譏其千篇一律，實則皆發於天機，而非有意爲之。憶復辟之役，張奉新與同來諸公什九舊交，余深以爲此舉爲鹵莽，絕不謀面。復辟詔下，猶杜門不出，《實録館》諸同事强爲遞安摺，始入内，蒙召見。其時上猶沖齡，略問外面情形，敷衍對答。出内右門遇奉新，一揖外，無他語。蘇拉問：『到軍機處見議政諸大人否？』余答以『我與彼無話説，可不見』。故當時紛紛簡任，曾未見及。惟每日下午必至弢老處探問消息，亦略陳鄙見，大抵爲事後安全退步計。其年中秋入内謝賞，坐朝房，蘇拉愀然曰：『各位大人又散盡，仍賸郭大人一個矣。』余謂：『彼輩自散，我自在也。』比年津門往來，常以踪跡太疏引爲終身之憾。此中志事，惟自喻而自知之，不願向途人索解也。芝老來信，代達平齋有近作詩兩首見示。

初八日（十月二十日）　晴。昨晚枕上和平齋詩一首，次其第二首韻，録存再改。新詩只説家常語，似覺醰醰味勝初。人海有誰憐涸轍？星郵幸不阻傳書。愁聽朔漢白翎雀，夢渺南屏金鲫魚。（來詩述移疏湖游之樂）。安得相隨赤松上，蓬萊頂上策飛車。末二句本用『憶否棋盤街上素，趨曹晨夕策騾車』。伯材來，言同鄉淪落京城者，經恒善社運送外，尚有百餘家能掃數運回，亦甚好也。伯材又爲天津閩商洪君天賞求壽文，列名已允之。洪君於運送窮員回里事，亦頗有力。天賞乃其號，其名俟再查。寄津信，附子有乞書『和移居』詩。又致筍玉信，附《匏廬集》，託吉逵帶閩。又爲李家寶致本愚信。

初九日（十月二十一日） 重陽節，晴。午後，赴榕社會期，作三唱散。夜接東洲信，知十六嬸母逝世。嬸母壽逾七旬，而晚景屯邅，幾無一日之舒適。數月前，東洲之子則枚又暴卒。則枚聰穎，尚是可造之材，竟爾短折。合奇之婦亦甫於前月物故。黄巷一門，家運之衰，殆於極點矣。又接本愚復書。

初十日（十月二十二日） 晴。接姚次阮昌頤來信並宣紙屏幅乞書。吉逵伉儷來辭行，後日早車出都。

十一日（十月二十三日） 晴。寄津信。幼梅來，閒談久之。陳希容名俶适，緘齋孫求致照巖信，調滬行。連日悶極，將去年以後詩稿重鈔一過。

十二日（十月二十四日） 晴。上月述勤以生朝饋盆菊十數種，日來正盛開。昨枕上偶成一詩，頗近於打油腔，姑錄之。世難生滋感，塵栖徑任荒。久知慚壽友，聊可綴重陽。親舊多分散，歌謠强激昂。髩邊無可插，留取伴萸囊。樊山寄示《次韻和折枝》長篇，說舊事滔滔不竭，麤獷處則此老晚年面目也。其詩俟暇時再錄之。

十三日（十月二十五日） 晴。錄《與南歸友人話別》詩。亂極誰無望治思，救民水火即王師。但申漢祖三章法，不在蘇威五教辭。當路先須嚴簠簋，窮閻急與起瘡痍。識時俊傑今寧少，國是原非一系私。此詩信口爲之，可以不存，所謂『吹皺一池春水，干卿甚事』也。孟純來，以赴稊園吟集，匆匆即去。

十四日（十月二十六日）　陰。聞弢老前日到京，昨接請客柬，似係耆年會也。午後已開晴。接津信，言本月蟄園社課事，即復一信寄去。前和平齋詩又依原韻作一首。年芳序匆匆過，又是西風落木初。篋衍新詩時有録，陽秋近事不堪書。未妨蘭佩增多狗，只欠蓴鄉食足魚。截得老籐供龍杖，猶能徐步當安車。樊山約春華樓晚飯陪弢老，同席有書衡、閬仙、彤士、孟純、君坦，談甚暢。歸途月色尤佳，此境不可多得也。樊山又出《重九日攜子孫輩游西山疊前日友字韻》七古一章，殊豪壯。

十五日（十月二十七日）　晴。午後忽陰。徵宇送《次韻和折枝》七古一首，較樊山則樸摯綿密，遠勝之矣。下午，挈英女及兩女孫中央看菊，到園已有微雨。傍晚遣渠輩歸，即赴弢老耆年會之約，雨接續不止，暢談至亥正方散，歸路皆流潦矣。臥後風起，雨漸止。

十六日（十月二十八日）　晴。昨晚風大起，至今晨未止，牆角已有薄冰。東生自閩北上，昨來未晤，今午復來。云南政府資送赴德國游學，日内赴津，小有勾留即南返。釋戡又示《九日攜家人登高》詩，此等題本難應和，況有樊山傑作在前乎？徵宇甚不滿樊山之詩。余謂今日此等人物，今日已成麟鳳，彼其武斷處誠不可訓，然畢竟胸中有物。吾所最厭者，浮詞濫調，後生略解平仄便信筆爲之，乃真不可救藥也。飯後，赴會館，合社同人設局爲弢老預祝，作三唱散。弢老明日赴津。夜接嘿園信，並近作詩三首。

十七日（十月二十九日）　晴。風止。次韻《和樊山九日香山》之作。君詩左宜復右有，獨立騷壇殆無偶。耽吟不廢山澤娛，譬之熊魚欲兼取。《秋聲賦》感童垂頭，賢己圖嗤容張口。五嶽夙契李青蓮，小邱新買柳子厚。劉郎題糕豪實怯，參軍落帽狂亦醜。全家許掾可挈從，何物蔡兒笑學走。佳節思鄉遍插萸，征亭傷別頻折柳。舒嘯如聞鸞鳳音，避囂喜得麋鹿友。品泉憶昔酌中泠，攓雲歸去伴虛牖。腳根曾帶九州煙，胸次早吞雲夢藪。急追逋景效蘇髯，偕讀宮詞恥盧後。（王湘綺有《圓明園詞》。）分明門戶見建章，約略園池記絳守。折柬仍呼白社人，逢辰且醉黃花酒。玉堂前輩僅太邱，恰喜南極配北斗。欣然探袖出珠璣，相將執爵祈黃耉。一時追逐儼雲龍，流俗譏嘲付芻狗。萬首儘容匃膏馥，三蕉無事發甌瓿。（坐客皆不能飲。）高談驚座各風生，斜月穿簾知夜久。衣冠幸從園綺遊，臺閣竟間燕許手。援毫請賡飽德章，量腹差能充下叟。〔三〕午後，往拜穀廷壽，並賀同日娶婦。

十八日（十月三十日）　陰。曉起，有小雨，雜雪花，可御裘矣。寄平齋、嘿園書並附和詩。和嘿園詩，昨始成。東流江漢遠湯湯，無望南皮況益陽。生聚十年吾及覩，倉皇一炬孰爲揚。停雲心事新詩本，賦日才華古戰場。時節黃花開自好，瀛臺憑弔更悲涼。午後，到忠信堂爲策六令郎障川證婚，所娶爲吳北江女，能詩，工楷。障川本北江高足也。熙民、次贛各出《和折枝韻》長篇見示。晚，復偕熙民、立滄、季友至策六寓手談。夜歸，極寒。組南交來合奇信，乞再致厚甫及冠生信。

十九日（十月三十一日）　晴。寒度稍減。宋敷文求助還鄉旅費，苦無以應。策六復見約，未赴。績溪方君珍見訪，係隨人來接收東陵者，尚未就緒，不記其別號，亦不知是何世誼也。孟純傍晚來。次韻和徵宇、熙民、次贛諸君《折枝》作。結繩文字初無有，易爻因奇而得偶。孳爲簡牘播詩歌，遂令尺棰不勝取。後人探討古詩源，里巷風謠多信口。尼山刪定存三百，義在溫柔與敦厚。侵淫漢魏歷三唐，益講聲病論妍醜。操觚各自竭知能，佩玉或不利趨走。折枝孟注失真詮，且喻贈梅與挈柳。飣餖何嫌摘句圖，于喁自得同聲友。敢說江湖不廢流，儘許日月近窺牖。閩人雖復抽爲名，要是東南文獻藪。風雅略存晉安遺，衣冠豈料廣明後。迂儒與世相背馳，夙昔心猶守故處。承平際會不堪思，十事從頭忘八九。更誰殿桷賦南薰，空見城隅掛北斗。黍離麥秀託微吟，韋孟而今陋既耉。羽毛終自惜家雞，玩弄隨人笑瓦狗。何期桃李報瓊瑤，坐對鼎彝慙甌瓿。且張吾軍亦足豪，卻思此樂信堪久。歲朝行又換新符，寒夜更從呵凍手。積薪居上望羣公，相如還應右枚叟。〔四〕

二十日（十一月一日）　晴。致伯材書。次贛錄送和詩來。下午復陰，夜風甚大。

二十一日（十一月二日）　晴。風未止。爲合奇致厚甫、冠生信，厚甫信擬稿託組南代繕。由組南轉寄。閱報，知孟純知事考試已落選。照巖來復信。務觀自津來。

二十二日（十一月三日）　晴。伯材復書，言宋敷文可以，唯入此次船期。君坦來。下午，復同英女及兩孫女往公園，菊花已盛開。樊山、熙民各送詩來。樊山係疊韻《春華》作，熙民仍係次韻《折枝》作。曉起坐，即事詩一首。屋角青槐影漸稀，盆頭粉菊態殊肥。林風乍寂幽禽語，窗日頻移竹鳥飛。折腳破鐺新茗熟，烏皮疑几亂春圍。安車學得跏趺坐，只欠雲山百衲衣。

二十三日（十一月四日）　晴。送宋敷文川費十元。汀鏡來，云在省政府月僅數十元，不敷旅食，已定附恒善社船幫回，乞致韻珊信。即書付之。又索詩集三部。汀鏡品學俱優，晚途淪落，可歎也。下午復沈陰。

二十四日（十一月五日）　晴。午後，偕務觀到公園書畫展覽會並看菊。

二十五日（十一月六日）　晴。有風。次贛復有和韻作送來。午後，與務觀、君坦游南海瀛臺，觀陳列菊品及書畫，啜茗小坐，旋同到景山後晚飯。熙民來，未晤。迪庵示所作《前日同游景山》詩。

二十六日（十一月七日）　陰。下午，赴蟄園社課，值課爲師鄭、徵宇、巽庵、君坦，惟巽庵因病未到。社侶到者有樊山、書衡、貽書、守瑕、壽芬、芷洲、孟純、迪庵、志黃、務觀。貽書適自南來，務觀則初次觀光也。仍作二唱散。徵宇又示和韻作。夜微雪。附錄徵宇詩。青天白日見輪囗，先聖精靈亦大哉。八股無緣充冢嗣，四書有幸得私胎。深衣化作中山服，遺囑能傳絕華哀。怪底今年雙十節，端門麟篆恰重來。徵宇又有《賦得三民主義脫胎於學庸語孟》一詩，因見某報所載而作。

二十七日（十一月八日） 晴。務觀來，同晚飯。嘿園來書並近作二首。東方著論稱非有，孟嘗說客諷木偶。臧羖亡羊或互譏，滄浪濯纓聽自取。金縷漫歌空折枝，石鼓安知箝在口。蟛蜞叵耐空螯嚼，大鵬孰是培風厚。少年塗抹偶復事，臨鏡衹增阿婆醜。

二十八日（十一月九日） 晴。貽書來。疊韻和徵宇並送南歸。長篇短韻勉步趨，正如跛牂逐驥走。莊舄思越猶越吟，三疊竊附陽關柳。閩詩開山溯薛歐，十子源淵各師友。近年宛在拓詩龕，蜂房一一開戶牖。誰令滄海久横流，福地亦成藏疾藪。黍離豈惟王迹熄，漸恐元音成歇後。四郊矧尚多壘秋，青箱幾家猶世守。中興申甫那復望，更恨時無洪亭九。君歸鞠膯壽高堂，風帆計日指南斗。開徑投轄多故人，循陔潔羞祝遐耇。閒騎竹馬唱月光，豈復燕市思屠狗。月泉考官亦不惡，緣紙三都任覆瓿。羣陰在下剝已窮，吾輩論交敬以久。後會寧忘剪燭期，旁觀好袖爛柯久。興亡得失都奚論，自有南公與北叟。〔五〕

二十九日（十一月十日） 晴。和迪庵景山作。遠覽皇畿近故宮，登臨此日感何窮。五亭自聳神霄表，萬歲空存口號中。慘澹殘山横夕照，蕭檜叢木咽悲風。不須更話前朝事，王氣今隨玉步終。孟純來。飯後同葵、英二女游南海瀛臺，歸途至景山後，與孟純、迪庵暢談至傍晚歸。閱報，戲成一首。彭澤先生徑久荒，魏公老圃亦無香。誰令國色幾湮没，能解人頤妙比方〔六〕。北地胭脂宜退舍，東籬中正好排場。寄聲海内同胞者，共拜金剛不壞王。此詩未録入稿。

三十日（十一月十一日） 晴。午後往視羣孫，感冒雖愈，尚有餘熱。旋至西城貽書□，適季友在座，暢談久之。出城，赴洽社會期，作二唱散，甫及亥初。徵宇傍晚先散，云即日南旋，以手録《鏤金石室戊戌詩鈔》及庚申以來詩各一卷，乞爲校定。

校記

〔一〕「寒山」句，底本置於「豈妨庶子」句前，據《匏廬賸草》改。「門捷」，底本作「門捷」；「節樓」，底本作「節接』；『春』，底本闕，據《匏廬賸草》改補。

〔二〕『篹』，底本作『纂』，據家集刻本改。

〔三〕『園池』，底本作『園地』；『勻』，底本作『弓』；『馥』，底本作『復』；『請賡』，底本作『清庵』，據《匏廬賸草》改。

〔四〕『操觚』，底本作『操孤』；『南薰』，底本作『南董』，據《匏廬賸草》改。

〔五〕『鼇』、『亭』，底本作『鼈』、『亭』，據《匏廬賸草》改。

〔六〕『比方』，底本作『此方』，據《匏廬賸草》改。

十月初一日（十一月十二日） 陰。寄津快信。下午訪徵宇。話別中，徵宇盛稱昨《送歸》一首意致深曲。余亦自謂此首較有寄託，與前兩首隨筆抒寫者不同，即詞句亦頗有研煉，中間牽入『洪亭九』，包括無盡，尤非俗眼所知也。傍晚閒坐，偶成《記事》一詩。輝煌朵殿舊觚稜，餙智驚愚萬口騰。傀儡且宜兒戲看，轀輬豈有鬼雄憑。果然秋菊今時秀，誰見扶桑旭日升。倦客杜門無一事，汎搜野乘剔孤燈。此詩亦暫不錄存。

初二日（十一月十三日） 陰。伯南送《和熙民折枝》二首，亦次前韻者，中間斗韻誤押帚，二首皆同。孟純、君坦先後來。接泗水信，知一切平安，爲一慰，以月餘未得信也。方珍號仲良又來見，求致信天津，意在借貸，前次晤面即略猜來意矣。下午，赴栘疏手談之約。子有適自津到，此外尚有芝南、稚辛、立滄、季友、熙民、伯南、策六在，今日即算盛會矣。散歸，亦僅子初。枕上聞雨聲。

初三日（十一月十四日） 晨興見窗外雪花紛霏，知昨雨已成雪矣。至午後一時許始止，然旋積旋消，以節候尚早也。復寄津信。

初四日（十一月十五日）晴。尚不甚寒。日來爲同鄉撰公祝仲勉丈壽文，甫脫稿，終不甚愜意，俟改定再錄之。春明女學代表柳挺榮、劉君衡持董事會信，來請催首善醫院積欠租金，即電催策六，託人與方拾珊接洽。

初五日（十一月十六日）晴。熙民來信，並錄伯南、子有、莘畬續和《折枝》作，又及東二屋契事，當呼李僕雅林詳詢情形。經馬雲亭從中轉圜。此事一再遷延，致滋轇葛，蓋早料之矣。陳希容來，詢照巖回信。照巖來書甚泛，恐無效也。壽仲勉文錄下。仲勉觀察今年嘉平月八十壽辰。先期馳書哲嗣徵宇昆季，勿歸里稱觴，並諄屬勿徵求文字如世俗所爲。回憶戊午歲，公年七十，都中鄉人咸有詩文寄祝。距今又十年，而世亂之泯棼，乃有加無已。前此逼宮變起，既舉遜政明詔，與當日誓約而盡翻之。至今夏東陵之事，尤普天所共憤。唐林忠義，知公不後古人，不忍爲一日之歡，稍釋其寸衷之痛，志事蓋不言可喻也。公以華閥甲科久治農曹，晚始獲簡滇中一郡。當閻文介長部時，尤蒙器賞，而公循分趨公，未嘗一干謁。文介去位，紈袴貴游漸起，用事益落落寡合。是時吾鄉宦京華者，多僦居宣南，衡宇相望。公於文讌外，獨嗜弈棋，對局凝思，或終日忘倦。夙精岐黃術，有延診者無弗應者，遇疑難病候，必反覆推求，歸復證之方書，晨夜僕僕往來，不以爲煩，亦以此輒奏奇效。平居與人無町畦，至縱論古今忠孝事，激昂慷慨，往往義形於色。猶憶一日酒次，友人有誦荊公《明妃曲》者，至『漢恩自淺胡自深』二語，抵几痛斥，指爲邪說之尤，辨難久之。滇去京萬里，又邊事方棘，親友多尼其行。毅然就道，在滇守曲靖三載，一權迤西道，撫綏鎮壓，一以誠意行之，民夷皆翕服。辛亥國變，間關旋里，嘗一省長公太傅於京邸，覩朝市變更，鬱鬱不樂。螺江爲陳氏世居，聚族繁衍，閩中屢經兵亂，率鄰里子弟團結捍衛，至今一鄉晏然。去年太傅公八十賜壽，適值瓊林重讌，海內傳爲盛事。公同懷少一歲而神明强固，亦不減少壯時，問嘗求之往牒。《太邱家乘》首著二難，然元方、季方年壽已無可考。後此若北宋之郊、祁、軾、轍，與昭代之竹君、石君，雖文章、事業輝映一時，而求其緜歷艱貞，俱躋大耋，乃今始於君家見之。太傅公久直講帷，弼成聖德，艱難扈從，晚節彌芬。公則屏跡田園，蕭然高寄。譬之歲寒貞木，或植巖廊，或依澗谷，雖所處不同，而傲兀風霜，貫四時而不改柯易葉則同。□□等皆夙從公游處，春明留滯，朋舊日稀，瞻望枌榆，益思公不置。竊繹公卻壽之旨，因以見公得天之由。屈翁山《論夏臣靡事》謂〔一〕：『莊生有言：造物之報人，不報其人而報其人之天。靡之天，定於胸中，年雖老而其天不亂，故天以壽考報之。』斯言甚刱而理實至庸。請爲公誦之，並以質之太傅公。若乃天保九如，閟宮三壽，鋪張揚厲之辭，非所語於今日也。此文似尚簡淨，惟末段貪發議論，仍不免平日習氣耳。接津信。次薇來信，言明日即回南。又接子植信。

初六日（十一月十七日） 晴。接津信，即寄復信，並附致弢老信及仲勉壽文稿。朗谿書來，云梁巨川世兄以奉主入祠，託代約前往，其請柬尚未接到，並追悼巨川五古一章。熙民來，述與雲亭接洽情形。讀屈翁山《書宋武本紀後》文，亦作一詩書其後。曹瞞擬周文，可誅乃在意。芳髦皆不終，蜀禪猶自在。典午既篡曹，更爲滅蜀計。卒肇五胡禍，江左等僑寄。元海稱漢甥，攀附究非類。寄奴楚元後，與蜀同漢裔。何不告高光，復仇揭大義。始操而終丕，空貽青史詈。翁山發此論，浮白爲一快。一姓不再興，語出何典記。崇龔冒漢氏，猶能雄五季。陸書尊南唐，謝書表西魏。陽秋微顯筆（二），將以俟百世。夏德慨已遼，誰復問澆豬。洪荒九頭紀，忽爾鏟帝制。茫茫亘古局，滔滔洪流勢。掩卷無復言，寒燈照後喟。君坦生日，與親串數人在彼晚飯。方珍係方良鈺之姪，南雲分校門生。

初七日（十一月十八日） 晴。飯後，至積水潭拜梁貞端祠，其長世兄在青島鐵路，以進主甫來京也。晤珏生、朗谿、纕蘅。與朗谿、纕蘅同步行至高廟。舊樓已圮，寺屋大半賃人，荒涼殊甚，沿堤湖景尚佳，水猶未凍也。歸途至二條，視羣孫，聞熙民有電轉達雲亭，電話與舒君，已切實面託，且看下文如何。吉臣、組南來，均未晤。燈下成詩一首。題爲《梁忠端祠宇落成，遇朗谿、纕蘅，相偕步行，循堤至高廟，歸途口占》：十年人事重嗟吁，賸水魂招此一隅。偶爾萍蹤同漫浪，誰知蘭若亦荒蕪。殘僧漫訂花時約，古柳如披詩境圖。且爲雪泥留小印，衰遲腰腳未教扶。得理齋信書，續印《匏廬集》八十部已齊，並索《顧、黃、王三儒從祀奏稿》。

初八日（十一月十九日） 微陰，晚晴。復理齋信，言《三儒從祀奏稿》辛亥之變已遺失，無從檢取。禮部覆奏之稿只准亭林，而黃、王則請旨定奪，余另有封奏，力請一併從祀，此摺留中未發抄也。許佑之來，爲吳中嚴吾馨廣文重游泮水乞詩。夜有霧。

初九日（十一月二十日） 晴。作《嚴吾馨廣文重游泮水》詩。芹藻黌宮首重廻，山中鐵樹又花開。晚年踵迹三高士，當日聞呼小秀才。甲子數周軒曆在，峰巒占斷真區限。辛楣德甫談前事，更許儒林一席陪。此等詩，例不存稿。釋戡復送來《窮秋》詩一首。己丑同年來知單，知景明久逝世。和姪自南來，略知諸弟及姪輩踪跡，留共晚飯，至夜久方去。

初十日（十一月二十一日） 晴。《和釋戡作》。一枕春明夢已殘，鶻鵃愁殺鄭都官。鐖華促促無留景，風葉蕭蕭又戒寒。暇日登樓同此感，清宵秉燭幾何歡。詩窮只道窮秋苦，搖落江山尚耐看。終日沈鬱無聊，即書寄之。夜又得春明學校催款書。

十一日（十一月二十二日） 晴。録《昨夜起書壁詩》三首。蠹魚拙甚守書巢，食字成仙强解嘲。今覺昔人謀更拙，幾多心血此中拋。帷燈故向應後明，魑魅居然不敢爭。拼卻餓幽沈井水，也容藜杖降星精。一般夜氣共天總，好惡誰知萬不齊。舜跖未分方熟寐，喚人無賴是晨雞。問訊高人夜起庵，扶桑幾日返征驂。遥知造膝從容語，不似瀛洲海客談。晚作泗水信，須明日寄。

十二日（十一月二十三日） 晴。連日皆甚暖。接平齋信及和詩二章，又近作古體二首。平齋晚年詩殊有進步，不似向來之打油腔，亦多作之故也。附致芝老信，即遣送去。壽芬電商洽社本屆值課皆不在京，擬暫停一課，再商。長班來，云吉臣以春明學校事定下星期二開會討論，並將勉伯壽文交帶呈梅南。幼梅來，同晚飯、手談。

十三日（十一月二十四日） 晴。接冠生復書。洽社知會明日仍繼續。《和平齋説苦》詩。人生逢亂世，性命皆苟全。□□□□□，其如百苦纏。與君逐蓬轉，□□□□□。頑健雖可喜，同病亦相憐。凡君所説苦，皆我口欲宣。君詩敏且贍，意觸輒成篇。文言道俗情，如蜜徹中邊。我思絕鈍滯，譬挽逆水船。一字費吟安，所得仍言詮。苦中强尋樂，苦樂終相懸。不樂復如何，素居孰爲緣。平生磋磋性，頗疑天賦偏。亂離天寶後，文物靖康前。看雲悲世事，遣日把陳編。無人可告語，與我聊周旋。胸中亥既珠，私喜探驪淵。杜門將廿稔，□□□□□。錦囊惜心血，姑付梨棗鐫。鐫成復自悔，未敢向人傳。誓當焚筆硯，噤口學寒蟬。戒詩旋破戒，此志竟不堅。杜陵詩之史，樂天詩之仙。未能希萬一，聊以寬憂煎。憶昔宣南居，公退時攤箋。就中葉與張，才調尤翩翩。只道朋簪樂，那知人事遷。存者無二三，歿者已重泉。頗聞鄭和州，晚景尤迍邅。篋中舊課卷，秋扇未忍捐。皋羽洗綾帖，茂之繫臂錢。尺札亦尋常，此意錄古賢。龕峰吾習遊，祖庭遺青氈。鑑亭與講舍，亦已委荒煙。讀君兩紙詩，益我中心悁。寒冬百卉盡，老梅行放妍。倘寄江南春，或逢驛使便。陳芳國何許，無亦想當然。君能指迷途，猶願從執鞭。詩中有世界，笑傲看桑田。

十四日（十一月二十五日）　陰。午後復開晴。接慕韓滬上信，並託代致弢老、蘇戡、艾卿信。下午赴洽社，作三唱散。夜有風。

十五日（十一月二十六日）　晴。接弢老信，寄回勉丈壽文藁，似尚愜意。末段引翁山語，尤極承稱許。惟謂其於爲人診病勤懇，囑再爲頰上添毫，當即添入數語。貽書來，嫌『九如』、『三壽』等字眼近駁雜，亦即删改，俟明日再交梅南處。君坦來，出示《游西山》諸詩，雅近高陶堂一輩氣味。寄平齋信，並和詩。接泗水信及津信。子勤《雪橋詩話後集》，榮寶齋南紙鋪有寄售。

十六日（十一月二十七日）　晴。寄津信。孟純來。《新晨報》常登疑庵詩，不知何人，尚不俗。飯後赴會館，開會議決春明學校事，請蒲子雅偕吉臣仍向首善磋商。歸途至榮寶齋南紙店，購《雪橋詩話後集》，遇艾卿少保，久談方歸。

十七日（十一月二十八日）　晴。閲《雪橋詩話後集》終日。

十八日（十一月二十九日）　陰。雅林報知二條補稅契事已勘驗過，當可了結。昨閲《雪橋》記李滏秋長山人，名雍之言，曰：『凶人之於事也，謀之而輒成，爲之而輒就，日趨利若鶩而不自知悔，是以惡日積，罪日深，至於不可救，天故縱也，惡之至也；吉人之於事也，爲之而不成，謀之而不就，日在憂患中而無可如何，是以功日積，德日厚，其就也至於不可量，天故苦之也，愛之至也。』其言頗足玩。然日在憂患中，何以能功日積、德日厚，此當有一段工夫，非世俗所云聽天由命也。向時微雨，入夜地已濕，計有一時許。時令殊嫌不正，後夜似有月光。

十九日（十一月三十日）　沈陰終日。孟純來，同午飯。飯後作《冬雨》詩一首。窮冬只有閉門深，小雪俄過大雪臨。密雨數點宵不凍，濃雲堆墨晝還陰。蕭寥久耐閒居味，變幻難猜大造心。兀坐小窗無可語，短箋信筆寫愁吟。（此詩不足存。）夜寄泗水信，草草數行，附孫女小霞信中。

二十日（十二月一日）　雪自曉至夜方止，但不甚大，且大半融化，地氣尚暖也。孟純來。接泗水信及津信。寄津快信。附慕韓致陳、鄭二公函。

二十一日（十二月二日）　晴。雪後未甚冷，而風已漸起矣。《新晨報》載疑庵詩，亦尚好，不知爲誰。寄津信，言吳蓮溪吳蓮溪訃來，二十八日開弔，在王公廠四號。及石遺令姪致賻事。此次蟄園社課，本作爲蟄園公祝樊山、書衡生日，電請樊山定期，始知樊山令郎於前數日逝世，只好作罷。樊山嗣子早逝，存者僅此親生子，老境知難爲懷也。夜作《爲蕫齋撰墓誌刊石成自書手藁後》一首。一誌銘幽草草完，懷君已作古人看。公車聯璧登蓬苑，（兼謂穉愔侍御。）諫疏傳鈔稱鐵冠。行狀不詳多漏筆，結銜無例漫題端。洞庭集與遼東集，賸有棠陰說好官。（君在諫垣以劾權貴得名，其守岳、常二郡及任奉天民政使，亦多政績可紀，惜家狀太疏略。晚歲所如不合，則時勢爲之也。）夜風甚大。

二十二日（十二月三日）　晴。寄津信，囑代撰樊山令郎輓聯。釋戡又送《社稷壇晚菊》詩來，此次決不能和矣。七律次韻最壞詩格。接熙民天津信。熙民在津住英界二十號路五十三號。

二十三日（十二月四日）　晴。接津信。伯材來，爲常安公司林君之父求作傳，並云已請壽芬代草。樊山令孫寶琛號湘孫來，請爲其亡叔題主。今日爲二弟婦周年，下午至皇城根。祭畢，赴伯材恒善社之約，所請客爲陳君紹箕，河北印花稅局長，號少奇，乙亥同年陳自新之子。並晤該社會員潘君清原、虞君光祖號迪人，皆浙人，及貽書、海樓。景明九初二日領帖，住石老娘胡同九號。

二十四日（十二月五日）　晴。孟純來，爲致書少奇，並託伯材從旁出力。晚極不適，早睡。

二十五日（十二月六日）　晴。孟純來，言已晤少奇及伯材。嚮午始起，因伯材昨乞詩，臥榻中作打油腔應之，錄下，俟改。昔人西笑望長安，長安何樂？樂子彈冠。一朝樹倒散猢猻，長安復何有？災民而外厥有災官。一解。大官盡飽貪囊，逍遙事外，留下災星與汝輩，裘敝金盡，八口嗷嗷待斃。子規喚說不如歸去，歸亦何容易，絕處逢生，誰知有一陳翁在。二解。陳翁一布衣，不願求官。但急人之難，白首奔波不辭煩。具舟送歸櫬，買地塋義園。寒者施衣，死者施棺。剏立恒善社，於今逾十年。三解。災官未即死，亦已死爲隣。奔趨無路，呼訴無門。翁獨居，深念坐視不救非但人。急呼同志，經營百端。就輕車熟路，奮赤手空拳。四解。長途資斧，於何措置。言之當事，盡免舟車費。破帽爛衫，提挈老羸及婦稚。燕京至滬瀆，水陸三千餘里。刻日登程，一無阻滯。五解。初猶限閩人，漸推江皖浙。兩湖及川蜀，爭乞附歸楫。翁亦不分畛域，但力所能爲。一一爲區畫，自夏徂冬以次遄發，前後送歸數千家，往者已過來方續。六解。我得南來書，頌翁功德碑萬口。敬持巵酒爲翁祝，祝翁無量壽，吉人天所佑。更祝普天息戈鋋，還我太平世宙。但人人以翁爲法，自然風醇俗厚。故隴松楸重回首。盼他年林下歸來，共泛滄江作釣叟。七解。末數語須再改。

二十六日(十二月七日)　晴。接履川南京信，乞題其節母事狀。又接上海孫綺芬信，住伯頓路五九路[三]。乞題其所著《浪墨》。原著並未寄來，亦素不識其人，據所題人名，有康南海、朱古微諸君，其他新人物不少，大約輕浮少年也。今日蟄園會期，值課爲沅叔、六橋、志黄及澐兒，惟志黄未到。社友到者師鄭、守瑕、巽庵、書衡、彤士、壽芬、孟純而已，勉作二唱，惟後唱僅寥寥四五人矣。接燮姪上海信。

二十七日(十二月八日)　晴。孟純、佑之來，午後，往弔樊季端並慰唁樊山，談極久。樊山示《哭子》詩四章，極沈痛。此老平生極曠達，到此亦不能自抑制，即旁觀亦無從譬解也。歸途至景山後，與孟純、君坦談至傍晚歸。枕上作《自題爲薑齋撰墓誌稿後》，姑錄存之。斷硯磨穿筆亦乾，懷君已作古人看。公車連璧登蓬苑，(兼謂穉愔侍御。)諫疏傳鈔稱鐵冠。行狀頗嫌遺治譜[四]，雄才豈止壓騷壇。卻思病榻悲涼語，來言焉知十倍難。(君在諫垣，以劾權貴得名。其守湖外尤多政績，惜家狀疏略特甚，無從掇輯。晚歲所如不合，則時勢爲之也。)

二十八日(十二月九日)　晴。午後往拜陳少奇，外出未晤，旋往弔吴蓮溪。蓮溪癸卯同典試山左，又爲澐兒會試房師，身後蕭然，爲之惻愴。出城，赴洽社會期，作二唱散。熙民昨適自津回。

二十九日(十二月十日)　晴。午後，君坦來，示代書衡擬《晚晴簃詩選駢序》，其中尚多須斟酌處。貽書旋來，日短，談久至暮去。

三十日(十二月十一日)　晴。熙民來，留共午飯，旋赴季友手談之約。晚，後復到惠姪婦寓宅，因惠姪今日生朝也。散已夜深。在季友案頭，攜歸《人生指津》一冊，係聶雲臺所著，前聞弢老亟稱之，粗閱一過，持論雖正，尚未能警切動人。貽書謂係曹梅訪代作，不知確否。

校記

〔一〕『論夏臣靡事』，據歐初、王貴忱主編《屈大均全集》（人民文學出版社一九九六年版，第一五七頁），此文題當作『書夏臣靡事後』。

〔二〕『顯』，底本闕，據家集刻本補。

〔三〕『五九路』，似爲『五九號』之誤。

〔四〕『治』，底本闕，據家集刻本改。

十一月初一日（十二月十二日）　寄津快信。接平齋復信，並近作詩數首。二姪女生朝，傍晚到彼。連日歸來皆夜深，疲乏不堪。

初二日（十二月十三日）　陰。午飯後，往弔景明久，陪客有鍾崙貽藹人同年子，多年未見矣。歸途訪君坦，託代延益壽醫院虞醫爲英女診病，略談數語即歸。出門時已下雪，至夜未止，但不甚大。

初三日（十二月十四日）　雪止猶陰甚。寄復慕韓信，又復孫綺芬並題所著《浪墨》一絕。名流縞紵狐千腋，傑構琳琅豹一斑。吾道沈沈即長夜，佇君金奏振冥頑。不錄入鈔本。下午虞醫來。晚，樊山電約泰豐樓，有弢老、閣公、書衡、子勤、貽書，晤談甚暢。弢老、閣公皆昨自津來。

初四日（十二月十五日）　晴。有風。未刻赴大乘巷，爲樊季端題主〔一〕，相題爲貽書、書衡二君。蟄園諸君亦於今日公祭。散後，貽書邀同彤士至其寓，並約成叔、蔭北于談晚飯。

初五日（十二月十六日）　晴。午後，赴靈清宮，弢老約吟集，作三唱散。弢老明日早車回津。

初六日（十二月十七日） 晴。寄津信，又寄福州仲勉丈壽聯，後適得徵宇來書，並《途次和贈行作》及《大連感事作》二詩，均疊有韻，閎辭遠識，沈痛豁達，與吾意若合符契，非尋常疊韻、誇多鬥靡之章也。暇當錄存之。閱雲臺《人生指津》，有提倡素食之論，後頁並載願雲禪師偈，云：『千百年前碗裏羹，寃深似海恨難平。欲知世上刀兵刧，但聽屠門夜半聲。』余近日亦頗持素食戒殺之說，然只能行之一身，特錄之，以自警省。貽書來。

初七日（十二月十八日） 晴。致芝南信，並附和平齋詩奉正。下午，赴蔭北手談之約，同席有貽書、彤士及楊子安，僅兩局即散。

初八日（十二月十九日） 晴。《疊韻和徵宇見寄》詩。革除之事史恒有，敢怨吾曹生不偶。征誅揖讓皆强名，順守誰還問逆取。幽燕建國數百年，論都一旦騰衆口。順天只在順民心，天於南北無偏厚。與君人海等枯鱗，忍掇舊聞誇記醜。興衰歷歷在眼前，但驚歲月坂丸走。野史雖愧遺山元，說書或附敬亭柳。北洋經始倚臨淮，明治維新真畏友。句驪一役誤孟浪，坐令强敵闖戶牖。陪都揖盜作戰場，熱客涉洋託逋藪。皇綱既解神器淪，百輩無能善其後。沐猴自戀故鄉樂，蓬萊已失左股守。此時利害逼眉睫，休論海外神州九。闔閭王氣故未歇，只欠帝車能運斗。似聞痛哭向秦庭，尚有典型遺商耇。時來尺水起神龍，勢失司城憂瘈狗。遵時養晦亦一策，陶正昔嘗親甑甂。微君孰與發狂言，端居此念懷之久。兵戈無恙老萊衣，河梁佇盼重攜手。移山誠至感夸娥，未必愚公輸智叟。伯材遺其社夥吳姓吳名軫，號仲通。來，攜王君錦銓家傳乞盖章。接平齋寄來《話夢集》，其中分紀事、懷人兩種，皆以七絕絕之，紀事頗詳洽，可資掌故。平齋詩向多淺率，此集中尚簡淨也。

初九日（十二月二十日） 晴。六妹自津來，同午飯，談至傍晚方去。因韋一旬日前來割治痔瘡，昨始出院，尚未全愈也。協和醫院例，不許人看病，故未往訪之。壽芬來，言伯材因有人發傳單前作《災官》詩，即因見傳單，故未送致，擬俟浮議稍定再繕改。言其劣跡，甚憤懣，欲求同人爲之申雪，商諸梅南，謂如此未免張大其事，擬由各人私函慰勉，俾顔面得過。余亦然其説。伯材恒善社募集捐款，雖無徵信録，然其社夥數十人，豈能枵腹從事，即稍有浮冒而成績具在，不獨君子當成人之美，且災官、災民受其惠者，實不鮮賢於貪官污吏多矣。子善、起士、藕生後人流落無依者，伯材皆收録之，此一事亦可嘉也。春明學校來信，報告新舉柳挺榮爲校長，陳器爲名譽校長，梅南託壽芬代致《折枝次韻》二首。

初十日（十二月二十一日） 微陰，旋晴。蟹廬來，言及伯材被謗事，以昨與壽芬所商者告之。飯後，到上斜街視羣一，痔腫已漸消，談至傍晚方歸。接津信，芝老寄示《和平齋説苦》詩。

十一日（十二月二十二日） 晴。連日較冷。六妹及姪女輩來手談，夜散甚遲。

十二日（十二月二十三日） 晴。致伯南信，告知今日吟集不能赴，並擬燈社題數聯，請與梅南諸君決定。魏儕、君坦先後來。傍晚赴六妹之約，歸已逾子正矣。魯輿自津來。

十三日（十二月二十四日） 晴。芝老來信改昨所送詩中句。寄津快信。

十四日（十二月二十五日） 晴。先妣忌日。伯南函送燈社題。君坦、貽書先後因六妹及蓀女姪女輩俱來，亦留貽書手談。晚飯後貽書、君坦先去，余至夜深始睡。孟純寄示昨在伯南處公決，燈社用『海日生殘夜』、『高齋次水門』十字。

十五日（十二月二十六日） 晴。曉起，胸次忽脹痛不可忍，偃臥少許即止，而人甚不適，因擁被，至上燈後始下地，中間尚大痛一陣，揣係心血翻動所致。今日魯輿生日，其女假羣一處爲邀親串數人湊集一局，余竟不能赴。李芷汀送來近作二詩。

十六日（十二月二十七日） 晨即飛雪，至夜未止。今年雪此番較大。早間胸次尚作痛，但比昨已輕。

午後，全誠齋前太醫院院判來爲外孫鶴雛診病，亦邀其一診，據云仍係肝陽作祟，無甚要緊。六妹及魯輿、孟純諸人皆來視疾，未免驚動大衆矣。嘿園自漢口來，談至晚飯後方去，並攜與季武同照相片見示，並題詩索和。季武日前適赴漢也。

十七日（十二月二十八日） 晴。早間，胸尚作痛。孟純、君坦先後來。君坦言明日赴津。晚赴守瑕之約，同席樊山外，皆蟄社人也。

十八日（十二月二十九日） 晴。胸痛已不作，而時有欲作之勢。寄津快信。下午人較爽，上燈後偶取梅村七古諸篇讀之，滄桑之感何其真摯而哀豔。吾輩今日身世更不如矣。夜作題《嘿園季武漢上旅次攝影》。乘鶴仙人去不已，賦鸚處士眠不起。翩然二鳥忽相逢，鳴非鳴兮止非止[一]。牙籌安楚真可兒，毛錐定遠將奚爲。丈夫屈伸各有道，三徙安得輕鴟夷。逆旅匆匆一攜手，婆娑莫問陶公柳。當年江夏號無雙，今日史公牛馬走。孝標敬通論異同，好詩異曲亦同工。鏡中自有喜吾在，且醉春燈蠟酒紅。

十九日（十二月三十日） 晴。接津信。午後，赴合社會期，作一唱。復赴彤士手談之約。彤士住文昌胡同。彤士並約樊山、守瑕、劍秋、味雲，同便飯。味雲見贈新刻叢書數種，內《醉鄉小記》爲漱蘭先生著，大半習見事，但考證稍詳耳。味雲所贈《福慧雙修庵小記》一種，係道光時梁溪女冠王韻香事。韻香有《空山聽雨圖》，名流題者至數十人，劉石庵、李申耆皆有題詠，不知當日聲氣何以如是之廣？後此圖爲人賺去，鬱鬱雉經死。記爲闇公所撰。味雲謂賺圖者爲孫平叔。憶吾鄉謝枚叟《賭棋山莊餘集》有《觀韻香篆書友人爲述某制軍遺事》一詩，明指此事，惜闇公未之見也。夜歸，胸氣大痛，甚苦，約十數分鐘。六妹、魯輿適在寓未散。

二十日（十二月三十一日） 晴。早晨，胸氣又痛一陣，時甚短。接津信。又致伯材信。嘿園來。下午氣又動，靜坐少許，幸未作痛。羣一、六妹、魯輿晚車俱赴津。

二十一日（一九二九年一月一日） 晴。陽曆元旦。君坦自津回。今日，胸氣午後又小動，急偃臥，亦未作痛，或可望漸舒也。夜坐得詩一首。登場粉墨幾翻新，彈指流光十七春。醉夢昏昏渾百輩，鬚眉奕奕復何人。積非舉世旋成覺，證果三生有造因。多謝病魔苦相守，頽然一榻著吟身。

二十二日（一月二日） 陰。寄津快信，並附致弢老書。早間因檢書，胸次又微痛。連日以養疴謝客，竟有素昧生平之人來訪者，非特無能應其求索，即應接亦力所不逮也。午後，接弢老書並惠福橘四十枚，信適未封，即附筆致謝。

二十三日（一月三日） 晴。接韻珊信。嘿園來。今日，胸又作痛二次，但尚輕。前夕在彤士處，與味雲說毘陵故事。樊山謂洪北江所上成親王書，刻集時多有刪節之處，不然僅『視朝太晏』、『小人熒惑』二語，不至於仁廟震怒，欲付大辟。余前此亦疑之，近閱大內所藏潛邸所致朱文正書數通，皆謙謙真摯，非尋常尊師虛文，乃登極後，於文正並無加禮，亦未躋政地，中間且以小節被嚴譴。竊意文正自外台召還造膝時，必有犯顏諫諍之舉，既所言不效，乃遁於道教，託於滑稽以自韜晦〔三〕。而北江所云『視朝太晏』、『小人熒惑』者，亦必有其人其事，是以聖怒如是之甚，但仁廟究是寬仁之主，故未幾即有百日賜環之事，然終未起用也。宮廷事秘無從深測，姑存一說於此，以俟後之論史者。

二十四日（一月四日） 晴。寄平齋信，並將所寄《夢話錄》代致芝老。平齋書來已旬日，因病置之，頃檢出，始知所寄者有一分託致芝南也。

校記

〔一〕『端』，底本闕，據之前所記補。

〔二〕『非』，底本作『飛』，據《匏廬賸草》改。

〔三〕『稽』，底本無，據家集刻本補。

乙　家集刻本郘廬日記

卷上　丁卯年（一九二七）

正月廿一日（一九二七年二月二十二日）　余冬月常以日上窗始起，然夜睡不逾兩時即醒。常半夜披衣起坐，至旦復睡一二小時，故起恒晚。夏月則或半夜起，下牀看書；或黎明起，作字看書，稍倦復睡，故起亦不甚早，約在辰、巳之間。憶少侍先王父節署及書院，無論冬夏，皆未明起，伏案披書，無僮僕侍側。燃燭數寸，天始曉。至晚年猶然，夜臥皆在亥前。先君子起亦甚早，皆有恒時，不似吾之起居無節也。即此一事，已愧先德多矣。閱《漁洋精華錄訓纂》，引陳弘緒《寒夜錄》：『文衡山停雲館，聞者以爲清閟，及見，不甚寬敞。衡山笑謂人曰：「吾齋館樓閣，無力營構，皆從圖書上起造耳。」』又引陸龜蒙《杞菊賦序》：『天隨子宅多隙地，前後皆樹以杞菊。人或歎曰：「千家之邑，非無好事者家，欲擊鮮爲具以飽君者多矣。君獨閉門不出，率空腸貯古賢道德言語，何自苦如此？」生笑曰：「我幾年來忍飢誦經，豈不知屠沽兒有酒食耶？」』此二段語，皆雋妙。

正月廿五日（二月二十六日）　燈下閱柈湖七古，未終卷。柈湖詩少色采，似遜其文，而胎息殊佳，無一句詩家口頭語，讀之，書味盎然，近日選詩家皆未及錄，吾以琴裏賀若目之。

正月廿八日（三月一日）　閱近人鄧文如所著《骨董瑣記》。鄧名之誠，江寧人。其書雖以古董名，亦間及故事，大都抄撮而來，中亦有希見者，如所載『李安溪自書紀事』數則，於康熙朝局頗見一斑。憶數年前，聞弢庵說渠家曾有鈔本，爲邊潤民借去，轉鈔其中所言崑山、孝感各節，與弢庵所見原書脗合。不知是否即從潤民家得之？崑山之力排安溪，至欲擠之死地，可謂很毒。孝感爲安溪座師，初亦牢籠之。據所記，每造見，必有健庵在。見時又不說及學問，但以明末門戶人語胡亂說過。嘗擬一書，欲上之，爲陳則震所阻，則震即夢雷〔一〕，與安溪同出熊門下。謂熊老師豈道學耶？又是一路作用耳。孝感之爲人可想見。大抵國初名臣，惟睢州、江陰可謂粹然無疵。張孝先、孫錫公晚年已不免刓方爲圓。後此則陳榕門，雖無講學名，而政治一本於儒術。中興若曾文正、胡文忠，則因遭值艱危，以動心忍性之實功，建旋乾轉坤之大業，又所謂時勢造英雄者。羅羅山若不死，未知建樹何如也。

正月三十日（三月三日）　飯後，與務觀同觀真光電影，情節都無可取，以幻影視之可已。然細思之，吾身過去之境，何一非幻影，更上而溯之，數千百年之事，亦何一非幻影。而世人膠膠擾擾，日計較於目前之得失是非與不可知之名利。自達人觀之，不值一笑也。

校記

〔一〕手稿鈔本、家集刻本均誤作『夢炎』。則震乃陳夢雷之字，徑改。

二月初二日（三月五日） 讀亭林《日知錄》，謂六國首事之時，憂在亡秦，而不知劉、項之紛爭者五年。春陵起兵之日，誅莽而已，而不知赤眉、王郎、劉永、張步、隗囂、公孫述之各據者十二三年。初平起義之時，討卓而已，而不知淮、汜、二袁、呂布之輩，相攻二十餘年。晉陽舉事之日，患在獨夫而已，而不知世充、仁杲、建德之倫，十餘年而始克平之。據此，則今日戰爭不定，乃自然之時勢，不足爲異也。特吾輩不幸適丁其會耳。然亭林又謂，漢未絕，則光武中興；漢絕，則昭烈再世。是以功德本乎祖。滅秦者秦，非六國。誅莽者莽，非漢兵。是以推戴繫乎民心。才高天下，則漢祖、唐宗。才醜德齊，則三國、南北。是以戡定在乎人事。今日者，不惟光武、昭烈無可望，漢祖、唐宗亦未見其人，即求如孟德、仲謀者，且不可得。亂何時定耶？

二月十一日（三月十四日） 《順天報》載，内蒙發見劉漢時彭城郡王劉繼文墓誌。繼文，字敏業，劉知遠之姪孫。文爲賜紫沙門文秀撰書，駢語亦頗條暢，可見五季時尚重文學，虜中沙門猶有此手筆也。其石見於卓索圖盟喀拉沁東旗旗署西南十五里之西山。攷石洲《蒙古游牧記》載，喀拉沁左翼旗署在古瑞州地。其署西南十五里有山，名圖薩喀啦。墓誌即見於其麓。繼文爲彥崇子承贇之子。郭威簒漢，遼冊彥崇爲大漢神武皇帝，乾祐九年歿。次子承鈞嗣位，改元天會。至天寶六年，遼令入國爲質，後十二年鈞歿。子繼恩嗣立，立甫三旬，爲侯霸榮所滅。遼復冊其弟繼元爲大漢英武皇帝。繼文爲右金吾衛將軍，歷檢校太師兼中書令、上柱國、彭城郡公。洎趙氏犯闕，繼元又亡，繼文復歸，遼勅授上柱國、彭城郡王、知昭德軍節度事、檢校太傅，年僅三十二。云云。當俟考證。又誌稱，葬於辛巳年十一月。按，史載五代後漢亡於宋太宗太平興國四年戊寅，蓋滅國後已三年矣。又云敏素國滅後出亡於遼，或懷興復之志，竟作異域之鬼。其事未成，其心可憫，特表揚之，以補記載之闕云。風猶寒，雪積未消，極思往北海一覽，逡巡未赴。雪景終以冬爲佳，春雪雖美，去冬已誤矣。若想到袁安之高臥，昌黎之藍關，李愬之蔡州，等而下之，號寒叫苦者不知凡幾，吾輩計較及一晌之游觀，實大罪過也。

二月十九日（三月二十二日） 燈下取《寫禮廎讀碑記》閱之，其《記》闕特勤碑，謂此碑見耶律鑄《雙溪醉隱集》，自來金石家無著録者。特勤，《新舊書》誤作特勒。以此碑證之，則凡回俄特勒、楊我支特勒之類，皆特勤之訛也。其餘考證亦詳洽。碑文有『爰逮朕躬，結爲父了，及可汗，猶朕之子』語。據史稱，小殺乞與玄宗爲子，故碑云云。此與嫁女和親，皆漢唐前馭戎之特例，當時中國猶尊也。

二月二十日（三月二十三日） 陰雨，愁悶。閲王蘭泉《雪鴻再録》一卷。自遣蘭泉於乾隆五十三年自滇藩調贛，北上陛見，過湖南時正值荊州水災，而所過文武大僚招飲觀劇者不絶。可見承平風氣。但以余少日所聞，官署演一日劇所費亦不過費十數金，非如今日京師之以千金起點也。其自長沙北上，所經皆今日南北交鋒之地。《記》稱大寨嶺即雞公山，亦謂之雞翅。上有武勝關，古謂直轅，又謂武陽，俗又名恨這個關，過此爲信陽州境。《左傳》左司馬戌謂子常：『子沿漢而與之上下，我悉方城外以毁其舟，遂塞大隧、直轅、冥阨。』即此信陽，爲周申伯故封，至宋始有信陽之名。郾城即楚之召陵，許州至新鄭百里，又九十里至鄭州，又五十里抵黄河岸。録之，以資參攷。《記》又云，湖北十餘年間，大吏二三人，黷貨賄，窮侈靡，百務廢弛，州縣無不虧帑者，則尚在和珅未用事之前矣。

二月廿二日（三月二十五日） 案頭有閱小航著《讀左隨筆》及《增訂三體石經時代辨誤》二書，皆疑始郵致者。小航戊戌在禮曹，以陳請代奏條陳，與許筠老忤。筠老向來貴倨，小航又麄戇，遂致不相下。是日，余適感冒，未到署，不然尚可從容排解。然小航轉以此成名。所著《三體石經》斷爲東漢，據正史而斥南宋後耳食之論，其說甚辯。余獨愛其與某公書中間引及《新五代史》，謂『新五代史』之名出於後人追謚，永叔初作原不爲史，未嘗欲取開、寶詔脩之史而代之。不過讀《五代史》時，痛恨五季之忠義淪亡，風節掃地。爰別記其有關褒貶者，著爲一家言，意在警世。中以馮道爲喪節之尤，故特創奇格，以大多數之覍黻躬桓，總名之曰雜人，列之義兒、優伶、閹豎之後，不啻置之四十九層地獄。此歐公嫉惡之嚴，大有造於世道人心。云云。所論至爲痛快，爲之浮一大白。午間攜書至西院，海棠下坐籐椅曝日，極爽。所攜楊秋室鳳苞集跋《南疆逸史》各條，於明末三藩時人物攷證極精審。末載乾隆四十年兩次諭旨：一命四庫館將唐、桂二王本末撮敘梗概，並將當日死事諸臣事蹟登載，詮次成帙，候附刊《明通鑒輯覽》。一命查明季殉難諸臣未予謚者，照世祖時例，各予補謚。此正可與小航所論《歐史》併爲一談也。

二月廿八日（三月三十一日） 午往西堂子胡同弔王蓀生。蓀生爲文勤相國孫，穉夔太常子。文勤署鄂藩時，先王父方權督篆，甚契洽，嘗密疏論薦。庚辰殿試讀卷，余卷在其手，列第二。其再入樞垣，余充幫領班，隨赴西安行在，與穉夔亦日夕晤面。癸卯再充殿試讀卷，挈澐兒叩謁，文勤向余曰：『我一生未掌文衡，僅兩與殿試讀卷，適與君家喬梓相值天緣，亦佳話也。』旋對澐兒曰：『我於朝殿門生向不受拜，對汝則不敢謙矣。』予告南旋時，猶親來話别，念舊之情極可感。文勤之薨，穉夔已前卒，近年在京者惟菉生與其同懷弟養之。菉生考廕，曾出余門下，以急病亡，年甫四十。迴溯累世交期與承平舊話，有不禁感懷惻愴者。

三月廿一日（四月二十二日） 章實齋《丙辰劄記》：元順帝殂，謚惠宗，其子走。和林改元，有『宣光天元』之號，立十一年殂，是爲北元昭宗。云見朱竹垞《高麗史跋》。施北研《叢説》有『宣光銅印』一則，謂聞先輩言，印於乾隆三十六年北方新屯土人掘得，右署『太尉之印』，左署『宣光元年中書禮部造』。又言爲順帝子昭宗所鑄。攷丁鶴年詩，有『獨有遺民負悲憤，草間忍死待宣光』，正與印合。又王逢《感秋》詩『本是宣光中興日，腐儒長夜泣遺編』，乃知此號蓋取少陵《北征》詩語。惟遺漏出自何書，迄不可攷矣。按，元雖以異族入主中夏，而相承近百年，明祖起草澤，初無功德，當順帝北走時，民心尚無所繫，故國故君之感自在人心，而漠北尚屬蒙疆，固應有嗣統。建元之事，惜紀載闕佚，不知再傳後又如何也。北研博極羣書，尤熟金元史，有《遺山詩注》，乃困於諸生，晚年至請給衣頂，爲鬻棉花肆司會計，於肆後小室題以吉貝居，所作《吉貝居暇唱》五十首，自擬打油、釘鉸，實則所用僻典、方言甚多，特近俳諧耳。其《給頂》詩云：『除名論合市流芟，别卻黌宫把木鑱。墨藝久應書白榜，皇恩終許著青衫。長孤友誼楨顔忍，痛負親恩永刼銜。忽憶閟懷三日惡，虞家骨相總非凡。』〔一〕

三月廿四日（四月二十五日） 孟純昨交來謝退谷先生詩，僅數十篇，粗閲一過，氣味甚好，畢竟是道學人吐屬，其後人希齊託送晚晴簃。近日晚晴編輯如何，能否增入，俟詢之理齋。退谷之學，主躬行實踐，而於聖門文行忠信四教，謂尤先者文。聖賢之學，一倫常盡之。然倫常之理，至切至近，至平至易，而即至賾至隱，至繁至艱，不可以一時淺易之語概諸古今，亦不可以一己境遇之偏概諸天下博學於文者，所以致其知以爲力行也。於本朝經術，獨取胡朏明、顧復初、任釣臺、方望溪四家。胡之《禹貢錐指》，顧之《春秋大事表》，任之《周易洗心》，皆所服膺者。謂《洗心》首卷圖說太繁，若其卦爻註說，獨能徵求象數，使學子知聖人之立言，字字有根據，而窮極事實，無一不切於倫常日用。云云。余於《洗心》未嘗寓目。先君子晚年篤好其書，終日不離手，家書中屢言之。爾時方昕夕治官書，於庭訓褎如充耳。比年，徧購其書不可得，擬向南中求之，而烽火彌天，六籍灰燼，恐此生於此書已矣。又退谷教諭語，亦幼時先君子所講授者。篋中久亡之，今已不記一字。吾閩近事亦不可問，其書不知尚可覓否，皆此生憾事也。

三月廿五日（四月二十六日） 孟純來，言明早赴東，爲致書門人張季驤棟銘。張現爲實業廳長。癸卯東闈得其卷，文筆甚佳，而次場策痛斥新政，語多迂繆，抑置副車。不意一別數年，論調悉變，竟成新人物，迭充參衆議員。常對人言，得闈中批語後，始稍講求時務，深感陶鑄之力。然矯枉又過正。甚矣，新學之壞人才也。

三月廿六日（四月二十七日） 昨風竟夜，今日猶未止，以人事覘之，入夏必將有旱象。悶坐，閱《遺民錄》。所載汐社中人及蘭亭義士並所南、水雲、聖與，大抵山林枯槁一流，然當時巨儒伯厚、身之、東發而外，可數者亦復無幾。明季則如方、謝者，指不勝屈。即如傅青主、杜于皇、李元仲及易堂諸子，皆有獨立千仞之概。若以夏峯、梨洲、亭林、船山、桴亭、確庵、二曲諸公視之，不啻泰山之於培塿矣。嘗與槐樓論晚明氣節之盛，超軼前古，遂開大清二百餘年之景運，亦恐因以結前此二千餘年之成局也。午運將終，日中必昃，能不懼哉！

三月廿七日（四月二十八日）　閱《焦氏筆乘》，引羅近溪説『牛山』一章，云：『「牿亡」二字，今人只看作尋常，某舊爲刑曹，親見桎梏之苦：自頂至踵，更無寸膚可以動活。』『良心寓形體，形體既牽，良心安得動活？直至中夜，非惟手足耳目廢置不用，雖心思亦皆休歇，然後身中神氣稍稍得以出竅，及平旦，自然萌動，而良心乃復矣。回思日間形役之苦，何異以良心爲罪人而桎梏之，無所從告也哉！』解此二字甚精，偶録之，以資省察。

三月廿九日（四月三十日）　飯後，往弔劉嘉樹同年之喪。弔客寥落，爲之惻然。過六條胡同，見一空宅門聯，題『天下兵雖滿，南陽氣已新』，書體學平原，不知前住者爲誰，亦有心人哉！又一宅，題『未成四方志，又是一年春』，可斷爲既不通又不安分之後生。茫茫人海中，大抵皆此輩也。比年，人家貼春聯，極少偶觸吾目，記之。

校記

〔一〕據清潘焕龍《臥園詩話》卷五（載高洪鈞編《明清遺書五種》，北京圖書館出版社二〇〇六年版，第二一〇—二一一頁）所載，此詩作：『除名端合市流芟，別卻黌宫把木鑱。墨藝久應書白榜，皇恩終許著青衫。長辜友誼赬顔忍，痛負親心永劫銜。忽忽懷悶三日惡，虞家骨相總非凡。』個別文字稍異。

四月初四日（五月四日）　釋戡與敷庵、秋岳約起吟社，今午在弓弦胡同看藤花，即爲第一集。結社賦詩乃承平之事，否則山林遺逸今日爲此，余極不謂然也。席間談及京師古藤〔一〕。按，《藤陰雜記》：呂氏宅藤花刻有『元大德四年』字，爲最古。吏部廳事，乃成化時吴匏庵手植，較在其後。呂宅在給孤寺旁。今珠市口有一大宅，爲某俱樂部。市上望見藤棚甚高，花亦尚盛，當即其地。

四月初七日（五月七日） 午飲過多，醉倒海棠花下。家人强扶登臥榻，不知伯倫，幕天席地，即時埋我，亦大樂耳。醉中乃得吾真，不特世故場中面目皆假，即如此册上每日拉雜塗抹，亦不外閒人說閒話，滿腔熱淚，仍是無處灑也。

四月初十日（五月十日） 桐珊來，出黄石齋先生白雲庫所寫《孝經頌原草》乞題跋，頌長千餘字，雖爲草本，而細楷一筆不苟。石齋自跋云，後來復有改定，以此稾本尚不潦草，不忍棄之。桐珊云，以校《石齋集》，實有删改十數處。後有王慶雲敬觀一行，乃雁汀先生名。桐珊得之於山西賈人，則雁老之題當在其撫晉時矣。真蹟珍貴，不敢留玩，匆匆閲竟還之，爲另紙贅題。

四月十一日（五月十一日） 閲《甘泉鄉人稿》。余於國朝詩，酷嗜嘉禾諸名家。自竹垞後，香樹一門，則二石爲嫡傳，旁枝爲蘀石、百泉、裘杼樓汪氏豐玉〔二〕、康古兄弟、丁辛老屋王氏父子，此外又有萬柘坡、蔣春雨諸人。而竹垞後人自笛漁至育泉，皆以詩鳴。梓廬亦其同宗，尤爲後起之勁。至吴牧騶、張叔未，才力稍遜矣。乙盦同年復起而振之，皆不落尋常蹊徑。雅材萃於一郡，且多以風雅世其家，真令人神往。警石作教官卅餘年，寢饋書叢，以校勘爲樂，尤想見儒官風味。今豈有此世界乎？

四月十六日（五月十六日） 閲《雲左山房集》，有《沅兩君歌》，一爲沅守藍凡石，未著其名，由中書起家，守沅至四十年。原詩『乾隆之間大郡除，卌年仍羈銅虎符』，不知是否併前賢計之。一爲典史蔣賓隅，由孝廉作令貶秩者。相傳文忠居官，留意人材，此時猶在詞館。典試滇中，滇郵近萬里，乃獨眷眷於此兩君。度其人，必非俗吏。詩有『我來楚南停軺車，一時投契苔岑如。兩賢官守崇卑殊，要以同志道不孤』之句。然一則垂老羈郡，一則流外卑棲，非此詩則其人亦終湮沒。偶摘而錄之，亦表微之意。篇末又及盧明府爾秋，云宰芷江有聲，以憂去職，則文忠並未見其人也。人生升沈顯晦，各有定分。承平之世，人各安於義命。此天下所以治。然如錢竹汀、盧抱經、王西莊、趙甌北、姚姬傳諸公，亦何嘗不從容壽考。末世倖門一開，士爭躁進。光緒中葉，如瓜分之放論，變法之條陳，皆曾文正所謂欲以語言欺人先登要路者，彼何嘗心乎國家哉！一波動而萬波隨之，生靈何辜受其塗炭，可哀也已。

四月廿二日（五月二十二日）〔三〕　林宰平招集松筠庵，約同賦諫草堂前雙楸。是庵已十餘年不到，堂後又拓數楹，其北向廳事及迴廊亦皆新闢者。閱所題扁聯，似係東海當國時所搆，氣象尚脩整。楸一樹較高，一樹僅過檐，皆不出數十年物。歸後，閱《順天府志》，知庵中舊有忠愍手植槐，惜未及訪。庵在國初時已見。《漁洋筆記》有與高念東、馮益都酬和詩，在《蠶尾續集》。《志》云，庵不祀佛，塐襆頭神像相沿爲城隍神。乾隆丙午，楊給諫壽枏、李都諫融視城，訪知爲忠愍故宅。曹慕堂、阮吾山倡議鼎新，改祀忠愍。《池北偶談》謂念東以老病移居松雲禪舍，高詩有『户倚雙藤梵宇開』之句，不及忠愍一字。當時猶未知爲忠愍宅也。但既云禪舍梵宇，則奉佛有明證，與《志》云不祀佛者又相矛盾。紀載傳聞之不可以盡信，類如此。道光戊申，僧心泉出諫草，付張受之刊石，受之，名辛，叔未解元猶子。始有諫草堂之築，主其事者爲沈文節炳垣。受之刻石竣，即嬰疾歿於庵。文節有詩記之，何東洲爲作誌銘，視亨甫尤爲可痛。文節旋亦殉梧州之難。大抵庵故址甚湫隘。自諫草堂成後，咸、同士大夫多就此爲文讌之地。後來臺諫諸君，每集議皆在此。其實忠愍並非諫官也。

校記

〔一〕『談及京師古藤』以下文字，手鈔本署四月初五日，家集刻本誤置初四日，據改。
〔二〕『裘抒』，家集刻本誤作『裘抑』，徑改。
〔三〕家集刻本此日日記乃糅合手鈔本四月廿二日、廿六日日記而成。

五月十三日（六月十二日） 聞王靜安前日自沈於昆明湖。靜安，嘉興諸生，游學日本歸，曾官學部。癸亥歲，南齋乏人，求堪備顧問者。叔韞、子培交薦之，賜五品服入直。此次沈淵，聞因赤氛日逼，恐以後乘輿益無安處之地，憂思無計，憤而出此。其事與梁巨川相類，而大節炳然又在其上。報載皇室有卹典諭旨並予謚，不勝駭愕。舊臣如呂鏡宇、張安圃，且不得卹，何獨爲此破格之舉？即使出上意，左右諸臣亦應諫止。況靜安自有千古，並不因謚法爲重。愚見：如令詞臣作一篇沈痛哀誄，轉可感動人心。此等浮榮，徒滋謗議，期期以爲不可也。

五月廿五日（六月二十四日） 閱《杜茶村集》。望溪爲茶村作誌，謂有三子，一劫迷失，一爲僧遠方，惟世濟後茶村死。而《黄州志》則謂茶村二子，世農字湘民，世夏字柏梁。世夏早夭，世農亦先茶村卒。又有世捷，字武功，湘民與武功兼工詩，與望溪誌不符。茶村既爲望溪父執友，望溪何以考之不詳？《黄州志》並載呂德芝《書杜和尚事》云：靖州天柱縣邊苗地有一徑，四十里可達黔中。而叢箐荊杞，彌亘山谷，諸苗穴之，肆剽掠。有行僧杜和尚者，能詩歌，語天下事如指掌熟，游其地募貲，斬伐成坦途。諸苗阻之，杜持鐵杖獨戰，斃苗三酋，餘披靡散，遂闢康莊。當事欲旌之，卻去，結庵中途，獨居以護行旅。暮年嘗語人：吾黄岡人，先人邱墓在黄，思歸，正首邱，言之泣下。後不知所終。疑望溪所云迷失爲僧即此一人，非二人也。然茶村不忍故國，壯歲即自儕於遺民以至老。而其子乃忍於其親，遁於方外，殊不可解。要之，茶村狂狷一流，非中行之士也。以遺逸論之，自不若陳確庵、陸桴亭能循分自得，在當時無赫赫名，爲徵聘所不及，而遺書皆可傳。

五月廿八日（六月二十七日）　於報章見師鄭《天刑篇序》，備述滇督某病中爲冤鬼所祟種種慘狀。又蜀中尹、顏之死，亦皆由鬼來索命。蓋聞人傳述，事甚確鑿，謂怨毒既深，乖戾日甚，人力所不能報復者，鬼神得而殛之，是即所謂天刑。余致師鄭書，索錄其稿，云此等警世文字可以懸之日星，亦惟執事能放筆爲之。觀數君之終被冥誅，而趙樾村、宋芸子、趙堯生數君子老壽無恙，可以自壯矣。

六月十六日（七月十四日）　得君九書，附葉鞠裳《奇觚集》《續刻詩詞》。據云，前有《奇觚集》三本，送在澐兒處，尚未及見。此殆其零縑碎錦也。近所得芰卿、子修、堯琴遺集及此，皆當代學人之作，較有法度者。比來後進之學詩，但恃聰明，掉弄筆鋒而根柢不立，氣味終遜。此則時代爲之矣。

六月二十三日（七月二十一日）　今日爲先妣陳夫人冥壽，距先妣歿於同治丁卯，恰六十年矣。余與同懷兩弟先後登甲科，戚族嘖嘖稱羨。然先妣早世並不得承一日歡，盡一日養，雖有子，亦等於無耳。今兩弟皆前逝，同懷兩妹則嫁後旋卒，無可與語兒時事者。人生久長在世，復何樂乎？

六月廿九日（七月二十七日）　會館知會，約今日午前會議。連日病暍，頭目昏眩，往還廿里實非所堪，據實告之。其實，余於館事灰心已久，知區區公產必不能久保，直年一席屢辭不得。去年强拉芝老，即爲卸肩計也。吾鄉在都門本無省館，在南下窪者爲福州老館，有葉臺山所題『萬里海天臣子，一堂桑梓弟兄』楹聯。大門外又有『皇都煙景，福地人文』一聯，因鄉人每元夕於此放煙火，下窪煙火爲宣南相傳之一景。臺山福清館即在其側。館中燕譽堂爲承平讌集之所，京曹散直後，每就此談憩。夕陽西下，簪裾來會，或擘箋限韻，作擊鉢、折枝之娱。陳緘齋同年言，少時猶及見之，同、光以後，寓公雜遝，庭宇荒穢，非復舊觀。然上元燈火猶相沿故事也。在虎坊橋街西北者，稱福州新館，爲陳望坡尚書故宅。尚書告歸，捨宅爲館。光緒中葉，陳玉蒼重葺之，復於東偏拓地添建南北廳事，略規洋式。時平齋方提倡荔香吟社，每數日必集於此。初僅粗具盤飧，而庖人善於烹調，鄉人士亦時就此讌客，外省京僚因亦假座福州館，名廚遂藉藉一時，宴會無虛日，至辛亥國變方止。據故老傳聞，則謂前明時，會館本在東城某巷，爲八旗沒收，乃別購下窪地。又傳洪文襄降清入關時，嘗就館讌同鄉，鄉人不義其所爲，到者寥落，即在館寄居者，屆時亦他出避之，文襄頗不懌。比晚，出外者旋歸，則牀頭各有紅箋包封大元寶並名柬一。可想見其豪侈。文襄所搆洪莊，即在金魚池旁，疑下窪老館亦文襄所搆置者，然無可攷矣。今之全閩會館，舊爲財神館，乃盛伯熙祭酒別業。光緒初，王可莊購之，以爲省館。玉蒼尹京兆時，就此建閩學堂，僅留後屋十數楹，別於西偏車子營闢門，署以『全閩會館』。入民國後，學堂以乏費停止，賃爲首善醫院。近日，頗有建議收回作學堂者，亦將來一爭端也。漫記之，以寄孟元老東華之思。

七月初六日（八月三日） 閱《湘綺集》，其箋啟一門，爲人求事者十之四五。可見承平時冗席乾館之多，名士聲氣之盛。雖非藏富於民，猶不失爲藏富於官。自剛子良南下搜括而官貧，辛丑回鑾變政，復有財政集權中央之議，而各行省庫局無不貧，向之待養於官者無所得食，則鋌而走險，土崩之禍此亦其一端。

九月十三日（十月八日）　故紙中檢得《陳叔毅行述》，載其國變後致兄弢庵書云：　方今各省外帖服而内把持，殆如十國之奉朱梁正朔。即使勉强統一，而似此國體民德，舉所有綱常禮教及一切防範之具，一掃而空之。而惟利之爭、惟權之競，將何所恃以綱維久遠者，名不正則言不順，聖人之言正爲今日而發。云云。此猶就當日情形言之，豈知十年後之變患乃至此極乎？又引深寧書所記朱希真《避地廣中小盡行》云：『藤州三月作小盡，梧州三月作大盡。哀哉官曆今不頒，憶昔昇平淚成陣。我今何異桃源人？落葉爲秋花作春。但恨未能與世隔，時聞喪亂空傷神。』謂與村居一年來情景維肖。今者普天無完土，又安得桃源？吾輩從何處託命耶？

九月十七日（十月十二日）　夜起取架上《胡文忠書牘》讀之，覺一片血誠躍躍紙上，不知諸葛公較之何如？陸敬輿、李伯紀恐皆不逮也。吾輩雖生不逢辰，而平日委靡不振自暴棄者多矣。晚景顛連，復誰懟乎？文忠《致嚴渭春書》云：　天下惟世故深誤國事。一部《水滸》，教壞天下强有力而思不逞之民。一部《紅樓夢》，教壞天下之堂官、掌印、司官、督撫、司道、首府及一切紅人。專意揣摩迎合，喫醋搗鬼。當痛除此習，獨行其志，陰陽怕懵懂，不必計及一切。末數語是其安心立命處。此老少年，想亦沈酣於稗官小説者耶！

九月廿二日（十月十七日）　閲王壬秋《湘軍志》。訛字甚多，略爲校正。因思魯欲使慎子爲將軍，孟子告以不教民而戰，謂之殃民。殃民者，不容於堯舜之世，其中不無疑義。昔之堯舜則已往，當時豈復有堯舜？彼戰國之殃民者多矣，何嘗有不容之之事？至論及有王者起魯，在所損所益，則尤不中情勢。王者安在？又何時起耶？特戰國時，雖窮兵殃民而所爭只七國，或能相持百年或數十年，非如今日之二十餘行省豆分瓜剖，朝興夕仆，豈特王者無望，即求能爲秦政者，亦安可得？可悲！孰甚於此時哉？

九月廿九日（十月二十四日） 余兩弟天分皆遠過於余。少萊沈酣古籍，吏事之暇，手不釋卷。其詩深入宋人之室。南雲少日與薑齋、穉愔角逐文壇，意氣甚盛，詩則縣密流麗，別具一種風調。嘗賦《子卿胡婦》，有『兒女不關臣節操，枕衾別夢漢山河』之句，爲時傳誦。詢之諸姪，身後竟無一字遺稾，深可痛也。頃於書叢中，檢得梁稚雲所印《歸隱圖》及四十、五十生日友人贈什，中有南雲詩數首，泫然，錄之。《壽稚雲四十》云：『詩人偶現宰官身，海上重逢意倍真。日月醉鄉聊託跡，滄桑浮世已揚塵。欲歸陽羨田何處？喜卜香山宅有鄰。脩到梅花仙骨健，知君熱總不因人。』又續作二律云：『功名四十付浮漚，別署頭銜作醉侯。天路凫飛容化舄，海山鶴唳與銜籌。添香此夕宜紅袖，吹笛何人比紫裘。莫作五噫身世感，君家眉案倍風流。謝庭蘭玉已翩翩，賃廡人來望若仙。何必功名誇仗節，如斯時局合歸田。立身自有千秋在，報國還憑一念堅。與子平生期許意，但將匡濟望時賢。』《送南歸》三首云：『今猶未是昨寧非，羨比閒雲早息機。垂戶蜘蛛堪卜隱，繞枝烏鵲尚無依。漫尋風月好愁老，一別關河有夢飛。投老無家吾自愴，鄉園誰與寄當歸。新亭舉目事全非，遠引冥鴻獨鏡機。長使索居成寂寂，那堪臨發更依依。離樽把酒難爲醉，逸翮還山定倦飛。留得傳家忠孝在，故鄉何必錦衣歸。青史他年孰是非，不如鷗鳥兩忘機。餘生各有滄桑感，避地真爲骨肉依。往事西川鵑再拜，新愁南國雉朝飛。羨君偕得萊妻隱，陌上花開緩緩歸。』皆辛亥後避地滬上所作，讀之無限家國之痛。

十月初五日（十月二十九日）　聞張菊生在滬被擄已證實。菊生自戊戌鉤黨，罷官南歸，即創立商務印書館。所編教科書頗趨風氣，當局猶斥爲迂腐。年來深居簡出，足不下樓，且不免此厄。世變至此，真令人無立足所矣。横流徧地，吾輩之顛連困頓無足言，彼自負先覺一流，其受害乃更烈。吾欲著一書，舉郭筠仙以來所著論，一一糾正之。惜老矣，心思枯耗，執筆不能成文。世之君子或志於斯乎？其功不在孟、韓下也。

十月十四日（十一月七日）　杲日在窗，和暖可喜，初冬風景亦自不惡。天氣原不負人，人自負之，奈何！

十月廿六日（十一月十九日）　前爲君庸作《朱薯》詩，用先薯祠故事，迄未知所祀者爲誰。偶檢蒹秋叔祖《閩產錄異》〔一〕，知又名金薯，前明萬曆甲午歲荒，巡撫金學曾因教民間種此，後人祀金於烏石山，署曰先薯祠，然俗仍相呼爲番薯也。特誌之，備考。

校記

〔一〕『蒹』，家集刻本誤作『兼』，徑改。

十一月十二日（十二月五日）　枕邊常置《困學紀聞》數册，夜睡醒時讀之，因思伯厚身之當宋亡後，其寂寥抑塞之況，視明末黃、顧諸賢有過之，而用心於無用之地，卒使著述傳世，炳若日星。蓋元、清皆以異族來主中國，深恐漢人之不附，故於漢學極力推崇，不至如今日之斯文掃地也。世變茫茫，可爲一哭。

十一月廿三日（十二月十六日）《賭棋山莊餘集》，附錄交游中書札、詩文，蓋能取諸人之善以爲善者。余尤愛所錄董仲容答書，略謂自來聖賢心法、君相大業，不外一『誠』字，故聖門謂不誠無物。又曰，不誠未有能動者也。世變至今已極，然所變者時勢耳。環球亘古，同此生人，人同此心，心同此理，則道固始終不變也。又云，平日嘗持一『誠』字行之，家庭三十餘稔不聞詬誶之聲出，而應世接物，事上臨民，乃至與遠人交，亦莫不以此。其人當時既樂從我，事後尤有餘思，則一切機謀、權術皆可無須。又云，中國積弱，患在人心，而兵事不與焉。外侮之來，皆由此取。今誠欲自振拔，姑無競言新法，但各執其固有之義理，以自湔滌肺腸，無貴賤賢愚，務去僞存誠，以求盡其職分，國縱不富，兵縱不强，彼眈眈環伺者猶將低首下心以就我範圍，矧未有舉國若此而不富且强者。所論皆深得我心。仲容爲致用堂高材生，宦粵錚錚有聲，以積勞終於一令。其遺集在季友處，中有劄記法越戰事，尤詳贍，足資史料。季友閒放日久，恐無力爲之刊行矣。

十二月初三日（十二月二十六日）夜雪愈密。料檢案頭書札文字，至丑正方睡。憶辛巳春，余已得庶常，將挈眷赴先君台州任所，前旬日至鼇峯書院，王父中丞公方整理文牘，笑向余曰：『官將任滿矣，預備辦交代也。汝曹識之。』當時未喻其旨，既而思之所言，乃至痛。是時王父已七十有五歲，尚甚健，一別不復再侍談矣。

十二月十四日（一九二八年一月六日）《紀文達集》載，嘉慶壬戌典會試，以遺山《論詩絕句》『蘇門果有忠臣在，肯放坡詩百態新』及『奇外無奇更出奇』一首發策，四千人莫能答。揭曉前一夕，始得朱士彥卷，對云：『南宋末年，江湖一派，萬口同音，故元好問追尋原本，作是懲羹吹虀之論。又南北分疆，未免心存畛域，其《中州集》末題詩一則曰：「若從華實評詩品，未便吳儂得錦袍。」一則曰：「北人不拾江西唾，未要曾郎借齒牙。」詞意曉然，未可執爲定論也。』喜其洞見癥結，急爲補入榜中。按，士彥後官至尚書，謚文定。又《閱微草堂筆記》載，某科典順天鄉試，以月中桂詩『倚樹思吳質，吟詩憶許棠』一聯拔取朱子穎。二朱皆以詩學受知，而文定乃於黜卷中搜遺得之，尤爲奇遇。文定爲先王父壬辰座主，於吾家亦有薪火因緣。錄之，以資昭代摭言之談助。〔一〕

十二月二十日(一月十二日)　余往者嘗怪本朝胥吏之權重於前代，隨宦外省、從事曹司以來，見滿員一切公牘皆惟胥吏是問，始悟此輩皆目不知書，不能不奉彼爲師，而惜前人無論及者。近讀侯朝宗《貽丁掾序》有云，今天下開創伊始，一時諸大功臣天授者定，內以長六曹，外坐鎮千里，皆尚大略，不遑問文法，其餘從龍而出治郡邑者亦往往多崛起，不屑操儒生毛錐，則不得已則以吏爲師已。而漢人之在官，亦因仍以爲固然，天下化焉。此國初事也，足徵吾所見之不謬。又刑錢幕友，前代更無之，大約亦自旗員濫觴。不知有人曾攷其原始否？

校記

〔一〕家集刻本此日文字，手鈔本置於十二月十四日，家集刻本誤署十三日，據改。

正月初九日（一月三十一日）　津信言，元旦朝正者得徧賞御書。潛龍居晦，特愛臨池，亦可喜事。津地寓公尚多。五倫大義，庶民去之，君子存之，不必作興復想，而黄、農、虞、夏宛在目前，彼自外於人類者，烏足以知之？

正月十二日（二月三日）　章式之出示所藏名蹟，中有《蔣礪堂相國童試試卷》，浮簽褾成，手卷附列同入學諸人姓名，礪堂時甫十齡也，後幅皆名人題詠。此事曾載於《吴蘭雪集》中，今始獲目覩。又李西涯《記孔林重修事蹟長卷》，前後真、行數千字，尤鉅觀也。頽璧埃蕪，感慨繫之。

正月廿三日（二月十四日）　偶閲范肯堂《致謇博》手札，有一段云：日内發興爲詩，苦無題。丈人言，問津書院蘁塢先生嘗主講，此可爲題，但茫茫從何處説起，吾以爲此必須用韻，因隨手翻得東坡《松風閣》詩，謂即可用也。丈人亦姑應之，而吾興勃然，煮茶一開而即就。丈人誦，琅琅至十餘遍。云云。丈人指姚慕庭，石甫之子，肯堂婦翁也。此真得閒中作樂之法。其詩亦甚佳。前閲迪庵至澐兒書，述何梅生之論，甚以步韻爲非。余謂此亦難概論。吾鄉詩家太夷、梅生皆不喜步韻，而滄趣老人則最工於此。自李、杜、韓、白、蘇、黄而後，詩境大抵不能以一派拘〔一〕，即不能以一格繩。各隨其才力所至，豈有定限乎？余曩以詩冊質鳳孫，凡次韻之作皆爲刪去。鳳孫北人，其詩循涂守轍，與鄭何之自瀹性靈者，派别又不同。要不可以律一切也。釋戡致校補《鞠部叢談》一冊。去年曾承見贈，爲人取去，復向之再索也。余於戲曲向未究心，然就中名伶熟習者亦什之七八。瘿公及釋戡所掇輯及評隲者，大抵於事實不謬。此書必傳世無疑。鞠部人物在本朝爲別開生面，推原本始，尚當於政治求之。蓋列朝馭臣工至嚴，朝官出都門百里即干禁例。貴戚大僚園林第宅，皆不敢盛自夸侈，平康狹邪幾絶輪鞅，獨狎優一事雖懸禁令，而涉及彈章者至少，九重亦明知之而不問，良以京曹清暇不能無游讌之所，匿瑕含垢，此中隱寓張弛。大略似前代官妓，而彼伶人者，操業既賤，得與士大夫周旋方以爲榮幸。廣筵侑坐，曲巷停驂，一席數金，所費至微，窮宦皆能辦之，相習而不爲怪。民國既立，儕此輩乃與搢紳平等。彼因之高擡身價，所逢迎者非豪帥即巨駔，視文士蔑如也。傑出如梅畹華者，得樊山、瘿公輩爲之詠歌、讚歎，亦猶是沿清末風尚，而梅毒二字已藉藉人口，過此以往，歌場與文囿必至格不相入，可斷言也。姑書之，以觀其後。

校記

〔一〕『抵』，家集刻本誤作『拓』，據文意改。

二月初三日（三月二十三日）　項琴莊來，呈所著《觳觫紀聞》一册，多紀宰牛食牛果報事，意在隱諷今之弄兵戕民者。余近日亦頗持殺戒，每見家人惑於西醫，以雞汁牛肉汁爲養生要品，甚不謂然，而無術以止之。平日頗喜食鱓鰍之類，近已戒止，以一饌之供有數十生命在也。

二月廿五日（三月十六日）　寄澐信，言近日養泉兄弟亦多不得意，家運日替可憂，汝於此時尤宜恐懼，修省第一，以存心忠厚爲主。善氣既盈，則羣魔自當斂退。推誠相與，何者不可感乎？至亂世，多財亦非福，只有節儉維持，尋常破耗不必措意，但求不至於瓦解土崩而已。

閏二月初五日（三月二十六日） 玉蒼中風已數年，昨夕猶看家人鬭牌，晨起頭微痛，汗出即逝。蓋其根本久虧，年已七十有七，亦可謂善終矣。人生總有一死，古人云蓋棺論定，然則未至蓋棺猶不能論定也。以曾子之賢，猶云而今而後吾知免矣。言念及此，能不懍懍？余年來深嘗拂逆，常以古人處患難之道自勉，因玉蒼之歿偶觸及之。又憶軒舉廿年前爲余診病，謂余六脈弦急，與玉蒼同，而接人處事，靜躁懸判，此非有十二分涵養功夫不能到。軒舉生平頗不理人口，然於余不可謂非知己也。

閏二月初六日（三月二十七日） 桐珊招飲，同座有李霖青，與少萊會榜同年，小軒方伯子也。聞人言李每夕夢中必入冥司判案。人問之，不肯洩露。月前在禮制館忽對人云：『吴祿貞、藍天蔚、張紹曾，吾數十年前相其面貌、行徑，皆不應得令終。吴、藍皆驗，張猶健在耶。』同人皆訝其唐突。既而紹曾果被狙擊死，昨爲君坦述之。君坦云，想渠早得判決消息也。爲之一笑。

閏二月廿二日（四月十二日） 章太顓太來《後甲集》載邵念魯之言，曰：『對生友而言死友之過，不仁；見疏親而言至親之非，不智。』此二語無人道過，殊深得我心。朋友亦五倫之一，近人罕講此者矣。〔一〕

閏二月廿二日（四月十二日） 昨夕枕上閱《竹汀日記》，謂湖廣之名起於元，其畫定湖廣行省，實兼宋之荊湖南北、廣南東西四路。明時廣東西別爲省，則不必更沿廣字，然本朝亦未之改，大抵地名沿誤者多。行省其大焉者也。

閏二月廿八日(四月十八日)　與梅生同車游大覺寺，杏花已落盡，近寺十數株尚有開者。登寺後，高處賞雨，頗不惡。按，《順天府志》：大覺寺在黑龍潭北十五里，距圓明園三十里。金章宗西山八景之一，舊名靈泉。明宣德三年建寺，更額『大覺』。本朝一再脩葺。寺内龍王堂，有遼咸雍四年楊臺山清水院創造藏經記碑。寺旁精舍曰四宜堂，世宗御書額。又寺旁有僧性音塔。性音，康熙時住持僧也。

校記

〔一〕手鈔本此段置於閏二月廿二日，家集刻本誤署廿一日，據改。

三月初二日(四月二十一日)　飯後，與勤孫至北海慶霄樓閱書，其中規程尚好。余取查東山、他山二家年譜閱之。東山即查伊璜，所載粵游及載石歸里事，皆在被難前。其在獄，實有人營救。據彼自揣，疑爲陸晉。陸亦無賴子，微時曾受其恩者，時已官廣東提督。吳六奇微時，亦嘗得其周濟，但如觚賸所言，則全然不對。其《海若爰居詩》與《雪橋詩話》所錄，亦多不同，大抵不無責備蒼水之詞。

三月初四日(四月二十三日)　王小航來，見示《書昌黎諱辨後》一篇。據云，古所論諱與不諱，皆就口呼而言，與文字無涉。凡文字有涉君父之名，誦時或從嘿，而筆下必如其字書之。此論與吾意合，且如今人恒有以日月江河及數目字命名者，能偏諱之乎？小航並託查吾鄉先輩林鑑塘仕履，因渠方爲僞古文辯護，而鑑塘先生集中亦有辯駁前人僞古文之説，與其意隱合也。

三月十六日(五月三日)〔一〕　連日飯後無事，惟以黄嬭引睡。偶閱宋牟巘《陵陽集》，《送文心之釣臺山長序》云：『子陵「懷仁輔義，天下悅」，兩語十四字，平生所學正在此。光武夙同硯席，乃誘曰「狂奴故態」，何耶？使肯幡然相助爲理，必將以仁義堯舜其君，建武之治，當不至隨世就功而已。久要劉文叔，已在子陵劑量中。「陛下差增於往」，蓋深寓其不滿之意。「士固有志」，安能自貶其學以從人哉？』按，向來作釣臺詩文者，皆不過言其清風高節，而子陵之抱負本領，絶無道及之者。揭此二語，可稱嚴陵知己矣。

校記

〔一〕家集刻本此日文字，手鈔本置於三月十六日，家集刻本誤署廿六日，據改。

四月廿四日（六月十一日） 今日蓀女五十生辰，以時局未定，自來辭客。憶蓀女周晬，適余捷南宮報到，時中丞公尚健，喜動顔色。廉訪公適乞假在里，以書見告，謂老人得此，勝服蓡苓也。中丞公是年七十有四，洎癸卯澐兒捷南宮，廉訪公亦七十有四，遙遙相映。余今年亦七十有四矣。諸孫林立，科名一途固已絶望，而烽煙蔽阻。濟兒更懸隔海外，我躬不閲，何暇計及後人。年壽與先世略同，而晚境之榮悴迥判，固由時勢所値。而自按生平，尚無大慝，乃適丁其厄，泚筆追述，不自知其志之悲也。

四月二十六日（六月十三日） 《大雲山房集》，有《游羅漢碞記》引《法住記》言，佛涅槃時，以無上法付屬十六大阿羅漢，各與眷屬分住世界。此世所稱十六羅漢也。《四分律》言，佛涅槃後，大迦葉差比邱，得四百四十九人，皆是阿羅漢。阿難以愛惠癡怖見屏後，阿羅聞拔闍子比邱偈，得果在王會城，共集三藏。此所稱五百羅漢也。羅漢源流，向未深攷，姑誌於此。

五月十六日（七月三日） 蟄園第九十會期，社侶到者尚十餘人，坐樹陰山石間，與樊山諸公閒談甚久。此會值北局變遷，兵事擾攘之後，而社侶中如師鄭、六橋、守瑕，皆向不常來，不憚冒暑而至。文字之緣、金石之契，所謂『風雨如晦，雞鳴不已』者。覺汐社、易堂，去人未遠也。

六月初三日（七月十九日） 《紀文達集》有《鸛井集序》，爲郭可典作序，稱：三山郭氏昆季與余交最久，並負經世才。可遠當臺灣之變，能以諸生倡義民，左右閫帥，縛渠魁於深巖密箐之中，以是名達九重。可典亦嘗與轉餉事，可新則作令畿輔，可遠並以薦舉來京云云。按，吾鄉郭氏著稱者不過省會數家，不知孰爲其裔？其《鸛井集》亦未見傳本。論閩詩者，皆未之及。記之，以待詢訪。

六月初七日（七月二十三日） 連日閱《彭二林集·名臣事狀》。湯文正嘗避亂至衢州，當係明末流寇時事。陳恪勤亦曾爲衢州守。又，二林撰其仲舅《宋宗元葬記》，言宗元由畿輔牧令洊擢保定府、天津清河道，爲方恪敏所薦拔。是時畿輔歲有大徭役，悃愊之吏日絀，獨以才見知，善飾宮館，治郵傳，購金玉器物、古今圖畫，丹碧煥爛，歲時通殷勤，以是上官益向之。按，乾隆朝疆圻中最久任者，惟尹文端之督兩江，方恪敏之督直隸，前後皆歷二十年。高宗詔旨，亦嘗舉二人並論。文端屢值南巡，恪敏在近畿尤衝要，皆能肆應裕如，而所識拔之人才乃在此輩，當時風氣可想，然二公之上協宸眷，下洽輿望，亦自有其別才也。

六月十九日（八月四日） 《京報》已載裕陵、定東陵被發事。羣盜世界，人紀滅絕。赤眉之於漢，溫韜之於唐，楊璉真珈之於宋，千古一轍，不幸於吾身及見之也。作《近事》一律。

七月初七日（八月二十一日）　巳初起，冒雨赴園。自發陵得耗後，上即素服望哭，設高宗及孝欽后神牌，排日早晚兩祭。上及后妃祭後，從官始入行禮。余隨班，於午初上祭。高宗神牌在中廳，並奉宮中所藏畫像，有御題詩，孝欽后則在左偏，所供爲照片。俱行三跪九叩禮，禮畢歸。

七月廿一日（九月四日）〔一〕　晤弢老，言黃質齋允中有書致南政府，論東陵事，頗痛切。徵宇亦曾見之。質齋前在京曹〔二〕，行止近古僻，公退即閉戶讀書，從未以所作示人，又類於闇修之士，有此一篇文字，亦自可傳。

校記

〔一〕家集刻本署廿一日，誤置於九月十六日後，實爲七月廿一日，今移錄於此。

〔二〕『質』，家集刻本誤作『執』，徑改。

八月初一日（九月十四日）　『不敢妄爲些子事，只因曾讀數行書。』元人呂仲實思誠詩句，見《輟耕錄》。先君子嘗取上一句鐫玉章，用以判牘。向未考其出處，偶檢得，特誌之。又，先君子書室常懸一聯，云『常使胸中生意滿，須知世上苦人多』，皆語質而終身可佩者，未知何人句也？

八月初二日（九月十五日）　《龔定庵集》有《得漢婕妤妾趙玉印》詩，云：『寥落文人命，中年萬感並。天教彌缺陷，喜欲冠平生〔一〕。』得一漢印遂足彌寥落缺憾，好奇至此。又云，他日擬搆寶燕閣居之。又，定庵藏器有『三秘』、『十華』、『九十供奉』之目，亦以此印爲冠。按，定庵得此印爲道光乙丑，詩又作於丙戌春，而定庵歿於辛丑歲。昨閲《程春海集》，《婕妤玉印》詩有云：『尋其流傳自冰山，亦弆墨林紫桃軒，比來歸龔復歸潘。』潘爲潘德輿，海山仙館主人也。春海歿於道光丁酉，在定庵前，是此印定庵生前已不能守矣。春海又注云，據李竹懶記，此印嚴東樓曾寶之，見竹懶所著《紫桃軒筆記》，定庵並未嘗考及也。定庵據印文鳥篆及史游《急就章》，婕字，碑本作倢，史游與飛燕同時，斷爲飛燕物。春海偏引趙氏位倢伃者凡三，一鉤弋夫人，一宜主，一合德，而不及飛燕，且不斷爲誰物。春海於壬辰典粤試，當係在潘德輿處見之，又在定庵歿之前九年，但不知定庵『偏徵賓中作者爲詩』，當時名作有幾？是物雖細，而定庵好古之狂與春海考古之慎，皆可傳也。前日蟄園社集，以宫僚雅集杯命題，杯製及所鐫姓名詳見《浪跡叢談》及《郎潛紀聞》。其杯以量之大小爲次，共十人，首湯文正，末王文簡。按，《漁洋年譜》：康熙二十三年甲子冬遷少詹事，即奉命祭告南海，次年九月始復命，復請急歸里，途次聞父喪，居憂三年，庚午還朝，再補少詹，三月即遷副憲。《居易錄》云，予自少詹遷副都御史，又旬日馬邑田子湄喜篝亦自少詹遷内閣學士〔二〕。據雅集杯有田公名，則杯當係此時所製，但不知同時何以有兩少詹事。又按，潛庵先生任庶子在癸亥歲，再入爲禮尚掌詹事府事則爲丙寅，未幾即逝世。計庚午年久歸道山矣。潛庵之薦耿逸庵爲少詹事，亦係其再召時事，此時漁洋正在里。又疑此杯非同官宫僚時所作。要之，皆臆揣耳。槐樓來書云〔三〕，嚮嘗戲論共和人物，乃有似是而非之三武帝：一爲魏武，一爲梁武，一則南粤武帝也。今者老夫易種，備享榮哀，同泰捨身，長蒙迦護而躬膺九錫者，結局偏惡，意其大寶妄干不祥，莫大乎此！一段議論頗有味也。

八月十六日（九月二十九日）　午後無事，檢塵架，得己酉冬《荔社鉢吟稿》數冊，其時弢老正宣召北來，贊虞、濤園並在京，幾道時亦與會，社中健將如畏廬、石遺、繹如、梅貞、松孫、仲沂、心衡、徵宇、朗溪、熙民、壽芬、陀庵、季咸、嘯龍，外籍則參以實甫、鶴亭，筆陣縱橫，各逞才思，大都以造意爲主，不以隸事爲能，尚不墜閩派風矩。與今之稊園、蟄園風氣迥别。曾幾何時，而地坼山崩，風流雲散。今在京者，惟余與熙民、壽芬、徵宇、朗溪數人，哦老客津，石遺歸里，繹如近赴上海，餘則皆隔世人矣。稿凡廿餘冊，半爲嘯龍持去。惠亭時甫入社，亦借去數冊。皆未歸還。鈔本又爲蕫齋攜去，云將付梓。蕫齋身後亦無從索取。此所存者，特其鱗爪耳。繙閱數過，衰盛存歿之感迸集胸中，結轖不可言狀。

八月十九日（十月二日） 余平日手不能離書，如魚之依水以活。近日早晚繙閱《四庫提要》與王伯厚《困學紀聞》，定爲常課，恍對古人，質疑問難，幾不知今爲何世。夜臥不適，或引燈觀書，一兩小時乃復就枕。此外則隨意詠詩，得愜心之作或友朋酬和佳章，亦爲一快。然樊山、槐樓外，其足稱同調者蓋無幾矣。

校記

〔一〕『陷』，手鈔本、家集刻本作『憾』；『喜』，家集刻本作『吾』。據劉逸生、周錫䪖校注《龔自珍詩集編年校注》（上海古籍出版社二〇一三年版，第二五八頁）改。龔詩原題與日記所引稍異。

〔二〕『馬邑田子湄』，家集刻本誤作『烏邑田子』，據《居易錄》改。

〔三〕『槐樓來書云』以下文字，手鈔本署八月初三日，家集刻本誤署初二日。

九月初六日（十月十八日）　飯後務觀來，同至景山。孟純、迪庵續至。由東路登山，至萬春亭小憇。山麓一樹，上懸木板，書明莊烈血詔，似係近日妄人所爲。蓋據里俗傳聞，謂莊烈縊此樹下。樹不甚高，斷非二三百年前物。且前人詩注謂莊烈縊海棠樹下，此亦非是。彼輩豈有慼於莊烈，不過欲揭示帝王末路之慘，藉示烔鑒而已。不知天生民而立之君，非爲一人，爲億兆人也，得其人以爲君。漢祖、明祖之興於草澤，君也。李唐、趙宋之篡奪以至元、清之以異族入主中夏，亦君也。但使其才略足以統一區宇，其法制足以約束臣民，或二三百年，或數十年，使閭閻得以安居樂業足矣。豈如今日之擾攘靡定，並六朝五季而不如乎？　昨與槐樓暢談，余即謂此局斷無望於長治久安，但貞元剝復從何轉機，此則視乎天意矣。

九月初七日（十月十九日）　前日與槐樓談，次謂尼山刪述教人，皆詳於臣道、子道而略於君道、父道，此義亡亂，所以靡底也。余謂此即三綱之説，但古人稱綱常，五常又依於三綱，綱亡而常亦不能存，此今日所以廉恥喪盡而幾淪於禽獸也，然三綱之道亦實有不可解於心者。余自辛、壬以後，故國故君之想，每飯不忘。所作詩，幾於千篇一律，實則皆發自天機，初非有意爲之。憶丁巳之役，張奉新與同來諸公什九舊交，余深以此舉爲鹵莽，絕不謀面。復辟詔下，猶杜門不出，《實錄館》同人强爲遞安摺，始入内，蒙召見。其時上尚沖齡，僅略問外間情形。出内右門，遇奉新，一揖外，無他語。蘇拉問到軍機處見議政諸大人否？　余答以『我與彼無話説，可不往』。故當時紛紛簡畀，曾未見及。惟每日下午必詣弢老探消息，亦略陳鄙見，大抵爲事後安全退步計。是年中秋入内謝賞，坐朝房，蘇拉愀然曰：『各位大人散盡，仍賸郭大人一個矣。』余謂：『彼輩自散，我自在也。』比年往來津門，常以踪跡太疏引爲終身之憾。此中志事，惟自喻而自知之，不願向途人索解也。

九月十六日（十月二十八日） 徵宇甚不滿樊山之詩。余謂此等人物，今日亦成麟鳳。其武斷誠不可訓，然畢竟胸中有物。後生平仄粗調，便信筆爲浮詞濫套，乃真不可捄藥。

十月十八日（十一月二十九日） 昨閲雪橋記李滏秋之言，曰凶人之於事也，謀之而輒成，爲之而輒就，日趨利若鶩而不自知悔，是以惡日積，罪日深，至於不可救，天故縱之也，惡之至也。吉人之於事也，爲之而不成，謀之而不就，日在憂患中而無可如何，是以功日積，德日厚，其究也至於不可量，天故苦之也，愛之至也。其言頗足味，然日在憂患中，何以能功日積德日厚，此當有一段工夫，非世俗所云聽天由命也。

十月二十日（十二月一日） 得澐信，附寄陳詒重《東陵道》詩册。詒重與澐鄉舉同年，此次奉派與宗室澤公、忻貝子、溥侗、恒煦、大臣寶熙、耆齡同詣陵履勘，奉安如禮。其詩注述陵事甚詳。云孝欽后袒衣不存，偃臥敝椁蓋中，左手反戾出於背，幸無傷毁，惟唇呿而張，當係攫取含珠所致，即傳婦差拭斂，張黄綢襌紟緊貼棺蓋，徐徐移玉體其上，以黄龍緞褥承之，裹以黄龍緞被幠之。然啟視偃臥如故，時婦差皆在右，臣毅從左舉兩手敬擎之，既轉，始見目陷無睛，面色灰敗，髻散，髮未亂，朱繩宛然，幸中棺未毁，即敬謹斂入。載澤以舊賞遺念衣二襲加覆之，即命工師用漆合棺縫以金，與畫卍字一律，時七月十日也。次日吉辰，遂封閉。及勘視裕陵，石門内水深四尺餘，機吸累日，至十四日僅餘水三四寸。次日往見石門三重皆開，第四重近樞閫處炸毁，當門有金縫卍字朱棺，蓋鋸有孔，左扉壓之，即高宗梓宫也。其餘棺椁或全或毁，巾被衣衾襍委泥中，於石牀西覓得褘服一，軀無損，龍繡猶完足，下繡鳳黄韠二，著一落一，耳綴環珥猶在，髮似被拔，審其年貌，約五十許，遂傳婦差，裹以黄龍緞褥安於石床正中之右棺。按高宗后妃，惟孝儀后壽四十九，疑即是。連日於石門外拾得肋骨一，膝骨一，趾骨二。又於隧道甎石中拾得脊骨一，胸骨一，色皆黑。又於石門旁得踵骨一。檢驗吏審視胸、脊二骨，爲高宗御體。嗣又於地宫泥水中拾得骸骨甚多，散亂不可紀，然僅得頭顱四。最後於石門下朱棺内，乃得高宗顱，下頦碎爲二。檢驗吏合之，上下齒本共三十六。體幹高偉，骨皆紫黑色，大體皆具，腰肋不甚全，又缺左脛，其手指、足指諸零骸皆無從覓，兩眼僅存深眶，向内作螺旋紋，有白光。其餘一后三妃之骨，十不存五六，且有一顱後半皆碎，蓋盜軍先入攫物，致全骸散亂，土匪繼入拾遺，又筐取灰泥，就河濾之，致零骸多失。僉恐帝與后妃肢體或有互誤，乃決合斂，陳梓宫於正中，隨員以黄紟奉高宗顱骨至，溥伒首奉入棺，載澤斂四肢，溥侗、恒煦助斂，寶熙當前，和立稍後，預自紟中捧骨出，皆親手敬持之，后妃則奉安於高宗左右，各二位，下薦黄龍緞褥五重，上幠黄龍緞被三重，皆耆齡手自陳設而臣毅助之，載澤復以舊得德宗遺念龍褂龍袍加覆之，斂訖，命工黏漆鬃金，然後督舁孝儀后梓宫於左，時七月十六日也。次日吉辰封閉。計填隧用石灰八千餘斤，視定東陵且三倍，以裕陵隧道上當空院，防陽水下浸，宜加密也。云云。此可供異日考證，故敬録之。

十月廿七日（十二月八日）　枕上作《自題爲薑齋撰墓誌稿後》一律。薑齋在諫垣，以劾權貴得名。出守湖外，尤多善政，惜家狀疏略特甚，無從掇輯，負此友矣！

十一月初六日（十二月十七日）　在季友案頭，攜歸《人生指津》一册，爲聶雲臺所著，弢庵亟稱之，粗閲一過，持論雖正，尚未能警切動人〔一〕。中有提倡素食之論，後頁並載願雲禪師偈，云：『千百年前碗裹羹，冤深似海恨難平。欲知世上刀兵刼，但聽屠門夜半聲。』讀之，足發人警省。

十一月十九日（十二月三十日） 味雲所贈《福慧雙修庵小記》，係道光時梁溪女冠王韻香事。韻香有《空山聽雨圖》，名流題者至數十人，劉石庵、李申耆皆在，不知當日聲氣何以如是之廣？後此圖爲人賺去，鬱鬱雉經死。記爲丁闇公撰。味雲謂賺圖者爲孫平叔。憶吾鄉謝枚叟《睹棊山莊餘集》有《觀韻香篆書友人爲述某制軍遺事》一詩，明指此事，惜闇公未之見也。

十一月廿三日（一九二九年一月三日） 前夕在彤士處，與味雲談毘陵故事。樊山謂洪北江所上成親王書，刻集時多有删節之處，不然僅『視朝太晏』、『小人熒惑』二語，不至於上干盛怒，欲付大辟。余前此亦疑之，近閲大內所藏潛邸所致朱文正書數通，皆謙謹真摯，非尋常尊師虛文，乃登極後，於文正無加禮，亦未躋政地，中間且以小節被嚴譴。竊意文正自外台召還造膝時，必有犯顔諫諍之舉，既所言不效，乃遁於道教，託於滑稽，以自韜晦。而北江所云『視朝太晏』、『小人熒惑』者，亦必有其人其事，是以聖怒如是之甚，但仁廟究是寬仁之主，故未幾即賜環，然終未起用也。宫廷事秘無從深測，姑存一說於此，以俟後之論史者。

校記

〔一〕『在季友案頭』至『警切動人』一段文字，手鈔本署於十月三十日。

附　過隙駒日記

丙寅年（一九二六）

十月初二日（十一月六日）　飯後，泛覽《蘀石齋集》。太夷、石遺皆推崇蘀石甚至，余前此《雜題國朝名家集後絶句》注中稍有評論，其詩苦硬，寔不易學步，中有《詠五代史詞》百首，采摭極博，惜無人爲之箋注。

初五日（十一月九日）　師鄭函寄黄面紅裏奏摺一束，皆光緒二十九年至三十四年間禮部奏進禮節摺，云得自冷攤，以有余後銜屬題跋摺凡七件，一光緒二十九年十月奏進冬至朝賀禮節，一是年十二月奏進明年元旦堂予行禮禮節，一是年十二月奏皇后千秋行禮引摺，一三十年九月奏皇太后七旬萬壽，廢員耆民呈請隨同祝嘏摺，一是年十月奏進皇太后七旬萬壽行禮禮節，　是年十二月奏進明年元旦堂予行禮禮節，一三十四年六月奏皇上萬壽行禮引摺。又，元旦萬壽行禮古時單二，奏派大學士名單一，宣表太常寺官名單二，令節慶辰向例然也。最後一摺列銜僅一尚書兩侍郎，以在三十三年議改官制之後，故與前互異。又，定例呈進禮節，先有引摺，奏派名單亦另有摺。此皆畸零不全，但殘珪斷璧亦先朝掌故，所遺當略爲攷證歸之。

十五日（十一月十九日）　閲清詩話中吴槎客《拜經樓詩話》四卷。所謂清詩話者，自當彙集一代，而遺漏甚多。隨園或以俗濫不收。以余所知，若覃溪、北江、雨村、荔鄉、祥伯、四農所著，皆在珠遺。大抵近來坊賈擇一好書目，隨便湊集數種，便印行射利，誤人不淺。即如《清稗類鈔》一書〔一〕，陋劣非常，編者署徐仲可珂，名以仲可之博雅，不應草草至是，其爲嫁名無疑。本朝詩話，論詩宗旨以四農爲最精，輯録文獻以雪橋爲最富，此二種宜列學堂教科書，於後學大有益處，惜無人可語也。

槎客藏書甚富，博涉所得，筆墨亦自脩潔。其引查東山《敬修堂同學出處偶記》〔二〕，於吴六奇事，謂世傳余初有一飯之德，葛如方布衣野走，懷之而思厚報。其實無是事。此或因其既貴而爲之諱。又稱葛如能詩，用兵率以計勝。則其人固非碌碌者。又一條云，秀水楊子讓謙注《曝書亭集》，過江浩亭遠甚。於《風懷詩》考證尤詳，幾欲顯其姓氏，既而節去。近冒鶴亭攷《風懷詩》，已顯揭之。余終嫌其好事。以今日之人，欲横決此等風流罪過，蓋不足道也。

十六日（十一月二十日）　鶴亭《雙十節》詩云：『向來掩耳談雙十，卻被樊山摘得新。四海孤臣文潞國，千秋聖節宋宣仁。餼羊已廢頒正朔，麥飯猶能念老身。話到淀園同待漏，眼前一箇亦無人。』蓋樊山原作，以孝欽后萬壽聖節爲舊曆十月十日，感而有作也。余和之，云：『廿年閲盡海波翻，更讀君詩淚暗吞。篋衍燈詞塵舊藁，山陵社飯愴遺言。已虚隆祐中興望，忍把宣和後事論。猶有語寒堯鶴在，飄零國士自銜恩。』戊寅歲，樊山入覲在都，值慈寧萬壽，曾撰燈詞數十首。余亦繼作，原藁今猶在篋。頸聯燈詞句謂此宋徽宗生於十月初十，以是日爲重十節，或云徽宗十月朔生，以是日不吉，改於十日，俟再考。

十九日（十一月二十三日）　連日閲《經世文編》。惟方望溪《原人》上、下篇，爲人人今日所必須讀者。望溪之時，天下已太平矣，猶發此論，吾輩安可不猛省耶？

廿八日（十二月二日）　巳初起，臨董帖數行，殊乏進境。此與博弈同，爲練腕之一端。但博弈有競爭得失心，即有貪嗔心，勝則傷仁，敗則傷智。近極不樂爲之。此則與古人相對，久久自能得其神味，於身心兩有益處，惜十年前未悟及也。

校記

〔一〕『清稗類鈔』，家集刻本誤作『清稗彙鈔』，徑改。

〔二〕家集刻本無『同學出處』，此據吴騫《拜經樓詩話》卷一（載《清詩話》，上海古籍出版社一九七八年版，第七二七頁）校補。

十一月初五日（十二月九日）　治薌來，問甲午、戊戌、庚子、戊申四年中宫廷及政府事。余亦僅能記其大概，談甚久方去。『白頭宫女在，閒坐説玄宗。』可悲也。

初七日（十二月十一日）　師鄭遣人送邱澥山翊華來書，並惠寄瞿氏《鐵琴銅劍樓書目》、張氏《疑年録彙編》各一部。略一繙閲。明季殉忠諸臣，獨瞿氏子孫至今書香未替，謂爲忠義之報，固不盡然也。人生處世，只有盡吾分之所當爲，行吾心之所安。所謂存順沒寧也。利害禍福，一身且不能自計，況身後乎？

十五日（十二月一十九日）　到潮州館弔曾剛甫。剛甫與少萊同年。卅年前，即耳其名。兩次權戶曹，皆以公事公見，未及傾談。前月，丁伯厚亦歿於天津。伯厚亦平日傾想之人，在張園屢晤，而病體已羸，知其不久。嶺南多志節之士，二君尤堅苦卓絕，可敬亦可惜也。

二十日（十二月二十四日）　弢庵養疴醫院，今日下午往視之，已見好，出近作詩見示。其中《壽簣齋令郎仲炤五十》詩有『二札辨奸』句，云此次仲炤進呈《簣齋奏疏》，並附所作《致李高陽》二札，一論袁某，一論通州張某，中間並及杏孫、伯行，一時尚未敢刊集。簣齋自是高明人，然當時終惜其意氣太盛，以致一蹶不振，於光緒中葉人才消長之機大有關係。

廿二日（十二月二十六日）　明歲鄉舉，重逢者除吕鏡宇已邀賜匾外，尚有樊山、鳳孫、次珊三人。澐兒欲爲彙請，余以次珊踪迹久疏，不知其意恉如何？先就同社出名，爲樊山呈請較妥。今日聞治薌言，有人以此事詢次珊，渠乃甚不謂然。見仁見知，各有肺腸。余幸未向其兜攬也。

十二月初四日（一九二七年一月七日）　與君坦談青州近事，據云青州有滿、漢二城，滿城尚有旗丁萬餘，訓練勝兵者約三四千，現任副都統爲延年，亦本地駐防，任此已十餘年，因所部尚能彈壓地方，故未駐他軍隊。溯共和以來，各行省駐防芟除俱盡，將軍、副都統名亦不存，此爲魯殿靈光矣！

初十日（一月十三日）　月前，壽皇殿列聖御容被奪，典守太監某碰頭拚死。今日時報載其名爲張成和，並云其傷經醫治可望無恙。若輩尚能激於義憤，不惜以身殉職，吾人能不愧死耶？

廿三日（一月二十六日）　在弢老處，談及吴子儁《圭盦集》(一)、《冢婦》諸篇似有所指。弢老云，冢婦指恭邸，小姑指沈文定，鄰家女則指翁、潘。是時，文勤以順天鄉試磨勘案削職。所謂『悲啼毁容妝』及『因緣復助箠』者，皆實有其事可指。《名臣傳》中求其一無瑕垢者，百中殆不得一二也。

廿八日（一月三十一日）　《香蘇山館詩》，往時病其清薄。枕上細讀之，覺有一種清靈之氣。乾、嘉間，濃縟風尚爲之一滌，至酬應之作過多，則藏園亦不能免此病。

廿九日（二月一日）　閲《精華録》。此書庚子春與許柳丞同游廠肆所購，今三十餘年矣。柳丞入貲爲水部郎，年未及冠。先祖壬戌至都，與京僚鉢集，渠即入社，天姿儁敏，能説咸、同朝事及都中鄉先達故事，心覎、芸敏、健齋、平齋諸君皆樂與之游。余丙子計偕北來，即識之。庚辰榜前，索觀闈作，決以必中，逢人輒誦。嗣後過從，無閒晨夕。然柳丞屢躓場屋，部員捐班補官尤難，中年後抑鬱不得志，沈溺於阿芙蓉，同人猶時就其煙榻作長夜談。壬寅，余權工左，適有都水司缺，輪補到班，引見前一日丁内艱，竟不獲補。余往唁。柳丞云三十年老友，求廁屬僚而不可得。余亦爲歎惋不置。自後益潦倒，不數年即歿，無子亦無可承繼者。人生運命，不齊如此。偶因閲書憶及，爲撮舉生平，以存亡友面目。心覎、芸敏皆早逝。平齋雖健存，晚景亦無聊賴。獨健齋以直諫斥外，洊擢封圻，入參密勿，身後得美謚，爲末造名臣，哲嗣子有復能世其家，國變後棄官爲商，望實俱美，皆當時所不及料也。

因柳丞事又思及廉孫、弼俞、梅貞三君。弼俞在京曹，踪迹甚疏，嗣考入樞垣。辛丑續赴行在，與余及梅貞、廉孫同住西安鄉館。弼俞治事精敏，同直深資臂助，隨駕回鑾，一路同行，尤得其力。余力保之於榮文忠，得簡兗州守，旋擢陜西鹽道。時陜撫爲恩壽，任用羣小，政以賄成。弼俞時有規正。一日，上院恩云：『秦中司道惟足下爲正人君子，但聞不免沾染嗜好，新詔禁令甚嚴，似非所以表率屬僚。』弼俞聞之，大憤回署，即將煙具擲毁，服斷煙藥太過，一病數日即逝。梅貞未冠即能駢儷文，以拔萃分戶曹，喜酒食徵逐，時或使酒罵座。中年後忽殫精部務，出爲殺虎口監督，整頓税務，悉除積弊，旋簡常鎮道。辛亥之變，爲亂黨迫逐，流寓滬上。時禪詔已垂下，梅貞致余書，極言其被迫情形，謂守土之責無可逃，但求貸一死，乞余向政府解釋。余竊笑其愚，未有以答，旋聞以酒病歿。曩作《四哀詩》曾及之。以梅貞之跅跎不羈，而晚節忽迂拘若此，人固不可逆測也。廉孫性情篤厚，與余交最早，相愛如手足，復申之婚姻，而幹才則不及二君。回鑾保京堂未上，忽出守廣信，不久疾卒。其《到郡追感》乩讖，頗奇。朋友亦五倫之一。余於故友蓋未嘗一日忘懷也。元遺山詩云『燈前山鬼淚縱橫』，今日真到此境矣，復作追懷三君詩一首。

校記

〔一〕『圭盦集』，家集刻本誤作『圭齋集』。吴觀禮，字子儁，號圭盦，浙江仁和人，著有《圭盦詩錄》等。

跋

郭則澐

先文安公晚年始有日記，肇於丁卯正月，迄戊辰易簀乃輟筆，自署爲《邴廬日記》。又《過隙駒》一卷，則丙寅冬所記，編訂日記時失去，嗣復覓得之，則附綴於後。先公既謝賓客，小子愴念先蹟，初擬仿松禪、越縵二公之例，石印行世。而補廬周師追述先公遺言，謂是皆隨手掇拾，但可藏示子孫，逡巡遂止。乙亥春，謁祭先祠，奉日記手蹟歸。展讀之，覺其中考證史事及闡明儒先學說者，多爲前人所未道，撮錄之，得若干條。復讀先公自序，云『無一語自欺吾方寸，無一事不可揭諸人』，則此零珠斷錦流播人間，倘亦先公所許也。爰先付剞劂，以與家集並傳。嗚呼！天奪吾怙！不特生平報國之志，不獲終展，即此晚年著作，亦不獲從容歲月以竟其業。風木之痛，其有涯耶？雖然是區區者，亦先公志事之所寄。但使一字有傳，則小子邱山之罪，庶幾稍有以自贖。是則耿耿愚抱，所求諒於當世君子者也。乙亥夏六月上澣，男則澐錄竟謹識。

附錄

附錄

附録一　傳記軼事選輯

先文安公行述

郭則澐

嗚虖！天奪吾怙，忽忽數閱月矣。徂景不淹，茹痛何極！泣念先公平居砥學礪行，類足以迪前光，垂後範。立朝獻替，尤關國故。若以不孝等無能纘述，寖就湮沒，則負戾滋大，敢就所知掇其畧焉。

吾宗系出汾陽。始遷祖諱嵩者，唐咸通中入閩，世居福清之澤朗鄉。支祖諱志龍公，始徙居會垣。六傳而至我高祖介平公，諱階三，嘉慶丙子舉人，連城、同安教諭，贈光禄大夫。配林太夫人，贈一品夫人。生五子，皆登第，時稱盛事。仲子遠堂公，諱柏蔭，出爲叔父贈光禄大夫諱世厚公後，是爲我曾祖，道光壬辰進士，由編修歷官江蘇、廣西、湖北巡撫，署湖廣總督。國史有傳。配沈太夫人，繼配楊太夫人，皆贈封一品。有子六。吾祖轂齋公，諱式昌，次居長，咸豐己未舉人，浙江金衢嚴道署按察使。配陳太夫人，贈一品夫人。

先公諱曾炘，原名曾矩，榜名曾炬，字春榆，號匏庵，晚號遯叟，又自署福廬山人。按察公冢嗣也。生於里第，幼穎悟，讀書過目輒成誦。方七齡，戲堂下，或命對曰：『有人名曰郭曾矩。』即應聲曰：『生子當如孫仲謀。』時有神童之目。年十三，居先祖妣憂，守禮如成人。服闋，入邑庠試，輒優列。侍先曾祖、先祖歷官吳楚浙粵，實承家學。光緒乙亥舉於鄉。庚辰成進士，改庶吉士。癸未散館，用主事，分禮部，隸儀制司，與脩《會典》。嫺於典則，吏不能欺。己丑，大婚禮成，加四品銜，賞戴花翎。辛卯補官。癸巳，充軍機章京，擢員外郎，掌本司印。樞軸重先公端慤，草制外兼諮大計，而先公未嘗私謁。稍遷郎中，晉三品銜。三次京察一等。

戊戌變法，特命楊京卿鋭等入直，參新政。同直咸側目，先公處之以誠。時京師剏置學校，即命不孝則澐入校治西學，復與鄉人士立閩學會，博收新籍。退直，輒攜不孝等，時詣瀏覽。是年，擢內閣侍讀學士。逾年，轉太常少卿，超擢光禄卿。蓋樞相某公隱爲薦引，既而使人風示，欲致門下。先公曰：『受爵公朝，拜恩私室，吾不敢也。』庚子拳亂作，屢詔閣部卿寺入對。先公嘗自草諫疏，命不孝則澐録以進。嗣知羣凶刼持，全局岌岌，乃密言於長白榮文忠公、仁和王文勤公，馳書東南疆吏，往復策畫，而互保之約以成。翰林某請駢誅大吏，將由樞府代奏，侍御某請搜查内外城官宅，皆以先公言，寢其疏。

會聯軍犯京師，兩宫西狩，扈從弗及。是冬乃附舟南下，既省按察公於浙，乃於殘冬，閒關馳赴行在，授通政使，仍直樞垣。時剏設政務處，畧仿宋之制置司，以先公爲提調，條議新政，次第推行，而殫究利病，所見獨遠。回鑾敘勞，當優擢，力辭，特詔予侍郎銜，旋署工部左侍郎，調署禮部右侍郎，兼署戶部左右侍郎。其時某公督直，權勢日盛，嘗自請兼節制，榮文忠公以諮於先公。先公曰：『康雍朝雖有是例，非所宜援，慮養成外重。』文忠深韙之。議乃寢。

故事，章京謁樞堂，皆長揖。某邸由譯署兼直，同僚將依譯署例行屈膝禮，先公執不可。某邸忌之，復憚先公嚴正。值生日，使其子備物爲壽，先公封存所饋，俟其生日而返致之，由是忌益深。乙巳，按察公疾亟，先公乞假馳省，至則按察公已前二日即世，引爲深憾，哀毁骨立。既營葬，乃受聘爲農工商部實業學堂監督。前爲監督者皆部曹散員。先公以華秩盛名，獨與諸生昕夕款接，畧無崖岸，學績之外，礪以名行，諄諄然若父兄之於子弟，前此所未有也。

丁未，服闋。有見於國是不定，亂萌不戢，必先有以植邦本、固人心者，乃可以徐議其後，因疏陳五事，曰『信詔令』，曰『定國計』，曰『挽積習』，曰『融成見』，曰『正學術』。所論『挽積習』者，直揭朝貴之苞苴竿牘，昌言運動，而謂表正者景必端，源清者流自潔，歸其責於政府，皆時輩所不敢言。疏上，兩宮動容。同日侍郎懸缺者三，命擇一以畀。某邸沮之，乃授郵傳部左丞，旋署右侍郎，復調禮左。次年，始補禮右。先公曰：『禮曹，邦紀所繫，吾以舊曹郎致此，敢不勉耶？』

先是，光緒初，陳弢庵太傅寶琛督贛學，嘗請以黄黎洲、顧亭林兩先生從祀兩廡，厥後孔學使祥霖以王船山先生請，皆格於部議。至是，趙侍御啟霖復請並予從祀。部議，徵之衆論，或主專崇顧氏。先公單銜再抗，疏請伸乾斷，乃並得邀允。許侍郎景澄、袁太常昶與徐尚書用儀、立尚書山、聯閣學元，同於庚子罹刑，易名猶闕。先公疏請，乃有旨予謚。故事，丁憂人員滿漢異制，有詔飭部核議畫一。溥玉岑尚書良將强漢從滿，侍郎同邑張文厚公爭之，久不決。先公再莅部，援據經史，發『六不可』之論累千言，議乃定。於是，滿漢居憂，皆去官持服三年，著爲令。南皮張文襄公語人曰：『百年以來，禮臣能舉其職者，郭某一人而已。』

辛亥，改設典禮院，授副掌院學士，旋署掌院學士。遜政詔下，迄於交替，典守一無所失。壬子，京津兵變被刼，家具蕩然，先公僦居一椽，安之若素。先充實錄館副總裁，解官後治書如故。歷朝《本紀》

向歸史館恭纂，至是以景廟《本紀》亟待成書，由纂修《實錄》諸公兼任之。先公復奉派勘修。書成，頒御書匾額，曰『溫仁受福』，先後敘勞，賞頭品頂戴，紫禁城騎馬，加太子少保銜。大婚禮成，晉太子太保銜。七旬賜壽，頒御書匾額，曰『寅清錫祜』，楹聯曰：『典謨纂録資黃髮，几杖恩榮衍絳年。』每值恩賚，輒感然終日，歲時朝謁，雖扶疾無閒。嘗上書當道，請仿衍聖公及歐洲教皇例，確定清帝尊號。甲子，乘輿出宮，復移書請尊重優待條件。

戊辰，值裕陵及定東陵之變，先公詣津，隨班行禮，歸益感憤。十一月十五日，偶感心痛，旋愈。廿四日，易内衣，起坐觀書，作札如常。日加未，心痛微作，痰壅，遽卒。距生於咸豐乙卯八月二十二日，春秋七十有四。遺疏上，詔贈太子太保，賜陀羅經被，派貝子溥伒奠醊，照一品例議卹。尋議上，予諡文安，賜祭葬如例。

先公篤於天性，事先曾祖、先祖，能得歡心。久宦京曹，結念晨昏，形於寤寐。族戚執友，獎引佽助，雖遠不遺。庚子之變，鄉人滯京，貧不能歸者，竭餘資分濟之，賴以成行者甚衆。與人交，久而彌摯。師門早逝，必扶掖其後嗣。每集議鄉事，抉剖利害，不避嫌怨。處俗無畛畦，而胸有臧否，忌者亦服其量。嘗諭不孝等，曰：『養福在於養心，善氣既盈，邪魔自退，宅心溫厚，即異類亦可潛孚。』蓋先公生平得力於此。愛士成性，一行之善，一技之長，每盛爲推獎。經濟特科所舉士，其時皆未顯，後有陟卿貳、歷封圻者。癸卯典山東鄉試，庚戌主舉貢會考，所得皆知名士。經濟特科覆試、進士館留學畢業考試、優拔貢朝考以及考試試差御史中書，咸與閱卷。殿廷考試，久尚楷法，先公獨重實學，恆譽其小疵。自奉儉約，敝車十年不易，俸餘輒購書。雖顛沛，必以書卷自隨。又嘗諭不孝等，曰：『古人以立德、立功、立言爲三不朽。蓋世間之物，凡屬人爲，無亙古不壞者，獨道德文章，歷萬刼而常存。若功業，則猶有是非之爭，抑其次也。』

甲午後，覩朝事日非，有慕於同巷龐禮堂光祿鴻文之歸隱，因署所居曰『愧龐』。庚子後，盱衡時艱，愧在位而無所匡救，復署軒曰『再愧』。爲學務實而不徇名，自經史以逮漢宋學説、佛老家言，靡不參究。於《史記》、《通鑑》、《文選》及姚、梅、曾諸家文，唐、宋、國朝諸家詩，咸有批録本。變法後，考證中西政學異同得失，與嚴幾道京卿復多所辨難，京卿亦折服。少壯所爲詩多佚，僅存《再愧軒稿》數十首。晚遘世變，平居憂憤，一寓篇什，乃有存稿。所著《亥既集》、《徂年集》、《雲萍簏稿》，皆手自删定，已梓。《匏廬賸草》待梓。雜著則有《樓居偶録》一卷，《文選補注》、《讀杜札記》各若干卷。自丙寅冬始爲日記，成《邴廬日記》若干卷，至易簀始輟。邴廬者，自謂取根矩之姓，而隱紀歲干，寓窮則返本之意。博聞多識，樂於津逮，尤嫻掌故。都下攷舊聞者，必就正焉。歿之日，鄉人士及門生故吏臨弔者，皆痛哭失聲。嗚呼天哉！

元配馮夫人，卒於光緒丙戌，贈一品夫人。繼配王夫人，封一品夫人。子四：則澐，光緒癸卯進士，由編修授溫處道，頭品頂戴，記名提法使，署浙江提學使。馮夫人出。養剛，北洋大學畢業，賜進士，翰林院庶吉士。則濟，二品廕生，民政部主事。則漢，殤。王夫人出。女五：長適同邑貴州補用知縣劉子達，次適松江翰林院庶吉士朱焜，三適同邑黄孝平，四殤，五待字。孫八人：可誅，北京大學畢業，理科學士，則澐出。可詠，肄業清華大學，養剛出。可誠、可詮，均肄業工商大學，則澐出。可譚，殤，養剛出。可諒、可諲、可詡，則濟出。孫女六。

茲將卜吉歸葬於福州西門外天財山，不孝等昏瞀疏陋，於先公嘉言懿行知焉不詳，而不敢稍有失實，伏望當代有道君子賜之碑銘撰述以光家乘，不孝等世世子孫感且不朽。不孝男郭則澐、養剛、則濟泣血謹述。誥授光禄大夫、賜進士出身、頭品頂戴、署江西布政使、提學使、翰林院編修、修姻年世侍生林開謩頓首再拜，謹填諱。

（北京大學圖書館藏民國十八年〔一九二九〕一卷刊本）

郭春榆掌院六十壽序甲寅（一九一四年）〔一〕

陳寶琛

皇帝讓政之三年，《德宗景皇帝實録》始將告成，於是副總裁、前典禮院掌院學士郭公年六十矣。親朋謀稱祝，公卻之堅，則爲詩文以獻，同館諸公以寶琛於公同里世舊，授簡屬爲之辭。

郭氏自光禄公五子科第，爲閩望族。中丞公以儒林丈人晚持疆節，著稱廉公；按察公趾美爲兩浙循吏。公兄弟成進士者三人，而公父子先後入翰林，公貳禮部、長典禮院時，公子則澐已授兵備、署提學。門閥之隆、作述之美，世所艷稱，無取覼縷。無已，則以寶琛所習知而心折者著之可乎？

〔一〕劉永翔、許全勝點校《滄趣樓詩文集》作『甲子（一九二四）』，蓋形誤所致。據郭氏生辰，當作『甲寅（一九一四）』。

公初通籍，余及與同館，中間相睽近三十年，而公由禮曹直樞垣，積資勞，歷卿寺，以通政使三遷侍郎。及余再入都，則公已除禮右。

聞公當光緒中葉，逆知大亂將作，自以世臣義不容恝，嘗名其軒曰『再愧』。再愧者，鄰舍龐光祿引疾歸，公愧之，既又自愧無獻替也。然拳禍烈時，東南疆帥得瞭輦下情事，保疆土以衛宗社，公有力焉。兩宮既回蹕，設政務處，釐定官制，公皆在列。駸駸嚮用矣，以憂去。服闋，覩時局日非，疏陳五事，規切甚至，雖忤權貴，弗恤也。

余始至，與公同事禮學館。其時朝廷方厲行立憲，異說蠭起，排斥禮教，而皆託於新學。公心憂之，汲汲以維持人紀自任。辛亥難作，朝官多挂冠去，公掌禮院，治公如故。詔下，始受代，典守一無所失。自是避居津門，間數旬一至實錄館，以書自隨。實錄既脫藁，又奉命同寶琛審勘先皇帝本紀。每歲時令節，禁中頒賜文綺爲勞，必趨朝拜謝，至今不渝。世之稱公，非曰清靜不競，則曰樂易無畦畛，有類於和光同塵者流，豈知其出處語默必契於君子之道如此。

公故廉約，圖書外無他嗜。往歲兵變，掠衣物殆盡，益用屢空，而處之晏如。時或以詩自遣，嘗爲《檢書》五古四章，沈鬱淒婉，讀者以比遺山《移居》諸作。近又集遺山詩句爲七律數十首。余常謂，光緒一朝，興替之鍵，亦得失之林也。公身歷目擊，蓋掇拾記錄，以傳信而闢謬，不亦遺山野史之意乎？修史議起，聘公總纂，此又遺山志焉未逮者矣。

古人有言：『伏生之經，不以秦而亡；萬石君之家法，不以秦而壞。』夫伏生一窮儒，萬石起小吏，天猶假以大年，俾持於剝復之交，況公以世臣爲禮官而兼史職，固當代所宗仰者耶！孔子曰文獻足徵，孟子稱故家遺俗，其所繫於世運者何如，而獨吾輩之頌禱也哉！

（《滄趣樓文存》卷下，劉永翔、許全勝校點《滄趣樓詩文集》，上海古籍出版社二〇一三年版）

郭春榆宫太保七十壽序甲子（一九二四年）〔一〕

陳寶琛

春榆宫保六十之歲，寶琛嘗壽以文，忽忽又十年矣。世事搶攘譎變且未有已，而公身益健，神明益固，譽望亦益隆。先以覆輯《德宗景皇帝本紀》賞頭品頂戴，《實錄》、《聖訓》告成，加太子少保。皇帝大婚慶典，晉太子太保。歲八月生辰，上眷其忠勤，御書扁額、對聯，遣官並賚壽佛、如意、文綺以賜。公先期戒子弟勿舉觴，至是禁中僚列肅衣冠，登堂稱祝，門生舊吏暨諸親好以詩文獻者相隨屬也。

寶琛自宣統初元始與公同朝共事，十有六年於兹，近十年來尤密洽。實錄館正副總裁共十二人，始終任編校者，公與瑞臣侍郎及余三人而已。公以庚辰通籍，及見甲申政局之變，自是而甲午、而戊戌、而庚子，則皆直樞垣，所身歷也。李文正之長禮部，公以端慤受知。洎再柄政，益引重公。榮文忠聞於文正，亦盛推許，故拳亂時猶能匡救數事。至慶邸當國，公不久亦離政地，東朝念其資深，畀以禮右。其時變法方亟，禮教不絕如綫，公雖汲汲於倫紀，無能爲矣。世運人才之相因，非一朝夕之故，吾

〔一〕劉永翔、許全勝點校《滄趣樓詩文集》（上海古籍出版社二〇〇六年點校本）作『甲戌（一九三四）』，蓋形誤所致。據郭氏生辰，當作『甲子（一九二四）』。上海古籍出版社二〇一三年點校本仍襲其舊，未予改正。

兩人懷鉛捧牘，三復光緒初政，慨然作開元、元祐之思，又何以爲情也哉！

公自辛亥以後，始刻意爲詩，間亦爲山遊，藉散湮鬱。《亥既集》出，典重如亭林，婉至如遺山，獻徵亦史料也。

予始至禮學館，讀公《畫一滿漢服制》一疏，歎爲近代有數文字，乃令下而不能行於貴近。夫禮所以止亂，亂既生，始爲之防，常不及矣，況又自去之？然亦豈料禍患之烈，至於人欲滔天，萬方塗炭，乃爲剖判以來所未嘗有耶！

物不極不反，向之喜亂者且厭亂矣。天若不忍盡殄人類，反亂世而使正，不有禮以綱紀之，兵何由弭，法何由行？則求夫敦誨故老，爲典章文物所寄者，非公而誰？公家世多壽耇，光祿公、中丞公皆年近八十，按察公亦七十有六。壽固公所自有，但嗇神頤志以俟之耳。

（《滄趣樓文存》卷下，劉永翔、許全勝校點《滄趣樓詩文集》，上海古籍出版社二〇一三年版）

郭春榆宮太保七十壽序

王國維

國朝故事，官制有國史院，領以大學士。後罷內三院，仍設館於禁城內，置總裁、纂修、協修諸官，以詞臣兼之。其書體例如《古正史通》，列朝爲一書。國祚無疆，斯國史亦與之無疆，故自設官以訖宣統辛亥，二百六十有七年。惟十朝本紀，草稿完具；列傳一類，除內外官二品以上及特旨宣付臣僚奏請立傳外，未嘗博採；表、志二類，亦僅具梗概，蓋未有成書也。惟列聖嗣服之初，每詔儒臣修先皇帝實錄，其選任較精，責成較專，程限較嚴，議敘較優，故成書亦較完且速。今日得詳我列祖列宗之聖德神功及三百年來之事迹者，惟實錄而已。

洪惟我德宗景皇帝臨御天下三十有四年，仁孝恭儉之德，勤政愛民之心，洽於四海。又值中外大通，事變蠭起，因革損益，經緯萬端，而盛德鴻業未有記注。宣統元年六月，皇帝始命臣工恭纂實錄，三年而遘辛亥之變，屬稿纔得十一二。壬子四月，復奉詔纂修，時總裁官爲長白世文端公續、吳縣陸文端公潤庠、而今太傅閩縣陳侍郎寶琛、今宮保侯官郭侍郎曾炘，宗室寶侍郎熙副之，提調則裕參議隆、李侍講經畬，總纂則錢侍讀駿祥、熊侍讀方燧、藍編修鈺，總校則程侍講棫林、朱編修汝珍，纂修則袁侍講勵準、吳撰文懷清、王編修大鈞、金編修兆豐、歐侍御家廉、溫侍御肅、何編修國澧、張檢討雲、章檢討梫、史編修寶安、李編修湛田、黎編修湛枝、吳編修德鎮、胡編修駿、龔編修元凱、鄭編修家溉。草創於壬子之夏，訖事於辛酉之冬，計十年而書成，凡五百九十七卷。其正本既尊於皇史宬，副本之恭儲於乾清宮者，亦期於甲子年繕竣。而《德宗景皇帝聖訓》一百四十五卷、《國史德宗本紀》一百三十七卷亦次第藏事。先是，己酉開館，總裁官、副總裁官共十許人，纂修官四十人。至壬子重修，正副總裁僅五人，纂修二十一人。逮辛酉書成，總裁官與於經進之列者，惟陳太傅及郭、寶二宮保。而陳太傅、寶宮保均以辛亥入館，惟郭宮保自己酉開館已任副總裁，始終秉筆者，宮保一人而已。

宮保在承平時歷官與禮曹相終始，由庶吉士改禮部主事，洊躋至左侍郎。禮部廢，又權掌典禮院，故最練於當代之典制。又直樞垣久，光緒一朝之事，鉅細源委，聞見最切，卒能勒成巨典，光我聖清，藏之金匱，副在宣室，功莫盛焉。昔有宋南渡，徽、欽二宗未有實錄，高宗下詔纂修。《徽錄》成於紹興二十八年，《欽錄》成於孝宗乾道四年，緜歷三紀，始有成書。頃者恭纂德宗實錄，事頗與宋南渡相類，而具稿不過十稔，雖纂修諸臣之克共厥職，抑亦總其事者忠勤之效也。皇帝嘉修書之勤，授郭公太子少保，旋晉太子太保，歲時錫賚與直内廷諸臣等。宫保亦夷險一節，數十年如一日也。自壬癸以後，朝廷既謝政事，每元正聖節，舊臣趨朝行禮者可屈指計，獨宫保十餘年來，每朝會未嘗不在列，三時賞賚未嘗不親拜賜也。

甲子八月二十二日，爲宫保七十生辰，上賜御筆書畫及采段等物以榮之。内廷同直諸人亦謀所以壽宫保者，而屬國維綴其辭。國維識宫保晚，無以揚搉盛德，第相述宫保載筆之勤，已足見其心事之純白，精神之强固。自茲以往，將八十、九十，以至於期頤，永承恩澤。國維亦得珥筆以從諸老之後，效張老之善頌，抒吉甫之清風。宫保聞是言，其莞爾而釂一觴乎？

（《觀堂別集》卷四，載《王國維遺書》，上海古籍書店一九八三年影印商務印書館一九四〇年版）

郭文安公哀誄 己巳（一九二九年）

陳寶琛

戊辰冬十一月己酉日加未，聞太子太保銜、前署典禮院掌院學士郭公之喪。越二日遺疏至，上嘉其忠悃，追念前勞，飾終之典，至爲優渥。

寶琛以年家世舊與公同館垂五十年，而相望南北，再逾星紀。自宣統初元密洽至今，道義之交，文字之契，一時莫並。曩嘗爲文壽公，並序公詩，公未嘗不許爲知己也。郢質云亡，牙絃欲絕，述哀表德，豈能無辭？爰作誄曰：

嗚乎匏廬！壽且爲戚，何樂於生？死又何悲，沒固吾寧。而公歸然，身爲獻徵。信史疇賴，後生昌型。嗚乎哀哉！世祿侈盈，公夙廉退。耄則易荒，公學彌淬。貴而能貧，和不易介。菀枯者天，止敬匪懈。起家詞館，始終禮官。中贊樞要，邅迴廿年。得失之鑑，興衰之鍵。目營手畫，惟公有焉。衆穉且狂，戊庚之際。朝堂沸羹，干戈兒戲。公運忠謀，存亡攸繫。東南晏然，金甌再謐。收京回蹕，百度維新。公曰變法，貴有治人。禮廬復起，讜論獨陳。夸毗寧諒，不病胡呻？洎我還朝，公已禮右。曹館修書，讀公章奏。舊坊弗完，水敗誰救？弊弊三稘，吁嗟覆瓿。先帝功德，金鐀猶虛。國移政嬗，載筆自如。《實錄》焚稿，《本紀》成書。增秩一再，拜寵欷歔。七十弧辰，便蕃殊錫。曾未五旬，禁門寇逼。奔問行朝，炎寒四易。鼠子溫韜，恨不寸磔。東陵變聞，易服撤膳。公來慰哀，朝夕陪奠。前席之詢，秩宗最眷。收涕退歸，夢魂猶戀。幽憂積憤，一洩於詩。疑若楊陸，送老自怡。誰知寸地，痛甚肝脾。刹那疾革，盧扁焉施？嗚乎哀哉！遺章上陳，吾皇軫惜。褒贈有加，壹惠懋績。賜醊賵衾，爲文樹石。魂兮有知，悽感何極。嗚乎哀哉！卒前一日，猶來尺書。不圖旦暮，幽明路殊。長篇斷句，多哀少愉。月泉罷社，顧影睽孤。嗚乎哀哉！等爲世臣，公今無忝。舉目周昏，怵心習坎。生究何裨？死又不敢。撫棺來遲，蒼茫百感。嗚乎哀哉！

（《滄趣樓文存》卷下，劉永翔、許全勝校點《滄趣樓詩文集》，上海古籍出版社二〇一三年版）

郭文安公墓誌銘己巳（一九二九年）

陳寶琛

公諱曾炘，號春榆，一號匏廬，晚稱遯叟。自其本生曾祖光祿公曰階三者，由舉人官教諭，親見五子科第，遂爲吾閩望族。祖柏蔭，道光壬辰進士，官至湖北巡撫、湖廣總督，國史有傳。父式昌，咸豐己未舉人，浙江金衢嚴道署按察使。妣陳夫人，贈一品夫人。

公光緒庚辰成進士，改庶吉士，散館用主事，分禮部，隸儀制司，與修《會典》。癸巳，充軍機章京，洊升郎中。三次京察一等，擢内閣侍讀學士，轉太常少卿，遷光祿卿。兩宫西狩，馳赴行在，授通政使兼政務處提調。回鑾後，三攝侍郎，而樞直如故。駸駸嚮用矣，以憂去。服闋，授郵傳部左丞，旋署禮部右侍郎，復調禮左。逾年除禮右。宣統三年，改禮部爲典禮院，授副掌院學士，旋署掌院學士。遜政詔下，朝列星散，獨完所守以授代者。公蓋始終爲禮官，中兼掌制，星一終耳。

初，公在部，以端慤有文，爲李文正所知，故在政府多所諮度。榮文忠聞諸文正，亦雅重公。拳禍亟，得與東南疆帥往復策畫，而互保之約以成。時有請殺某大吏及派義和團檢搜官宅者，亦以公言而止。

畫一服制議起，同官將改漢從滿，張文厚爭之，久不決。公再至部，援據經史，手草千數百言，議始定滿漢同服三年喪，著爲制。黄梨洲、顧亭林、王船山三儒從祀之議肇於數十年前，趙御史啟霖復彙爲請部議，先徵衆論，或主專准顧氏。覆奏上，公特疏力陳宜並從祀，乃報可。

宣統初政，特詔褒謚徐尚書用儀、立尚書山、許侍郎景澄、聯閣學元、袁太常昶，從公請也。張文襄常語人：『百年來禮官能舉其職者，郭某一人而已。』

性澹退，立朝無所援繫。當光緒中葉，揣大亂將作，自以世臣不忍去，見同巷龐光祿鴻文引疾歸，署所居曰『愧龐』，既又署曰『再愧』，愧無所獻替也。其起復還朝，疏陳五事，有曰『挽積習』，則揭請求餽遺之弊，歸責於樞近。兩宫動容，而嫉者益甚。久之，始以資深貳春卿。時新學方興，已有排斥禮教者，故公在官，常以維持人紀爲汲汲也。

公故充實録館副總裁，解官後，治書如故。既復奉命勘修《德宗本紀》，書成，賞頭品頂戴。《實録》尊藏皇史宬，竣事，加太子少保銜。大婚禮成，晉太子太保銜。七十生辰，拜御書聯扁及珍物之賜。常以報恩無日，愵然中傷。播遷以來，仍歲時朝謁，雖扶疾無間。戊辰六月，裕陵、定東陵之變，上變服設位，朝夕祭奠。公亟奔問，隨班行禮，歸益憤鬱不自憀。十一月己酉日加未，覺心痛，遽卒，春秋七十有四。遺疏上，詔贈太子太保，賞陀羅經被，派貝子奠醊，予謚文安，賜祭葬如例。

公内行肫篤，待親舊有終始，與人樂易而不爲茍同，人有一善必盛譽揚。及操衡鑑，則又甚精審。癸卯典山東試，庚戌主舉貢會考皆得士。殿廷試事必與閱卷，衆重楷書，公務取實學。

公故博洽多識，辛亥後感時懷舊，一寓於詩，既成《亥既集》，繼以《徂年集》，並《雲萍篋稾》合刻爲《匏廬詩存》，凡九卷，讀之可以知公之所存矣。其未梓者，有《讀杜札記》、《樓居偶録》各一卷，《邴廬日記》若干卷。

配馮夫人，繼配王夫人。子四：則澐，光緒癸卯進士，由編修簡授浙江温處道，署提學使；養剛，北洋大學畢業，翰林院庶吉士； 則濟，二品蔭生，民政部主事； 則漢，殤。女五： 劉子達、朱焜、黄孝平，其壻也； 一殤； 一未字。孫八人： 可詵，北京大學畢業，理科學士； 可詠、可誠、可詮，俱肄業大學； 可譚，殤； 可諒、可譓、可詡。孫女六。

則澐兄弟將卜吉扶櫬，歸葬於福州西門外天財山之陽，乞爲埋幽之文。予再出，與公同朝，不自意相知愛至二十年，既序公詩，復誄公喪，今又銘公墓。公有知，不滋爲予悲耶？ 銘曰：

郭氏之先，出於汾陽。唐咸通中，始籍閩疆。千有餘載，益熾以昌。惟肅致雍，禮爲家坊。天子命公，本修作獻。用貳秩宗，上下時憲。公亦毅然，思張國維。援禽入人，首篤倫彝。一方潰隄，萬塗蕩軌。蹶跡交横，冕裳裂毁。禮原止亂，既亂曷止？ 箪敝咸多，銜哀至死。死有不泯，忠肝古心。儻化靈氛，畢滌陰霧。報國寸丹，幽明不隔。我銘公阡，魂兮永宅。

（郭氏後人藏陳寶琛撰墓志銘原始拓片，校以《滄趣樓文存》卷下，劉永翔、許全勝校點《滄趣樓詩文集》，上海古籍出版社二〇一三年版）

賜進士出身誥授光祿大夫太子太保頭品頂戴署典禮院掌院學士郭文安公神道碑己巳（一九二九年）

王樹枏

公侯官郭氏，諱曾炘，原名曾炬，字春榆，號匏庵，晚自稱福廬山人。系出汾陽，唐咸通中有諱嵩者，入福建之福清，是爲始遷之祖。其支祖諱志龍，再遷省垣。六傳至曾祖諱階三，字介平，嘉慶丙子舉人，官連城、同安教諭。生五子，皆登科，其族益大。仲子諱柏蔭，字遠堂，道光壬辰進士，以翰林院編修歷官江蘇、廣西、湖北巡撫，一署湖廣總督，公之祖也。考諱式昌，字穀齋，以咸豐己未舉人官浙江金衢嚴道，署按察使。三代皆贈光祿大夫。曾祖妣林，祖妣沈、楊，妣陳，皆贈一品夫人。

公幼聰敏，書過目輒成誦，有神童之目。年十六，補諸生。光緒乙亥，舉於鄉。庚辰，成進士，改庶吉士。散館，以主事分禮部，隸儀制司，與修《會典》。己丑，大婚禮成，賞四品翎頂。辛卯，補官，充軍機章京，擢員外郎，遷郎中，晉三品冠服。三次京察皆一等。尋擢内閣侍讀。逾年，轉太常少卿，超升光祿卿。庚子，拳匪亂作，聯軍陷京師，太后挾天子西狩長安，扈從不及，乃南下省親。是冬，馳赴行在，授通政使，仍直樞府。時創設政務處，以公爲提調。回鑾敘勞，予侍郎銜。旋署工部左侍郎，調禮右，兼署戶部左、右侍郎，樞直如故。乙巳，丁父憂。服闋，上意以侍郎題缺畀公，爲忌者所阻，授郵傳部左丞，旋署右侍郎，調禮左，明年補禮部右侍郎。辛亥，改設典禮院，授副掌院學士。遜政詔下，交替後，僦居一椽，泊如也。先是，宣統初元，充實錄館副總裁。癸丑，復奉命勘修《德宗本紀》，館費皆自備。書成，頒御書扁額。先後敘勞，賞頭品頂戴，紫禁城騎馬，加太子少保銜。大婚禮成，晉太子太保銜。七旬賜壽，頒御書扁額，恩至渥也。

公清勤廉慎，熟諳國家掌故。其所建白，皆洞竅要。其在樞府，密計玄策，當軸者多關決於公，然未嘗一詣私室。公之擢光祿卿也，爲樞相某薦引，欲藉此致門下，公執不可。拳民之變，公草諫書，未及上，密言於文忠公榮祿，畫東南疆吏互保之策。時有議駢誅大吏，及清搜内外城官宅者，公力言於樞府，寢其疏。其侍行在，條奏新政，多議行。及扈蹕回京途中，支短几，挑燈草詔書，往往達旦不能寢。

某邸由譯署兼直樞廷，譯署例，僚屬見者皆屈膝，公獨長揖。某邸忌之，然以公持正無如何，乃瞰公生日，饋以多儀爲壽，公亦俟其生日封還之，忌者乃益深。不顧也。

公嘗見國是日非，人心不靖，乃疏陳五事，曰信詔令，定國計，挽積習，融成見，正學術，皆洞中時弊。而挽積習一事，則直斥政府大臣賄賂公行，言尤切直。公風裁峻整，棐忱忠舌，多言人所不敢言。公先是，江西學政陳公寶琛請以明儒黃宗羲、顧炎武從祀孔廟，朝士復有以王夫之並請者，格於部議。公抗疏解故，反復辨言，卒邀俞允。侍郎許景澄、太常袁昶、尚書徐用儀、立山、閣學聯元，以諫拳匪被誅，公疏請褒卹，上皆賜謚，以表其忠。舊制，漢員親喪三年，滿員則僅百日。時有言畫一服制者，尚書溥良主改漢從滿，持之甚堅。公再莅部，援證經史，發六不可議。溥良不能屈，即署入奏。自是滿漢居憂，皆去官持服三年，定爲制。張文襄語人曰：『百年以來，禮臣能識大體者，一人而已。』國變後，公蟄居都下，每歲時趨朝，值恩賚，戚戚不懽，言及輒流涕。嘗上書當道，請仿歷代衍聖公及泰西教皇例，定遜帝尊號永襲。甲子，乘輿出宫，復致書請尊重優待條件。戊辰，值裕陵、定東陵之變，祭奠歸，感憤致心痛疾，十一月二十四日卒於京師，春秋七十有四。遺疏上，詔贈太子太保，派貝子溥伒奠醊，照一品官議卹，賜祭葬如例，予謚文安。

公事親孝，雖遠隔一方，孺慕之心如侍左右。兄弟七人，前卒者所遺子女，皆撫之成立。胸無城府，與人交，始卒不渝。其處鄉里戚黨，扶傾周急，畢其力之所能爲。居恆緘默寡言，然遇事之當言者，侃侃力爭，不避權貴。愛士如性成，一藝一技，稱之不絕口。光緒癸卯，典試山東。宣統庚戌，主舉貢會考，稱得人。其覆試經濟特科，考試進士館留學畢業，以及優拔貢朝考，考試試差御史中書，公皆與焉。其所閲卷，以實學爲主，不專重楷法。其於書靡所不讀，俸餘輒以購書，至老未嘗釋卷。嘗言古人所謂三不朽者，惟道德文章歷萬劫常存，若功業乃一時之事，過則已耳。甲午後，覩朝事紛更，慕光祿龐鴻文之歸隱，因顔其齋曰愧龐。庚子，赴浙省親，以時事艱危，義不可去，復署其軒曰再愧。蓋避世之心，蓄之夙矣！公學通中西，與京卿嚴復論中外學術，質疑辨難，稱爲摯友。詩文多散佚。其《亥既集》、《徂年集》、《雲萍篚稾》，皆晚年所著，手自删定者也。外又有《匏廬賸草》、《讀杜札記》、《論詩絶句》。津居日，詮鏡歷朝學説，著《樓居雜記》諸書。其《邴廬日記》則始自丙寅，訖於易簀者也。

公原配馮氏，卒於光緒丙戌，繼配王氏，皆封一品夫人。子男四：曰則澐，光緒癸卯進士，翰林院編修，頭品頂戴，記名提法使，署浙江提學使，馮夫人出。養剛，北洋大學畢業，賜進士，翰林院庶吉士。則濟，二品廕生，民政部主事。則漢，殤。王夫人出。女子子五：長適貴州補用知縣同邑劉子達，次適翰林院庶吉士松江朱焜，三適同邑黄孝平，四殤，五待字。孫男曰可詵、可詠、可誠、可詮、可譚、可誴、可諲、可詡，凡八人。可詵已畢業北京大學，爲理科學士。女孫六人。則澐等將以某年月日歸葬於福州西門外天財山之麓，而屬樹枬爲文鐫諸神道之碑，乃爲銘曰：

郭之居閩，仍世大家。我公傑出，蔚我國華。繄公之學，中西一貫。龍躍天衢，流聲翰院。公熟國故，執禮不移。躡其軌迹，吏不敢欺。逮贊樞密，籌旨策亂。誕章碩傺，唯公主斷。公性簡默，不可則爭。挈其綱紀，略其細輕。取與辭受，嚴於一介。視挾貴者，長揖不拜。庚子以還，國是紛更。卒隕厥命，地拆天傾。公持一心，與國同戚。甘曳於泥，以濡其迹。感時觸憤，晚以詩鳴。消日遣時，著述滿檻。忠愛之忱，溢紙盈字。惓焉故國，有淚傾眥。昊天不弔，一老不遺。鐫碑詔來，視此銘辭。

（王樹枏《陶廬文集》卷二十，《陶廬叢刻》本，民國新城王氏刻本）

清代硃卷集成・光緒庚辰（六年，一八八〇）科・郭曾炘

始祖諱嵩，號維太，唐汾陽王孫，代國公曜公子，咸通中始入閩。高祖諱萬祥，號霽華，國學生，誥贈光禄大夫。高祖妣氏陶，誥贈一品夫人。

曾祖諱世厚，誥贈光禄大夫。

本生曾祖諱階三，號介平，嘉慶丙子科舉人，道光乙未大挑二等，歷任連城、同安等縣教諭，截取知縣，親見五子登科，誥贈光禄大夫。本生曾祖妣氏林，乾隆戊申舉人春芳公女，……親見五子登科，誥贈一品夫人。

祖名柏蔭，號遠堂，道光戊子科經魁，壬辰恩科進士，翰林院編修，國史館協修纂修，浙江道監察御史，掌山西道、京畿道監察御史，刑科給事中，兵科掌印給事中。欽命巡視西城，稽查舊太倉，稽查戶部銀庫，京察一等。甘肅甘涼兵備道，恩賞主事，保升員外郎郎中。同治元年特旨送部引見，補授江南蘇松常鎮太糧儲道，歷任江蘇按察使、布政使、兵部侍郎兼都察院副都御史，江蘇、廣西、湖北巡撫，署湖廣總督，欽派湖北閱兵大臣，賞戴花翎隨帶加五級。同治庚午科、癸酉科湖北文闈鄉試，監臨武闈鄉試大主考。祖母氏沈，候選州吏目捷寬公女，……誥贈一品夫人。祖母氏楊，誥贈資政大夫道彰公

女，……誥贈一品夫人。庶祖母氏王，誥封夫人。

父名式昌，號穀齋，咸豐乙卯科優貢，己未恩科並補行戊午科舉人，浙江候補班儘先補用道，歷署廣東肇慶府、浙江溫州、湖州等府知府，兼理溫處海防兵備道，欽加三品銜，賞戴花翎隨帶加三級。光緒丙子科，浙江文闈鄉試內監試官。母氏陳，貢生候選布政司理問隆謙公孫女，……誥封夫人。庶母氏蔣。

郭曾炘，字親繩，號春榆，行一，咸豐戊午年八月二十二日吉時生。福建福州府侯官縣學優增生，民籍。……乙亥，本省鄉試中式第四十八名，會試中式第二百五十五名，覆試第一等第五十六名，殿試第二甲第十名，朝考第二等第三十四名，欽點翰林院庶吉士。住福州省城仙塔街。

（顧廷龍主編《清代硃卷集成》第五〇冊，臺北成文出版社有限公司一九九二年版）

清史稿

趙爾巽等

辛卯，置典禮院，設掌院大學士、副掌院學士、學士、直學士各官。以李殿林爲典禮院掌院學士，郭曾炘爲副。（《宣統皇帝本紀》三年六月）

林紓，字琴南，號畏廬，閩縣人。光緒八年舉人。少孤，事母至孝。幼嗜讀，家貧，不能藏書。嘗得《史》、《漢》殘本，窮日夕讀之，因悟文法，後遂以文名。壯渡海游臺灣，歸客杭州，主東城講舍。入京，就五城學堂聘，復主國學。禮部侍郎郭曾炘以經濟特科薦，辭不應。（列傳二百七十三《文苑三》）

◎清史館職名：館長：趙爾巽；兼代館長總纂：柯劭忞；總閱：于式枚；總纂：王樹枏、郭曾炘、李家駒、繆荃孫、吳士鑑、吳廷燮、馬其昶、夏孫桐、秦樹聲、金兆蕃

（《清史稿》，中華書局一九七六年版）

道咸同光四朝詩史

孫雄

郭曾炘，字春榆，福建侯官人。光緒庚辰翰林，散館改官禮部主事，現官禮部左侍郎。

（《道咸同光四朝詩史》甲集卷五，上海古籍出版社二〇一三年影印版）

詞林輯略

朱汝珍

郭曾炘，柏蔭孫，字春榆，號匏廬，福建侯官人。散館改禮部主事，官至典禮院副掌院學士，署掌院學士。著有《匏廬詩存》。

（卷九《光緒六年庚辰科小傳》，《清代傳記叢刊》本，臺北明文書局一九八五年版）

談藝録

錢鍾書

近人俞恪士《觚菴詩》之學簡齋，郭春榆《匏廬詩》之師遺山，郭爲較勝，而不能樸屬微至，則二家之所同病也。

（《談藝録》其五一，中華書局一九八四年版）

清詩紀事

錢仲聯

郭曾炘，號春榆，一號匏庵，福建侯官人。光緒六年庚辰進士，改庶吉士，授禮部主事，官至典禮院掌院學士，謚文安。有《匏廬詩存》。

（錢仲聯主編《清詩紀事·光宣朝卷》，江蘇古籍出版社一九八九年版）

舊德述聞

郭則澐

卷三

文安公（按，指郭曾炘）謝李惺吾侍讀見貽《勤恪公政書》詩，云：『勤恪督楚時……經畫皆至計。』蓋同城督撫奏事皆連銜，定制然也。勤恪、文忠兄弟相代爲楚督，時推盛事。

〔中丞〕公（按，指郭伯蔭）引疾時，方監臨鄂闈，即就闈中草疏，雖家人不及知。會有脩復圓明園之議，諸疆吏聯名疏諫，公乞休已得請，亦同具名，謂大臣體國不以出處異也。文安公《題鄂闈擬墨》所云『一疏回天殊自慶』者，即指其事。

按察公宦浙，亦兩充監試，兩充内監試，一充提調，闈中日記手札俱紫筆書成，今尚在。文安公題詩所謂『傳家別有燕支筆，手澤猶堪一集都』者也。

卷四

按察公（按，指郭式昌）守溫。……郡署二此園樹石頗古，爲當日文安讀書處。不肖叩別時，命攝影以寄。同侍郡齋者爲少萊、南雲兩叔及子冶叔祖，故文安公寄少萊弟詩有云：『東嘉富山水……先後復聯翩。』且嘗爲不肖言及。

文安公《寄懷少萊弟五十初度》詩有云：『憶我童丱時……同根自憐愛。』追述幼年失恃之痛也。文安公自幼羸弱多疾，陳夫人倍扶持之。

蔣夫人諱韵蘭，吳興舊家女，遭亂遺失。中丞公得自兵間，愛其明婉，命按察公納之。侍公惟謹，於嫡生子女愛護周至，生四子三女。晚年值覃恩，文安公爲請貤封，遜謝不得，乃受章服，終不御赤色裙，曰：『名分固在，苟服此，何以自解？』

吾家祀周小姐者，按察公原聘也。周本儒族，在室不得於父妾，多方讒陷，不得已以一死自明，其死非正命者。是夕，即見夢於按察公。迨文安公生，多病。一日，病頗危，陳夫人復夢見之，曰：『使爲我子乃可保。』陳夫之許之。愈後，即以文安公名爲立主，奉祀至今。

京師木芙蓉以盆植之，爲庭階之翫，往往未花，霜隕，蕊葉俱悴。某歲，值文安公生日，有饋是花者，其秋晴暵，竟得盛開。小子於花前侍談，因及衢署舊事，文安公感賦五古云：『芙蓉生秋江……吟罷淚相續。』嗚呼！蹉跎愛日，遂爲鮮民，此花忍重睹哉？

文安公館選時，兼秋公（按，指郭柏蒼）寄詩云：『雙溝通海若，高閣列青龍。十郡資靈脈，吾家繼曩蹤。文章時不負，風度俗相容。共道菁華萃，登雲百尺松。』起句謂丙寅、丁卯間，倏復三元、七星兩溝，吾鄉文運以振。結句謂提井祖墓古松，俱已見前卷。時爲光緒庚辰，距中丞公道光壬辰館選相隔四十九年。中丞公年七十四尚老健，按察公適乞假在里，謂老人得此，勝服葠苓。迨小子於光緒癸卯館選，按察公方持節三衢，年亦七十有四，遙遙輝映。公得報，作書諭小子云：『吾家先世積累之厚，竊意不僅發貴，兼可望毓賢，吾孫勉之。』

〔幼培〕公（按，指郭兆昌）所作家書，皆蠅頭細楷，迄晚年不改，故文安公和詩有『殘年細字猶能勘』之句，固紀實也。

子治公（按，指郭傳昌）與文安公兄弟幼同硯席，於竹林中尤厚。

卷五

文安公生於里第時，介平公（按，指郭階三）尚在，以初得曾孫，取班賦『高曾規矩』語名之。嗣從宦東甌，通守晏君膏如，精子平術，謂五行缺火，宜更名從火旁。按察公韙其言，命更之，即乙亥榜名也。既而兩試禮闈不遇，乃復易今名。公晚年自號邴廬，寓窮則返本之思，見《日記自序》。方公五齡時，蒹秋公愛其穎敏，命對曰『有人名郭某』，公應聲曰『此地別燕丹』；再命曰『有人名爲郭曾某』，復應聲曰『生子當如孫仲謀』。蒹秋公川歎曰：『此子異日必成大器。』依派名，『昌』字輩下當以『親』字爲序，自後官名皆從『曾』字，而仍取『親』字以爲譜名，實昉於先公也。

文安公早歲從中丞公於鄂，從按察公於浙，備承祖訓、庭訓。嘗與子冶公同從塾師張少仙先生夢型，旋里應試。按察公有《泛舟南湖餞別》詩，云：『東風吹緑滿江南，畫舫游春興正酣。盡日好詩吟不足，津亭又見柳鬖鬖。向來無己爇心香，還許彭宣拜後堂。結束琴書隨杖履，青雲驥尾有餘光。』又嘗從善化許雪門先生問業，公題其詩草云：『雪門先生守禾興，我從問字猶髫齡。時方執筆學制藝，教誦十子追西泠。』蓋亦從宦浙西時事。

當公入詞館，中丞公深喜其踵武承明，故散館改官不無抑抑。按察公家書慰諭云：『吾輩讀書，除「利用安身」四字外，別無學問。學古入官，至通籍則顯揚之事已盡。此後升沈顯晦，有命存焉，委心任運可矣。』又云：『遭遇，非人之所能爲。天之成就人材與人之所以自立，固不在目前之所見也。』在當日不過慰藉之詞，然而二十年間，文安公迴翔九列，屢主文衡，雖晚丁國變，而身後易名，仍從留館翰林之例，視同時葉敷恭、陳緘齋輩，地望迥出其上。蠖屈龍伸，詎前料哉？

公癸未入都，散館居宣南興勝寺。既改官禮部，乃賃宅於南半截胡同路東鹿泉公舊居也。宅爲前後兩院，吾家居前院，同鄉潘耀如太史居後院，内眷往還如一家。吾妣馮夫人即歿於是宅。文安公《過南半截胡同故居追懷潘耀如丈》詩云：『趨曹伏案判忙閒……前塵一筆總勾删。』耀如丈在翰林，積資居首，行將開坊，而出爲夔州守，著稱膏腴。『酒望』、『禪關』句，謂故居密邇廣和居酒肆及伏魔寺也。

宅之階前有竹成叢，一日雪後，伯姊步竹間，衣履沾濕，先妣時已感疾，因之盛怒訶責。妣歿後，伯姊銜痛不忍復見竹。文安公家書謂：『孫女失母，終日哀泣，客來者咸謂數齡女子盡哀盡禮，實不多覯。』

馮夫人之喪，文安公傷悼之甚，至欲棄官送匱南歸。家書謂症爲血臌，初誤以爲娠，致因循失治，其原繇於操勞過甚。

吾母望子綦切，虔奉觀世音，屢嘿禱之。夢菩薩言：『爾命中無子，若有子，則必奪壽。』母堅乞減壽得子，神許之。果生不肖，以是愛護周至，吾祖吾父亦鍾愛之。

南半截胡同舊宅，鹿泉公居之，同鄉許柳丞水部亦居之，皆屢躓場屋。潘耀如丈不與文衡，亦歸咎於宅運。光緒丙戌，諸叔不信其説，仍下榻寓齋，是科俱落第。次科己丑，移居宣武門大街，而南雲叔春闈獲雋。又次科壬辰，少萊叔亦成進士，入翰林。雖適然相值，而宅運之説固未可盡廢。

文安公入泮，見賞於學使濟寧孫文恪公。迨官祠部，文恪已入樞府，歲時趨候，一無所干。考軍機時，何平齋、陳蘇園兩丈同與考，皆文恪門人，謀先日公宴文恪，强公同列名，不得已從之。試畢，樞室取若干名，不與。時文恪在假中，迨假滿入直，始覆閲，於落卷中拔二人，其一則先公也。名次雖後，竟邀記名。蘇園丈不獲取，平齋丈列名於末，亦不獲用。其發端公宴，若專爲公地者。公晚年以語小子，謂得失非人力也。

公早歲嘗悔致身科目，不得專習時務，於家書中論中西學術，云：『古有開物成務之聖人，伏犧、神農、黄帝是也；有明道覺世之聖人，堯、舜、禹、文、周、孔是也。西國倫理失脩，至於制作之學，實能以人巧奪天功，且皆一成而不可廢，方之開物成務者，或庶幾焉。其未進於道，容或囿於方隅，域於風氣，而中國總不當毁彼所長以護我所短，且中國所長者在倫理。近來《四書》、《五經》不過爲學者之口頭禪，求躬行實踐者，千百無一。是中國竟無所長，而但有所短。以此較之，勝負可知矣。設使今日程、朱復生，聚徒講貫，必不肯毁西國之所長，且必有以駕馭西國之長而使爲吾用。彼但見中國有驕樂佚游之人，何嘗見中國有憂勤惕厲之人？果有才猷德量，足以折服其心者，未必敢夜郎自大也。天不生一二明道設教之聖賢，而徒生億萬空談坐食之庸衆，授楚之機，冥冥者其有意乎？數十年來，士大夫相習爲委蛇取容。如前此建言諸公，蓋亦有志之士，惜不從根本體會，卒以輕躁致敗。曩見郭筠仙《使西紀程》，頗擅才氣，雖持論稍偏，固非無獨見之處，然都下人人目爲怪誕，其書無復存者。人才之乏可諉咎於天，人心之涣而不振，將誰咎乎？意者，亦天使然歟？」是書作於光緒初年，朝士罕見自封，幾成一轍，而公獨抗論之如此。又有《書感詩二百韻》，自謂皆傷時語，嘗以録寄少荼公，惜不存稾。

公初入郎署，自嫌拙於酬對。按察公手諭云：「祝鮀之佞，爲聖人之所深惡，以佞取悦，以佞護過，皆損。真脩自好者方且恥之，何足羡哉？古人所稱辭令之才，只是論事能舉其要領，論理能抉其本原，論人能詳其底藴。辯者侃侃言之，訥者徐徐言之，其實一也。」

烏石山道山觀後院壁畫怪松，文安公於同治壬申與劉紹庭丈同游，各題一絶其下。乙巳居憂旋里，重訪之。畫與詩俱剥蝕殆盡。晚年有詩紀其事，見集中。紹庭丈爲鹿泉公女夫，與公文字交契，嘗謂生平所見踐履篤實者，殆無其匹。

文安公以禮曹兼直樞密，三次京誓記名不得外簡，嗣榮文忠言之，乃得越次擢閣讀學。迨官太常少卿，值通政副使闕員，爲應升階，同直李玉坡蔭鑾以通參躐得之。文忠知公屈抑，尋超擢光禄卿。許稚筠客文忠幕，密勸公執贄門下。公曰：『是何異拜爵公門，謝恩私室？吾不忍累榮公盛德。』文忠以此益重之。在樞廷，每就諮大政，而迄無私謁。文忠疾篤，使稚筠邀公商遺疏，公始詣之。爲閽者所卻，稚筠詰閽者。對曰：『吾知爲京卿，不知爲樞僚也。』稚筠爲筠庵尚書季子，後官至宗丞。

庚子拳亂作，召大學士六部九卿入對，決和戰大計。文安公爲光卿與焉。前夕，命不肖草疏，力言縱拳肇衅之失。袖以入，榮文忠見之，謂：『建言者已有人，吾儕近臣當居中筞補救，徒抗言何益？』乃止。會李文忠、劉忠誠倡議東南互保，張文襄和之，而密承於榮文忠、王文勤，凡往復商榷，胥由東撫袁公與文安公密電言之，外間不及知也。當拳亂熾，侍御某請駢誅抗命疆臣，翰林某請按戶搜捕漢奸，公皆寢其疏不行，後一事所全尤大。然祖拳者深忌之，幾得禍。是冬，南下省親，過滬於龐京卿元濟，酒座中談及。龐曰：『公具此陰德，公子輩必有興者。』逾年，不肖倖得通籍，仰承德蔭，深慙叨竊。

己亥、庚子間，侍文安公京邸，在兵馬司中街，爲慈溪館業。邸有會賢堂，於堂前植梅補竹，爲吾兄弟會文之所。小子集楹帖曰：『不可居無竹，時還讀我書。』宅後破屋數楹。相傳有狐居之，每人靜輒見一燈彤然，自後院出，繞至大門而返，若巡夜者。然是宅頗吉。姚菊仙學士於此簡山東學政。先公居之，亦屢轉卿秩。庚子端午祀先，忽空中墜一福橘，莫知所自至。既而拳亂作，小子奉繼慈西行，至太原，復紆道汴洛江漢，以至蘇浙。先公在京，值西幸，倉卒扈從不及，偕同鄉諸家徙居爛麪胡同，與曾君和襲侯隣。君和嫻西語，隣近託庇焉。及冬，亦南下省親，於浙回憶墜橘之兆，乃知『橘者，吉也』。仙以預告安吉也。同時京僚流離遭難者多矣。

戊戌新政舉經濟特科，值政變而罷。庚子後，東朝欲以新政收人望。嚴範孫督黔學，復以爲請，乃命京官三品以上、外官督撫、學政各舉所知以應廷試。文安公時以裁缺通政使權少司空，疏舉五人：嚴範孫修、楊子勤鍾羲、張堅白鳴岐、葉揆初景葵、林畏廬紓也。範孫時官編修，旋超擢侍郎；堅白時爲候選知府，數年間擢督兩廣；子勤、揆初、畏廬或仕或隱，皆有聲於時。

初，文安公居兵馬司中街，與龐禮堂光祿對宇。禮堂引疾歸，公愧未能，因自號愧龐。迨庚子冬，省親於浙，將疏請留養。按察公曰：『吾懸車之年，尚力疾馳驅。果海宇平戢，行且投劾歸老，爾及時乞養未晚也。』公還朝，疚心國事，復署軒曰再愧，凂林畏廬丈爲之記云：『光緒辛丑，余始客京師，獲晤今禮部侍郎郭公於榕蔭堂。公門業至盛，風度凝遠，雅有道素。顧一見器，余因數數吟集於是堂之上。越明年，壬寅冬以書抵余，言庚子亂前與公望衡而居者，光祿龐公也。光祿審京師將亂，豫移疾去。公愧之，自署其軒曰「愧龐」。尋以尊甫穀齋先生有觀察三衢之命，公南下省親，因請上疏留養，觀察公不許，旋以朝命拜公少宗伯。公以無所獻替，茲再愧矣，請余以文記其軒曰「再愧」。嗟夫，身爲大臣而恒自引，愧其心迹，必無甚愧者也。方余客越中，時觀察公館於城西之三橋址。春秋佳日，余得以鄉里後進見邀，與觀察公游於湖上。顧觀察公之爲人，處困未嘗冒干，臨難不希苟免，其視古大臣無愧也。今侍郎以觀察公之命，更爲國家致一日之力，寧便愧耶？宋岳珂爲少保之孫，自名所著錄曰《愧郯錄》。樓宣獻堅正稱於南宋，自名則曰攻愧主人。二公學行文章炳於宋世，必無所示愧者。意江南一隅，强金壓其北，群盜時時發於境上，中原淪於異域。兵力單外，內政不脩，而聖湖之濱，笙歌徹曉，大半皆朝士也。二公感憤國仇，又不能明言以息衆讙，因託愧於其書與名耳。嗟夫，二公之愧，其果如是也？則余亦可釋然於侍郎之愧其軒矣。閩縣林紓記。』今余營景山別墅爲先祠，於祠之南軒署以

『再愧』，而勒畏翁是記於壁。

事有不期而成讖者。甲辰秋，文安公權禮右，值鄉人公讌，以次日有祀典，先辭歸。葉仲冶大令在座，突曰：『宗伯其以禮去官歟？』舉座愕然，然仲冶昧於文理，實無意出之。次春，遂聞按察公訃，若爲先兆，畏廬筆記嘗及之。又，公改官部曹時，何子逸丈貽公硨磲頂，附詩云：『勿嫌歌白石，三轉即珊瑚。』後亦果驗。子逸丈與公乙亥同榜。

公服闋還朝，見時事益非，抗章陳五事，曰信詔令、定國計、挽積習、融成見、明學術，皆切中時弊。而所謂挽積習者，備言苞苴饋遺，竿牘夤緣，巧計鑽營，昌言運動，歛民財以媚貴要，侵公帑以飽私囊。且謂表正者景必端，源清者流自潔，而歸其責於政府大僚。疏上，兩宮動容。是日適有三侍郎懸缺，命擇一以畀。樞邸惡揭其隱，謂某缺宜某人，某缺某人當補，三者皆不可得，遂授郵傳部左丞。時尚書陳公資望皆在公左，何平齋丈與人書云：『春老乃爲蘇坂衙官。』蘇坂，陳公鄉名也。蓋有積薪居上之慨，然公處之夷然。尋權右侍郎，復調權禮左。值禮部缺員，樞邸又別有所舉，上曰：『郭某久攝，當畀之。』乃不敢復言。前後權卿貳且十年矣。微聖明燭照，幾不得安其位。

公於庚子五忠中，與袁爽秋太常特契，餘者多未識面，自以抗章未果，心頗愧之。迨丁憂再起，官少宗伯，從事山陵，夜宿蕭寺，耿然不寐，忽憶袁、許諸公，雖以外人言得昭雪，而卹謚尚虛，意以爲朝典之闕，因披衣起，就燈下草疏。次日還朝上之，攝政韙其議，以疏語切直，無以爲先朝地難之。張文襄在政府，請以特詔予謚，而公疏留中，遂尠知者。後譯部爲袁、許諸公建祠，索公疏草，公乃補錄之，且紀詩有云：『忠魂龍比久相從，尺詔褒旌出九重。袞鉞大權臣敢與，時平封事得從容。烏號莫挽涕空零，夢裏驚呼若有靈。記得山樓焚草夕，窗櫺斜月一燈青。』是稟先附刊於《許文肅遺集》，近年乃輯公奏疏，彙刊成帙。

舊制，寅清之職必用科目致身者。文安公又起自儀曹，故廷推屢及，一由工左調，一由郵右調，皆孫公望。維時新部迭設，人視禮官爲冷曹，公則深感恩知，毅然以匡持邦紀自任。入關以來，旗制沿襲不廢，至是始議變通。趙竺垣侍御炳麟以畫一服制爲請，事下部議。宗室溥玉岑師爲尚書，惑於旗員之論，欲强漢從滿。張文厚佐部力爭之，不得，旋以憂去。公再涖部，根據經史爲『六不可』之説，且上引先朝聖訓，旁證旗員私議，謂旗員之於親喪非不欲自同漢制，特以格於成例而然。玉岑師無以難之，卒如公議覆奏，自是滿漢人員一律離任終制，著爲令。又，趙芷生侍御啟霖請以王船山、黄梨洲、顧亭林三儒從祀兩廡，是事光緒初年已有陳請者，翁文恭、潘文勤尤韙之，而阻於廷議。至是有詔飭禮部會同大學士九卿議覆，各衙門説帖持議互有異同。公單銜具疏，謂三儒從祀，於勵實學、維人心、扶世教者，關係至鉅。前此議駁，不無門户之私，請悉破拘牽，特伸乾斷。又以時論所致疑者附片，反復辯之，乃得旨允行。張文襄語人曰：『百年來，禮官克舉其職者，一人而已。』

樞曹舊制，章京見樞堂，皆張揖。某邸入直，同輩欲援譯署例屈膝爲禮。文安公執不可，邸亦憚公鯁直。值公生日，使其子來拜，且具厚饋。公不得已受而封存之，俟其生日而返致焉。由是忌益深。不肖宦浙中，公於家書中論時事，謂『今日朝局如大觀園垂敗氣象。吾自命爲檻外人，然到遇抄遭劫時，恐終不得乾淨』。蓋早鑒於履霜之兆，其憂國者深矣。

文安公在禮曹，時值戊戌新政，一切變通科舉諸議皆由公手訂。迨直政務處，綜覈新政章奏，尤多所獻替。同僚中若榮文恪師、陳瑤圃師、徐戺齋師及于文和、陳玉蒼、左子異、吳子脩諸公，皆一時茂選。其領袖大臣則樞廷邸相，外有壽州孫文正師、長沙張文達師，故先公有《舊政務處海棠花下追懷壽州長沙二老》詩。當時朝貴中負清望稱持正者，寔推二老。每春夏之交，兩宮駐蹕湖園，政務處諸公分班隨扈，設公所於大有莊，地近荷陂，風物絕勝。

文安公官京師數十年，每下直，手不釋卷，俸入輒以購書。辛亥冬，眷屬已移居沽上。次年正月，以大局稍定，復還京寓。途遇兵劫，家具蕩然，獨藏書未徙，得無恙。公《檢書》詩有云：『延秋夜嘑烏……無異千金帚。』蓋紀實也。公生平不問阿堵。徙津時，家人檢舊篋，官署飯銀、門生贄敬有十數年未開封者，積之亦稍有成數，後併歸兵劫，公始終不知之也。既遇劫，奴子僅挈一舊甆瓶歸，繼慈王夫人曰：『瓶者，平也。平安即是福矣，他何足惜！』聞者嘆服。

公嘗言，自辛亥國變後，無絲毫戀世意，惟以奉命總裁景皇實錄，未就。癸丑，又奉命與陸文端、陳文忠同勘脩景皇本紀，汗青頭白，艱瘁不渝。本紀舊屬史館，時史臣星散，故兼任之。凡筆札繕錄之需，胥由館員自措，迄於全書告成。尊藏如禮，每拜恩進秩，輒愀然不怡。歲時慶典，必趨朝覲賀，十數年如一日。戊午除夕，感腹疾，意恐不得入賀，及黎明，乃驟愈，因有詩自紀云：『無端小極損宵眠……須臾隸籍亦神仙。』學士謂惲薇孫，曾共班行，時新逝也。故事，內廷人員歲除詣慈聖，辭歲恆拜荷囊銀錁之賜。遜政後，孝定后與諸太妃在宮中猶踵行之，惟銀錁久之，代以小銀錢。公詩『荷囊』句謂此，今景山先祠猶有尊藏者，以志恩遇，永示後昆。

文安公在朝務扶植士類，掌儀制司印，歷次春闈皆躬爲籌備。乙未值海警，南省士子多觀望，及到京，場期已迫，幾不得入試。公言於堂上官，爲破例，奏請新科舉人於會試後補覆試，駐防舉人應考繙，亦於闈後行之，滿洲堂司皆不謂然，公力主之，卒得邀允，人人稱便。蓋通融者不止此二事也。居憂時，監督京師實業學校，前之監督皆養尊處優。公於諸生一一款接，學課外勖以敦品礪行。諸生秉公教，皆有所成就。每殿廷考試，與閱卷，不專尚楷法，遇佳卷，雖微疵亦拔之。典山左試，所取多樸學士。解元趙正印、亞元徐金銘即中丞決科之前二名，東人推許，以爲文章有價。一卷文筆甚佳，而次場策痛斥新政，抑置副車，揭曉則張季驤棟銘也。其人感公策勵後，努力講求時務，以新學名於時。

不肖忝早達，而先公以盈滿爲懼，頗裁抑之。初舉大科，公謂名實不副，戒勿與試。癸卯會試，覆試爲長沙張文達所賞，拔置前列，出闈即詣公，索殿試卷頭，意以高甲相許，公漫應之。不肖聞公言及，因叩意恉。公曰：『吾輩進身之始，不可苟也。且所爭一甲三名亦大難，果必得乎？』遂不果送。以是頗拂文達意。迨以薦舉外簡，公曰：『以汝迂拙，遂可臨民上乎？吾爲汝懼之。』會弢齋師以籌邊未竟，端簡奏留，公乃稍慰。既而弢齋師內調，始赴浙任，尋權提學。公手諭曰：『爾叨先世德蔭，少年致通顯，當思祖宗積累之艱，位不期驕，祿不期侈，力持戒懼，庶克有終。』辛亥三十初度，公以高且園《歲寒圖》寄賜，且舉阮文達茶隱故事爲勖。不肖恭紀以詩云：『承平風雅屹相望，刓綠軒高接定香。異代同曹餘慨相，遺聞賸畫閱滄桑。艱難祖德謳思永，鄭重家書語意長。領取圖中霜雪色，勉期清白答高堂。』是詩自審不慊，故未入集，聊記於此。

公於甲寅後卜居城西豐盛胡同，尋徙機織衛，有《移居》之作。己未，余購得東四牌樓三巷宅，爲鐵寶臣尚書故第，奉公居之，又有《别城西寓廬》之作，於是始有定居。西偏書室前有海棠二樹，布陰滿一院，百年物也。公尤喜之，每花時恒置酒，招賓客共賞，有《詠西齋海棠》詩，云：『一株春一國，誰敢議無香？華閥承西府，佳人冠北方。朝霞疑失彩，晚照更添妝。安得生花筆，收之古錦囊。』又《海棠花時，約畏廬、季友、移疏來賞，移疏適攜杜茶村畫像索題，檢〈變雅堂集〉有康熙乙丑二月二十二日與李惕齋、鄧秋水會飲熊青岳寓園海棠花下故事，是日乃不期而與之同，因爲詩》，云：『四周甲子欠三春，把酒看花復此辰。偶爲芳叢徵掌故，卻從畫軸想先民。』亦巧合也。公所居室，窗前有隙地數弓，小子移竹百餘竿補之，公詩所謂『好竹思之久，新移得數窠』者。又有《竹窗漫興》及《津門寄題窗下竹》諸作。公薨後，竹漸槁，海棠無恙。

曩侍談，聞公言：中年後恆夢至煙巒雲嶠間，迤邐度白石橋，造一官府，殿宇巍峩，廡間以柵爲障。中有治事者多人，謂君亦此間人。今有人攝之，閒遇舊雨，不遑問訊。其人爲誰，寤亦忘之。窺正殿軒蓋幢幢，似有神在。及出，度橋而覺，如是者屢矣。公《初度感懷》詩云：『滄溟一粟太倉稊，賦命生天萬不齊。芳草自驚鶗鴂唤，青松坐閱蟪蛄啼。頗聞莊叟談溝斷，懶效樊南賦井泥。袖裏衍波箋幾幅，曉寒記夢尚凄迷。』即隱記其事。公薨後，葆英妹痛哭昏厥，似至一廨，略如公夢境。問公所在，守門者述公諱，則早歲原名爲妹所未知者。然迄不得見，痛哭而寤，額間似有手撫之，寤後猶冰冷也。是知神山兜率之説固百無徵。

先妣馮夫人墓在天財山，亦曰桃田。初爲土壟，不肖壬寅旋里，應秋試，見其簡率，心悚疚不安，乃砌三合土覆之，閩俗所謂覆鼎也。壬戌夏損於積潦，復加脩葺。……幼培公屢勸改葬，因循未決。尋先公擢卿貳，不肖亦入居玉署，出綰豸符，妄議乃息。今奉文安公遺櫬合窆，繼慈王夫人棄養亦歸葬於此。墓埕本狹，碑石不克備立。

文安公七十生日，頒賜御書額曰『寅清錫祜』，楹聯曰『典謨纂錄資黃髮，几杖恩榮衍絳年』及無量壽佛、白玉如意、甆盤甆瓶、文綺多珍。是日內務府大臣帶領司員校尉親齎至邸，皆冠服蹌濟，內直諸公來賀者亦各御章服，一堂雍肅，遜政後僅見也。當天使莅臨，先公率不肖兄弟皆冠服，跽迎於大門內。賜物既陳，復北向跪行九叩禮。天使出，跽送如初，蓋猶是承平舊制。

先公之薨，詔賜陀羅經被，派貝子溥伒奠醊，贈太子太保，照一品官例賜卹，尋賜祭葬，予謚文安。御製祭文，云：『朕維安上治民之誼職，莫重於宗卿。論功校德之文典，斯隆於耆獻。清徽未沫，馨薦攸宜。爾前典禮院掌院學士贈太子太保郭某，早躋仙掖，旋隸容臺，久儤直於中樞，慎密不言溫樹；尋轉階於知匭，迴翔仍掌書麻。因思建國之經猷，特勑爲除嘉議，仰述先朝之謨烈，成書迭獎前勞。比值播遷，數煩奔問，遽愴遺章入告，爰推奠斝明恩。於戲！綜五禮之專官，無愧衣冠華選；慨九京之不作，宛然劍佩猶生。惟爾蓋誠，尚其歆格。』又御製碑文，云：『朕惟寅清夙望，久孚峻選於中臺；辰告嘉謨，無忝藏名於太室。宜膺特筆，永勒貞珉。爾前典禮院掌院學士贈太子太保郭某，學識博通，躬行端慤，起家翰苑，改職祠曹。早儤直於樞廷，旋晉階於卿寺。屬畿疆之告警，贊帷幄以抒忠。從西巡而時扈翠華，離南省而洊躋朱紱。冬官初攝元祀，重藉脩明；左戶兼權內直，不忘獻替。迄堊廬之再起，陳丹扆之六箴。置郵宣化，制始更新；秉禮經邦，人惟求舊。爰旌往績，俾貳秩宗。爾則正色立朝，殫心匡俗。黜百日短喪之議，而治進大同；定三儒從祀之文，而力排眾論。容臺攝領，遂迫時艱；史局自隨，終成實録。官銜迭晉，豈歆遭遇之隆；朝典頻參，益眷承平之舊。遺章遽上，讜論猶聞，深愴朕懷，特加優卹。既賵襚而頒奠，更增秩而易名。謚曰文安，符其素履。於戲！春卿表四時之長，書嘉議以難諼；華衮榮一字之褒，媲傒斯而不愧。告諸惇史，式此豐碑。』先公先已賜太子太保銜，依故事，贈官當得太保或太子太傅，其仍贈原秩者，則行在諸臣不諳典制也。

卷六

文安公同胞昆弟七人，任州縣者五。

幼時聞文安公言，吾家祖訓戒子孫不得營錢業，不得納妓爲妾，喪事不得用僧道，蓋不僅此三事，而所記憶者止此。今宗譜不載。

中丞公詩文襍著以門人楊君用霖手書付梓，板藏於家，今不知所在。比年不肖續録再板，並按察公《説雲樓詩草》、叔祖子冶公《惜齋詩詞草》、文安公詩集、雜録、日記、奏稿，凡十數種，統爲《侯官郭氏家集》。

荔香社集，中丞公主之有年。迨文安公官京師，成熙、子冶諸叔祖，少萊、南雲、海容諸叔，同與社集。按察公以事至京師，閒亦有作，故《擊鉢吟》九集至十一集，以吾家爲最盛。小子髫齡即學塗抹。時虎坊新館重葺落成，庭植雙松高如人，余時哦其下，歲時奪錦，往往得首標，每夜深唱罷，侍先公籠燭歸，亦樂之忘勸。社稿皆先公手選親鈔，今猶有存者。光緒季年，陳伯潛丈再起入都，倡《折枝吟》，鉢響遂寂。小子痛流風之不嗣，乃於所居蟄園奉先公結吟社，不限鄉籍，月一集，集必二題，歲首亦張燈奪彩，或放煙火助興，凡九十六集。而先公見背，遂不復舉。

故事，殿試卷俱藏於閣庫。宣統季年，已流播於外。小子壬子再入都，訪求吾家累世廷對卷，竟不可得，竊以爲憾。三年前，姻家朱曜東自南中來書，謂文安公殿試卷在劉舍人處。舍人亦先公門下士，願以歸璧，經往復商洽，始以卷至，因以百金爲謝。卷凡七開有半，一無脩補。讀卷八人，皆於銜、姓下加一圈，卷端硃標二甲第十名，完好如新，謹加函密，密貯庋藏於祠。公庚辰殿試，出仁和王文勤門。文勤官鄂臬，爲中丞公器重，密疏論薦，旋躋開府。生平未預文衡，惟庚辰、癸卯兩得殿試讀卷，而先公與不肖適出門下。憶癸卯館選後，先公挈不肖晉謁文勤園邸。文勤道舊甚殷，謂兩與讀卷，適與賢喬梓相值，可謂天緣，且顧余曰：『老夫於朝殿門生，向不受拜，於汝則不敢謙矣。』未幾，廢科舉議起，文勤爭之不得，遂引疾歸。

文安公自國變後始存詩，自謂如黄梨洲苦趣横身，悉溢紙上。嘗額所居室曰『詩世界』，浼何平齋丈以贛竹製額。平齋丈哭公詩，所謂『以詩世界顔其居，屬我取竹咄嗟辦』者也。又嘗詔小子曰：『凡人立心作事，只認定從坦途行去，禍福吉凶自有冥冥者主之。多憂多懼多計較，皆屬無益甚，且因此而損吾德，即如詩章酬和，亦是素位而行。陶彭澤之銜觴賦詩，自儕懷葛，與太伯、仲雍之斷髮文身，混同蠻俗，原可並行不悖也。』此段爲前人所未道，正堪爲詩世界作一注腳。

公著《樓居偶錄》，兢兢於處亂之道，尤服膺王船山，謂船山竄伏窮山，闇然著述，迹同巢、許，而守先待後，以無用儲天下之用，視巢、許之果於忘世者，其志事又大不同。次則推服管幼安、孫夏峰，謂幼安煦煦和易，因事而導人以善；夏峰遇有問學者，隨其高下淺深，必開以性之所近，使自力於庸行，上自公卿大夫及野人牧豎工商隸圉武夫悍卒，壹以誠意接之。吾輩處今世，同流合汙之事固萬萬不可爲，即潔身自好而不免於憤時疾俗，則亦褊衷之未化，而去不仁者無幾矣。如二君者，可師也。又引陸桴亭《思辨錄》，謂：『人當喪亂之世，正當刻意自勵，窮極學問，或切磋朋友，或勸勉後學，或教誨子弟，使之人人知道理，人人知政治，一旦天心若回，撥亂反正，皆出乎此，如是乃爲天地立心，爲生民立命。若賢者人人自廢，學問種子斷絶，將來喪亂更無底止，此吾輩今日所當知者。』蓋公於是書之作主旨在此。公嘗言『古來稱三不朽，立功、立言猶有是非之爭，惟立德乃顛撲不破』，可以見公所尚矣。

可譚姪爲民原弟次子，幼即好文字，每從文安公叩先世故事，公深喜之。

文安公《邴廬日記》論謝退谷先生之學，謂於本朝經術特取胡朏明之《禹貢錐指》、顧復初之《春秋大事表》、任釣臺之《周易洗心》。而《洗心》一書於卦爻注說獨能徵求象數，使學子知聖人立言，字字有據，而窮極事實，無一不切於倫常日用。按察公晚年篤好之，幾於寢饋不離。即退谷所云，亦聞自按察公者。公晚年徧覓其書，不可得。小子近歲與任振采觀察結社往還，振采爲釣臺後人，詢知《洗心》一書南中尚有藏板，允爲分賜，而痛先公不及睹也。

術者推文安公祿命，謂所至騰上，必居領袖，但若階至一品，則恐有非常之變。公官光祿時，以語不肖，以爲部曹至掌印，樞直至領班，卿寺至正卿，領袖之說驗矣。厥後久淹佐部，迨宣統辛亥冬，始權大宗伯。未幾，而遜政詔下，則事變之說亦驗矣。但推公壽元者，咸謂不過六旬内外，而公薨時年已七十有四，則其說亦有不盡驗者。或曰：壽算無定也，積惡當減，則積善亦必當增，公之延算，以積善也。是固可信。

公題固始吳氏生日家誡冊，有云：『子輿論遠庖，東坡勸止殺。藹然仁人言，遐哉君子澤。』蓋深見於生日殺生之繆。晚年值生日，必預屏酒食之饋。客至，但款以蔬食。時西醫盛行，言攝補者必餌雞牛各汁。公深非之，以不能型家爲愧，見於《日記》。

則澐同產姊妹五人，惟第四妹葆蕙，字鷗史，待笄未字而夭。先文安公深惜之。妹自幼篤好文翰，習繪事未久，然所作花卉人物皆有大家風範，遺有《二喬觀書圖》。先公裝潢成卷，題二絕句，云：『生小深閨薄綺羅，長年几席苦研摩。清才賦與天何意，玉隕蘭摧一刹那。』『老翁百念俱灰槁，不作人間無益悲。結習但思文字託，偶傳遺語念渠癡。』

小子飽更憂患，夙志蹉跎，絕意世途者久矣。先公臨終遺訓，曰：『功名富貴皆身外物，只有看空之一法，須切記之。』益膺服不敢忘。比年杜門韜迹，痛念先世遺芬，懼及身而墜，爰輯家集付諸手民，獨先公疏草中尚有闕佚。又先著《讀杜札記》殘闕，未克補緝，畫焉心疚。又念不肖東西南北人也，繈褓入都，今且垂老。其間避地於晉，佐幕於遼，往來於吳越，幾於所至爲家。家世舊德，所聞於吾祖吾父者，不能詳也。誠恐子孫留滯異方，並忘其所自出，乃復涉筆紀之，溯自本生高祖以下，凡分五支。今此五支中軼聞潛德已不克悉舉，況其遠焉者乎？異日倘得海宇清寧，歸老鄉園，從族中伯叔昆弟有所請益，則是編特初桃耳。先公詩云：『未必蒼天無意在，默將年壽補蹉跎。』補佚蒐遺，固當有待。

（民國二十五年〔一九三六〕蟄園校刊本）

南屋述聞

郭則澐

卷一

余少時好研掌故，凡樞垣故事，得自庭聞者頗多。迨丁巳夏，余以卿階叨與樞直，距先公之離直復一周星，得親至所謂南北屋者。昔所聞於先公，至是皆一一躬睹之。童時默識，垂老而不能忘，蓋繫於國家之感者深矣。曩之父子同入軍機者，若蔣炳、子熊昌，方觀承、子維甸，袁守侗、子煦，梁國治、子承福，孫士毅、子衡，趙文哲、子秉淵，龔禔身、子麗正，雖所遇顯晦不同，而生值清時，類皆有所建樹，小子之所值則爲何如耶。鈞天惝怳，視草倉皇，視先公當日儤直從容，回首且如天上。

故事，一折中條陳數事，若上意僅取其一二事，則即抄其可取者交議，餘者作爲留中；或以原件交議，則其餘各事得裁去之。庚子拳亂作，翰林王廷相條陳中有按戶搜查漢奸及嚴懲抗旨督撫二條，時先公在樞直，於行部時裁去，即依是例。後一事當時未必能行，前一事則保全多矣。會東南各督撫有中外互保之議，樞臣中榮文忠、王文勤亦陰主之。凡所接洽皆密由先公往復轉致。事既寧，諸與議者皆得優敘，而先公不言功，賞亦不及。有知其事者，謂先公曰：『苟天道可憑，令嗣必有興者。』逾年，小子遂僥倖聯捷入翰林。余生草莽，永負君親，明德之貽，追思滋愧。

卷二

先公在樞直與瑤圃師同爲榮文忠倚重。一日，師入對，慈聖詢及京師銅元事，逡巡未答奏。德宗曰：『充銅元局提調者，郭某也。』蓋因齊名而誤及之。迨創設政務處，仿宋之條例司，師與先公同以領班充提調，綜核新政，多所獻替。師旋擢侍郎，先公署侍郎，仍留直，遂爲兩班領袖，每有大事，文忠恆就咨焉。一日在軍機堂，文忠顧先公曰：『慰庭欲以直督兼領山東，君意如何？於昔亦有例乎？』先公悚然曰：『往者鄂文端、年羹堯等雖有其例，然皆以用兵暫資節制，非今所宜援。』文忠韙其言，既而嘆曰：『此人有大志，吾在，尚可駕馭之，然異日終當出頭地。』

先公同時樞直中，如王苐卿農部、王啓甫太常、馮星巖中丞、濮梓泉方伯，文學、政事皆一時之茂選。稍後於先公者，如王耜雲方伯、張弼予觀察、曹梅訪提學，亦皆曉暢機務，著稱敏練。又楊蔭北光祿、華璧臣閣丞，皆及與先公同直，國變後俱抗節遁居，皭然不滓，今尚健在，每酒次相值，追話禁廷舊事，如天寶之白髮宮人也。

（《近代史料筆記叢刊》本，中華書局二〇〇七年版）

清故誥授光祿大夫頭品頂戴賞戴花翎署浙江提學使司提學使侯官郭公墓表

許鍾璐

公諱則澐，字嘯麓，號蟄雲，福建侯官人。……考曾炘公，以翰林久直樞廷，歷官典禮院掌院學士、太子太保，謚文安。有丈夫子三，公其長也。

旋朝廷遜位詔下，乃掛冠北上。溫民遮道攀留，公不可，遂如京師，省文安公，且商歸田之計。文安公曰：『國體雖變，天下事未可知，汝年尚可爲，當忍辱負重，以匡王室，此狄梁公所以策唐也。』公受命退謁東海徐公，授以顯列，不拜，爲長秘書。

（卞孝萱、唐文權編《辛亥人物碑傳集》卷十五，團結出版社一九九一年版）

石泉集跋

郭則澐

先曾祖中丞公《石泉集》刊行已久，比魯輿叔檢得先太保公隨侍節署時手鈔本，僅前一册，至庚子而止，與刻本稍有異同，因增錄三十餘首，併付剞劂，以先祖按察公《説雲樓詩草》及子治先叔祖《惜齋詩草》附焉。曩先公嘗語則澐云：『中丞公從軍建節後諸作，見於鈔本者尚夥。』今不知散佚何許？異日終冀覓得補刊，以完遺志也。己巳四月則澐錄竟謹識。

（郭柏蔭《石泉集》卷末，民国侯官郭氏家集彙刊本）

惜齋吟草跋

郭則澐

右子治先叔祖《惜齋吟草》三卷、《詞草》一卷，校錄畢，將與先曾祖《石泉集》、先祖《説雲樓草》合刊，先公之遺命也。憶髫齡侍先公京邸，叔祖方觀政冬曹，嘗督則澐溫經至《尚書》『汝作朕虞』句，笑曰：『吾其爲虞乎？』未幾，出宰東粤，相别逾十年。癸丑再至都，則頹然垂白矣。自是遂不復見。此冊爲辛亥手定本。……己巳四月則澐謹識。

（郭傳昌《惜齋吟草》卷末，民國侯官郭氏家集彙刊本）

澄齋日記

惲毓鼎

光緒廿三年（一八九七）十月初九日　午後，擬至樂家花園訪龐劬丈，途遇陳堯圃、濮梓泉、郭春榆諸小樞，偕至西宮門外觀水。

壬子年（一九一二）八月初四日　辰刻赴公學聯合會，申刻赴學報社。隆裕皇太后加恩實錄館臣，賞寶惠加寬大卷紅綢袍料（恭寫收條祇領，賞蘇拉代茶二元）。明日應詣養性殿謝恩，因拍電都督府促惠回京。時已三點多鐘，惠行至車站，晚車已開，回電不能來。余乃作書致世太保，陳明出差原委。得太保回音，允爲代奏。燈下作致周衡甫書。明日晤總裁郭春榆前輩，云館中有公摺謝恩。電問館中，已列寶惠銜名矣。

癸丑年（一九一三）正月十九日　九鐘起，入內哭臨。縞素乘馬車，穿金鼇玉蝀而行（此路光緒中年圈入西苑，遂爲禁地，近始放行，然僅馬車及步行人而已），至神武門下車，入門東行，歷夾道，過蹈和、履順二門，達皇極門外。宮闕無恙，慘然心傷。尚有舊蘇拉二人，引至學部朝房小憩。與誠果泉、延錫之、郭春榆、寶瑞臣、徐梧生共話掖庭情事。

（史曉風整理《惲毓鼎澄齋日記》，浙江古籍出版社二〇〇四年版）

挽郭春榆

夏敬觀

有道莫論跡，身歿志良皦。凡誠有不亡，一成詎云小。吁嗟遂如此，責固在師保。知君落葉詩，不忍日枯槁。每觀本益怠，吟歎生意少。眼中幾世臣，零落闔棺了。平生欠一詩，此際當贈縞。我言記其真，慮世益悠杳。

（《忍古樓詩》卷十二，民國二十六年中華書局鉛印本）

附録二　評論材料摘録

説雲樓詩草跋

樊增祥

余嘗謂石泉中丞之啟文安，猶審言之啟少陵也。文安之嗣説雲樓，猶庭堅之嗣黄庶也。讀文安跋尾數行，知按察公既登仕版，即專意吏事，不恆作詩。此一卷乃在三衢官署，手自甄録，視前所存稿略有增益。蓋少作居多，而晚間彌復蒼健，芊緜清麗，富於情文，兼饒福澤，斷非溧陽尉、長江主簿所能望其肩背也。郭氏自中丞公以至蟄雲學使，一門四世，簪纓相接，風雅相承，將來家集刊成，以視北宋錢氏駟馬錦樓之集，何多讓焉！　己巳二月樊增祥題。

（郭式昌《説雲樓詩草》卷末，民國侯官郭氏家集彙刊本）

題《匏廬集》

樊增祥

君本承平雅頌才，身丁巢晃廣明災。筆從史論縱横出，詩受天心鍛鍊來。同叔沖和終近道，蘭成詞賦善言哀。乾坤正氣惟忠孝，忍付昆池刼後灰。

傾蓋行京氣吐雲，白頭交誼益悁懃。同功烏鳥三松壽，各有龍鱗十抱文。兩榜晨星稀尺素，長安舊雨半荒墳。今從老輩求書種，除卻弢庵只有君。

漢臘猶存賴此編，傷心亥既與徂年。擊殘如意吟朱噣，著破麻鞋拜杜鵑。昔記回鑾金管鹿，今殊投井鉞函堅。天憐五季無風雅，特誕歐梅在宋前。

博通古籍與朝章，筆力千鈞老益强。蒼水居夷仍戀主，黃門客潁如還鄉。禁中兩制豈天語，刼後孤亭賦雪香。五十爲詩高北海，公詩更老十三霜。

（載郭曾炘《邴廬日記》二：戊辰年〔一九二八〕三月十八日，詳見本書。《樊樊山詩集》未收。）

十朝詩乘

郭則澐

卷一

《雅》、《頌》之作，嗣音殆希，惟唐虞世南、陳子昂輩，詠揚君德，爲後世傳誦。蓋由時逢貞觀，其盛業足以副之，非苟諛也。昭代系出金源，自始祖布庫里雍順定三姓之亂，衆奉爲貝勒。至景祖始大。再傳至太祖，奏薩爾滸之捷，歸附益衆，始即位定都。迨及太宗，允文允武，猶屈意行成於明。貽謀世祖，遂定大業。自是賢聖累作，區夏歸仁。讀全謝山《三后聖德詩》，乃知受命之符，力征匪尚。其詩述聖德者，曰『不殺』、曰『愍亡』、曰『大度』、曰『孝治』、曰『卻貢』、曰『久道』。《不殺》篇云：『上帝好生，有時當厄。粵若明之衰，喪亂尤亟。横縱羣盜，併爲二賊。二賊尤無賴，荼毒徧中原。殺人以食，殺人以眠。茫茫九有，莫洗此冤。上帝潸然，謂孑遺可念。乃命聖人，翦此僭濫。手持天漿，以消凶焰。聖人潸然，恭承明命。是余之罪，方州在阱。願無血刃，指揮以定。七萃所臨，窫窳崩剝。至仁無戰，坐消百惡。榑桑東升，欃槍夜落。枯楊自生，野禾自穋。草木訢訢，向榮觀化。乃告上帝，燔柴肆赦。在昔定天下，所嗜歸不殺。苟其違之，莫立莫達。上帝監觀，豈徒事撻伐。於維我先皇，允矣大慈。佛所不能救，而克援之。遂持威斗，惠我嘉師。豈僅及身，種之世世。文子文孫，守茲勿替。君子親賢，小人樂利。』注謂：『古來創業之主，未有如世祖仁慈者。故臣下多疑爲佛之後身。聖祖克肖，嘗曰：「朕生平未嘗妄殺一人。」大哉斯言，天命篤焉矣。』《愍亡》篇云：『古今興廢，何代蔑有。天之所棄，善者莫守。成敗論人，雷同百口。明有烈帝，手鉏凶人。勵精明作，薄視漢唐曰未醇。薄海望治，胡竟不振？上帝之眷，方臨東土。大厦將危，綢繆莫補。內奸外寇，乃崩裂以仆。至竟臨難，猶復堂堂。國君死社稷，于古蔚有光。貞臣十九，攀髯旁皇。聖人曰噫，茲家遘陽九。於志則賁，於義不疚。莫爲表之，何以示厥後？爰加誄謚，慰其瞑魂。爰降奎墨，碑其寢園。爰褒忠節，廟祀國門。南渡荒王，雖遭天絕，亦有賢督相，報國無闕。廩其耄親，大義烈烈。底須辨亡，定論嵯峨。誰稱廢陵，天子所訶。遺民感泣，沒世不磨。』注謂：『明思宗碑文出自世祖御製，稱其非亡國之君。又禮葬熹宗后、神宗妃。有稱「明廢陵」者，聖祖斥曰：「彼身爲天子，誰其廢之！」甲申諸忠，既予廟祀，復給其家田各七十畝。又賜史閣部母宅廩，以終其身。皆曠古盛舉也。』《大度》篇云：『伯夷采薇，定不可臣。商容長往，式閭空勤。成周之世，遐哉逸民。黃綺出山，終有慙德。良黨入朝，斯遭論劾。乃知冥鴻，大半避弋。亦有謝生，死於燕山。亦有戴生，死於長干。興王之勢，抗之則難。新朝大定，搜羅耆宿。良馬素絲，偏於空谷。謂宜翩然，風雲是逐。何期石隱，自外陽春。題詩義熙，紀曆咸淳。長哦老婦，或被吏嗔。天子莞爾，「其無强起。士各有志，諒難羈縻。朕有外臣，亦朕所喜。」土室李生，風裁何峻。翹弓不出，屬車下問。少微護之，罔遭悔吝。千仞德輝，在蠱之上。不有大度，誰成天曠。上堯下由，千古相望。』注謂：『開國之初，遺臣盡登啟事。其不出者，亦不强。聖祖再徵陝布衣李顒不至，及西巡，特賜存問。類此者不能悉舉。』《孝治》篇云：『大孝惟舜，達孝惟禹。誰其參之，曰我聖祖。睠懷至德，不分今古。溯厥嗣統時，問年尚少。雖曰守文，事同締造。神器克艱，敬承有道。克肖於天，天眷始深。先皇所未竟，彌高且壬。以此慰聖善，聖善愜心。慈雲曈曈，孺慕融融。一日三朝，定省兩宮。萊衣之舞，乃在九重。四方玉食，問膳已甘之；時巡所得，驛進必兼之。日加飧矣，斯樂且湛矣。泫然念臣僚，亦懷毛裏。胡驅馳疆場，而墨衰非禮？其令解官，廣孝之紀。乃開明堂，嚴父配天。萬國懽心，薦之豆籩。陋彼石臺，書何足傳。太歲在元枵，甲子重遭。曰「有懷先皇，朕心郁陶」。吁嗟孺慕，萬古爲昭。』注謂：『康熙六十年，臣下請行慶典。諭曰：「是皇考賓天之歲也。朕心戚焉，其勿慶。」又嘗以四川提臣何傳疏請，特許武臣終制。』《卻貢》篇云：『維帝之初載，西旅獻珍禽。雕籠熠然，貯以南金。請懸丹墀，以表媚茲心。珍禽能言，兼之殊色。以寫閒情，未傷盛德。宮門聚觀，曰百鳥之特。聖質不好弄，得之自天。底須師保，加以防閑。煌煌明詔，一何凜然：「諮爾虎臣，巖疆所倚。職在繕軍，以消烽燧。朕不貴異物，莫酧爾意。」百僚在列，聞之驚愕。鸞集於廷，鳳巢於閣。共卜太平，萬物其育。漢文返馬，史傳令名。晉武焚裘，世曰矯情。何如吾皇，得之沖齡。是後諸臣工，莫敢進奉。國有常司，地有常貢。六十餘年，不啟淫壅。』注謂：『是事在康熙二年。』按，《本紀》失載。《久道》篇云：『三百有一帝，享國誰久長。所虞歷年，或以耄荒。始終一德，曰惟仁皇。謂六十年，憂勤如一日。體元已久，便安莫即。聞之《尚書》「所其無逸」。謂始勤終替，功或一簣虧。鴻業所繫，燕游可危。菁華易竭，莫過時而萎。謂兢業依然，不知老將至。前途之計，後世之寄。耿耿此心，明命是諟。謂《易·遯》六爻，罔及大君。乃知乘龍者，焦勞沒身。遺世息肩，古所未聞。仰瞻橋山，遺弓在望。聖謨洋洋，讀之增愴。懸知精爽，于昭陟降。』注謂：『本聖祖御製《七詢》及遺詔也。』其述聖治者，曰『平賦』、曰『馭奄』、曰『尊經』、曰『觀天』、曰『視河』、曰『綜覈』。《平賦》篇云：『昔明增遼餉，驟至八百萬。未裕邊防，反成寇患。暫累吾民，豈知滋蔓。乃有真天子，應運而生。十三戎甲，所向無堅城。曰「朕知天意，將以甦疲氓」。章皇入關，爰授元輔。首收圖籍，祛茲疾苦。惟正有舊章，以告太府。民惟邦本，斯王政之先。所以受命，夫豈偶然。本支百世，何必更卜年。東南重征，相承累代。史賈以來，繭絲爲害。烈烈憲皇，蠲除清汰。世世有仁君，以覆我窮黎。三江五湖，草木盡酣嬉。前此《食貨志》，似此者希。』『元輔』謂范文肅文程。范本傳載：『師入北京，收諸曹冊籍，布文告、給軍需，事無鉅細，悉與議。明季賦額屢增，籍皆燬於寇，存者惟萬曆故冊。或欲於直省求新冊，文肅不可，曰：「即此爲額，猶恐病民，豈可更求哉？」由是民獲蘇息。』憲皇蠲汰之舉，謂豁免浮賦，並禁清查逋賦擾民也。《馭奄》篇云：『曰「廠」曰「衛」，明政之慝。「廠」蝕膏肓，「衛」爲之翼。宮隣金虎，逞其大逆。烈帝甫臨朝，退黜一空。俄不自持，死灰復融。竟以致敗，論世有餘恫。天子東來，大反罷政。妖鳥之巢，掃除必淨。廓然宮府，一體無競。流落十常侍，尚有餘梟。累降不恥，曰故司禮曹。希圖得閒，列於新朝。汝倖免誅夷，尚不自愧。更譊譊訨訨，其又奚爲？並彼衛人，游魂共棄。如聞滇王，尚寵王坤。不覆車之戒，而故轍之循。固宜熸火，不克自存。至今奄寺，薄充灑掃。雖有巷伯，亦安枯槁。殿陛雍雍，親宦官之日少。』注謂：『司禮，指曹化淳。化淳，明故奄。率黨來降，意不失富貴，竟擯不用。且鑒於明代汪魏覆轍，命干政者淩遲處死，立鐵牌爲戒。是二事，皆有明秕政，首剗除之，觀聽一振。』《尊經》篇云：『昔漢諸宗，石渠觥觥。博士在列，各有師承。猶參緯候，擇焉未精。唐之貞觀，始作《正義》。孔賈尸之，《釋文》陸氏。或嫌專門，多所芟薙。天水新學，出於荊舒。牽以《字說》，附會有餘。以致楊陳，抨剝紛如。降而《大全》，采摭荒隘。尊經不善，適以滋害。聖學興衰，上關運會。聖皇在御，奎、婁降祥。祖濂禰洛，宗朱社張。六經心得，豈徒表揚。乃簡侍臣，大披甲部。薈萃菁華，爬梳錯互。雖主宋儒，所戒在固。墨守既除，諸家便便。有所未決，質之帝前。析疑糾繆，其言粹然。書成齋沐，虔告北辰。以示南車，正學所遵。郢書放之，燕說焚之。皇皇四編，兼車莫竟。其芒則賢，其色斯正。但留《三禮》，以需嗣聖。』注謂：『聖祖推崇朱子至矣，而論經間有異同。世宗亦然。』按：康熙時嘗纂定七經及《周易折中》、《詩》、《書》、《春秋》傳說，所云『大披甲部』謂此。《觀天》篇云：『哲后聰明，得之天授。洞幽察微，靡所不究。乃至奧學，一空前後。《周髀》、『宣夜』，自古紛然。周公不作，商高失傳。遂令曆象，仍世謬舋。上國乏材，求之海外。蠔鏡僑夷，自稱津逮。高坐靈臺，五官下拜。間有學者，思綜中西。所見則是，其力莫幾。三曆同異，孰窺藩籬。哲后曰「吁！朕足了之。周商之學，西人竊勦之。假而不返，莫探討之。爰持璣衡，籌沵春容。測圓割圓，以次折衷。二十八宿，捫於朕胸」。則有布衣，召對宣室。所見與天同，奏其著述。益喜不孤，重黎歎絕。布衣之老，誰受遺書。有孫茫然，哲后爲吁：「朕其授汝，即侍石渠。」』注謂：『少宰梅瑴成事。瑴成祖定九，名文鼎，精於天學。以李文貞薦，召對稱旨。瑴成未得祖傳。聖祖召入南齋，一一授之，後官至都御史，謚文穆。是二事兼見聖學。』《視河》篇云：『誼辟愛斯民，首諮溝洫。河防在望，時蒿其目。支祈雖縶，疏瀹恐未足。由宋以來，水道一變。合淮於黃，漕卒之便。所關在太倉，以粒我畿甸。載稽明史，曰宋曰潘。大小清河，寔賴以安。其誰嗣之，春流秋汛念狂瀾。帝累南狩，豈以事游豫。四瀆混三條，職思其懼。「朕將荒度，纘禹之緒。昔我有臣輔，於茲宣勞。三犀未泯，祀以中牢。乃相度高下，庶遏狂滔。」河臣瞿瞿，凜遵天語。隄斯隖斯，不濫不淤。帝頻臨之，二十餘年慶安處。沮洳父老，感誦神功。豈若漢武帝，負薪歌恩恩。遂探禹穴，以觀浙東。』注謂：『河臣張鵬翮治河奏績，胥秉聖訓。詳見世宗所撰《聖德神功碑》。「臣輔」謂故河臣靳文襄。聖祖三巡江南還，有詔獎其遺績，追贈宮銜世職，且敕建祠河干祀之。』末爲《綜覈》篇，則頌世宗之飭法云：『昭代鴻業，三葉加隆。章皇定之，仁皇充之。豐亨豫大，天下攸同。萌牙之生，每於極盛。敦裕之餘，漸亦爲病。道在更弦，因時立政。張而不弛，莫克久持；弛而不張，馴至陵遲。一張一弛，文武之歸。泰陵曰「都，整我天憲。虺潛蠹伏，朕所畢見。」謂姑容之，且成魚爛。監於前王，亦豈有偏。以殷之肅，濟周之寬。水火互乘，補捄其間。欺妄除矣，奸宄懼矣。門戶苞苴，漸以去矣。泰陵曰「俞，宜加雨露矣。惟辟作福，惟辟作威。威之所董，福即隨之。民亦有言，吾今始知。政之未協，得《易》之《震》。亦既澄清，有孚勿問。」聖人陶陶，援琴解慍。』諸詩，留垞《詩話》僅載其目，先文安公手評，以未錄全詩爲憾。茲備錄之，循先志也。一代之興，其所以衍洪緒、承天庥者，豈偶然哉！

故事，禮部每於冬季演《慶隆舞》，即所謂『莽式』也。略如古者之陳百戲，多象關外舊俗。新年大宴，則於太和殿前奏之。曹升六《觀樂行》云：『高歌不復辨宫商，似爲艱難王業奏。』蓋所以述鴻業、揚耿光也。吴元朗《禮部觀樂歌序》謂：『丙寅冬至前一日，禮部莽式。尚書、左右侍郎南向坐，有公卿服紫貂者二人東向坐。堂下金鼓雜作。少焉，陳百戲於庭。執紅編竹器，狀如小箕，而左右向者數人；騎而披甲載兵，手旌旄弓矢之屬者八人；戴赤色假面，披黑羊裘，横刀而前者五六人。進退止齊如戰陣。俄而騎者勝，横刀者敗，執馘獻醜如受俘然。既退，復有綵色戎衣，持一險竿而趨者一人；隨而騰身跳踔，往來如飛者數人。詢之堂吏，曰此高麗筋斗法。又有二童子，各首戴甆盆，口銜一小竹枝，上下俯仰，以竹叩盆，鏗然可聽。凡所爲悦心駭目者，不可勝紀。頃之，本部梨園子弟上堂奏伎，彷彿類元人院本。曲終，二人揎袖起舞，動摇頓挫，皆按節拍，與堂右一人歌嗚嗚之聲相應。視之，則服紫貂而東向者也。』其詩云：『黄花十月罷冬狩，天門萬乘爭飛揚。朱韝側目海青倦，鷹人夜閉天鵞房。大庖充盈從臣醉，紫駝出釜燒黄羊。由兹三冬例脩讌，玉階奔走儀曹郎。數人執旄導且立，中權後勁參顔行。三聲觱篥摐鼓動，松山千騎驕騰驤。飆如陷陣蔽原野，歡如獲醜獻廟廊。虎臣稽首秬卣賜，緑沈赤葆交旗槍。須臾參差手伎入，高麗筋斗各闘强。錦韉絳帓往來便，翻身如電摇朱光。花瞿頭戴口銜竹，翻覆不墜聲鏗鏘。《清商》别部更前奏，曲終爲樂歌泱泱。公卿揎袖起且舞，銀貂垂手紛低昂。回旋頓挫巧伸縮，睥睨驚座鬚眉張。』寫來聲容並茂。是舉示子孫以創業所自，用意至深，同光後猶沿襲不廢。先文安公在禮曹，嘗目覩之。

卷一一

翰林改部郎者，類於左官。而雍正初年以銓曹清要，每缺員，輒奏請於翰林官揀選引見，重其選也。王樓山以庶常補吏部員外，喬丹葵以檢討改吏部郎，皆雍正三年事。厥後，丹葵撫蘇，樓山適由給諫出爲江安糧道。樓山輓丹葵詩云：『天門射策隨肩日，江上乘驄攬轡時。』述宦迹之相同也。丹葵治吳，脩治海塘河渠，吳人德之，官至少司空。惜隆隆遽絕，未竟厥績。陳文恭亦由檢討改吏部郎，旋轉御史。出知揚州，擢江南驛鹽道，俱帶御史銜，得便宜奏事，尤爲殊遇。迨建節鉞，歷十有二省，凡二十有一任，洊陟綸扉，恩遇特厚。張少儀《桂林相國輓詩》云：『絶學瓊山後，昌言給諫初。勤宣中外績，力闢聖賢書。主上知孤立，神明懍獨居。古來房杜輩，篤行幾人如。』謂文恭主不欺之學也。承明改除，每有弱水迴風之恨。先文安公《題館選録》云：『後日升沈不繫此，問津試向過來人。』如數君者，豈以坐曹爲屈哉！

卷一四

京闈分校者多出詞苑，往往於闈中互以便面箋絹乞書。故事，分校限用藍筆，即擩染靛藍爲之。其善繪者，或隨意作蘭竹，亦别具幽致。馮玉圃乙卯、丙辰迭預分校，有『握槧故應吾輩事，尋巢仍屬去年人』之句。中秋後二夕，對月賦詩，索同事傳和，裒然成帙。又有《秋闈述事》詩云：『秋日杲杲穿疏櫺，十有八人共一庭。新知舊友並歡洽，合併何啻風聚萍。書生結習自冷淡，爭趨翰墨如羶腥。入闈之始尚多暇，諧笑閒作能忘形。競出箋縑互相索，箋頭小字羅繁星。或橅《乞米帖》，或仿《籠鵞經》，或録吟句傳芳馨。集裘綴腋錦合屏，斜行矮格光熒熒。我輩濡毫禁用墨，青泥黯入孤燈青。暫假隃麋一揮灑，恍逢故物腕頓靈。人生良會豈易得，結緣如此天所令。時藝林亦佳話，不愁帀月長嚴扃。』嚶鳴之樂，主司所不逮也。監臨及内監試，例用紫筆。余童時見先祖按察公充内監試，闈中所作家書皆紫字。十年前，檢得先曾祖中丞公監臨鄂闈，擬作《四書》文手稟，亦紫筆草成。裝池什襲，奉爲家寶。先文安公題絶句云：『三度文衡總向隅，九重溫語念寒儒。傳家自有胭脂筆，手蹟猶堪一集都。』蓋中丞公在翰林，未與衡文之役，曾蒙文宗垂詢慰諭。瑣闈故事，後此更無知者，謹附志之。

卷一九

王定甫《題惠邸受印圖》云：『赤舃丹心勵永肩，靈符自昔倚親賢。禡牙九日霜旌健，凱樂三霄繡斧全。築版煙塵銷北地，夾江金鼓震南天。休言從事多微賤，圖畫還叨姓字傳。』蓋作於征捻凱旋之後。國初，王師入關，太宗以大將軍印親授睿邸，遂定中原。印藏於皇史宬，歲久不輕用也。捻寇熾，惠邸銜命督師，僧忠親王爲參贊，統京旗及蒙古兵出征，文宗命取是印親授惠邸。迨寇平，逆酋林鳳祥、李開芳生致闕下，行獻俘禮，仍歸印於皇史宬，惠邸乃作圖紀之。按：皇史宬爲尊藏累朝《實錄》之所。高槎客嘗奉命入宬檢書，因作《檢書行》，有云：『舍人手啟魚鑰篋，禁軍伏地語喁喁。燿如雲帆轉曲岸，洞門雙扇開燿𤇆。宬製穹頂竹半筩，旁牖冶鐵塗以銅。峩峩石室相對立，長磴連亙巨璞攻。安置金匱二十六，籤牌夭矯拏虬龍。』略見史宬規制。黄𦊆堂《跋》稱《西河集》載：『皇史宬垣壁皆石甃，置金龍蟠匱其中，用章京四、披甲二十典守，皆選年老者。』槎客詩所謂『禁軍』也。近年《德宗實錄》告竣，猶遵故事，尊藏於皇史宬，先文安公爲副總裁。恭紀有云：『御河路轉小南城，典守猶餘老禁兵。兩翼分排金匱燦，九霄上燭玉虹明。檢書供奉長歌壯，受印親藩異數榮。欲證舊聞遺老盡，文謨武烈想承平。』注謂：『皇史宬舊藏《永樂大典》及經史諸書，今僅存列朝《實録》，據乾嘉諸老考證，其《永樂大典》與翰苑所藏者別是一部，不知移歸何許。

卷二一

樊雲門方伯丁丑通籍，預館選，作《春明雜事》詩多首，云：『榜花初坼滿堂歡，猶鎖靈扉十二環。青鳥已銜仙籙去，一時傳寫徧人間。』謂紅録也。寫榜時，每一名寫竟，則榜吏密寫其名繫於磚，擲於垣外，外間遂得徧傳，謂之『紅録』，而泥金之報隨至矣。又云：『集英門外綴行齊，内使傳呼散御題。引向丹墀三拜起，兩行分就殿東西。』『御廚不托鏤成花，殿上人人得拜嘉。寫到江都第三策，中官傳賜雨前茶。』『黄紙絲闌界畫勾，舍人塡出榜花新。書成五鳳樓前挂，三百人皆賜出身。』紀殿試也。試日，策題用黄紙謄刊，與試者拜領，人各一紙。賜食、賜茶，皆是日事。甲第既定，揭以黄榜，由進士或五貢出身之中書四人分寫，張於午門外。又云：『賜衣擎出午門邊，幾費江淮月進錢。莫怪後生材地薄，宮羅都不似從前。』謂新進士例邀賜絹，俗稱『表裏』，絹薄如絲，久成具文。又云：『朝天午夜入皇城，内裏傳籌未六更。見說兩宮梳洗漫，玉階鵠立候天明。』『玉座前頭列近臣，綠籤名字御前陳。後邊隱隱遮宮扇，知有垂簾女聖人。』紀引見也。凡引見，皆用綠頭籤書銜名呈進，見訖發還。又云：『君恩特敕入槐廳，雙鵠花前謝聖明。五色天書侵曉降，玉堂前輩與宣名。』謂述旨也。翰林官初入玉署，於堂墀列跽，學士捧旨口述之。又云：『團司設飲好風光，闕宴依稀似李唐。總爲橋陵工未訖，教坊不敢奏《伊》、《涼》。』謂團拜也。新進士釋褐後，會飲張樂，兼宴師門，曰『團拜』。時在光緒三年春，猶是遏密八音之際。又云：『上學爭持一卷書，相公催課又傳呼。不知誰是淩雲手，許帶牟尼百八珠。』謂館課也。新庶常，例派大臣教習，資深編檢分教。到館日，各攜《大學》或《尚書》一部，以取吉兆。館課試律賦及試帖，首列者直武英殿，得掛朝珠。館在宣武門內，有老桑，以其葉治目疾奇效。先文安公有詩云：『王人微在諸侯上，殿體摹書愧未工。老託青盲吾亦得，漫思乞葉洗雙瞳。』注謂：『庶常入館，吏先送認啟單，列應謁前輩科分次第，及與中外大僚相見禮節，末有「王人雖微，在諸侯上」之語。』光宣季年，翰林紛紛奏調，清秩始輕。

卷二二

甲午之役，朝鮮以匪亂乞師。李文忠檄提督葉志超、總兵聶士成率師往。上以綏靖藩服，宜策萬全，復飭增調。續發諸軍既集，以志超統之。日本窺朝鮮久矣，至是釁啟。志超督師久無功，宋慶代之，亦屢挫。馴至犯我遼瀋，震及都畿。志超與提督衛汝貴等，俱以失機逮問。其以死綏聞者，則總兵左寶貴死於平壤之戰，海軍副將鄧世昌死於大東溝之戰，侍衛永山死於鳳凰城之戰，提督楊壽山死於蓋平之戰。威海陷，守將戴宗騫死之；劉公島陷，水師熸，提督丁汝昌、總兵劉步蟾俱死之；亮甲山告捷，參將劉雲桂、守備趙雲奇陣歿。於是近畿門戶不保，海軍精鋭俱盡。先文安公題魏默深《海國圖志》所謂『一場孤注閩材盡，橫海樓船泣水犀』者也。閩廠剏議由左文襄，而成於沈文肅。三十年來，管帶、駕駛多八閩子弟，死綏將佐若鄧世昌、若劉步蟾，皆閩籍也，而鄧戰死尤烈。論者謂是時海軍尚不弱，繆郈生鍾渭《弔鄧總兵》詩云：『陰雨黯墋海氣黑，王濬樓船誓殺賊。兩軍鏖戰洪濤中，雷霆鏗訇天異色。高密後裔真英雄，氣貫白日懷精忠。礮石縱擊亂如雨，血肉激射鯨波紅。敵艦紛紛多擊毀，我舟力盡亦沈水。不分猿鶴與沙蟲，全軍盡葬魚腹裏。將軍歷險得生出，當留此身待異日。志存滅虜圖再舉，疇謂將軍節遽失。將軍大呼曰不然，寧爲玉碎毋瓦全。誓與士卒共生死，人死我生胡靦顔。嗚呼人生孰不死，死亦要貴得其所。重如泰山輕鴻毛，流芳遺臭俱千古。將軍視死甘如飴，凜凜大節青史垂。嗟彼軍前伏法者，畏敵如虎亦奚爲。』余嘗見鄧公遺象，英姿玉立如書生，而臨難勇決乃如是。沈濤園中丞《哀餘皇篇》亦甲午年作，其詩云：『城濮之兆報在邲，會稽已作姑蘇地。或思或縱勢則懸，後事之師宜可記。昔年東渡主伐謀，嚴部高壘窮措置。情見勢絀不戰屈，轉以持重騰清議。鐵船横海不敢忘，明恥教戰陳六事。軍儲四百餉南北，並力無功感盡瘁。宋人告急譬鞭長，白面將軍臣請試。欲矯因循病鹵莽，易簀諫書今在笥。蓄艾遺言動九重，因以爲功疑可嗣。誰知一舉罷珠厓，東敗造舟無噍類。行人之利致連檣，將作大匠成虚位。子弟河山盡國殤，帥也不才以師棄。即今淮楚尚冰炭，公卿有黨皆兒戲。水犀誰與張吾軍，餘皇未還晨不寐。州來在吳猶在楚，寢苫勿忘告軍吏。』『東渡伐謀』，謂其尊人文肅公率師渡臺事。時在光緒初年，鯷人窺臺，隣伺已迫，有猛在山，采藿戢謀。『易簀諫書』，則述文肅遺疏，老成深慮卻顧。而二三少年，張皇急功，慫恿一擲。誰秉國鈞？何所逃責？

卷二二

西山福順寺向無僧衆，爲内監退休之所，俗稱『響塘廟』。恭忠親王爲易今名，書額。寺有『退思室』，額亦王手書。貝勒載瀅爲王次子，有《福順寺》詩云：『居山最宜深，登山最宜曲。曲則幽趣多，深可遠塵俗。我愛福順寺，柴門隱山麓。盤旋石徑長，坦步如平陸。原野望無窮，山景攬全局。最宜首夏天，入戶羣峰緑。去年初識途，今來踪跡熟。公然作主人，住持皆舊僕。先澤餘蔭長，名稱居士屋。退思伴雲霞，幽懷散花竹。得句呈佛看，開窗讓雲宿。倚石聽澗泉，過雨拾園蔌。安排自在身，天假清閒福。知非尚未能，已得從所欲。』又，光緒間宮監擅權者，人但知安、李，而不知有印劉。劉名連印，爲總管，聲勢與蓮英埒。有别墅在西山獅子窠，地當山口，長廊架空，畫壁精絶，下瞰玉泉、昆明，如在足底，有『碧雲天』三字題額。先文安公《山游》絶句有云：『真見秦頭壓日偏，孤亭突兀倚層顛。碧雲已鏟衣冠墓，此地誰知别有天。』即詠其地。今長廊已圮，遺跡猶雄跨山椒。

卷二三

蒯禮卿京卿，子範太守子也，與趙寅臣同典黔試。得戴壽臣錫之卷，禮卿亟賞之，而寅臣意不合，遂各爲去取。戴得雋，壬辰復捷春官。其人貧甚，且拙於書，自分外用。禮卿謂之曰：『寅臣自負工書，乃不入承明，吾當助子館選以媿之。』爲備贄、假冠服以謁師門，且使助同年龔某爲文，而龔資其旅用。每試，以書劣，皆置下等。迨朝考，龔爲分致卷頭，戴卷在薛雲階尚書手，已擯落矣，諸公潛移之，遂以高等入翰林。甲午，當散館，不至；乙未，預託同鄉官投卷，及期，復不至。點名官詰具結者，飾言戴臨場患病，使館人結證，事得寢。臺諫聞而劾之，兼及朝考關節。命大臣按之，檢其卷，則文理草率，書尤拙劣。奏上，閲卷大臣皆奪俸，戴撤銷庶吉士，以知縣即用。是科胡宗武嗣芬入翰林，戴與素契，爲《明妃奇漢宮人》詩云：『君似碧桃種天上，我隨飛絮落人間。和親也是君恩重，從此琵琶去不還。』『學畫顰眉本未工，承恩偏在畫圖中。愁心願化光明燭，夜夜長門照輦紅。』頗得風人遺旨。卷頭之説，見於趙甌北《簷曝雜記》，其風相沿久矣。余癸卯通籍，先文安公獨不許預送。張冶秋師閲覆試卷，置余前列，謬承獎許。出闈，即詣先公稱賀，且索殿試卷頭。先公婉謝之，既而詔余曰：『士大夫進身之始，不可苟也。』余謹識之，附録以示子孫。

先文安公久直樞垣，有《與樞直舊友追話諸老軼事》詩數首。其云：『圖讖説淳風，禍唐知不免。鄉曲老書生，乃亦妖夢踐。前生故渺茫，置身忽鼎鉉。私印默自鐫，晝禪且游衍。』謂南皮張文達也。文達微時，嘗夢跪大士前，一白猿前跪，與大士言不可辨。大士顧文達曰：『汝善輔之。』又嘗夢大學士陸潤庠、粤督袁樹勛爲割地使，二公時猶未貴。又云：『南厓非奸相，門下乞削籍。謬種孰流傳，亦被《春秋》責。和議處兩難，羣矢期中的。智哉衛足葵，急流能勇決。』謂濟寧孫文恪也。文恪以主和被謗，門生某至絶迹其門，後其人亦爲清議所斥，二者非一事也。和議成，文恪遂引退。又云：『烽火照甘泉，宫車急西邁。七十秃老翁，抱印趨行在。八議首懿親，青蒲偶獨對。呂端不糊塗，沈默姑養晦。』謂仁和王文勤也。拳亂時，端邸有疏劾文勤，請正法。慈聖以問榮文忠，文忠曰：『他人臣不敢知，若文勤，則共事日久，臣敢以百口保之。』因得免。文勤同入對，病聾，初不聞，見文忠叩首亦叩首，及退始知之，猶震懼失色。迨端剛斥罷，文忠方留京，文勤獨對者兼旬，懲凶詔旨，胥由手定，世以模棱目之，失文勤矣。又云：『藏地連西南，全蜀藉屏蔽。維州已歸順，廟謨忍輕棄。桑榆猶及收，薦賢亟自代。碧血埋萇宏，誰理西康議。』蓋記定興鹿文端論西事語。『碧血』句，謂伊犁將軍志文貞也。又有《過故相榮文忠東廠舊第感賦》云：『沙隄舊蹟未全蕪，猛憶遺言重感吁。作柱持荷嘲太枉，成圍種柳計終迂。蛟龍豈是池中物，螻蟻先爲地下驅。今日朱門誰是主，夥頤富貴亦須臾。』自注謂：『項城初任直督，即求兼領山東。公詢余故事，余舉年羹堯、鄂爾泰、李衛以對，且云：「此康雍時事，非今日所宜援。」公首肯，因言「此君志望甚奢，吾常裁抑之，然環顧無人，異日恐終當執持朝局」。』又，辛丑回鑾後，中外復言變法，孝欽亦欲藉是鎮羣議。時公已抱病，間談及，謂『茲事體大，非吾力所勝。其成其敗，幸病軀當不及見耳。』言次皆歎息不已。此爲外人所未盡知者，敬彙紀之。

拳亂亟時，匪衆口號曰：『必斬一龍二虎。』『二虎』謂榮、李二文忠，『一龍』謂德宗也。李文忠先以大學士留京，榮知其不容於衆，假監捕康梁爲名，薦之督粵。使仍留京者，危矣。董福祥軍亦隸武衛，當奉命攻使館。陰取榮意旨，榮教以向空發槍，但使禁中聞之，故使館得保。其時保護外使詔旨，及饋使館瓜果，亦皆榮主之。王壬秋《過榮文忠故宅》詩云：『丞相新居近御垣，當年櫪馬夜常喧。宮衣一品三朝貴，門客長裾四海尊。調護無慙狄仁傑，池亭今似奉誠園。祇應遺恨持節使，重憶荼瓜感夢痕。』歸功調護，實公論也。『東南互保』之約，外則李文忠、劉忠誠協謀定策，而榮文忠、王文勤居中策畫，亦力贊厥成，其間往返商榷，胥由先文安公任之，故知之特詳。當縱拳毀教詔下，忠誠知拳禍已成，密諮於李文忠。文忠覆云：『此亂命也，粵不奉詔。』忠誠因與文忠謀，權宜訂約，兩不相犯。張文襄初頗持重，至是亦贊其議。或謂朝廷詔令不行於疆吏，國紀之墮由此，故時人有詩云：『楚襄雲雨暗高唐，誼士徵文痛子長。不道范韓兼節鉞，卻成吳越畫封疆。登樓八座惟清嘯，吹角三公是拍張。左轂爭鳴青史在，君臣大義未銷亡。』蓋託於《春秋》責賢之義。不知所謂大臣者，首在安宗社，況兩宮困於危城，詔令半由矯託，權宜靖變，事豈得已！忠誠之薨，追封男爵，賜其子京卿，以獎成勞，益彰公是。榮文忠輓以聯云：『老成謀國，中外同孚，大局倚安危，天許忠誠無愧色；道義訂交，初終一致，平生共休戚，我尤悽痛失知音。』對語隱指其同爭廢立及協籌『互保』諸事。王薇隱《輓忠誠詩》云：『惻愴黃臺諫，綢繆《丹扆箴》。抗言惟正色，變局足寒心。君實知名久，夷吾屬望深。如何傾一柱，江海未銷祲。』『往者黃巾亂，東南半壁支。畫江成奠定，專閫有權宜。讀史知周勃，論功首傅岐。分茅公望在，終勒潁川碑。』亦分述二事，語特深重，是可謂知忠誠者。張季直《送新寧督部入都》詩云：『戊己堂堂兩奏傳，勛名況自中興年。主恩新錫黄銀美，物論終歸赤烏賢。豈有皋夔容老退，應無牛李到公前。鋒車江上來還日，堯日煇煇正滿天。』則作於庚子事前，僅即其匡扶皇極者美之。

先文安公《題蘆臺聶忠節祠》句云：『鼓鼙今日思應晚，萋菲盈廷死亦休。』傷其以謗死也。忠節統武衛右軍，稱精鋭，知拳匪之不足恃，嘗主戡亂保境，言於直督裕公，不能用。拳匪深恨之。未幾，聯軍入犯，謠諑益繁，羣指其通敵。忠節憤甚，督師赴敵，力戰死，以自明也。卹詔猶有『多年簡練，不堪一戰』之語，蓋羣奸搆誣，非出上意。鄒崖《庚子圍城雜感》有云：『作事使人疑，將軍乃死之。罪臣同馬謖，朝論比劉豨。但使心如水，終當革裹屍。健兒分水嶺，故壘颯秋颸。』即述其事。忠節戰死，遺蜕雜亂軍中，不可得。時兩軍方鏖戰，其部將王懋宣提軍懷慶乘夜冒鋒鏑，周涉葦塘，摸索得之。殮以禮，護其喪南歸。途經滄州諸壇，猶屢瀕於厄。論者並高其風義。先是，甲午之役，忠節軍駐朝鮮成歡，以五百卒當日軍數千卒，擊退之。會高陞運船燬，援斷糧絕，乃全軍從統帥葉曙卿由牙山退至平壤，其勇略可見。周慤慎《聞聶功亭軍奏捷志喜》詩云：『出險二千里，艱危一月中。渾身都是膽，絕口不言功。莫補亡羊計，真成搏虎雄。從來多算勝，誰爲策元戎。』然則忠節豈怯於大敵者哉！

寶文靖詩云：『雨華峻閣插青冥，法鼓金鐃震百靈。佛意去邪期務盡，鴛鴦橋畔撂巴苓。』所謂『撂巴苓』者，宮中年例，臘八日，於中正殿送祟，召喇嘛襄事，鐃鼓雜作，排當甚盛，以麵作鬼怪狀，送至神武門西棄之。蓋即驅儺之意。先文安公嘗言：『每歲除，循例詣慈聖，行辭歲禮，見庭次堆松枝秫稭，宮女豔妝者數十輩蹋行其上，週繞不已，亦滿俗也。』惜無賦之者。

熙朝科目取士，沿朱明之舊。然國初制藝尚理法，中葉乃尚墨卷，已非先輩風矩。同光以降，國勢寖衰，論者始歸咎於八股取士之失。慈聖懲庚子之變，謀以新政收人望，乃於行在設政務處，通籌因革。自光緒壬寅鄉試，始改試策論。自甲辰會試後，始廢科舉，以中外大學專門卒業者試之於廷，爲舉人、進士，張文襄、袁慰庭力主之也。仁和王文勤晚年在政府，簡嘿自晦，獨於廢科舉一事持異議，至以去就爭之，世病其迂，及今思之，固有深見。先文安公《題中丞公同治癸酉鄂闈擬墨原稾》有云：『模楷非徒多士資，公忠默與古人期。一朝功令興亡繫，絕憶中書抗議時。』『中書抗議』，謂文勤也。中丞公權督兩湖時，文勤爲鄂臬，嘗密疏論薦，不逾年，即開府湘中。文勤生平未掌文衡，惟庚辰、癸卯兩與殿試讀卷，文安公與不肖適出門下。文字淵源，若有前契。何平齋丈追懷文勤句云：『模棱莫便騰疑謗，蒙難端應仗老成。』謂其庚子在政府，綢繆大計也。當光緒中年，制義未廢，總稅務司英人赫德之子承先亦習之，嘗籲請以監生應試，不許。虬髯碧眼，且有志觀光，何嘗以科目爲詬病哉！

戊戌新政，經濟特科其一也，制視詞科，薦者累牘，以政變而罷。辛丑，復有詔舉行，則由嚴範孫學使疏請，而張文襄力主之，於是九卿以上及督、撫、學政復各舉所知。癸卯夏，召試於保和殿，文襄適由鄂督入覲，獲與閱卷，自紀詩云：『國勢須憑傑士扶，大科非比選鴻儒。阮文兆武吾何敢，忠孝專求鄭毅夫。』『阮文兆武』者，阮文達於道光十三年以滇督入覲，充會試總裁；兆文襄於乾隆二十六年以定邊將軍凱旋，充殿試讀卷。外吏典文衡，不多覯也，故以爲喻。文襄初以召試曠典，力主多取重用，守舊者非之。初試，梁燕孫士詒首列，羣疑爲卓如之族。及覆試，仍首列，楊皙子度亞之。皆於揭曉前撤去，而務求其文旨平正者，於是袁樹五同年以榮文恪師言拔第一。然燕孫、皙子後以論薦得京卿，駸駸大用。而特科所取二十七人，登用皆不優，庶常免散館，主事免學習，外吏以原官用而已。先文安公與覆試閲卷，言是日各衙門堂銜多注假，列名者僅八人，遂俱獲派。衡文非畏途也，而規避若此，是足覘當日風尚矣。周愨慎子立之觀察舉特科，覆試落第。愨慎示以詩云：『經濟談何易，高名不可居。薦賢知已誤，於爾計非疏。國事椎心日，吾儕嘗膽餘。春風豈私物，何必問吹噓。』余獲舉而未與試，先公謂盛名難竊也。

國初沿明制，州縣得行取爲御史，其時科道猶七品也。後行取例罷，御史需員，由編檢及六部郎員中保送，於考試後記名傳補，相沿久矣。宣統初，復改由京外大臣保薦。京官自實缺中書以上，外官州縣以上，曾任實缺者，皆得列保。輕朝廷風議之司，開門戶黨援之漸，甚非立法初意也。於是蕭新之同年丙炎以中書擢，周熙民師以霸州牧擢，皆緣薦舉考用。岑雲階督部舉權梧州守高嘯桐鳳岐，試列第一，竟不用，蓋樞邸忌西林，故並抑之。先文安公《贈嘯桐》絶句云：『百蟄乘春得氣爭，黄鸝紫燕競新聲。豈知戢羽朝陽鳳，不露文章世已驚。』又云：『是非青史爭何益，朋黨中朝去大難。當代南雷人不識，枉將餘瀋拾翁潘。』時方議亭林、梨洲、船山從祀兩廡，其議固發自翁文恭、潘文勤也。陳散原《贈高太守》詩第三首云：『怪事夫何如，狡獪匪細故。行取置諫垣，開國有制度。明詔復其初，外貢治行著。君名列第一，薄海仰嘉譽。倉猝改廷擢，兒戲遺之去。曠典三百年，顛倒徇喜怒。大臣孰尸之，寂未問三疏。出處焉足論，吾爲綱紀懼。』言官用舍，權貴持之，君子知朝事之不振矣。太夷《贈嘯桐》詩有云：『使子爲諫官，奸佞必敗露。』其端豈不由此，亦惟太夷能探喉道之。

孔子升爲大祀，亦是年事。時以鬼説日滋，乃倡議尊孔，故有是詔。陳庸庵督部紀詩云：『嗟麟歎鳳恐非倫，德配天乾與地坤。滄海横流文未喪，崇祠升祔道尤尊。金絲舊出魯王壁，玉詔今頒堯母門。夫子廟堂碑可續，四朝耆宿曲園存。』時曲園翁尚在，亦有詩紀事也。同光以來，亭林、梨洲、船山之學，漸興於時。光緒初，陳伯潛閣學嘗請以亭林、梨洲從祀兩廡，孔學政祥麟疏請則兼及船山，下部皆議駁，潘文勤、郭筠仙爭之不得。至是，趙芷孫侍御復以爲請，下廷議，持論多異同。先文安公時官少宗伯，單銜補疏，具言三儒有功熙朝，足爲後學津逮。且時方尊孔，必兼及三儒，乃見聖學之大，遂邀俞旨。先公《追檢疏藁》詩有云：『梨洲倡民權，船山區種族。匹夫任興亡，亭林志尤卓。諸賢生不辰，采薇踵芳躅。危言或有激，大旨無踳駁。禮官議從祀，抗疏紛抵觸。吾獨不謂然，反復再補牘。專制數千年，本沿秦政酷。世變窮則通，安能終抱蜀。濂洛信正大，學子已倦讀。欲振頑懦風，此或置郵速。』原疏大意，略見於此。時張文襄在政府，亦力主之，故得邀允。

先文安公總裁《德宗實録》，在館紀事詩有『清選和聲久寂寥』句，蓋用光緒初年修《穆宗實録》故事。自丁丑以成書過半入告，寔則全書已具。同館乘暇，遂多唱酬。劉博泉侍郎編次成帙，寶文靖取樂天『紀事之官，一時清選』語意，署曰《清選和聲集》。文靖《贈提調官錫厚庵》云：『雲篆紗籠定命尊，達夫晚達總天恩。黄楊遇閏區分寸，翠柏經冬鍊節根。朱蔡至交呼老友，崔盧舊誼齒諸昆。巡檐且共梅花笑，詩滿奚囊酒滿樽。』厚庵以布政使銜江西糧道，留京充提調，後改用京卿。『雲篆』者，其世襲輕車都尉服也。厚庵有句云：『翻教鶡尾中郎將，强對蛾眉供奉班。』亦謂此。集中嵩文恪、孫文恪以下，皆有詩。迨《德宗實録》開館，中值遜政，總裁始終其事者，惟陳伯潛太傅、陸鳳石相國、寶瑞臣侍郎及先文安公。經費無出，筆札皆捐資任之，終得成書，尊藏如禮。伯潛太傅有《同館公讌》詩云：『孤臣無分再瞻天，晚直瀛臺輒泫然。復土何年稽一哭，細書終老息諸緣。看看興慶班餘幾，歷歷開元事滿前。他日《夢華》各成録，能忘此會玉堂仙。』又，《頒賜館員紗葛恭紀》云：『五日唐宮例賜衣，人間節物奈全非。夙忘寵辱空諸有，老閱寒炎審所依。耕釣分難初服遂，章縫幸未素心違。聽鐘猶共趨長樂，但覺晨星取次稀。』同館咸有和作。先文安公又奉命偕陸、陳二公覆輯《德宗本紀》，書成，拜御書『温仁受福』四字之賜，《恭紀》詩云：『篆墓他年或勒珉，傳家長物此稱珍。尋思往事渾如夢，報答蒼穹在一貧。猶勝告身徒換醉，翹瞻天語當書紳。牢愁孤憤都無謂，且養心田盎盎春。』《本紀》史館事也，時史臣星散，故兼任之。

滿漢禮俗之異，三百年未改。光緒季年，始設變通旗制處，趙竺垣侍御復請畫一服制，下禮部議。時溥玉岑師爲尚書，將强漢從滿。侍郎張文厚爭之不得，以憂去。迨先公繼其任，根據經史，以『六不可』之説進，師乃曲從。當宗潢柄政，師獨斥外，爲察哈爾都統，國變後解官，居易州。其弟負某商多金，弟故，遂控公，至盡斥其產，貧甚，乃易名爲岑玉溥，充實録館供事。久之，益困，與子毓盈同仰藥死。常熟張隱南部郎摭其事徵詩，先公輓以五律云：『籍甚天潢儁，容臺接佩琚。冲懷終受善，忠悃託傭書。竹滬殘生痛，鷗波赭汗餘。闡幽門下筆，褒哀惜猶虛。』『冲懷』、『忠悃』二語，皆紀實也。當師門盛時，兩弟皆貳卿，子亦闇學，列第相望。曾幾何時，凋零至此，可慨也已！

先文安公庚辰同榜，惟溥玉岑師官至尚書。志文貞早致卿貳，旋出爲邊帥，亦蹉跌不振。庚戌秋，拜杭州將軍，余適任提學，以年家子進謁，爲言久主窮塞，不意獲近湖山，心焉樂之。廨居有園亭之勝，久荒廢，文貞葺治落成，招同僚吟讌竟日。未幾，復移鎮伊犂，悯然言别，音問遂阻。迨聞授命，余哭以詩，有『投荒原不望生還』之句，蓋臨分所言如是。比於沽上，晤楚人丁君，謂是年從文貞出關，遇之甚厚。亂將作，勸爲備，不省。固勸之，則曰：『吾有恩於衆，必不我負。』倉卒兵變，遂及於難。文貞非憤憤者，其死國之志，固早決矣。先公題其《廓軒竹枝詞》云：『廿載鋒車不暫閒，威名猶在賀蘭山。睢陽應誓死爲厲，定遠再難生入關。玉宇瓊樓渺天上，零縑斷楮落人間。河梁一别成終古，感舊空餘涕淚潸。』其《竹枝詞》備詳邊俗，皆征程目擊者。

先文安公《癸丑感事》詩，備詳國變顛末，詩凡三十首，謹撮録其有關史料者，如：『高拱君門遠九重，滔滔江海自朝宗。誰知越國尸居氣，錯認征南武庫胸。樂府乍歌《楊叛曲》，扁舟莫問董逃踪。吴頭楚尾風煙接，正似銅山應洛鐘。』謂武漢變作，瑞督遽登兵輪遁走，澤公庇之，不加罪，長江諸省，遂望風瓦解。又云：『四貴無王事可知，更堪燕雀處堂嬉。耕奴織婢寧當問，劣虎優龍迥自奇。七載金縢思創業，一門花萼豔連枝。老臣遺疏誰曾省，淚盡香山諷諭詩。』謂親貴柄政典兵，致召危亡，而惜南皮遺疏之不見納也。又云：『樞軸無謀坐失機，倉皇遣將咎誰歸。只愁淮右貙羆據，肯信河邊羖攊飛。往事休歌千里草，成功只待一戎衣。分明破竹堪乘勢，垂下齊城又解圍。』謂政府以廕昌逗遛無功，特起項城督師，漢陽既下，武昌垂定，而勒兵踟躕，衆皆失望，蓋其時已别操秘算矣。又云：『宵衣日盼刺閨書，風鶴驚傳豈盡虚。玉几頻煩詢國是，金花絡繹佐軍儲。擁兵無奈陳元禮，草詔空勞陸敬輿。宫禁豈知帷幄事，區區握璽待何如。』『一家胡越忍相屠，九廟神靈詎可誣。銜命乍聞馳北使，義旗早已建南都。探符盆子真多幸，對局虬髯自決輸。草草敦槃盟約定，三軍解甲聽歡呼。』謂政府藉口進兵乏饟，迫宮廷出內帑犒師，積儲頓盡，繼由統兵將領昌言抗命，於是有遺使議和之舉。和約曰遜政，不曰遜位，其言於孝定后者謂『寶位無恙，猶泰西之虛君共和。』后誤信之，貴近亦無敢駁論者。又云：『一封勸進表初齎，聞說長安笑向西。共覩天門開詄蕩，定知民望慰雲霓。虛名多是陳驚座，佐命居然楚執珪。誰料上元燈火夕，漁陽驀地動征鼙。』謂和議既定，項城奉詔，以全權組織共和政府，而京津忽相繼兵變也。又云：『鎖鑰何人掌北門，龍庭萬里昔屏藩。未消內訌金甌奠，已動邊氛羽檄繁。舊德休言天倚漢，奇談真見佛稱尊。請纓壯士知多少，十萬橫磨敢大言。』謂遜詔既頒，內外蒙古皆獨立，而哲布尊丹巴儼然自帝也。又云：『水晶殿闕月輪斜，零落金蟬怨孟家。且幸深居存漢臘，遽驚晚出罷宮車。愁雲慘澹蒼梧野，淚雨繽紛白柰花。真贋誰明衣帶詔，一篇哀誄自高華。』謂孝定后銜痛上賓，而共和政府頌其讓德也。又云：『淒涼鐘簴憶收京，國恥猶存城下盟。端禮穹碑自深刻，元豐新制但紛更。特科枉復登風漢，武庫真成借寇兵。一瞬興亡兒戲局，只如春草鬭輸贏。』辛丑，回鑾後，規行新政，於興學練兵尤亟，而魁柄失馭，適伏禍階。是篇尤寓深感。癸丑，崇陵永安，舊臣恭送者百餘人，洎園師未與，有句云：『孤生空下龍髯淚，舊恨誰攀獺尾車。』

（張寅彭主編《民國詩話叢編》本，上海書店出版社二〇〇二年版）

晚晴簃詩匯

徐世昌

郭曾炘，號春榆，一號匏庵，侯官人。光緒庚辰進士，改庶吉士，授禮部主事，官至典禮院掌院學士。謚文安。有《匏廬詩存》。

詩話：匏廬爲禮官垂三十年，兼直樞垣，洞明掌故。其請以顧、黄、王三儒從祀孔廟，爲庚子直諫諸臣請謚，力爭滿員從漢服制，先後三疏，爲世傳誦。辛亥後始致力於詩，輯所作爲《亥既集》，丁卯續成《徂年集》、《雲萍篚稿》。滄趣序其詩，謂『婉至類遺山，沈厚類亭林』，此於其性情見之，實則深於杜詩，不必規規趨步而神與之合。至其見聞翔實，寓史於詩，滄趣謂『一代獻徵之所寄』，誠篤論也。

（徐世昌編《晚晴簃詩匯》卷一百七十二，中華書局一九九〇年版）

石遺室詩話

陳衍

卷一二

郭春榆侍郎曾炘亦有送杏邨二律，惟記中二聯云：『初衣一賦今方遂，諫草無私那用焚？薑桂性成生自辣，鼎鐺耳在詎無聞？』『薑桂』二句移不到第二人身上。春榆聞尚有《綠淨亭》及《檢書》各古體，甚工，惜未見。

卷一五

窮而後工之説，時復有之。郭春榆侍郎亂後寓析津，無俚中輒寄情吟詠，有《嘿園枉贈綠淨亭四十韻次韻奉答》云：『黄郎磊落才……落霞孤鶩詞，傾倒洪都帥……獎借或過情，敷陳皆古義。蚓竅强學吟，敢附洞簫謚……朗吟珠玉章，蒼茫恨天醉。』字字妥帖，尤於押韻見工。嘿園於春榆爲妹壻，拔貢廷試，春榆則座師也。『獎借』句似太謙。『落霞』一聯謂嘿園幕遊江西，沈愛蒼權巡撫也。愛蒼陳粤臬，署中亦有緑淨亭，故末有『郊居』、『爭墩』各句。

（張寅彭主編《民國詩話叢編》本，上海書店出版社二〇〇二年版）

忍古樓詩話

夏敬觀

侯官郭春榆侍郎曾炘，工詩，有《亥既集》。歿後定本名《匏廬詩存》。《次韻樊山前輩喜雪詩》云：『六出花開誰翦水……政恐陽春乖里耳。』

（張寅彭主編《民國詩話叢編》本，上海書店出版社二〇〇二年版）

今傳是樓詩話

王逸塘

九　侯官郭匏盦丈曾炘，與友人論養生之法，以善睡爲上，並紀之以詩云：『百年三萬六千場，强半銷磨在睡鄉。悟得浮生都若夢，奔波何苦逐人忙。』『東華塵土閲流年，常及雞籌唱曉先。補我蹉跎天有意，衰慵勑賜日高眠。』『安知魏晉孰爲今，夢裏桃源尚許尋。卻笑宋人太癡絶，苦言事滿五更心。』『貝州破賊見精神，潞國華夷一異人。猶有流傳譙鼓句，黄紬被裏放衙頻。』『一枕沈酣百不知，魏公心學豈余欺。修成聖佛黄漳浦，真有横陳嚼蠟時。』『五龍甘臥即神仙，可惜希夷譜不傳。一覺墜驢寧有意，陳橋笑見太平年。』數詩語多玄理，兼饒故事，亦可作養生新論讀也。余於古人詠睡詩，喜誦者亦有數首，陸放翁云：『相對蒲團睡味長，主人與客兩相忘。須臾客去主人覺，一半西窗無夕陽。』呂滎陽云：『老讀文書興易闌，須知善病不如閒。竹牀瓦枕虚堂上，卧看江南雨後山。』姜白石云：『老去無心聽管絃，病來杯酒不相便。人生難得秋前雨，乞我虚堂自在眠。』皆深得閒適之趣。又王半山云：『細書妨老讀，長簟愜昏眠。取簟且一息，抛書還少年。』則意境略别矣。

二二三　匏廬丈《論詩絶句》云：『味和家世席韋平，《白燕》沈吟懼獨清。崛起夢堂躋九列，頗疑相度遜詩名。』夢堂名英廉，字福餘，其先遼東，姓馮氏。嚮見錢籜石集，多與夢堂游讌唱酬之作。所著《夢堂詩稿》，籜石爲之序，稱其『温潤縝密，超然意表』。又云：『夢堂詩詣之精，全從老杜得來。』其推重可想。一時名彦，自籜石外，如翁覃溪、紀曉嵐、施耦堂、沈椒園、陳勾山、鮑雅堂、羅兩峰諸君，皆與之游……惟夢堂以下吏宦江南最久，平日頗多車笠之交。不十年超躋政地，對於故舊，一變面目，《蒲褐詩話》即有微詞，故匏廬詩中及之。然集中入都以後多清言見道之作，又似與其晚節不類。於此益見知人論事之難。若專以詩才論，則又在梧門、竹坡之上矣。

二三九　匏廬《題王批鈐山堂詩》，亦爲秋岳作者……秋岳自題云：『不記東堂清寂時，卻煩兒輩作青詞。弇州鬻餅真佳喻，何處王維少作詩。』『挂角羚羊詡正宗，每從瀋墨想春容。如臯馬上論詩日，小簇山光幾得逢。』『冷攤無地訪慈仁，聽雨樓荒話近鄉。獨擁殘書隨坐卧，紅橋愁憶冶春人。』此亦一詩案也。

二六四　介寿张筵，本非古禮，逮於晚近，競尚豪奢，酒肉朱門，識者所恫。曩見施愚山《生日讌客詩》云：『庶類皆吾徒，好生帝所與。鋒刃更相尋，殺機簇鼎俎。一筵殄羣命，所甘能幾許。口腹成江河，橫流不可禦。割鮮日狼藉，歡娛變辛楚。味多禮數煩，傴僂疲客主。何如真率會，高譚送芳醑。五簋與三釜，儉德有成矩。我久戒特殺，賓至時一舉。蔬茗佐肴核，隨興命歌舞。及我所生日，劬勞念父母。蚤孤養不逮，摧心淚如雨。吾既愛吾生，彼詎甘就釜。臨縛爭哀鳴，札札相告語。未死神已泣，見坡公《戒殺詩》。斯言觸肺腑。寧敢佞浮屠，饕餮憐盡取。蘋藻薦神明，至敬非簋簠。百拜告嘉賓，同心勿我吐。』余喜其情文深摯，已補錄《童蒙養正詩選》中。桐城張文端，於生日移設梨園宴親友之費，製綿衣袴以施饑寒，事見《聰訓齋語》，亦可師法。吾友聶雲臺其杰，於其《家言》旬刊中，力倡生日素食之說，海內人士感動尤多。近讀匏廬丈《題固始吳亦甦先生生日家誡册》，其末段云：『子輿論遠庖……物類更奚恤。』用意與愚山同，而箴砭頹流，彌爲切至。風氣轉移，士夫有責，矧今日物力凋殘，尤非昔比，還淳返樸，亶其時乎。

四四二　蟄庵之外，如勞韌叟、張淵靜，則隱於淶水，荷鋤削迹，世論高之。弢庵先生有《再訪淵靜韌叟淶水郵居》云：『自是人間待盡身，菰蘆心事媿遺民。朝朝掉鞅金鼇路，獨自冠裾托侍臣。』周熙民敦皞，則曾一度卜居蘆台，並與周松孫有作鄰之約。匏盦丈有《偕朗溪訪熙民叔侄郵居》詩云：『咫尺桃源得問津……草草杯盤一味真。』林朗西又闢農莊於南苑，宰平有《朗西約游南苑農莊，留一日而歸》詩云：『濃陰高柳繞郵家，雞犬迎門寂不譁。逃熱共尋閒日月，食貧能過淡生涯。荷香鄰曲撐游艇，雨足溝塍臥水車。兵後猶堪追樂事，劇譚飽飯聽私蛙。』宰平固夙有適野之癖者，寫出田家風味，正自不同。

四八〇　西山秘魔崖，爲證果寺舊址，其地即盧師山。相傳隋仁壽中，有僧名盧，從江南櫂船來止崖下，因就住錫。崖之對面，峭壁森立，夏雨時觀瀑最佳，故都人尤樂就之。長白寶竹坡侍郎罷官郊居，時有遊跡。崖下石壁，題詩宛在，款署偶齋。多作五古，錄其一云：『雪後山氣清，仲春如深秋。落葉滿澗底，冷泉凍仍流。陰巖聚餘寒，枯苔殘雪留。靜坐人語絶，悄焉忘樂憂。問君何能然，此心無可求。』翁松禪曾題一律於後，詩云：『袞袞中朝彥，何人第一流。蒼茫萬言疏，悱惻五湖舟。直諫吾終敬，長貧爾豈愁。何時霜月下，同坐四山秋。』書法奇横，的是老筆。友人李釋戡界以烏絲，余每遊必摩挲良久乃去。愛護名蹟，是在緇流，惟後來俗客塗抹，間多惡詩，爲可歎耳。詩之最爲傳誦者，更有弢庵先生一律，題爲《庚戌七月十九日，同嘿園游翠微、盧師諸寺》云：『山靈不慍我來遲，急雨迴風與洗悲。破刹傷心公主塔，壞牆掩淚偶齋詩。後生誰識承平事，皓首曾無會合期。三十年來聽琴處，秘魔崖下坐移時。』自注：『曾與偶齋、壺公、蕢齊、再同聽吳少孅彈琴於此。』以外林畏廬詩云：『題名忽及偶齋師，竟似重生再見期。八口寧忘泉下痛，師二子於庚子殉節，四孫去年同以疫死。廿年猶泚壁間詩。料無風概宗先輩，忍對滄桑語盛時。弢庵爲余述光緒辛巳、壬午朝事甚悉。早晚商量校遺草，門生也感鬢邊絲。』亦爲見偶齋題壁詩而作者。匏廬丈詩云：『疥壁千篇類可芟，漫勞輕薄肆譏讒。布衣古度無人識，獨許三賢占鳳銜。』自注：『橘叟、畏廬，並有和偶齋詩。』末句乃無名氏跋語，『三賢』指寶公及翁、陳二傅也。海藏、畏廬，均爲竹坡門下士。甲子九日，纕蘅招集西山登高。海藏於秘魔崖下讀竹坡先生詩，題詩云：『腹痛前朝寶侍郎，來尋遺墨耐思量。猶留孤女非無後，縱識門生亦可傷。士氣幾時成黨錮，弢翁垂老自靈光。翠微今日仍重九，欲掬愁腸問彼蒼。』先是，海藏於光緒乙未曾有一詩奉懷竹坡云：『滄海門生來一見，侍郎顦顇掩柴扉。休官竟以詩人老，祈死應知國事非。小節蹉跎公可惜，同朝名德世多譏。西山晚歲饒還往，愁絕殘陽挂翠微。』一時膾炙人口。辛亥後，海藏重來都下，竹坡亦早歸道山，宜其有此淒感。

五四六　纕蘅曩僦居宣武城南之南横街，其間壁爲翁松禪相國故居；而隔巷之米市胡同，適爲吳縣潘文勤舊第，即世所謂滂喜齋也。君有《留别南園》及《移居城東》兩律，皆紀其事，海内外同作近數百人，應求之廣，並世所稱，山薑、漁洋，殆難專美。故余贈君詩，有『四海交情爭説項，半囊詩句笑封侯』之句。惟和者踵接，付梓猶稽，兹先擇其較有典實者，實吾《詩話》。袁玨生云：『宣南移向鳳城東，未若蝸居稍適中。南横街宅與君先後同居，癸丑移居北池子。兩署冷官寧獨傲，十年卜宅半相同。余官翰林，君官禮部，皆由南横街移東城。福廬隔巷心滋霉，福廬師寓東四牌樓三巷，近已謝賓客矣。申叔安巢迹已空。南園爲劉禮部故宅。申受、福廬同爲纕蘅禮部前輩。猶戀舊鄰難買得，觥觥名輩有潘翁。』《跋》云：『南園舊居，爲河南申氏產。余於辛亥質屋時，得觀乾嘉舊契，爲陽湖劉文定之子少宗伯躍雲折俸銀所置，宗伯之子爲申受禮部逢祿，兩代皆禮部世家。纕蘅以禮曹百年後僦居此屋，遂成掌故。他日重輯《京師坊巷志》者，庶有所考焉。』張孟劬云：『十年舊館憶同車，獨爾新詩繼浣花。豈有寸心吐芒角，絕憐兩鬢已蒼華。道人自具安憚地，博士依然賣餅家。君所居爲申受故廬，申受墨守《公羊》，故云。寥落客星餘幾輩，春明重到足咨嗟。』陳石遺云：『平生雅慕隱牆東，卻住三山七塔中。忽索移居和樊榭，尚愁書局困斯同。車驅黑廠横街近，腹痛黄墟酒所空。君新居近隆福寺酒家，爲端匋齋督部讌客處。知汝過從足吟侶，只應少箇白頭翁。謂春榆新逝。』楊留垞云：『默數遷流記《水東》，卅年蹤跡帝城中。平津閤下來三度，己酉、己丑、庚寅三次借居鄂立庭閣讀所，章佳文勤、文成、文毅後人也。明照坊南感五同。乙未至己亥與劉正卿同年同居明照坊，同榜、同官、同分校，同在國史館會典館。竹里又看新筍長，今春移居閻公舊廬，所種竹新萌怒生。梧門回念舊巢空。去國廿五年，癸亥歸里，僦宅養蜂坊，時帆祭酒懸弧地也。居五年餘。弦詩意造無宮徵，觀化相期學浪翁。』王志盦云：『輕將越峴換湖東，余久居上斜街越峴山館，爲宗滌樓先生舊題。近遷淨業湖東，自題爲湖東草堂。廿載巢痕一瞬中。但識牽船宜地遠，不堪思樹與君同。莊襟老帶蹤何定，岐宅崔堂主半空。東城華屋多易新主。相望城西今履道，天琴聽水兩詩翁。』和詩中多有夢華之感，尤以趙香宋之『不分燕方作邊塞，且將皇古說咸同』一聯，最爲沈痛。至海藏之『怪道曹唐堅不去，游仙試爲問回翁』十四字，則寄慨更深矣。君南園舊居左右鄰有老槐兩株，桂林汪鞏庵爲作《借槐廬圖》。城東居廬，則吾宗別業，余所寄附。經營伊始，君即服勞。宅前後老槐數株，皆數百年古物，洵足壓倒宣南。君從游垂廿年，佐余最勤，余督勖之亦良篤，頗盼其勿以詞人自畫也。

（張寅彭主編《民國詩話叢編》本，上海書店出版社二〇〇二年版）

光宣詩壇點將錄　汪國垣

地强星錦毛虎燕順　郭曾炘　一作張元奇、葉在琦

意氣相許刀俎間，歌舞淹留玳瑁筵。君不見，清風山。

春榆侍郎與弢庵、珍午多倡和，詩刻意杜韓，氣勢深穩。其大篇多不苟作，朝士輩鮮能及之。珍午

以疆吏而能詩，《遼東》一集，已具骨幹。入都返閩後，風骨益高。至自刻《知稼軒詩》，居然作手矣。肖韓詩從山谷、後山入，亦簡煉有意境。張葉二家，倡和尤富，造詣亦略同，遂合而傳之。

（張亞權編《汪辟疆詩學論集·光宣詩壇點將錄（新校本）》，南京大學出版社二〇一一年版）

夢苕庵詩話

錢仲聯

今夏爲國專紀念冊撰《十五年來之詩學》一文，中論近日閩派詩人後起之彦，極推黄公渚。既而葉長青以其同門閩侯曾履川克耑新刻《涵負樓詩》八卷相示，則才力横恣，出公渚上，而精微深秀不逮。履川出桐城吴北江先生門下，已復問詩於散原、石遺二公。其祈嚮所在，似不外肯堂、散原二家。古體全學肯堂，差能具體；近體則以范、陳樹骨，參以異派之長，與近代閩派詩人取徑絶異。北江序其詩，稱爲『並世詩家，莫有能儷』，獎借未免溢量，要爲未易才矣。集中多長篇大作，不以一二語標名雋……然其大篇，往往遇事恢張，不免客氣假像。如《表叔祖郭匏庵先生見余所爲其弟婦壽序，招入蟄園詩社，賦呈四章，兼示同社諸公》句云：『千態與迴旋，萬象恣吞吐。冥搜極造化，百靈相爾汝。』又句云：『千聖開我思，萬靈納我腹。肝膈鬥祕怪，百靈忽夜哭。』千態、萬象、百靈、千聖等字，偶一用之，原非不可，若借此鋪張門面，搖筆即來，如以上所舉，則不特膚廓可厭，且犯重複之病矣。

（張寅彭主編《民國詩話叢編》本，上海書店出版社二〇〇二年版）

讀杜劄記序

葉恭綽

《讀杜劄記》，侯官郭匏廬先生遺著。先生精於考訂校讎之學，博聞强記，謹嚴不少懈。每讀書，輒窮其義藴。一字之疑，必遍檢羣書，廣集各家評注，參證異同而訂正之。居恆蠅頭細書，識於書眉卷首，不下數十萬言。平生篤嗜吟詠，於杜詩涵詠最深，著有《匏廬詩集》若干卷，已既剞劂行世。其未及刊定者，則有《五臣本〈昭明文選〉注校誤》、《施注蘇詩訂訛》又若干卷，《讀杜劄記》即其一也。

閩中詩家輩出，夙以祧唐學杜相揭櫫。清嘉、道間，長樂梁曼雲運昌，著有《杜園說杜》廿四卷，考證史實，疏解句義，粲然大備。曩藏陳伯潛先生所，顧未睹全書爲憾。先生此稿，取仇注、錢箋及梁說各書數十種，抉剔爬梳，辯疑訂誤，不爲膠柱鼓瑟之見，駸駸乎集衆美而嚌其胾矣！比歲刊行古籍，追崇杜陵爲傑出之詩史專家，著論雲興霞蔚。

茲編乃於先生歿後四十年，獲與明季王嗣奭《杜臆》一書並行著録問世，先後輝映，其爲慶幸又何如也！某弱冠蒙先生一日之知，奉手請益，數共晨夕。自維譾陋，於詩學雖沈潛涉獵，而無所闡明。今誦斯編，回念老輩治學之勤，記問之博，虛懷之謙抑，耿耿心目，洵足爲後生學子之模楷。

先生諱曾炘，字春榆，別號匏廬，光緒丙戌進士，歷官禮部侍郎、典禮院掌院學士、實錄館總裁。其在典禮院時，疏請以黄梨洲、顧亭林、王夫之從祀孔廟，有聲於時。謹志數語，以詳端委云。葉恭綽謹識，一九六三年。

（郭曾炘《讀杜劄記》卷首，上海古籍出版社一九八四年版）

附錄三　郭曾炘主要交游人物小傳

說明：

爲了便於讀者瞭解郭曾炘的創作背景，茲詳考而編寫其交遊人物的生平小傳；又爲便於查閲，特編字號姓名對照索引於前。兩個板塊均按首字的漢語拼音排序，首字相同者按次字拼音排序。

字號姓名對照表中，字號條目置於前，首列郭曾炘集中之稱謂，破折號後標示本名，一人有多個稱呼者，均單列其名。以姓名爲首的人物小傳條目置於後。集中所稱人物直用其姓名，而未稱其字號者，亦同列於表中。

人物字號姓名對照表

A

隘園—朱汝珍　　闇公—丁傳靖

槐樓—陳懋鼎
黃黎雍—黃式敘
黃石孫—黃曾源
黃宣庭—黃宣庭
晦若—于式枚

J

吉符—闞慶麟
幾道—嚴復
旡離—王鴻兟
季武—林步隨
季湘—許寶蘅
堅白—張鳴岐
劍秋—趙椿年
江杏村—江春霖
薑齋—張元奇
階青—俞陛雲
節庵—梁鼎芬
金拱北—金紹城
晉卿—王樹枏
玨生—袁勵準
君坦—黃孝平
君庸—卓定謀
峻丞—查爾崇

K

康南海—康有爲
媿室—高鳳岐

L

黎潞庵—黎湛枝
李子申—李孺
理齋—曹秉章
立之—周學淵
栗齋—白廷夔
梁巨川—梁濟
林迪臣—林啟
林皞農—林福熙
林梅貞—林景賢
林愉園—林紹年
苓西—許炳榛
劉健之—劉體健
隆山—林棟
陸文端—陸潤庠
陸子欣—陸徵祥

履川—曾克耑

M

曼仙—章華
芒父—姚華
梅生—何振岱
孟純—劉子達
木齋—李盛鐸

N

南雲—郭曾程
聶獻廷—聶寶琛

P

潘耀如—潘炳年
佩丞—許鍾璐
菶仙—黄穰
平齋—何剛德

Q

錢新甫—錢駿祥
琴初—胡嗣瑗
秋岳—黄濬
瞿文慎—瞿鴻機

R

仁先—陳曾壽
榮文忠—榮禄
瑞臣—寶熙

S

少萊—郭曾準
少樸—周樹模
邵伯絅—邵章
沈觀—周樹模
慎丞—杜錫珪
師鄭—孫雄

石孫—黃曾源
石遺—陳衍
實甫—易順鼎
釋戡—李宣倜
守瑕—鄧鎔
壽芬—何啟椿
叔海—江瀚
叔掖—王承垣
叔毅—陳寶璐
書衡—王式通
松孫—周景濤
嵩公博—嵩堃
蘇本如—蘇源泉
蘇厚庵—蘇輿
蘇戡—鄭孝胥
孫文愨—孫詒經

T

太夷—鄭孝胥
譚玉生—譚瑩
弢庵—陳寶琛
弢傅—陳寶琛
弢老—陳寶琛
弢丈—陳寶琛
濤園—沈瑜慶
陶廬—王樹枏
彤士—陸增煒
詷伯—郭宗熙
退舟—周貞亮

W

王莪孫—王世澂
威起—丁震
味雲—楊壽枏
畏廬—林紓
溫毅夫—溫肅
翁文恭—翁同龢
午橋—端方
午詒—夏壽田

X

熙民—周登皞
遐庵—葉恭綽
纕蘅—曹經沅

張瀚溪—張則川	鄭叔問—鄭文焯	芝洞—宋伯魯
芝南—卓孝復	芷升—徐沅	徵宇—陳懋鼎
治薌—傅嶽棻	稚辛—鄭孝檉	稚愔—葉在琦
衆異—梁鴻志	周退舟—周貞亮	朱聘三—朱汝珍
竹山—成多祿	子衡—陳銘鑒	子培—沈曾植
子勤—楊鍾羲	子威—宗威	子修—吳慶坻
子益—高而謙	子有—林葆恒	宗武—胡宗武

人物小傳

B

白廷夔，生卒年不詳，隸滿洲京旗，漢姓白，字曼殊，號栗齋，光緒十二年翻譯進士，曾任直隸候補道、北洋武備學堂教習。工詩詞，善書畫。民國後居天津，與徐世昌、傅增湘、徐沅、嚴修等人交遊唱和。與郭曾炘同爲冰社成員。

寶熙（一八七一——一九四二），字瑞臣，號沈盦，愛新覺羅氏，隸滿洲正藍旗。光緒十八年進士，累官翰林院編修、侍讀、國子監祭酒、內閣學士兼禮部侍郎、山西學政、實錄館副總裁。民國時任大總統顧問、參政院參政。著有《東遊詩草》。

C

曹秉章（一八六三——一九三七），字理齋，號杜盦，浙江嘉善（今嘉興）人。諸生。清末入東三省總督徐世昌幕，民國時任印鑄局局長。協助徐氏編纂《清儒學案》、《晚晴簃詩匯》。

曹經沅（一八九二——一九四六），原字寶融，後字纕蘅，四川綿竹人。宣統元年拔貢，入京廷試，分發禮部。與郭曾炘同僚。曾主編《國聞週報》之《采風錄》。民國時曾任安徽省政務廳長、貴州省民政廳長等職。編刊《遵義三先生集》，著有《借槐廬詩集》。見黃稚荃《曹經沅小傳》（《民國人物碑傳集》卷三）。

長庚（一八四四——一九一四），字少白，伊爾根覺羅氏，隸滿洲正黃旗。監生。以縣丞保知縣，官至陝甘總督。謚恭厚。著有《溫故錄》。《清史稿》卷四五三有傳。

陳寶琛（一八四八——一九三五），字伯潛，號弢庵，福建閩縣人。同治七年進士。曾掌禮學館，補內閣學士，任宣統帝師。民國時主持編纂光緒實錄，後於僞滿政府溥儀屬下任職，被罷南歸。著有《滄趣樓詩文集》等。詳見張旭、車樹升、龔任界編著《陳寶琛年譜》。

陳寶璐（一八五七——一九一三），字叔毅，福建閩縣人。陳寶琛弟。光緒十六年進士，官至刑部主事。

陳曾壽（一八七七——一九四九），字仁先，號蒼虬，湖北蘄水人。光緒二十九年進士，官至廣東監察御史。民國時任末代皇后婉容之師。著有《蒼虬閣詩集》、《舊月簃詞》等。

陳鼎丞（一八七三——？），原名寶鑾，字行四，自號感貞道人，浙江開化人。宣統元年拔貢。

陳夔龍（一八五七—一九四八），字筱石，又作小石，號庸庵，貴州貴陽人。光緒十二年進士。歷官兵部主事、內閣侍讀學士、順天府尹、河南布政使、漕運總督、河南、江蘇巡撫、四川、湖廣總督、直隸總督兼北洋大臣。民國後隱居上海。張勳復辟，授弼德院顧問大臣。著有《花近樓詩集》、《夢蕉亭雜記》、《庸庵尚書奏議》。子陳子康。

陳懋鼎（一八七〇—一九四〇），字徵宇，號槐樓，福建閩侯人。陳寶琛侄。光緒十六年進士。著有《槐樓詩鈔》等。

陳銘鑒（一八七七—一九四五），字子衡，號蓮友，別號嘯月山人，河南西平人。光緒二十八年舉人，曾任汝寧府官立中學監督等。民國時曾任參議院議員，參與起草『天壇憲法』，上書反對帝制。著有《嘯月山房文集》、《詩集》、《古榴齋詩話》、《蓮友偶筆》、《西平縣權寨鎮陳氏大族譜》等，撰有《西平縣志》等。郭曾炘《邴廬日記》一九二七年四月初一日日記誤作陳銘樞。

陳衍（一八五六—一九三七），字叔伊，號石遺。福建侯官人。光緒八年舉人。入張之洞幕，主變法。後任學部主事、京師大學堂教授等。著有《石遺室詩文集》、《石遺室詩話》，編有《近代詩鈔》。

陳毅，生卒年不詳，字彝仲，一作詒重，湖南湘鄉人。光緒三十年進士，官至郵傳部右參議。一九二八年與溥侗、寶熙等人一同被派往勘驗東陵被盜案。著有《旬腸廬遺文》。

成多祿（一八六四—一九二八），原名恩令（一作恩齡），字竹山，號澹堪，室園名榆廬、澹園、十三古槐館。吉林其塔木鎮（今九台）人，隸漢軍正黃旗。光緒十一年拔貢。一八九八年出山後，先後入奉天盛京將軍依克唐阿、齊齊哈爾副都統程德全幕，後以候選同知擢升首任綏化知府。民國時曾任參議院參議員、教育部審核處處長兼圖書館副館長等。著有《澹堪詩草》、《自訂年譜》等。今有翟立偉、成其昌等編注《成多祿集》。

D

鄧鎔（一八七二—一九三二），字守瑕，又字壽遐，號拙園，四川成都人。周一良岳父。著有《荃察余齋詩存》等。見自編《忍堪居士年譜》（載《近代人物年譜輯刊》第十六册）。

丁傳靖（一八七〇—一九三〇），字秀甫，號闇公，別號松隱行腳僧，江蘇丹徒（今鎮江）人。光緒二十三年副貢生。曾隨馮國璋至北京任總統府秘書。著有《闇公詩存》、《紅樓夢本事詩》等，撰有《宋人軼事彙編》等。

丁震，生卒年不詳，字威起，福建福州人，曾任内閣中書。林壽圖甥。《最近官紳履歷匯錄》、郭白陽《竹間續話》、高拜石《新編古春風樓瑣記》皆有及之。

杜錫珪（一八七四—一九三三），字慎丞（一作慎臣），號石鐘，福建閩縣人。畢業於江南水師學堂，民國時曾任海軍總長，代理國務總理並攝行大總統職，又任福州海軍學校校長。

端方（一八六一—一九一一），字午橋，號陶齋。光緒八年舉人，歷任陝西按察使、布政使、護理巡撫、湖北巡撫、湖廣總督、江蘇巡撫、兩江總督。《清史稿》卷四六九有傳。

F

樊增祥（一八四六—一九三一），字嘉父，號樊山。湖北恩施人。光緒三年進士，歷任渭南知縣、陝西布政使、護理兩江總督。著有《樊樊山詩集》等。

馮煦（一八四三—一九二七），字夢華，號蒿庵，江蘇金壇人。光緒十二年進士，授編修，歷官安徽鳳陽知府、山西按察使、安徽布政使、巡撫。民國後，督辦江淮賑務，任參政院參政。善詩文辭，尤工詞，輯有《宋六十一家詞選》。

符璋（一八五三—一九二九），字聘之，字笑拈，號蠡傭，福建福清人，原籍江西宜黃。曾任里安、平陽等地知縣，著有《知昨非集詩存》、《符璋日記》等，主持編纂《平陽縣志》。見錢振鍠《名山六集》卷三本傳。

傅嶽棻（一八七八—一九五一），字治薌，號娟淨，湖北江夏（今武昌）人。光緒二十八年舉人，歷任山西撫署文案、山西大學堂教務長及代理監督、京師學部總務司司長等。民國時曾任北京政府教育部次長，國立北平大學、河北大學、北京師範大學等高校教授。著有《西洋史教科書》、《遺芳室詩文集》等，參纂《湖北文徵》。

傅增湘（一八七二—一九五〇），字沅叔，別署藏園老人，四川江安人。光緒二十四年進士，官至直隸提學使。民國時曾任教育總長、故宮博物院圖書館館長。著有《藏園瞥目》、《藏園東遊別錄》、《雙鑑樓雜詠》、《藏園群書經眼錄》、《藏園群書題記》等。

G

高而謙（一八六三—一九一九），字子益，福建長樂人。兄鳳岐（嘯桐），弟鳳謙（夢旦）。舉人。歷任外務部右丞、雲南交涉使、駐義大利公使、四川布政使。民國後，官至外交部次長。

高鳳岐（一八五八—一九〇九），字嘯桐，號媿室，原籍福建長樂，徙居福州。高而謙、高鳳謙之兄。

光緒八年舉人。入杭州知府林啟幕，後任浙江大學堂講席，入兩廣總督岑春煊幕，曾任兩廣學務處提調、梧州知府，一九〇六年入上海商務印書館編譯所，與張元濟、弟高鳳謙爲商務印書館最早之編輯。見林紓《誥授資政大夫鹽運使梧州知府長樂高公墓志銘》（《畏廬文集》）。

高向瀛（一八六八—？），字穎生，福建侯官人。高明遠子，陳寶琛妹壻。

高贊鼎（一八七七—一九四四），字筱堪，號迪庵，福建閩侯人。光緒二十九年舉人，清末任職於外務部，民國時任國會參議院候補議員、國府秘書等。著有《斐君軒詩鈔》、《三代高吟》，譯有《日本員警行政研究》等。

顧瑗（一八七〇—？），字亞蘧，河南祥符（今開封）人。光緒十八年進士，曾官翰林院編修。著有《西徵集》。見顧璜《顧漁溪先生遺集》卷四《府君行述》。

關賡麟（一八八〇—一九六二），字穎人，廣東南海人。關常輝第三子。光緒三十年進士。赴日留學，歸國後歷任財政部秘書、交通部路政司司長、平漢鐵路管理局局長、交通大學校長等。新中國成立後，受聘爲中央文史研究館館員。近現代著名的實業家、教育家，鐵路交通業奠基人之一。工詩詞，擅書法。著有《瀛譚》、《借山樓集》、《東遊考察學校記》、《京漢鐵路之現在及將來》、《中國鐵路史講義》等。編有《稊園詩集》等。

關慶麟（一八八〇—？），字吉符，一字績善，民國後改名關霽，廣東南海人。關常輝次子。廩生，光緒三十三年師範科舉人，官至度支部主事。民國後任國民政府外交部參事。著有《思痛軒詩存》，與弟關賡麟合著有《聯壁書屋詩稿》。

郭曾程（一八六六—？），字親緗，號南雲，福建侯官人。郭曾炘弟。光緒十五年進士。

郭曾準（一八六〇—？），字親綸，號少萊，福建侯官人。郭曾炘弟。光緒十八年進士。

郭則澐（一八八二—一九四六），字蟄雲、養雲、養洪，號嘯麓，別號孑厂，福建侯官人。郭曾炘長子。清光緒二十九年進士，授庶起士、武英殿協修。光緒三十三年，派赴日本早稻田大學留學。回國任東三省總督徐世昌二等秘書官。後歷官浙江金華知府、浙江提學使、浙江溫處道道台。民國建立後，歷任北洋政府國務院秘書廳秘書、政事堂參議、銓敘局局長、兼代國務院秘書長、經濟調查局副總裁、僑務局總裁。一九三七年，創辦古學院，任副院長兼教師。一九四二年，堅拒周作人請任日僞『華北教育總署署長』職務，並在國學書院《國學叢刊》上發表《致周啟明（周作人）卻聘書》。著有《瀛海采風錄》、《洞靈小志》、《十朝詩乘》、《清詞玉屑》、《舊德述聞》、《竹軒摭錄》、《庚子詩鑒》、《南屋述聞》、《遯圃詹言》、《知寒軒談薈》、《龍顧山房全集》、《紅樓真夢》等。

郭宗熙（一八七八—一九三四），字侗伯（一作詷伯），號臣庵，別號三焦山人。湖南善化（今長沙）人。光緒二十九年進士。歷任長沙府中學監督、吉林東南路分巡兵備道。民國後曾任吉林省省長、京師圖書館館長等，後任僞滿洲國尚書府第一任大臣。撰有《綆古樓行篋書目》等。與郭曾炘同爲冰社成員。

H

何剛德（一八五五—約一九三六），字肖雅，號平齋，福建閩縣人。光緒三年進士，官至蘇州知府。民國三年，應北洋政府之請，出署江西內務司司長，同年改任江西省豫章道尹，護理江西省省長。著有

《春明夢錄》、《郡齋影事》、《江西贅語》、《客座偶談》、《家園舊話》、《話夢集》、《撫郡農産考略》等，後結集爲《平齋家言》刊行。

何啟椿，生卒年不詳，字壽芬，福建侯官人。光緒二十九年進士，任郵傳部路政司員外郎。稊園詩詞社成員之一。

何振岱（一八六七—一九五二），字梅生，號心與、覺廬、悦明，晚年自號梅叟，福建侯官人。光緒二十三年舉人，曾入沈瑜慶幕。民國後在福州主持編纂《西湖志》、《福建通志》。著有《覺廬詩草》、《我春室文集》、《榕南夢影録》、《心自在齋詩集》、《壽春社詞抄》等。

賀良樸（一八六一—一九三七），字履之，號篔廬，別號南荃居士，湖北蒲圻人。拔貢生。清末任上海廣方言館監督，民國時任北京美專教授等。著有《篔廬全集》、《五洲上戰史》等。

胡嗣瑗（一八六九—一九四九），字愔仲，又字晴初、琴初，別號自玉。貴州貴陽人，原籍廣東順德。光緒二十九年進士。清末曾任翰林院編修、天津北洋法政學堂總辦，入直隸總督陳夔龍幕。民國時歷任江蘇金陵道尹、江蘇將軍府諮議廳長，入直隸都督馮國璋府。

胡宗武，生卒年不詳，不知其名，字宗武，號蘧庵。貴州貴陽人。胡嗣瑗兄。陳三立座上賓，與李誠交誼最深。《散原精舍詩集》、《匏廬詩存》皆及之。陳三立《胡宗武琴初之母汪太夫人六十壽》謂其與弟嗣瑗『紫江好兄弟』，『二子解養志』。

華世奎（一八六四—一九四二），字啟臣，號璧臣，直隸天津人。同治九年舉人，曾入軍機處，任内閣閣丞。民國時以遺老自居，自號北海逸民。謚貞節。與孟廣慧、嚴修、趙元禮並稱爲四大家。著有

《思闇詩集》。

黄曾源（一八五八—一九三六），字石孫，號立午，晚號槐瘻，有藏書樓稱『黄潛志堂』。原籍奉天鐵嶺，隸漢軍正黄旗，後徙居閩縣。光緒十六年進士，授翰林院編修、五城監察御史，後出守徽、青、濟南等郡。民國時寓居青州。著有《石孫詩稿》。郭曾炘與之交四十餘年。見吴鬱生《行狀》（《碑傳集三編》卷二四）。

黄濬（一八九一—一九三七），字哲維，號秋岳，福建福州人。郭曾炘甥。清末畢業於北京譯學館，授舉人。民國時曾任國民政府行政院秘書等。著有《聆風簃詩》、《花隨人聖庵摭憶》、《古玉圖録初集》等。

黄懋謙（一八七一—？），字嘿園，廣西永福人。郭伯蒼孫女壻。宣統元年拔貢。

黄穰，字荃仙，餘皆不詳。

黄紹箕（一八五四—一九〇八），字仲弢，一字穆琴，號鮮庵，浙江里安人。從弟黄紹第。光緒六年進士，授編修，歷任四川、湖北考官，列名上海强學會。光緒二十四年授翰林院侍讀學士。後充京師大學堂督辦，兼湖北存古學堂提調。曾赴日本考察教育。精金石碑版。著有《廣藝舟雙楫論》、《還書藝文志輯略》。

黄式敘（一八九八？—？），字黎雍，遼寧遼陽人。著有《松客詩》。郭曾炘《邴廬日記》一九二七年丁卯十二月十一日載，言其『甫逾三十』，推之，約生於一八九八年。

黄孝平（一九〇一—一九八六），字君坦，號叔明，福建閩侯人。黄曾源第三子，與兄黄孝紓、弟黄孝綽齊名。歷任北洋政府教育部、財政部、司法部秘書、《續修四庫全書》提要特約編輯等職。新中國成立後，受聘爲中央文史研究館館員。精詩詞，稊園、蟄園、瓶花簃詩社成員。著有《清詞紀事詞》、《詞林紀事補》、《宋詩選注》、《續駢體文苑》、《校勘絶妙好詞箋》等。與張伯駒同編《清詞選》。與其兄孝紓、其弟公孟合著《黄氏三兄弟駢儷文集》。

黄宣庭，一作黄宣廷，生卒年不詳，光緒三十一年六月曾入選以載澤和戴鴻慈爲首的五大臣出洋考察團，故稱星使。

J

江春霖（一八五五—一九一八），字仲默，一字仲然，號杏村，晚號梅陽山人，福建莆田人。光緒二十年狀元及第，歷任翰林院檢討、武英殿纂修、國史館協修，官至新疆道，兼署遼沈、河南、四川、江南道監察御史。著有《江侍御奏議》、《江春霖文集》、《梅陽山人詩文集》等。《清史稿》卷四四五有傳。

江瀚（一八五三—一九三五），字叔海，福建長汀人。歷任重慶東川書院山長、江蘇高等學堂監督、京師大學堂教授、河南布政使。著有《慎所立齋詩文集》。

金紹城（一八七八—一九二六），一名金城，字拱北、鞏伯，號北樓、藕湖，江蘇吳興人。金燾長子。清末任理院推事，民國時曾任北京大學商科學長、內務部僉事、衆議院議員、國務院秘書等職。著有《北樓論畫》、《藕湖詩草》。

K

康有爲（一八五八—一九二七），原名祖詒，字廣廈，號長素、更生、天游居士，廣東南海人。光緒十四年赴京應試，上書光緒帝，極言變法。二十一年，主持公車上書，同年中進士。創辦《中外紀聞》，組織强學會。二十四年，授總理衙門章京。維新變法失敗，流亡日本，組織保皇會。辛亥後歸國，策劃復辟。著有《新學僞經考》、《大同書》、《萬木草堂詩草》。《清史稿》卷四七三有傳。見吳天任《康有爲先生年譜》。

柯逢時，生卒年不詳，字巽庵，湖北武昌人。光緒九年進士，歷官兩淮鹽運使、江西按察使、湖南布政使、廣西巡撫。喜校刻醫書，設武昌柯氏醫學館，有《武昌醫學館叢書》，主修《武昌縣志》。

L

黎湛枝（一八七〇—一九二八），字贊興，號潞庵，又號露苑，廣東南海人。光緒二十九年二甲第一名進士，官至學部圖書局副局長，宣統帝師，曾任《德宗景皇帝實錄》、《宣統政紀》纂修官，參編《德宗景皇帝聖訓》。

李放（一八八七—一九二六），字小石，一字無放，號浪公，又號詞堪，直隸義州人，李葆恂子。著有《皇清書史》、《八旗畫錄》、《畫家知希錄》等。

李孺，生卒年不詳，字子申，漢軍籍，河北遵化人。光緒十一年舉人，以道員候補湖北。與郭曾炘同爲冰社成員。

李盛鐸（一八五八—一九三七），字義樵，又字椒微，號木齋，晚號麐嘉居士，曾用過師子庵舊主人、獅庵居士、虎溪居士等別號，江西德化人。光緒十五年榜眼及第，官至山西巡撫。民國時曾任大總統顧問、參政院參政、農商總長、參政院議長等職。與黃宣廷同爲清廷駐義大利使館人員，載戴鴻慈《出使九國日記》。著名藏書家，編有《木犀軒藏宋本書目》、《木犀軒收藏舊本書目》等。見李滂《麐嘉居士年譜》等。

李書勳，生卒年不詳，字又塵（一作又臣），號水香，江蘇宜興人。與郭曾炘同爲冰社成員。

李宣龔（一八七六—一九五三），字拔可，號觀槿，室名碩果亭，晚號墨巢，福建閩縣人。舅祖沈葆楨。光緒二十年舉人，官至江蘇候補知府。民國時曾任商務印書館經理兼發行所所長。今有黃曙輝點校《李宣龔詩文集》。見陳祖壬《墨巢先生墓志銘》。

李宣倜（一八八八—？），字釋戡，福建閩侯人。李宣龔從弟。曾任大總統侍從武官、國務院秘書、北京大學教授等。著有《蘇堂詩拾》、《蘇堂詩續》等。

梁鼎芬（一八五八—一九二〇），字星海，號節庵，廣東番禺人。光緒六年進士，郭曾炘進士同年。今有《梁節庵先生遺詩》。《清史稿》卷四七二有傳。

梁鴻志（一八八二—一九四六），字眾異，晚號迂園，福建長樂人。梁章鉅曾孫。著有《爰居閣詩集》等。

梁濟（一八五八—一九一八），字巨川，一字孟匡，以字行，別號桂嶺勞人，廣西桂林人。梁漱溟之父。光緒十一年舉人。歷官內閣中書、教養局總辦委員、民政部主事、京師高等實業學堂齋務提調，清亡後投水自盡，謚貞端。《清史稿》卷四九六有傳。

林葆恒（一八八一—一九五九），字子有，號訒庵，福建閩縣人。美國哥倫比亞大學畢業後，經學部考核與廷試，一九一〇年九月賜文科進士出身，授翰林院編修。民國後曾任駐小呂宋（今菲律賓）副領事、駐泗水領事。著有《訒庵詞》，輯有《詞綜補遺》、《閩詞徵》等。

林步隨（一八七二—？），字季武，號寄塢，福建閩侯人。林則徐曾孫，林拱樞孫，傅壽彤壻。光緒二十九年進士，曾被派往美國任留學生總監督，北洋政府時代曾任國務院秘書長、銓敘局副局長、幣製局副總裁、稅務專科學校校長等職。

林棟（一八五九—一九二二），又名肇緻，字東木，又字德如，號隆山。福建壽寧人。光緒二十九年進士，歷官國子監丞、禮部郎中。一九〇九年監修西陵有功，欽加三品。民國時任閩海道議員。著有《梅湖吟稿》等。

林福熙（一八五〇—一九二五），字揚輝，號皡農，福建閩縣人。光緒十二年進士。歷任四川廣元、浙江里安等知縣，民國時任重慶電報局局長。林氏與郭家有姻親關係。

林景賢（？—一九二二？），字梅貞，福建侯官人。曾任山西殺虎關監督、江蘇常鎮道。

林開謩（一八六六—一九三七），又名開馥，字夷俶，一作貽書，號移疏，晚號放庵，福建長樂人。光緒二十一年進士，歷官翰林院編修、河南學政、江西提學使、徐州兵備道。民國後爲『舊京九老』之一。

林啟（一八三九—？），字迪臣，福建侯官人。光緒二年進士，曾任浙江杭州知府、陝西學政，後又任浙江道監察御史。《清史稿》卷四七九有傳。

林紹年（一八四九—一九二七？），字贊虞，一字贊如，晚號榆園，又號健齋，福建閩縣人。林葆慎、林葆恒之父。同治十三年進士，光緒十四年任御史，以極諫慈禧動用海軍經費修頤和園，名噪四海。後任雲南總督、軍機大臣、河南巡撫，一九一〇年任學部侍郎，後改任弼德院顧問大臣。謚文直。著有

《林文直公奏議》。見林紓《畏廬三集》之《清林文直公墓志銘》，陳三立《林文直公神道碑銘》。《清史稿》卷四三八有傳。

林紓（一八五二—一九二四），字琴南，號畏廬，福建閩侯人。光緒八年舉人。曾任京師大學堂講習。著有《畏廬文存》、《畏廬詩存》、《春覺齋論文》等，擅譯外國小説，譯有《茶花女》等。郭曾炘薦其特科，林紓作《上郭春榆侍郎辭特科不赴書》。《清史稿》卷四八六有傳。見張旭、車樹升編著《林紓年譜長編》。

林志鈞（一八七八—一九六一），字宰平，號北雲，福建閩縣人。林庚之父。光緒二十九年舉人，辛亥革命前留學日本。曾任北洋政府司法行政部部長，後爲清華研究院導師，新中國成立後爲國務院參事室參事。著有《漢律考》、《北雲集》等。

劉體健，生卒年不詳，字健之，安徽合肥人。著名書畫金石收藏家。《匏廬詩存》卷七有《題劉健之觀察新收蜀石經三種》。

劉子達（一八七八—一九六一），字孟純（一作孟醇），福建閩侯人。民國時任閩侯、侯官縣議會會長，一九一八年後歷任河北懷柔、良鄉、固安等縣知事，一九三九年任重慶市財政局文書主任等。一九五二年被聘爲中央文史研究館館員。郭則澐妹夫，稊園詩社、蟄園詩社成員。

陸潤庠（一八四一—一九一五），字鳳石，號雲灑，又號固叟，江蘇元和（今蘇州）人。同治十三年狀元及第，曾授太保、東閣大學士、體仁閣大學士。宣統三年皇族内閣成立時，任弼德院院長。辛亥後，留清宫，任溥儀老師。卒贈太子太傅，謚文端。郭曾炘師。《清史稿》卷四七二有傳。

陸增煒（一八七三—？），字貽美，號彤士，江蘇太倉人。光緒二十四年會元、進士，曾任陝西西安府知府。著有《懌園詩詞遺集》。稊園詩社社員。

陸徵祥（一八七一—一九四九），字子欣，一作子興。上海人，原籍江蘇太倉。編刊《許文肅遺集》。

羅惇㬊（一八八〇—一九二四），字掞東，一字孝遹，號癭庵，晚號癭公，以號行，廣東順德人。光緒二十九年副貢，曾任郵傳部郎中。民國時歷任總統府秘書、參議、顧問、國務秘書等職，曾爲袁克定之師。能詩善書，與梁鼎芬等並稱『粵東四家』。著有《癭庵詩集》、《鞠部叢譚》、《太平天國戰記》、《庚子國變記》、《德宗繼統私記》、《中日兵事本末》等。

M

冒廣生（一八七三—一九五九），字鶴亭，號疚齋、鈍宧，江蘇如皋人。光緒二十年舉人，曾任刑部、農工部郎中，民國時任淮安關監督、中山大學教授，新中國成立後被聘爲上海市文管會特約顧問等。著有《小三吾亭詩文集》、《疚齋詞論》、《後山詩注補箋》等。見冒懷蘇《冒鶴亭先生年譜》。

孟錫玨（一八七〇—？），字玉雙，直隸宛平（今北京）人。光緒二十四年進士，授翰林院編修，曾任江北提督署總文案兼督練處參議、奉天盤圯驛墾務總辦、奉天提學使、津浦鐵路總文案。民國時，歷任津浦全路總辦、北京政府交通部參事、肅政廳肅政使、臨時參議院議員等。

閔爾昌（一八七二—一九四八），初名真，字葆之，號黃山，晚號復翁，江蘇江都（今揚州）人。秀才出身，曾入袁世凱幕僚，民國時曾任總統府秘書，執教北京輔仁大學中文系。著有《雷塘詞》、《雪海樓詩詞存》等，編有《碑傳集補》、《碑傳徵逸》。

N

聶寶琛（一八六三—？），字獻廷，號嶼蓀，直隸大興（今北京）人。光緒十六年進士。曾與郭曾炘同官禮部。

P

潘炳年（一八四四—一九一九），字耀如，晚號退庵，福建長樂人。同治十年進士，曾任國史協修、功臣館纂修、總纂。著有《使粤日記》等。

Q

錢駿祥（一八四八—一九三一），字新甫，號念爰、耐庵，晚號瞶叟，浙江嘉興人。光緒十五年進士，官至山西學政。著有《晉軺集》、《孑影集》、《微塵集》等。

瞿鴻禨（一八五〇—一九一八），字子玖，號止庵，晚號西岩老人，湖南善化（今長沙）人。同治十年進士，官至外務部尚書、内閣協辦大學士。袁世凱復辟帝制時，拒聘爲參政員。謚文慎。著有《止庵詩文集》、《漢書箋識》等，今人整理有《瞿鴻禨集》。《清史稿》卷四三七有傳。

R

榮禄（一八三六—一九〇三），字仲華，號略園，瓜爾佳氏，隸滿洲止白旗。總兵長壽之子。受蔭官至總管内務府大臣、文華殿大學士，贈太傅，謚文忠。著有《榮文忠公集》、《榮禄存劄》等。《清史稿》卷四三七有傳。

S

邵松年（一八四九—一九二四），字伯英，號息盦，室名澄蘭堂、蘭雪齋，江蘇常熟人。光緒九年進士，官至河南學政。民國六年任《常昭合志》協修。工書能畫。著有《澄蘭堂古緣萃錄》。編有《虞山畫志補編》、《海虞文徵》。

邵章（一八七二—一九五三），字伯絅、伯絅，一作伯褧，號倬盦、倬安。浙江仁和（今杭州）人。邵懿辰長孫。光緒二十八年進士，官至奉天提學使。富收藏，精研碑帖，工書法。編有《四庫全書簡明目録標注續録》。著有《雲淙琴趣詞》、《倬庵詩稿》、《倬庵文稿》、《古錢小録》、《邵章遺墨》、《雲繆琴曲》等。

沈曾植（一八五〇—一九二二），字子培，號乙庵，晚號東軒、寐叟。浙江嘉興人。光緒六年進士，官至安徽布政使，護理巡撫。一九一六年參與溥儀復辟，授學部尚書。郭曾炘進士同年。同光體詩代表人物。著有《海日樓詩》、《寐叟乙卯稿》、《海日樓題跋》、《蒙古源流箋證》、《元秘史箋證》，編有《西江詩派韓饒二集》等。《清史稿》卷四七二有傳。見許全勝《沈曾植年譜長編》。

沈瑜慶（一八五八—一九一八），字志雨，號愛蒼，又號濤園。父沈葆楨，母爲林則徐之女。光緒十一年舉人，官至貴州巡撫。著有《濤園詩集》等。見陳三立《誥授光禄大夫貴州巡撫沈敬裕公墓志銘》、沈成式《沈敬裕公年譜》。

嵩堃（一八八三—一九四四），西林覺羅氏，字公博，别號博道人，隸滿族正藍旗，民國後以林彦博之名行世。父孚琦。光宣年間任禮部員外郎，曾與郭曾炘同官禮部。民國以後，任平漢鐵路局編纂，並先後在北平鐵路大學、北平藝術專科學校講授《中國書畫史》、《詩詞》等。

宋伯魯（一八五四—一九三二），字芝棟（一作芝洞），一字芝田，亦署子鈍（芝鈍、子頓），號鉢庵，晚號鈍叟，陝西醴泉人。光緒十二年進士，官至山東道監察御史。著有《海棠仙館詩集》、《焚餘草》、《己亥談時》、《西轅瑣記》、《新疆建置志》等。

蘇輿（一八七四—一九一四），字嘉瑞，號厚庵，湖南平江人。光緒三十年進士，入翰林，後出遊日本，回國任郵傳部郎中。著有《春秋繁露義證》、《校定晏子春秋》、《駁南學會章程條議》等，編有《翼教叢編》。

蘇源泉（一八七四—一九三一），字本如，號鑒清，甘肅會寧人。蘇兆鳳之四子，與兄蘇耀泉、弟蘇紹泉有『隴右三蘇』之稱。光緒三十年進士，官禮部主事。曾與郭曾炘同官禮部。民國時，任民國政府審計院協審官，繼調內務部僉事。工書法。著有《詩敬齋詩草》等。

孫雄（一八六六—一九三五），字師鄭，號鄭齋，江蘇常熟人。光緒二十年進士，官至吏部主事。著有《詩史閣壬癸詩存》、《詩史閣詩話》等，編有《道咸同光四朝詩史》等。

孫詒經（一八二六—一八九〇），字子授，一作子綬，浙江錢塘（今杭州）人。咸豐十年進士，官至戶部左侍郎。謚文愨。郭曾炘師。《清史稿》卷四四一有傳。

T

譚瑩（一八〇〇—一八七一），字兆仁，號玉生，廣東南海人。譚宗浚之父。道光二十四年舉人，官化州訓導，升瓊州府學教授。長於駢文，好搜輯粵中文獻，助友人伍重曜刻《嶺南遺書》、《粵雅堂叢書》、《樂志堂集》、《粵十三家集》、《楚南耆舊遺詩》、《金文最》，編纂《樂志堂書目》，著有《樂志堂詩文集》、《續集》等。

W

萬承栻（一八七九—一九三三），字公雨，號蹊園，江西南昌人。曾任江北鎮守署軍事處長、長江巡閱使署參謀長等職，參與張勳復辟，事敗，任職於清室辦事處。一九二四年與溥儀一同移居天津，後赴東北參加建立僞滿。

王承垣，生卒年不詳，字叔掖（一作叔夜），直隸清苑（今屬河北保定）人。光緒二十九進士，曾任刑部主事，廣東新會、潮陽等地知縣。民國元年任天津習藝所監督典獄長、黑龍江巡按史等。須社社員，與郭則澐、胡嗣瑗、周學淵等友善。

王鴻兟，生卒年不詳，原名抱一，字无離，又字熙廣，號嘯龍，福建閩縣人。稱郭曾炘爲姊丈。光緒三十年進士，清末官至郵傳部員外郎。著有《無離龕詩拾》。

王世澄（一八七四—？），字莪孫，福建侯官人。光緒二十九年進士，與郭曾炘之子則澐同榜。一九〇四年赴英國劍橋大學學習法律，回國任郵傳部和海軍部法律顧問。民國時曾任北洋政府參議員。二十世紀二十年代初與黃睿辦《星報》。

王式通（一八六七—一九三一），原名王儀通，字志盦，號書衡，山西汾陽人，原籍浙江紹興。光緒二十四年進士，官至大理院少卿。民國時曾任國務院秘書長、清史館編修。著有《志盦詩文稿》等，從徐世昌撰輯《清儒學案》、《清詩鈔》等。

王樹枏（一八五二—一九三六），字晉卿，號陶廬，直隸新城（今河北新城）人。光緒十二年進士，官至新疆布政使。著有《陶廬詩文集》、《陶廬老人隨年錄》等。

王頌蔚（一八四八—一八九五），字芾卿，號蒿隱，江蘇長洲人。光緒六年進士，官軍機處行走、戶部郎中。工詩文，著有《寫禮廎詩文集》。

王照（一八五九—一九三三），字小航，又字藜青，號水東老人，直隸寧河（今天津）人。光緒二十年進士，官至禮部主事。民國時曾任讀音統一會副會長。近代拼音文字提倡者，『官話字母』方案制訂人。著有《小航文存》、《東山集》、《方家園雜詠紀事》、《讀左隨筆》等。

溫肅（一八七九—一九三九），原名聯瑋，字毅夫，號檗庵，晚號清臣，廣東順德人。光緒二十九年舉進士，官至湖北道監察御史，曾任溥儀帝師。一九一七年張勳復辟，被授都察院副都御史。一九二二年後追隨溥儀，曾『奉旨』在南書房行走。一九二九年受聘香港大學教授哲學、詩詞。寒山詩社成員。謚文節。刊有《貞觀政要講義》、《溫文節公集》等，撰有《溫文節公年譜》。

翁同龢（一八三〇—一九〇四），字叔平，號松禪，別署均齋、瓶笙、瓶廬居士、並眉居士等，別號天放閒人，晚號瓶庵居士，江蘇常熟人。翁心存第三子。咸豐六年狀元，兩代帝師，官至戶部、工部尚書、軍機大臣兼總理各國事務衙門大臣。謚文恭。郭曾炘師。著有《翁文恭公日記》、《瓶廬詩文稿》等。《清史稿》卷四三六有傳。

吳慶坻（一八四八—一九二四），字子修，一字敬强，浙江錢塘（今杭州）人。祖吳振棫。光緒十二年進士，官至湖南提學使。著有《蕉廊脞錄》、《辛亥殉難記》、《補松廬文錄》、《補松廬詩錄》、《悔餘生詩》，編有《吳氏一家詩錄》，主持編纂《杭州府志》、《續修浙江通志》。見姚詒慶《清故湖南提學使吳府君墓志銘》（《碑傳集補》卷二十）。

X

夏壽田（一八七〇—一九三五），字午詒，一作午彝，號耕父，又號直心居士，湖南桂陽人。父夏峕。光緒二十四年榜眼及第，深受王闓運、樊增祥的讚譽，歷任翰林院編修、學部圖書館總纂，爲父辨誣觸怒朝廷遭革職。宣統三年授朝議大夫。民國元年任湖北省民政長，二年任總統府内史。袁世凱稱帝，制誥多出其手。後投曹錕，任機要秘書。著有《涿州戰紀》。見高毓浵《夏太史墓銘》（《民國人物碑傳集》卷二）。

徐世昌（一八五五—一九三九），字卜五，號東海、菊人、弢齋，別號水竹村人，天津人。清末任東三省總督，民國時曾任北京政府大總統。著有《退耕堂政書》、《水竹村人詩集》、《書髓樓藏書目》等，主持編纂《清儒學案》、《晚晴簃詩匯》等。見沈雲龍《徐世昌評傳》。

徐沅（一八八〇—？），字芷升，江蘇吳縣人。光緒二十九年經濟特科一等第五名進士。曾任山東聊城縣知事、直隸洋務局會辦、津海關監督。民國後，仍任津海關監督。著有《珊村語業》、《珊村筆記》、《雲到閒房筆記》、《雲到閒房雜鈔》、《白醉楝話》、《簷醉雜記》、《斗南老人詩集》等。與郭曾炘同爲冰社成員。

許寶蘅（一八七五—一九六一），字季湘，晚號夬廬，浙江杭州人。光緒二十八年舉人，曾任軍機章京、内閣承宣廳行走等。民國時曾任奉天省政府秘書長，滿洲國政府秘書、掌禮處大禮官兼秘書官。

新中國成立後，被聘爲中央文史館館員。著有《西漢刺史考侯國考》、《西漢郡守考》、《西漢尚書考》、《篆文詩經校正記》、《百官公卿表考證》、《許寶蘅日記》等。

許炳榛，生卒年未詳，字苓西，廣東番禺人。光緒三十年赴日考察商務，官銜花翎三品補用道。光緒三十四年爲駐三藩市市總領事。著有《考察日本商務日記》、《考察日本礦務日記》等。

許瑤光（一八一七—一八八二），字雪門，號復齋，晚號復叟。湖南善化（今長沙）人。道光二十九年拔貢，官至嘉興知府。著有《雪門詩草》、《談浙》。見王先謙《虛受堂文集》卷十《誥授資政大夫浙江嘉興府知府許公墓志銘》。

許鍾璐（？—一九四七後），字佩丞（一作佩臣），號辛庵，山東濟寧人。宣統元年恩貢生。民國時曾任山東省政務廳廳長。著有《辛庵詩說》、《史通贅義》、《燼餘集》等。

Y

嚴復（一八五四—一九二一），初名體幹，改名宗光，字幾道，一字又陵，號愈壄堂老人，福建侯官人。光緒二年赴英國海軍學校學習，宣統元年賜進士出身，曾任京師大學堂編譯局總纂、海軍協都統、資政院議員、京師大學堂總監督等。著有《嚴幾道詩文鈔》、《海軍大事記弁言》等，譯有《天演論》、《原富》等。《清史稿》卷四八六有傳。

嚴修（一八六〇—一九二九），字範孫，號夢扶，直隸天津（今天津）人。光緒九年進士，官至學部左侍郎。著有《蟫香館詩文集》、《黔軺雜著》、《廣雅詩注》等。見嚴修自訂、高凌雯補、嚴仁曾增編《嚴修年譜》。

言敦源（一八六九—一九三二），字仲遠，人稱仲遠公，江蘇常熟人。與周學熙爲兒女親家。以監生應順天試錄科第一。曾入李鴻章、袁世凱幕，一九一一年任長蘆鹽運使。民國時任内務部總長。後從事實業，成爲津門儒商。協助整理袁世凱《養壽園奏議》，著有《南行紀事詩》、《先先莊文存》、《先先莊詩存》等。

楊圻（一八七二—一九三八），初名朝慶，字雲史，號野王。江蘇常熟人。李鴻章孫壻。光緒二十八年舉人，官郵傳部郎中。著有《江山萬里樓詩詞鈔》。

楊其煥，生卒年不詳，字文甫，山東煙臺人。光緒二十三年舉人，會考以主事簽分禮部補用。清末時，曾與郭曾炘同官禮部。民國時，任無棣縣知縣。

楊士琦（一八六二—一九一八），字杏城，一作杏丞，安徽泗縣（今江蘇盱眙）人。楊士驤之弟。光緒八年舉人，爲李鴻章重要部屬，官至郵傳部長。民國時，擁戴袁世凱稱帝，任政事堂左臣等。見馬其昶《泗州楊公神道碑》（《辛亥人物碑傳集》卷八）、陳灨一《甘簃文集剩稿》卷下《家傳》。

楊壽枏（一八六八—一九四八），初名壽棫，字味雲，一作味芸，晚號苓泉居士。江蘇無錫人。曾任北洋政府鹽政處總辦、長蘆鹽運使、粤海關監督、山東財政廳廳長、財政次長等職。

楊鍾羲（一八六五—一九四〇），原名鍾廣，字幌庵，戊戌政變後改爲鍾羲，冠姓楊，字子勤、子晴，一作芷晴，號雪橋、留垞，晚號聖遺居士。隸漢軍正黄旗。光緒十五年進士，官至江寧知府。著《聖遺詩集》、《雪橋詞》、《雪橋詩話》等。

姚華（一八七六—一九三〇），字重光，號茫父，別署蓮花龕主，貴州貴築人。光緒進士，後留學日本，民國後曾出任北平女師、美專校長。於詩文詞曲、碑版古器及考據音韻等，無不精通。書畫亦有造詣。著有《弗堂類稿》、《姚茫父書畫集》、《弗堂詩》、《小學問答》、《書運》、《説文三例表》、《金石系》、《黔語》、《古盲詞》、《曲海一勺》、《菉猗室曲話》、《論文後編》、《毛刻篋目》、《元刊雜劇三十種校正》、《説戲劇》等。

葉恭綽（一八八一——一九六八），字裕甫（又作玉甫、玉虎、玉父），又字譽虎，號遐庵，晚號矩園。廣東番禺人，祖籍浙江餘姚。京師大學堂畢業，清末曾任郵傳部郎中，民國時任交通部長。著有《遐庵詩稿》、《遐庵詞》、《遐庵談藝錄》、《遐庵匯稿》等。另編有《全清詞鈔》、《清代學者象傳合集》等。

葉文樵，生卒年不詳，字文泉。與郭曾炘同爲冰社成員。

葉在琦（一八六五——一九〇六），字肖韓，號稚愔，别號乃珪，福建閩縣人。光緒十二年進士，選授翰林院檢討，派充貴州學政、全閩大學堂監督，官至御史。著有《穉愔詩鈔》。

易順鼎（一八五八——一九二〇），字實甫，一字實父，晚號哭庵、一广，湖南龍陽人。父易佩紳。光緒元年舉人，歷官廣東欽廉道。郭曾炘稱之爲同年。著有《琴志樓詩集》、《四魂集》等。見程頌萬《易君實甫墓志銘》（《碑傳集三編》卷四一）。

于式枚（一八五三——一九一六），字晦若，祖籍廣西賀縣，民初遷來嶗山。光緒六年進士，與郭曾炘同榜，授兵部主事。充李鴻章幕僚多年，奏牘多出其手。後歷官郵傳部侍郎、禮部侍郎、學部侍郎、修訂法律大臣、國史館副總裁。民國時隱居青島，謝絶袁世凱聘爲參議。《清史稿》卷四四三有傳。

俞陛雲（一八六八——一九五〇），字階青，號樂靜，浙江德清人。俞樾之孫，俞平伯之父，郭曾炘子則澐之岳丈。光緒二十四年探花及第。清末曾任四川鄉試副主考，民國時任浙江省圖書館館長、清史館協修。著有《小竹里館吟草》、《樂靜詞》、《詩境淺說》、《唐五代兩宋詞選釋》等。

袁勵準（一八七七—一九三五），字珏生，號中舟，別署恐高寒齋主，直隸宛平（今北京）人，原籍江蘇常州。光緒二十四年進士，曾任翰林編修、京師大學堂提調，光緒三十一年入直南齋，宣統三年授翰林院侍講。民國時任清史館編纂，輔仁大學教授。著有《中秘日錄》、《墨品》、《恐高寒齋詩集》、《歷朝絕句正宗》、《勞山志》等。見楊鍾羲《翰林院侍講袁君墓志銘》（《辛亥人物碑傳集》卷一四）。

Z

張鳴岐（一八七五—一九四五），字堅白，山東無棣人。光緒二十年舉人。清末官至廣西巡撫。

曾克耑（一九〇〇—一九七五），字履川，一字伯子，號頌橘，又號橘翁，福建閩侯人，晚年任香港中文大學教授。著有《頌橘廬叢稿》、《頌橘廬詩存》、《頌橘廬文存》、《梅宛陵詩評注》、《近代海内兩大詩世家》、《論同光體》，纂有《通州范氏十二世詩略》、《曾氏十二世詩略》、《寺字倡和詩》、《曾氏家學》、《曾氏學訓》、《曾氏學乘》等。

曾兆錕（？—一九一二？），字叔吾，福建閩縣人。曾元澄第三子，同治十一年十一月，娶舅父郭柏蔭第四女郭勉宜，郭曾炘之姑父。優貢生，直隸試用知縣，後升任直隸修補道。

查爾崇，生卒年不詳，字峻丞（一作峻岑、峻臣），號查灣，北京人。光緒十一年舉人，歷任鹽運使銜四川候補道、四川全省保甲局總辦、河南開封電報局總辦、湖北全省模範大工廠督辦、河南税務局局長、直隸全省煙酒公賣局局長。與郭曾炘同爲冰社成員。工書能畫，著有《查灣詩鈔》。

張元奇（一八五八—一九二二），字貞午（一作珍午），號薑齋，又號君常，福建侯官人。光緒十二年進士。任御史時，上章彈劾載振宴集召歌妓。曾官奉天民政使。著有《遠東集》、《蘭台集》、《知稼軒詩集》等。孫雄《道咸同光四朝詩史》之《甲集》卷五有傳。

張則川（一八七五—一九三五），字仙濤，號瀚溪，湖北黄陂人。曾與郭曾炘同官禮部。光緒三十年進士，官至川鄂欽差大臣，後任北京中央法政學校校長。一九一三年當選爲國會議員。

章華（一八七二—一九三〇），字曼仙，一作縵仙，號嘯蘇，室名倚山閣、淡月平芳館，湖南長沙人。光緒二十一年進士，曾任軍機章京。著有《倚山閣詩》、《淡月平芳館詞》、《盋山館舊詞》等。見鄭沅《墓志銘》（章華《倚山閣詩》卷首）。

章鈺（一八六四—一九三七），字式之，號茗簃，一字堅孟，號汝玉，别號蟄存、負翁，晚號北池逸老、霜根老人、全貧居士等。藏書室名四當齋。江蘇長洲（今蘇州）人。光緒二十九年進士，官至一等秘書，事務司主管兼京師圖書館編修。一九一四年任清史館纂修。著有《四當齋集》、《宋史校勘記》、《錢遵王讀書敏求記校正》、《胡刻通鑒正文校字記》等。

趙椿年（一八六八—一九四二），字劍秋，一字春木，晚號坡鄰，江蘇武進人。光緒二十四年進士，歷官商部郎中、資政院議員。民國時曾任農商部參事、財政次長、審計院副院長等。著有《覃研齋石鼓十種考釋》、《詩存》、《清聲閣詞》等。見夏仁虎《武進趙公椿年墓志銘》（《民國人物碑傳集》卷二）。

鄭文焯（一八五六—一九一八），字俊臣，號小坡，又號叔問，晚號鶴公、鶴翁、鶴道人，别署冷紅詞客，自號大鶴山人，遼寧鐵嶺人，隸漢軍正黄旗。光緒元年舉人，曾任内閣中書。郭曾炘稱之爲同年。

著有《大鶴山房全集》。見其壻戴正誠撰《鄭叔問先生年譜》。

鄭孝檉（一八六三—一九四六），字稚辛，福建閩侯人。鄭孝胥弟。清光緒舉人。任監督上海南洋公學譯書院事。著有《稚辛詩存》，與張元濟合作編纂《原富》。

鄭孝胥（一八六〇—一九三八），字蘇戡，號太夷，別號海藏。福建閩侯人。光緒八年鄉試解元，曾入李鴻章幕，宣統三年任湖南布政使。辛亥革命後以遺老自居。一九三二年任偽滿洲國總理大臣兼文教部總長。同光體詩代表詩人。著有《海藏樓詩》等。見葉參等編《鄭孝胥傳及年譜》。

周登皞（？—一九四〇），字熙民，號補廬，福建侯官人。光緒十四年舉人，清末官至都察院廣西道御史，民國時任袁世凱政府肅政史、綏遠道尹、代理綏遠都統。郭曾炘子則澐之師。著有《補廬詞》、《寧河縣鄉土志》等。

周景濤（一八六五—一九一二），字松孫，又字味諫，福建侯官人。光緒十八年進士，官至學部主事。

周樹模（一八六〇—一九二五），字少朴，號沈觀，晚號泊園主人，湖北天門人。光緒十五年進士，官至黑龍江巡撫，兼任中俄勘界大臣。一九一四年出任北京政府平政院院長。常與恩施樊增祥、應山左紹佐詩文唱和，號稱『楚中三老』。著有《沈觀齋詩集》、《諫垣奏稿》、《撫江奏稿》。見左紹佐《墓志》（《辛亥人物碑傳集》卷八）。

周學淵（一八七七—一九五三），原名學植，字立之，晚號息翁，安徽東至人。周馥第五子。光緒二十九年進士，任廣東候補道，後改山東奏調候補道，任憲政編查館二等諮議官。光緒三十二年任山東大學堂總監督、山東調查局總辦。喜詩，曾與辜鴻銘等人組建詩社。著有《晚紅軒詩存》。與郭曾炘同爲冰社成員。

周貞亮（一八六七—一九三三），字退舟，號太虛，湖北漢陽人。畢業於日本法政大學。歷任郵傳部主事、黑龍江高等檢察廳檢察長、黑龍江高等審判廳廳丞、黑龍江法政學校提調。民國後曾任北京政府國務院法製局參事、平政院評事、司法官懲戒委員會委員、天津南開大學及國立北平大學、國立武漢大學教授。著有《清史講義》、《目錄舉要》、《文選學》、《晚喜廬隨筆》等。

朱汝珍（一八七〇—一九四三），字玉堂，號聘三，又號隘園，廣東清遠人。光緒三十年榜眼，曾任翰林院編修、法律館纂修。民國時創辦隘園學院，自任院長，後任香港清遠工商總會會長、香港孔教學院第二任院長兼附中校長。參與創定《大清商律草案》、《大清民法草案》，參纂《德宗景皇帝實錄》、《藏霞集》、《清遠縣志》、《陽山縣志》，著有《詞林輯略》、《本紀聖訓》、《中外刑法比較》。

卓定謀（一八八六—一九六七），字君庸，福建閩侯人。卓孝復子。詩文世家，精於書法，尤長章草。日本高等商業學校畢業，曾任中國實業銀行經理、全國農商銀行講習所教務長、北京大學教授。新中國成立前夕赴臺灣。著有《章草考》、《自青榭唱酬集》、《卓君庸章草墨本》、《榆園小志》等。

卓孝復（一八五五—一九三〇），原名淩雲，字芝南，號毅齋，晚號巴園老人，福建閩縣人。光緒二十一年進士，清末官至湖南按察使。少工山水，與林紓齊名。善詩文，陳衍稱『芝南罕作詩，而出筆老成』。見民國《閩侯縣志》卷六八本傳。

宗威（一八七四—一九四五），字子威，江蘇常熟人。寒山詩社、稊園詩社成員。

左紹佐（一八四六—一九二七），字季雲，號笏卿，别號竹笏生，湖北應山人。光緒六年進士，郭曾炘同年。曾任刑部郎中、都察院給事中、軍機章京、監察御史，直言敢諫。參奏滿漢大員奕劻、璞壽及袁世凱等專權誤國，上書抨擊時弊。後官至廣東南韶連兵備道兼管水利事。民國時曾入國史館。著有《藴真堂集》、《延齡秘録》、《竹笏齋詩詞鈔》、《竹笏日記》，編有《經心書院集》。